BASTEI
LÜBBE
TASCHENBUCH

Über den Autor:

Jack Bowman ist Autor und Glücksspieler. Er schreibt keinen Blog, auch keine Twitternachrichten und öffnet unangemeldeten Besuchern nicht die Tür. Er ist achtunddreißig. Oder war es. Oder wird es irgendwann sein. Jack Bowman lebt allein und arbeitet derzeit an seinem zweiten Thriller.

Jack Bowman

CRASH – GEFAHR ÜBER DEN WOLKEN

Thriller

Aus dem Englischen von
Dr. Holger Hanowell

BASTEI
LÜBBE
TASCHENBUCH

BASTEI LÜBBE TASCHENBUCH
Band 17 084

1. Auflage: November 2014

Dieser Titel ist auch als E-Book erschienen

Vollständige Taschenbuchausgabe

FSC
www.fsc.org
MIX
Papier aus verantwortungsvollen Quellen
FSC® C014496

Deutsche Erstausgabe

Textredaktion: Anke Pregler, Rösrath
Prüfung der flugzeugtechnischen Details: Timo Schulze, Köln
Titelillustration: © shutterstock/Brian Kinney;
© shutterstock/Pavelk
Umschlaggestaltung: Massimo Peter
Satz: Urban SatzKonzept, Düsseldorf
Gesetzt aus der Garamond
Druck und Verarbeitung: GGP Media GmbH, Pößneck
Printed in Germany
ISBN 978-3-404-17084-5

Sie finden uns im Internet unter
www.luebbe.de
Bitte beachten Sie auch: www.lesejury.de

1. Kapitel

Halo Jackson grinste seinen Kumpel Chris Stern an, als sich die Schaufelblätter langsam im Triebwerksgehäuse der CalSuperior Frachtmaschine 737 zu drehen begannen.

Dann ging Jackson zurück in den Hangar 6, legte den Steckschlüssel samt Knarre vorsichtig zurück an den vorgesehenen Platz im fahrbaren Werkzeugkasten, schloss die Klappe und setzte sich schließlich neben seinen Freund. Währenddessen war der Lärmpegel des Düsenjets bedenklich angestiegen. Die sechs Flugzeugtechniker, die eben noch um den silberblauen Riesen geschwirrt waren, traten nun von der 737 zurück, die den großspurigen Namen *Pride of Maine* trug, und setzten sich die Ohrenschützer auf, die sie locker um den Hals getragen hatten. Die drei Schichten Schaumstoffisolierung und Gummi dämpften zwar das Geheul der Düsen, aber die Männer wichen dennoch zurück, als ob die wenigen Schritte sie vor dem Höllenlärm bewahren könnten.

Unter einem großen *Rauchen verboten*-Schild zog Chris eine Camel aus der Tasche seines Overalls und schob sie sich zwischen die Lippen, ohne sie jedoch anzuzünden.

Cal Lemanski sah stirnrunzelnd zu Halo und Chris herüber und zeigte mit beiden Händen auf die Ohrenschützer. Chris gab ihm das Daumen-hoch-Zeichen, worauf Lemanski sich abwandte.

Kids. Cal war ein Bär von einem Mann, groß, bärtig, mit

breitem Brustkorb. Er war vierundfünfzig und nannte jeden unter vierzig »Kid«.

Halo und Chris grinsten sich an – zwei Freunde, die unterschiedlicher nicht hätten aussehen können. Halo war dunkelhäutig, eher hager, hatte ein breites Grinsen und eine Frisur, die in Richtung Afrolook ging, wenn man sie überhaupt als Frisur bezeichnen konnte. Chris dagegen war weiß, breitschultrig und blond, mit rosigen Wangen wie ein betrunkener Jäger aus Minnesota.

Der Düsenlärm erfasste sie mit unsichtbarer Wucht. Halo knickte als Erster ein, so wie meistens. Schnell griff er nach den Ohrenschützern und presste sie sich auf die Ohren. Chris widerstand dem Lärm noch eine Sekunde länger und kniff die Augen zusammen, die Zigarette zwischen den zusammengepressten Lippen. Er musste es sich wieder einmal beweisen. Doch dann setzte auch er die Ohrenschützer auf, hielt beide Hände über die Muscheln und erinnerte damit an die Gestalt auf Munchs Gemälde *Der Schrei*, nur dass er triumphierend in Halos Richtung schaute. Betont lässig zog er an der nicht brennenden Zigarette, mit verengten Augen und hohlen Backen, und blies den imaginären Rauch in die Luft.

Im Innern des großen Luftstrahltriebwerks durchschnitten die präzise gearbeiteten Fan-Schaufeln aus Titanlegierung die einströmende Luft mit 5500 Umdrehungen pro Minute, nur rund drei Millimeter vom Gehäuse entfernt, und erzeugten einen enormen Sog und heftige Verwirbelungen.

Jetzt, nur zwölf Meter von Halos Kopf entfernt, war unterhalb des fast unerträglichen Lärms des Triebwerks ein weiteres Geräusch zu hören. Fast wie ein Klirren, leicht und zart. Ganz so, als bäte ein Gentleman im Festsaal um Ruhe, indem er mit einer silbernen Gabel an ein Kristallglas tippt, um einen Toast auszubringen. Ein einzelner Ton: so verhalten, dass er sofort in den Bauch des Triebwerks gesogen wurde, so elegant und flüchtig, dass man ihn an jedem anderen Ort für Einbildung gehalten hätte.

Die Fan-Blätter drehten sich ein weiteres Mal.

In extremer Zeitlupe hätte man beobachten können, wie ein einzelnes Schaufelblatt durch den feinen Laut schnitt und, sicher eingesponnen von den Abdeckblechen der anderen Blätter, eine volle Drehung vollführte, ehe es die entscheidende Stelle erneut erreichte. Jene Stelle, an der die gummierte Fütterung des Triebwerksgehäuses oben abgeschabt wurde. War der helle Ton diesmal lauter geworden?

Halo und Chris waren gerade in ihr Schere-Stein-Papier-Spiel vertieft, als das Triebwerk Nr. 2 der *Pride of Maine* sich selbst zerfetzte.

38 titanlegierte Blätter, ein jedes auf Schneidkante gefräst und mit einer Fliehkraft, die dem Gewicht eines Mack Trucks entsprach, platzten aus dem Gehäuse und rissen sich bei einer Geschwindigkeit von 1100 Kilometer pro Stunde wie ein Feuerrad los. Einige meißelten Löcher in das betonierte Flugfeld, andere prallten als Querschläger zurück, federten vom Boden hoch und durchschnitten den Hangar wie Sensenblätter. Wieder andere fanden weichere Ziele und setzten ihre Flugbahn fort, die Schneiden rot verfärbt.

Im Service-Hangar 6 des Los Angeles International Airport, kurz LAX genannt, sah es aus, als wäre der Teufel persönlich aus der Hölle gesprungen, um eine Spur aus Blutspritzern zu hinterlassen – wie von einer Salve aus einer apokalyptischen Uzi.

Alles war binnen Sekunden vorüber, und als Halo zittrig aufstand, hielt er noch immer die flache Hand nach vorn, weil er sich in ihrem Spiel für Papier entschieden hatte. Verwirrt blickte er sich um und war zunächst nicht in der Lage zu begreifen, was um ihn herum geschehen war.

Der Rumpf des Jets war auf Höhe der Steuerbord-Tragfläche fast komplett aufgerissen. Verbogenes Metall, ganze Kabelstränge und Stücke des dunkelblau gemusterten Innenraumteppichs lugten aus dem Riss hervor, hier und da geschmückt von flauschigem, weißem Isoliermaterial. Die Tragfläche selbst war zu Boden gefallen und zerbrochen. Scharf gezackte Löcher verunstalteten die Decke des Hangars, und als Halo ungläubig nach oben schaute, konnte er blaue Kleckse des wolkenlosen Himmels über L. A. sehen.

Das Heulen aus dem Triebwerk Nr. 1 nahm langsam ab und erreichte einen Drehzahlbereich, ab dem eine menschliche Stimme wieder zu verstehen war. Aber man hörte keine Stimmen – nicht in diesem Moment, und auch dann nicht, als sich nach dem Auslaufen des Triebwerks eine unheimliche Stille auf den Hangar legte. Erst mit Verzögerung kam Bewegung in die Techniker in den blauen Overalls. Die Männer rappelten sich hoch oder kamen hinter glänzenden Prüfgeräten hervor, und alle starrten sie ungläubig auf das Flugzeug, das sich in der riesigen Einfahrt des Hangars vor dem Rollfeld abhob.

Erstaunt drehte sich Halo zu seinem Freund um. Aber Chris war nicht mehr da. An der Stelle, wo er eben noch gesessen hatte, lag ein konturenloser rot-blauer Klumpen. Mit zerfurchter Stirn starrte Halo auf diesen Klumpen, bis sein Gehirn schließlich begriff, dass der rot gefärbte Haufen aus ehemals blauem Stoff Chris Sterns Nike-Schuhe trug.

Dann fiel er in Ohnmacht.

Tom Patrick spürte ein Zucken in der Magengegend, als die River Card auf dem abgenutzten Filzbelag aufgedeckt wurde. Es war ein Karobube, der ausgezeichnet zu den beiden anderen Buben auf seiner Hand passte.

Auch wenn sein Magen krampfte, sein Pokerface blieb. Suchten die anderen Spieler in Toms Miene nach Hinweisen, so sahen sie nur das, was sie seit Beginn des Pokerturniers vor nunmehr dreizehn Stunden gesehen hatten: müde, rot unterlaufene Augen, die tief in einem blassen Gesicht lagen, dazu ein Bartschatten, der verriet, dass Tom seit mindestens einem Tag keinen Rasierer mehr in die Hand genommen hatte.

Aufmerksam betrachtete er die fünf Karten auf dem grünen Tischbelag. Kein Straight, kein Flush, keine Paare waren zu sehen. Nur eine Sache könnte ihm noch in die Quere kommen: wenn einer der Spieler zwei Könige auf der Hand hatte, die zu dem passten, der auf dem Tisch lag.

Er warf einen kurzen Blick in die Runde.

Nach all den Jahren des Pokerns hatte er seine Tricks drauf. Er brauchte nur einen Blick auf seine Mitspieler zu werfen – oder vielmehr über ihre Köpfe hinweg, als würde er nach Jetons oder einem Snack verlangen –, und er konnte ihr Mienenspiel deuten. Andere Spieler sahen ihren Konkurrenten direkt in die Augen und suchten dort nach Hinweisen, die ihnen einen Vorteil verschafften. Tom hatte das nicht nötig. Dieser kurze Blick, den er in all den Jahren perfektioniert hatte, war alles, was er brauchte, um die Gegner dieser letzten Runde einzuschätzen.

Zu seiner Linken saß Corey Clump auf seinem fetten Arsch, dick und plump und bequem, und führte alle mit seinem dümmlichen Grinsen an der Nase herum. Aber Tom hatte Corey bei der River Card beobachtet, und ihm war der kurze Anflug von Enttäuschung auf dem Gesicht des Dicken nicht entgangen. Corey würde passen.

Neben Corey saß ein Spieler, den Tom schon einmal gesehen hatte, dessen Namen er jedoch nicht kannte. Er war so alt wie Tom – Mitte dreißig –, glatt rasiert und trug eine Sonnenbrille; in seinen Ohren steckten weiße iPod-Kabel. Insgeheim hatte Tom ihn Pinball Kid getauft, in Anspielung auf den taubstummen und obendrein blinden Jungen in dem The Who-Film *Tommy.* Aber dieses Pinball Kid war nicht stumm. Nicht mit seinen Gedanken und nicht mit dem Mund. Dieses Pinball Kid gehörte zu jenen Spielern, die verdammt noch mal nicht die Klappe halten konnten. Es war wie ein Tick.

Jetzt grinste er Tom frech an.

»Na, Buben auf der Hand? Ich hab die Könige, Mann. Besser, du passt, denn ich hab dich am Arsch ...«

Tom ließ den Kerl einfach reden, wusste er doch, dass das alles nichts bedeuten musste. Vielleicht hatte Pinball Kid die Könige, vielleicht auch nicht.

Hinter dem Typen stand eine sexy Blondine mit kajalumrandeten Augen und einem engen Kleid, das ihre fantastischen Kurven betonte. Sie war schon fast den ganzen Tag da, hatte dem Typen manchmal eine Hand auf die Schulter gelegt – locker, aber besitzergreifend –, ein Lichtblick in einem Casino, in dem auf gefühlte tausend Männer nur etwa zwanzig Frauen kamen und die meisten davon über fünfzig, in Trainingshosen aus Velours gezwängt. Kurz sah sie Tom in die Augen. Bestimmt wusste sie, was für Karten Pinball Kid hatte, aber sie ließ sich nichts anmerken.

Neben Pinball Kid saß Mr Ling, mit einer undurchdringlichen Miene, die der Inbegriff eines klassischen Pokerface hätte sein können. Aber er verriet sich durch bestimmte Gesten, und im Augenblick sah Tom, wie Mr Ling mit den Fingern wie abwesend über die weniger werdenden Chips strich und abzuschätzen schien, wie viele Runden er noch mithalten könnte, wenn er die hier verlor. Tom staunte, dass Mr Ling trotz dieser Schwäche in einem Turnier wie diesem so weit gekommen war.

Natürlich hatte auch Tom seine Schwächen …

Vor ein paar Jahren hatte er bei einem Turnier genau hier im Bicycle Club am 710 Freeway bei einem gigantischen Einsatz geblufft, was das Zeug hielt. Dabei hatte er nur eine erbärmliche Sieben und eine Zwei gehabt – das schlechteste Blatt beim Poker –, aber er hatte beschlossen, es darauf ankommen zu lassen. Als der letzte Spieler den Kopf schüttelte und seine Karten hinwarf, hatte er zwei Zehnen gehabt! Das Paar hätte Toms lausige Hand niedergemacht, wenn der Gegner den Mut gehabt hätte, Tom zu zwingen, Farbe zu bekennen. Schon bei der Erinnerung daran lief ihm ein Schauer über den Rücken, während er darüber nachdachte, wie er sich jetzt verhalten würde. Bis zu diesem Augenblick war dies der Höhepunkt seiner Pokerkarriere gewesen – ein Moment, den man immer wieder auskosten und dann wieder sicher in der Erinnerung aufbewahren konnte.

Vier Runden später hatte er sich damals mit seinem übersteigerten Selbstbewusstsein auf demütigende Weise selbst aus dem Spiel katapultiert.

Für Tom war jener Abend eine unschätzbare Lektion gewesen. Sein Spiel konnte fast immer mithalten; das Problem war sein Ego.

Aber hier und jetzt verriet ihm sein Urteilsvermögen, dass nur Pinball Kid eine Gefahr für ihn darstellte. Wenn der Typ zwei Könige hatte, war Tom erledigt. Und leider verhinderte die Sonnenbrille, dass Tom Pinball Kid bis in die Texas-Hold'em-Seele blicken konnte, um sich Gewissheit zu verschaffen.

All diese Gedanken flackerten in Sekundenbruchteilen in Toms Neuronen auf, und er zögerte nur kurz, ehe er All In ging und den Rest seiner Chips in den Hauptpot schob. Er wusste, dass alles Mögliche aufgedeckt werden würde, nur nicht zwei Könige.

Pinball Kid zögerte. Lachte plötzlich.

Und ging mit.

Tom versuchte, seine Niederlage zu verdauen, als die Blondine mit den schwarz umrandeten Augen plötzlich neben ihm stand. »Pech gehabt«, meinte sie, während sie dem Barkeeper ein Zeichen gab, und fast klang es wie eine neckende Frage.

Tom sah an der Blondine vorbei zu Pinball Kid, Mr Ling und Corey Clump, die als Einzige noch am Tisch saßen – fast versteckt in der Menge aus Spielern und Zuschauern, die alle auf der Suche nach dem ultimativen Kick waren.

Die verdammten Könige.

Er zuckte die Schultern. »Es heißt, man muss sechsmal

Glück haben, um ein Turnier zu gewinnen. Ich war kurz vor dem vierten Mal.«

»Haben Sie es je geschafft?«, fragte sie mit einem eigenartigen schmalen Lächeln.

Er musterte sie eindringlich. Machte sie ihn jetzt an? Tom war groß, hatte dunkles Haar, hätte sich aber selbst als nur mäßig gut aussehend beschrieben, daher beschloss er, auf Nummer sicher zu gehen. »Hab ein paar Mal abgesahnt, ja.«

Sie nickte anerkennend und blickte in Richtung Spieltisch. Er nutzte die Gelegenheit, um ihren schlanken Hals zu betrachten, und sah, dass sich eine Strähne aus ihrer Hochsteckfrisur gelöst hatte und jetzt im Luftstrom der Klimaanlage zart über die weiche Haut an ihrem Nacken strich. Etwas an diesem Anblick faszinierte ihn, und am liebsten hätte er sich die seidige Locke um den Finger gewickelt, um sie zu spüren.

Doch er blinzelte den Gedanken fort, strich sich stattdessen mit der flachen Hand über den rauen Nacken. Eine nervöse, verräterische Geste, die er sich immer hatte abgewöhnen wollen und die er nie am Pokertisch machen durfte. Die Blondine war verdammt sexy, aber sie gehörte schon einem anderen. Poker war nervenaufreibend genug, auch ohne dass man zwischen den Runden mit dem Mädchen eines anderen Spielers vögelte.

Sein Handy klingelte. »Mist.« Umständlich zog er es aus der Tasche und schaute auf die Nummer im Display. »Entschuldigen Sie mich kurz.«

Sie zog überrascht eine Braue hoch: Die meisten Leute, die mit ganzem Herzen Karten spielten, hatten nichts Besseres an einem Sonntag vor, und falls doch, wollten sie ihm entgehen.

Beide blickten sie im nächsten Moment gespannt zum Tisch, als ein Ruf die Niederlage eines weiteren Spielers begleitete. Pinball Kid stand vom Pokertisch auf und sah sich nach seiner Freundin um.

Sie ließ Tom einfach stehen und würdigte ihn keines weiteren Blickes.

Tom trat hinaus in das helle kalifornische Sonnenlicht und bekam fast einen Hitzschlag nach all den Stunden im klimatisierten Casino. »Hey, Pete, was gibt's?«

»Hey! Woher weißt du, dass ich es bin?«

Tom seufzte. Wenn es nicht gerade um Flugzeuge ging, stand Pete LaBello mit Technik auf dem Kriegsfuß. Mit einem Faxgerät kam er noch so eben klar, aber Handys waren für ihn zu komplex. »Wenn du jemanden auf dem Handy anrufst, steht dein Name im Display, Mann. Also, was gibt's?«

»Bist du wieder im Bicycle Club?«

Tom zögerte die Antwort hinaus, bis er vom Parkplatz herunter war. Ehrlich währt am längsten ...

»Nein.«

»Gut. Das Einsatzteam ist auf dem Weg zum LAX – das Triebwerk einer 737 ist am Boden zerfetzt. Dachte, du wärst gern der Erste vor Ort, wenn du schon mal dort bist.«

»Ich bin nicht im Einsatzteam.«

Es folgte ein peinliches Schweigen.

»Nein, das stimmt. Munro hat die Führung übernommen«, ließ sein Boss ihn wissen.

Tom erwiderte nichts. Er hatte bei der Arbeit nun mal den Kürzeren gezogen, aber dies war vielleicht ein kleiner Hinweis darauf, dass sich das bald ändern könnte. Er würde sich in Demut üben und ganz von unten anfangen müssen, wenn er seinen Job behalten wollte. Und Tom wollte seinen Job unbedingt behalten. Es war die einzige Sache, in der er richtig gut war. Nein, nicht nur gut: verdammt gut sogar. Jedenfalls verdammt viel besser, als Lenny Munro es je sein würde. Davon könnte der nur träumen!

»Tom?«

»Bin noch dran.«

»Du hast doch deinen Einsatzkoffer dabei?«

»Klar, immer.«

»Also, wenn es dir nichts ausmacht, die Drecksarbeit für Lenny zu machen …« Pete wollte es wie einen Witz klingen lassen, aber Tom konnte darüber nicht lachen – dafür war die Sache zu ernst. Offenbar hatte Pete das Schweigen richtig gedeutet, denn er räusperte sich und fuhr fort: »Drei Tote. Ingenieure. Dachte, das wäre dein Ding.«

Es war zwar nicht so gemeint, aber Tom hörte die kleine Spitze heraus. »Bin dir noch was schuldig«, erwiderte er.

»Nein, lass mal!«

Tom malte sich aus, wie Pete die Worte mit einer wegwerfenden, typisch italienischen Handbewegung abtat.

Er beendete das Gespräch, stand in der sengenden Sonne und zog die Stirn in Falten. Pete war oft so leicht zu durchschauen.

Ingenieure.

Tom ahnte, was sein Boss ihm mit der Bemerkung hatte sagen wollen. Dass er nicht so gut zu gebrauchen war, wenn es um Passagiere ging.

Tom war in Bezug auf Passagiere wirklich nicht besonders gut. Deshalb hatte Pete LaBello ihn in der vorangegangenen Nacht auch nicht informiert, als eine Jetstream 31 in Nevada abgestürzt war, mit sieben Passagieren an Bord – darunter eine Frau mit ihrer sechs Jahre alten Tochter, die ihren Freund hatte besuchen wollen, der in der Ölbranche arbeitete.

Aber Ingenieure waren keine Zivilisten im engeren Sinne. Sie fielen in die Kategorie Personal, und daher waren Toms investigative Fähigkeiten in diesem Fall von unschätzbarem Wert. Bei der Nationalen Behörde für Transportsicherheit, dem National Transportation Safety Board NTSB, hatte er sich in dieser Hinsicht einen Namen gemacht, trotz seiner Vergangenheit. Übrigens auch trotz seiner berüchtigten unglaublichen Taktlosigkeit.

Vor einem halben Jahr hatte Tom Patrick die Untersuchungen zur Notlandung eines Learjets geleitet, bei der sich ein Börsenmakler aus New York das Genick gebrochen hatte. Auf der folgenden Pressekonferenz – im grellen Licht der Öffentlichkeit, wie es nur auf wohlhabende Tote fällt – hatte er der hysterischen Witwe, die lautstark den Kopf des Piloten forderte, an den Kopf geworfen, sie solle sich »gefälligst am Riemen reißen«. Zu diesem Zeitpunkt hatte er bei seinen Ermittlungen längst herausgefunden – aber diese Information war noch nicht offiziell –, dass ihr Mann vor der Notlandung nicht den Sicherheitsgurt angelegt hatte. Den Grund dafür vermutete er in einer tödlichen Mischung aus Selbstüberschätzung, Besserwisserei und Bell's Whisky. Anschließend hatte Tom der Witwe die Ermittlungsergebnisse live und vor laufender Kamera mitgeteilt, und damit gegen das NTSB-Protokoll verstoßen.

Man hatte ihn natürlich sofort seiner Aufgaben enthoben und vorübergehend freigestellt. Sein Stellvertreter hatte dann zwei Monate gebraucht, um denselben Ablauf der Ereignisse formal korrekt in den Akten zu vermerken. Die hysterische Witwe, die die öffentliche Demütigung nicht verwunden hatte, setzte fortan alles daran, die Abteilung auf hundert Millionen Dollar zu verklagen. Sie hatte zwar vor Gericht verloren, aber der Anwalt einer reichen und erniedrigten Frau ist meist verdammt gut und lässt sich erst mit gehörigem finanziellen Aufwand in die Schranken weisen. Nach drei Monaten wurde Tom stillschweigend durch die Hintertür wieder hereingelassen – auf Bewährung und zum halben Gehalt.

Beim NTSB bedeutete die Hintertür: Pipelines. Geschlagene drei Monate und vierzehn Tage lang hatte Tom nun schon Pipelinelecks und -brände überall in den Vereinigten Staaten untersucht. Pete hatte sich bemüht, ihn bei den Flugzeugen zu halten, aber wer in einem laufenden Verfahren vorschnell Ergebnisse preisgab, beging beim NTSB eine Todsünde – und wer vor laufender Kamera und in Anwesenheit der Witwe ein millionenschweres Unglücksopfer schlechtmachte, musste mit schlimmeren Konsequenzen rechnen als einer Abmahnung.

Die Sache mit der Learjet-Notlandung gehörte zu den folgenschwersten Fettnäpfchen, in die Tom getreten war. Doch es gab noch andere verbale Entgleisungen und, milde ausgedrückt, unglückliche Formulierungen, die er sich geleistet hatte. Selbst Pete konnte sich erinnern – und mit seinen knapp sechzig Jahren arbeitete sein Gedächtnis nicht mehr so gut wie früher –, dass Tom einmal in Bezug auf die Opfer eines 727-Absturzes mit den Worten zitiert worden war: »Die sind nun in kleinen Stücken über den ganzen Golf von Mexiko verteilt.« Ein andermal hatte er sich zu der Bemerkung hinreißen lassen, der Pilot einer angeschlagenen DC-10 habe das Leben aller an Bord durch seine »brutale Kraft und Ignoranz« gerettet. Und als einmal ein blinder Passagier über Boise, Idaho, beim Ausfahren des Fahrwerks steif gefroren vom Himmel gestürzt war und ein Pärchen in einem Ford Taurus getötet hatte, hatte Toms zynischer Kommentar gelautet: »Er fiel wie ein Fleisch gewordenes Eis am Stiel vom Himmel.«

Pete LaBello hatte noch sieben Monate bis zur Pensionierung vor sich – und bis zur obligatorischen goldenen Uhr. Zusammen mit seiner Frau Ann wollte er seinen Lebensabend in Vermont verbringen, und er rechnete fest damit, den Ruhestand genauso unaufgeregt anzugehen, wie er es zuvor mit seiner Karriere getan hatte. In all den Jahren hatten weder Pete noch Ann, die Physiklehrerin an einer Highschool war, mit Dramen jeglicher Art oder nennenswerten Meinungsverschiedenheiten auf sich aufmerksam gemacht – und so ruhig sollte es für die LaBellos weitergehen.

Pete mochte Tom Patrick. Der Junge war ihm wirklich sympathisch. Aber selbst das machte Tom seinem Boss nicht leicht. Und je näher der Tag des Ruhestands auf dem Kalender heranrückte, desto zögerlicher wurde Pete, wenn es um die Frage ging, ob Tom wieder zu den Flugzeugen sollte. Gleichzeitig wusste er, dass es keinen Sinn ergab, einen Fachmann wie Tom im Bereich Pipelines einzusetzen, wenn sein Know-how woanders dringender gebraucht wurde. Als dann die Meldung vom Los Angeles Airport einging, kurz nach dem Absturz des Jetstreams, überlegte Pete, ob es nicht besser wäre, Tom in den Norden von L. A. zu schicken anstatt zur Absturzstelle in Nevada. Er glaubte, mit dieser Entscheidung weniger Wellen zu schlagen.

Pete LaBello sollte sich irren.

Tom stand auf der Asphaltfläche vor dem Hangar 6 und sah sich beinahe ehrfürchtig um. Seit elf Jahren arbeitete er nun schon für das NTSB, und das Ausmaß von Flugzeugunglücken ließ ihn immer noch in Demut erstarren. Beim aktuellen Unfall war die Maschine nicht mal vom Himmel gestürzt und hatte auch keine Schneise der Verwüstung in Wohngebieten hinterlassen. Dies war eigentlich ein kleinerer Unfall. Und trotzdem hatten die umherfliegenden Metallteile menschliche Körper zerfetzt und in Bruchteilen von Sekunden ein grauenvolles Unheil angerichtet: Wohin man auch sah, klebten Blut und menschliches Gewebe an Metallsplittern – und umgekehrt.

Für den Turbinentest hatte man die Maschine aus dem Hangar gerollt und die Düsen so positioniert, dass der Luftstrom den Hangar nicht in den Pazifik blasen konnte.

Mit Verzögerung merkte Tom, dass sich hinter ihm Leute eingefunden hatten, die offenbar nur darauf warteten, dass er ein erstes Statement abgab. Der Flughafenmanager räusperte sich verhalten. Zu seiner Linken warteten die verbliebenen Rettungssanitäter auf die Anweisung, die Toten in die Gerichtsmedizin zu bringen. Ihre Kollegen waren bereits mit den Verletzten auf dem Weg in die umliegenden Kliniken. Tom registrierte die Blicke der Leute. Obwohl er seinen Ausweis gezeigt hatte, der von einem skeptischen Assistenten überprüft worden war, hielten es offenbar viele der Anwesenden für sonderbar, dass ein Mann, der so aussah wie Tom in diesem Augenblick, eine offizielle Untersuchung leiten dürfte. Wahrscheinlich hätten sie ihm nicht mal zugetraut, einen defekten Getränkeautomaten zu untersuchen, geschweige denn eine Katastrophe wie diese.

Ihm war klar, dass er erst nach Hause hätte fahren sollen,

um sich gemäß Dienstvorschrift »angemessen zu kleiden«, aber was kümmerte es ihn, verdammt! Lenny Munro und der Rest des Teams wären ohnehin in ein oder zwei Stunden vor Ort, und dann würde man ihm die Untersuchung gleich wieder wegnehmen. Für ihn zählte jede Minute, daher trug er immer noch dieselben Klamotten, in denen er dreizehn Stunden lang Poker gespielt hatte, eine ausgefranste Jeans und sein Hollywood Park Casino T-Shirt. Dafür hatte er die offizielle NTSB-Kappe auf dem Kopf, um den Argwohn der Spötter abzumildern.

Tom bückte sich und öffnete den Einsatzkoffer, den Ermittler wie er immer bei sich haben mussten. Darin befanden sich der übliche Papierkram, ein Laptop und bequeme Sportsachen. Nicht, dass er ins Fitnessstudio ging – oder es je getan hätte –, aber wann immer er in irgendeinem Motel im Südwesten der Vereinigten Staaten herumlungerte, erwiesen sich die Laufhose und das T-Shirt als praktisch und bequem.

Vorsichtig nahm er die digitale Videokamera aus dem Kasten und fing an, den Unglücksort zu filmen.

Hatte er einmal eine Kamera in der Hand und blickte durch den Sucher, vergaß er die restliche Welt um sich herum. So war es immer, und er fühlte dann, wie sein Körper nach und nach Adrenalin ausschüttete ... fast so wie an den Nachmittagen am Pokertisch im Bicycle Club.

Tom schwenkte die Kamera einmal über das gesamte Areal, ehe er den zerstörten Hangar filmte. Danach drehte er sich langsam um die eigene Achse und fing noch einmal die Totale ein. Mit einem Blick aufs Display vergewisserte er sich, dass er alles im Kasten hatte, und begann, die routinemäßigen Angaben zu machen: Er nannte Datum, Ort und Zeitpunkt des Unfalls sowie dessen Umstände in Kürze.

»Sechs Verletzte wurden ins L. A. County Hospital gebracht. Zwei sind in kritischem Zustand und mussten amputiert werden, zwei sind stabil und haben offene Brüche, zwei haben kleinere Verletzungen und stehen unter Schock.«

Er ging um die Nase des Flugzeugs herum und betrat den Hangar. Die Kamera brauchte einen Moment, bis sich die automatische Blendenwahl an die dunkleren Lichtverhältnisse anpasste.

»Dies ist Leiche Nummer eins. Sie liegt ungefähr achtzehn Meter auf der Steuerbordseite, in Verlängerung der ...«, er schaute kurz auf, »Luke des vorderen Fahrwerks.«

Die Kamera noch in der Hand, stellte Tom ein orangefarbenes Fähnchen neben den Toten. Der Mann lag mit dem Gesicht nach unten auf dem Beton. Tom zoomte die Leiche heran. »Kaum sichtbare Verletzungen. Blutspuren an der Nase und kleinere Schnittwunden.«

Er stieg über den Toten hinweg, schaute kurz auf, um sich zu orientieren, und trat tiefer in die kühle Dunkelheit von Hangar 6.

»Leiche Nummer zwei.«

Tom hob die Kamera, um einzufangen, dass die Überreste des Mannes an einem Haken aus verdrehtem Wellblech an der Wand hingen.

Unwillkürlich fühlte sich Tom bei dem Anblick an seine Kindheit erinnert, als sich die Müllmänner in seinem Viertel die Puppen und Teddybären, die sie im Müll fanden, vorn in ihre Trucks hängten. Er musste sich zwingen, dieses Bild aus seinem Kopf zu verdrängen.

»Leichnam hängt an einem Stück Metallverkleidung, das vermutlich bei dem Unfall weggeschleudert wurde. Ungefähr sieben Meter von der Spitze des Steuerbordflügels entfernt und knapp zwei Meter über dem Boden.«

Er platzierte ein zweites Fähnchen in der Blutlache unter den herabhängenden Arbeitsschuhen und sah hinauf zu dem Toten.

»Auf den ersten Blick Anzeichen für zahlreiche offene Wunden und massiven Blutverlust. Außerdem …« Er hielt inne und sah blinzelnd in die Abendsonne, die durch die zerfetzten Metallwände fiel. Dann nutzte er die Zoomfunktion. »Außerdem steckt ein großes Stück Metall im Unterbauch des Mannes, vermutlich ein Schaufelblatt.«

Er wandte sich ab und sah sich nach dem dritten Opfer um. Als er den Hangar durchquerte, blieb er stehen und bückte sich nach einer nicht angezündeten Zigarette, die ihm aufgefallen war. Auch sie markierte er und ging dann weiter.

Unweit der Zigarette lag die untere Körperhälfte eines Menschen neben einem großen, rollbaren Werkzeugkasten auf dem Boden.

»Leichnam Nummer drei.« Tom stellte das Fähnchen neben ein Knie, das noch vom blauen Stoff des Overalls bedeckt war. »Teil eins.« Er sah sich nach dem Oberkörper des Opfers um. Der linke Arm war auf Ellenbogenhöhe abgetrennt, der rechte Arm lag verdreht auf der Brust; die Lider des Toten waren nur halb geschlossen, sein Kinn war blutverschmiert. Tom runzelte die Stirn, als er die rechte Hand des Toten sah. Zeige- und Mittelfinger waren ausgestreckt, als hätte der Mann noch kurz vor seinem Tod das Victory-Zeichen gemacht.

Er spürte, dass jemand neben ihm stand. Als er sich umdrehte, sah er einen dünnen Schwarzen in einem blutbespritzten Overall der Air Maintenance Inc. Der Mann hatte sich eine Decke um die Schultern gelegt und starrte auf die Hand des Toten.

»Sir, Sie müssen wieder zurück hinter das Absperrband.«

Doch der Mann schien ihn nicht zu hören.

»Schere«, murmelte er vor sich hin. Dann, ohne den Blick von dem verstümmelten Leichnam zu wenden, hielt er Tom die flache Hand hin. »Sehen Sie, Papier. Er hätte gewonnen.«

2. Kapitel

Es war schon dunkel, als Lenny Munro das Einsatzteam durch die Traube von Reportern zum Hangar 6 führte.

Inzwischen hatte Tom dank starker Scheinwerfer für ausreichendes Licht gesorgt. Das war das Gute an L. A.: In der Filmstadt war immer genügend Beleuchtungsmaterial aufzutreiben. Unterdessen hatten die Sanitäter die Leichname eins und zwei abtransportiert, und die beiden Männer, die beim Losen den Kürzeren gezogen hatten, mussten die verstreut liegenden Körperteile des dritten Toten zusammensuchen und in schwarze Plastiksäcke stecken.

»Tom?«

Tom schaute von seinen Notizen auf.

Lenny Munro war ein korpulenter Endvierziger mit einem lächerlichen Bürstenschnitt, der ihm, wie er glaubte, das Aussehen eines ehemaligen Astronauten verlieh. Tatsächlich erinnerte er an einen typischen Dad aus einer Sitcom der Fünfziger.

»Pete sagte mir, dass er Sie hierhergerufen hat.« Es klang harmlos, aber Tom ahnte, dass Lenny stinksauer war. Was kümmerte es ihn? Tom wollte wieder Flugzeuge untersuchen, und wenn er seinen Stolz herunterschluckte und als Erster vor Ort war, dann sollte Lenny gefälligst zufrieden sein.

Tom, der in der Hocke gesessen hatte, stand auf und gab Lenny kurz die Hand. Neben Lenny standen zwei Untersuchungsbeamte in der entsprechenden Dienstkleidung:

Jan Ryland, eine schlanke Frau Anfang dreißig vom Typ Brillenschlange, und Jim Crane, ein großer, bärtiger Mann mit grau meliertem Haar.

»Hey, Jan, Jim«, grüßte Tom knapp.

Die beiden nickten bloß, als wäre es ihnen unangenehm, Tom hier zu begegnen. Lenny Munro kam zur Sache.

»Womit haben wir es eigentlich zu tun?«

»Alles Sicherheitszone. Die meisten Verletzten wurden schon weggebracht. Die Mechaniker-Crew bestand aus zehn Mann. Drei Tote im Hangar, sechs Männer im Krankenhaus, Zustand teilweise kritisch.«

»Was ist mit dem zehnten?«

»Der ist dort drüben.« Tom zeigte auf Halo, der inzwischen wieder hinter dem Absperrband stand.

»Was hat der hier zu suchen?«

»Die Sanis haben ihn untersucht, aber er wollte nicht ins Krankenhaus, bis sein Freund einwandfrei identifiziert ist.«

»Wo steckt denn sein Freund?«

»Da.« Tom deutete auf den konturenlosen schwarzen Leichensack, der gerade zum nächsten Krankenwagen geschleppt wurde. »Und da.« Zwei Sanitäter trugen einen zweiten Sack fort.

»Schon mit ihm gesprochen?«

Tom sah ihm in die Augen. »Lenny, den Typen gibt's in zwei Hälften.«

»Sie wissen genau, wen ich meine, Mann.«

Tom zuckte mit den Schultern. »Hey, ich war zwar der Erste vor Ort, aber Sie wissen doch, dass ich keine Untersuchung ohne Sie starten kann.«

»War nur 'ne Frage. Ich behaupte ja nicht, dass Sie irgendwas gemacht haben, was Sie nicht dürfen. Das wissen Sie doch, Tom.«

»Weiß ich, Lenny.«

Sie wussten beide, dass sie sich in die eigene Tasche logen.

Knapp eine halbe Stunde bevor Lenny Munro im Hangar 6 aufgetaucht war, hatte Tom die erste Bestandsaufnahme vor Ort abgeschlossen. Er war weder zu langsam noch zu hektisch vorgegangen und hatte seinen Job gründlich gemacht. Er hatte den Manager gebeten, ihn zu informieren, wenn das Einsatzteam aus Washington D. C. landete. Und wann immer einer aus Hancocks Abteilung in seiner Nähe aufgetaucht war, hatte er den Atem angehalten. Letzten Endes hatte er noch vor Munros Ankunft alle Untersuchungen abgeschlossen. Er hatte seinen Job gemacht.

Alles, was er auf eigene Faust herausbekam, war für ihn von Vorteil.

Tom packte seine Sachen zusammen, tauchte unter dem gelben Absperrband hindurch und trat zu Halo Jackson. Jackson hatte sich die Decke, in die er gehüllt war, bis unters Kinn gezogen. »Wie geht's Ihnen, Mr Jackson?«

»Gut.«

»Waren Sie schon in der Klinik?«

»Mir geht's gut.«

Toms Blick huschte zu der jungen Sanitäterin, die in der Nähe wartete. Sie verdrehte die Augen, was so viel hieß wie: »Zwingen können wir ihn nicht.«

Tom zuckte die Achseln. Wenn Halo Jackson es so wollte, war das seine Sache. Tom war es recht, denn so brauchte er nicht extra ins L. A. County zu fahren. Schließlich wurde ihm schon schlecht, wenn er nur ein Krankenhaus betrat. Einmal hatte ein Arzt ihm beim Blutdruckmessen erklärt, er leide an einer Art Weiße-Kittel-Phobie, und das treibe seinen Blutdruck in die Höhe. Damals war Tom beleidigt gewesen, aber später hatte er eingesehen, dass der Mann recht hatte. Tom beschlich schon ein ungutes Gefühl, wenn Ärzte nur in der Nähe waren.

»Mr Jackson, die …«

»Sie können Halo zu mir sagen.«

Tom zögerte. »Die Untersuchungsbeamten werden gleich hier sein …«

»Ach, Sie sind gar keiner von denen?«

Tom reichte ihm seine Karte. »Ich bin nur Erster vor Ort. Je eher einer von uns da ist, desto besser. Die Jungs vom Einsatzteam kümmern sich dann um alles Weitere.«

Halo nickte.

»Also«, meinte Tom, »was können Sie mir erzählen?«

Halo schwieg zunächst, und allein das machte ihn Tom sympathisch. Die meisten Leute konnten es gar nicht abwarten, ihre Meinung kundzutun. Daher gefiel es Tom, wenn jemand erst einmal nachdachte, bevor er den Mund aufmachte.

Doch dann schüttelte Halo Jackson den Kopf ganz leicht und schien durch Tom hindurchzusehen. »Ich habe keine Ahnung.«

Und Tom hatte gedacht, er sei im Vorteil!

Munro und das Team arbeiteten bis spät in die Nacht. Sie versuchten, möglichst nicht in die getrockneten Blutlachen zu treten, während sie an die tausend einzelne Metallteile zählten. Am nächsten Morgen würden sie draußen bei Tageslicht weitere Teile durchnummerieren. Tatsächlich sollten sie am kommenden Tag ein fast zwei Meter langes

Stück Blech der Turbinenverkleidung finden, das verdammt weit durch die Luft gesegelt war und frühmorgens die Pendler auf dem Sepulveda Boulevard in Unruhe versetzt hatte. Ein Schaufelblatt hatte die Fahrerkabine eines Flughafen-Gepäckwagens zertrümmert. Der Fahrer, Carson Holt, war nur deshalb nicht getötet worden, weil er sich zum Zeitpunkt des Unglücks gerade ein verbotenes Zigarettenpäuschen gegönnt hatte. Später zog man ihm deswegen den Lohn für den Tag ab, ohne dass sich Holt bei seinem Gewerkschaftsvertreter darüber beschwerte. Denn Holt meinte, hundertzwölf Dollar seien ein verhältnismäßig kleiner Verlust, wenn man bedachte, dass die umherfliegenden Teile ihn hätten zerfetzen können. Von jenem Tag an lebte er sein Leben viel bewusster.

Doch vorerst arbeitete das Einsatzteam unter dem falschen Hollywood-Tageslicht der Scheinwerfer und machte sich daran, das Flugzeug wieder zusammenzusetzen, um herauszufinden, was schiefgelaufen war. Ein Zwei-Millionen-Dollar-Puzzle mit Einzelteilen, die in einem Radius von achthundert Metern verstreut lagen.

Doch eine Sache weckte von Anfang an Lenny Munros Interesse: die Zigarette, die Tom Patrick markiert hatte. Auf dem Flughafengelände war das Rauchen nicht nur aus gesundheitlichen Gründen verboten. Jeder, der etwas vom Fliegen oder von den Abläufen in Flughäfen verstand, wusste, dass es selbst bei Zigarettenkippen um FOD gehen konnte: um *Foreign Object Damage*, die Beschädigung durch einen Fremdkörper. Fremdkörper war dabei eine nette Umschreibung für Abfall aller Art. Fast überall war herumliegender Müll ein Ärgernis. Aber in Flughäfen konnte er tödliche Folgen haben. Ein verknotetes Kondom, der vergessene Handschuh eines Mechanikers, ein

Pappbecher: All diese Dinge konnten in den Sog eines Strahltriebwerks geraten und im schlimmsten Fall ein Flugzeug zum Absturz bringen. Weltweit beschäftigten Flughäfen deshalb Reinigungsteams – vorzugsweise Leute mit einem Sauberkeitstick –, die dafür zu sorgen hatten, dass achtlos weggeworfener Müll keine Katastrophe auslöste.

Lenny Munro hatte sofort aufgehorcht, als Tom Patrick im Hangar unmittelbar hinter der *Pride of Maine* eine Zigarette gefunden hatte. Zwar war eine Zigarette allein noch kein Beweis. Aber Zigaretten wurden in Packungen verkauft …

Und als Lenny vier Wochen später seinen Unfallbericht vorlegte, gab er – was durchaus verständlich war – Christopher Stern die Schuld für den Unfall der *Pride of Maine*. Fortan war Wartungsingenieur Stern für den Tod von drei Kollegen und den Zustand der Verletzten verantwortlich.

Stern, Ehemann von Vee und Vater der kleinen Katy.

Und Halo Jacksons bester Freund.

3. Kapitel

Tom spürte immer noch die Hitze, die dem Vorratstank Nr. 9 auf der Amoco Farm in Santa Ana entströmte. Um ihn herum dampften rußige und verbogene Metallstücke wie ein Misthaufen. Pipelines und dergleichen waren zwar nicht sein Ding, aber er wusste trotzdem sofort, was passiert war.

Um halb sieben morgens hatte man Benzin aus dem Vorratstank Nr. 9 gepumpt. Gegen viertel vor vier nachmittags hatte irgendein Esel Diesel hineingepumpt. Um eine Minute vor vier ließ ein elektrostatischer Entladungsfunken – wahrscheinlich war während des Pumpvorgangs die Erdung schlecht – das restliche Gas-Luft-Gemisch wie eine Bombe hochgehen. Der neu einströmende Diesel hatte den Brand noch beschleunigt.

Klarer Fall.

Und trotzdem würde Tom noch eine ganze Woche lang forensische Details abgleichen und Befragungen durchführen müssen, ehe er die Beweise zusammenhatte, die schon jetzt klar auf der Hand lagen. Er seufzte. Pipelines machten einfach keinen Spaß. Nichts als Routinearbeit. Viel besser für Tom wäre folgendes Szenario gewesen: Ein voller Tank, Stromkreislauf, 4000 bewegliche Einzelteile und 300 Passagiere ... dann bricht ein Feuer aus, während die Maschine mit 800 Kilometern pro Stunde über den Himmel saust. Das wäre sein Ding!

Er blinzelte gegen die Sonne, dachte an das Casino, das

er beim Ortsschild von Santa Ana gesehen hatte, und wünschte, er könnte ein neues Blatt in Händen halten. Ein Prickeln der Vorfreude durchrieselte ihn – ein Kitzeln, das er auch immer dann im Mund spürte, wenn er an Mixed Pickles dachte.

Oben am Einstieg zum Tank hörte er ein Geräusch und schaute auf. Ein Mann tauchte an der Luke auf und winkte. »Ihr Handy klingelt!«

»Aha, dann gehen Sie doch ran und bringen den Rest der flüchtigen Gase hier drin zum Explodieren!«

Der Mann brauchte einen Moment, bis er verstand, dass Toms Bemerkung sarkastisch gemeint war. Dann lächelte er verlegen und verschwand wieder aus Toms Blickfeld. Tom hörte, wie der Mann außen am Tank die eisernen Sprossen hinunterkletterte ... und dabei offenbar keine Sicherheitsschuhe mit Gummisohlen trug!

Das Handy klingelte immer noch oder wieder, als Tom eine Viertelstunde später aus dem Vorratstank Nr. 9 kletterte. Das Klingeln war über den ganzen Platz zu hören. Tom aktivierte nie die Mailbox, denn er hasste es, zurückrufen zu müssen. Wollten Leute ihn wirklich unbedingt sprechen, versuchten sie es später noch einmal. Aber offenbar hatte er es hier mit einem besonders hartnäckigen Anrufer zu tun.

»Patrick hier.«

»Hey, Mr Patrick. Hier ist Halo Jackson.«

»Wer?«

»Halo Jackson. Vom LAX.«

In Toms Gedächtnis machte es klick: Er sah den schmächtigen Schwarzen vor sich, der sich in eine blaue Decke gehüllt hatte, und stutzte. Der Job war doch abgeschlossen. Alle Berichte lagen vor. Der Schuldige war gefunden. Warum zum Teufel rief dieser Jackson ihn jetzt an? »Ja, ich erinnere mich an Sie.«

Halo war zwar am Telefon, schien aber plötzlich die Sprache verloren zu haben. Tom widerstand der Versuchung, ihn zu fragen: »Was kann ich für Sie tun?« Denn das bedeutete immer, dass man sich quasi im Voraus verpflichtete, jemand anders einen Gefallen zu tun. Und Verpflichtungen dieser Art schmeckten ihm nicht. Schließlich zog sich das Schweigen derart in die Länge, dass Tom es als äußerst unangenehm empfand.

»Was kann ich für Sie tun?«

Ach, Mist!

»Ich brauche eine zweite Meinung von Ihnen.«

»Zu was denn?«

»Zu der Frage, was den Triebwerksschaden an der 737 ausgelöst hat.«

Tom blieb zögerlich. »Mr Jackson, ich habe ja nicht mal eine *erste* Meinung zu der ganzen Sache. Ich war Erster vor Ort. Da geht es noch nicht um Fragen der Ursache. Mein Job ist es, möglichst viele Beweise zu sichern, damit das Einsatzteam später seinen Bericht abliefern kann. Da müssen Sie sich an den Untersuchungsleiter wenden.«

»Hab ich schon. Sie meinen diesen Munro? Nehmen Sie's mir nicht übel, aber ich glaube, der ist ein ziemlicher Spinner.«

Tom unterdrückte ein Lachen. Jetzt war ihm dieser Jackson schon zum zweiten Mal sympathisch. Nicht, dass Tom in die gleiche Kerbe geschlagen hätte, aber natürlich gefiel es ihm, wenn jemand gegen Lenny Munro austeilte. »Inwiefern?«

»Hören Sie, der Mann irrt sich. Sein Bericht stimmt so nicht. Da steht, dass eine Zigarettenpackung ins Triebwerk geraten ist, aber das ist absoluter Quatsch.«

»Woher wollen Sie das wissen?«

»Ich weiß das, weil Chris Stern kein Raucher war. Er hatte immer eine Zigarette – keine Packung – oben in seiner Brusttasche. Manchmal nahm er sie raus und tat dann so, als würde er rauchen, und dann steckte er sie wieder weg und machte den Druckknopf an der Tasche zu. Das hab ich zigmal bei ihm gesehen.«

»Aber ist es denn nicht möglich ...«

»Nein, ist es nicht.«

Tom verdrehte die Augen. Die Sache wurde ihm allmählich zu anstrengend. »Wissen Sie was, Mr Jackson? Wenn Sie sich beschweren wollen, dann müssen Sie sich an die entsprechenden Leute in D. C. wenden.«

»Hab ich schon. Ich habe auch schon mit den anderen Leuten aus dem Team gesprochen.«

Tom war überrascht. Jackson erwies sich als ziemlich hartnäckig. »Also Munro hat Sie abgewimmelt, und D. C. auch?«

»Genau.«

»Und jetzt bin ich Ihre letzte Hoffnung?«

»Genau.«

Tom war ein wenig beleidigt. Er wollte nicht, dass dieser Mann seine Zeit in Anspruch nahm. Aber wenn sich Jackson schon an ihn wandte, dann wollte er die erste und nicht die letzte Anlaufstelle sein. Ihm war, als würde sich seine berufliche Autorität endgültig in Luft auflösen. »Warum kümmert Sie das alles überhaupt?«

»Chris Stern war mein Freund.«

»Aha. Und weil er Ihr Freund war, heißt das für Sie, dass

er auf keinen Fall nachlässig gewesen ist. Er hätte nicht rauchen sollen.«

»Er hat ja auch nicht geraucht. Er wollte ganz damit aufhören«, antwortete Halo energisch.

»Hören Sie, die Zigarette habe ich selbst gesehen – auf dem Boden, wenige Schritte neben Ihrem Freund.«

»Haben Sie denn eine Packung gesehen?«

»Die dürfte sich in der Turbine aufgelöst haben«, erwiderte Tom.

»Nicht, wenn er nie eine in der Tasche hatte.«

»Mr Jackson.« Toms Stimme klang ungeduldig. »Der Mann hat geraucht. Es ist sehr wahrscheinlich, dass die Zigarette aus einer Packung stammte, die offenbar in den Sog des Triebwerks geraten ist. Jedenfalls wurde keine Packung bei Ihrem Freund gefunden.«

»Haben Sie sich die Leiche angesehen, Mr Patrick?«

Tom zögerte. Er wusste, worauf Halo Jackson hinauswollte. Chris Sterns Körper war auf Brusthöhe zerteilt und die Tasche seines Overalls zerschnitten worden. Wer vermochte da noch zu sagen, ob die Zigarette oder die Packung vor oder nach dem Unfall der *Pride of Maine* herausgefallen war? Lenny Munros Behauptungen bezogen sich auf Indizienbeweise, doch exakte Wissenschaft war etwas anderes.

Halo blieb hartnäckig bei der Sache. »Man hat ihm das Sterbegeld gestrichen. Und die Pension. Es heißt, seine Frau und sein Kind kommen nicht an das Geld. Die beiden haben Chris verloren, und jetzt verlieren sie auch noch alles andere. Air Maintenance will offenbar auf Schadensersatz klagen. Wenn das so weitergeht, verliert Chris' Frau auch das Haus.«

»Das ist nicht mein Problem.«

Halo schwieg eine Weile. »Ich hab Sie vor einer Weile im

Fernsehen gesehen. Sie waren in den Nachrichten und haben irgendeiner New Yorkerin gesagt, dass sie einen Piloten in Ruhe lassen soll.«

»Und?«

»Hatten Sie deswegen Schwierigkeiten?«

Tom dachte nach und warf einen Blick auf den Benzintank. »Ein paar.«

»Yeah, dachte ich mir. Hab ich sofort gewusst.«

»Was meinen Sie damit, Mr Jackson?«

»Damit meine ich, dass ich jemanden brauche, der keine Angst hat, in Schwierigkeiten zu geraten.«

»Dann viel Glück bei der Suche«, sagte Tom und beendete das Gespräch.

Das Rubstick war kleiner und schäbiger als die Clubs in L. A., aber kaum hatte Tom Platz genommen, war alles wie immer. Dasselbe Spiel, dieselben grün bezogenen Tische, dieselben Leute – Männer mit Truckerkappen oder in geliehenen Jacketts. Ein paar Frauen, entweder erschreckend dünn oder zu fett.

Tom stieg mit zweihundert Dollar bei einem No Limit Hold'em-Tisch ein. Gleich in der ersten Runde bekam er zwei Siebenen. Die nächste kam bei den drei Flop-Karten. Gegen halb elf verließ Tom das Casino um tausend Dollar reicher, als er es um acht Uhr gewesen war.

Tom wäre noch geblieben, aber er musste früh um acht wieder auf der Amoco Farm sein. Trotzdem war ihm noch ganz schwindelig von seiner Glückssträhne. Einen knappen Kilometer vor dem Motel 6 entdeckte er das Sawmill mit dem pinkfarbenen Neonschild. Darunter blinkte *Gentlemen's Club* auf.

Tom hatte noch keine Lust zu schlafen. So gut wie in diesem Moment hatte er sich schon lange nicht mehr gefühlt. Nicht mehr seit der Degradierung zum Pipeline-Gutachter. Nicht mehr, seit er nach Hause gekommen war und Ella auf der Couch sitzen sah, mit all den gepackten Taschen und Koffern um sich herum. Draußen vorm Haus lief das Taxameter des Taxis.

»Hi«, hatte er sie begrüßt.

»Ich gehe«, hatte sie ihm entgegnet.

»Wohin denn?«

»Woandershin.«

Mist, warum musste er ausgerechnet jetzt daran denken, wenn er sich einmal gut fühlte?

Er fuhr auf den Parkplatz des Sawmill.

Der Schuppen war brechend voll. Nebelschwaden von Trockeneis waberten über die Bühne und raubten einem fast die Sicht. Zwei Vietnamesinnen tanzten vor den Männern. Sie hatten die Augen halb geschlossen und wanden sich wie Schlangen an den Stangen. Sie trugen nur noch G-Strings, und ihre falschen Brüste sahen hart und seltsam aus, als würden sie beim Anfassen abfallen.

Tom fand noch einen Platz am Tresen und bestellte ein Bier bei einer Rothaarigen, die einen paillettenbesetzten Bikini trug. Die Musik hörte auf, und eins der vietnamesischen Mädchen drehte sich aufreizend vor den Kunden und spreizte die Beine. Der grauhaarige Typ, der neben Tom saß, steckte der Tänzerin zwanzig Dollar in den G-String und kniff ihr gleichzeitig in die Innenseite des Oberschenkels. Tom sah, wie das Mädchen zusammenzuckte und dem Mann dann ein kühles Lächeln zuwarf. Schon wandte sie sich von Toms Nachbarn ab und präsentierte sich Tom mit all ihren Reizen.

»Bin eben erst angekommen«, stammelte er. Ach, verdammt, jetzt sollte er auch noch für etwas bezahlen, was er gar nicht gesehen hatte!

Das Mädchen zuckte die Achseln und lächelte. »Beim nächsten Mal bezahlst du mich gut.«

»Yeah, beim nächsten Mal.«

Ein neuer Song plärrte aus den alten Lautsprechern, bei denen die Bässe nicht richtig herüberkamen, und zwei neue Girls tauchten auf. Das erste Girl war eine Blondine mit prallen Brüsten, die so groß wie Fußbälle waren. Das andere Mädchen war eine Schwarze mit weichen Zügen, kleinen Brüsten, einer schmalen Taille und einem tollen Arsch. Als die Blonde begann, sich wie verrückt an der Stange abzuarbeiten, rückten einige Kerle mit ihren Stühlen näher an die Bühne. Tom blieb sitzen, wo er war. Die Schwarze schien nicht zu merken, dass sie kaum beachtet wurde. Sie war ganz bei sich und bewegte sich weiter mit fließenden Bewegungen vor einem unsichtbaren Geliebten. Sie schien ihre Sinnlichkeit zu genießen, ohne Blickkontakt zu den gewöhnlichen Gästen zu suchen.

Tom kam sich vor wie ein Voyeur.

Als die Musik aufhörte, quoll der G-String der Blondine schier über vor Dollarnoten. Tom und zwei angetrunkene College-Jungs waren die einzigen Gäste, die auf ihren Plätzen blieben. Die Jungs stopften der Schwarzen Fünf-Dollar-Noten in den Tanga. Tom reichte ihr einen Fünfziger.

Sie lächelte und hauchte ein »Danke« mit weicher Südstaatenstimme.

Sie hieß Lucia, und nach drei weiteren Fünfzigern kam sie mit zum Motel 6. Tom hielt sie den Rest der Nacht im Arm. Am Morgen wachte er auf und wurde in ihrem Mund hart, damit sie sich ihr Geld auch verdiente.

Er nahm sie mit in einen Imbiss, wo sie zusammen frühstückten. Lucia aß sich an Bananen-Pfannkuchen satt. Später bestand er darauf, ihr das Taxi zu bezahlen, das sie nach Hause bringen sollte.

Als er wieder in sein Motelzimmer kam, sah er, dass sie die drei Fünfziger auf dem Kopfkissen liegen gelassen hatte.

Verdammt, dachte Tom, ist schon was Besonderes, wenn dir bei einer Nutte warm ums Herz wird.

4. Kapitel

Frik Venter steckte im Stau. Dass er an einem der schönsten Fleckchen auf diesem Planeten im Stau steckte, entging ihm allerdings, denn er war den Anblick des Tafelbergs gewohnt: Rechter Hand schwebten die Wolken über Kapstadt, und zu seiner Linken erstreckte sich die blaue Weite der Tafelbucht. Inzwischen drang dieser herrliche Blick kaum noch in sein Bewusstsein vor. Im Moment sah Frik Venter nur den Pick-up vor sich, auf dessen Ladefläche ein Dutzend dunkelhäutiger Männer in schmutziger Arbeitskleidung hockte und sich offenbar amüsierte. Die Männer sahen ihn fast übermütig an. Dann machte einer eine Bemerkung, und die anderen fingen an zu lachen, so laut, dass er die Stimmen trotz der surrenden Klimaanlage und Fleetwood Macs *Rumours* hören konnte.

Frik versuchte, nicht weiter auf die Männer zu achten, obwohl sie kaum drei Meter von ihm entfernt waren und genau in seinem Blickfeld lagen. Nach weiteren zehn Minuten der Demütigung nutzte er seine Chance und wechselte die Spur. Doch er war unaufmerksam und kollidierte mit einer Frau in einem Toyota Yaris. In der Stille nach dem Aufprall konnte er das fast hysterische Gelächter der Arbeiter hören. Seine Laune wurde noch schlechter, als er sah, dass sich die Autos auf der Spur, die er soeben verlassen hatte, wieder in Bewegung setzten.

Frik Venter ignorierte die anklagenden Blicke der Passagiere in der ersten Klasse und zog die Cockpittür hinter sich zu. »Sorry, Vernon.«

»Bist du okay? Hab gehört, du hattest einen Unfall?«

»Ich sag nur: Frau am Steuer.«

»Erzähl.«

Frik hängte seine Jacke an den dafür vorgesehenen Haken und schnallte sich an. »Sind wir so weit?«

Vernon nickte. »Ich habe den Kontrollrundgang gemacht und alles überprüft, und mit Toby bin ich den Startcheck durchgegangen.«

Vernon Langeholm und Toby Marais waren erfahrene Piloten, und Frik vertraute ihnen, dass sie alle relevanten Vorflugkontrollen gewissenhaft durchgeführt hatten.

»Wie viele sind heute an Bord?«

»124, mit dir.«

Frik meldete dem Tower, dass sie bereit waren für die Startbahn.

Flug SA77 nach Johannesburg hob sicher ab und drehte weg von der Stadt und vom Meer. Kurz darauf beschrieb die Maschine einen Bogen, gewann weiter an Höhe und flog in nordöstlicher Richtung zur Karoo-Wüste.

Harold Robbins Mhleli war nach einem Schriftsteller benannt worden, dessen Bücher er nie würde lesen können. Bis zur dritten Klasse hatte er ganz gut mitgehalten und Comics wie *Mutant Ninja Turtles* und *Richie Rich* verschlungen. Dann hatte er irgendwann den Anschluss verpasst, und plötzlich war der Sechs-Kilometer-Schulweg, den er ohne Schuhe zu bewältigen hatte, ein hoher Preis dafür, dass Harold die meiste Zeit über draußen vor dem stickigen Klassenzimmer stehen musste und ihm wieder mal die Handflächen von dem Lederriemen brannten. Aber der Junge hatte eine lebhafte Fantasie und konnte Stunden damit zubringen, sich auszumalen, wie das Leben als Fußballstar oder als Viehbaron wäre, während seine fleißigen Klassenkameraden über Nomen und Verben brüteten oder den Wert von X berechneten.

Nach dem dritten Tadel kündigte sein Vater an, Harold müsse die Schule verlassen und sich einen Job suchen. Seine Mutter, die mit dem Namen Harold Robbins ihre ganze Hoffnung auf ihn gesetzt hatte, musste notgedrungen zustimmen. Von da an konzentrierten die Eltern all ihre Bemühungen auf Harolds jüngeren Bruder Sofiso, dem vielleicht eine bessere Zukunft beschieden war.

Harold war inzwischen zwölf Jahre alt und arbeitete schon seit zwei Jahren auf der Straußenfarm. Der Job gefiel ihm. Nach der ersten Woche, in der ihn ein Strauß so hart getreten hatte, dass ihm schier die Luft weggeblieben war, hatte er gelernt, die großen, flauschigen Tiere zu respektieren. Mit den anderen sechs Jungs, die auf der Farm arbeiteten, war Harold ziemlich schnell klargekommen. Gemeinsam säuberten sie das Gehege und die Ställe, fütterten die Tiere und wendeten die Eier nach der vorgeschriebenen Zeit.

Aber am meisten Spaß machte das Reiten auf den Straußen. Dreimal pro Woche kamen Touristen, weil sie die Rennen sehen wollten, und meistens war der spindeldürre Harold einer der Jockeys. Harold liebte es, in der grellbunten Nylonbluse die behelfsmäßige Rennbahn zu betreten. Die Touristen klatschten und lachten, und die Kinder der reichen Weißen beobachteten ihn mit großen Augen und wünschten, sie könnten auch einmal auf so einem Riesenvogel reiten und als Jockey durch die Karoo rasen. Für Harold war der Auftritt fast noch wichtiger als die Frage, wer letzten Endes Sieger sein würde. Denn wenn er Erster wurde, war er immer so aufgeregt, dass er gar nicht mehr mitbekam, was die Zuschauer taten und wie sie ihn ansahen. Nein, er mochte die Augenblicke vor dem eigentlichen Rennen ganz besonders: Dann war er ganz bei sich selbst und genoss es, im Rampenlicht zu stehen. In Momenten wie diesen fühlte er sich erwachsen, professionell und mutig.

An diesem Tag saß er auf Lemon und damit auf jenem Vogel, der ihn gleich am ersten Tag getreten hatte. Harold nahm es dem Tier nicht übel. Schließlich hieß der Strauß nicht ohne Grund Lemon: Er war ständig sauer, und daher hätte Harold mit einer solchen Reaktion rechnen müssen. Aber weil Lemon so wahnsinnig schnell war, verzieh der Junge dem Vogel so gut wie alles.

Harold und fünf andere Jungs zogen sich in der flirrenden Hitze im Schatten hinter den strohgedeckten Toilettenhäuschen um. Am Dachvorsprung hatten die Schwarzen Witwen ihre Netze gesponnen und schützten den noch nicht geschlüpften Nachwuchs der ermordeten Männchen. Heute trug Harold ein leuchtend gelbes T-Shirt, das einen besonders starken Kontrast zu seiner dunklen Hautfarbe bildete. Die Jungen trugen Reithelme, und Harold war damit beschäftigt, den Riemen richtig einzustellen, da Jonty den Helm tags zuvor getragen hatte. Und Jonty hatte den dicksten Schädel von allen. Ständig machten die Jungen irgendwelche Witze auf Jontys Kosten.

Harold mochte die Helme fast ebenso sehr wie die bunten Hemden. Oft stellte er sich vor, dass er eines Tages als echter Jockey eine Rasenfläche betreten und auf einem großen Pferd reiten würde. Tausende Zuschauer würden verfolgen, wie er ein Rennen nach dem anderen gewann. Wie es wohl wäre, wenn er Lemon einfach mit nach Durban nähme und ihn beim July-Handicap-Rennen anmeldete? Dann könnten die Leute sehen, wie es der schnellste Strauß der Karoo mit den edlen Rennpferden aufnahm.

Als die Jungen in die pralle Sonne hinaustraten, applaudierten die dreißig oder vierzig Touristen, die die heiße und staubige Busfahrt von Oudtshoorn auf sich genommen hatten. Harold unterdrückte ein Grinsen. Er wollte sich nicht anmerken lassen, wie sehr er Augenblicke wie diesen genoss. Nein, er wollte wie ein Profi aussehen.

Lemons Kopf zuckte unter dem Leinensack, als der hinkende Andy Harold auf den Rücken des Vogels half. Sofort drückte der Junge mit den Knien gegen die Schwingen des Straußes und griff nach den Zügeln, die mit dem Schnabel verbunden waren. Dadurch war es den Jockeys möglich, die Vögel auf der Kreisbahn zu lenken. Sowie der Junge die vertrauten Bewegungen des großen Tiers unter sich spürte, hielt er den Körper möglichst locker, drückte aber umso stärker mit den Knien gegen die Schwingen. Er sah in die Gesichter der Kinder entlang der Absperrung und war so stolz, dass er das Gefühl hatte, ihm könnte alles gelingen. Doch er lächelte auch jetzt nicht, sondern blickte eher finster drein, weil er den Kindern zeigen wollte, dass der Straußenritt nur Routine für ihn war.

»Oh!«

Doch was da zu hören war, war kein »Oh« eines Vaters, der gerade feststellte, dass sein Kind ihm die Hose mit Eis bekleckert hatte. Es klang auch nicht nach dem »Oh« einer Frau, der ein Absatz abgebrochen war.

Das »Oh!« war so laut und zwingend, dass die Zuschauer erschraken und den Blick von den Straußenvögeln wendeten. Ein junger Mann schaute blinzelnd hinauf zum Himmel, und in seiner Miene zeichnete sich absolute Fassungslosigkeit ab.

Nach und nach sahen sie alle zum Himmel hinauf. Auch Harold.

Hoch über ihren Köpfen fiel ein Flugzeug vom Himmel.

Das war Harolds erster Gedanke, gefolgt von der Überzeugung, dass so etwas nicht möglich war.

»Ach, du Scheiße!«

Harold schaute auf den hinkenden Andy herab, der Lemon gerade den Leinensack vom Kopf riss und davonrannte.

Und plötzlich liefen alle durcheinander und schrien in Panik. Harold schaute wieder hinauf zum Himmel und sah, dass der Flieger, der eben noch wie ein silberner Fleck ausgesehen hatte, immer größer wurde und auf die Erde zuraste. Harold schrie vor Angst und trieb Lemon an, der ihn fast abgeworfen hätte, aber der Junge krallte sich fest. Der Strauß rannte schneller als je zuvor in seinem Leben.

Harold klammerte sich einfach blind an ihm fest und ließ den Vogel laufen, wohin er wollte: Der Junge wollte nur weg und dem dunklen Schatten entkommen, den die abstürzende Maschine bereits warf. Lemons riesige Füße schlugen rhythmisch auf dem Boden auf, und jede Erschütterung fuhr Harold bis in die Wirbelsäule. Dann folgte ein so ohrenbetäubender Lärm, dass Harold glaubte, eine Bombe würde in seinem Kopf explodieren. Die Hitze der Sonne, die er im Rücken spürte, schien intensiver zu werden, und auf einmal war es dem Jungen so, als würde eine Druckwelle ihn und den Vogel noch schneller nach vorn katapultieren. In seiner Panik vergrub Harold den Kopf in den dunklen Federn des Tiers und schrie und trieb dem Strauß die Knie in die Flanken. Er schrie so lange, bis ihm klar wurde, dass er entweder längst im Jenseits schwebte oder der Katastrophe doch noch um Haaresbreite entkommen war.

Nach etwa anderthalb Kilometern traute Harold sich, den Kopf ein wenig zu heben. Er entsann sich wieder der Zügel und versuchte, Lemon langsam zum Stehen zu bringen.

Plötzlich schlug etwas von der Größe eines Motorrads keine zehn Meter vor ihnen auf. Lemon brach seitlich aus, und Harold fiel zu Boden. Der Vogel raste durch das Gestrüpp der Halbwüste, bis nur noch eine kleine Staubwolke zeigte, welche Richtung er eingeschlagen hatte – wie der pfeilschnelle Rennkuckuck aus der *Bugs Bunny Show.*

»Lemon!«

Der Junge wusste, dass es zwecklos war. Sie kamen nie zurück, wenn man sie rief, und Lemon schon gar nicht.

Mühsam stand Harold auf, drehte sich um und betrachtete das Objekt, das gerade in seiner Nähe aufgeschlagen war: Auf den ersten Blick erinnerte ihn das, was er sah, an einen außerirdischen Ninja Turtle in einer Hightech-Raumkapsel. Aber als der Junge genauer hinsah, erkannte er, dass dort ein Mensch in einem Sitz hing, nur noch gehalten von dem Fliegergurt: Kapitän Frik Venter auf seinem Pilotensitz. Die weit aufgerissenen Augen waren blutunterlaufen, von seinem weißen Hemd waren nur noch der Kragen samt Krawatte übrig geblieben. Auf der linken Seite fehlte ab dem Ellenbogen der Unterarm, der so sauber abgetrennt worden war, als hätte Harolds Mutter einen Braten zum Abendessen tranchiert.

Harold wurde übel, aber er dachte noch daran, sich weit vorzubeugen, weil er sein leuchtend gelbes Hemd nicht ruinieren wollte.

138 Tote bei Flugzeugabsturz in Südafrika

AP – Gestern stürzte eine Boeing 737 in Südafrika ab. Alle 124 Passagiere und Crewmitglieder kamen ums Leben, darüber hinaus 14 Menschen an der Absturzstelle.

Obwohl sich das Unglück in der dünn besiedelten Karoo-Halbwüste ereignete, trafen Trümmerteile eine Farm, wo sich Touristen eines der populären Straußenrennen ansahen.

Soweit bekannt, befinden sich unter den Toten keine US-Bürger.

Aha, dann ist ja alles okay, dachte Tom trocken.

Im selben Moment fragte er sich allerdings: Was zum Teufel ist ein Straußenrennen?

Er warf den Rechner an und informierte sich online über den Absturz. Das war wie ein Reflex bei ihm. Er musste sich zwanghaft die Bilder ansehen und fragte sich sofort, was wohl die Ursache für den Absturz gewesen sein mochte. Auch dann, wenn er überhaupt nichts mit den Untersuchungen zu tun hatte. Er war wie ein Angler, der sich ein Angelmagazin kauft, nur weil er sehen möchte, ob sein Karpfen in etwa so groß ist wie die abgebildeten Karpfen, die irgendjemand tausend Kilometer entfernt vor eine Kamera gehalten hat.

Die Zeitschrift *Weekly Mail and Guardian* aus Südafrika schien den besten Bericht zu haben. Man sah das noch qualmende Wrack. Zumindest ein Teil des Wracks. Das Flugzeug war in zwei Teile zerbrochen, wobei der größere Abschnitt des Rumpfs samt Tragflächen als brennender Feuerball auf die Farm gestürzt war. Das Flugzeug hatte zwanzig Minuten zuvor Kapstadt verlassen, die Tanks waren mehr als halb voll gewesen.

Das Cockpit und der Rumpf bis zu den Tragflächen waren mehr als einen Kilometer entfernt heruntergekommen.

Tom scrollte sich durch die Bilder verbrannter Erde und bekam eine Ahnung davon, in welchem Radius die Wrackteile verteilt lagen. Auf einem Foto war Terrence Terblanche zu sehen, ein sechsundvierzigjähriger Südafrikaner, der sich weinend über einen Straußenkörper beugte; das Tier sah aus wie der knusprige Überrest eines riesigen Thanksgiving-Truthahns. Tom ertappte sich dabei, wie er angesichts des makabren Vergleichs schmunzeln musste.

Noch einmal sah er sich das Bild des Flugzeugrumpfs an. Irgendetwas daran störte ihn, aber er wusste nicht, was.

Auf dem nächsten Foto war ein kleiner afrikanischer Junge zu sehen, der mit weit aufgerissenen Augen an der Kamera vorbeiblickte. Offenbar war er von dem Horrorszenario vor Ort so gefangen, dass er dem Fotografen nicht direkt in die Linse schauen konnte. Der Junge trug ein leuchtend gelbes Hemd aus einem seidenähnlichen Stoff. Unter dem Bild stand: *Harold Robbins, 12 Jahre, der sich auf einem Strauß retten konnte.*

Der eigenartige Bildtext ließ Tom nicht los. Daher googelte er, fand ein Video und sah staunend zu, wie bunt gekleidete Jungen auf riesigen Straußenvögeln durch die Halbwüste preschten.

Man lernt doch immer wieder was Neues, dachte er.

5. Kapitel

Seit Wochen hatte Halo Jackson nichts Neues in Erfahrung bringen können. Zwar kannte er inzwischen Tom Patricks Adresse, aber das hatte ihn auch nicht weitergebracht.

Vom Absturz der SA77 hatte er bisher noch nicht gehört, da die Nachricht nicht über Fox News lief und die einzige Zeitung, die er einigermaßen regelmäßig kaufte, die *Daily Racing Form* war.

Nach dem Unfall im Hangar hatte Halo drei Wochen Urlaub bekommen. Offenbar war das die Zeit, die man brauchte, um darüber hinwegzukommen, dass der beste Freund vor den eigenen Augen zerteilt wurde. Sein Gewerkschaftsvertreter machte ihm die Hölle heiß und meinte, er solle auf jeden Fall angeben, unter einer posttraumatischen Belastungsstörung zu leiden. Auf diese Weise könne er sich bei voller Bezahlung für mehrere Monate krankschreiben lassen.

Halo ahnte, dass er nie über die Sache hinwegkommen würde. Eine PTBS brauchte er gar nicht erst vorzutäuschen. Und ihn beschlich das ungute Gefühl, dass er auch dieses Stresssyndrom nie wieder ganz loswerden würde. Jeder wurde eben auf seine Weise mit solchen Katastrophen fertig.

Sein Kollege Cal Lemanski stand völlig neben der Spur und versuchte, sich vorzeitig pensionieren zu lassen.

Einige Kollegen waren ein bisschen neidisch auf Cal und dessen Aussicht auf Freizeit. Doch Halo hatte ihn einmal im Packer Institute besucht, das seine Großmutter immer als »Irrenhaus« bezeichnet hatte, und war entsetzt gewesen. Sicher, Chris Stern war zerfetzt worden, aber Cal Lemanski hockte nur da und stierte vor sich hin. Mit ihm war nicht mehr los als mit einem leeren Eisbecher von Ben & Jerry's auf einem Kindergeburtstag. Der große Pole mit dem dichten schwarzen Bart und dem einst dröhnenden Lachen sah aus wie eine Sexpuppe, aus der man zur Hälfte die Luft abgelassen hatte. Mit hängenden Schultern hockte er da und schien kaum die Kraft zu haben, seinen Kopf hochzuhalten. Aber immerhin erkannte er Halo noch und bedankte sich für das *Juggernaut*-Magazin, doch er lächelte nicht. Er ließ das Heft einfach auf dem Schoß liegen, fasste es nicht mal an. Dann kam Cals Frau Paula herein, und das nahm Halo zum Anlass, seinem Kumpel zum Abschied auf die Schulter zu klopfen und zu gehen. Als Halo das Zimmer verließ, saß Paula neben ihrem Mann und hielt seine vernarbte Hand, die auf dem Cover des Magazins ruhte, auf dem sich eine pralle Blondine die Nippel lutschte. Paula starrte Cal an, und Cal starrte die Wand an.

Nein. Halo fand, dass es viel besser wäre, gleich nach dem Unfall wieder zur Arbeit im Hangar zu gehen, anstatt wie Cal Lemanski apathisch in der Anstalt zu hocken.

Alles in allem hatte Halo seine drei freien Wochen vergeudet. Jeden Tag war er so früh wie immer aufgestanden und hatte sich Wiederholungen von *Judge Judy*-Folgen angesehen, bis er Appetit auf Frühstück bekam. Danach ging er meist in den Park oder ins Kino. Dreimal hatte er bei Vee und Katy vorbeigeschaut. Vee wirkte immer noch wie benommen, und Katy war mal wütend auf ihren Daddy, mal brach sie in Tränen aus. Sie konnte einfach noch nicht begreifen, was ihre kleine Welt aus den Angeln gehoben hatte.

Beim dritten Besuch kapierte Halo, dass er Vee keine Hilfe war, und fuhr nicht mehr bei ihr vorbei. Zum Glück hatte Vee noch ihre Mutter, bei der sie sich anlehnen konnte.

Halo wusste, dass er sich den eigenen Dämonen stellen musste. Ganz bewusst ging er wieder zur Arbeit und nahm sich vor, sich nicht vom Fleck zu rühren, während ein Triebwerk den Testlauf machte. Als die Motorengeräusche einsetzten, stülpte sich Halo die Ohrenschützer über den Kopf und spürte die Vibrationen im ganzen Körper. Er musste sauer aufstoßen und schluckte die bittere Galle herunter. Keiner der Jungs in seiner Schicht war beim Unfall dabei gewesen. Seine Kollegen aus Hangar 6 waren entweder noch im Krankenhaus oder erholten sich langsam zu Hause. Kein Kollege hätte es verstanden, wenn Halo sich die Schuhe vollgekotzt hätte.

Einige Monate später – er hatte gerade geglaubt, sich wieder in seinem Leben zurechtzufinden – kam er von der Schicht und sah, dass ein anderer Typ Chris' Spind benutzte.

»Was machst du da, Mann, verdammte Scheiße?«

Alle Augen waren auf Halo gerichtet. Der blonde Junge schaute überrascht vom Spind auf. »Was ist denn?«

»Wer hat dir erlaubt, diesen Spind zu benutzen?«

Der Kerl errötete. »Äh, Mr … äh Mr … der Abteilungsleiter.« Er stand in Unterhose und T-Shirt vor dem offenen Spind und hielt sich seinen neuen Overall schützend vor den Körper. »Ich bin neu hier. Aaron Perry.«

Er streckte Halo die Hand entgegen, aber Halo ignorierte sie. Chris' Habseligkeiten hatte man in einen Karton geworfen. Mit verkniffenem Mund schaute Halo sich im Umkleideraum um. »Wer war das?«

Gully Johnson knöpfte seinen Overall zu und nickte in Richtung des verlegenen Jungen, der stammelte: »Der Typ meinte, ich soll die Sachen in einen Karton packen und dann den Spind benutzen.«

»Du hast also alles einfach so da reingeschmissen?«

Perry schaute sich hilfesuchend um, aber keiner wollte ihm beistehen. »Tut mir leid, ich dachte, den Kram würde keiner mehr brauchen.«

Halo hätte es vielleicht darauf beruhen lassen, wenn er in anderer Stimmung gewesen wäre. Abgesehen von einigen Hemden und einem Paar Reeboks lagen in dem Karton ein Aftershave, ein L'Oréal-Shampoo (»Weil ich es mir wert bin«, hatte Chris die Werbung imitiert), ein paar Münzen und ein Foto, auf dem Chris zusammen mit Vee und Katy zu sehen war. Dann noch ein Kreuzschraubendreher und ein zerknittertes Poster von Scarlett Johansson mit Fettflecken an den Ecken.

Aaron Perry wich vorsichtshalber zurück, als Halo vortrat und den Karton hochhob. Der Duft des Aftershaves stieg ihm in die Nase, und er biss sich auf die Lippe, als er den Karton unten in seinen eigenen Spind stellte, auf seine Turnschuhe. Dann knallte er die Spindtür zu, machte das kleine Schloss zu, nahm seine Jacke vom Haken und ging.

»Tut mir leid, Mann«, hörte er Perry noch sagen.

Als er das nächste Mal zur Arbeit kam, roch es in seinem Spind nach Katzenpisse. Halo warf Chris' Reeboks weg und versprühte das Aftershave, um den strengen Geruch zu vertreiben. Er nahm den Karton und packte ihn in sein Auto.

Auf dem Heimweg an diesem Abend warf er den Karton in einen Müllcontainer von Taco Bell und weinte während der restlichen Strecke nach Hause.

Als Tom Patrick vier Tage später in die Wohnung in Long Beach kam, die er wohl oder übel sein Zuhause nannte, lagen Rechnungen auf der Fußmatte und zuoberst ein weißer Umschlag. Darin fand Tom ein Foto, auf dem Chris Stern zu sehen war, natürlich bevor eine 737-Fan-Scheibe ihn in zwei Teile gerissen hatte. Neben Chris stand eine hübsche junge Frau mit glänzendem Haar und großen grünen Augen und zwischen den beiden ein Mädchen von ungefähr fünf Jahren. Die Kleine hatte die Augen ihrer Mutter und das breite Lächeln des Vaters.

Auf der Rückseite hatte jemand eine Nummer in L. A. gekritzelt, die Tom jedoch nicht wählte.

6. Kapitel

Pinball Kid setzte sich neben Tom, und die beiden grüßten einander mit kaum merklich hochgezogenen Brauen, während sie Geld gegen Chips eintauschten. Tom wartete einen Moment, ehe er einen kurzen Blick nach rechts warf. Pinball Kids Mädchen war nirgends zu sehen.

Tom war zwar enttäuscht, aber im selben Augenblick überlegte er, inwiefern es das Spiel von Pinball Kid beeinflussen mochte, dass die Freundin nicht am Spieltisch war. Vielleicht war Kids Ego wegen ihres Fehlens angeknackst, was bedeuten könnte, dass er vorsichtiger am Tisch sein würde. Es konnte aber durchaus auch ablenken, wenn einem ein paar hübsche Damen über die Schulter schauten. Allerdings hat es beim letzten Treffen auch keine großartige Ablenkung gegeben, dachte Tom und seufzte.

Die anderen Leute, die am Spieltisch Platz nahmen, kannte er nicht. Vorsichtig taxierte er sie und versuchte, auf die Schnelle einen Eindruck von den Mitspielern zu bekommen. Eine Chinesin, zwei Latinos in den Vierzigern. Ein Mädchen um die zwanzig schaute Anerkennung heischend zu ihrem Freund auf, der hinter ihr stand. Er wirkte nicht weniger aufgeregt als die Kleine. Amateure.

Ein großer, dürrer alter Mann, der aussah, als würde er geradewegs aus Nebraska kommen, sank auf seinen Platz und blickte eher mürrisch auf seine zweihundert Dollar. Kurz darauf war das Geld verschwunden und wurde durch zehn Türmchen roter Chips ersetzt. Der Alte starrte auf die Chips, als könnte er sein Glück schon zu diesem frühen Zeitpunkt nicht fassen. Tom nahm sich vor, den Alten im Auge zu behalten.

Die letzte Person, die am Spieltisch Platz nahm, war kein anderer als Halo Jackson.

»Sie schulden mir zweihundert Dollar, Mann.« Wütend hielt Tom auf sein Auto zu, gefolgt von Halo, der kaum Schritt halten konnte.

»Wieso das?«

»Das war mein Buy In.«

»Ich habe Sie doch nicht aufgefordert, vom Tisch aufzustehen.«

»Ich könnte die Bullen rufen.«

»Warum?«

»Sie verfolgen mich wie ein Stalker.«

»Hey, ich hab Karten in einem offiziellen Casino gespielt. Das hier ist ein freies Land. Wie soll ich da ein Stalker sein?«

»Und was ist mit den Anrufen? Dem Foto?«

Halo schwieg. Tom war an seinem Auto angekommen und schloss auf. Dann wandte er sich Halo zu.

»Schauen Sie, ich kann Ihnen nicht helfen – wirklich nicht. Ich habe nicht zum Untersuchungsteam gehört, und der Bericht wurde bereits veröffentlicht. Um ehrlich zu sein, ich gehöre im Augenblick gar keinem Untersuchungsteam an. Ich bin draußen und versuche, wieder reinzukommen, verstehen Sie? Helfe ich Ihnen, lege ich mir selbst Steine in den Weg, selbst wenn ich glauben würde, Ihnen helfen zu können. Ich kann wirklich nichts für Sie tun.«

Halo stand enttäuscht im feuchten Smog von L. A. »Wegen der Schwierigkeiten, die Sie hatten?«

»Exakt.«

Halos Blick schweifte zu den Bergen in der Ferne, auch wenn sie aufgrund des Nebels nur zu erahnen waren. »Tut mir leid.«

»Mir auch.«

Tom stieg in sein Auto. Halo machte Platz, damit Tom ausparken konnte, aber der Buick stotterte und machte eigenartige Geräusche, bis der Motor wieder ausging. Tom drehte den Schlüssel im Schloss. Nichts. »Verdammt!«

Halo blieb unschlüssig neben dem Auto stehen, was Tom nervös machte. Er startete wieder und spürte, dass ihm die Hitze ins Gesicht stieg.

»Will er nicht anspringen?«

Tom hätte Halo am liebsten eine runtergehauen. Stattdessen übte er sich in Selbstbeherrschung, stieg aus und öffnete die Motorhaube.

»Ein schöner Wagen«, meinte Halo im Plauderton. Er warf einen Blick auf eine Beule auf der Fahrerseite. »Sie sollten ihn besser pflegen.«

Tom hörte nicht hin. Er wusste, dass der Buick ein Stück Dreck war; schon sein Vater hatte die Karre gehasst. Wütend ließ er die Haube fallen, obwohl er kaum einen Blick auf den Motorblock geworfen hatte. Er griff zum Handy.

»Was machen Sie da?«

»Ein Taxi rufen.«

Er kam nicht durch. Tom knirschte mit den Zähnen und drückte auf Wahlwiederholung.

»Soll ich Sie mitnehmen?«

»Nein. Ich will, dass die Karre mich überfährt und mich

von meinem Elend erlöst. Oder besser: Ich will Sie überfahren, um mich von meinem Elend zu erlösen.«

Halo hatte sich offenbar entschlossen, über den Sarkasmus hinwegzuhören. »Mein Auto steht gleich hier. Ich kann Sie mitnehmen. Es ist das Mindeste, was ich tun kann.«

Bei der Taxizentrale meldete sich immer noch keiner. Tom klappte sein Handy zu und sah Halo wütend an. »Stimmt«, meinte er dann.

Halo fuhr einen tadellos aussehenden hellblauen Mustang von 1977. Tom setzte sich auf den Beifahrersitz und verschränkte die Arme vor der Brust, um keinen Zweifel daran zu lassen, dass er nicht bereit war, sich in irgendeiner Weise zu bedanken.

Ein paar Mal versuchte Halo, ein Gespräch anzufangen, doch er stieß auf eisernes Schweigen. Sie fuhren über die 710 in Richtung Long Beach. Halo sang mit, als Buddy Holly im Radio lief, und versuchte tatsächlich, die Rock-'n'-Roll-Ikone nachzuahmen. Tom quittierte es mit finsteren Blicken, merkte aber, dass seine Wut übertrieben war. Er konnte Halo nicht einschätzen und fragte sich plötzlich, was für ein Typ Pokerspieler er wohl gewesen wäre, wenn sie beide im Casino geblieben wären. Wahrscheinlich hatte er nicht viel drauf. Er hatte leicht vorstehende Zähne, wenn er grinste, und sah immer irgendwie verschlafen aus … oder high. Trotzdem vermutete Tom, dass da noch mehr war. Man unterschätzte ihn vielleicht. Verdammt, Halo konnte eigentlich kein Trottel sein, wenn er den Job im Hangar bekommen hatte. Wahrscheinlich arbeitete er genau und diszipliniert, und er schien sich an

Kleinigkeiten festbeißen zu können. Das hatte er schon allein dadurch bewiesen, dass er Tom beharrlich nachsetzte und auch den Rest des D. C.-Einsatzteams kontaktiert hatte. Ob es nun gut oder schlecht war, Tom hatte etwas übrig für Beharrlichkeit.

Tom merkte, dass er kurz davor war, Halo sympathisch zu finden, überspielte das aber, indem er Halo mit einem finsteren Blick strafte, als dieser aus vollem Hals bei *Oh, Boy!* mitsang. Halo hielt den Mund und schaltete um auf den Sender KFI 690. Bei dem Song *My Mother Rules My Life* mussten Halo und Tom gleichzeitig lachen, was die Atmosphäre im Auto etwas auflockerte. Und so änderte sich die Stimmung in dem Moment, als die Brise von Long Beach einsetzte und sich der Smog auflöste.

»Was dagegen, wenn ich kurz anhalte? Hab noch was zu erledigen.«

Tom zuckte die Achseln. »Ist Ihr Auto.«

Halo verließ den Freeway und hielt sich links in Richtung Bellflower. Bald erreichten sie ein Wohngebiet mit kleinen gepflegten Vorgärten hinter niedrigen Maschendrahtzäunen. Vor einem der Gärten fuhr Halo rechts ran. Toms Blick fiel auf leuchtende Blumenbeete und einen Rasen, der zu hoch war. »Kommen Sie ruhig mit.«

Tom seufzte, aber Halo ging schon über den Weg zur Tür und ließ Tom daher keine Wahl. Tom löste den Gurt.

Als die Tür aufging, tauchte ein kleines Mädchen auf, das Halo die Arme um beide Beine schlang. Tom blieb stehen: Dieses Mädchen hatte er schon mal gesehen. Zögerlich suchte Halo Toms Blick und wirkte schuldbewusst.

Am liebsten hätte Tom die Veranda sofort wieder verlassen und sich ein Taxi gerufen, aber da erschien bereits die Mutter der Kleinen an der Fliegengittertür.

»Hi, Halo.« Die Frau schien sich zu freuen, Halo zu sehen. »Lange nicht gesehen! Komm doch rein.« Das Mädchen nahm Halo bei der Hand und zog ihn in Richtung Tür.

Halo drehte sich zu Tom um, der ein paar Schritte hinter ihm stand. »Vee, das ist ein Freund von mir. Tom Patrick.«

Die junge Frau steckte den Kopf zur Tür heraus und schenkte Tom ein Lächeln. Sie hatte grün schillernde Augen und glänzendes braunes Haar, das sie zurückgebunden hatte. Das war die Frau auf dem Foto neben Chris Stern. Nur sah sie jetzt fünf Jahre älter aus, auch wenn Tom klar war, dass es sich um ein aktuelles Foto handelte.

»Hi, Tom, kommen Sie rein.«

Nach der prallen Sonne war es im Haus düster und kühl. Alles wirkte ordentlich und aufgeräumt, nur im Wohnzimmer hatten sich Puppen zum Tee getroffen.

»Möchtest du auch etwas Tee?« Das Kind schaute ernst zu Tom auf, und er spürte, dass er rot wurde. Er hatte keine Ahnung, wie man mit Kindern umging.

»Ja, okay«, murmelte er unsicher.

Das Kind nahm ihn bei der Hand und führte ihn zur Couch. »Du sitzt da.«

Vee zwinkerte ihm zu. »Lassen Sie sich bloß nicht zu sehr von ihr vereinnahmen, Tom.«

Halo folgte Vee in die Küche, und Tom setzte sich auf den ihm zugewiesenen Platz. Er versuchte zu verstehen, was Halo erzählte, aber die Kleine klapperte laut mit dem Teegeschirr und hielt Tom dann eine winzige Tasse samt Untertasse hin. »Oh, ja, okay.«

Dann nahm sie eine kleine Teekanne und einen Löffel und füllte Luft in seine Puppentasse. Als Nächstes holte sie ein Sahnekännchen. »Möchtest du auch Sahne?«

»Nein, danke.«

Sie zog die Stirn kraus. »Aber ich hab ein Sahnekännchen.«

»Ich nehme nie Milch.«

Verwirrt beobachtete er, wie sich die eben noch fröhliche Miene der Kleinen verdüsterte. Sie sah verloren aus. Tom fühlte sich schuldig, merkte aber gleichzeitig, dass Ärger in ihm hochstieg. Diesen Wechsel im Mienenspiel kannte er nur zu gut: Wann immer er spät von der Arbeit nach Hause gekommen war und erklärt hatte, er habe nur wenig Zeit zum Essen, weil er noch in den Bicycle Club wollte, hatte Ella das Gesicht verzogen. Genau wie jetzt die Kleine. Tausendmal hatte er Ella vorgeschlagen, sie solle mit in den Club kommen, aber sie wollte nicht. Zeigte kein Interesse. Würde sich nie dafür interessieren. Doch das war nicht seine Schuld.

»Aber die Sahne ist das Beste!« Halo kam aus der Küche und stellte zwei Tassen Kaffee auf den Tisch. »Könnte ich ein bisschen Tee bekommen, Katy? Mit Sahne und Zucker?« Katys Miene hellte sich wieder auf. Sie versorgte Halo gewissenhaft mit allem und reichte ihm schließlich die Puppentasse. Während Tom an der Kaffeetasse nippte, sah er, wie Halo den imaginären Inhalt der Puppentasse in seinen Kaffee schüttete und einen Schluck nahm. Katy kicherte. »Das ist der beste Tee der Welt, Katy.« Die Kleine quetschte sich zwischen die beiden Männer und war absolut glücklich. Tom kam sich blöd vor: So einfach war das also mit Kindern?

Vee kam mit einer Tasse Kaffee ins Wohnzimmer und setzte sich in einen La-Z-Boy-Sessel. Es war das Möbelstück eines Mannes. Schwarzes Leder, Fernbedienung in den Armlehnen, ausklappbare Fußlehnen. Die Frau versank in dem Sessel, zog die Beine an wie ein kleines Mädchen und stellte ihre Tasse auf die Lehne.

Unangenehmes Schweigen senkte sich herab. Tom war es nicht gewohnt, ein Gespräch in Gang zu bringen.

Vee schmiegte ihre Wange in die Handfläche und sah Tom freundlich an. »Halo meint, Sie könnten uns vielleicht helfen, Tom.«

Tom schlug die Tür des Mustangs zu und hoffte, sie würde kaputtgehen, aber natürlich tat sie es nicht. Halo ignorierte ihn und winkte Vee und Katy zu, ehe er drehte und wieder in Richtung Bellflower fuhr.

»Sind Sie jetzt sauer auf mich?«

Toms Kiefergelenke arbeiteten, aber er traute sich noch nicht, den Mund aufzumachen. Dafür war er einfach zu wütend.

Halo ordnete sich im Straßenverkehr ein. Er war ein defensiver Fahrer. »Tolle Frau, oder nicht? Wir sind mal nach Vegas gefahren, für ein Wochenende, und da sahen wir sie. Sie kellnerte. Sie und Chris flirteten ein bisschen, und er gab ihr zwanzig Dollar Trinkgeld. Dann sind wir ins Luxor, um ein bisschen Geld zu verlieren. Irgendwann spät am Abend ist Chris plötzlich weg. Ich spiele allein weiter, gehe irgendwann um Mitternacht ins Bett – kein Chris. Am nächsten Morgen bringt er sie zum Frühstück mit. Die beiden hatten geheiratet! Mann! Ich nehme ihn beiseite und sage: ›Hast du jetzt vollkommen den Verstand verloren?‹ und ›Mach das rückgängig, Mann! Du kennst das Mädchen doch überhaupt nicht!‹ Aber er ließ sich nicht beirren. Ich meine, das war doch durchgeknallt, oder?« Halo schaute zu Tom hinüber, um eine Bestätigung zu bekommen, aber

Tom zeigte keine Reaktion. »War eine ziemlich unangenehme Fahrt nach Hause, das kann ich Ihnen sagen. Ungefähr so wie diese hier.«

Tom wollte sich auf kein Gespräch einlassen und schwieg.

Halo seufzte. »Ich war so sauer auf die Frau. Wir kommen zurück nach L. A., und schon ziehen die beiden zusammen. Und erst nach und nach kapiere ich, dass sie ihm gar nicht das Herz brechen wird oder scharf auf sein Geld ist. Nein, es muss Liebe auf den ersten Blick gewesen sein, verstehen Sie?« Wieder schaute er zum Beifahrersitz.

Schweigen. Irgendwann runzelte Tom die Stirn, weil ihm bewusst wurde, in welche Richtung sie unterwegs waren. »Warum fahren wir die Strecke zurück?«

Halo hielt auf dem Parkplatz des Bicycle Clubs genau vor Toms Buick.

Tom seufzte schließlich. »Haben Sie von dem Absturz in Südafrika gehört?«

Halo wirkte überrascht und schüttelte den Kopf.

»Eine 737. Wie bei Ihnen. Aber diese hat es in der Luft zerrissen. Sie stürzte über einer Straußenfarm ab.«

Halo sah ihn verdutzt an.

»Wussten Sie, dass die da Straußenrennen veranstalten?« Wieder schüttelte Halo den Kopf.

»Doch, wirklich. Die nehmen kleine Jungs als Jockeys und lassen sie mit Vögeln durch die Wüste rennen.« Als Halo ihn immer noch ungläubig ansah, fügte Tom hinzu: »Im Ernst, Mann.«

Halo fühlte sich offenbar verpflichtet, irgendetwas zu erwidern, also sagte er nur: »Wahnsinn.«

»Sieht ganz danach aus, als hätte sich ein Schaufelblatt gelöst.«

Halos Miene veränderte sich. »Sind Sie an den Untersuchungen dran?«, fragte er.

»Verdammt, nein. Ich habe mir nur online die Fotos angesehen. Mir scheint, dass der Rumpf unmittelbar vor der Tragfläche zerrissen ist.«

»Wie bei der *Pride of Maine*?«

»Wie bei der *Pride of Maine*«, pflichtete Tom ihm bei. »Ich kann mich aber auch täuschen.«

Halo nickte langsam. »Das ist doch schon mal was.«

Tom zuckte nur mit den Achseln. Er wollte keine Versprechungen machen, denn seine Vermutungen stützten sich lediglich auf ein paar Pixelanordnungen im verdammten Internet. Aber seit der ersten Recherche hatte er so ein komisches Bauchgefühl, und nachdem er sich genug über die Straußenrennen amüsiert hatte, überlegte er, was der Grund für sein Aufhorchen sein mochte. Wie so oft war ihm die Erkenntnis im Schlaf gekommen. Gegen drei Uhr morgens war er aufgewacht und war die Gedanken bis zum Aufstehen nicht mehr losgeworden. Es war nicht mehr als eine Ahnung. Dieselbe Bauart ... der Rumpf an der gleichen Stelle zerrissen. Tom wusste, dass bei Untersuchungen der Instinkt eine größere Rolle spielte, als die meisten bereit waren zuzugeben. Sicher, Mutmaßungen allein reichten nicht aus, man musste sich schon auf Beweise stützen. Doch hier sagte ihm sein Instinkt, dass er nach diesen Beweisen suchen sollte. Und er ahnte, was diese Beweise bedeuten könnten, sobald sie ihm vorlagen.

Hätte er seinem Instinkt nicht vertraut, wäre es ihm nie eingefallen, die südafrikanische Maschine auch nur zu erwähnen.

»Also werden Sie mir helfen?«

»Scheiße.« Tom war sauer auf Halo, weil diese Nervensäge ihn hier und jetzt festnageln wollte.

»Das werden Sie doch, nicht? Zu Vee sagten Sie vorhin ...«

»Verdammt, lassen Sie mich in Ruhe, ja?« Er stieß die Beifahrertür auf und knallte sie dann hinter sich wieder zu. Sie hielt auch jetzt.

Tom ignorierte Halo und holte sein Handy heraus, als er um den Mustang herumging und sich vor die Motorhaube des Buick stellte.

Halo stieß einen Seufzer aus und griff ins Handschuhfach. Dann hielt er eine Schlauchschelle hoch. »Mann, ich weiß nicht, ob Sie wirklich eine Hilfe wären. Sie wissen angeblich, was eine 737 zum Absturz bringt, aber Ihr eigenes Auto können Sie nicht reparieren.«

Tom wusste, dass mit einer solchen Schlauchschelle die Benzinleitung am Vergaser befestigt war. »Mistkerl.« Er klappte das Handy zu und riss Halo die Schelle aus der Hand.

»Meine Nummer haben Sie ja.« Halo winkte und fuhr langsam davon.

7. Kapitel

Tom hatte das Gefühl, dass es an der Zeit war, mit Pete LaBello zu reden, aber er wusste nicht, was er dem Mann am Telefon erzählen sollte. Daher nahm er den frühsten Flug nach D. C., den er kriegen konnte.

Er hasste das Fliegen. Für die meisten, die professionell mit der Fliegerei zu tun hatten, war alles rund um diese Art des Reisens nichts als langweilige Routine. Wann immer Tom hingegen ein Flugzeug betrat, beschlich ihn das ungute Gefühl, ausgerechnet in der Maschine zu sitzen, die aller Wahrscheinlichkeit nach gleich vom Himmel stürzen würde ... auch wenn diese Wahrscheinlichkeit eher gering war.

Tom bat um einen Sitzplatz, der nicht mehr als sieben Reihen vom Notausstieg auf Tragflächenhöhe entfernt lag. Der Angestellte der Southwest Airlines – auf dem Namensschild stand Gary Holstein – hob eine gezupfte Braue und schenkte Tom ein wissendes Lächeln. »Sie sind ein Typ, der immer auf Nummer sicher geht, wie?«

Tom nickte kurz, aber der Angestellte schätzte ihn über die Theke hinweg ab und war offenbar der Meinung, etwas hinterherschieben zu müssen. Verschwörerisch beugte er sich vor, während er Tom die Boarding Card unter die Nase hielt. »Da werden Sie aber nicht so viel Spaß haben.«

Tom schaute sich kurz um, um sicherzustellen, dass niemand mithörte. Er stützte sich mit den Ellenbogen auf der Theke ab und beugte sich zu dem Mann hinüber, der Tom in die grünen Augen sah, als könne er sein Glück nicht fassen, plötzlich so vertraut mit seinem Kunden reden zu dürfen.

Tom sprach leise, fast zärtlich: »Halten Sie mich ruhig für wählerisch, aber ich finde, es macht mehr Spaß, wenn man beim Absturz eine Überlebenschance von fünfundsiebzig Prozent hat, anstatt zu Tode getrampelt und bei lebendigem Leibe gegrillt zu werden.«

Gary Holstein brauchte einen Moment, bis er begriff, dass es Tom gar nicht um Sex im Flieger ging. Ernüchtert richtete er sich auf, und das kleine anzügliche Lächeln um die Mundwinkel war verflogen. Tom nahm ihm das Ticket aus der schlaffen Hand. »Danke Ihnen, Gary.«

Im Flugzeug zählte Tom die Plätze bis zum Ausgang ab. Er saß vier Reihen dahinter. Er schloss die Augen und malte sich aus, wie er im Dunkeln nach draußen fand. Dann stellte er sich vor, wie es sein mochte, im Dunkeln auf allen vieren über den Boden zu kriechen.

»Sind Sie okay?«

Er öffnete die Augen und sah die Frau, die neben ihm saß. Sie sah nett aus und war um die vierzig, mit kurzen braunen Haaren und einem Federohrring. »Klar, mir geht's gut.«

Die Frau tätschelte ihm die Hand. »Flugangst?«

»Nein«, antwortete Tom, »Angst abzustürzen.« Ein alter Witz, aber er machte ihn trotzdem.

Sie lächelte, aber es wirkte ein wenig steif, als hätte Tom ihr soeben gestanden, Angst vor dem Ungeheuer von Loch Ness zu haben.

Er nahm die Karte mit den Sicherheitshinweisen aus der Tasche des Vordersitzes und überprüfte die Brace Position für seinen Sitz. Die meisten Leute wussten gar nicht, dass es im Ernstfall unterschiedliche Positionen gab, je nach Sitz.

»Ach, diesen ganzen Kram lese ich mir gar nicht erst durch«, sagte die Frau. »Was nützen einem schon diese Anweisungen, wenn die Maschine tatsächlich abstürzt?«

Tom hätte ihr erklären können, dass vieles zwischen Leben und Tod entschied, denn theoretisch konnte man fünfundneunzig Prozent aller Flugzeugabstürze überleben. Und falls man bei Bewusstsein blieb und Bewegungsfreiheit hatte, wenn die Maschine auf dem Wasser oder auf dem Boden aufschlug, dann entschieden eben diese kleinen scheinbar nebensächlichen Details über die Überlebenschancen. Wichtig war in jedem Fall, dass man es aus dem Wrack heraus schaffte. Im Lauf der letzten elf Jahre hatte Tom genügend Fähnchen neben Leichen aufgestellt, um das beurteilen zu können. Er hatte verbrannte Opfer gesehen, die noch auf ihren Sitzen saßen, weil sie im entscheidenden Moment vergessen hatten, dass es im Flugzeug keine Sicherheitsgurte wie im Auto gab, und verzweifelt auf Hüfthöhe nach dem Gurtlöser getastet hatten. Andere Opfer hatten im Gang gelegen, erstickt an giftigen Gasen, obwohl sie es schon fast bis zum Notausgang geschafft hatten. Sie hatten acht Reihen vom Ausgang entfernt gesessen, nicht sieben. Er hatte Ertrunkene gesehen, die aufgedunsen in ihren Rettungswesten steckten, die sie in ihrer Panik zu früh aufgeblasen hatten. Wie Käfer waren sie deshalb an die Decke gepresst worden, während der Flieger voll Wasser lief.

Ja, all das hätte er der Frau erzählen können. Es hatte mal eine Zeit für Vorträge dieser Art gegeben. Als er damals seinen Job begann, missionierte er unter den Leuten, in der Hoffnung, helfen zu können. Aber ziemlich bald erkannte er, dass niemand seine Horrorstorys hören wollte. Die

Leute wollten ihre Erdnüsse knabbern und in dem Glauben leben, ihnen könne nichts zustoßen.

Daher lächelte er die Frau nur an und widmete sich wieder den Sicherheitshinweisen, während alle anderen Fluggäste Zeitung oder Bücher lasen.

Weit unter Tom zogen die Vereinigten Staaten wie ein riesiger Quilt aus großen braunen und grünen Flicken vorbei, bis Kentucky zu sehen war: dunkle Wälder und leuchtendes Gras, ein Schimmern wie von Edelsteinen, die im Schmutz lagen. Er war noch nie in Kentucky gewesen, wie er sich in diesem Moment bewusst machte, gut zehntausend Meter über dem Bundesstaat. Aber zwangsläufig musste er an Fort Knox denken und dann an die Millionen Dollar, die die Pferde der Pferdezuchten einbringen würden. Überall auf den Bluegrass-Koppeln standen die Tiere hinter langen Weidezäunen. Jeder, der ein Reithalfter hatte, konnte sich dort bedienen.

Gold war kalt und geschmacklos. Aber Galileo, Tapit, Frankel? Diese berühmten Rennpferde waren wie lebendige, atmende Pokerchips in hoch dotierten Rennen, die Menschen überall auf der Welt veranstalteten.

Tom hatte noch nie auf Pferde gesetzt, aber die Pferdezucht erfüllte ihn mit Ehrfurcht. Poker war ein Spiel, bei dem der Zufall eine große Rolle spielte. Doch Zuchtprogramme schienen unberechenbar und wie ein Schuss ins Blaue. Ein schwindelerregender Voodoo-Zauber aus Abstammung, Nachkommenschaft, Genetik und Eugenik, Natur und Aufzucht, mit dem Ziel, das *Über*-Pferd hervorzubringen, dessen Herz, Beine und Lungenkapazität es zu einem Dauersieger machten. Und zu einer Vorlage, mit der sich weitere Dauersieger produzieren ließen. Ihm wurde ganz schwindelig, je länger er über die Gewinnchancen nachdachte. Selbst wenn der Züchter alles richtig gemacht hatte, könnte das wertvolle Exemplar an einen Trainer geraten, der nicht begriff, dass das Tier hinten spezielle Hufeisen brauchte oder ein Schaf als Gesellschaft. Oder er vergaß, den Hengst in der Nähe der Stute und des Fohlens zu lassen, weil er sich nur dort wohlfühlte. Und auch wenn alles nach Plan lief, könnte es immer noch passieren, dass dieser Edelstein zwar den besten Jockey bekam, aber dessen Aftershave nicht ausstehen konnte. Falsch gehandhabte Zügel, die tief stehende Sonne, Gras statt lockerem Boden oder der Schatten des Zielpfostens auf der Rennbahn – alles Kleinigkeiten, die eine große Wirkung haben konnten.

Alles musste perfekt laufen, nicht ein Detail durfte falsch sein. Das käme einem Wunder gleich. Da war es viel wahrscheinlicher, mehrere Pokerturniere hintereinander zu gewinnen. Und als die Maschine Lexington, Kentucky, und die großen Farmen hinter sich gelassen hatte, fühlte Tom sich gleichermaßen unzulänglich und von Armut bedroht.

Gott sei Dank konnte Tom sein Selbstvertrauen dann hoch über West Virginia wiedererlangen, während die Kohleminen-Gebiete mit ihren armen Städtchen glanzlos unter ihm vorbeizogen.

»Tom!« Petes Sekretärin Kitty Rees war offensichtlich überrascht, ihn zu sehen. Aber wie ihre Miene erkennen ließ, freute sie sich nicht.

Tom mochte Kitty. Seit mehr als zehn Jahren arbeitete sie schon für Pete, und sie und Tom waren beide mit der

Zeit in ihre jeweiligen Jobs hineingewachsen. Einmal, während der einzigen Weihnachtsparty, an der er je teilgenommen hatte, waren sie sich sogar nähergekommen, allerdings in leicht angetrunkenem Zustand. Es war nicht wild gewesen: Sie hatte ihm unter dem Hemd über die Brust gestrichen, und er hatte ihr eine Hand unter den Rocksaum geschoben. Ihr Knutschen war nicht mehr als der Austausch von Speichel gewesen, der nach Rolling Rock Bier und weißem Rum schmeckte. Wann immer Tom seither den Geschmack von Rum auf der Zunge hatte, musste er an Kitty denken, aber das war auch das Einzige, was ihn an diesen einmaligen Vorfall erinnerte. Eine Zeit lang waren sie sich aus dem Weg gegangen, hatten sich unwohl gefühlt, aber dann hatte Tom das Wort ergriffen und die Situation entschärft. »Ach, verdammt, Kitty«, hatte er eines Tages gesagt. »Keiner macht dir einen Vorwurf, dass du mir nicht widerstehen konntest.« Sie hatten beide gelacht und verstanden sich von da an wie gute alte Freunde.

Aber jetzt war sie alles andere als begeistert, ihn zu sehen.

»Keine Panik, Kitty, ich bin nicht hier, um eine Szene zu machen.«

»Habe ich auch nicht gedacht …«

»Doch, hast du.«

Sie zögerte und räumte schließlich ein: »Ja, stimmt.«

Sie lächelten einander an.

»Ist Pete da?«

Anstatt zu antworten, stand Kitty auf und klopfte zaghaft bei Pete an, ehe sie die Tür öffnete und leise etwas sagte. Tom fiel auf, dass sie ein bisschen zugelegt hatte, aber es stand ihr. Als sie sich wieder umdrehte, merkte sie, dass er sie musterte. »Was?«

»Nichts.«

»Denkst du, ich bin zu fett?«

»Ich denke, dass du verdammt scharf aussiehst.«

Sie zog gespielt die Stirn in Falten. »Du wirst noch mal so richtig verklagt werden.«

»Oder flachgelegt, hoffe ich.«

Kitty lächelte. Sie sah nicht aus, als würde sie irgendwelche Anwälte einschalten. »Geh nur rein.« Als er an ihr vorbeiging, sah sie ihn zum ersten Mal richtig an und meinte in vorwurfsvollem Ton: »Hast du abgenommen?«

»Gott ist auch nur ein Mensch. Finde dich damit ab.«

Sie knuffte ihn in den Arm.

Pete stand auf, als Tom eintrat, und schüttelte ihm dann die Hand.

»Hi, Pete.«

»Schön, dich zu sehen, Tom.«

Schweigen.

Es war Monate her, dass sie sich zuletzt gesehen hatten. Bei jedem anderen hätte Pete mit dem üblichen Small Talk gerechnet. »Wie geht's denn so, Pete?«, »Was macht Ann?«, »Wie lange dauert's noch, bis du in den Ruhestand gehst, Pete?« Seufzend machte er sich bewusst, dass Tom Patrick nicht der Mann für diese Art von Konversation war.

Er bot Tom einen Platz an, und Tom ließ sich schwer in den Sessel sinken. Das Schweigen zog sich in die Länge. Pete wurde allmählich ungehalten, ahnte er doch, dass er das Gespräch eröffnen musste, obwohl Tom extra durchs ganze Land geflogen war, um ihn zu sprechen. Der Typ war irgendwie nicht gesellschaftsfähig.

»Was gibt's Neues, Tom?«

Tom fuhr sich mit der Hand über den Nacken, und da wusste Pete, dass Tom jeden Moment mit der Sprache rausrücken würde. Am Telefon hatte er ihm offenbar nicht sagen können, um was es ging. Es war wie immer: Wenn Tom sich endlich in den Pool traute, dann sprang er gleich vom Dreimeterbrett ...

»Dieses LAX-Frachtflugzeug. Bist du zufrieden mit Munros Bericht?«

Pete runzelte die Stirn. Eigentlich hatte er damit gerechnet, dass Tom ihm sein Leid klagen würde wegen seiner gescheiterten Karriere oder versuchen würde, sich bei ihm einzuschmeicheln. Es hätte ihn nicht einmal gewundert, wenn Tom endgültig gekündigt hätte. Doch diese Frage kam vollkommen unerwartet für ihn.

»Du meinst die Sache mit der Zigarettenpackung, die eingesogen wurde? Ja, klar, was soll damit sein?«

»Komm schon, Pete! Die feuern tiefgefrorene Truthähne auf Triebwerke wie diese ab, und nicht ein Mal ist eines so auseinandergeflogen wie in Hangar 6. Außerdem hat Munro keinen Beweis dafür, dass eine Packung im Kompressor oder in der Turbine steckte.«

»Keine Ahnung. Vielleicht hatte der Typ sein Sturmfeuerzeug ebenfalls in der Packung. Irgendeine Einwirkung von außen wird den Verdichter getroffen haben. Diese Schlussfolgerung drängt sich auf.«

»Das sind Vermutungen, mehr nicht«, meinte Tom.

Pete lehnte sich in seinem Bürostuhl zurück. »Deshalb steht im Bericht ja auch: *die wahrscheinliche Ursache*.« Als Tom bei dieser Art von NTSB-Humor nicht lächelte, fragte Pete: »Also, was treibt dich an?«

Tom schwieg zunächst. »Weiß nicht, ist nur so 'ne Ahnung.«

»Könntest du dich ein bisschen deutlicher ausdrücken?«

Tom sah verlegen aus. »Ist wahrscheinlich sehr weit hergeholt.«

Pete machte sich auf alles gefasst. »Schieß los.«

»Es geht um die Maschine, die in Südafrika abgestürzt ist. Die 737.«

»Ja, hab ich gesehen.«

»Hast du auch gesehen, dass der Rumpf unmittelbar vor der linken Tragfläche aufgerissen ist?«

»Yeah.«

»Wie bei der LAX 737.«

»Wo soll da ein Zusammenhang bestehen?«

»Wie ich schon sagte, ist nur so 'ne Ahnung. Dieser Chris Stern ...«

»Der Raucher?«

»Er hatte aufgehört mit dem Rauchen. Offenbar hatte er sich nur diese einzelne Zigarette in seine Brusttasche gesteckt. Er hatte nie eine Packung bei sich. Sein Kumpel hat mir erzählt, dass Stern in diesem Punkt sehr konsequent gewesen ist.«

»Klar, meint sein Kumpel.«

Tom nickte, zog dann aber die Brauen hoch, weil ihn offenbar eine Frage beschäftigte.

»Da lag eine Zigarette auf dem Betonboden, Tom. Sie war nicht in Sterns Brusttasche.«

»Weiß ich. Aber Stern hat es auf Brusthöhe in zwei Teile gerissen. Auch die Brusttasche war zerfetzt. Auf diese Weise könnte die Zigarette herausgeflogen sein.«

»Aber das kannst du nicht wissen.«

Tom klang leicht angespannt. »Hätte man *mir* die Leitung der Untersuchung überlassen anstatt Lenny Munro, wüssten wir es vielleicht.«

»Vielleicht. Aber vielleicht hätten wir es dann mit Anwälten zu tun.«

Tom zuckte mit den Schultern.

Pete ließ sich zu der Frage verleiten, auf die Tom vermutlich gewartet hatte. »Was glaubst du denn, was das Triebwerk sonst zerrissen haben könnte?«

»Ich weiß es nicht. Aber eines ist sicher: Die Maschine in Südafrika ist nicht wegen eines Sturmfeuerzeugs abgeschmiert. Nicht aus einer Höhe von 7500 Metern.«

Pete seufzte. »Munros Untersuchung lief genau nach Vorschrift ...«

Als Tom ein Schnauben von sich gab, zog Pete die Stirn kraus. »Jetzt sag nichts gegen die Vorschriften hier, Tom. Wir brauchen Vorschriften. Immerhin arbeiten wir nach klar festgelegten Regeln. Und wegen genau dieser Regeln bist du jetzt raus. Und ich muss mit ansehen, wie mein bester Spürhund in irgendwelchen Schlickgruben am Arsch der Welt in Arkansas herumkriecht!« Dann beruhigte er sich wieder und hielt die Hände so, dass sich die Fingerspitzen berührten. »Munros Bericht ist in sich stimmig. Für mich gibt es keinen Anlass, seine Arbeit anzuzweifeln, Tom. Und für dich gibt es auch keinen verdammten Grund, die Sache zu hinterfragen.«

Tom nickte langsam. Er wusste, dass Pete recht hatte. Er hatte es bereits gewusst, ehe er an diesem Morgen zum Flughafen gefahren war. Irgendwie hatte er gehofft, dass die Reise nach D. C. und die Tatsache, dass er dem Boss persönlich in die Augen sah, ihn überzeugender wirken lassen würden. Aber jetzt war ihm klar, dass er überhaupt nicht nach D. C. hätte fliegen müssen, wenn er ein überzeugendes Argument gehabt hätte: Pete hätte ihm auch am Telefon geglaubt.

Erwartungsvoll sah er Pete an. »Eine zweite Untersuchung würdest du also nicht bewilligen?«

»Machst du dich lustig über mich, Mann?«

Tom stand auf. Doch im Grunde wollte er es nicht dabei belassen, auch wenn Petes Miene wie versteinert war. »Und wenn ich mich auf eigene Faust ein bisschen umsehe?«

Pete war überrascht. »Was steckt dahinter, Tom? Warum hängst du dich auf einmal persönlich da rein?«

Tom wurde rot. »Es lässt mich einfach nicht los, das ist alles.« Er öffnete die Tür.

Pete seufzte. »Tom. Mach das nicht. Du hast gute Chancen, wieder ins Team zu kommen. Wenn du dich jetzt allein auf so eine Sache einlässt, schaffst du es vielleicht nie zurück. Lass es bleiben.«

»Kann ich aber nicht.«

Tom ging an Kitty vorbei. Er ignorierte ihr Lächeln, aber er ignorierte auch seinen Boss, der aus dem Büro rief, er solle gefälligst zurückkommen.

8. Kapitel

Geschlagene drei Stunden musste Tom am Telefon warten, bis man ihn endlich zu einem Beamten der zivilen Flugbehörde in Südafrika durchstellte, der den 737-Absturz untersuchte. Dreimal wurde die Verbindung unterbrochen, den Rest der Wartezeit lauschte Tom Hits der Siebziger, die vom Sound her nicht über eine Art Glockenspiel hinauskamen. Zweimal hatte er jemanden am Apparat, der in der Angestelltenkantine arbeitete und ihm nicht helfen konnte.

Die Verbindung war schlecht, wurde immer wieder von klackenden Geräuschen und einem eigenartigen Sirren begleitet. Tom blieb nichts anderes übrig, als sein Leid zu ertragen. Er musste wohl oder übel über die Tücken einer Telefonverbindung hinweghören, die Tausende von Kilometern überbrückte.

Daher hatte er es sich irgendwann auf dem Bett bequem gemacht, sah sich den Film *Jagd auf Roter Oktober* praktisch ohne Ton an, aß einen Käse-Schinken-Sandwich und tippte sich auf die Brust, passend zum Rhythmus des nervigen Songs *Me And You And A Dog Named Boo*. Plötzlich meldete sich eine Frauenstimme am anderen Ende der Leitung: »Pamela Mashamaete.«

Tom würgte seinen Bissen herunter und hätte sich fast verschluckt, als er sich endlich der richtigen Person vorstellte.

Tom hatte seine Zweifel, ob die zivile Luftbehörde Südafrikas ihm überhaupt seine Fragen beantworten würde, aber Pamela Mashamaete zerstreute seine Bedenken schnell. Es stellte sich heraus, dass sie die leitende Ermittlungsbeamtin war. Sie klang jung und klug und – was viel wichtiger war – hatte offenbar kein Problem damit, Tom auf den neuesten Stand zu bringen, nachdem er sein Anliegen vorgebracht hatte. Keinen Moment lang klang sie argwöhnisch abwartend, und nicht ein einziges Mal hieß es, da müsse sie sich erst an ihre Vorgesetzten wenden. Bereitwillig ließ sie Tom wissen, was sie über die ersten Ermittlungen dachte. Es war erhellend und erfrischend zugleich, zumal sie recht bald dazu übergingen, sich mit dem Vornamen anzureden. Vielleicht lag es auch an Toms unbeholfenen Versuchen, den Namen Mashamaete richtig auszusprechen.

»Ich denke, Sie nennen mich besser Pam.«

»Besten Dank. Ich bin Tom.«

Viel konnte Pam ihm zum gegenwärtigen Zeitpunkt allerdings nicht erzählen. Die Wrackteile lagen in der Nähe eines Ortes namens Oudtshoorn. Die Behörden hatten so gut wie alle Einzelteile gefunden, da die Halbwüste übersichtlich war.

»Und Sie sind jetzt vor Ort?«

»Ja.«

Wie es schien, hatte er Pam auf ihrem Handy erwischt. Bei dem Gedanken an seine Telefonrechnung schnitt er eine Grimasse. »Und was haben Sie für ein Gefühl bei der ganzen Sache?«

»Oh, in dieser Hinsicht haben wir keine *Gefühle*«, sagte sie und lachte. »Hier dürfen wir nur *Theorien* haben.«

Tom musste lächeln. Pam hatte ihn schon verstanden. »Was für eine Theorie liefert Ihnen also Ihr Bauchgefühl?«

Am anderen Ende gab es eine Pause. Tom stellte sich vor, dass die Frau irgendwo in der heißen, staubigen Karoo stand, umgeben von Buschwerk und Straußenvögeln und kleinen Jungs, die Jockey spielten. Je länger sich die Pause hinzog, desto sympathischer wurde ihm Pam, denn offenbar wägte sie seine Frage ab und nahm sich Zeit für die Antwort.

»Der Rumpf zerbrach noch in der Luft in zwei Teile. Die Bruchstelle liegt vor den Tragflächen, und erste Ermittlungen ergaben keinerlei Hinweis auf Materialermüdung rund um diese Stelle.«

»Was kann dann der Auslöser gewesen sein?« Er versuchte, sich seine Aufregung nicht anhören zu lassen.

»Zuerst dachten wir, es könnte eine Bombe gewesen sein. Doch als wir die Wrackteile zusammensuchten, sahen wir, dass von links außen etwas an die Außenhülle geprallt war. Der Großteil des Schadens entstand vorn links, aber an mindestens zwei anderen Stellen der Passagierkabine fanden wir außerdem Risse. Sie waren nicht groß genug, um den Rumpf weiter zu zerlegen, aber die Verletzungen einiger Opfer deuten auf ein solches Szenario hin.«

»Ach ja?« Tom saß inzwischen kerzengerade und voller Anspannung auf dem Bett.

»Also, die Theorie, die wir haben, lautet, dass Fan Nummer zwei in eine Unwucht geriet und die Schaufelblätter durch den Rumpf schlugen.«

Das war es! Tom nickte stumm und merkte, dass ihm ein wenig schwindelig wurde, als er sich die Parallelen der beiden Unfälle bewusst machte.

»Tom?«

»Ja, bin noch dran.«

»Hat Ihnen das geholfen?«

»Darauf würde ich meinen Arsch verwetten.«

»Oh, einen so hohen Wetteinsatz würde ich nie machen!«

Tom grinste, als er hörte, wie sie über ihren eigenen Witz lachte. »Irgendeine Idee, warum das Triebwerk zerfetzt wurde?«

»Noch nicht, nein.«

»Eine Kollision mit Vögeln bei voller Geschwindigkeit?«

»Noch keine Hinweise in diese Richtung.«

»Hey, Pam, ich danke Ihnen. Alles, was ich von jetzt an rausfinde, lasse ich Sie wissen.«

»Würde mich freuen.«

»Könnten Sie mir Ihre Handynummer geben? Sorry, aber wenn Leben retten bedeutet, dass man sich noch mal die Bee Gees und *Jive Talkin'* auf dem Xylophon anhören muss …«

Sie tauschten ihre Nummern aus. Dann sprang Tom aus dem Bett. Er war so aufgedreht, dass er gar nicht wusste, was er als Erstes machen sollte. Er wollte sich jemandem mitteilen, am liebsten jemandem, der ihn in die Arme schließen und ihm versichern würde, er habe einen guten Job gemacht.

Aber es war niemand da.

Tom hob einen Zettel vom Boden auf, unmittelbar neben dem Bett. Halo Jacksons Nummer. Er zerknüllte den Zettel und warf ihn weg. Was bildete der Kerl sich eigentlich ein?

Dann hob er den Zettel wieder auf, griff zum Telefon und wählte die Nummer, aber er drückte nicht auf den grünen Knopf. Im nächsten Moment ließ er den Zettel wieder zu Boden fallen, nahm seine Jacke und die Autoschlüssel und verließ die Wohnung.

Er brauchte eine Stunde bis nach Santa Ana und stellte fest, dass das Girl namens Lucia nicht im Sawmill war. Der Manager des Clubs wollte ihre Nummer nicht herausrücken, auch dann nicht, als Tom ihm kurz seinen Ausweis hinhielt und behauptete, er sei aus geschäftlichen Gründen da. Der Mann – rundlich, mittleren Alters, mit schwarz gefärbten Haaren – gluckste. »Aha, so macht man das heutzutage?«

Tom lungerte zwanzig Minuten in seinem Buick herum, bis er über seinen Schatten sprang und den Manager bat, Lucia seine Handynummer zu geben. Dann fuhr er einen halben Block weiter, hielt bei einem KFC und holte sich eine große Pappschachtel mit Brathähnchen. Sonderangebot.

Immerhin gab es was zu feiern.

Sein Handy klingelte. Mit fettigen Fingern tastete er in seiner Tasche nach dem Gerät. »Lucia?«

»Ich bin's, Halo.«

»Ach, scheiße.«

»Oh, danke.«

»Was wollen Sie?«

»Wer ist Lucia?«

»Was wollen Sie?«

»Haben Sie schon von John Wayne gehört?«

»Ist der immer noch tot?«

»Eine Saab 340 ist beim Start verunglückt.«

John Wayne Airport.

Tom verspürte einen Stich im Herzen, als ihm klar wurde, dass er es sich jetzt schon von Fremden erzählen ließ, wenn Maschinen quasi vor seiner Haustür abstürzten. Früher hatte er so etwas immer sofort von Pete erfahren. Seine Karriere schien ihm wieder ein Stückchen mehr aus der Hand zu gleiten.

»Tom?«

Er beendete das Gespräch, ohne Halo zu antworten, und wählte Petes Privatnummer. Ihm war klar, dass er das lassen sollte, denn schließlich war es zwei Uhr morgens in D. C., aber er konnte nicht warten.

Ein verschlafener Pete meldete sich.

»Pete? Ich bin's, Tom.«

Ein Schnauben am anderen Ende der Leitung.

»Hab gerade von der Saab am John Wayne Airport gehört.«

»Yeah?«

Sein Anruf war dämlich, wie Tom sich bewusst machte, aber jetzt konnte er nicht mehr zurückrudern. »Kann ich mich da umsehen?«

»Jan ist vor Ort.«

»Jan! Verdammt, die ist doch gerade mal zwei Jahre dabei!«

»Sieht aus, als sei der Pilot von der Startbahn abgekommen. Menschliches Versagen. Ein paar Verletzte, keine Toten. Ich dachte, es wäre gut, wenn sie sich erst mal so einen Fall vornimmt.«

Tom hörte, wie Ann im Hintergrund murmelte: »Wie spät ist es denn?«

Es machte ein klickendes Geräusch, als Pete die Nachttischlampe anschaltete. »Verdammt, Tom, es ist zwei Uhr morgens, weißt du das überhaupt?«

»Ja, weiß ich, tut mir leid.«

»Wäre ja mal was Neues, wenn dir was leidtut.«

»Jetzt mal im Ernst, Pete. Ich weiß, dass ich dich nicht hätte anrufen sollen. Es ist nur so ... es macht mich allmählich verrückt, wenn ich sehe, dass Leute einspringen und den Job machen, der eigentlich meiner ist.«

»Und du denkst, dass du mir um zwei Uhr morgens die Ohren vollheulen kannst, damit ich dich wieder einsetze?« Pete legte auf.

Was für ein Mistgefühl es war, dieses Klacken am anderen Ende zu hören! Fast tat es Tom leid, Halo vorhin abgewürgt zu haben. Der Abend hatte eigentlich so gut begonnen, doch jetzt blieb ihm nichts als ein saures Gefühl in der Magengegend.

Wütend stieß er die Pappschachtel von sich. Ein abgerissener Typ, der am Nebentisch an einem Hähnchenflügel nagte, schielte auf Toms Schachtel. Tom schob sie rüber zu ihm.

»Danke, Mann.«

Tom nickte dem Typen zu, stand auf und fühlte eine elende Leere in sich.

Da er keine Lust hatte, den ganzen Weg bis nach Long Beach zurückzufahren, checkte er wieder im Motel 6 ein, in dem er am Abend zuvor abgestiegen war. Aus einer Laune heraus fragte er nach demselben Zimmer und hatte später Lucia vor Augen, während er onanierte. Danach sank er endlich in einen unruhigen Schlaf.

Um fünf Uhr morgens rief Pete ihn an und schickte ihn nach Boise, Idaho. Dort gab es ein Leck in einer Pipeline, und Öl sickerte in einen Fluss.

Tom entschuldigte sich auch jetzt nicht bei Pete, aber er regte sich auch nicht auf. Er akzeptierte sein Schicksal wie ein Mann und sah den Auftrag als eine Art Buße.

9. Kapitel

Kein Name wäre abwegiger für den Laden gewesen als Honolulu. Der Club nördlich von Long Beach bestand hauptsächlich aus einer riesigen Markise auf einem noch riesigeren Parkplatz. Die Fläche selbst war umgeben von Einkaufsmeilen und hässlichen Flachdachgebäuden, in denen sich Läden mit Eisenwaren und Klempnerbedarf breitgemacht hatten.

Tom mochte das Honolulu nicht. Er zog den Bicycle Club oder das Normandie vor. Die beiden Casinos besaßen zumindest ein bisschen von dem alten Charme rund um L. A., befanden sich in herkömmlichen Backsteinhäusern und die grünen Filztücher zeigten Abnutzungsspuren. Aber das Honolulu lag nun mal in seiner Nähe, und sonntags war immer Jackpot-Tag im Tempel der Verdammten.

Zwei riesige Plastikpalmen sollten für das entsprechende Ambiente sorgen, aber Pokerspieler brauchten eigentlich keine Deko: Sie brauchten bloß Karten, den Dealer und einen, den man ausnehmen konnte. Echten Spielern wäre es egal gewesen, wenn am Eingang zwei riesige Scheißhaufen gelegen hätten.

Unter der Markise bedeckte ein dicker, greller Teppich den Asphalt, und die Klimaanlage wehte kühle Luft durch den Club.

Tom kannte niemanden, als er eintrat, was ihn verwunderte. Denn schließlich hatte er Pinball Kid hier schon des

Öfteren gesehen, hin und wieder auch Corey Clump. Manchmal hatten Corey und er einen Happen zusammen gegessen, wenn sie wieder einmal verloren hatten. Eigentlich kannten sie sich gar nicht, und wenn sie sich unterhielten, ging es immer nur um Poker: Wann sie mal abgesahnt hatten, wann sie alles verloren hatten. Oder sie sprachen über andere, die den Pot gewonnen oder verloren hatten. Aber nie ging es um Taktik und dergleichen, denn was das betraf, wollte sich keiner in die Karten gucken lassen. Am Pissoir nickte man seinem Nebenmann ja auch nur höflich zu, verglich aber nicht offen, wer den größeren Schwanz hatte.

Tom legte hundert Dollar auf den Tisch und bekam seine ersten Karten. Die ersten Blätter waren eher nichtssagend, aber mit der Zeit hatte er ein gutes Gefühl bei seiner jeweiligen Hand. Er gewann einen Zweihundert-Dollar-Pot mit einem Straight und schlug damit den Latino aus dem Rennen, der es nur auf zwei Paare mit Neunen und Buben brachte. Der Typ mit einer Weste wie Indiana Jones verzögerte dauernd das Spiel, weil er mit seinem Essen herumhantierte. Tom fragte sich schon, ob das Taktik war, aber nachdem er ihn besiegt hatte, war ihm das Gehabe vollkommen egal.

Kurz darauf war aus seinem Hundert-Dollar-Einstieg ein Gewinn von über tausend Dollar geworden. Tom schaute sich nach einem Chip Jockey um, um der Versuchung zu widerstehen, das ganze Geld zu setzen. Aber es war keiner in der Nähe, und er war an der Reihe. Er warf einen Blick auf die Karten, die er gerade bekommen hatte: Kreuzneun, Kreuzzehn. Da er den Dealer-Button hatte, spielte er sie.

Die Hand, die sich ergab, hätte in einem Drehbuch stehen können. Der Flop mit den ersten drei Community

Cards brachte die Kreuzsieben, die Herzdame und die Pikdame. Leichte Unruhe erfasste die Spieler am Tisch beim Anblick des Paars. Beflügelt von dem bisherigen Verlauf, erhöhte Tom waghalsig angesichts der Kreuzsieben im Flop, weil er auf einen Straight hoffte oder – noch besser – auf einen Backdoor-Flush mit fünf Kreuzkarten.

Beim Turn wurde die Kreuzsechs aufgedeckt. Nach außen hin blieb Tom gelassen, aber innerlich spürte er, wie die Anspannung wuchs ... ein Kribbeln, das irgendwo bei seinem Schwanz begann und in den Bauch strahlte. Die Sechs, die Sieben, die Neun und die Zehn von Kreuz gehörten ihm. Fehlte nur noch die Acht. Der Straight Flush war möglich, im Weg waren die beiden Damen. Die Damen stellten für alle am Tisch eine Bedrohung dar, und viel zu schnell sah man über die Sechs und die Sieben hinweg. Sicher, beide waren Kreuz und daher Kandidaten für einen Straight Flush, aber die Damen waren verlockender. Der hastige oder unerfahrene Spieler ließ sich womöglich davon blenden und zu anderen Optionen verleiten. Und dies war kein High-Rollers-Spiel: Es war ein mittelmäßiger Cash Table an einem Sonntagnachmittag. Wahrscheinlich hatten einige Spieler bisher nur Rubbellose gekauft, wenn sie Geld verlieren wollten. Zwei offenbar befreundete Männer in Clubjacken hatten noch nicht einmal daran gedacht, an verschiedenen Tischen zu spielen, um zu verhindern, dass der eine das Geld des anderen gewann. Es gab eine abgetakelte Brünette, die schon zuvor vergessen hatte zu erhöhen, obwohl sie die Nuts – also die bestmögliche Hand – hatte. Dummerweise ließ sie es alle anderen auch noch wissen. Dann saß noch ein junger Asiate mit weichen Gesichtszügen am Tisch, der praktisch bei jeder Hand mitgegangen war, die er bekam. Außerdem gab es den Typen mit der

Indiana-Jones-Weste. Neben ihm saß ein wütend dreinblickender, pockennarbiger Mann, der ständig mit dem Bein wippte und dadurch den ganzen Tisch zum Beben brachte. Er hatte bislang ein paar kleinere Pots gewonnen, und einmal war Tom sich sicher gewesen, dass er geblufft hatte. Eine äußerst beleibte Frau, die sich eine Tagesdecke um den Leib geschlungen hatte, nahm den Rest des Tisches ein. Sie hatte die nervige Angewohnheit, jede Community Card, die aufgedeckt wurde, mit einem missbilligenden Schnalzen zu quittieren. Toms Erfahrung nach waren Geräusche wie dieses das Schlechteste, was man am Pokertisch von sich geben konnte, und daher schätzte er, dass die Dicke höchstens mit viel Glück gewinnen würde.

Der Indiana-Jones-Fan, die beiden jungen Typen, die zerknitterte Brünette und der Asiate hatten inzwischen beim Anblick der beiden Damen gepasst. Ihre jeweiligen Einsätze vor dem Flop hatten den Pot nett anwachsen lassen.

Die Dicke schnalzte wieder mit der Zunge und beschloss zu schieben. Doch der Pockennarbige mit dem nervösen Bein machte seinen Bet in der Setzrunde und sah Tom dabei unverwandt in die Augen. Tom ignorierte den Typen und erhöhte. Die Dicke grummelte vor sich hin, ging aber mit, und der Nervöse funkelte Tom böse an und erhöhte weiter. Tom amüsierte sich im Stillen über die grimmige Visage des Mannes und erhöhte seinerseits.

Das Schnalzen der Dicken schwoll an. Dann lass es doch bleiben, dachte Tom. Und tatsächlich passte die Frau kurz darauf, nachdem sie hartnäckig ihre Unterlippe mit den Zähnen bearbeitet hatte.

Tom konnte die Feindseligkeit des Pockennarbigen deutlich spüren, als er mitging.

Alles hing nun von der letzten Community Card ab. War es eine Acht oder irgendein Kreuz, hatte Tom sein Ziel so gut wie erreicht. Alles andere wäre ein Desaster.

Die erschreckend dünne Chinesin mit ihrer durchschimmernden Haut deckte als Dealer die Karofünf auf. Tom hatte weder einen Straight noch einen Flush und auch sonst nichts auf der Hand. Sein Herz hämmerte in seiner Brust. Der Dealer deutete auf den Nervösen, da dieser setzen musste.

Tom hatte seine Unterarme während des ganzen Spiels an der Tischkante auf der leichten Polsterung aus Lederimitat abgestützt. Daher hatte er auch die ganze Zeit das Beben des Tisches gespürt, weil der nervöse Typ unaufhörlich mit dem Bein wippte. Jetzt verrieten ihm seine Unterarme, dass der Mann plötzlich – nur eine Sekunde lang – mit dem Wippen aufgehört hatte. Er fing sofort wieder damit an, aber es war der Hinweis, auf den Tom gewartet hatte. Irgendetwas hatte den Typen innehalten lassen. Offenbar bedeutete die Unterbrechung beim Wippen, dass er einen Moment lang hatte nachdenken müssen. Und beim Nachdenken ging es fast immer um eine Neubewertung. Und eine Neubewertung bedeutete, Kompromisse einzugehen und Erwartungen herunterzuschrauben.

Es war nur ein kleiner Hoffnungsschimmer, aber Tom beschloss, bei dem Bluff mitzumachen: Sollte der Typ ruhig glauben, dass er, Tom, ein Paar auf der Hand hatte, das zu einer der kleineren Karten auf dem Tisch passte. Dann hätte er einen Drilling mit Damen mit einem Full House geschlagen. Als der Nervöse seinen Einsatz in die Mitte des Tisches schob, setzte Tom den Rest seiner Chips. Der Mann schaute noch einmal unsicher auf seine Karten, und da wusste Tom, dass er ihn hatte.

Im Pot lagen mehr als 1400 Dollar. Ein paar Leute scharten sich schon als Zuschauer um den Tisch, und der nervöse Beinzucker hatte plötzlich kein Vertrauen mehr in seine Hand. Mit einem Ruck stand er auf und passte, wobei er seine Karten in Richtung Dealer legte. Als der Letzte am Tisch passte, deckte er die Karten auf. Zwei Zehnen!

Tom fing den Blick des Mannes ein und grinste. Er konnte nicht anders. Er wusste, dass er gut geblufft hatte, aber gleich mehrere Kontrahenten aus einem Spiel zu bluffen war fast so prickelnd aufregend wie Sex.

»Nehmen Sie Ihre verdammten Karten weg!«

Der Dealer ignorierte den pockennarbigen Mann. Sie war es gewohnt, dass Loser sich aufregten.

»Wedeln hier mit Ihren Karten herum, Sie verdammter Amateur.«

»Es ist gelaufen. Lassen Sie sie in Ruhe«, sagte Tom ruhig, ohne den Kerl anzusehen.

»Ach, verdammt. Lassen Sie sehen, was Sie haben.« Der Typ stierte Tom grimmig an.

Tom zeigte nie seine Karten, es sei denn, jemand zahlte dafür. Voller Unschuld schielte er auf den Pot. »Ich habe etwa 1400 Dollar.«

Einige Leute am Tisch kicherten leise.

»Wollen Sie mir das Blatt nicht zeigen, Mann?«

Tom zuckte mit den Achseln. Gelassen schob er seine Karten zum Dealer. Die Chinesin mischte sie rasch unter das Deck, in der Hoffnung auf Ruhe, sobald die Beweise nicht mehr da waren.

»Ach, scheiße!«

Tom schwieg weiter und begann, Türmchen mit den Chips zu bauen, um sie dann auf die kleinen Tabletts zu stellen, die der Club zur Verfügung stellte. tausend Dollar pro Tablett für Zehn-Dollar-Chips. Er brauchte noch ein Tablett und schaute sich nach einem Chip Jockey um.

Aus den Augenwinkeln sah er, dass der wütende Typ auf ihn zukam. Im letzten Moment riss Tom den Arm hoch, um sein Gesicht zu schützen. Trotzdem war der Schlag so hart, dass Tom vom Stuhl stürzte. Der Mann setzte nach, drückte Tom das Knie in die Weichteile und prügelte mit beiden Fäusten auf ihn ein.

Es war schnell vorüber, aber nicht schnell genug. Sicherheitspersonal zerrte den Mann weg, während Tom sich mit angewinkelten Beinen auf die Seite rollte. Der Schmerz im Gesicht war nicht so schlimm wie das Pochen in seinen Eiern, das heftig in den Bauch strahlte. Tom erbrach sich auf den grellbunten Teppich.

Er fühlte eine Hand auf seiner Schulter, wollte sich aber nicht auf den Rücken drehen lassen. Nein, er musste in dieser zusammengerollten Schonhaltung bleiben, vielleicht für immer …

Wie von Ferne nahm er die Leute um sich herum wahr, während ihm der Geruch seines Erbrochenen in die Nase stieg. Zwei Paar polierte Schuhe, die wie Military Boots aussahen, schoben sich in sein Blickfeld, dicht zu einem Paar roter Cowboystiefel. Tom vermutete, dass der nervöse Pockennarbige diese Stiefel trug.

Lächerliche rote Stiefel.

Wieder überrollte ihn eine Welle der Übelkeit. Er übergab sich erneut. Diesmal versuchte niemand, ihn auf den Rücken zu drehen, aber jemand zog ihn ein wenig weg von der Lache aus Erbrochenem. Tom war dankbar, dass er nicht in seiner eigenen Kotze liegen musste.

Ganz allmählich ließ der Schmerz zwischen seinen Beinen nach, und Tom traute sich wieder, tiefer einzuatmen.

Gleichzeitig schoss ihm der Schmerz im Gesicht und am Kopf ins Bewusstsein. Ein pulsierender Schmerz. Tom schmeckte Blut im Mund.

Als ihn wieder jemand an der Schulter berührte, ließ er zu, dass man ihn in eine sitzende Position brachte. Jemand reichte ihm ein Handtuch von der Bar, und Tom spuckte ein wenig Blut vermischt mit Erbrochenem in das Handtuch, ehe er sich über den Mund wischte. Er zuckte zusammen, als er sich über die aufgesprungene Lippe strich. Blut lief ihm in Augen und Nase und sickerte ihm die Kehle herunter. Scheiße, was für ein Dreck!

Dann entsann er sich der Chips und schaute auf. Die Chinesin hielt ihm das Tablett hin und lächelte ihm aufmunternd zu.

Er schaute sich um, weil er wissen wollte, wer ihm das Handtuch gereicht hatte, und fing den Blick der Blondine ein, die sonst immer mit Pinball Kid zusammen war.

»Alles okay?«, fragte sie und fixierte ihn mit ihren dunklen, grauen Augen.

Ehe Tom antworten konnte, kniete sich ein blutjung aussehender Sanitäter vor ihn und leuchtete Tom mit einer Stablampe in die Augen. Tom kam sich unendlich alt und verbraucht vor.

»Wie viele Finger?«

»Drei.«

»Gut. Denken Sie, dass Sie schon aufstehen können?«

»Aber nicht zu schnell. Und ganz aufrichten geht gar nicht.«

Der Bursche grinste ihn an. »Einen Tritt in die Eier bekommen?«

Tom nickte matt, und der Sanitäter stand auf. »Einen Eisbeutel, Lis!«

Als Lis endlich mit dem Kühlpack kam, lehnte Tom mit der Stirn auf dem Tisch, an dem er eben noch gespielt hatte. Angestellte des Honolulu standen mit Handtüchern bereit, für den Fall, dass ihr Gast auch auf den grünen Filzbezug kotzen wollte. Dann wäre der Tisch den ganzen Abend über nicht mehr zu benutzen gewesen.

Kurz darauf versorgte der Sanitäter die Wunde über dem Auge mit Pflastern und tupfte die anderen Blessuren mit einer brennenden Tinktur ab. Tom kam sich wie ein Fünfjähriger vor, der mit dem Rad gestürzt war.

Die Blondine stand immer noch neben ihm, wie Tom sich etwas verlegen bewusst machte.

Ein schmalschultriger Mann im Smoking mit wettergegerbtem Gesicht trat zu ihnen. Auf dem Schild auf seiner Brust stand *Manager.* Er wandte sich zuerst an den Sanitäter. »Ist er okay?«

»Der wird schon wieder. Die Wunde über dem Auge sollte genäht werden.«

»In Ordnung. Ab hier übernehme ich.«

Der Sanitäter zögerte. »Sie müssen mir das noch unterschreiben, Sir.« Der Manager nickte. Tom nahm wahr, dass der Mann seinen Namen unter ein Formular setzte und Tom dann bat, ihm zu folgen. Tom konnte sich nur mühsam aufrichten, drückte sich das Kühlpack zwischen die Beine und humpelte hinter dem Manager her. Die Blondine berührte ihn am Arm. »Ich warte hier auf Sie.« Er nickte nur, fragte sich aber, wieso diese Frau auf ihn warten wollte ...

Der Manager ging extra langsam, damit Tom mit ihm Schritt halten konnte. Die Chinesin folgte ihnen, das Tablett mit dem Gewinn in der Hand.

»Sollen wir Ihnen das auszahlen, Sir?«

»Bitte.« Der Dealer zog ab.

Als sie die Tür mit dem Schild *Manager* erreichten, hatte Tom einen etwas klareren Kopf. Der Schmerz zwischen den Beinen war ein bisschen erträglicher geworden.

Im Büro hatten sich die beiden Männer vom Sicherheitspersonal, die man schon am Bürstenschnitt und ihrer militärischen Haltung erkennen konnte, neben dem nervösen Beinzucker aufgebaut. Der Mann sah Tom finster an und reckte herausfordernd das Kinn vor. Der Manager setzte sich an seinen Schreibtisch und deutete auf einen freien Stuhl. »Nehmen Sie Platz.«

Tom verlagerte das Kühlpack, das er sich gegen die Eier gepresst hatte. »Ich denke, ich bleibe lieber stehen, danke.« Der Manager nickte verständnisvoll.

Tom bemerkte die CCTV-Kamera in der Ecke über dem Schreibtisch. Hinter ihm ging die Tür auf, und der Dealer kam herein und reichte ihm das Geld. Ein dickes Bündel Scheine.

»Oh, danke.«

»Gern geschehen«, erwiderte sie ein wenig nervös.

Der Manager fragte die Chinesin, was vorgefallen sei, worauf die Frau in knappen Worten erzählte, wie es zu dem Zwischenfall gekommen war. Der Beinzucker konnte zu seiner Verteidigung nichts anderes vorbringen als eine weitere Beleidigung: Tom sei ein »verdammter Klugscheißer«.

Der Manager seufzte und wandte sich an Tom. »Mr …?«

»Patrick.«

»Mr Patrick, ich bin Robert Tarryk, der Manager. Ich kann mich nur entschuldigen, dass Sie in meinem Casino Opfer eines tätlichen Angriffs durch einen anderen Spieler wurden. Meine Sicherheitsleute haben rasch eingegriffen, aber wenn es zu solchen Vorfällen kommt, dann geht leider alles sehr schnell. Ich hoffe jedoch sehr, dass diese Sache Sie nicht davon abhalten wird, auch weiterhin Gast im Honolulu zu sein.«

Toms Antwort war ein unverbindliches Achselzucken. »Haben Sie schon die Polizei gerufen?«

Ihm entging nicht, dass Tarryk dem Beinzucker einen Blick zuwarf. »Noch nicht. Ich wollte Sie entscheiden lassen, wie wir die Sache handhaben sollen.«

Die Worte trafen Tom ebenso unvorbereitet, wie es der erste Faustschlag Minuten zuvor getan hatte. Er bedachte den Manager mit einem fragenden Blick.

»Sie können sich vielleicht vorstellen, Mr Patrick, dass wir stets um unseren guten Ruf bemüht sind. Deshalb ziehen wir es vor, die Dinge auf andere Weise zu regeln, als gleich nach dem Gesetz zu rufen.«

Tom horchte auf und war gespannt auf die weiteren Ausführungen. Vorsichtig tastete er die Wunde über seinem Auge ab und ließ Tarryk weiterreden.

»Wenn zum Beispiel Mr Stanley bereit wäre ...« Toms Blick wanderte zu dem Mann in den roten Cowboystiefeln. »... eine angemessene Entschädigung zu zahlen?«

Stanley zeigte keinerlei Reaktion. Tom auch nicht. Tarryk setzte noch einmal an. »Wie wäre es etwa mit zweitausend Dollar?«

Tom machte keinen Hehl aus seinem Erstaunen. Tarryk war tatsächlich darauf aus, die Sache mit Geld zu regeln.

»Ich will Ihr Geld nicht. Dieser Kerl da hat mir die Eier zerquetscht.«

»Und ich bin sicher, dass Mr Stanley seinen Aussetzer inzwischen zutiefst bereut.«

Tom musterte Stanley, der keinerlei Bedauern oder gar

Reue zeigte. Stattdessen warf er Tarryk einen wütenden Blick zu. In diesem Moment wurde Tom bewusst, dass er tatsächlich zufriedener wäre, wenn Stanley wenigstens ein bisschen Reue zeigen würde.

»Wir sind doch alle vernünftige Leute. Und daher bin ich mir sicher, dass wir die Angelegenheit zur Zufriedenheit aller regeln können, Mr Patrick.«

Tom zögerte, ehe er langsam antwortete: »Sicher, das können wir.«

»Also gut. Dann zweitausend Dollar, ja?« Er klappte sein Scheckbuch auf.

Ohne Vorwarnung fuhr Tom herum und trat Stanley in die Eier. Er traf genau, wie bei einem perfekten Abschlag beim Golf. Er trat so fest zu, dass er sich einbildete, Stanley würde rücklings gegen die Wand fliegen.

»Hey!«, rief einer der Security-Männer erschrocken aus, aber da war es schon passiert. Tom hörte, wie die dünne Chinesin hinter ihm aufschrie.

Stanley ging zu Boden, als hätte man ihm beide Beine weggeschlagen. Tom sah, wie der Mann zu atmen versuchte und schmerzvolle, hohe Töne von sich gab, während er auf dem Boden vor- und zurückschaukelte, die Hände zwischen den Beinen vergraben. Tränen quollen ihm aus den verkniffenen Augen, Blut lief ihm über die Lippe, da er sich offenbar vor Schreck auf die Zunge gebissen hatte. Tom beschloss, die schmerzverzerrte Miene des Mannes als eine Art des Bedauerns zu deuten.

Er wandte sich an Tarryk. »Sie haben recht«, meinte er. »So etwas passiert schneller, als man denkt.«

Tarryk klappte das Scheckbuch zu und stieß einen tiefen Seufzer aus.

Tom warf Stanley das Kühlpack zu und verließ das Büro,

gefolgt von der kichernden Chinesin. Nach ein paar Schritten blieb Tom stehen, nahm fünfzig Dollar aus dem Bündel Geldscheine und reichte ihr das Geld. Die Chinesin lächelte breit und nickte zum Dank. Dann eilte sie weiter, immer noch lachend.

Aus einem unerfindlichen Grund wartete draußen tatsächlich die Blondine auf ihn, genau wie sie es zuvor gesagt hatte.

10. Kapitel

Sie hieß Ness Franklin, und spätestens als der Kellner ihnen die zweite Flasche Pinot Noir brachte, war Tom richtig scharf auf die Frau.

Alles, was sie tat und sagte, war so verdammt sexy. Es machte ihn schon an, wenn sie ein »Danke« raunte oder ihm unter halb gesenkten Lidern einen Blick zuwarf, als er ihr die Tür im Honolulu offen hielt. Als sie mit einer fließenden Bewegung auf dem Beifahrersitz Platz nahm, gab der Schlitz ihres mitternachtsblauen Kleids kurz einen Blick auf ihre makellosen hellen Beine frei. Später legte ihr Tom eine Hand auf den unteren Rücken, als er sie zu einem Tisch im Divo's führte, und spürte ein Prickeln im Arm. Sie bestellte keinen Salat, wie es Frauen oft tun, sondern Hummer in Buttersoße, und als er sah, dass ihre vollen roten Lippen beim Essen von der Butter glänzten, brachte ihn das fast um den Verstand.

Die meiste Zeit über redete sie, während er dasaß und sie ansah, ihr zuhörte und sich fragte, wie lange es dauern mochte, bis seine gequetschten Weichteile eine Erektion zustande bringen würden. Was für eine Katastrophe, falls Stanleys Knieattacke seine Leistungsfähigkeit beeinträchtigt haben sollte! Ausgerechnet an dem Tag, an dem mir die schärfste Frau der Welt über den Weg läuft, dachte er trocken. Ness dippte einen Finger in die Limonensauce. Tom ahnte, dass der Tritt, den er Stanley verpasst hatte, nicht Vergeltung genug war, falls sich seine schlimmsten Befürchtungen bewahrheiten sollten. Nein, dann würde er Stanley jagen und umbringen. Langsam umbringen, versteht sich.

Genüsslich sog Ness die Sauce von der Fingerspitze und wirkte dabei beinahe abwesend, während sie versuchte, den Kellner an den Tisch zu rufen, da sie noch etwas von der Buttersoße bestellen wollte. Ein angenehmes Lustgefühl machte sich in Toms Bauch breit, doch plötzlich verspürte er wieder ein starkes Ziehen in den Eiern, das ihn zusammenzucken ließ.

»Sind Sie okay?«

»Ja, klar.«

Sie schenkte ihm ein kleines Lächeln. »Sicher?«

»Na ja, so gut ein Mann sich eben fühlt, wenn ihm ein Neandertaler die Nüsse zerquetscht und das Gesicht zertrümmert. Ungefähr so gut geht's mir, verstehen Sie?«

Sie lachte und musterte seine Blessuren. »Ich kenne diesen Typen. Er ist ein Arschloch.«

Tom prostete ihr bei diesen Worten zu und stieß mit ihr an.

Bevor sie das Honolulu verließen, war Ness noch rasch mit ihm in den Vorraum der Damentoilette gegangen, um ihm das Gesicht zu säubern. Tom ahnte, dass er immer noch wie ein Crashtest-Dummy aussah. Die Wunde über dem Auge musste tatsächlich genäht werden, aber das Pflaster würde sie bestimmt bis zum nächsten Tag zusammenhalten. Tom hatte keine Lust, den ersten gemeinsamen Abend mit dieser Frau in der Notaufnahme irgendeines städtischen Krankenhauses neben angetrunkenen Typen zu verbringen.

Seine Nase tat weh. »Glauben Sie, die ist gebrochen?«

Vorsichtig tippte sie ihm auf den Nasenrücken. »Nein, das ist nur eine Prellung.«

»Schade.«

Sie beäugte ihn überrascht.

»Ich hab mir immer schon mal 'ne gebrochene Nase gewünscht. Ist irgendwie männlich, oder nicht?«

Sie verzog das Gesicht, was sie in seinen Augen nur noch begehrenswerter machte. Erst jetzt, bei Tisch, fiel ihm auf, dass Ness eine kleine weiße Narbe am Kinn hatte, die aussah wie eine winzige Sternschnuppe.

»Unter männlich verstehe ich etwas anderes«, sagte sie schließlich.

Als sie beide das Divo's betreten hatten, hatte Tom den Eindruck gehabt, dass alle Augen auf sie gerichtet waren. Aber wahrscheinlich hatten die Gäste nicht in erster Linie seinen Geschmack für Frauen bewundert. Auch egal. Sollten sie ruhig alle auf sein verunstaltetes Gesicht starren! Er jedenfalls war heilfroh, sich bei Tisch an einem schönen Anblick erfreuen zu können.

Der Kellner brachte noch etwas Buttersoße, und Ness tunkte ein Stück Hummer hinein. Als sie sich den Bissen zwischen die Lippen schob, lief ihr etwas von der Butter über das Kinn. Sie tupfte sich vorsichtig den Mund mit der Serviette ab, aber es schien ihr egal zu sein, ob das kleine Rinnsal ihr weiter über den Hals lief oder nicht. Tom zuckte wieder zusammen.

»Also, Ness ...« Fieberhaft suchte er nach Worten, damit seine Frage nicht zu plump wirkte. »... was verschafft mir das Vergnügen?«

Sie zuckte die Schultern, und Tom erhaschte einen Blick auf ihre weiße Haut und die sanft geschwungenen Schlüsselbeine. »Sie haben mich heute beeindruckt.«

»Klar, ich bin bestimmt sehr eindrucksvoll, wenn ich mich zusammenschlagen lasse.«

Ihre Antwort war ein Lächeln. »Aber an Ihre Chips haben Sie gedacht.«

Die Feststellung überraschte ihn.

»Kaum hatten Sie sich übergeben, als Sie sich auch schon an Ihre Chips erinnerten und wissen wollten, wer sie hatte.«

»Der Pot war ganz gut gefüllt.«

»Hart erspielt.« Sie fingerte an einer Hummerschere herum, knackte sie jedoch nicht.

»Sie haben also zugesehen?«

Sie nickte und fischte mit ihren schlanken Fingern nach dem Hummerfleisch. »Haben Sie geblufft?«

Instinktiv ging Tom bei einer solchen Frage auf Distanz. Er hatte das Gefühl, zwischen Ness und ihm sei eine schwere Tür ins Schloss gefallen. Seriöse Spieler stellten nie Fragen dieser Art, und kein echter Pokerspieler würde je darauf antworten. Er überspielte sein Zögern mit einem Lächeln und nahm einen Schluck Wein, obwohl seine Lippen schmerzten. Ness hielt seinen Blick fest, daher sagte er: »Darüber spricht man nicht.«

»Sie wollen es nicht mal mir verraten?« Sie zog fast einen Schmollmund und sah dabei so erotisch aus, dass Tom sich räuspern musste. Das Ganze war doch absurd. Denn eigentlich könnte er es ihr verraten. Schließlich flirtete sie nur mit ihm. Wieso also nicht das Spielchen mitspielen?

Doch sein Bauchgefühl riet ihm zu schweigen. Um ihr aber zu zeigen, dass er nicht verstimmt war, hob er die Brauen. »Nicht einmal Ihnen.«

Zuerst glaubte er, sie wäre beleidigt, aber nach kurzem Zögern lächelte sie und knackte die Hummerschere. »Sie haben recht. Sieger verraten nichts.«

»Hat Pinball Kid je etwas verraten?«

Sie sah ihn verdutzt an.

»Der junge Typ mit der Sonnenbrille und dem iPod.«

»Ach so, Sie meinen Garvey.« Sie nickte verschwörerisch. »Ja, er verrät manchmal was.«

»Haben Sie ihm deshalb den Laufpass gegeben?« Er hielt den Atem an, denn er wusste, dass er sie mit dieser Frage möglicherweise verärgerte.

Langsam schaute sie von ihrem Teller auf und suchte Toms Blick. Der Ausdruck in ihren Augen ließ ihn erzittern, obwohl er nicht wusste, ob ein Anflug von Lust oder etwas ganz anderes in ihrem Blick lag.

»Genau deshalb.« Sie nahm einen Schluck Wein, ehe sie züchtig die Hände auf dem Tisch übereinanderlegte. »Ich möchte Ihnen einen Vorschlag machen«, sagte sie dann unerwartet.

»Oh, ich möchte Ihnen auch etwas vorschlagen. Glauben Sie, wir wollen beide dasselbe?« Er grinste. Sie lächelte, schüttelte aber den Kopf.

»Da würde ich dagegen wetten.«

Das waren nicht unbedingt die Worte, die er hören wollte.

In ihren Augen lag immer noch dieses Glitzern, aber ihre Stimme nahm einen etwas anderen Klang an. Das Spielerisch-Neckende war plötzlich fort. Tom griff erneut zum Weinglas, nahm einen Schluck und beschloss, sich von nun an wie ein Erwachsener zu benehmen. »Bin ganz Ohr.«

»Ich arbeite für ein Konsortium. Wenn ich einen Spieler sehe, von dessen Fähigkeiten ich überzeugt bin, dann empfehle ich ihn meinen Auftraggebern.«

Tom versuchte, sich seine Enttäuschung nicht anmerken zu lassen. Das hier war ein Geschäftsessen, mehr nicht. Er nickte bloß, um ja nichts sagen zu müssen, das ihn verraten hätte.

»Ich habe Sie schon seit einer Weile beobachtet.«

Er wurde rot. »Doch wohl nicht letzte Woche, als ich bei den Damen All In ging?«

Sie hob eine Augenbraue. »Das war ... erstaunlich.«

Sie lächelten einander an, was die Atmosphäre ein wenig auflockerte. Tom sah an ihrer Haltung, dass sich Ness entspannte. Sie beugte sich leicht vor. Tom stieg ihr Duft in die Nase – ein würziger Duft –, was wieder ein Prickeln bei ihm auslöste.

»Es geht um mehr als nur Karten, Tom. Sie haben den Dreh raus und behalten dabei einen kühlen Kopf. Bei dem Geld, das meine Klienten investieren, handelt es sich nicht selten um hohe Beträge. Und dabei nicht die Nerven zu verlieren, ist eine bewundernswerte Eigenschaft.«

Sein Blick fiel wieder auf ihre kleine Narbe am Kinn. Plötzlich erschien es ihm wichtig, diese weiße Sternschnuppe zu berühren – womöglich mit der Zungenspitze? »Von was für Summen sprechen wir hier?«

Ihre Mundwinkel zuckten. »Von sehr hohen.«

Tom wusste, dass seine nächste Frage logischerweise »Wer sind Ihre Kunden?« hätte lauten müssen. Aber er stellte sie nicht, da er davon überzeugt war, dass ihm Ness ohnehin nicht die Wahrheit sagen würde. Instinktiv ahnte er, dass Neugierde in diesem Zusammenhang eine ebenso bewundernswerte Eigenschaft war, wie es ein kühler Kopf und Nerven wie Drahtseile waren.

Was Ness von ihm verlangte, war zweifellos illegal. Es ging um Geldwäsche, so einfach war die Sache. Schmutziges Geld wurde in kleine Keramikchips getauscht und an den Spieltischen von Atlantic City, Nevada und L. A. eingesetzt. Bei den entsprechenden Gewinnen – die Verluste sollten sich möglichst in Grenzen halten – wäre das Geld, das im Casino ausgezahlt würde, sauber. Vielleicht sogar steuerfrei, je nach den Bestimmungen für die Casinos.

Tom spürte, wie sein Ego bei einem Angebot dieser Art anschwoll. Doch sofort versuchte er gegenzusteuern. Sein Ego hatte Kratzer bekommen, seitdem Pinball Kid – Garvey – seine Buben hatte alt aussehen lassen. »Warum ausgerechnet ich?«, fragte er. »So gut bin ich gar nicht, das müssten Sie wissen.«

Sie musterte ihn kühl und machte keine Anstalten, ihm zu widersprechen, was er in gewisser Weise zu schätzen wusste. Wie alle Spieler hielt er sich ungern lange mit seinen Niederlagen auf, aber das bedeutete natürlich nicht, dass es sie nicht gab. Manchmal waren sie alles, was ihm blieb.

»Sie sind gut genug«, sagte sie nüchtern.

Er begriff. Ihr »Konsortium« brauchte also offenbar keinen hyperaktiven Pokerstar wie Stu Ungar, der sich und sein verdammtes Geld feiern ließ.

Toms Synapsen starteten ein wahres Feuerwerk, und in seinem Kopf arbeitete es schneller als sonst, wenn er seinen Blick in die Pokerrunde warf. Seinen Job konnte er in die Tonne treten, zumindest sah es ganz danach aus, wenn er an seinen letzten Einsatz in Boise dachte. Er hatte ein kleines Ölleck zu begutachten gehabt, aus dem das Öl in einen ohnehin verschmutzten und mit Müll übersäten Fluss sickerte. Im Augenblick bekam er nur die Hälfte seines Gehalts – eine Option, für die er sich entschieden hatte. Möglich wäre auch eine vorübergehende Beurlaubung gewesen. Mit dem Geld kam er gerade so über die Runden. Sein Ego war immer noch da, aber hoffnungslos unterfordert. Er brauchte diesen Job.

»Was springt dabei für mich raus?« Gott, er hörte sich schon wie ein Krimineller an.

»Zehn Prozent des Gewinns. Kein Risiko im Falle einer Niederlage. Doch natürlich sehen wir es lieber, wenn Sie gewinnen, das versteht sich. Sollten wir Sie auffordern, außerhalb zu spielen, übernehmen wir alle Kosten. Motel, Essen, Trinken ... Gesellschaft ...«

Zum ersten Mal hatte er den Eindruck, dass ihre Selbstsicherheit Risse bekam, aber genauso schnell hatte sie sich wieder gefangen und sah ihm in die Augen, als sie scherzhaft hinzufügte: »... im Rahmen des Zumutbaren.«

Tom musste grinsen. »Wer entscheidet darüber, was zumutbar ist?«

»Ich wäre Ihre Partnerin. Daher würde ich darüber entscheiden.«

»Arbeiten Sie nach einer bestimmten Vorgabe?«, neckte er sie.

»Sicher. Zweimal im Monat ist genug für jeden anständigen Menschen.«

Er hob die Brauen. »Können wir da nicht noch feilschen?«

»Hinsichtlich der Häufigkeit? Oder des Anstands?«

Ihr Lächeln stellte ihn zufrieden. Doch das Lächeln schwand. »Eine Sache noch, Tom.«

»Die wäre?«

»Ihr Mundwerk«, sagte sie sehr ernst. »Sie ziehen zu viel Aufmerksamkeit auf sich und bringen sich dadurch in Schwierigkeiten.«

Er schwieg. Was sollte er zu seiner Verteidigung vorbringen? Es wären nur Lügen gewesen.

»Und wir wollen weder Aufmerksamkeit noch Schwierigkeiten.«

Der Kellner brachte Kaffee, und Ness legte ihre Fingerspitzen aneinander. »Brauchen Sie noch ein wenig Bedenkzeit?«

»Nein«, meinte Tom. »Ich glaube, zu viel darüber nachzudenken wäre schlecht.«

Tom kam gegen zehn Uhr abends nach Hause. Die Rasensprenger waren im Einsatz gewesen, und im Rücklaufbecken roch es latent nach dem Wasser, das den Rasen in diesem trockenen Staat so verdammt grün aussehen ließ. Kentucky an der See.

Auf halbem Weg zur Haustür blieb er erschrocken stehen.

Halo Jackson hockte vor der Tür und fing die Blutstropfen an seiner Nase mit einer Schachtel von Taco Bell auf.

»Was ist denn mit Ihnen los?«

Halo zeigte halbherzig auf Toms Gesicht. »Wollte ich Sie auch gerade fragen.«

Tom ließ ihn in die Wohnung, aber Halo musste im gefliesten Flur stehen bleiben, bis Tom genügend Küchenkrepp zusammengesucht hatte.

»Das hört gleich auf«, murmelte Halo.

»Nehmen Sie das, Mann. Sonst sehe ich meine Mietkaution nie wieder. Also, was ist passiert?«

»Ich wollte Essen holen. Für Vee und Katy, wissen Sie? Tacos und so weiter. Ich komme zurück zum Haus und steige aus dem Auto, als dieser Typ mich gegen das Auto drückt und mir den Arm auf den Rücken dreht. Ich dachte, der bricht mir glatt den Arm.« Halo rieb sich das Schultergelenk und verzog den Mund unter Schmerzen.

»Und dann?« Tom goss zwei, drei Finger hoch Bourbon in ein Glas und stellte es neben Halo.

»Danke.« Halo nickte, ließ das Glas aber stehen. »Dann sagt der Scheißkerl: ›Mischen Sie sich nicht in anderer Leute Angelegenheiten‹, nimmt alle Tacos aus der Tasche und zertrampelt sie vor meinen Augen.«

Tom musste grinsen. Halo ärgerte sich mehr über die verlorenen Tacos als über die blutige Nase.

»War der Kerl allein?«

»Er hat mir gereicht.«

»Und dann hat er Ihnen noch eine verpasst?«

Halos Blick huschte zur Seite. »Nein, eigentlich nicht ...«

Tom hob fragend eine Braue, und Halo wirkte verlegen.

»Nein, er fuhr weg. Aber ich bin auf einem der Burritos ausgerutscht und mit dem Gesicht gegen den Außenspiegel geknallt.«

Tom verging das Grinsen, als er merkte, dass seine Lippe wieder höllisch wehtat.

»Das ist überhaupt nicht lustig, verdammt. Ich hab den Spiegel kaputt gemacht. Siebzig Dollar knöpfen die mir ab! Nur weil man 'nen Oldtimer fährt, denken die Leute, dass du Kohle hast. Und ich hab mir fast die Nase abgerissen!«

»Aber warum kommen Sie damit zu mir? Ich dachte, irgendein Typ hätte Sie verprügelt!«

»Hat er doch auch fast«, hielt Halo dagegen. »Außerdem hat er von den Angelegenheiten anderer Leute gesprochen – damit kann er nur die *Pride of Maine* gemeint haben.«

Tom gab ein Schnauben von sich. »Hey, jetzt bleiben Sie mal auf dem Teppich. Der Typ ist wahrscheinlich scharf auf Vee, jetzt, da Ihr Raucherfreund nicht mehr ist. Wie sah der Kerl denn aus?«

»Groß. Weiß. Kahlköpfig. Nette Augen.«

»Mit Sinn für Humor wie Bruce Willis?«

»Was?«

»Ach, nichts. Wie dem auch sei, wer sollte an dem Flugzeug Interesse haben?«

»Vielleicht jemand von Chris' Versicherung.«

»Haben Sie noch mit jemand anders darüber gesprochen?«, wollte Tom wissen.

»Nur mit Ihnen und Vee.«

»Und was meint sie?«

»Hab sie nicht gefragt. Bin gar nicht mehr rein zu ihr. Ich bin direkt zu Ihnen gefahren.«

»Na, prima. Bringen Sie die bösen Jungs ruhig alle zu meiner Tür.«

Halo sah erschrocken und verlegen zugleich aus, und Tom gab ihm zu verstehen, dass er es nicht wirklich ernst gemeint hatte.

»Soll das heißen, Vee und die Kleine sitzen immer noch zu Hause und warten auf die Tacos?«

Halo zuckte peinlich berührt die Schultern. Tom seufzte. »Wollen Sie sie nicht wenigstens anrufen?«

Halo zögerte. »Soll ich?«

Tom reichte ihm das Telefon. Er sah zu, wie Halo die Nummer wählte.

»Wollen Sie was essen?«

»Was denn?«

»Pasta.«

»Was für Pasta?«

»Die, die ich mache.«

»Ja, ist okay.«

Halo telefonierte mit Vee, während Tom Nudeln kochte. Es war das einzige Gericht, das er gut konnte. Zumindest halbwegs gut. Bei Nudeln gab es eigentlich nicht viel falsch zu machen, und trotzdem konnte man sie versauen, wie er aus eigener Erfahrung wusste.

Halo hatte aufgelegt und lehnte im Durchgang zur Küche. »Hab ihr gesagt, dass ich einen Unfall hatte. Einen kleinen. Hielt es für besser, nichts von der Nase und dem Spiegel zu sagen.«

Tom reichte ihm einen tiefen Teller mit Pasta und eine Gabel, ehe er es sich mit seinem Essen auf der Couch bequem machte.

Halo setzte sich in den Schaukelstuhl neben dem Fernseher und schaute sich in dem spärlich möblierten Apartment um. Eine Couch, ein Stuhl, ein Fernseher auf einem Weidenkorb, eine Stereoanlage mit Kabelgewirr auf dem Boden. Kein kleiner Kaffeetisch, kein Teppich. »Wurden Sie ausgeraubt?«

Tom sah ihn verwirrt an, und Halo deutete mit der Gabel auf die wenigen Möbel im Raum. »Ist fast leer hier.«

Ja, es war fast leer. Ella hatte ihre Sachen mitgenommen, sodass Tom überrascht hatte feststellen müssen, dass ihm genau die paar Möbel geblieben waren, die er vor über zwei Jahren beim Einzug mitgebracht hatte. Er dachte immer, er habe Fortschritte gemacht, aber wie es aussah, hatte Ella größere gemacht, und das ganz ohne seine Hilfe. »Ich mag es so«, sagte er. »Und keine Blutstropfen auf die Möbel, bitte.«

Halo fasste sich an die Nase, aber es blutete nicht mehr. »Und was ist mit Ihnen passiert?«

»Ach, das war ein Loser im Honolulu, der sauer war.«

»Also nur eine zufällige Begegnung?«

Tom saugte gerade Spaghetti von der Gabel und warf Halo einen wütenden Blick zu. »Nein. Er drosch auf mich ein und rief die ganze Zeit: *Pride of Maine! Pride of Maine!*«

Halo schaute einen Moment lang auf seinen Teller. »Sie denken wohl, dass ich paranoid bin.«

Toms Schweigen sagte alles.

Halo stieß einen Seufzer aus und zeigte auf Toms Gesicht. »Wie sieht denn der andere Typ aus?«

Tom stocherte in den Nudeln herum und setzte ein kleines, gemeines Lächeln auf. »Oh, er bedauert den Vorfall mit Sicherheit.«

11. Kapitel

Pam Mashamaete rief zwei Tage später an. Allein beim Klang ihres Namens waren Toms Gedanken sofort an jenem heißen, staubigen Ort in der Karoo, und er bildete sich ein, den Flügelschlag der Straußenvögel zu hören – falls diese Tiere überhaupt mit den Flügeln schlugen. Er wollte Pam nicht fragen, wie es tatsächlich in ihrer unmittelbaren Umgebung aussah, denn dazu gefielen ihm die Bilder in seinem Kopf zu sehr.

»Ich habe Ihnen Fotos per E-Mail geschickt.«

Gott, er liebte es, wie andere Länder mit vertraulichen Unterlagen umgingen!

Zwanzig Minuten später rief Tom sie zurück. »Da sind Riefen auf dem Flansch der Fan-Scheibe!«

Pam lachte, und es war ein sattes, fröhliches Lachen, als würde sie ihren Witz hören. »Ich weiß!«

In Toms Kopf tickte es wie ein Geigerzähler auf dem Bikini-Atoll. Die Schaufelblätter saßen an der Fan-Scheibe, einem aufwendig gefertigten Ring aus einer Titanlegierung, der wiederum mit der Antriebswelle verschraubt war. Die Flansche der Antriebswelle mussten äußerst präzise gearbeitet sein und exakt aufeinanderpassen, damit eine einwandfreie Verbindung gewährleistet war. Es durfte zu keinen Unregelmäßigkeiten kommen, wenn zwei Flächen bei 5500 Umdrehungen pro Minute synchron laufen mussten. »Wie konnte es dazu kommen?«

Pams Antwort klang zunächst wie ein Summen, ehe sie

sagte: »Wir glauben, dass das vielleicht gar nichts mit dem Crash zu tun hat. Vielleicht entstanden die Kratzer bei der Wartung.«

Tom war der zögerliche Unterton nicht entgangen. »*Wir* glauben?«

»Das Team.«

»Aber *Sie* glauben das nicht?«

Es folgte eine lange Pause aus der Straußenwelt. »Wir ... äh, also das Team meint, das sei nicht relevant, aber falls die Riefen während des Flugs aufgetreten sind, hätte das eigentlich registriert werden müssen ... vor dem Unfall.«

Tom nickte. Irreguläre Bewegungen an der Fan-Scheibe und der Antriebswelle wären mit Sicherheit von dem Vibrations-Überwachungssystem erfasst worden. Der Pilot sah dies im Cockpit auf einer schwarz unterlegten Anzeige auf der zentralen Armatur. Die Anzeige war in fünf Einheiten unterteilt. Jede außergewöhnliche Vibration über zwei musste von der Crew bei der Landung gemeldet werden, obwohl es sich nicht um ein störungssicheres System handelte. *Wechsle die Crew, wechsle den Defekt* – das alte Mantra der Ingenieure klang zynisch, war aber wahr. Die eine Crew weigerte sich, bei einem Defekt zu fliegen, während eine andere Crew den Defekt einfach ignorierte. Und selbst wenn eine Messung von knapp unter zwei auf der Skala gemeldet worden war, zeigte es sich immer wieder, dass kleine, zufällige Vibrationen sich schlecht bei Tests wiederholen ließen. »Vorübergehende Unregelmäßigkeiten«, hieß es dann. Manchmal tauchten diese Vibrationen auf, dann waren sie weg.

Doch manchmal kamen sie wieder.

»Und die Welle haben Sie auch?« Falls auch dort Riefen

entdeckt würden, hätten sie die Bestätigung, dass der Schaden während des Flugs entstanden war.

»Nein«, meinte sie, »noch nicht.«

»Und die Blackbox?«

Pam hatte vermutlich damit gerechnet, dass er nach den Vibrationsaufzeichnungen fragen würde. »Die VDM zeigte eine Vibration unter zwei an.«

»Aber dann hörte es auf?«

»Dann hörte alles andere auch auf.«

Sie schwiegen einen Moment lang und ließen die euphemistische Umschreibung so stehen.

Eine Vibration bis zwei war nicht stark genug, um Riefen auf dem Material hervorzurufen, die für einen Absturz verantwortlich waren. Aber etwas an dieser Sache ging Pam offenbar nicht aus dem Kopf, und jetzt dachte auch Tom darüber nach. Am liebsten hätte er einen Blick auf die Fan-Scheibe geworfen und mit den Fingern über die Oberfläche und die Flansche gestrichen.

Ein Strahltriebwerk war so präzise gearbeitet – und lief unter enormen Belastungen –, dass schon die kleinsten Probleme von jetzt auf gleich tödliche Folgen hatten. Die Fliehkräfte an den Blattspitzen der Schaufelblätter konnten drei Millimeter entfernt vom Triebwerksgehäuse Mach eins erreichen. Schon die kleinste Unregelmäßigkeit …

Wie es schien, waren Tom und Pam beide mit ihren Gedanken bei den Triebwerken, da sich das Schweigen in die Länge zog. Im Geiste zerlegten sie die Turbine der 737 in ihre Einzelteile und grübelten über jedes Bauteil nach, suchten nach den kleinsten Schäden.

»Vielleicht sind die Riefen ein Symptom, aber nicht die Ursache«, meinte er. Es war zumindest denkbar, dass das

Problem ganz woanders aufgetaucht war und dass die Fan-Scheibe und die Welle als Folge daraus beschädigt worden waren. In diesem Fall hätten Riefen – oder tiefere Ausfräsungen – auftreten können, als die beiden Metalloberflächen auseinandergerissen wurden.

»Hm.« Pam klang wenig überzeugt. »Oder es gab schon Probleme bei der Herstellung.«

Diese Vorstellung war so beängstigend, dass Tom ein Schauer über den Rücken lief. Falls es wirklich Fehler bei der Fertigung gab, wer vermochte dann zu sagen, wie viele Flieger im Augenblick in der Luft waren und denselben Produktionsfehler hatten? Im schlimmsten Fall drohte eine Katastrophe unbekannten Ausmaßes. »Haben Sie die Produktionskette überprüft?«

»Ja. Alles ist schriftlich genau dokumentiert.«

Er seufzte erleichtert. Jedes Bauteil, das importiert oder in den USA hergestellt wurde, war mit einer Nummer versehen, und seine Herkunft ließ sich über eine Datenspur lückenlos dokumentieren. Auf diese Weise konnte man jedes Bauteil bis zum Hersteller zurückverfolgen. Auch wenn ein Teil längst beschädigt oder aus dem Verkehr gezogen war, konnte man die Aufzeichnungen noch in alten Akten finden. Im Computerzeitalter waren diese Daten inzwischen gespeichert und konnten nach Bedarf ausgedruckt werden. In vielen Ländern war der Papierstapel beim Verkauf eines Flugzeugs größer als ein Spieler der Harlem Globetrotters.

»Woher kam das Flugzeug?«

»Warten Sie kurz.« Er hörte das Rascheln von Papier. »Die Maschine war zwölf Jahre alt. South African Airlines kaufte den Jet über Avia Freight.«

»Wurde die Maschine umgebaut?«

Wieder folgte Schweigen. Pam ging ihre Aufzeichnungen durch. »QC.«

QC stand für *Quick Change*. Die Maschinen der Baureihen 737 konnten bei einem Quick Change schnell von einem Passagierjet zu einer Frachtmaschine umgebaut werden und umgekehrt.

»Wie sieht es bei Ihrer Maschine aus?«, fragte sie.

»Das weiß ich nicht. Ich schaue nach und melde mich dann wieder bei Ihnen.«

»Okay.«

»Hey, Pam, danke.«

Sie lachte wieder, als hätte sie nichts Besseres zu tun, als mit ihm über Tausende von Kilometern hinweg über Flugzeugabstürze zu plaudern.

Tom sah sich Munros Bericht online an. Laut Unterlagen war die *Pride of Maine* vor dreizehn Jahren gebaut worden. Er rief CalSuperior an und ließ sich zur Betriebsabteilung durchstellen. Als er sich einem vergnügt klingenden Mann vorstellte, wurde dieser Mann schlagartig ernst. Tom hatte den Eindruck, dass Fragen nach der *Pride of Maine* als persönliche Beleidigung aufgefasst wurden.

»Ich dachte, die Untersuchungen wären abgeschlossen.«

»Da haben Sie sich wohl geirrt.« Tom wartete gereizt, während der Mann die relevanten Informationen heraussuchte. Die *Pride of Maine* war gebraucht gekauft worden, wie viele andere Frachtflugzeuge auch. Diese spezielle 737 hatte das Unternehmen drei Jahre zuvor erworben.

»Wo hat man sie gekauft?«

»Moment, das war …« Wieder dauerte es eine halbe

Ewigkeit, bis der eben noch gut gelaunte Mann mit der Information herausrückte. Die Antwort kam ihm so widerwillig über die Lippen, dass Tom am liebsten durch die Leitung gegriffen und den Kerl gewürgt hätte.

»... Avia Freight.«

Tom spürte, wie ihm ein Prickeln über den Rücken lief.

Die Büroräume von Avia Freight in L. A. befanden sich auf dem Sepulveda Boulevard, eingeklemmt zwischen einem Parkplatz von Denny's und dem Sunny View Motel. Das Sunny View wiederum lag ironischerweise permanent im Schatten eines benachbarten Büroblocks, wodurch es wahrscheinlich das einzige Motel in ganz L. A. war, das keinen sonnigen Ausblick hatte. Oder gar keinen Ausblick, wie Tom sah, denn die achtspurige Straße wirbelte die Abgase unmittelbar neben dem hoteleigenen Pool in die Luft. Auf der Wasseroberfläche schillerte schon ein leichter Ölfilm.

Die Lobby des Avia-Freight-Gebäudes sah so schick und stylish aus, dass Tom sich fast wie ein Landstreicher fühlte. Er hatte sich zwar die NTSB-Jacke mit seinem Namensschild angezogen, aber die hübsche Angestellte an der Rezeption warf nur einen abschätzigen Blick auf seine verschlissenen Schuhe. Höflichkeitshalber und ohne zu lächeln fragte sie ihn, ob sie ihm etwas zu trinken anbieten könne. Tom verneinte mit einem Kopfschütteln und griff nach dem erstbesten Hochglanzmagazin auf dem Tisch neben dem Ledersofa. Peinlicherweise handelte es sich ausgerechnet um eine Ausgabe des *Hustler*, und sofort hatte er das Gefühl, rote Ohren zu bekommen. Trotzdem blätterte er ein bisschen darin herum, vor den Augen der jungen

Frau, die das Magazin offenbar zum eigenen Vergnügen dort platziert hatte.

»Darin ist ein toller Artikel übers Paragliding«, meinte sie, hatte aber Mühe, ernst zu bleiben.

»Schon okay«, antwortete er. »Ich guck mir nur die Bilder an.«

Die erstaunte Miene der jungen Frau ließ ihn grinsen. Um in die gleiche Kerbe zu schlagen, ließ er das Magazin aufgeschlagen liegen und nahm das faltbare Poster mit dem Pin-up-Girl heraus. Ganz bewusst suchte er den Blick der Rezeptionistin. »Macht Ihnen doch nichts aus, oder?« Sie schüttelte den Kopf und beobachtete verwirrt, wie er das Poster faltete und in seiner Hosentasche verschwinden ließ.

Ein großer, stämmiger Mann mit einem Schnauzbart wie Saddam Hussein kam aus einem der Büroräume und ging mit ausgestreckter Hand auf Tom zu.

»Bruce Allway? Ich bin Tom Patrick, NTSB. Haben wir miteinander telefoniert?«

In Allways Büro roch es nach neuem Teppich, auch wenn Tom bemerkte, dass der Teppich alt und schon ein bisschen verschlissen war. Vielleicht war es auch irgendein anderer Geruch, der in der Luft hing, wie der eines neuen Autos. Tom überlegte einen Moment lang, wie es wohl wäre, wenn nichts auf der Welt je ersetzt oder erneuert würde, sondern alles mit einem Spray behandelt würde, damit die Leute es für neu hielten.

Auf Allways Schreibtisch stapelten sich Akten und jede Menge Papiere. Überall hafteten kleine gelbe Memo-Zettel, und ein Bleistifthalter, der eigentlich für Ordnung hätte sorgen können, steckte voller Stifte, die mit Gummibändern verziert waren.

»Entschuldigen Sie die Unordnung.« Allways zuckte nur mit den Achseln, was darauf schließen ließ, dass es immer so unaufgeräumt war. Er präsentierte Tom eine graue Akte. »Ich habe gefunden, wonach Sie suchen.«

»Wirklich?«, fragte Tom ehrlich erstaunt.

Tom las während des Essens bei Denny's in der Akte und musste aufpassen, dass er die Zettel nicht bekleckerte. Die *Pride of Maine* stand erst seit Kurzem bei Avia Freight in Diensten. Avia war ein großes Frachtunternehmen, und die Wartungsunterlagen bestanden aus regelmäßigen und umfassenden Einträgen, wie Tom es erwartet hatte. Jede Schraube mit Mutter, die an der 737 überprüft oder ausgetauscht worden war, war mittels einer Nummer erfasst worden. Tom überflog die Seiten mit geübtem Pokerblick und suchte nach Informationen zum Triebwerk. Nichts. Laut den Einträgen hatte die *Pride of Maine* von Anfang an denselben Verdichter und denselben Fan gehabt, und die gesamte Turbine war bis zum Tag des Verkaufs einwandfrei gewartet worden. Keine Parallelen zum südafrikanischen Jet. Sollte etwas an der Fan-Scheibe fehlerhaft gewesen sein, dann hatte Avia damit nichts zu tun.

Tom war wieder da, wo er angefangen hatte. Jetzt musste er noch einmal den gut gelaunten Typen bei CalSuperior anrufen und deren Wartungsberichte gründlich durchsehen.

Er seufzte. Als er sich gedankenversunken über das Kinn strich, merkte er, dass er vergessen hatte, sich zu rasieren. Gleichzeitig wurde ihm wieder bewusst, dass ihm seine Karriere zwischen den Fingern zerrann wie Sand in einer Sanduhr.

Den Auftrag in Boise hatte er ohne zu murren übernommen. Ihm war klar, dass Pete stinksauer auf ihn war wegen des Anrufs neulich früh, daher war Tom nach Idaho gefahren und hatte den Job mit der gewohnten Gründlichkeit erledigt. Er wusste aber auch, dass er nicht endlos so weitermachen konnte: Untersuchungen an Pipelines und rostigen Benzintanks durchführen, während er mit dem Herzen bei den Flugzeugen war und Frust schob. Früher oder später würde er daran zerbrechen, und im Augenblick kam es ihm so vor, als stünde er bereits kurz vor einem Nervenzusammenbruch.

Wie lange würde er noch warten müssen, bis Pete ihn wieder zurück ins Team holte? Sein Gehirn war genial, aber sein Mundwerk gehörte eher zu einem Teenager, der über das Wochenende sturmfreie Bude hatte und den Traum von Sex, Drugs und Rock'n' Roll liebte. Nicht zum ersten Mal fragte Tom sich, ob er sich je ganz unter Kontrolle haben würde. Er konnte seine Klappe einfach nicht halten.

Sollte er nicht lieber ganz kündigen? Warum tat er sich das an und watete stattdessen bis zu den Achseln in irgendeinem hochgiftigen Morast? Kaum hatte er eine Demütigung dieser Art ertragen, folgte auch schon die nächste.

Wieder warf er einen Blick auf die Akte, die die inzwischen ein wenig freundlichere Frau für ihn kopiert hatte.

Eine Woge der Selbstverachtung erfasste ihn. Er ahnte inzwischen, warum er Halo Jackson half. Chris Sterns junge Witwe und die süße Kleine hätten Grund genug sein können, eigene Nachforschungen anzustellen, aber er *musste* einfach herausfinden, was mit der *Pride of Maine* passiert war. Denn er musste beweisen, dass er immer noch imstande war, den Job zu machen, den er liebte – selbst wenn seit seiner Versetzung Wochen vergangen waren und er nur inoffiziell tätig war. Ihm wurde klar, dass er sich wie an einem dünnen Faden an sein altes Leben klammerte, und wenn dieser Faden durchtrennt würde, wäre er verloren. Dann würde er für immer in einem Meer des Versagens treiben, inmitten undichter Pipelines, toter Fische und Umweltsünden.

Was für ein verdammter Loser ich doch bin. Kein Wunder, dass Ella abgehauen ist, dachte er trocken und musste grinsen.

»Noch einen Kaffee, mein Lieber?« Die Kellnerin, eine abgehetzt wirkende Frau in den Vierzigern, sah sein Grinsen und nahm sich in ihrem undankbaren Job einen Moment Zeit, um das Lächeln zu erwidern, ehe sie an den nächsten Tisch musste. Tom suchte seine Unterlagen zusammen, stand auf und ließ ein gutes Trinkgeld liegen.

Sein Handy klingelte, und Ness' Name tauchte im Display auf.

»Hallo?«

»Hi, Tom.«

Allein der Klang ihrer Stimme ließ Toms Herz schneller schlagen.

»Möchten Sie ein bisschen Karten spielen?«

Sie traf ihn im Bicycle Club und sah wirklich atemberaubend aus in ihrem eng anliegenden grünen Kleid. Aber Tom wusste, dass Ness in so ziemlich jedem Fummel toll aussehen würde. Ihr glänzendes Haar hatte sie sich am

Hinterkopf zusammengesteckt, sodass sich einzelne Strähnen an ihrem hellen Hals kringelten.

Sie reichte ihm zwei Bündel Geldscheine. »Tauschen Sie die nacheinander ein. So fällt es nicht so sehr auf.« Sie streckte die Hand nach ihm aus, und für einen schwindelerregenden Moment dachte Tom, Ness würde ihm über die Wange streicheln, doch sie berührte ihn kurz am Nacken. »Wenn ich Sie so anfasse, heißt das, es ist vorbei. Verstanden?« Er nickte nur, weil ihm die Stimme fehlte. »Unten an der Einkaufsmeile ist ein Donutladen. Da treffen wir uns.«

Sie gingen zu dem Floorman, der auf einem kanzelartigen Podest stand, und erkundigten sich nach einem freien Tisch.

»Nummer 32.« Der Mann wies mit einem Nicken in die entsprechende Richtung.

Tom wollte schon los, aber Ness legte ihm eine Hand auf den Arm und lehnte mit einem Kopfschütteln ab. »Was für Tische hätten Sie noch?«

Der Mann reckte sich und verschaffte sich einen Überblick. »Wie wäre es mit der 41?«

Diesmal wartete Tom, bis Ness das Terrain sondiert hatte. »Kennen Sie hier jemanden?«

»Nein.«

Sie nickte kurz, und gemeinsam gingen sie durch das Casino. »Was gefiel Ihnen denn nicht an Tisch 32?«, wollte er wissen.

»Zwei Plätze links vom Dealer sitzt ein Chinese in einem roten T-Shirt. Er spielt für die Triaden. Wir versuchen, uns nicht gegenseitig auf die Füße zu treten.«

Tom fiel gleich der Spruch *Eine Krähe hackt der anderen kein Auge aus* ein. Aber er verdrängte den Vergleich sofort wieder, weil er ihm bewusst machte, auf was er sich eingelassen hatte. Für einen Moment kamen ihm Zweifel. Eine schöne Frau hatte seinem Ego geschmeichelt, und schon verließ Tom den Pfad des ehrbaren Bürgers und ließ sich auf das Niveau von Geldwäschern herab.

So hart hatte er die Sache bisher noch nicht gesehen. Alles war so schnell gegangen. Er war wie geblendet gewesen von Ness, und die Aussicht, um richtig viel Geld zu spielen und ein echter High Roller zu sein, hatte ihn gereizt. Aber jetzt war er gleichzeitig im Begriff, ein kleines Rädchen in einer illegalen Maschinerie zu werden.

Nervös blieb er stehen.

Ness trat an Tisch 41 und drehte sich zu Tom um. Als er nicht kam, hob sie fragend die Brauen und ging zu ihm. »Muffensausen, Tom?«

»Yeah, glaub schon.«

»Das passiert nur den Guten.« Sie lächelte ihm aufmunternd zu.

»Ich bin also nicht der Erste, dem das passiert?«

»Nein, aber Sie sind einer von wenigen. Ich mag es, wenn Männer die Sache ernst nehmen.«

Er nickte. Ness wartete, doch Tom rührte sich nicht vom Fleck. Der Dealer an Tisch 41 schaute sich nach seinem neunten Spieler um, worauf Ness ihm mit einer Handbewegung bedeutete, noch einen kurzen Moment zu warten.

Sie ließ Tom einen Augenblick Zeit, ehe sie ihm so nah kam, dass er den Duft ihrer Haut riechen konnte. »Sie brauchen nichts anderes zu tun, als Karten zu spielen, Tom. Weiter nichts. Nutzen Sie Ihr Talent, um sich Ihren Lebensunterhalt zu verdienen.«

Aus ihrem Mund hörte sich das an wie der amerikanische Traum. So unrecht hatte sie auch gar nicht. Wenn es mit seiner Karriere nicht bald voranging, brauchte er in absehbarer Zeit etwas, womit er seine Miete zahlen konnte. Poker und Flugzeuge waren alles, von dem er etwas verstand.

Er folgte ihr zu Tisch 41.

Der Tisch befand sich ziemlich genau in der Mitte des Casinos. Während sie sich ihm näherten, begann Tom, seine Mitspieler zu taxieren. Noch nie hatte er an einem Tisch gesessen, an dem hohe Einsätze selbstverständlich waren. Trotzdem bestätigte sich an Tisch 41, was Tom so sehr an Pokerturnieren liebte. Jeder der Spieler hätte auch an einem herkömmlichen Casinotisch Platz nehmen können, ohne große Aufmerksamkeit zu erregen. Hier wurde zwar mit hohen Einsätzen gespielt, aber die Spieler sahen wie ganz gewöhnliche Pokerspieler aus.

Tom nahm gegenüber vom Dealer Platz. Links von ihm saß ein schlanker Latino in einem locker sitzenden Anzug, einen Platz weiter eine blond gefärbte Fünfzigjährige mit Goldschmuck an beiden Händen und an ihren Ohren. Als Nächstes kam ein dürrer, fast ausgemergelter Schwarzer mit grauem Haar und grauem Bart, dann zwei Männer mittleren Alters, die etwas füllig um die Hüften waren – einer von ihnen trug ein Sakko, der andere eine Clubjacke mit der Aufschrift *Normandie – Five Card Stud.* Rechts von den Männern saß ein schmaler, unrasierter Weißer mit Baseballkappe und schmutzigen Fingernägeln. Bei den letzten beiden Spielern handelte es sich um eine gut aussehende Dunkelhaarige um die dreißig und um einen hageren Chinesen, der dreißig, aber auch fünfzig hätte sein können.

Der Dealer war ein beleibter Latino mit einem Emiliano-Zapata-Schnäuzer, der gelangweilt dreinblickte.

Erst als Tom eines der beiden Geldbündel gegen Chips eintauschte, wusste er, dass es um 10 000 Dollar ging. Schlagartig fühlte er sich krank. Sein Verstand hatte gewusst, dass es sich nicht um Peanuts-Beträge handelte, aber bei dem Gedanken, 10 000 Dollar eines Fremden zu verspielen, wurde ihm schlecht: zumal dieser Fremde bestimmt zu einer Gruppe Menschen gehörte, die es mit den Gesetzen im Land nicht so genau nahm. Wenn das andere Bündel auch 10 000 enthielt, dann waren diese Leute darauf vorbereitet, dass ihr neuer Spieler im schlimmsten Fall alles in den Sand setzte. Es startete demnach das Experiment, ob und in welcher Weise er, Tom, sich bewährte. Dann würde man sehen, ob es sich gelohnt hatte, ihn ins Boot zu holen. Er hoffte, dass die Leute, die so viel Geld zum Fenster hinauswerfen konnten, im Falle einer Niederlage nicht auf den Gedanken verfielen, ihn umzubringen. Er konnte es nur hoffen.

Der Chip-Jockey reichte ihm zwei Tabletts, die randvoll mit Chips gefüllt waren.

Als Tom sie vor sich auf den Tisch stellte, warf er einen kurzen Blick auf Ness, wusste er doch, dass es der letzte aufrichtige Blick sein würde, den er für die Länge des Spiels irgendjemandem am Tisch zuwerfen konnte. Er kam sich wie ein Klippenspringer vor, der sich noch einmal bei seinem Trainer versicherte, dass alles okay war.

Ness musterte ihn und legte den Kopf leicht schräg. Dann lehnte sie sich an ihn und beugte sich zu ihm herab. Tom spürte ihre weiche Haut, als Ness ihm ins Ohr flüsterte: »Es geht nur um Geld, Tom.«

Es ging nur um Geld. Aber dafür um richtig viel Geld. Doch als Ness ihn fünf Stunden später mit ihren warmen, weichen Fingern am Nacken berührte, hatte Tom Gott sei Dank ein beträchtliches Sümmchen vor sich auf dem blauweißen Tisch angehäuft.

Er spürte die Erleichterung, die ihn erfasste, am ganzen Körper. Diese Runde würde er noch spielen, da er zwei Achten bekommen hatte, aber er war fast froh, als er sah, dass der alte Schwarze einen Straight hatte. Tom hatte nicht einmal mehr die Geduld, noch einen Turm Chips in ein weiteres Tablett zu fingern.

Während die anderen Spieler den Blind setzten, schob Tom eine 50-Dollar-Note zum Dealer und stand auf.

»Sie wollen mit unserem Geld gehen?« Die blond gefärbte Frau schaute mit finster funkelnden Augen zu ihm auf.

Tom verbiss sich eine sarkastische Antwort und nickte ihr stattdessen höflich zu. »Ma'am.«

»Und hören Sie auf mit Ihrem Ma'am, Sie verdammter Homo.«

Tom stapelte die Tabletts übereinander und spürte, dass die Blicke aller Spieler auf ihm hafteten. Es kam ihm wie eine Ewigkeit vor, bis er sich endlich vom Spieltisch abwenden konnte. Von Ness war keine Spur mehr zu sehen.

»Ja, hauen Sie nur ab«, schimpfte die blond gefärbte Frau weiter. »Fahren Sie nach Hause und besorgen Sie es Ihrem Liebhaber.«

»Gern, Ma'am.«

Er wartete die Reaktion der Frau gar nicht erst ab, obwohl er gern ihr Gesicht gesehen hätte.

Stattdessen ging er auf direktem Weg zur Kasse, an der eine faltige Filipina saß. »Gratuliere, Sir. Möchten Sie einen Scheck?«

»Nein, Cash ist okay, danke.«

»Gern, Sir.« Sie lehnte sich auf ihrem Platz hinter der Glasscheibe zurück und rief jemandem zu: »Mr Collins! Barauszahlung!«

Collins, ein muskelbepackter Glatzkopf im Smoking, stellte sich neben ihn und sah mit scharfem Blick zu, wie die Kassiererin 37 700 Dollar auszahlte. Drei mit Gummiband umwickelte 10 000-Dollar-Bündel und ein Bündel mit 7700 Dollar. Sie schob ihm die Bündel unter der Scheibe durch. »Vielen Dank, dass Sie bei uns gespielt haben, Sir.«

Tom rechnete damit, dass man ihn nach seinem Ausweis fragen würde, aber nichts dergleichen geschah.

»Möchten Sie, dass ich Sie zu Ihrem Auto begleite, Sir?«, fragte Collins.

»Äh ...« Tom schaute sich kurz um, als wartete schon irgendein Räuber auf ihn. »Nein, danke.«

Collins nickte.

Tom stopfte sich die Bündel in die Taschen seiner Jeanshose, die sich verdächtig beulten. Es war ihm ein wenig peinlich, als er das Casino so verließ, aber niemand nahm von ihm Notiz. Als er einen letzten Blick auf Tisch 41 warf, verfolgten ihn auch von dort keine giftigen Blicke mehr.

Er fuhr die Einkaufsmeile hinunter und freute sich über sein Glück. Jedes Mal, wenn er einen Blick in den Rückspiegel warf, sah er, dass er wie ein Schuljunge grinste. Zuletzt hatte er sich als Neunjähriger so ausgelassen gefreut, als sein Dad ihm sein erstes richtiges Fahrrad gekauft hatte: stahlblau, metallic, zehn Gänge. Es war eine bittersüße Erinnerung. Denn zehn Monate später hatte er sein Rad unabgeschlossen vor einem Target's stehen lassen. Als er den Laden verließ, war das Rad natürlich weg gewesen.

Diese beiden Erinnerungen, die eine verbunden mit Freude, die andere mit dem Schmerz des Verlustes, hatten sich in seinem Gedächtnis eingegraben. Doch jetzt wischte er den Gedanken an die Niederlage beiseite: Ja, der heutige Gewinn fühlte sich genauso an wie damals die Freude über das neue Fahrrad.

Ness hatte sich im Donutladen schon eine Kleinigkeit bestellt. Sie schaute auf, als die Türglocke läutete und Tom hereinkam. Ihr Lächeln war zwar rein professionell, aber sie sah schon wieder so begehrenswert aus, dass Tom gar nicht glauben konnte, dass dieses Lächeln tatsächlich ihm galt. Ihm war bewusst, dass es Ness amüsierte, ihn so euphorisch zu sehen. Ihr Blick huschte über seine prallen Hosentaschen. »Sind das die 37 000 Dollar da in Ihrer Hose, oder sind Sie einfach nur froh, mich zu sehen?«

Sie grinsten, und er nahm auf einem Plastikstuhl gegenüber von Ness Platz. Schon griff er in die Hosentaschen, weil er die Bündel Scheine herausholen wollte, doch Ness schaute zum Fenster hinaus und sagte: »Nicht hier, Tom.«

Er war überrascht, aber sie erklärte: »Ich bin nur wegen der Donuts hier.«

Als sie kurz darauf in ihrem Auto saßen, einem kleinen schwarzen Lotus, ließ sie sich das Geld geben, auch das Bündel mit den 10 000 Dollar, das Tom gar nicht eingesetzt hatte. Sie zählte 2700 Dollar ab und reichte ihm die Summe. »Gut gemacht.«

Er lächelte und spürte, dass er immer noch auf Wolke sieben schwebte, wie immer nach einem gewonnenen Spiel.

Den Rest des Geldes ließ sie in einem Stoffbeutel verschwinden, den sie unter den Fahrersitz quetschte. Dann steckte sie den Schlüssel ins Zündschloss und sah Tom erwartungsvoll an.

Er fragte sich, was jetzt passieren würde. Also wollte er es wissen. »Haben Sie noch Zeit auf einen Kaffee?«

»Sorry, ich muss los.«

Sie lächelte, um die harte Wahrheit etwas abzumildern, aber Tom fühlte sich schlagartig allein. »Ja, klar.«

»Tom«, fing sie ein wenig umständlich an, »ich habe einen Freund.«

Er zuckte die Achseln. »Ist er größer als ich?«

Sie lachte.

Seufzend stieg er aus und sah den Rücklichtern des Lotus nach, wie ein Hund, der an einem Tor festgebunden war.

Zum zweiten Mal in einem Monat merkte Tom, dass er wirklich niemanden mehr hatte, mit dem er hätte feiern können.

12. Kapitel

Irving, Texas, war eigentlich kein Ort für einen Chinesen. An die fünfzig Mal am Abend ging dieser Gedanke Chuck Zhong durch den Kopf, während er seine Runden auf dem Gelände von WAE drehte.

Noch vor zwei Jahren hatte er geglaubt, dies wäre nur ein Ferienjob, eine willkommene Abwechslung von dem elenden Küchenjob im Lucky Eight Restaurant im Zentrum von Irving. Tatsächlich hatte Chuck sich vor zwei Jahren darüber amüsiert, dass er für ebenjene Firma als Security-Mann jobbte, für die er – so hoffte er zumindest – bald als Luftfahrttechniker arbeiten würde.

In jenem ersten Sommer hatte er regelmäßig seine Runden gedreht. Während Jeff und Lyle ständig zusammenhockten und mit dem Rücken zur Überwachungskamera Gin Rummy spielten, kannte Chuck inzwischen jeden Quadratzentimeter des Geländes. Neugierig hatte er sich von Beginn an in der Anlage für Luftfahrzeugtechnik umgeschaut, hatte jede Kleinigkeit in sich aufgesogen, auch wenn er vorerst nur als Security-Mann arbeitete. Für ihn stand fest, dass auch er bald dazugehören würde, und er wollte allen beweisen, wie gut er war, welche Ideen er hatte, welche Konzepte er realisieren würde …

Von Anfang an hatte er sich immer allen beweisen wollen, und nachdem er als Bester seines Jahrgangs die Ausbildung zum Luftfahrttechniker beendet hatte, sah die Zukunft für ihn tatsächlich rosig aus. Chuck war der Erste in seiner Familie, der eine Universität besucht hatte. Daher betrachtete er sich als erfolgreiches Aushängeschild der Familie Zhong. Seine Eltern waren natürlich stolz auf ihn, doch wollten sie ihren Vorfahren gegenüber nicht despektierlich sein, indem sie Chuck als Krone der gesamten Zhong-Dynastie hinstellten.

Aber, verdammt, dachte Chuck, da müssen sie in der Familiengeschichte lange suchen, bis sie einen ähnlich erfolgreichen Vorfahren finden. Vielleicht müsste man ihren Stammbaum bis zum gottverdammten Dschingis Khan zurückverfolgen. Sollte Chuck je in Erfahrung bringen, dass ein Zhong die Chinesische Mauer allein errichtet hatte, würde er seine Niederlage vielleicht eingestehen – aber auch nur vielleicht.

Doch der erfolgreiche Ausbildungsabschluss lag schon zwei Jahre zurück.

Zum tausendsten Mal, seit er den Job angetreten hatte, fuhr Chuck mit dem Lichtkegel der Stabtaschenlampe über die Reihen von Bauteilen, die verpackt und ausgeliefert werden sollten. Auf jeder Packung klebte ein FAA Form 8130–3 – ein Formular der Federal Aviation Administration, das wie eine Geburtsurkunde für jedes Bauteil war: ein weißer Laufzettel für die Authentifizierung. Die Fluggesellschaften vertrauten auf diese Maßnahmen, denn immerhin ging es jeden Tag um Millionen Fluggäste weltweit.

Für Chuck waren die glänzenden, noch jungfräulichen und präzise gearbeiteten Metallteile das Größte. Sie wurden katalogisiert und poliert, bis sie für den Rest ihres Daseins im Innern eines Triebwerks verschwanden. Niemand würde dann mehr ihre Schönheit bewundern können, abgesehen von den ölverschmierten Wartungstechnikern. Doch auch wenn vermutlich kein gewöhnlicher

Mechaniker die Vollkommenheit der einzelnen Bauteile bewunderte, würden sie diese metallenen Juwelen zumindest respektvoll behandeln, sobald sie im Laufe der Wartungsarbeiten ans Tageslicht kamen.

Chuck Zhong stieß einen Seufzer aus. War der Produktionsbereich für ihn anfangs noch aufregend gewesen, war er mittlerweile wie eine Schmähung für ihn. Und nicht zum ersten Mal gab er seinen Eltern die Schuld für all das, was bislang in seinem Leben schiefgelaufen war.

Seit nunmehr siebenundvierzig Jahren lebten sie in Texas. Nach dem Krieg waren sie aus einer rückständigen in eine neue Welt gekommen, ohne große Hoffnungen zu hegen. Sie hatten lediglich dem Schicksal entfliehen wollen, elendig verhungern zu müssen. In Irving hatten seine Eltern sich dann kennengelernt und geheiratet. Und abgesehen von einer einzigen Reise nach China konnte Chuck sich nicht entsinnen, dass seine Eltern Irving jemals verlassen hätten. Womöglich waren sie wirklich nie rausgekommen. Sie verließen ja kaum das Lucky Eight.

Weder Ling noch Tong Zhong konnten Englisch sprechen, und Chucks kantonesischer Dialekt war so eingerostet, dass Chuck kaum noch mit seinen Eltern kommunizierte. Er sah sie nur selten, seitdem er beschlossen hatte, nicht in der nach Schweinefleisch riechenden Garküche des Restaurants zu enden. Seine Eltern hatten drei Kinder großgezogen: Chuck, Billy und Mary-Lou, als hätten allein die Namen die Kraft, die Familie in der fremden Welt willkommen zu heißen. Es war eine Welt, an die sich seine Eltern wahrscheinlich nie gewöhnen und in der sie ein Leben lang diskriminiert werden würden.

Chuck spürte, wie die Wut in ihm hochkochte, als er sich aufs Neue die Unwissenheit und Unbedarftheit seiner

Eltern bewusst machte. Ständig versuchte er, diese Wut zu unterdrücken, aber es gelang ihm nicht. Hätten sie ein bisschen nachgedacht, wären sie in eine anständige Stadt gezogen, in der bereits chinesischstämmige Amerikaner wohnten und in der sie nicht sofort als Exoten auffielen. Dann hätte Chuck nicht ständig als Junge seine Hausaufgaben zu unterbrechen brauchen, um das Texanisch irgendeines angetrunkenen Gasts ins Chinesische zu übersetzen. Ebenso wenig hätte er mit ansehen müssen, wie die hinterwälderischen Rednecks sich kaputtlachten, wenn sein Vater am Eingang des Lucky Eight eine abgehackte Begrüßung stammelte. Wie oft hatte ein Gast die Augen argwöhnisch verengt, wenn seine Mutter bei der Bestellung darum bat, die Nummer des Gerichts zu nennen ... alles andere verstand sie nicht. Chucks Eltern konnten auf Englisch bis 125 zählen. Das wusste er, da die Speisekarte des Lucky Eight mit einem Gericht endete, das diese Ziffer trug und von den schroffen, großmäuligen Einwohnern von Irving, Texas, bestellt werden konnte.

Er wusste auch, dass seine Eltern alles nur Erdenkliche unternommen und sich aufgeopfert hatten, damit die drei Kinder die Schule besuchen konnten, ganz abgesehen von Chucks vier Jahren an der Texas State University. Trotzdem hasste er seine Eltern, und es war ein Hass, an dem weder sie noch er etwas ändern konnten. Denn er hasste, was seine Eltern verkörperten und darstellten und was sie immer verkörpern würden.

Die Texas State war schließlich das Sprungbrett gewesen, um das Lucky Eight verlassen zu können und das eigene Erbe hinter sich zu lassen. An der Uni traf er andere Chinesen. Nicht viele, aber ein paar, doch Chuck suchte ihre Gesellschaft nicht. Mexikaner studierten auch dort, und zwar so viele, dass sich die Weißen schon aus Selbstschutz mit rassistischen Bemerkungen zurückhielten. Manchmal war Chuck froh, dass die weißen Studenten die mexikanischen Kommilitonen so sehr hassten, dass ein Chinese fast schon eine willkommene Abwechslung war. Zum ersten Mal in seinem Leben fühlte er sich nicht auf der untersten Sprosse der gesellschaftlichen Leiter oder wie der Fußabtreter von Irving.

In seinen Fächern erbrachte er sehr gute Leistungen, und er spielte im Baseballteam, bis er sich im letzten Jahr ganz auf sein Studium konzentrierte.

Er hatte sogar eine weiße Freundin, Verity. Seinen Eltern hatte er nie von ihr erzählt. Er wusste, dass es der Wunsch seines Vaters war, eine Frau aus dem »alten Land« zu heiraten – am besten noch aus dem Dorf, aus dem sein Vater stammte.

Ein einziges Mal hatte Chuck dieses Dorf besucht. Für diese Reise hatten seine Eltern sechs harte Jahre lang gespart. Aber der Aufenthalt dort hatte ihn ganz krank gemacht. In den Schlamm vor den Häusern mischte sich die Scheiße aus den Latrinen, und einige Verwandte schnitten einem kleinen weißen Hund die Kehle durch, extra für das Fest zu Ehren der Heimkehrer. Chuck weinte, worauf sein Vater ihm aus Verlegenheit eine Ohrfeige gab. Jahre später, als Chuck den Universitätsabschluss in der Tasche hatte, weinte sein Vater laut während der Abschlussveranstaltung. Chuck hätte ihm in diesem Moment am liebsten ins Gesicht geschlagen.

Als er sich später bei WAE auf eine der freien Stellen in der Luftfahrttechnik bewarb, betonte er in seinen Unterlagen nicht ohne Stolz, er habe extra die Ferienjobs des Unternehmens angenommen, um bereits möglichst nah an seinem zukünftigen Arbeitsumfeld zu sein. Er glaubte sogar, dass es zu seinem Vorteil sein würde, wenn er auf seine bescheidene Herkunft hinwies. Er war sich sicher, dass man ihm ein Jobangebot machen würde.

Er hatte sich geirrt.

Drei Wochen hatte er auf ein Vorstellungsgespräch gewartet, zu dem es letzten Endes nie kam. Dann, am 13. September, als er sich gerade allein in der Personalabteilung aufhielt, entdeckte er einen Brief in der Ablage, der an ihn adressiert war. Chuck dachte, dass sie sich bei ihm die Briefmarke sparen wollten.

In dem Schreiben stand in drei unpersönlichen Zeilen, man habe seine Bewerbung nicht berücksichtigen können.

Chuck wurde schwindelig. Er hatte das Gefühl, dass sich der Raum um ihn herum zu drehen begann.

Seinen Eltern gegenüber verlor er kein Wort darüber. Er erzählte niemandem davon und ertrug die Schande kaum selbst. Trotzdem ging er weiterhin zur Arbeit, in der Hoffnung, dass sich irgendjemand geirrt hatte und dass letzten Endes alles gut ausgehen würde.

Aber es ging nicht gut aus.

Während der nächsten drei Monate fiel ihm auf, dass drei neue Leute in der Abteilung für Luftfahrttechnik eingestellt worden waren. Drei frischgebackene Collegeabsolventen. Noch hatte er die Neuankömmlinge nicht gesehen, er sah nur, dass sie ihre Schreibtische bereits in Beschlag genommen hatten: Auf einem stand ein Foto, auf dem eine spießige weiße Amerikanerin zu sehen war. Sie lächelte in die Kamera und hielt einen Teddy im Arm, der ein Herz mit der Aufschrift *Herzlichen Glückwunsch* in den Pfoten hielt. Auf dem zweiten Schreibtisch stand eine schwere

Trophäe, auf deren Sockel eingraviert war, dass ein gewisser Neil Abbotsham 2007 am College im Rückenschwimmen gesiegt hatte.

Aber es war der dritte Schreibtisch, der Chuck bis ins Mark traf. Zunächst sah er, dass vor dem Schreibtischstuhl ein kleiner Hocker für die Füße stand. Tage später erhaschte er einen Blick auf eine Packung Tampons in einer noch übersichtlich gefüllten Schublade.

Eine Frau.

Eine Frau hatte den Job bekommen, der eigentlich ihm zustand.

In seinem Studiengang Luftfahrttechnik hatte es gerade einmal zwei Frauen gegeben. Eine hatte im zweiten Studienjahr hingeschmissen, als sie schwanger wurde. Die andere war eine gertenschlanke, picklige Frau namens Fern Lipschitz. Fern hätte bestimmt keinen Fußhocker gebraucht, denn sie war größer als Chuck.

Er wusste nicht, um was für eine Frau es sich handelte, aber er hasste sie von Anfang an. Ahnte er doch, dass man ihn übergangen hatte, nur weil irgendeine Quote erfüllt werden musste – ganz gleich, wie qualifiziert der Bewerber war.

Chuck nahm die Packung Tampons mit und kippte den Inhalt in die einzige, selten benutzte Damentoilette. Binnen Sekunden quollen die Dinger auf und verstopften das Klo. Als er die Spülung betätigte, verschwand nur etwa die Hälfte von ihnen. Er hörte ein gurgelndes Geräusch, und das Wasser staute sich bis zum Beckenrand. Die Toilette müsste erst freigepumpt werden, ehe sie jemand benutzen konnte. Chuck hoffte, dass er der Frau damit Unannehmlichkeiten bereiten würde und dass sie deswegen vor Scham im Boden versank. Doch selbst wenn man sie wegen dieser

Toilettengeschichte entließ und sie auf dem Heimweg ohne Tampon auskommen musste, hätte diese Frau nicht halb so viel gelitten wie er, Chuck Zhong.

Trotzdem behielt er den Security-Job. Aus einem selbstzerstörerischen Verlangen heraus wollte er sich beweisen, dass er mit der Zurückweisung klarkam. Und aus Angst, wieder im elenden Lucky Eight schuften zu müssen, sobald er ohne Job auf der Straße stand.

Einmal sah er die Frau, die ihm den sicher geglaubten Job weggenommen hatte, als sie spätabends noch arbeitete. Sie war noch blutjung, Anfang zwanzig, klein und hübsch. Vielleicht eine Vietnamesin. Als er den Kopf zur Tür reinsteckte, schaute sie kurz auf und sagte: »Hi.« Er sagte kein Wort und begann stattdessen, in dem kleinen Büro auf und ab zu gehen, als gehörte der Raum zu seiner allabendlichen Runde. Er spürte, wie unwohl sich die Frau plötzlich fühlte. Schließlich war sie spätabends in einem ansonsten leeren Gebäude, und nur ein unheimlicher, schweigender Security-Mann streifte noch durchs Haus. Er kostete seine Macht aus. Danach freute er sich immer schon diebisch darauf, in ihrem Büro vorbeizuschauen, aber seltsamerweise arbeitete sie nie wieder zu so später Stunde dort. Wahrscheinlich nahm sie die Arbeit mit nach Hause.

Arbeit, die *er* mit nach Hause hätte nehmen sollen!

Gerade als Chuck zu der Erkenntnis gelangte, dass er es als ewiger Security-Mann niemandem würde heimzahlen können und dass diese Tussi ihm den Job weggenommen hatte, wurde Lyle bei WAE gefeuert, weil er Jeff im Büro der Techniker einen geblasen hatte.

Chuck war vollkommen überrascht und konnte die schmutzigen Details der Angelegenheit nicht fassen.

Er war erstaunt, dass die beiden so tickten und obendrein so dämlich sein konnten. Genauso eigenartig war es allerdings, dass die Jungs von der Tagschicht sich überhaupt die Zeit nahmen, die Videoaufzeichnungen der Nacht durchzugehen. Ein Band zeigte den Blowjob in einem körnigen Schwarz-Weiß-Mitschnitt. Komisch war außerdem, dass Jeff nicht gefeuert wurde. Chuck hatte die beiden eigentlich immer nur im Security-Büro gesehen, nie irgendwo anders. Lyle hatte noch um seinen Job gekämpft. Chuck hörte ihn heulen, als man ihm mitteilte, er könne seine Sachen packen. Als ginge es um einen hochbezahlten Job. Dabei verdienten sie saumäßig schlecht.

Wenn er jetzt darüber nachdachte, kam es ihm eigenartig vor, dass Lyle sich einen schönen, zwei Jahre alten Suzuki mit Allradantrieb leisten konnte, während Jeff und er sich mit alten Rostlauben begnügen mussten.

Von jenem Tag an waren nur noch Jeff und er nachts im Security-Büro, da vorerst kein Ersatz für Lyle vorgesehen war. Jeff war älter als Chuck und viel größer. Die beiden beäugten sich fast argwöhnisch, sodass Chuck mehr Runden als sonst drehte, nur um nicht mit Jeff sprechen zu müssen. Über Lyle verloren sie beide kein Wort.

Doch offenbar sprachen andere über Lyle.

Ohne je seinen Namen zu erwähnen.

Acht Tage nach Lyles Entlassung genehmigte sich Chuck ein Bier in der Sports Bar. Die Dallas Cowboys spielten gegen die New York Jets, und Chuck feuerte die Jets an. Insgeheim freute es ihn, als die Jungs aus Dallas in Grund und Boden gespielt wurden und die Fans in der Bar in ihre Biergläser jammerten.

Scheiß Texas, ging es ihm durch den Kopf.

Chuck blieb bis zum 3. Quarter, um sicherzugehen, dass die Dallas Cowboys auch wirklich eins auf die Mütze bekamen, ehe er Geld auf die Theke legte und aufstand. Ihm war ein bisschen schwindelig. Als er zur Toilette ging und vor dem Urinal stand, musste er lange an der Hose herumfingern, so müde und angetrunken war er. Mist. Er war blau, und das nach nur fünf Bier.

Hinter ihm betrat jemand den Toilettenraum, aber Chuck drehte sich nicht um. Hätte er es getan, hätte er das Unheil kommen sehen …

Chuck wurde grob auf die Rückbank eines Autos gedrückt, mit dem Gesicht nach unten. Man knebelte ihn und verband ihm die Augen. Er stöhnte, weil jemand auf seinen Beinen saß.

Chuck merkte, wie sehr er zitterte. Panik erfasste ihn.

»Er ist wach. Anhalten.«

Chuck spürte, wie ihm die Angst die Kehle zuschnürte. Er konnte kaum noch atmen. Er wollte nicht, dass der Wagen hielt. Lieber wäre er einfach so liegen geblieben. Wenn das Auto jetzt anhielt, würden sie ihm irgendetwas antun …

Das Auto hielt, und die hintere Tür, zu der seine Füße zeigten, ging auf. Der Mann, der mit seinem ganzen Gewicht auf Chucks Beinen gesessen hatte, stieg aus und zog Chuck an den Füßen aus dem Wagen. Chuck nahm den Geruch von Gras und Pferdemist wahr, und ein harter, metallener Gegenstand drückte in seinen Nacken.

»Hey, Schlitzauge.«

Er hatte immer schon geahnt, dass Irving, Texas, kein Ort für einen Chinesen war.

Chuck kniff hinter der Binde die Augen zusammen.

Jetzt würde das Blut des ersten Zhong, der sogar zur Uni gegangen war, den Boden dieses gottverlassenen Orts besudeln. Er spürte, wie es in seiner Hose warm wurde, als er sich vollpinkelte.

Seine verdammten Eltern!

»Wir wollen dir eine Menge Geld geben.«

Chuck hielt die Luft an, um besser hören zu können. Hatte der Mann das wirklich gerade gesagt? Das konnte doch unmöglich sein ...

»Hast du mich verstanden, Hop Sing? Wir wollen dir Geld geben.«

Chuck lag reglos da und hörte das Blut in den Schläfen rauschen.

»Oder sollen wir dich lieber abknallen?«

Der Mann lachte, und andere fielen in das Lachen mit ein.

Der Mann, der ihm offenbar den Lauf einer Pistole in den Nacken drückte, presste Chucks Gesicht ins feuchte Gras. »Die Entscheidung liegt bei dir«, drängte ihn der Mann.

Also entschied sich Chuck.

Zwei Stunden später war er wieder zu Hause. Er zitterte am ganzen Leib, hatte sich die Hosen vollgepinkelt und schmeckte Erde und Grashalme im Mund, aber er hatte genug Geld in der Tasche, um eine Anzahlung für einen netten, kleinen Toyota zu machen.

13. Kapitel

»Wieder geschäftlich hier, Kumpel?«

Tom verfluchte sein Glück, als er sich umdrehte und den Manager des Sawmill grinsen sah. Er ignorierte ihn.

»Lucia ist heute da, Junge.« Tom beachtete ihn immer noch nicht, fühlte aber, wie es ihn bei dieser Information warm durchrieselte. Er kaufte sich ein Bier für sechs Dollar und fand einen Platz an einem Tisch in der Nähe der Bühne, wo zwei Rothaarige eine Lesbenshow darboten.

Kurz darauf kam wieder die Blonde auf die Bühne, die Tom schon kannte. Ihre Partnerin war eine große Schwarze, die bei den Gästen beliebt zu sein schien. Jedenfalls sah Tom, dass die Männer ihr nach der Show ordentlich Geld zusteckten.

Tom hatte keine Lust, den Girls mehr als fünf Dollar zu geben. Er blieb auf der Hut.

Endlich kam Lucia, und Tom wusste sofort, dass es richtig gewesen war, bis nach Santa Ana zu fahren. Sie sah so weich und schön aus, insbesondere neben ihrer Tanzpartnerin, einer schrecklich dünnen Koreanerin mit stark vorstehenden Beckenknochen.

Viele der Zuschauer wendeten sich von der Show ab und gingen zur Bar, als die beiden Mädchen zu tanzen anfingen. Offenbar war die große Schwarze der Publikumsliebling.

Die Koreanerin drehte sich schnell um die Stange, wobei ihr Gesicht maskenhaft steif blieb. Lucia hingegen verlor sich wieder in der Musik und schien in eine unbestimmte Ferne zu blicken.

Als die Musik aufhörte und Lucia Tom entdeckte, lächelte sie. Er merkte, dass er rot wurde.

Sie ging von einem zum anderen und sammelte Fünfer und Zehner ein, bis sie vor ihm stehen blieb.

»Hi«, grüßte sie.

»Hi.« Er wusste nicht, was er sonst sagen sollte. In der Hand hielt er einen Fünfziger, aber er vergaß, dass er ihr den Schein geben wollte. Plötzlich kam es ihm so vor, als würden alle im Club sie ansehen. Wenn er jetzt etwas sagte, würden alle seine Stimme hören. Daher brachte er kein Wort mehr heraus.

Warum fiel ihm das so schwer? Beim letzten Mal hatte er sie gefragt, ob sie noch auf einen Drink mitkommen würde, und sie hatte eingewilligt. Wieso war jetzt alles anders?

Die Koreanerin hatte ihr dürftiges Geld eingesammelt und verließ die Bühne. Jeden Augenblick würde Lucia ihr folgen, dann hätte er die Gelegenheit verpasst.

Doch sie kam ihm zu Hilfe: »Willst du mir damit einen Drink spendieren?«

Diesmal spendierte er ihr wirklich einen Drink. Nicht im Club, sondern in einer kleinen Bar, die sie kannte. Sie bestellte sich eine Cola, und Tom drängte sie nicht, irgendetwas Härteres zu wählen. Er gönnte sich einen Jack Daniel's, weil er sich Mut antrinken wollte. Mit einem Mädchen wie Lucia zu vögeln, war eine Sache. Aber sich mit ihr zu unterhalten, war etwas ganz anderes.

»Schön, dich wiederzusehen.«

Ihre Worte überraschten ihn. Dann erinnerte er sich, wie

wenig sie beim letzten Mal hatte tun müssen, um sich ihr Geld zu verdienen. Kein Wunder, dass sie sich freut, dachte er.

Wieder herrschte Schweigen. Tom trank einen großen Schluck Whisky.

Es war keine gute Idee gewesen hierherzukommen. Sie hätten direkt zum Motel 6 fahren sollen, denn dort hätte er gewusst, was von ihm erwartet wurde. In Gegenwart von Ness kamen ihm die Worte leichter über die Lippen. Vielleicht sollte er *ihr* fünfzig Dollar für einen Blowjob anbieten …

Vor seinem geistigen Auge sah er, wie Ness vor ihm auf die Knie ging und … Plötzlich fühlte er sich genötigt, etwas zu sagen, weil ihm unbehaglich zumute war. »Wie läuft die Arbeit so?«

»Wird immer zu spät.« Sie lächelte. »Ich kriege nie genug Schlaf.«

Er redete sich ein, dass sie vom Tanzen sprach. Er wollte eigentlich gar nichts über ihr Leben wissen, es sei denn, sie erzählte es ihm von sich aus.

»Und wie ist's bei dir? Was machst du beruflich?«

»Ich bin Finanzbuchhalter.«

»Echt?« Sie sah ihn durchdringend an. »Du siehst gar nicht wie ein Buchhalter aus.«

»Nein? Wie sieht denn ein Buchhalter aus?«

Sie musterte ihn, registrierte das verwaschene, ehemals blaue Poloshirt, die alte Jeans und die abgewetzten Schuhe. Sie grinste. »Wie das genaue Gegenteil von dir!«

Er lachte, wurde aber sofort wieder ernst. Er hatte schon so lange nicht mehr herzhaft gelacht, dass ihm die Laute fremd vorkamen.

»Was ist los?« Sie sah ihn besorgt an.

»Nichts. Das war gerade lustig, mehr nicht.«

Sie zuckte die Achseln. »Also, bist du nun Wirtschaftsprüfer oder eher Bilanzbuchhalter?«

»Wie?«

Lucia sah ihn aus leicht verengten Augen an, die Parodie eines argwöhnischen Blicks. »Was für eine Art Finanzbuchhalter du bist? Wirtschaftsprüfer oder Bilanzen? Oder Rechnungswesen? Oder kriegst du jetzt Panik, weil dir klar wird, dass du einen Beruf hättest nennen sollen, bei dem du dich zumindest etwas auskennst?« Ihr Tonfall war locker und leicht neckend, und anstatt sich weiter in die Defensive drängen zu lassen, hob Tom entschuldigend die Hände und bekannte Farbe.

»Okay, du hast gewonnen, ich bin kein Buchhalter.«

»Dann lass mich raten, was du bist.«

Jetzt würde sie die Fragen stellen, und er brauchte nur mit Ja oder Nein zu antworten.

»Du kommst mir manchmal wie ein Cop vor, und dann auch wieder nicht.«

Mist! Das würde ein kurzes Interview! Hatte sie übersinnliche Fähigkeiten?

Lucia lächelte, als sie merkte, wie überrascht er war. »Nah dran?«

»Vielleicht. Wie bist du darauf gekommen?«

Sie nippte an ihrer Cola, fingerte dann einen Eiswürfel aus ihrem Glas und drehte ihn zwischen Daumen und Zeigefinger. »Zuerst diese Sache mit dem Finanzbuchhalter. Ich meine, wer zum Teufel gibt vor, ein Buchhalter zu sein? Also denke ich mir, dass du bestimmt einen Job hast, der viel interessanter als dieser Buchhaltungskram ist.«

Sie wollte eine Bestätigung von ihm, aber er ließ nur ein

Achselzucken folgen. »Du redest nicht viel«, fuhr sie fort. »Falls dein Kopf nicht völlig leer ist, denke ich, dass du eher zuhörst. Du hast gelernt, dass es dich weiter bringt zuzuhören als zu reden.«

Er bedeutete dem Barkeeper, dass er noch einen Jack Daniel's haben wollte.

»Was wiederum bedeutet, dass sich in deinem Job das Hinhören auszahlt.«

Sie sah ihn gespannt an, und er nickte. »Du bist gut.«

»Ja?« Sie setzte ein breites Grinsen auf. »Ich studiere Psychologie im Hauptfach! Letztes Jahr. Ich liebe diesen Kram. Besonders, wenn ich recht habe.«

Sie überraschte ihn immer wieder. Er hatte geglaubt, das Tanzen wäre ihr Job und dass sie beruflich …

»Also, du hast im Grunde recht. Willst du wissen, wie nah du dran bist?«

Sie nickte begeistert, und mit einem Mal war es Tom nicht mehr so wichtig, seinen Beruf vor ihr zu verheimlichen, zumal er merkte, wie stolz sie auf ihre Beobachtungsgabe war.

Sie zog die Stirn kraus und musterte ihn noch eingehender als zuvor. Als sie ihm tief in die Augen sah, wurde ihm ein wenig mulmig. Sie hatte hellbraune Augen und lange schwarze Wimpern. Das Weiße in ihren strahlenden Augen war hell und klar. Er nahm noch einen Schluck Jack Daniel's und machte kurz die Augen zu, um ihrem bohrenden Blick zu entgehen.

»Okay, du siehst müde aus«, meinte sie.

»Danke.«

»Ja, wirklich. Das bedeutet, dass du einen Job hast, bei dem du nicht die ganze Zeit über wie ein Cop arbeitest. So müde kannst du nicht immer sein. Manchmal hast du Zeit, dich ein bisschen zu erholen. Danach legst du wieder los. Also hast du es mit einer Art von ... Fällen zu tun. Kein Job von acht bis fünf. Habe ich recht?«

»In allen Punkten.« Er hatte gehofft, sie würde ihn wieder anlächeln, aber inzwischen war sie dafür zu sehr mit ihren Nachforschungen beschäftigt und wirkte hochkonzentriert.

»Ich wette, dass du gut in deinem Job bist, wegen des Zuhörens.«

»Wieder richtig«, meinte er absichtlich arrogant, was ihr zumindest ein kleines Lachen entlockte.

»Aber irgendetwas läuft nicht rund. Du wirkst enttäuscht.«

Plötzlich mochte er dieses Fragespiel nicht mehr. Er schaute sich nach dem Barkeeper um. »Möchtest du noch was trinken?«

»Cola, bitte.«

»Trinkst du auch mal was anderes als Cola?«

»Manchmal. Mit Freunden.« Sie runzelte die Stirn, als sie merkte, wie das klang. »Sorry, ich meinte bloß ...«

»Vergiss es.«

»Nein, ich habe es nicht so gemeint. Ich wollte nur sagen, dass es nicht toll ist, betrunken zu sein, wenn man arbeitet. Also trinke ich nur, wenn ich frei habe. Das ist alles.«

Er bestellte Cola für sie und für sich. Schließlich musste er noch fahren.

»Also, was ist es? Steuerbetrug?«

Ihm wurde klar, dass sie immer noch versuchte herauszufinden, was er beruflich machte. Er schüttelte den Kopf.

»Security-Mann? Vollzugsbeamter? CIA?« Bei dieser

letzten Möglichkeit weiteten sich ihre Augen, als fürchtete sie, richtig zu liegen.

Da sie ohnehin nicht lockerlassen würde, bekannte er schließlich: »Ich bin beim NTSB.«

»Flugzeugabstürze und so etwas?«

Er hatte nicht damit gerechnet, dass sie gleich Bescheid wissen würde. Wieder einmal staunte er. Er nickte nur, da er keine Lust hatte, ins Detail zu gehen. Dass Flugzeugabstürze im Augenblick nicht mehr auf seinem Dienstplan standen, wollte er ihr nicht unbedingt auf die Nase binden. Er hoffte, sie würde ihn nicht nach all den Leichen fragen, die er schon in seinem Leben gesehen hatte. Das war meist der Grund, warum er den Leuten nicht erzählte, was er beruflich machte. Ihm war klar, dass die wenigsten Menschen je einen Toten zu Gesicht bekamen, schon gar keine halb zerfetzten Leichen, Menschen ohne Kopf oder solche, die durch die Luft geschleudert und irgendwo aufgespießt worden waren. Die Leute waren neugierig. Aber deshalb wollte er trotzdem nicht an all die Leichen erinnert werden. Neugierige Fragen riefen immer wieder schreckliche Bilder in ihm wach.

»Ich fliege nicht gern«, sagte sie unvermittelt.

»Ich auch nicht.«

»Echt? Ich dachte, für Leute wie dich wäre das Gewohnheit. Dauernd hört man, es sei zigmal wahrscheinlicher, im Straßenverkehr ums Leben zu kommen als im Flieger. Ich wünschte, die Leute würden mit diesem Mist aufhören. Ich meine, wenn du Probleme auf dem Highway hast, dann fährst du rechts ran, oder nicht? Da oben, auf zehntausend Meter, gibt es aber keinen Standstreifen.« Ein leises Zittern durchlief sie, doch sie überspielte ihr Unbehagen, indem sie wieder ein Stück Eis aus dem Glas fischte und es so lange in der Hand hielt, bis das Wasser auf den Teppich tropfte. »Sorry, ich wollte nicht schlecht über deinen Berufszweig reden.«

»Hey, kein Problem. Es ist nicht mein Berufszweig. Ich suche nur die Stücke zusammen. Buchstäblich. Hätte Gott gewollt, dass wir fliegen, hätte er uns mehr Beinfreiheit gegeben.«

Die Anspannung, die sich bei Lucias letzten Worten aufgebaut hatte, war schnell verflogen. Lucia ließ das Eisstück, das jetzt nur noch halb so groß war, wieder in ihr Glas plumpsen. »Glaubst du an Gott?«, fragte sie.

»Nein.«

Sie verzog bei seiner Antwort keine Miene. Mit einem Finger rührte sie in ihrer Cola herum. Das Eis klirrte. »Kann ich dich küssen?«

Tom wusste nicht, ob er sie richtig verstanden hatte, aber als er sah, wie sie ihn anschaute, war er ziemlich sicher, dass seine Ohren ihn nicht getrogen hatten. Scheu und hoffnungsvoll zugleich warf sie einen kurzen Blick auf seinen Mund.

Tom kam sich wieder wie ein Teenager vor und beugte sich vor. Auf halbem Weg kam sie ihm entgegen und suchte mit ihren warmen Lippen seinen Mund. Der Kuss war keusch und kurz, aber Tom merkte, dass sie die Augen geschlossen und für einen kurzen Moment nicht geatmet hatte. Ihm war ein bisschen schwindelig, und er kam sich töricht vor, als er sich zurücklehnte.

Sie schenkte ihm ein bezauberndes Lächeln und sagte leise: »Danke.« Dann wendete sie den Blick von ihm und beobachtete zwei Trucker, die Billard spielten und fast mit ihrem Spiel fertig waren.

Tom räusperte sich. »Möchtest du spielen?«

»Gern, ja. Aber wir müssen um Geld spielen«, sagte sie. »Ich spiele immer um Geld.«

»Um wie viel?«

»Zehn Dollar pro Spiel?«

»Sagen wir fünf«, meinte er. Tom hatte zwar schon ein paar Jahre nicht mehr Billard gespielt, aber er war immer ein guter Spieler in Bars gewesen. Er wollte Lucia nicht ausnehmen.

Doch in diesem Punkt hätte er sich keine Gedanken zu machen brauchen.

Denn Lucia nahm ihn auseinander.

Sie spielte wie ein Mann, beugte sich tief über das Queue, machte sich das Hilfsqueue zunutze, stieß sauber und fest zu, kalkulierte Rückläufer mit ein und wusste schon im Voraus, wie die weiße Kugel für den nächsten Stoß liegen würde. Stets konnte sie sich auf die neue Konstellation auf dem Tisch einstellen, nie ließ sie sich in die Enge treiben.

Tom sah ihr gern zu. Tatsächlich hatte er schon lange nichts mehr so sehr genossen. Vielleicht, mit ihr im Bett zu sein, dachte er noch.

Als sie die Acht in einer Mitteltasche versenkte, legte sie das Queue zur Seite und suchte zögerlich Toms Blick, als fürchtete sie, den Bogen überspannt zu haben.

Zum zweiten Mal seit Langem brach Tom in schallendes Gelächter aus. »Wo hast du denn so gut spielen gelernt?«

Ein Lächeln zuckte um ihre Mundwinkel. »Auf dem College.«

»Na, dann vergiss Freud und den ganzen Kram.« Er grinste. »Deine Zukunft liegt im professionellen Billard, Baby!«

»Wahrscheinlich hatte ich einfach nur Glück.«

»Das will ich hoffen. Wollen wir den Einsatz doch noch erhöhen?«, fragte er mit hochgezogenen Brauen.

Sie lächelte neckend. »Du verlierst wohl gern, wie?«

Diesmal spielte er ernsthafter und widmete seine Aufmerksamkeit mehr dem Tisch als Lucia. Ein paar Stöße gelangen ihm zwar, aber sie schlug ihn trotzdem, sodass er am Ende noch zwei halbe Kugeln zu versenken hatte. Diesmal machte sie keinen Hehl aus ihrem Triumph und grinste breit. »Noch mal?«

»Verdammt, nein! Dann habe ich ja nicht mehr genug Bargeld bei mir, um dich …« Er unterbrach sich, als ihm bewusst wurde, was ihm auf der Zunge lag. Schnell schaute er sich um, um sicherzugehen, dass er Lucia nicht in ein schlechtes Licht gerückt hatte.

Sie hatte verstanden. Doch sie lehnte sich bei ihm an. »Ich will dein Geld nicht«, murmelte sie.

»Wieso nicht?«

»Weil ich dich mag.«

Tom trank seine Cola aus. »Ich wette, das sagst du zu allen Kerlen.«

Genauso gut hätte er sie ins Gesicht schlagen können. Sie blinzelte, ehe sie den Blick von ihm wendete. Die Wärme wich aus ihrem Blick; zurück blieb ein maskenhafter Gesichtsausdruck, kühl und leer. »Wenn du meinst.«

»Was?«

»Ach, nichts.« Sie rollte ihr Queue über das Billardtuch und griff nach ihrer Handtasche. Als sie sich zu Tom wandte, hatte sie ein breites Lächeln aufgesetzt, aber ihre Augen leuchteten nicht mehr. Sie sah ihn nicht direkt an, sondern knapp an ihm vorbei. »Willst du ins Motel?«

Wollte er das? Auf einmal war er sich nicht mehr so sicher.

»Zeit ist Geld, musst du wissen.« Ihre Stimme hatte

einen scharfen Unterton, der Tom ein schlechtes Gewissen machte.

Verdammt, dachte er. Wenn er solche Gespräche vor dem Sex gewollt hätte, hätte er auch heiraten können! Den Teufel würde er tun, sie dafür zu bezahlen, dass sie ihn jetzt mit diesem leeren, anklagenden Blick strafte, als hätte er ihr das Haushaltsgeld gekürzt.

Einen Moment lang fragte er sich, womit er sie beleidigt hatte. Wie hatte die Stimmung so schnell kippen können? Es hatte doch alles so gut begonnen. Verdammt, sie war nicht seine Freundin, die hin und wieder einschnappte. Er brauchte ihr keine Rosen mitzubringen, nur weil er sich wieder mal wie ein Schwanz benommen hatte. Er war sogar gut darin, ein Schwanz zu sein, um im Bild zu bleiben. Als zahlender Kunde war es sogar sein Privileg und verdammtes Recht, schwanzgesteuert zu sein!

Tom legte sein Queue hin und sah Lucia gelassen an. »Du musst noch viel lernen, wenn du eine Hure sein willst.«

Der harte Ausdruck, der sich in ihren Blick geschlichen hatte, bekam Risse. Ein Zucken lief durch ihr Gesicht, als würde sie jeden Moment weinen, doch sie schien sich unter Kontrolle zu haben. Aber als sie die Bar verließ, sah Tom, dass ihr Tränen über die Wangen liefen.

Tom stierte in sein leeres Glas, bis er sicher war, dass Lucia gegangen war. Sein Gesicht brannte, und er redete sich ein, dass nur Wut der Grund dafür sein konnte.

14. Kapitel

Die Wartungsberichte bei CalSuperior Cargo waren schlampig geführt. Eine Schande war das. Tom hockte auf dem kalten Betonboden in der Registratur, umgeben von Kartons, in denen sich die Papiere zum Unfall der *Pride of Maine* stapelten. Man hatte alle relevanten Unterlagen hierhergebracht, nachdem das Flugzeug ausgemustert worden war. So lief das für gewöhnlich, wenn das NTSB seine Berichte veröffentlichte.

Der Hintern tat ihm schon weh. Um viertel vor zehn hatte er angefangen, und jetzt war es ... Er schaute auf die Uhr. Knapp zehn vor vier am Nachmittag! Mist. Und er hatte noch nicht einmal die FAA-Formulare für die zweite Turbine gefunden. Für das andere Triebwerk hatte er alle Unterlagen beisammen; sie steckten gleich im ersten Karton. Aber Murphys Gesetz folgend würde dieser Fund für diesmal vermutlich der einzige Hoffnungsschimmer bleiben.

Bei dem Gedanken, am folgenden Tag wiederkommen zu müssen, schauderte ihn. Und die Aussicht, die entsprechenden Unterlagen vielleicht gar nicht zu finden, rief regelrecht Übelkeit in ihm hervor. Nicht, weil fehlende Unterlagen generell schlecht waren. Fehlende Unterlagen konnten ein Hinweis sein. Aber wenn die Papiere nicht im letzten Karton lagen, dann wäre er gezwungen, den ganzen Kram noch einmal gründlich zu durchsuchen, um sicherzugehen, dass er nichts übersehen hatte.

Mühsam erhob er sich von dem kalten Boden und stöhnte, als sein Rücken knackte. Seine Knie waren merkwürdig gefühllos. Er humpelte zum Kaffeeautomaten, warf die erforderlichen Münzen ein und tippte auf Espresso. Heraus kam eine Brühe, die zwar heiß, aber nicht sonderlich aromatisch war. Mit dem Becher in der Hand begab er sich wieder zu seinem temporären Arbeitsplatz zwischen Kartons und Papierstapeln. Inzwischen hatte er zwölf Becher von diesem Sud getrunken, aber noch nichts gegessen. Sein Magen begann, bei der bitteren, koffeinhaltigen Brühe zu rebellieren.

Tom setzte sich und griff nach einem weiteren Papierstapel.

In den zurückliegenden Jahren hatte er schon viele miese Tage erlebt, aber dieser hier hatte das Zeug zu einem vorderen Platz auf der Rangliste. Tom war wütend, und er ahnte, dass das nicht nur daran lag, dass er nicht fand, wonach er suchte.

Schon beim Aufwachen am Morgen hatte er sich elend und leer gefühlt. Er hatte versucht, bessere Laune zu bekommen, indem er Lucia für alles die Schuld gab. Wütend rasierte er sich die Bartstoppeln mit einer Klinge, die er eigentlich hätte ersetzen müssen. Und als er schließlich geduscht hatte und angezogen war, ging es ihm noch schlechter als zuvor.

Sosehr er sich auch bemühte, er konnte das Bild der verletzten Lucia nicht abschütteln. Immer wieder musste er an die Tränen denken, die ihr über die Wangen liefen, als sie die Bar verließ.

Verdammter Mist! Wieso dachte er überhaupt an sie? Gab es nicht genug andere Dinge, um sich den Kopf zu zerbrechen? Zum Beispiel die *Pride of Maine*. Dann die Frage, wie er es anstellen müsste, um wieder an seinen alten Job zu kommen? Wie würde es beim Pokern weitergehen? Ness …

Er wusste, dass er sich Hoffnungen machte, die *Pride of Maine* könnte die Rückfahrkarte in seine alte Karriere sein. Aber irgendetwas stimmte nicht daran. Der Umstand, dass Lenny Munro ein Arschloch war, bestärkte sein Bauchgefühl in diesem Punkt. Und Pete LaBello konnte ihn nicht für immer draußen im Regen stehen lassen. Tom wusste, dass Pete die Fähigkeiten seines ehemals besten Mitarbeiters vermisste, und im Augenblick legte sich Tom nirgends richtig ins Zeug. Die Pipelines und Tankbehälter im Westen der USA schienen seit ein paar Tagen dicht und feuerbeständig zu sein, was er dankbar registrierte.

Seine professionelle Pokerkarriere hatte recht vielversprechend begonnen. Zumindest redete er sich das Spielen schön, anstatt weiter darüber nachzudenken, dass er dadurch womöglich in eine Grauzone oder sogar in die Kriminalität abrutschte. Er fand sogar, er sollte die Sache mit noch mehr Ernst betreiben. Er würde ein paar Bücher übers Pokern lesen, ein paar neue Strategien ausprobieren und einen klaren Kopf am Spieltisch behalten. Damit könnte er Ness bestimmt beeindrucken.

Ness.

Schon wenn er an sie dachte, durchrieselte es ihn heiß. Es wäre in vielerlei Hinsicht gut, Ness zu beeindrucken …

Wie dem auch sei, er stand vor Herausforderungen und wusste, dass er sich höllisch würde konzentrieren müssen, wenn er die Bälle in der Luft halten wollte. Da hatte er keine Zeit, sich mit einer verheulten Hure abzugeben.

Doch ein nagendes Schuldgefühl ließ seine Gedanken zu Lucia zurückkehren.

Mist.

»Wie kommen Sie voran, Mr Patrick?«

Tom schaute auf und sah »Mr Frohgelaunt«, der in Wirklichkeit Lowell Dexter hieß. Ein junger Typ mit trendiger Hornbrille und geföhntem Haar, das ihm einen schwulen Touch verlieh. Aber der Anzug, in dem er steckte, war so hässlich und saß so schlecht, dass Tom ihn dann doch für einen Hetero hielt. »Eher schlecht. Nennen Sie das ein funktionierendes Ablagesystem?«

Dexter schob schmollend die Unterlippe vor. Wut blitzte in seinen kleinen Augen auf. »Ich habe Ihr Büro angerufen.«

Tom ging nicht darauf ein.

»In D. C.«

Tom zog den letzten Karton zu sich und öffnete den Deckel.

»Die Leute dort sagen, dass Sie keine offiziellen Untersuchungen durchführen.« Dexter klang selbstzufrieden.

»Ach ja?«

»Ich habe mit einem gewissen Mr Munro gesprochen. Er sagt, dass Sie keine Befugnis hätten, sich hier umzuschauen.«

»Ist das so?« Tom ging hastig die Unterlagen durch und prüfte mit geübtem Blick die Laufzettel, in der Hoffnung ...

»Soll ich Ihnen sagen, was Mr Munro noch über Sie gesagt hat? Er sagt, dass Sie ein Arschloch sind und Weihnachten als Santa Claus in Kaufhäusern jobben werden.«

Tom schnaubte. Er wusste, dass es aus war, doch er konnte nicht mit der Suche aufhören. Irgendetwas sagte ihm, dass er sich auf die Fan-Scheibe beschränken könnte, deshalb scannte er jetzt alles nach dem Wort Scheibe. Seine

Augen waren wie infrarotgesteuerte Raketen, die sich angesichts der unzähligen Kombinationsmöglichkeiten auf den rosafarbenen, gelben und weißen Zetteln auf diese sieben Buchstaben eingeschossen hatten. Scheibe, Scheibe, Scheibe.

»Daher muss ich Sie bitten, unser Gebäude zu verlassen.«

»Ach ja?« Tom schaute nicht einmal zu Dexter auf.

»Oder ich sehe mich gezwungen, den Sicherheitsdienst zu rufen.«

»Okay.« Er stand nicht auf. Irgendwo musste es doch stehen. Es konnte gar nicht anders sein.

Er hatte gehofft, Dexter würde weggehen, um den Sicherheitsdienst zu rufen, aber stattdessen holte der Mann ein Handy aus der Tasche und tippte eine Nummer ein. Eine Hand lässig in die Hüfte gelegt, bat er die Männer, in die Registratur zu kommen. Tom blieb daher keine Zeit mehr, Unterlagen in den Hosentaschen verschwinden zu lassen.

Eine kleine innere Stimme erinnerte ihn daran, wie tief er in diesem Moment schon gefallen war, aber er brachte diese Stimme zum Schweigen, während er bei seiner verzweifelten Suche ein Papier nach dem anderen durchging.

Dexter klappte das Handy zu und stemmte beide Hände in die Seiten, sodass er wie ein kleiner gereizter Clark Kent aussah. Er war zu nervös, um auf Tom zuzugehen und ihm die Unterlagen zu entreißen. Lieber verließ er sich auf die Security-Leute.

Toms Augen entdeckten das Wort Scheibe. Fan-Scheibe. Da stand es!

Schnell blätterte er ein paar Seiten durch, obwohl er

Dexters brennenden Blick spürte, und ließ den entscheidenden Zettel ein wenig herausgucken. Aus den Augenwinkeln nahm er wahr, dass zwei uniformierte Männer mit schnellen Schritten in den Raum marschierten. Sie waren beide kleiner als er, dafür aber eindeutig breiter. Er stand auf, den Stapel Papier noch in den Händen.

»Okay, okay, ich gehe ja schon.«

»Aber bitte ohne die Unterlagen, Mr Patrick.« Dexter kostete seine Überlegenheit sichtlich aus, jetzt, da er sich Verstärkung geholt hatte.

Tom legte den Stapel wieder in den Karton. Dabei stieß er jedoch gegen seinen Kaffeebecher, sodass der Rest der schwarzen Flüssigkeit ebenfalls in den Karton lief.

»Ach, verdammt, passen Sie doch auf!«, rief Dexter aufgebracht und versuchte zu retten, was zu retten war. Schnell strich er über die Unterlagen, um das Schlimmste zu verhindern.

»Scheiße, tut mir leid.« Tom tat es wirklich leid – dass er nicht einen extragroßen Becher aus dem verfluchten Kaffeeautomaten gezogen hatte. Denn dann hätte Dexter sich hübsche kleine Pappmaché-Hütchen aus dem feuchten Material im Karton basteln können. Aber die Menge an Restkaffee reichte aus, um für die beabsichtigte Ablenkung zu sorgen. Tom nutzte den Augenblick. Während Dexter sich immer noch an dem Karton zu schaffen machte, ließ Tom mit der Fingerfertigkeit eines Trickbetrügers ein einzelnes, gefaltetes Stück Papier in seinem Ärmel verschwinden.

Danach packten ihn die beiden Sicherheitsbeamten und verwiesen ihn unmissverständlich des Hauses.

Der weiße Laufzettel erzählte Tom eine ganze Geschichte, als hielte er einen Roman in der Hand.

Es hatte ihm schon immer Spaß gemacht, eine ganze Abfolge von Ereignissen mithilfe weniger Informationen zu rekonstruieren. Als Junge hatte er in einem Kramladen einen alten englischen Almanach über Pferderennen gefunden und über ein Jahr lang immer wieder darin geblättert. Bald konnte er die eigenwilligen Abkürzungen entziffern: *Ld 1 to 8; blndrd 9; went 2nd rdly run-in; just fld, shhd.* Die Buchstaben und Zahlen verrieten ihm, dass einst ein Pferd namens Rum Shooter vom ersten bis zum achten Pfosten führte, am neunten patzte, sich dann auf Höhe des letzten Pfostens wieder bis auf den zweiten Platz vorkämpfen konnte und dem führenden Pferd im Nacken saß, sich aber letzten Endes um eine Nasenlänge geschlagen geben musste. Dieser Almanach war gleichsam zu seiner Bibel geworden und nährte seine Besessenheit, ein Gesamtbild aus einer Ansammlung scheinbar zusammenhangloser Details zu schaffen. Dass jenes Amateurrennen Jahrzehnte zuvor auf irgendeiner Galopprennbahn zehntausend Kilometer entfernt auf einem matschigen Feld in England ausgetragen worden war, für ein lächerliches Preisgeld von 25 Pfund und einen Zinnkrug, war unbedeutend: Wann immer er eine Kurzzusammenfassung las, kam ihm dieser Almanach mit all seinen Kürzeln in den Sinn. Wichtig war allein, die wenigen Informationen richtig zu verarbeiten. Unerlässlich dafür waren eine gute Auffassungsgabe und ein lebhaftes Vorstellungsvermögen.

Kein Wunder, dass ich Flugzeugabstürze verpasse, wurde ihm mit einem Mal bewusst. Sein Job fing ja erst an, wenn die Einzelteile eines Wracks, die gefunden worden waren, auf dem Boden eines Hangars angeordnet lagen.

Schon bei dem Gedanken daran krampfte sich sein Bauch vor Aufregung zusammen. Denn Tom ahnte, dass irgendwo inmitten der zahllosen verdrehten und verkohlten Metallteile, inmitten des Durcheinanders aus Gummi, Schaumstoff und Kabeln die Lösung für ein Puzzle lag, das nur für ihn zu existieren schien.

Andere Ermittler bevorzugten die computergestützte Rekonstruktion, die Simulatorentechnik, Augenzeugenberichte und die Auswertung des Stimmenrekorders im Cockpit. Sekunden vor dem Aufprall sprach nur noch Panik aus den sonst so besonnenen und professionellen Piloten. Andere Ermittler hassten es, akribisch zwischen den Wrackteilen nach kleinen, manchmal winzigen Hinweisen zu suchen, aber genau dafür lebte Tom. Lecks in Pipelines waren nichts dagegen; sie konnten einem nicht einmal annähernd so einen Kick geben.

Mit einem wehmütigen Seufzer sank er der Länge nach auf die abgenutzte Ledercouch und scherte sich nicht darum, dass seine Schuhe auf der Armlehne lagen. Seine Lippe zuckte, als er ein kleines, höhnisches Lächeln zustande brachte. So elend hatte er sich nicht einmal gefühlt, als Ella ihn sitzen ließ. Was für ein Mann war er eigentlich? Er war allein, hatte weder Freunde noch verlässliche Sexpartner, und jammerte nicht einmal darüber, dass seine Freundin nicht mehr da war. Nein, er dachte voller Wehmut an einen Hangar, in dem Wrackteile lagen, die eine Reihe von Geheimnissen für ihn bereithielten.

Tom seufzte und rieb sich mit einer Hand übers Gesicht.

Was für ein Loser er doch war.

Er griff nach dem Donut – nach dem Rauswurf bei Cal-Superior hatte er sich auf die Schnelle welche gekauft – und machte sich wieder an seine Nachforschungen.

Der eingerissene Ausdruck zur *Pride of Maine*, der hier und da Notizen mit Kugelschreiber und ölverschmierte Fingerabdrücke von Mechanikern aufwies, erzählte Tom die Geschichte des Fans und der Fan-Scheibe.

Eigentlich war es eine Kurzgeschichte.

Tom war überrascht, als er sah, dass die Fan-Scheibe ersetzt wurde und keine zwei Jahre alt war. Das machte ihm gleich aus zwei Gründen Sorgen. Entweder bedeutete dies, dass er sich geirrt hatte und dass die Fan-Scheibe doch nichts mit der *Pride of Maine* oder dem Absturz in Südafrika zu tun hatte, oder aber es bedeutete, dass die neue Fan-Scheibe gravierende Mängel aufwies. Der Name des Technikers, der die Scheibe ausgetauscht hatte, stand unter der Auflistung: N. Alvarez.

Als das Telefon klingelte, schaute Tom argwöhnisch auf. Kurz darauf meldete sich der Anrufbeantworter, und Tom hörte die angespannte, wütende Stimme von Lenny Munro.

»Patrick? Was glauben Sie eigentlich, was Sie da treiben, Sie Mistkerl? Sie zweifeln meine Arbeit in Gegenwart von Pete an und mischen sich dann in meine Nachforschungen ein, als wüsste ich nicht, was ich tue, verdammt! Wenn Sie nicht sofort damit aufhören, sorge ich dafür, dass Sie endgültig rausgeschmissen werden, darauf können Sie sich verlassen, Sie Arschloch!« Das Klacken beim Auflegen war so laut, dass Tom zusammenzuckte.

Er war nur erleichtert, dass er nicht abgenommen hatte. Ihm war immer noch latent übel von dem angeblichen Espressogemisch, und er hatte nicht die Kraft, sich solche Drohungen live am Telefon anzuhören.

Wieder fiel sein Blick auf den Zettel.

Die neue Fan-Scheibe war von Avia Freight geliefert und

bei CalSuperior eingebaut worden. Eigentlich nichts Ungewöhnliches. Bei großen Unternehmen wie Avia war es üblich, Bauteile auf Lager zu haben, die kleinere Firmen wie etwa CalSuperior dann kauften. CalSuperior hatte die ganze Maschine bei Avia erworben, da war es verständlich, dass auch die Ersatzteile von dort bezogen wurden.

Seit dem Einbau hatte die Fan-Scheibe fast fünftausend Flüge überstanden. Sieben Starts pro Tag, über zwei Jahre hinweg, unterbrochen von den üblichen Wartungsarbeiten. Zu wenig für einen Fall von Materialermüdung. Nach nur zwei Jahren traten noch keine Gestaltabweichungen auf, die zu einer Unwucht führen konnten. Nach zwei Jahren gab es noch keine Riefen oder ähnliche Reißspuren. Zwei Jahre waren viel zu kurz dafür.

Tom war frustriert angesichts der dürftigen Infos auf dem Laufzettel. Bei der ursprünglichen Fan-Scheibe wäre die Auflistung sechs Seiten lang gewesen. Doch nun lagen Tom lediglich das Datum des Einbaus, die Seriennummer – B501–7776512 –, der Nachname des Mechanikers und drei weitere Wartungsdaten vor, die keine Auffälligkeiten dokumentierten. Es gab keine Hinweise darauf, warum das zweite Triebwerk versagt hatte. Nur jede Menge schmutzige Fingerabdrücke auf dem Papier ...

Die Unterlagen des Herstellers waren nicht an den Zettel geheftet. Aber wahrscheinlich befand sich alles in jenem Karton, den Tom nicht hatte durchstöbern dürfen. Immerhin hatte er die Seriennummer. Lowell Dexter hätte das eigentlich im Rechner aufrufen können, aber leider war er ein unkooperativer Mistkerl.

Tom bedauerte, dass er bei seiner Recherche auf Papiere und Computerdaten angewiesen war, wenn er doch viel lieber die Fan-Scheibe selbst angefasst hätte. Mit den Fingem würde er über die Oberfläche und die Flansche streichen, auf der Suche nach kleinsten Unebenheiten.

Nachdenklich zog er die Stirn kraus. Das Wrack der *Pride of Maine* war längst entsorgt worden.

Aber es gab noch das Wrack des südafrikanischen Jets.

Das Telefon klingelte. Tom wartete geduldig und rechnete mit weiteren Beschimpfungen von Lenny.

»Hi, Tom. Möchten Sie pokern?«

Tom hatte sechzehntausend Dollar verloren, als Ness ihm mit unmissverständlichem Druck die Hand auf den Nacken legte. Er spürte, wie er vor Verlegenheit rot anlief. Man riss ihn aus dem Spiel.

Er hatte versagt.

Draußen vor dem Casino zuckte Ness kurz mit den Schultern und lächelte zögerlich. »Ja, manchmal läuft es so.«

Sie hatte unrecht, das wussten sie beide. Er hatte sich von seiner eigenen Arroganz besiegen lassen. Ein Paar bei Texas Hold 'Em war nie schlecht, Könige waren natürlich besser. Aber er hatte sich zu lange auf die Runde eingelassen, hatte zu viel in den Pot fließen lassen und nicht wahrhaben wollen, dass sich nur der miese Straight auf dem Tisch entfaltete. Sein Ego hatte sich geweigert, zwei Könige zu spielen. Er wollte jemanden mit ihnen übertrumpfen und dann die Gesichter der Mitspieler sehen ...

Tom spürte, wie die Sonne ihm nach der kühlen, klimatisierten Luft im Club die Schultern wärmte. Ein Schauer durchrieselte ihn.

»Möchten Sie einen Drink?«

Er schnitt eine Grimasse. »Ein Mitleidsdrink? Nein, danke.«

Sie lächelte. »Sie haben Ihren Stolz«, neckte sie ihn, und der Lotus piepte, als sie die Zentralverriegelung betätigte. Die Blinker blitzten auf.

Er hielt ihr die Tür auf und wartete, bis sie eingestiegen war und losfuhr.

»Ja«, sagte er leise zu sich selbst, »meinen Stolz. Was auch immer er mir bringt.«

15. Kapitel

»Kennen Sie diesen Typen?«

Halo schielte auf die Unterschrift auf dem weißen Zettel, den Tom bei CalSuperior hatte mitgehen lassen. Tom lehnte an Halos Mustang auf dem LAX-Parkplatz. Ihm fiel auf, dass der Außenspiegel inzwischen ersetzt worden war.

»Klar. Das ist Niño Alvarez.«

»Ist der hier?«

»Nein. Hat drei Tage frei. Kommt Freitag wieder. Wieso?«

»Er hat eine neue Fan-Scheibe in die *Pride of Maine* eingebaut.«

»Und Sie glauben, dass er seinen Job nicht richtig gemacht hat?«

»Weiß ich nicht. Vielleicht lag's an ihm, vielleicht aber auch an dem Bauteil. Deshalb möchte ich ja mit ihm reden.«

Halo nickte, sah Tom aber nicht dabei an. Tom konnte beinahe sehen, wie es in Halo Jacksons Kopf arbeitete.

»Wissen Sie, wo er wohnt?«

»Soll ich's Ihnen zeigen?«

Er hatte geahnt, dass Halo ihm das anbieten würde.

Es war seltsam für einen Latino in L. A. wie Niño Alvarez, dass er in Koreatown wohnte, in dem Stadtteil mit den hässlichen Gebäuden und den riesigen Neonreklameschildern, allesamt in einer fremden Sprache. Aber kurz darauf verstand Tom, warum Alvarez in diesem Viertel wohnte. Die Apartmenttür wurde ihnen nämlich von einer Koreanerin geöffnet, die erschöpft und verschwitzt aussah. Sie hatte sich die Ärmel aufgekrempelt und hielt einen Kleisterpinsel in der Hand.

»Oh. Hi, Halo.« Verdutzt warf sie einen Blick auf Tom.

»Hi, Sylvia. Renovierungsarbeiten?«

»Ich tapeziere.«

»Brauchst du Hilfe?«

Erstaunen vertrieb alle anderen Nuancen ihres Mienenspiels. Schließlich lächelte sie. »Du kannst tapezieren?«

»Ich wette, ja …«

Sie musste lachen, und Tom staunte, wie schnell sich die Frau entspannte und sich eine Haarsträhne mit dem Handgelenk aus der Stirn strich. Wie zum Teufel hatte Halo das wieder angestellt? Das grenzte an Zauberei.

»Willst du mit Niño sprechen?«

»Ist er da?«

»Müsste jeden Moment zurück sein. Er wollte schnell Batterien holen für die Fernbedienung.« Sie verdrehte die Augen, und diesmal musste Halo lachen. Tom hatte das Gefühl, die beiden würden ihre eigene Sprache sprechen. Eine Sprache, die er nur in Grundzügen verstand.

»Kaffee?«, bot sie an, und beide Männer nickten.

Sie verschwand in der Küche, sodass Halo und Tom Zeit hatten, die halb tapezierte Wand zu betrachten. Tom hatte noch nie ein hässlicheres Muster gesehen, große schwarze Chrysanthemen auf goldenem Untergrund. Er war zwar kein Innendekorateur, zuckte aber unwillkürlich zusammen.

»Das sieht aber gut aus!«, rief Halo.

»Ja, gefällt's dir?«, kam es aus der Küche.

»Ja, passt gut zur Couch.«

Tom warf einen Blick auf die Couch und fand, dass Halo recht hatte. Leider.

Als sie mit zwei Tassen Kaffee aus der Küche zurückkam, sagte Halo: »Ich habe dir Tom noch gar nicht vorgestellt. Tut mir leid, Sylvia.«

Sie schüttelte Tom die Hand. Er spürte, dass ihre Hand feucht war, weil sie sie nach dem Waschen nicht richtig abgetrocknet hatte.

»Tom arbeitet für das NTSB. Er hilft bei den Untersuchungen der *Pride of Maine*.«

Halo ging die Sache defensiver an, als Tom es je getan hätte. Tom hätte gleich an der Tür seine Marke gezeigt. Dennoch, Sylvias Miene war plötzlich angespannt. Tom überlegte, was passieren würde, wenn er sich als Mitglied der Internationalen Pädophilen-Liga vorstellte. Ob Sylvias Blick dann noch abweisender werden könnte?

»Keine Sorge, Sylvia. Tom hofft nur, dass Niño ihm vielleicht helfen kann.«

»Oh.« Die Anspannung fiel ein bisschen von ihr ab, auch wenn Halos Worte vage klangen.

Verdammt, der Kerl war gut. Tom überlegte schon, dass er Halo anheuern könnte, um ihn im Bedarfsfall wie eine Handpuppe hervorzuzaubern, wenn es darum ging, auf vernünftige Weise mit Leuten zu kommunizieren. Bei dieser Vorstellung musste er lächeln. Sylvia interpretierte dieses Lächeln offenbar als beruhigend und lächelte zurück.

Sie hörten, wie die Haustür geöffnet wurde. Niño Alvarez kam ins Zimmer. Sofort blieb er stehen und sah Halo fragend an. »Hey, Halo, was gibt's?«

»Hey, Niño. Nichts Besonderes. Wir …«

»Er ist vom NTSB«, fiel Sylvia ihm ins Wort und wartete auf eine Reaktion ihres Mannes.

Niño zuckte die Achseln, als wäre ihm das vollkommen gleichgültig. Er kehrte ihnen den Rücken zu und legte eine Packung Batterien und Wechselgeld auf den Tisch im Flur.

Doch plötzlich riss er die Haustür auf und rannte davon.

»Scheiße!« Tom setzte ihm nach und hörte noch, dass Sylvia ihm etwas nachrief.

Niño war ein wenig untersetzt, aber verdammt flink. Beide stürmten sie die Stufen hinunter, sodass die schweren Schritte im Treppenhaus widerhallten. Tom merkte, wie ihm das Blut in den Ohren rauschte.

Dann hörte er, wie oben eine Tür zuschlug, und hoffte, dass Halo ihm folgte.

Allmählich holte er Niño ein, da er mehrere Stufen auf einmal nahm, sich am Geländer abstützte und zum nächsten Absatz schwang. Niño schien jede Stufe einzeln zu nehmen, war dabei aber wahnsinnig schnell. Tom spürte, dass er ihn noch vor dem letzten Treppenabsatz einholen würde. Es könnte ihm gelingen. Sie waren fast unten angekommen.

Er schwang sich um den letzten Treppenabsatz und spürte im nächsten Moment Niños Faust im Gesicht. Der Schlag selbst war nicht so hart, aber da Tom viel Schwung mitbrachte, verlor er das Gleichgewicht und stürzte die letzten Stufen nach unten. Mit lautem Stöhnen prallte er an die Wand und nahm noch wahr, dass Niño in seinen Timberland-Boots an ihm vorbeilief, um das Weite zu suchen. Blind griff Tom nach Niños Bein, verfehlte es aber und schrie auf, als Niño ihm auf den Daumen trat.

»Jesus!« Halo eilte die letzten paar Stufen nach unten und beugte sich über Tom. »Was ist passiert?« Er berührte ihn an der Schulter.

»Ich bin die Treppe runtergefallen, Idiot!«

»Schon gut, 'tschuldigung, dass ich gefragt habe.«

Tom kam langsam auf die Knie und schrie auf, als ihm der Schmerz bis in den Rücken fuhr.

»Tut's weh?«

»Nein, mir war nur gerade danach zu schreien.«

»Sie lassen sich nicht gern helfen, oder?«

»Halten Sie die Klappe oder ziehen Sie Leine, Mann.«

Halo hielt den Mund. Aber er half Tom nicht auf die Beine. Daher brauchte Tom mehrere Anläufe, um sich aus eigener Kraft hochzuziehen.

»Schätze, wir haben ihn kalt erwischt.« Halo rührte den Zucker in seiner Tasse um.

Tom presste gereizt die Lippen aufeinander. »Meinen Sie?«

»Sie haben einfach Ihren Kaffee auf die Couch fallen lassen. Sylvia ist stinksauer.«

Toms Antwort war ein Achselzucken.

»Niño ist ein guter Kumpel.«

»Und er hat einen guten linken Haken.«

Halo stieß einen Seufzer aus und schwieg.

Es gab kaum eine Stelle seines Körpers, die Tom nicht wehtat. Er spürte die Schwellungen an seinem Rücken, wo er auf die Stufenkanten gefallen war. In diesem Moment wünschte er, sie hätten sich auf weich gepolsterte Sessel gesetzt anstatt auf die harten Metallstühle.

»Ich wollte ihn nur was zu diesen Unterlagen fragen.«

»Vielleicht hat er ja Angst, dass es um ganz was anderes geht.«

»Aha. Etwa um all die fehlerhaften Teile, die er vielleicht noch irgendwo anders eingebaut hat? Sehr beruhigend.«

»Soll ich Vee informieren?«

»Was wollen Sie ihr denn sagen?«

»Wie die Untersuchungen laufen.«

»Scheiße, Halo!« Tom war inzwischen so sauer auf ihn, dass ihm fast die Worte fehlten. »Was haben Sie ihr denn schon alles erzählt, Mann?«

»Nur, dass Sie die Suche eingegrenzt haben auf ...«

»Hören Sie auf damit! Ich will nicht, dass sie denkt, ich hätte schon bald Antworten für sie! Und nennen Sie das nicht Untersuchung!«

»Aber ich dachte ...«

»Das alles hier ist nicht offiziell. Ich habe keine Befugnisse. Wahrscheinlich habe ich weniger in der Hand als Sie, jetzt, da Lenny Munro weiß, dass ich herumschnüffle. Und mehr ist es auch nicht: Ich stochere mit einem Stock im Dunkel herum. Mit einem kleinen Stock, wohlgemerkt. Und es ist richtig finster um mich herum. Also hören Sie auf damit, ihr irgendeinen Mist zu erzählen, verstanden? Warum fahren Sie überhaupt zu ihr?«

Halo starrte in seinen Kaffee. Tom kannte sich eigentlich nicht mit Körpersprache aus, aber die Art und Weise, wie Halo die Schultern einzog, sprach Bände.

»Oh, verdammt. Sie ficken Sie, stimmt's?«

Halo warf ihm einen kurzen, warnenden Blick zu. »Es ist kein *Ficken*!«

»Oh, tut mir leid. Sie lieben sich! Sie schlafen mit ihr, richtig?«

Halo zuckte mit den Schultern. Tom stieß den Stuhl

zurück und fuhr gleichzeitig unter dem stechenden Schmerz zusammen. Dann stand er langsam auf und warf ein paar Scheine auf den Tisch. »Na, toll. Großartig.«

»Was ist?«

»Jeder Scheißkerl hat Sex, nur ich nicht.«

Tom rechnete damit, dass Pete anrufen und ihn am Telefon zusammenstauchen würde, weil er Niño Alvarez belästigt hatte. Wahrscheinlich folgte dann wieder irgendein Strafeinsatz an einer Pipeline. Aber es kam kein Anruf. Für Tom bedeutete das, dass dieser Alvarez etwas zu verbergen hatte.

Auch Ness meldete sich nicht mehr. Keine große Überraschung!

Vor einer Woche hatte er noch zwei Jobs gehabt. Zwei Scheißjobs, die er eher halbherzig machte und eigentlich nicht wollte, aber es waren immerhin Jobs gewesen. Jetzt sah es ganz danach aus, als stünde er auf der Straße.

Ach, verdammt. Immerhin gab es noch seine inoffiziellen Nachforschungen zur *Pride of Maine*. Außerdem stand ihm noch eine Woche Urlaub zu. Er rief Kitty an und reichte offiziell Urlaub ein.

Das Telefon klingelte, als er gerade eine Hose in seinen Einsatzkoffer packte. Er war überrascht, wie viel in den kleinen Koffer passte, nachdem er die ganzen NTSB-Sachen herausgenommen hatte.

»Hi, Tom.«

»Ness?«

Mist, musste sie ausgerechnet jetzt anrufen?

»Wollen Sie wieder ein bisschen mit mir spielen?«

Hatte sie das so gemeint, wie sie es sagte? Wahrscheinlich nicht: Bei ihrer Stimme klang alles sinnlich. Er ging über die zweideutige Anspielung hinweg und hielt sich an die langweilige Wahrheit. »Kann nicht. Ich verreise für eine Woche.«

»Oh.«

Sie schwieg für einen Moment und schien zu zögern.

»Ein schönes Reiseziel?«

»Südafrika.«

»Südafrika!«

»Yeah.«

»Das kommt aber plötzlich.«

»Yeah.«

»Geschäftlich oder zum Vergnügen?«

»Geschäftlich«, antwortete er wahrheitsgemäß, aber am liebsten hätte er »zum Vergnügen« gesagt. Als wäre er der Typ, der es sich leisten konnte, mal eben eine Woche aus einer Laune heraus um die Welt zu reisen.

Schweigen am anderen Ende der Leitung, dann war eine gedämpfte Stimme zu hören. Tom fragte sich, ob das ihr Freund war. Und er fragte sich, wie hoch der Aufwand sein mochte, um eine Frau wie Ness Franklin bei Laune zu halten ... und im Bett.

Im nächsten Moment war sie wieder am Apparat, und die folgenden Worte verblüfften ihn wirklich. »Brauchen Sie Gesellschaft?«

16. Kapitel

Die Straße nach Oudtshoorn, die sich durch die Karoo-Wüste schlängelte, war zunächst von einer beeindruckenden Schönheit. Aber dann wurde die Fahrt auf ihr vor allem langweilig. Langweilig und staubig.

Am Horizont, hinter Wolkenschleiern verborgen, waren Bergketten zu erahnen, doch die Ebene aus hellbraunem Staub war eintönig und wurde nur hier und da von harten, binsenähnlichen Grasbüscheln unterbrochen. Die Merinoschafe, die ebenfalls hellbraun waren, schauten gar nicht erst auf, als der gemietete Honda vorbeifuhr und eine Staubwolke aufwirbelte, die noch kilometerlang in der flirrenden, trockenen Luft hing.

Der einzige Radiosender, den sie hier draußen hören konnten, spielte Musik, die Tom für südafrikanische Tanzmusik vom Lande hielt. Akkordeon- und Banjoklänge, unterbrochen von den gutturalen Lauten des Afrikaans.

Nach einer ziemlich hässlich klingenden Überleitung zwischen zwei Songs warf Tom einen Blick auf Ness. »Nicht gerade die Sprache der Liebe, wie?«

Sie zog amüsiert eine Braue hoch, ehe sie wieder geradeaus auf die schier endlose staubige Ebene blickte.

Zum hundertsten Mal seit ihrem Abflug vom LAX fragte sich Tom, was in Ness gefahren sein mochte. Warum war sie mitgekommen? Irgendwie hatte er ein unbestimmtes, fast entrüstetes Gefühl dabei, beinahe als wäre er ihr Vater. »Was zum Teufel treibst du da mit ihm, Mädchen?«, hörte er eine Stimme in seinem Kopf. Hatte sie den Verstand verloren? Oder ihr Freund? Natürlich würde Tom ihr keine dieser Fragen stellen. Er wollte ihr keine Gelegenheit geben, ihm die Wahrheit zu sagen.

Am Flughafen hatte sie wieder einmal atemberaubend ausgesehen, mit Koffern von Louis Vuitton, die nach Toms Einschätzung keine Imitate waren. Als er beim Check-in neben ihr stand, die Reisetasche über der Schulter, kam er sich wie ein Junkie auf der Skid Row, Downtown Los Angeles, vor. Sie hatten den Abfertigungsschalter noch nicht erreicht, als sie ihm das Ticket und den Reisepass aus der Hand nahm und wie selbstverständlich voranging. Entschlossen übernahm sie das Einchecken, während er hinter ihr wartete und sich schließlich in der ersten Klasse wiederfand.

»Das ist besser«, meinte sie beinahe nüchtern. »Der Flug ist lang.«

Tatsächlich war Ness so schön und elegant, dass sie seine fade Kleidung mit ihrem Glamour wettmachte.

Die erste Nacht hatten sie in einem Hotel am Hafen von Kapstadt verbracht. Sie bestellte zwei Einzelzimmer, obwohl er anbot, auf der Couch zu schlafen. Als sie erfuhren, sie könnten ein Zimmer mit zwei Einzelbetten bekommen, blieb sie beharrlich und zahlte das Einzelzimmer.

Tom versuchte, das als willkommene Übung aufzufassen, um sein Ego im Zaum zu halten.

Sie waren durch die schönste Landschaft gefahren, die Tom je gesehen hatte oder sich überhaupt hatte vorstellen können. Eigentlich ließ er sich in dieser Hinsicht nicht schnell beeindrucken, aber Südafrika war wirklich atemberaubend.

Einmal bat Ness ihn anzuhalten, weil sie ein Foto von einem tiefrot gefärbten Felsmassiv machen wollte, das hinter schier endlosen Weinbergen aufragte. Und über allem spannte sich ein azurblauer Himmel. Sie machte einige Bilder, legte die Kamera dann auf die Motorhaube und bestand darauf, Tom solle sich beim nächsten Foto neben sie stellen. Während er dann neben Ness auf dem staubigen Seitenstreifen auf das Geräusch des Selbstauslösers wartete, schlang sie einen Arm um ihn und legte ihm ihre Hand lässig auf die Hüfte. Deutlich spürte er den Druck ihrer Finger und konnte immer noch nicht sprechen, als sie ihm das Foto auf dem Display zeigte. Er nickte nur.

In einem Vorort von Somerset West hielten sie, weil sie tanken mussten. Es war an einer verwitterten Tankstelle mit einem alten Tankwart, der ihnen in seinem seltsamen Englisch so langsam den Weg erklärte, dass Tom fast alles verstand. Die Beschreibung fiel kurz aus, denn sie brauchten einfach nur gut sechzig Kilometer lang weiter geradeaus zu fahren.

Als der Honda in ein weiteres der vielen Schlaglöcher geriet, fragte Tom sich besorgt, wie wohl die Landstraße nach Oudtshoorn aussehen mochte. Er warf einen Blick auf die Uhr und fuhr ein wenig schneller, etwa hundert Stundenkilometer. Es war ja nicht *sein* Auto, und wenn Avis schon so dumm war, Autos in einem Land mit so schlechter Infrastruktur zu verleihen, dann war das nicht sein Problem.

»Wie heißt Ihr Freund eigentlich?«, fragte er aus einer Laune heraus.

»Wieso wollen Sie das wissen?« Sie blickte durchs Fenster hinaus in die weite Karoo. Ihre Stimme klang tonlos.

»Ich wollte ein wenig Konversation betreiben, weiter

nichts.« Wenn sie jetzt sagte, sie wolle nicht über ihren Freund sprechen, dann dachte sie vielleicht schon daran, mit *ihm* zu schlafen. Lass es so sein, schoss es ihm durch den Kopf. Bitte, lass es so sein.

»Richard.«

Auch egal. Richard war tausende Kilometer entfernt, und seine Freundin war hier bei ihm. Der Hornochse war ganz klar dieser Richard. Daher bildete Tom sich ein, eine Chance bei Ness zu haben.

Tom schaute kurz nach rechts und trat dann voll auf die Bremse.

Der Honda brach aus, aber Tom lenkte dagegen. Kurz darauf war der Wagen zum Stehen gekommen, eingehüllt in eine riesige Staubwolke. Ness schaute sich erschrocken um, und Tom musste grinsen. Okay, so hart hätte er nicht in die Eisen zu gehen brauchen, aber es machte Spaß, hier in der Wüste, wo außer ihnen sowieso niemand unterwegs war und es am Straßenrand nichts als Gräser und gelegentlich Schafe gab.

»Was sollte das?«

Er deutete mit einem Nicken in die Richtung, in die sie schauen sollte. »Sehen Sie, da drüben?«

Keine zwanzig Meter von der Straße entfernt stolzierte ein Strauß durch die Halbwüste. Tom konnte sogar die dunklen, wie Perlen schimmernden Augen des Vogels erkennen. Die Sonne fing sich in den tiefschwarzen Federn des prächtigen Tiers. Einen dinosaurierartigen Fuß hob er merkwürdig an, als humpelte er ein wenig.

Tom fiel auf, dass dem Tier etwas um den Hals baumelte. Ein Band, wie es schien. Er öffnete die Tür und stieg aus, wobei er sich in der grellen Sonne schützend eine Hand vor die Augen hielt. Dem Strauß war das offenbar zu schnell gegangen, denn er reckte den Hals, plusterte sein Gefieder auf und rannte los. Das Tier war so schwer, dass Tom jeden Schritt als leichte Vibration unter seinen Füßen wahrnahm. Der Strauß scheuchte einige Merinos auf, die nur kurz auseinanderstoben und sich dann wieder den Grasbüscheln widmeten. Doch der Strauß lief unbeirrt weiter und hinterließ eine Staubwolke.

Tom grinste, als er Ness' Blick suchte. »Cool, oder?«

»Ja, cool«, erwiderte sie, aber etwas in ihrem Tonfall ließ Tom ahnen, dass sie den Stopp für dämlich hielt.

Nach etwa einer weiteren halben Stunde Fahrt kamen sie an Farmen vorbei, auf denen Straußenvögel in so großer Zahl herumliefen wie in den USA das Vieh. Wahrscheinlich hatte Ness schon davon gewusst und war gelangweilt.

»Die veranstalten Rennen mit diesen Vögeln, wussten Sie das?«, fragte er in der Hoffnung, Ness doch noch etwas an Wissen vorauszuhaben.

»Ein Rennen mit Straußen?«

»Genau, und die Jockeys sind Kinder.«

»Wollen Sie mich auf den Arm nehmen?«

Tom sah sie an und glaubte zu sehen, dass ein kleines amüsiertes Lächeln ihre Mundwinkel umspielte. Sie war umwerfend schön, und zum ersten Mal entdeckte er etwas wie Verletzlichkeit in ihrer Unsicherheit. Tom war verblüfft, dass er echte Zuneigung verspürte, die ausnahmsweise nichts mit Lust zu tun hatte. Er schüttelte dieses neue Gefühl ab, merkte aber, dass ihm keine schlagfertige Antwort mehr einfiel. »Nein«, meinte er schließlich. »Ich nehme Sie nicht auf den Arm.«

Pam Mashamaete war in natura noch besser als am Telefon.

Als Tom die Fahrertür zuschlug, trat eine große Frau um die dreißig aus dem Schatten einer heruntergekommenen Scheune heraus, stieß einen Freudenlaut aus und setzte ein Grinsen auf, das Tom auf jede Entfernung gesehen hätte. Pam lief in ihrem hellen Hosenanzug auf ihn zu, als wäre er der verlorene Sohn, ignorierte seine ausgestreckte Hand, umarmte ihn und zog ihn an ihre Brüste.

»Tom! Sie sind es wirklich! Ich bin Pam!«

Sie ließ ihn wieder los, sodass er durchatmen konnte. Er grinste, auch wenn ihm diese Art der Begrüßung ein wenig peinlich war. »Ja, freut mich auch sehr.«

Sie lachte befreit, wie er es vom Telefon kannte, und ihre strahlend weißen Zähne hoben sich von den grellrot geschminkten Lippen ab.

Als er sich Ness zuwandte, sah er, dass sie freundlich lächelte. Sie schaute ihn erwartungsvoll an, bis er begriff, dass sie darauf wartete, dass er sie Pam vorstellte. Wie machte man das noch gleich richtig? Ihm fiel nichts weiter ein, als mit dem Daumen halb über seine Schulter zu zeigen. »Das ist übrigens Ness.«

Pams Begrüßung war wieder ein Lachen. Sie schüttelte Ness die Hand, ehe sie Tom am Arm nahm. »Kommen Sie, Sie müssen das Team kennenlernen.«

Tom wusste sehr genau, was bei einem Flugzeugabsturz in den USA mit »dem Team« gemeint war. Dort handelte es sich um ein Durcheinander von fünfzehn bis zwanzig Ermittlern, dazu kamen ein Heer von weiteren Mitarbeitern sowie Vertreter der Fluggesellschaft. Aber das war noch nicht alles. Es folgten die Ingenieure des Flugzeugherstellers, die alles daransetzten, jegliche Schuld vom eigenen

Unternehmen fernzuhalten. Dann kamen die Abgesandten der Pilotengewerkschaft, die wiederum alles dafür taten, um die Piloten vor jedem Vorwurf in Schutz zu nehmen, und zu guter Letzt die Spürhunde der Presse, denen es natürlich nur darum ging, jeden Tag aufs Neue irgendjemandem die Schuld für das Unglück zu geben, damit auch am nächsten Tag noch Schlagzeilen gedruckt werden konnten. Ganz zu schweigen von den trauernden Verwandten, denen es im Prinzip egal war, wen die Schuld traf. Sie wollten lediglich, dass ein Schuldiger gefunden wurde – und zwar schnell.

Deshalb war Tom wirklich verblüfft, als er sah, dass Pams Team aus nur vier jungen Männern bestand, die leger gekleidet waren und Khaki-Hosen und Hemden trugen. Nur ihre Abzeichen verrieten, dass sie der ermittelnden Behörde angehörten. Darüber hinaus hatten die Männer bunte Fliegenklatschen dabei, die sie wie große Colts am Gürtel trugen.

Tom dachte ernsthaft darüber nach, auszuwandern und bei der südafrikanischen Flugbehörde anzuheuern. Mit einer Rumpftruppe wie dieser draußen in der Wüste eine abgestürzte 737 zu untersuchen, kam seiner Vorstellung vom Paradies sehr nahe.

Paul Baputo, Clint Lenyani, September Sikeli und Rian Botha begrüßten ihn mit Handschlag und lächelten. Rian reichte Tom und Ness eisgekühlte Coladosen.

Tom hatte sich noch nie so willkommen gefühlt wie hier. Er hoffte nur, dass nicht alle davon ausgingen, dass er ihnen eine große Hilfe sein würde.

Das einzige Geräusch in der Einsamkeit kam von einem Generator, der offenbar einem einzigen Zweck diente: Er kühlte eine Gefriertruhe, aus der die Leute Getränke holten. Pam wurde ihm immer sympathischer.

Zu siebt gingen sie zu der Scheune, die nicht viel mehr war als ein Dach, getragen von Stahlträgern. Außenwände gab es keine, daher konnte Tom schon von Weitem die Umrisse der 737 im Schatten sehen. Der Bugkonus und die Heckflosse waren gut zu erkennen, der Rest war nicht mehr als ein Durcheinander aus Metallstücken und gräulich grüner Polsterung, die farblich der von Grasbüscheln durchzogenen Karoo ähnelte.

Bei dem Anblick schnürte sich ihm der Hals zu.

Er war sechzehntausend Kilometer weit in ein fremdes Land auf einen exotischen Kontinent geflogen, aber irgendwie war es für ihn wie eine Art Heimkehr. Er hatte das Gefühl, schon eine Ewigkeit hier zu sein.

Tom stand vor den Überresten der linken Tragfläche des Fluges SA77. Fliegen surrten irgendwo über ihm, nicht allzu dicht, aber in der Stille der Wüste klangen alle Geräusche lauter. Dennoch wedelte er mit einer gelben Fliegenklatsche vor seinem Gesicht herum, quasi als Präventivmaßnahme, und trank noch einen Schluck Cola.

Ein kaltes Getränk und eine Fliegenklatsche für 39 Cent. Er wusste, was die Klatsche kostete, da das Preisschildchen noch am Griff baumelte. Sie hatten die Klatsche extra für ihn gekauft und sogar einen kleinen Karabiner daran befestigt, damit Tom sich das Ding an den Gürtel hängen konnte. Außerdem hatte Paul seine Fliegenklatsche Ness in die Hand gedrückt und darauf bestanden, dass sie sie behielt.

Zusammen mit Pam und dem Team war Tom fast zwei Stunden lang die Flugzeugtrümmer abgegangen. Die Behörde hatte gründliche Arbeit geleistet: Selbst Teile, die nicht größer als eine kleine Münze waren, hatte man gesammelt und sorgsam ausgebreitet. Jedem Detail wurde Aufmerksamkeit geschenkt; eine Akribie, die Tom in diesem Land nicht erwartet hätte.

»Bei uns gibt es nicht so viele Abstürze«, erklärte Pam, als er sie darauf ansprach. »Unser Luftraum ist nicht wie Ihrer, und wir haben ziemlich strenge Sicherheitsvorschriften für unsere Jets sowie für alle, die in unserem Luftraum unterwegs sind.«

»Wie viele Teams hatten Sie schon?«

»Das hier ist mein drittes.«

Tom hob die Brauen. Pam war offenbar ein Naturtalent. Das sagte er zwar nicht, aber sie lächelte selbstbewusst, als sie sein Erstaunen sah.

»Sie müssen gut sein.« Sie sahen gleichzeitig zu Ness hinüber, als hätte Pam seine Gedanken gelesen.

»Nun, wir tun unser Bestes«, wiegelte sie bescheiden ab. Dann lachte sie wieder und fügte hinzu: »Und geben alles!«

Tom wunderte sich, dass Ness so lange in der Nähe des Teams blieb. Sie hatte wenig gesagt, und dafür war er dankbar. Es gab nichts Schlimmeres als Leute, die drauflosplapperten, obwohl sie keinen Schimmer von der Materie hatten. Ness war meistens am Ende der kleinen Gruppe geblieben und verscheuchte hier und da Fliegen mit der Klatsche. Doch wann immer das Team stehen blieb und Pam auf Toms Fragen einging, hörte Ness gespannt zu. Als sie sich später zu Wort meldete, bot sie an, noch ein paar kühle Getränke zu holen. Kurz darauf kehrte sie mit den Dosen zurück und hatte sich sogar gemerkt, dass September eine merkwürdig grüne Dose Soda bevorzugte. Dabei hatte er Ness gar nicht darum gebeten, weil er viel zu höflich dafür war. Tom war ein klein wenig stolz auf seine Begleiterin, und es war ein besitzergreifender Stolz, wie er sich bewusst machte. Ja, er war froh, sie mitgenommen zu haben, auch wenn sie nicht mit ihm geschlafen hatte.

Sie kamen an einem handgeschriebenen Schild vorbei, dessen Schriftzug in drei Sprachen zu lesen war. In Englisch stand dort: *Bitte keine Teile entfernen*. Tom lächelte, ebenso wie Ness. Er fing Pams Blick ein. »Ist das nicht wie eine Vertrauenskasse in Fort Knox?«, fragte er.

»Es funktioniert«, meinte Pam. »Die Leute hier verstehen, was wir zu leisten versuchen.«

Sie gingen weiter, und Tom schwieg die meiste Zeit über. Ab und zu hatte er eine Frage, die rasch beantwortet wurde. Falls Pam etwas nicht genau wusste, sagte auch sie es frei heraus.

Für Tom war der Spaziergang entlang der Wrackteile wie ein zweistündiges Vorspiel. Er wusste, wohin er wollte, aber bis dahin gab es ein feststehendes Programm abzuarbeiten. Alles sollte den Anschein einer objektiven, ergebnisoffenen Untersuchung haben. Er wollte unvoreingenommen bleiben. Ermittler wie er wurden so ausgebildet, dass sie sich bei einem Wrack von außen nach innen vorarbeiteten, doch die ganze Zeit über ging er zwischen den Wrackteilen auf und ab und hatte nur ein einziges Bauteil vor Augen, das ihn mit der Kraft eines schwarzen Lochs anzog.

Schließlich erreichten sie das Triebwerk Nr. 2.

Die andere Turbine gehörte zu den noch relativ vollständigen Teilen des Wracks. Sie steckte im Sand wie ein gestrandeter Wal. Nr. 2 hingegen sah aus, als hätte man sie durch einen Schredder gejagt. Das, was von der ehemals glatten, runden Form übrig war, hatte sich in Dutzende Aluminiumfinger aufgefächert.

Die Fan-Scheibe lag flach im Staub, wie ein riesiger Ring, verdreht und aufgebrochen. Sechs Schaufelblätter waren ganz geblieben und saßen mit ihrer Verzahnung auf der Scheibe. Die übrigen waren zerbrochen oder weggerissen worden.

»Können wir sie einmal umdrehen?«

September und Paul halfen ihm, und Rian bückte sich und entfernte den Wüstensand mit einem Pinsel. Toms Blick fiel auf die Seite der Fan-Scheibe, die einst mit Flanschen an der Antriebswelle befestigt gewesen war.

»Sehen Sie das hier?«

Er trat zu Pam, die mit ihrer Klatsche auf etwas zeigte. Tom ging in die Hocke und legte sich schließlich auf den Bauch, um besser sehen zu können. Dann tastete er nach seiner hinteren Hosentasche und zog eine flache Taschenlampe hervor. Im Schatten der behelfsmäßigen Scheune konnte er das Licht gut gebrauchen.

Die Fan-Scheibe war durch die Fliehkräfte der losgerissenen Schaufelblätter aufgeplatzt; das Metall war verzogen und rissig.

Die Fläche des Flansches war fast überall glatt. Doch an einer Stelle befanden sich zwei flache Abnutzungen – nicht länger als einen guten Zentimeter –, die er bereits auf den E-Mail-Fotos gesehen hatte. Sie verliefen beinahe parallel, trafen sich aber an einem Punkt, wobei sie der Maserung der Legierung folgten. Es waren Unregelmäßigkeiten, die eine Geschichte erzählten. Die Geschichte, die Tom suchte, lag allerdings noch im Verborgenen. Vielleicht würde er sie nie erfahren, dennoch forderten diese Details ihn heraus und machten ihn neugierig auf mehr – wie eine Preview im Kino.

Als er die Taschenlampe für einen Moment neu ausrichtete, entdeckte er noch etwas anderes. Noch einmal ließ er den hellen Strahl in flachem Winkel über das Metall gleiten, und da sah er es wieder. Er rückte näher an die Fan-Scheibe und strich mit dem Daumen über das Metall, für den Fall, dass seine Augen ihm etwas vorgaukelten.

Er zog die Stirn kraus, was Pam nicht entging.

»Was ist?«

»Hier haben wir auch eine Abschürfung, unter den Riefen.«

Pam legte sich flach auf den Bauch und stieß mit ihrer Schulter gegen seine. Er beobachtete, wie sie mit ihrem manikürten Daumen über die Metalloberfläche fuhr. Dann schaute sie über die Schulter zurück zu ihren Teamkollegen, die sich neugierig herunterbeugten. »Abschürfungen«, sagte sie zu Tom. »Was hat sie verursacht?«

»Ich weiß es nicht«, antwortete er. Sie öffnete den Mund, sah seine verschlossene Miene und schwieg.

Tom fiel auf, dass die Bohrungen für die Schrauben, die einmal die Scheibe mit der Antriebswelle verbunden hatten, alle leer waren. »Wurden irgendwelche Bolzen vom Flansch gefunden?« Er ahnte, dass die Antwort Nein lauten würde. Hätten sie die Bolzen gefunden, lägen sie jetzt hier.

»Noch nicht«, sagte Pam. »Kleine Dinge wie Bolzen ...« Sie ließ den Satz in der Schwebe.

Tom widmete seine Aufmerksamkeit der verbogenen und aufgesplitterten Oberfläche der einst perfekt gefertigten Fan-Scheibe. Überall verrieten Spuren, wo sich die Blätter von der Metallscheibe losgerissen hatten – abgebrochene Spitzen, Metallsplitter, die plötzlich und zum ersten Mal seit ihrer Fertigung der Luft ausgesetzt gewesen waren.

Er untersuchte, was von der Verbindung übrig geblieben war, und wartete auf eine Eingebung.

Er vergaß die Karoo um sich herum, während er seinen Gedanken freien Lauf ließ. Er war wie ein Kind, das in einem Feld herumlief und mit den Händen über das hohe Korn der Informationen streifte und hier und da an einer Ähre zupfte, ehe es sie zwischen den Fingern zerrieb und fallen ließ.

Er spürte regelrecht, dass er der Lösung nahe war, und ließ sich von dieser Aussicht beflügeln. Er ließ es auf sich zukommen, erzwang nichts.

Die wenigen Schaufelblätter, die noch an der Scheibe befestigt waren, konzentrierten sich exakt auf den Bereich, an dem ihm die Abschürfungen und Riefen aufgefallen waren.

Er rollte sich auf dem staubigen Boden auf die Seite, fort von der Scheibe, und stützte sich auf den Ellenbogen ab. Eine Fliege surrte dicht an seinem Ohr. Rian beugte sich zu ihm herab und verscheuchte sie mit seiner Klatsche.

Niemand sagte etwas. Keiner stellte eine Frage. Die Stille der Karoo umhüllte sie alle wie ein weicher Schleier.

Toms Gedanken kreisten um zwei Begriffe: Riefen und Abschürfungen, Riefen und Abschürfungen. Doch noch erschloss sich ihm nicht, was er daraus folgern sollte. Er versuchte, sich langsam der Fragestellung dahinter zu nähern, versetzte sich mental wieder in das Kornfeld der Entdeckungen, aber sein Geist glich eher einem Mähdrescher, der die Ähren laut verschlang. Im Augenblick musste er zu viele Informationen auf einmal verarbeiten. Es gelang ihm nicht, eine Erklärung zu finden. Riefen und Abschürfungen waren bedeutsam. Er vermochte nur noch nicht zu sagen, inwiefern.

Er schaute in fünf hoffnungsvolle Mienen, stand auf und klopfte sich den Staub von der Kleidung. Er hätte sich eine kurze Hose oder zumindest Chinos anziehen sollen. Die Jeans klebte ihm bei der Hitze an den Beinen.

Er schuldete dem Team etwas. Das spürte er, auch wenn die zynische Seite von ihm höhnte und lachte: *Was denn? Für eine 39-Cent-Fliegenklatsche und eine Dose Cola bist du denen was schuldig?*

Er wollte nichts aufbauschen. Die anderen sollten ihm nicht anmerken, dass sein Instinkt aufbegehrte und nicht daran zweifelte, dass hier die Ursache für die Katastrophe lag, der Schlüssel zu allen Fragen.

Er bemühte sich, möglichst neutral zu klingen. »Das hier könnte wichtig sein, denke ich. Ich weiß zwar noch nicht, warum genau, aber ich glaube, es hat alles mit der Fan-Scheibe zu tun.«

»Sind es die Abschürfungen?« Pam musterte ihn eingehend, als würde ihr sein Mienenspiel ebenso viele Informationen verraten wie sein Mund.

»Ich weiß es nicht. Ich möchte keine voreiligen Schlüsse ziehen. Außerdem ist mir nicht ganz klar, zu welchen Erkenntnissen ich überhaupt schon gelangt bin.« Er zuckte die Schultern. »Vielleicht sollte ich darüber schlafen.«

Pam nickte. Keiner aus dem Team bedrängte ihn weiter, und dafür war er dankbar. Er wusste wirklich nicht, warum die Abschürfung wichtiger sein sollte als die Riefen. Aber er vertraute darauf, dass sich sein Unterbewusstsein weiter mit diesem Problem beschäftigen und ihm Bescheid geben würde, wenn es zu einem Ergebnis gelangt wäre.

»Ist noch Cola da?«

»Ich hole welche«, bot sich Clint an, aber Tom war bereits auf halbem Weg zur Truhe. Er griff in die Truhe, holte sechs Coladosen und ein Soda heraus und ließ den Deckel wieder sinken. Aus den Augenwinkeln nahm er eine Bewegung wahr: Eine Gestalt schwebte der Scheune entgegen, wie eine Luftspiegelung über dem flirrenden Wüstensand.

Tom ließ den Deckel der Truhe mit einem Knall zufallen, ohne den Blick von der flüchtigen Gestalt zu wenden, machte seine Dose auf und nahm einen Schluck. Er merkte, dass die anderen seinem Blick folgten.

»Es ist ein Junge«, sagte Ness, als verkündete sie eine Geburt.

Es war tatsächlich ein Junge. Ein kleiner, schmaler Junge mit knubbeligen Knien und dürren Oberschenkeln, die unter viel zu großen Fußballshorts verschwanden.

Tom runzelte die Stirn. »Wo kommt der auf einmal her?« Er sah, dass Paul die Achseln zuckte.

»Die Kinder hier haben oft einen weiten Schulweg.«

Sie standen im Schatten und sahen zu, wie der Junge mit federnden Schritten näher kam. Bei jedem Schritt wippte sein Kopf leicht zurück, und er reckte das Kinn ein wenig vor.

Bald war er der Scheune so nah, dass Tom mit einem Lächeln rechnete. Aber der Junge lächelte nicht. Als er zu dem Team trat, sah Tom, dass er trotz seiner schlaksigen Erscheinung eher klein war. Da er so extrem dünn war, wirkte er nur größer. Seine Haut war dunkel und glatt, seine Ohren lagen eng am Kopf, das Haar trug er kurz geschoren. Das Gesicht wurde fast ganz von den großen Augen beherrscht, und obwohl er noch nicht Hallo gesagt hatte, spürte Tom, dass von dem Jungen eine traurige Furcht ausging.

Das Kind hob die Hand zu einem müden Gruß. *»Sanibonani.«*

Alle murmelten sie ihre eigene Version von »Hallo«, und Pam bot ihm eine Cola an. Der Junge trat vor, um die Dose entgegenzunehmen, sah dann aber, was September trank, und ließ seinen Blick zwischen Tom und Rian hin- und herhuschen – die einzigen weißen Männer, wie Tom auffiel. »Kann ich auch ein Soda haben, *baas*?«, fragte der Junge vorsichtig.

Sie machten alle Platz, damit Tom den Deckel der Truhe öffnen und ein Soda herausholen konnte.

»Danke, *baas*.«

Der Junge öffnete die Dose nicht, sondern hielt sie sich an die Wange und den schlanken Hals, der in einem weiten, blau-gelb gestreiften T-Shirt verschwand. »Haben Sie meinen Strauß gesehen?«

Schweigen folgte auf diese unerwartete Frage. Schließlich antwortete Rian. »Wie sieht er denn aus?«

Tom prustete bei dieser Frage laut los, merkte aber, dass niemand sonst lachte.

Der Junge hatte eine perfekte Beschreibung parat. »Es ist ein großes Männchen. Am linken Fuß hat er einen Ring und um den Hals Zügel. Er heißt Lemon.«

Diesmal lachten oder schmunzelten sie alle, auch der Junge, und kurz sah man seine weißen Zähne aufblitzen.

Mit einem Mal erinnerte sich Tom, diesen Jungen schon einmal gesehen zu haben: Es war der Junge auf dem Foto, das er sich zuletzt in der Behaglichkeit seines Wohnzimmers angesehen hatte. Der Straußenvogel-Jockey, der den Namen eines Schriftstellers trug.

»Harold?« Erstaunt sah der Junge ihn an. »Harold Robbins, richtig?«

Diesmal wurde das Grinsen breiter, und Harold strahlte ihn an. Schüchtern neigte er den Kopf. »Ja, *baas*.«

»Ich habe dich nach dem Absturz auf einem Foto gesehen.«

»Ja, *baas*. Ich war in der Zeitung. Und im Fernsehen in DuPlessis' Laden.«

Mit dieser Information konnte niemand etwas anfangen, worauf Harold es ihnen zu erklären versuchte und in die Richtung zeigte, aus der er gekommen war. »Dort, in De Rust.«

Sie nickten, waren sich aber immer noch nicht sicher, worum es dem Jungen genau ging. Daraufhin ergriff Harold Robbins Mhleli noch einmal das Wort. »Lemon hat große Angst. Er hat sich verlaufen, und ich will, dass er wieder nach Hause findet.«

»Ich dachte, die Straußenfarm wäre zerstört worden«, meinte Tom.

»Nein, nur …« Er zuckte mit den Schultern, als er nicht die richtigen Worte fand. »Es ist nicht alles zerstört worden. Aber ich habe meinen Job verloren. Einige Strauße sind gestorben, und Lemon rannte weg. Jetzt sind es zu viele Jungen für zu wenige Touristen und Vögel. Wenn Lemon wieder nach Hause kommt, dann bekomme ich vielleicht meinen alten Job zurück.«

Sie nickten in der Runde. So sah die Realität aus: Der Lebensunterhalt eines Zwölfjährigen hing von einem großen Vogel ab.

»Suchst du deinen Strauß schon seit dem Flugzeugabsturz?«, fragte Pam.

»Ja, Madam«, erwiderte Harold, und zum ersten Mal huschte sein Blick auf die Wrackteile, die in seiner Erinnerung und seinen Albträumen noch immer qualmten.

September deutete vage in Richtung der unsichtbaren Stadt. »Findest du denn keine Arbeit in De Rust?«

Harold zögerte. Tom spürte, dass es im Kopf des Jungen arbeitete. Wie es schien, hatte er bereits eine Lüge auf den Lippen. Doch dann senkte er beschämt den Blick und murmelte: »Aber ich möchte doch so gern wieder reiten.«

Tom verstand das. Vielleicht würde Harold Arbeit in De Rust finden. Müll aufsammeln, Besorgungen machen, Gräben ziehen, aber der Junge klammerte sich an den verblassenden Traum, seinen Lemon wiederzufinden und den Job wiederzubekommen, den er so liebte. Als sich Tom bewusst machte, dass es in seinem eigenen Leben ähnlich aussah, spürte er ein Brennen in den Augen. Er wandte sich halb ab, tat so, als hätte er seine Dose ausgetrunken, und warf sie in den Mülleimer.

»Auf dem Weg hierher haben wir einen Strauß gesehen«, sagte Ness. »So war's doch, Tom, oder?«

Er wandte sich dem Jungen wieder zu und nickte.

»Das war ein großes Männchen«, beschrieb sie den Vogel weiter. »Obwohl ich keine Ahnung habe, wie groß sie werden.«

Harold schaute hoffnungsvoll zu Ness auf, aber in seinem Blick lag Vorsicht. Wahrscheinlich hat der Junge schon so manche Enttäuschung wegstecken müssen, dachte Tom. Mit Bedacht sagte er: »Diesem Tier hing wirklich etwas am Hals herunter. Sah wie ein Zügel aus …«

»Ja?«

»Ich konnte es nicht genau erkennen, aber es ist mir aufgefallen. Ein dünnes Band.«

»Ja!«, rief der Junge wieder. Er streckte den linken Arm vor und maß mit dem rechten Zeigefinger eine Strecke von der Schulter bis zum Handgelenk ab. »Ungefähr zweimal so lang?«

»Ja, könnte stimmen. Und ich glaube, er hinkte.«

»Was heißt das, er hinkte?«

Clint machte es dem Jungen vor, und Harold verstand. »Vielleicht ist er verletzt.« Er sah wieder Tom an. »Wo haben Sie ihn gesehen?«

Tom deutete zurück in Richtung Oudtshoorn. »Etwa fünfzehn Kilometer von hier entfernt.«

Harold folgte dem ausgestreckten Finger mit erwartungsvollen Blicken und nickte entschlossen. »Danke, *baas*.«

Sofort machte sich der Junge auf den Weg, als hätte Tom von einer Bushaltestelle hundert Meter die Straße hinunter gesprochen.

»Hey!«

Harold drehte sich ungeduldig um.

Paul lachte. »Er könnte überall und nirgends sein.«

Harold tat diese Bemerkung mit einem Achselzucken ab und ging unbeirrt weiter. Immer noch hielt er sich die kühle Soda-Dose an den Nacken.

Ness schüttelte den Kopf. »Unglaublich.«

Die Leute des Teams lehnten an der Gefriertruhe und sahen Harold Robbins Mhleli nach, der kurz darauf in einer Luftspiegelung davonzuschweben schien.

Pam hielt bereits die Papiere der Fan-Scheibe parat. Seitdem sie die Riefen entdeckt hatten, lagen die Unterlagen quasi griffbereit in einem improvisierten Ablagesystem: Im Handschuhfach ihres alten Dienstwagens bewahrte sie Informationen über das bislang unauffindbare Steuerungs-Servo auf, ebenso wie Beschreibungen von Tragflächenklappen, die wahrscheinlich noch in der Luft beschädigt worden waren. Dies waren die drei Säulen, auf denen sich ihre Ermittlungen stützten, denn eines dieser Beweisstücke könnte für den Absturz des Flugs SA77 verantwortlich gewesen sein. Vielleicht lag die Ursache aber auch ganz woanders. Pam war kein Dummkopf und wusste das.

Aber inzwischen war die Fan-Scheibe in Pams mentaler Liste der Verdächtigen weit nach vorn gerutscht …

Sie breitete die Papiere auf dem Deckel der Gefriertruhe aus. Da sie rechtmäßig an die Unterlagen gekommen war – anders als Tom bei CalSuperior –, lag die komplette Geschichte der Fan-Scheibe von Flug SA77 vor, ergänzt durch das wichtige FAA-Formular 8130–3: die »Geburtsurkunde«, die den Ermittlern verriet, dass es sich um ein geprüftes Bauteil handelte, das nach hohen Standards gefertigt worden war. Das Bauteil war unter starker Belastung auf dem WAE-Gelände in Irving, Texas, getestet worden. Neben diese Unterlagen legte Pam die Aufzeichnungen von CalSuperior für die *Pride of Maine*. Die Männer stießen fast mit den Köpfen zusammen, als sie sich gleichzeitig über die Truhe beugten, um zu sehen, ob es Parallelen zwischen dem Absturz hier und dem Unfall im Hangar in L. A. gab.

»Beide Bauteile stammen aus dem Ersatzteillager von WAE«, stellte Rian fest.

»Ja, aber im Grunde stammen alle Fan-Scheiben, die auf dem nordamerikanischen Kontinent ersetzt werden, von WAE«, sagte Tom. »Und dieser Jet hier wurde dort gekauft.« Plötzlich zeigte er mit zwei staubigen Fingern auf die beiden Laufzettel. »Dieselbe Nummer.«

»Was heißt das?«, wollte Ness wissen.

»Schau hier. Für die Fan-Scheibe der SA77 lautet die Nummer der Fertigungsreihe auf dem Produkt-Zertifikat WAE 8989-B501. Und die Seriennummer der Fan-Scheibe der *Pride of Maine* lautet B501–7776512. Die Seriennummer fängt also mit der Nummer der Fertigungsreihe an.«

»Ist das nun gut?«

Er nickte langsam. »Könnte sein. Vielleicht gibt es da einen Zusammenhang. Sollten wir feststellen, dass mit der Fertigung der Fan-Scheiben etwas nicht stimmt, könnten wir WAE veranlassen, alle Scheiben dieser Fertigungsreihe überprüfen zu lassen. Aber ohne die Scheibe aus der *Pride of Maine* bleibt das nur eine vage Vermutung.« Er stieß einen tiefen Seufzer aus und fühlte sich plötzlich unendlich müde. »Dieser Lenny Munro soll zur Hölle fahren! Hätten wir auch die andere Scheibe, könnten wir sie mit dieser hier vergleichen und wüssten dann, ob es sich um denselben Fehler handelt.«

»Wo ist denn die Scheibe jetzt?«

»Weg. Recycelt zu Hundefutterdosen. Verdammter Mist!«

Er trat von der Truhe zurück und ging noch einmal zu der Fan-Scheibe. In seinem Kopf schwirrten zu viele Informationen herum, dazu kam seine angestaute Wut.

Er merkte, dass Ness ihm folgte und ihn am Arm berührte. Aber er drehte sich selbst dann nicht um, als sie ihm beruhigend über die Schulter strich und über die Stelle, an der ihm das Hemd am Rücken klebte. Sie stellte ihre Coladose neben die Fan-Scheibe und nahm Toms Hände. »Kommen Sie«, sagte sie. »Sie brauchen Schlaf.«

Pam und das Team hatten sich eine Unterkunft in einem schäbigen Gasthaus in De Rust gesucht, eine halbe Stunde Fahrt entfernt. Pam schlug Tom vor, auch dort abzusteigen.

Die Fahrt war anstrengend, da der Allradwagen vor ihnen beständig Staub aufwirbelte und die Sicht daher schlecht war. Es wurde auch nicht besser, als Tom sich weiter zurückfallen ließ. Der Staub schien für immer in der Luft hängen zu wollen und geriet in das Lüftungssystem des Honda, sodass er selbst im Fahrerraum zu finden war.

De Rust war nicht mehr als ein verschlafenes Nest, ein Kuhdorf, in dem die einzige Kuh eingegangen war. Es gab eine Hauptstraße, an der ein Eisenwarengeschäft, ein Spirituosenladen und einzelne Häuser mit Wellblechdächern lagen. Jedes Haus hatte einen eigenen Pferch, dessen Bretterzäune auch schon bessere Zeiten gesehen hatten. Nutztiere standen mit hängenden Köpfen in der Hitze – Ziegen, Schafe, Esel –, erschreckend dürr und mit hervorstehenden Beckenknochen.

Das Gasthaus hatte nicht mal einen Namen. Auf einem Fassadenvorsprung links von der Eingangstür stand das Modell eines Planwagens der Voortrekker, der Buren-Bevölkerung der Kapregion. Tom fragte sich, was die weißen Betreiber des Gasthauses denken mochten, wenn vier schwarze Gäste morgens Frühstück verlangten und die Betten ungemacht hinterließen. Es war nicht einmal eine Generation her, dass die Rassentrennung und das Überlegenheitsgefühl der Weißen gleichsam in Stein gemeißelt schienen.

Doch er merkte schnell, dass das der Besitzerin Lettie Marais vollkommen egal war, solange sie nur genügend Zigaretten hatte. Lettie war eine kleine, drahtige Frau um die siebzig mit sonnengebräuntem, sehr faltigem Gesicht; offenbar hatte sie zeit ihres Lebens auf Sonnencreme verzichtet. Sie schien immer eine Zigarette im Mundwinkel zu haben, sodass der Qualm ihr wie ein bläulicher Schleier um den Kopf hing.

Auf dem Kaminsims im Frühstücksraum standen gerahmte Fotos von blonden Enkelkindern und mageren Mischlingshunden, dazwischen ruhte eine einzelne Zigarette auf einem Gerüst aus Essstäbchen. Das Kunstwerk besaß den stolzen Titel: *Die Eine, die ich nicht geraucht habe*.

Pam und ihre Teamkollegen verabschiedeten sich noch im Eingangsbereich voneinander und zogen sich für die Nacht zurück. Ehe Pam die Treppe hinaufging, nahm sie Tom noch einmal in den Arm. Es war eine von Vertrauen zeugende Umarmung, fast wie ein Ausdruck mütterlicher Wertschätzung. Tom konnte sich nur schwach an solche Umarmungen erinnern, da seine Mutter starb, als er vierzehn war. Aber die Erinnerung kehrte augenblicklich zurück.

Als Lettie dem Team »Gute Nacht« sagte, waren erst ihr Mund und dann ihr ganzer Kopf umhüllt von Zigarettenqualm. Durch die Schwaden blinzelte sie zu Tom hinüber und tupfte sich mit gelben Fingern winzige Tabakkrümel von der Zunge. »Was brauchen Sie? Einzelzimmer, Doppelzimmer, ein Zimmer mit zwei Einzelbetten?«

Tom unterdrückte seine geheimsten Wünsche und sah Ness erwartungsvoll an.

»Zwei Einzelzimmer?«, schlug sie vor.

Mist.

»Wir haben keine zwei Einzelzimmer mehr.«

Lettie stieg in Toms Gunst.

Ness zögerte, und Tom befürchtete schon, sie würde ihn jeden Moment fragen, ob sie nicht ein anderes Gasthaus ansteuern sollten. Doch dann sagte sie: »Zwei Einzelbetten wären auch okay.«

»Haben wir nicht mehr.«

Das wird ja immer besser, dachte Tom und grinste innerlich. Doch äußerlich ließ er sich nichts anmerken und verzog keine Miene.

»Was haben Sie denn noch?«

»Ein Doppelzimmer.«

Ness suchte kurz seinen Blick. Tom ahnte, welche Frage Ness auf der Zunge lag: *Warum fragen Sie uns dann überhaupt, was wir wollen?*

Er seufzte. Er hasste es, den Gentleman zu spielen. »Nehmen Sie das Zimmer. Ich finde schon woanders was.«

Lettie schnaubte und stieß dabei wieder kleine Verwirbelungen aus Qualm aus. »Sie finden hier sonst nichts. Das ist das einzige Gasthaus.« Dann musterte sie Ness und Tom eingehender. »Sie haben also keinen Sex miteinander, wie?«

Tom sah, dass Ness errötete.

Lettie zündete sich währenddessen an der alten Zigarette eine neue an. »Schade. Das Leben ist kurz. Ich wünschte, ich hätte mehr Sex im Leben gehabt.«

Ness musste kichern, ehe sie seufzte. »Also gut, was immer Sie haben.«

Ein erdrutschartiger Sieg sieht anders aus, dachte Tom. Aber immerhin war es besser als nichts. Geduldig nahm er das Gepäck und folgte Letties schlaffem Hinterteil die Treppe hinauf.

Tom machte sich keine allzu großen Hoffnungen, nur weil sie jetzt in einem Doppelbett schlafen würden. In einer fleckigen Badewanne duschte er im Stehen und zog dann frische Boxershorts und ein T-Shirt an. Er rubbelte sich die Haare trocken, als er den kleinen, schäbigen Raum betrat. Staub lag auf den Bilderrahmen an der Wand, und die selbstgemachte Decke auf dem uralten Bett schien aus dem letzten Jahrhundert zu stammen.

Ness hatte sich bereits umgezogen und trug Shorts mit Schottenmuster und ein weißes Top. Nicht gerade eine erotische Kombination, aber sie sah wie immer perfekt aus.

Für einen Moment war Tom abgelenkt von ihren Nippeln, die sich im Schein der Nachttischlampe unter dem Top abzeichneten, und so merkte er erst mit Verzögerung, dass Ness ihr Handy in der Hand hielt.

»Rufen Sie Richard an?«

Sie hörte über den spitzen Unterton in seiner Stimme hinweg und lächelte. »Nein, ich habe es gerade ausgemacht.« Sie legte das Handy auf den von Holzwurmstichen übersäten Nachttisch und streckte sich lang und anmutig auf dem Bett aus, um an Toms Handy zu kommen, das auf dem anderen Nachttisch lag. Als sie auch seins ausschaltete, sah er sie fragend an.

Sie zuckte fast schüchtern die Achseln, und wieder rührte es Tom, wie verletzlich diese Frau wirken konnte. Doch er versuchte, sich seine Gefühle nicht anmerken zu lassen und legte sich schnell ins Bett. Dann drehte er sich sofort auf die Seite, mit dem Gesicht zur Wand. Er spürte, wie sich die Matratze senkte, als auch Ness unter die Decke schlüpfte.

Deutlich nahm er ihren warmen Körper unter dem kühlen Laken wahr, und er musste sich gegen das Verlangen wehren, sich umzudrehen und sie zu nehmen. Sich auf sie zu rollen, ihren Leib in die Matratze zu drücken und ihre Schenkel zu öffnen … Er kniff die Augen zusammen und atmete langsam weiter. Schließlich lenkte er seine Gedanken auf das Flugzeug. Das Wrack. Die Fan-Scheibe.

Es fiel ihm nicht sonderlich schwer, sich darauf zu konzentrieren. Sein Unterbewusstsein hatte offenbar gute Vorarbeit geleistet.

Riefen und Abschürfungen.

An den Stellen, an denen sich die Blätter losgerissen hatten, wies die Scheibe Absplitterungen und Zacken auf. Genau dort, wo die Abschürfungen zu erkennen waren, musste die Scheibe in Unwucht geraten sein – vielleicht nur minimal –, ehe die Blätter sich losrissen. Die Reibkorrosion verriet, dass es zwischen dem Flansch der Scheibe und der Antriebswelle zu Verschiebungen gekommen war. Die Folge war eine eher schleifende, reibende Unwucht gewesen, die offenbar nicht plötzlich aufgetreten war.

Tom spürte, wie sein Körper sich entspannte, während sein Geist zu arbeiten begann. Sein Atem ging schon viel gleichmäßiger, der Druck in der Lendenregion nahm merklich ab. Genau wie er früher immer wieder an jenes Pferderennen in England gedacht hatte, bei dem Rum Shooter um eine Nasenlänge verloren hatte, stand ihm nun ebenso klar das Bild einer sich drehenden Fan-Scheibe vor Augen. Die Scheibe war in eine kleine Unwucht geraten, obwohl die Bolzen sie am Flansch an die Welle pressten. Eine kleine Unwucht, die sich auf die Schaufelblätter übertrug, sodass eins der Blätter gegen das Triebwerksgehäuse schleifte – bis es über Metall schabte. Ein keuscher Metallkuss, nicht tiefer, als ein Haar breit war. Eine Nanosekunde später wieder ein Schaben, und dann erneut. Doch es war immer noch nicht stark genug, um ohne spezielle Messgeräte wahrgenommen zu werden …

Aber was hatte zu dieser Unwucht geführt? Die Scheibe selbst? Oder etwas anderes? Etwa ein instabiles Schaufelblatt? Ein falsch gefräster Bolzen am Flansch?

Die Bilder vor seinem geistigen Auge brachten ihn an diesem Punkt nicht weiter. Er musste noch einmal einen Blick auf die Fan-Scheibe werfen und die Verbindungsstelle näher untersuchen. Man hatte keine Bolzen gefunden, aber Röntgenaufnahmen der Scheibe würden bestimmt zeigen, wo die Bolzen am Flansch fehlerhaft waren. Er musste das näher in Augenschein nehmen, musste zurück zur Scheune. Mit den Fingern wollte er über das Metall fahren, er …

Ness' Finger nestelten an seiner Hüfte herum. Sofort schien sich ein Feuer von dort über seine Brust auszubreiten, den Bauch hinunter, während sein Geist ihn weiterhin mit Bildern fütterte, die so gar nicht zur augenblicklichen Situation in diesem Bett passen wollten. Die Bilder von der Scheibe standen ihm so lebensecht vor Augen, dass er den Blick nicht davon abwenden konnte.

In Gedanken umfasste Tom die Fan-Scheibe und spürte, wie sie sich kaum merklich auf Höhe der Antriebswelle mit ein paar hundertstel Millimeter Spiel bewegte.

Ness seufzte an seiner erhitzten Haut.

Spiel.

Es war kein plötzliches und katastrophales Aufreißen von Metall gewesen, sondern eine langsame, wiederkehrende Bewegung, bei der sich die Unwucht exponentiell und unabwendbar aufbaute …

Spiel.

Gerade genug, um die ganze Anlage aus der Zentrierung zu bringen, genug, damit das Schaufelblatt über das Gehäuse schabte … sodass es die Turbine zerriss …

Spiel.

Was für ein unbeschwertes Wort für eine Katastrophe, die 124 Menschenleben gekostet hatte.

Er war aus dem Bett gesprungen, ehe es ihm richtig bewusst wurde, und stieg in seine Jeans.

»Tom?« Ness setzte sich kerzengerade auf, während er

nach dem Schalter der Nachttischlampe tastete und sah, wie verletzt und auch erschrocken sie aussah.

»Sorry«, sagte er. »Aber ich muss noch mal zurück.«

»Jetzt?« Ihre Stimme klang angespannt.

»Tut mir leid.« Ungeschickt fingerte er an seiner Hose herum und merkte schließlich, dass Ness genau beobachtete, wie er vergeblich versuchte, die Jeans über seiner Erektion zuzuknöpfen. »Scheiße.« Er ließ die Hose offen und zog sich stattdessen das Hemd und die Schuhe an. Er wusste, dass er wie ein Trottel aussah. Er wusste aber auch, dass diese Sache so lange in seinem Kopf brennen würde, bis er einen Blick auf die Scheibe geworfen hatte. Er brauchte den Beweis, und er wusste mit Sicherheit, dass er ihn dort finden würde. Schon schien er ihn unter seinen Fingern zu spüren.

Er musste los.

»Ich komme mit.« Sie warf die Decke zurück und schwang die Beine über die Bettkante.

Tom hielt inne. War sie jetzt vollkommen übergeschnappt?

Dann griff er nach den Autoschlüsseln und bekam – endlich – die Hose zu.

Auf die Aufregung im Schlafzimmer folgte beharrliches Schweigen im Auto, als Tom De Rust verließ.

Er schaute zu Ness, deren Miene im grünlichen Schimmer der Armaturenbeleuchtung schwer zu deuten war. Sie starrte geradeaus in das Licht der Scheinwerferkegel, das auf die Straße und die staubige Ebene fiel. Im Rückspiegel war nichts als der aufgewirbelte Staub zu sehen.

Je weiter sie De Rust hinter sich ließen, desto unbehaglicher war Tom zumute.

Er wollte immer noch die Fan-Scheibe in Augenschein nehmen. Denn die Frage blieb, ob das Spiel von einem schlecht gefertigten Bolzen verursacht worden war oder von der rotierenden Scheibe selbst. Peinlich war für ihn nur, dass er Ness nun irgendwie erklären musste, warum er sich für die Arbeit entschieden hatte und nicht für sie. Ihr mit bloßen Vermutungen zur Fan-Scheibe zu kommen, wäre lächerlich gewesen. Er wollte Ness nicht beleidigen, und daher schwieg er lieber, auch wenn es ihm schwerfiel. Er konnte Ness nicht in die Augen blicken und sah, dass sie ihre Hände verkrampft im Schoß hielt. Er wünschte, er hätte ihre Hand in seine nehmen können, so wie in einem Film, in dem er der Held wäre und kein verdammtes Arschloch.

Plötzlich tauchten grelle Scheinwerfer hinter ihnen auf und blendeten ihn im Rückspiegel.

»Tom!«

Ihr warnender Ruf hallte in seinen Ohren, und für einen kurzen Moment war er orientierungslos. Es gab einen Knall von Metall auf Metall, und Tom lenkte stark nach links, um Schlimmeres zu verhindern. Er spürte, wie der Honda ausbrach, sich stabilisierte und wieder ausbrach. Der Wagen wurde heftig durchgeschüttelt, drehte sich und streifte die überraschend kräftigen Grasbüschel der Wüste. Sand fegte trocken und braun über die Windschutzscheibe.

Als der Wagen endlich zum Stehen kam, standen sie wieder in ursprünglicher Fahrtrichtung. Während der Staub sich langsam legte, kam auch der Nachthimmel wieder zum Vorschein. Tom erahnte in der Ferne noch die Rücklichter des anderen Autos, das mit hoher Geschwindigkeit weiterfuhr.

»Mein Gott! Wo ist der denn so schnell hergekommen? Verdammt.« Er sah Ness an. Ihr Atem ging schnell, ängstlich hielt sie sich am Armaturenbrett fest. »Sind Sie okay?«

Mit angsterfüllten Augen suchte sie seinen Blick und nickte.

Der Motor war ausgegangen. Tom drehte den Schlüssel im Zündschloss, aber der Motor keuchte nur entschuldigend. In der nachfolgenden Stille hörte Tom, dass die Maschine wie eine kleine Zeitbombe tickte.

Er versuchte es wieder. »Mist, jetzt komm schon.«

Sie berührte ihn an der Hand. »Warten Sie einen Augenblick.«

Tom seufzte und schaltete das Licht aus, um die Batterie zu schonen. Komplette Dunkelheit hüllte sie ein.

Er sah auf die Leuchtziffern seiner Uhr: viertel vor eins. Pam und das Team wären frühestens gegen sechs oder sieben Uhr am Wrack.

Er tastete nach seinem Handy. Kein Empfang, da half auch Schütteln nichts. »Haben Sie Ihr Handy dabei?«

Ness' Antwort war ein schiefes Lächeln.

Na toll. Und dafür hatte er auf Sex mit der heißesten Frau verzichtet, der er je begegnet war. Wäre sie doch wenigstens im Gasthaus geblieben, dann wäre sie nicht auch noch Zeuge seiner Unfähigkeit geworden.

Er stieg aus und ging zur Motorhaube. Inzwischen war es in der Wüste eiskalt geworden.

Der Sternenhimmel sah unbeschreiblich aus. Die Sterne wirkten so nah und hell und waren so zahlreich, als hätte jemand Sternensamen gesät, aus dem immer mehr leuchtende Punkte wuchsen. An manchen Stellen drängten sie sich, an anderen gähnte eine schwarze Leere. Direkt über dem Auto entdeckte Tom eine indigoblaue Stelle, die nur einen leuchtenden Stern aufwies. Tom wünschte sich, dort sein zu können.

Inzwischen stand Ness neben ihm und schaute ebenfalls hinauf zu dem einsamen Stern. Er spürte, wie ihre Schulter seine berührte, als sie sich mit dem Rücken gegen die Motorhaube lehnte. Ihr Hals war schlank, weiß und verletzlich, nur zu erahnen im Sternenlicht.

»Wahrscheinlich ist nur der Vergaser verstopft«, sagte sie leise.

Ihre Stimme ließ selbst technische Details sexy klingen. Tom grinste. »Willst du mich jetzt anmachen?«

Nach kurzem Schweigen lachte sie auf.

Er wandte sich ihr zu und drückte sie gegen die Motorhaube.

Er konnte ihre Zähne spüren, als sie kicherte, und fühlte ihre Wärme an seiner Brust, seinen Hüften und seinen Oberschenkeln. Er wusste, dass er hart wurde, und plötzlich waren ihre Zähne verschwunden und er fühlte ihren schnellen, heißen Atem an seinem Hals.

»Ja«, hauchte sie und rieb sich mit den Hüften an ihm, »das tue ich.«

Die Sterne über ihnen waren Zeuge, als Ness und Tom sich mit Händen und heißen Lippen erkundeten. Ness stöhnte leise an seinem Mund, und er drückte sie rücklings auf das noch tickende Herzstück des Hondas. Zum zweiten Mal innerhalb einer halben Stunde fingerte er ungeschickt an seinem Hosenknopf herum. Da plötzlich gerieten sie in das Scheinwerferlicht eines Autos, das in Richtung De Rust fuhr.

Tom richtete sich auf, und Ness stützte sich mit den

Ellenbogen ab und zog sich dann rasch das Kleid über die Oberschenkel.

Das Auto fuhr an ihnen vorbei und ließ sie wieder in völliger Dunkelheit zurück. Staub lag in der Luft.

Der Augenblick war verflogen.

In der nachfolgenden Stille rutschte Ness von der Haube und strich ihr Kleid glatt. Sie würdigte ihn keines Blickes, als sie sich wieder auf den Beifahrersitz setzte.

Tom konnte ein Seufzen nicht unterdrücken und merkte, dass er nicht einmal seine Hose aufbekommen hatte.

Als Tom diesmal den Schlüssel im Zündschloss drehte, stotterte sich der Motor ins Leben zurück, sodass Tom starten konnte. Kurz darauf fuhren sie die Straße entlang.

Sie sprachen kein Wort miteinander. Tom wusste nicht, was er sagen sollte, und Ness' Miene war undurchdringlich wie zuvor. Sie wirkte so gelassen und unnahbar wie beim Check-in am Flughafen in L. A.

Tom dachte voller Wut daran, den Erfinder des Hosenknopfs zu verprügeln …

Bald zeichnete sich die Silhouette der Scheune vor dem Sternenhimmel ab. Tom parkte den Honda so, dass das Scheinwerferlicht ihnen die letzten Meter zum Wrack wies. Immer noch schweigend gingen sie die wenigen Schritte. Tom hatte immer noch seine Taschenlampe in der Tasche, wie er beruhigt feststellte, als sie die Überreste der Turbine an der linken Tragfläche erreichten.

Aber die Fan-Scheibe lag nicht mehr an der Stelle, an der sie sich zuvor befunden hatte.

Tom runzelte die Stirn und ließ den Schein der Lampe über den Boden wandern.

»Wo ist sie hin?«, fragte Ness.

»Hier hat sie gelegen, oder nicht?«

Sie nickte verwundert. »Stimmt. Du und Paul, ihr habt sie umgedreht und dort hingelegt.« Mit der Schuhspitze deutete sie auf den kreisrunden Abdruck, den die Scheibe im Staub hinterlassen hatte.

Tom suchte die Stelle genauer mit der Taschenlampe ab. Ein Schuhabdruck unterbrach den Kreis. »Sieh mal, dieser Abdruck muss entstanden sein, nachdem die Scheibe hochgehoben wurde.« Er sprach auffallend ruhig, aber nur, weil die Enttäuschung ihm lähmend in die Glieder fuhr. Schwerfällig stand er auf und deutete mit der Taschenlampe vage in Richtung Straße. »Das andere Auto. Die waren bestimmt hierher unterwegs. Kein Wunder, dass die Schweine nicht angehalten haben, um uns zu helfen.«

»Aber warum sollte irgendjemand die Scheibe mitnehmen?«

»Sie ist der einzige Beweis, falls wirklich etwas mit ihr nicht stimmte. Der einzige Beweis. Ich hätte sie nicht hier liegen lassen dürfen. Verdammter Mist!« Blindlings trat er in den Staub.

»Das hier war nicht deine Untersuchung, Tom. Du bist nicht verantwortlich für die Scheune.«

Er tat ihre Worte mit einer unwirschen Handbewegung ab, auch wenn Ness recht hatte. Er war ein Idiot. Die Fan-Scheibe war vermutlich der einzige brauchbare Beweis bei der Untersuchung zweier tödlicher Flugzeugunglücke gewesen, und er hatte sie in der Wüste liegen lassen, ohne irgendwelche Sicherheitsmaßnahmen zu ergreifen. Es gab ja nicht mal eine Tür, die man abschließen konnte. Auf einem selbst gebastelten Schild wurden Besucher höflich darauf hingewiesen, keine Souvenirs mitzunehmen. Das war alles. Am liebsten hätte er sich selbst in den Hintern getreten.

Fehlende Unterlagen konnten ein Hinweis sein, dass etwas nicht stimmte, aber auch verschwundene Wrackteile erzählten eine Geschichte. Der einzige Lichtblick in dieser absurden Situation war, dass der Diebstahl der Fan-Scheibe bewies, dass er auf der richtigen Spur gewesen war.

Ein schwacher Trost.

Tom stierte in den Staub zwischen seinen Schuhen. Im schmalen Lichtkegel der Taschenlampe zeichneten sich die kleinen Sandkörner reliefartig ab, während sich der Lichtschein im Rhythmus seines Atems bewegte.

Als er Ness' Hand auf seinem Nacken spürte, hätte er fast trocken aufgelacht. *Du bist raus aus dem Spiel, Patrick, und sitzt wieder auf der Reservebank.*

»Vielleicht können wir sie noch einholen.« Der Gedanke durchzuckte ihn, und noch ehe er den Satz richtig zu Ende gebracht hatte, rannte er zurück zum Auto. Dass er Ness einfach so in der Dunkelheit zurückließ, störte ihn in diesem Augenblick nicht.

»Tom! Tu's nicht!«

Doch er setzte sich bereits hinters Lenkrad, startete den Motor und fuhr los. Neben Ness hielt er an. »Steig ein!«

»Aber, Tom ...«

»Steig ein oder bleib hier!«, fuhr er sie an.

Er sah Wut in ihren Augen aufblitzen. Er fragte sich, ob er das wirklich so gemeint hatte, doch bevor er zu einer Antwort fand, riss Ness die Tür auf und stieg ein. Tom trat wie ein Irrer auf das Gaspedal. »Die rechnen nicht damit, dass wir sie verfolgen. Weit können sie noch nicht sein.«

Sie fingerte am Heizungsregler herum.

»Ist dir kalt?«, fragte er, und seine Stimme klang versöhnlich.

»Nein«, sagte sie, »alles bestens.« Dennoch machte sie sich weiter an Reglern, Drehknöpfen und Schiebern zu schaffen. Wahrscheinlich nur, um nicht mit ihm reden zu müssen, wie er vermutete.

Ach, verdammte Scheiße!

Der Honda hatte sich von seiner Bronchialschwäche erholt und röhrte durch die Nacht. Allmählich genoss Tom die Verfolgungsjagd, auch wenn noch keine Rücklichter zu sehen waren. Adrenalin pumpte durch seine Adern. Er schielte auf Ness' Hand, die an der Klimaanlage drehte. Mit diesen Fingern hatte sie ihn berührt, hatte ihn gehalten, ihn fordernd an sich gezogen. Ob sie das andere Auto nun einholten oder nicht, im Grunde wollte Tom nur so schnell wie möglich zurück nach De Rust. Mit einem Blick vergewisserte er sich, dass sie beide angeschnallt waren. Dann riss er das Lenkrad herum und wendete mit einem riskanten Manöver. Wir haben unseren Unfall bereits gehabt, dachte er, da wird der Gott des Blitzes uns jetzt beschützen.

Als plötzlich ein aufgeschrecktes Merinoschaf im Scheinwerferlicht auftauchte, verließ Tom einfach die befestigte Straße und raste mit gleicher Geschwindigkeit über Steine, Hubbel und Grasbüschel. Am liebsten hätte er gejohlt, aber er konnte sich beherrschen und umfasste das Lenkrad mit beiden Händen.

»Da hinten ist ein Licht«, sagte Ness fast tonlos.

Tatsächlich sahen sie ein ganzes Stück vor sich ein schwaches rotes Leuchten. In dieser schwarzen Wildnis waren die Rücklichter eines Autos vermutlich über Kilometer hinweg zu sehen. Sie holten auf.

Als sie in eine Senke fuhren, war das Leuchten verschwunden, aber als die Straße wieder eben wurde, schien der rötliche Schein auf einmal viel größer zu sein. Erst da fiel Tom auf, dass dieser Schimmer gar nicht von Autorücklichtern stammte. Dort hinten brannte es.

Als sie De Rust erreichten, sahen sie ein Gebäude in Flammen stehen. Ehe Tom sich richtig orientieren konnte, verriet ihm sein Bauchgefühl, dass es Letties Gasthaus war.

17. Kapitel

Wie es aussah, gab es in De Rust keine Feuerwehr. Dafür hatte der Ort viele Einwohner, die in ihren Pyjamas auf dem breiten Gehweg standen und tatenlos auf das brennende Haus starrten.

»Wasser!«, schrie Tom, als er aus dem Auto sprang. »Holt Wasser!« Er hatte spontan in das brennende Gebäude rennen wollen, doch dieses Vorhaben gab er schon nach wenigen Schritten wieder auf. Die Hitze war wie eine undurchdringliche Wand, die ihn abwehrte und zu jenen Leuten zurückdrängte, die weiterhin nur zusahen. Das Feuer wütete wie ein lebendiges, zischendes Ungetüm, das sich mit einer alles verzehrenden Macht über das einfache Holzhaus hermachte. Das Knacken der Deckenbalken klang wie Peitschenschläge, und lodernde Flammen stoben aus dem First. Tom spürte, wie das Feuer den Sauerstoff der Luft in einer Hitzewolke verpuffen ließ. Einen Moment lang befürchtete er, die Flammen würden von dem Gasthaus auf andere Dächer übergreifen und einen verkohlten Straßenzug hinterlassen, doch das nächste Haus stand offenbar weit genug entfernt. Das kleine Planwagen-Modell neben dem Hauseingang ging in Flammen auf wie eine Kulisse in einem John-Wayne-Western.

»Da sind doch noch Leute drin!«, rief er. »Wo bleibt denn die Feuerwehr?«

Ein älterer Mann in einem T-Shirt und ausgebeulter Hose hielt eine Hand hoch. »Hier gibt es keine Feuerwehr, *baas.*«

»Und wie sieht's mit Wasser aus?«

»Kein Wasser in der Nähe«, lautete die ernüchternde Antwort.

»Konnten die Leute rechtzeitig fliehen?«

Der Mann zuckte die Schultern. »Wohl nicht, *baas.*«

»Ach, verdammte Scheiße!«

Tom merkte, wie einige Leute missbilligend zu ihm hinübersahen. Seine Wortwahl wurde offenbar als unpassend empfunden, während sich niemand daran zu stören schien, dass die Menschen untätig und sensationslüstern auf das Feuer blickten, das mindestens sechs Menschen auf dem Gewissen hatte. »Ach, ich scheiß auf euch alle!«, schimpfte er weiter, drängte sich grob an den Leuten vorbei und rannte zur Rückseite des Hauses. »Pam! Paul!« Die Namen der anderen Teamkollegen erstarben ihm auf den Lippen. Er hatte gehofft, doch noch irgendeinen Weg ins Haus zu finden oder eine Fluchtmöglichkeit für die Eingeschlossenen zu entdecken, aber an der Rückseite des Gasthauses wütete das Feuer noch schlimmer. Wenn sie es bis jetzt nicht ins Freie geschafft hatten, hatten sie keine Chance mehr.

Im Hinterhof bellte ein großer brauner Hund wie verrückt, während der Funkenflug auf ihn herabregnete. Das Tier riss an seiner Kette, die an einem Pfosten befestigt war, keine zwanzig Schritte von der hinteren Veranda entfernt. Der Hund war halb wahnsinnig vor Panik, da einzelne glühende Späne bereits sein Fell angesengt hatten.

Tom lief zu dem Hund, um die Kette von seinem Halsband zu lösen, doch das Tier missverstand die Geste und biss ihn in die linke Hand. Tom spürte, wie die scharfen Zähne sich durch die Haut bohrten. Schreiend taumelte er zurück und rannte weg, verfolgt von dem irren Hund, der weiter nach ihm schnappte und die Zähne bleckte. Schließlich wurde der Hund von der straffen Kette zurückgerissen, drehte sich winselnd zur Seite und schielte in Richtung Feuer.

Tom war inzwischen außer Reichweite des Tiers und hielt sich die blutende Hand. Schon überlegte er, ob er gegen Tollwut geimpft war. In seiner Wut wünschte er dem Vieh den Tod, wusste aber gleichzeitig, dass er es befreien musste.

Plötzlich tauchte ein großer, schmaler Junge neben ihm auf. Er mochte nicht älter als siebzehn sein, hatte einen hervorstehenden Adamsapfel und ein mit Akne übersätes Gesicht. Er hatte ein Fahrrad bei sich und redete auf Afrikaans auf Tom ein, bis er merkte, dass er es auf Englisch versuchen musste. »Wir gehen zum Pfosten, *ja*? Hinter dem Rad, *ja*?« Er zeigte auf das Fahrrad.

Ohne weiter darüber nachzudenken, folgte Tom dem Jungen in Richtung Flammen.

Der Hund stürzte sich erneut auf sie, aber jedes Mal wehrte der Junge das Tier mutig mit dem Fahrrad ab und stieß es zurück. Tom war wie in einem Delirium und ahnte, dass ihr Vorstoß Irrsinn war. Warum um alles in der Welt versuchten sie jetzt, einen wildgewordenen Hund zu retten? Aber der Plan wurde bereits in die Tat umgesetzt. Tom duckte sich vor der Hitze und blieb dicht hinter dem Jungen, während der Hund schnappte, knurrte und winselte.

Sie erreichten den Eisenpfosten, den Tom gleich umfasste und aus dem Boden ziehen wollte. Doch er hatte unterschätzt, wie heiß das Metall geworden war. Tom schrie vor Schmerz auf, riss die Hand zurück und sah, dass Hautfetzen an dem Pfosten hängen blieben. Voller Wut begann er, gegen den Pfosten zu treten. Gleichzeitig nahm er wahr, dass der Junge ihn die ganze Zeit gegen den angreifenden Hund verteidigte. Mit einem Mal löste sich die Stange aus dem rissigen Boden. Inzwischen war der Hund ein bisschen vorsichtiger geworden, da er schon einige Schläge mit dem Fahrrad kassiert hatte. Tom sah, dass das Tier doch nicht vollkommen wahnsinnig war, denn es hatte noch so viel Verstand, sich zurückzuziehen, wenn es besiegt war.

Langsam entfernten sich der Junge und Tom. Ein Stück brennendes Holz fiel vom Dach und landete mit stiebenden Funken neben dem Hund. Das Tier ergriff endgültig die Flucht und lief jaulend davon, wobei die Kette mitsamt der Stange über den Asphalt schlitterte.

»Heilige Scheiße.« Tom sank auf den Bordstein, und der Junge setzte sich neben ihn, starrte auf sein Rad und hustete.

»Er hat die ... Dinger zerbrochen«, klagte er.

Tom besah sich das Rad. »Du meinst die Speichen.«

»*Ja*, Speichen.« Der Junge hustete wieder. »Er hat sie zerbrochen.«

Tom spürte die Gluthitze des brennenden Hauses im Rücken. Seine Hände waren geschwollen, und die Hitze stach beim Atmen in seinen Lungen. Plötzlich kam ihm die ganze Situation unwirklich vor, und er fühlte sich wie in einem Albtraum. Pam, Paul, September, Rian, Clint und Lettie Marais sollten alle tot sein? Es durchzuckte ihn, als er sich bewusst machte, dass auch Ness und er selbst in den Flammen umgekommen wären, wenn sie nicht zurück zum Wrack gefahren wären.

Wie mochte es sich anfühlen, in einem Feuer wie diesem ums Leben zu kommen? Tom spürte einen heftigen Schmerz in den Händen und malte sich aus, wie es wäre, bei lebendigem Leib zu verbrennen. Die Ellenbogen auf die Knie gestützt, hielt er abseits des Brandes die Handflächen in die kühle Nachtluft, ehe er den Kopf hängen ließ. Gedankenverloren starrte er auf Sandkörner auf dem schwarzen Asphalt und wurde dann von einem Hustenanfall geschüttelt.

Unvermittelt stand er auf und bahnte sich seinen Weg durch die kleine Zuschauermenge, die sich hinter dem Haus eingefunden hatte.

Pams Wagen stand auf der anderen Straßenseite. Toms Hand brannte wie Feuer, als er die Tür öffnete. Im selben Moment stutzte er, denn er glaubte sich zu erinnern, dass Pam das Auto abgeschlossen hatte.

»Tom, was hast du vor? Deine Hände ...« Ness war bei ihm.

Tom achtete nicht weiter auf sie, hustete wieder, biss dann die Zähne zusammen und machte das Handschuhfach auf. Er sah die Unterlagen für die Bauteile, die als mögliche Unfallursache in Betracht kamen. Vorsichtig holte Tom die Papiere aus dem Fach und ging sie langsam und unter Schmerzen durch, da seine Finger wie verrückt brannten.

Es gab nur zwei Laufzettel: Einer bezog sich auf den Servo, der andere auf die Tragflächenklappen.

»Tom, was hast du?«

»Die haben auch die Unterlagen der Fan-Scheibe gestohlen.«

Der Junge mit dem Fahrrad hieß Johannes Jonker. Er betätigte die Pumpe in der Küche, während seine Mutter darauf achtete, dass das Wasser über Toms Hände floss. Die Frau murmelte etwas vor sich hin, das sich wie eine Strafpredigt anhörte: warum er denn nicht früher die Hände gekühlt habe. Inzwischen waren Toms Hände doppelt so dick wie sonst und von Brandblasen übersät. Sie fühlten sich an, als hätte er sie direkt in die Flammen gehalten und dort langsam geröstet.

Ness saß stumm auf der anderen Seite des alten Eichentischs.

Mrs Jonker holte herzförmige Eisstückchen aus der Gefriertruhe und forderte Tom auf, die Hände in eine Schale zu legen. Tom atmete auf, auch wenn die Kühlung nur ein erster Schritt sein konnte. Der Junge stibitzte sich einen Eiswürfel aus der Schale und schob ihn sich in den Mund. Seine eine Gesichtshälfte war gerötet, weil er zu nah bei den Flammen gestanden hatte.

»Ich habe immer schon gesagt, dass sie eines Tages in Flammen aufgehen wird«, ließ Mrs Jonker verlauten. Es klang besserwisserisch. »Dieses Rauchen die ganze Zeit. Und das Haus aus Holz. Es musste ja so kommen.«

»Und ausgerechnet heute Nacht.« Tom erkannte seine eigene Stimme nicht. Sie klang heiser von dem vielen Rauch.

»Und das Fahrrad war neu, *domkop*! *Nou is it verklapte!*«

Der Junge nickte zerknirscht und schien seine Dummheit einzusehen, einen wahnsinnigen Hund vor einem brennenden Haus zu befreien, mit nichts als einem Fahrrad als Schutz.

Mrs Jonker seufzte und wandte sich wieder Tom zu. »Besser?«

»Ja, danke.« Seinen Händen ging es überhaupt nicht besser, aber Tom wollte, dass die Frau endlich aufhörte, zu belehren und pausenlos zu reden. Er musste nachdenken.

Ness schwieg immer noch. Das gefiel ihm. Sie hatte Rußspuren im Gesicht, und ihre Hände waren schmutzig, da sie dem Jungen geholfen hatte, Tom zu diesem Haus zu bringen.

Währenddessen nahm der Junge einen weiteren Eiswürfel und hielt ihn sich an die Wange. Sein Blick war leer.

»Sieh dich nur an!«, schalt seine Mutter ihn, als hätte er etwas getan, für das er sich schämen müsste. »Ich hole Dr Viljoen.« Sie verließ mit energischen Schritten den Raum.

Stille senkte sich über die kleine Küche, deren Linoleumboden noch aus den Sechzigern stammen mochte. An vielen Stellen war er aufgerissen und fleckig.

Ein kleiner schwarzer Hund war auf Toms Füßen eingeschlafen. Seine Hinterbeine zuckten und kratzten über seinen Bauch, während er womöglich von Flöhen träumte.

Das Fenster stand offen, aber kein Lüftchen regte sich. Insekten schwirrten aus der Dunkelheit durchs Fenster zum Licht, wie Raumschiffe, die wieder zur Station zurückfanden. Motten scharten sich um die Glühbirne, und größere, glänzende braune Käfer summten und plumpsten auf den Tisch, wo sie auf dem Rücken liegen blieben und roboterartig ihre Beinchen bewegten. Eine lange grüne Gottesanbeterin hockte auf dem schmutzigen Lampenschirm und schielte mit ihren Alien-Augen auf die Beute, die um ihren Kopf schwirrte.

»Glauben Sie, es war Absicht?«

Der Junge schaute bei Ness' Frage nicht auf, sondern strich sich weiter mit dem Eiswürfel über die Wange. Tom vermutete, dass Johannes leicht unter Schock stand. Er nickte langsam in Ness' Richtung. »Ja, durchaus möglich.« Er zuckte vor Schmerz zusammen. »Aber ich weiß es nicht.« Das Eis schmolz schnell an seinen flammenden Händen. »Oder ein unglücklicher Zufall.«

Sie nickte.

»Doch ich glaube nicht an Zufälle dieser Art.«

Sie nickte wieder, aber Tom wusste nicht, ob das nun bedeuten sollte, dass sie auch nicht an Zufälle glaubte, oder ob sie ihn bloß aufmuntern wollte.

»Jemand drängt uns von der Straße. Die Fan-Scheibe wird gestohlen. Dann das Feuer. Und das alles passiert innerhalb weniger Stunden.«

»Wenn wir nicht ...« Ihre Stimme erstarb. Tränen glänzten in ihren Augen und liefen ihr dann im grellen Küchenlicht silbrig glänzend über die Wangen.

Tom streckte eine Hand nach ihr aus, stöhnte dann aber unter Schmerzen auf, als er sie berührte, und zuckte ruckartig zurück. »Ness ...« Er hielt inne. Egal, was er sagte, er konnte dadurch nichts besser machen, weil nichts je wieder so sein würde wie zuvor. Seine Worte wären nur bedeutungsloses Geplapper.

Zu Toms Überraschung stand der Junge auf und setzte sich neben Ness auf die Eichenbank. Linkisch legte er ihr einen Arm um die Schulter, während er den Eiswürfel an seine Stirn und seinen Mund drückte.

Tom nickte Johannes anerkennend zu, tauchte seine Hände behutsam in die Eisschale und seufzte vor Erleichterung.

Ness schmiegte sich an den Jungen, ehe sie sich die Tränen wegstrich und sich wieder gerade hinsetzte. Der Junge stand auf und verließ die Küche. Der Hund spürte, dass Johannes fort war, rappelte sich auf und trottete ihm nach.

»Das Eis ist geschmolzen.«

»Du solltest damit ins Krankenhaus.«

»Ich brauche nur etwas Aspirin.«

»Tom, bitte …«

Er seufzte und nahm die Hände aus der Schale. Tropfen des eiskalten Wassers fielen auf den Eichentisch und hinterließen dort dunkle Flecken. Tom ging zur Hintertür.

Als er dort ankam, drehte er sich zu Ness um und sah sie bittend an. Sie verstand, erhob sich langsam und öffnete ihm die Tür. Dann folgte sie ihm hinaus in die Nacht, in der der Horizont an entgegengesetzten Himmelsrichtungen orange-rot glomm. Im Westen kam das Leuchten von den ersterbenden Flammen im abgebrannten Gasthaus, während sich im Osten bereits die aufgehende Sonne ankündigte.

18. Kapitel

Die kommenden 24 Stunden erlebte Tom wie hinter einem Schleier. Ness fuhr ihn zu einem kleinen Krankenhaus, wo er nach Einnahme von Schmerzmitteln immer wieder einnickte, um dann aus seinem Schlummer hochzuschrecken. Wann immer er bei Bewusstsein war, schienen sich die langen weißen Gazevorhänge leicht in der Brise zu bauschen, obwohl der Luftzug nie seine erhitzte Haut erreichte.

Seine Hände brannten fürchterlich, und als die Ärzte und Schwestern ihn dort berührten, fluchte er so laut, dass sie erschrocken verstummten. Schmallippig wendeten sie sich von seinem Bett ab. Selbst in seinem benommenen Zustand wurde Tom bewusst, dass das ländliche Südafrika nicht in gleichem Maße an vulgäre Ausdrücke gewöhnt schien wie L. A.

Manchmal saß Ness an seiner Seite, manchmal nicht. Ab und zu las sie ihm etwas aus der örtlichen Presse vor: Sakkie Mulders preisgekrönter Zuchtbulle hatte auf der Straße nach Oudtshoorn ein Motorrad gerammt und den Fahrer verletzt. Irgendwelche Idioten hatten die neue Ausstattung der Grundschule in De Aar gestohlen. Ein Truck war auf der N1 umgestürzt, wobei auf der Ladefläche drei Giraffen starben, die in einen privaten Tierpark in der Nähe von Stellenbosch gebracht werden sollten.

All diese Artikel las sie mit monotoner Stimme vor, als wäre alles gleich wichtig oder unwichtig. Tom beobachtete ihr Mienenspiel und glaubte, nur an der Stellung ihrer

Augenbrauen ablesen zu können, was sie wirklich über diese bizarren Meldungen dachte. Die Art der Berichterstattung sorgte dafür, dass er sich wie in einer unwirklichen Zeitschleife fühlte.

Ness hielt ihm das Handy ans Ohr, während er mit Pete telefonierte und ihm erklärte, er habe im Urlaub einen Autounfall gehabt und komme deshalb später als geplant nach Hause zurück. Pete klang nicht so, als würde er Tom überhaupt vermissen. Er erzählte ihm irgendetwas über Lenny Munro, aber Tom war zu erschöpft, um die Informationen richtig zu verarbeiten.

Am Ende des Gesprächs fügte Pete grimmig hinzu: »Wenn du zurück bist, komm gleich nach D. C. Wir müssen reden.«

Tom stimmte zu, denn alles andere hätte ihn zu sehr angestrengt. Er hatte eine grobe Vorstellung davon, was Pete ihm erzählen wollte, und ein ungutes Gefühl sagte ihm, dass dieses Gespräch nicht sonderlich gut für Mr Tom Patrick ausgehen würde. Daher verdrängte er den Gedanken daran fürs Erste. Im Ausblenden war er gut. Ja, er war ein Top-Ermittler, ein Top-Arschloch und ein Top-Verdränger. Das waren seine Stärken.

Alles in allem fiel die Liste seiner Stärken also dürftig aus.

Immer wieder glitt er ab in einen von Schmerz- und Schlafmitteln begünstigten Schlaf, aber wann immer er wach war, beschäftigten ihn zwei Dinge mit derselben Intensität: die Fan-Scheibe und Ness. Beides frustrierte ihn, sowohl auf geistiger als auch auf physischer Ebene.

Immer wieder dachte er krampfhaft über die Fan-Scheibe nach. Wer hatte alles von ihr gewusst? Wohin hatten die Diebe sie gebracht? War den Unbekannten die Bedeutung dieses Beweisstücks von Anfang an bewusst gewesen, oder hatten sie darauf gewartet, was für Schlüsse er ziehen würde? Würden Pam, das Team und die alte Lettie Marais noch leben, wenn er in L. A. geblieben wäre?

Doch dann verblasste die Fan-Scheibe vor seinem inneren Auge, und Bilder von Ness drängten sich in den Vordergrund und raubten ihm schier den Verstand.

Einmal mehr schielte er zu ihr hinüber und sah, dass sie die Augen geschlossen hatte, weil sie offenbar glaubte, dass er schliefe. Bis jetzt hatten sie noch kein Wort über ihren Beinahe-Sex verloren, aber manchmal berührte sie Tom und hielt seinen Blick fest. Und wenn sie die Augen von ihm nahm, dann oft mit einem geheimnisvollen Lächeln, was Tom glauben ließ, zwischen ihnen sei alles okay. Er wollte Ness gar nicht erst die Gelegenheit geben, darüber nachzudenken, auf was sie sich vielleicht einließ oder was er ihr zu bieten hatte.

Jetzt musterte er sie genauer. Es war gegen zehn Uhr abends, und auf der einzigen Station des kleinen Krankenhauses war es still. An diesem fremdartigen Ort in diesem fremdartigen, trockenen, rauen Land war Ness wie eine Oase der Schönheit, wie eine kühle Brise. Sie war in einem durchgesessenen Sessel versunken, den sie sich aus einem Nachbarzimmer geholt hatte. Ihre angezogenen Knie waren zu einer Seite gekippt, die bloßen Füße darunter nur zu erahnen. Einen Arm hatte sie auf die Rückenlehne gelegt und den Kopf auf den Ellenbogen gebettet, die andere Hand lag mit der Innenfläche nach oben auf ihrem Schoß.

Tom veränderte seine Position ein wenig, sodass er besser verfolgen konnte, wie die Rundungen ihrer Waden halb unter dem cremefarbenen Saum des schlichten Leinenkleides verschwanden. Er musste wieder daran denken, dass sie in diesem duftigen Kleid aussah wie ein Engel in einer Parfumreklame. Sein Blick ruhte auf der Stelle, wo sich ihr Oberschenkel unter dem Stoff abzeichnete, und ein Zucken lief durch seinen Körper. Unwillkürlich entfuhr ihm ein leises Stöhnen, als er sich erinnerte, wie Ness ihm ihre festen Schenkel um die Taille geschlungen hatte. Die Haut an den Innenseiten ihrer Beine hatte sich samtweich angefühlt.

Er kniff die Augen zusammen, aber auch das half nicht. Als er die Augen wieder aufschlug, saß Ness reglos da und starrte ihn an. »Alles okay?«, flüsterte sie.

Er nickte. Alles okay, falls ein Dauerständer und keine Aussicht auf Erleichterung okay für einen Mann waren.

Sie bewegte die Beine, streckte sich wie eine Katze, und Tom durchrieselte es heiß, als er sah, wie ihre Brüste sich unter dem Leinenstoff hoben und wieder senkten. Als sie sich vorbeugte, konnte er einen Blick in ihren Ausschnitt werfen. Die Wölbungen ihrer hellen Brüste verschmolzen mit der Dunkelheit. Kurz darauf saß Ness wieder reglos da, bis Tom klar wurde, dass sie beobachtete, wie er sie beobachtete.

Verdammt.

Er schluckte.

Mist. Er benahm sich wie ein Teenager. Als sie sich wieder vorbeugte, befürchtete er schon, sie würde ihm eine kleben.

Doch Ness legte ihm eine flache Hand auf die bloße Brust. Er merkte, wie sein Atem schneller und flacher wurde, als hätte er vergessen, wie gleichmäßiges Atmen ging. Sie ließ die Hand dort liegen, spreizte aber den Daumen ab und strich Tom mit dem Nagel über die Brustspitze.

Tom verbiss sich ein Stöhnen und wand sich in seinem Bett. Er wurde rot, als Ness ihren Blick weiter über seinen Körper gleiten ließ. Das dünne Laken konnte seine Erregung kaum verbergen.

Langsam wanderte Ness mit den Fingern über seinen Rippenbogen nach unten. Auf der Hüfte hielt sie einmal inne, ehe sie vorsichtig die Bettdecke zur Seite schob. Tom hielt von Verlangen überwältigt den Atem an. Zögerlich berührte sie ihn, und er keuchte leise, als er versuchte, die lädierten Hände zu Fäusten zu ballen.

Aber er hatte sich nicht mehr unter Kontrolle.

Als er den Kopf leicht hob, sah er, wie sich ihre Hand um seine Erektion schloss.

Sollte ich je einer Frau sagen, dass ich sie liebe, könnte das der Moment sein, dachte er leicht benommen.

Also biss er sich auf die Lippe, warf den Kopf in den Nacken und ließ Ness das machen, was sie machen wollte.

Und sie hatte eine Menge mit ihm vor.

Am nächsten Tag kamen die Schwestern herein und reduzierten in Absprache mit dem Arzt die Schmerzmittel. Tom befürchtete, dass sie es nur zu gern taten. Kurz darauf betrat ein ausgezehrter, leichenblasser Mann in einer schlecht sitzenden, dunkelblauen Uniform das Zimmer, ignorierte Ness und trat zu Tom ans Bett. »Ich bin Sergeant Konrad, Mr Patrick.« Der Mann war nicht besonders groß, wirkte aber wie ein Meter neunzig, weil er so dünn war. Wie es schien, sorgte die Karoo mit stiller Freude dafür, dass ihre Bewohner immer mangelernährt wirkten.

Konrad hatte sich das angegraute Haar mit Gel zurückgekämmt, sodass es einen fettigen Schimmer hatte. Er hatte kleine graue Augen und trug einen Schnurrbart. Seine Uniform bestand aus einem kurzärmeligen Hemd und dazu passenden Shorts, die ihm bis zu den Knien reichten und die behaarten Unterschenkel nur ein Stück weit unbedeckt ließen, da Konrad lange blaue Socken trug. Seine staubigen Schuhe waren aus schwarzem Leder, ebenso sein Sam-Browne-Gürtel, an dem Konrad einen kleinen Revolver in einem Holster trug.

Tom fand, dass Konrad mit dem Gürtel, der über einen zusätzlichen Schultergurt verfügte, wie ein schlecht ausgestatteter Postbote aussah.

Wortlos zog sich der Beamte einen Stuhl ans Bett und setzte sich. Dann holte er in aller Ruhe ein abgenutztes Notizbüchlein aus der Brusttasche, klappte es jedoch nicht auf und holte auch keinen Stift hervor. »Zum Feuer«, fing er an. »Was können Sie mir darüber erzählen?«

Tom schaute kurz in die kleinen Augen des Mannes und hatte das Gefühl, nicht allzu viel Intelligenz in ihnen zu erkennen. »Nicht viel. Wir waren ja zu dem Zeitpunkt, als das Feuer ausbrach, gar nicht im Haus.«

»Wieso nicht?«

Tom erklärte es ihm mit knappen Worten. »Und als wir zurückkamen, sahen wir den Feuerschein. Ich hatte den Eindruck, dass der Brand im Erdgeschoss ausgebrochen ist, vielleicht an zwei oder drei Stellen zugleich.«

Konrad starrte auf sein Notizbuch.

Tom wurde ungeduldig. »Was haben denn die Forensiker herausgefunden?«

»Alles ist verbrannt. Auch die Opfer. Jeder mögliche Hinweis. Einfach alles.«

Argwohn regte sich in Tom. »Hat es überhaupt forensische Untersuchungen gegeben?«

»Sie haben den Hund losgebunden?«

Tom war so verwirrt durch diese Verhörtaktik, dass er die Frage automatisch mit Ja beantwortete.

»Der Hund war nicht ohne Grund angekettet. Es ist ein bösartiger Hund.«

Tom starrte Konrad ungläubig an. »Ja, und? Er wäre jämmerlich gestorben, wenn wir ihn an der Kette gelassen hätten.«

»Wir?« Konrad sah ihn aus verengten Augen an.

Irgendetwas sagte Tom, dass es keine gute Idee gewesen war, den Hund zu befreien. *»Ich«*, betonte er. »Er wäre gestorben, wenn *ich* ihn nicht von der Kette gelassen hätte.«

»Nachdem Sie ihn losgemacht hatten, hat er jemanden gebissen.«

»Kann sein, er hat ja auch mich gebissen. Doch das war mir scheißegal, weil ich inzwischen versucht habe, sechs Menschen aus dem Feuer zu retten.«

Konrad schüttelte missbilligend den Kopf. »Ich habe schon von ihrer groben Ausdrucksweise gehört, Mr Patrick. Hier in Südafrika sind wir der Ansicht, dass Ausdrücke dieser Art weder angebracht noch lustig sind.«

»Verpissen Sie sich, Mann!«

Konrad funkelte ihn böse an. »Sie haben den Hund freigelassen. Er hat jemanden gebissen. Dafür sind Sie verantwortlich.«

»Okay, großartig, ich bin dafür verantwortlich. Und was ist mit den sechs Toten? Wer ist für den Brand verantwortlich?«

Konrad zuckte mit den Achseln. »Mrs Marais. Sie hat viel geraucht. Die Leute meinen, es wäre nur eine Frage der Zeit gewesen.«

»Und damit hat es sich dann? Sie hat also viel geraucht. Damit wird die Akte zugeklappt? Was ist mit dem Auto, das uns von der Straße gedrängt hat? Was ist mit dem Bauteil des Wracks, das gestohlen wurde?«

»Es hat keinen Zweck, Steuergelder zu verschwenden, wenn klar ist, was passiert ist.«

»In dem Feuer sind sechs Menschen ums Leben gekommen, Sie Arschloch! Fünf davon haben im Auftrag der Regierung gearbeitet! Zwei von ihnen waren *sogar* Weiße!«

Konrad stand abrupt auf, und für einen kurzen Moment glaubte Tom, der Mann würde ihn schlagen. Ness sah das offenbar genauso, denn sie war aufgesprungen und trat beschwichtigend vor.

Stattdessen fischte der Polizist einen zerknitterten Zettel aus seiner anderen Brusttasche und ließ ihn aufs Bett segeln. »Hier ist der Strafzettel. Sie können die Summe bei jeder Polizeistation begleichen.«

Mit diesen Worten drängte er sich an Ness vorbei und ging mit großen Schritten aus dem Zimmer.

Tom verließ das kleine Krankenhaus mit einer Dose Schmerztabletten, die in seiner Tasche rappelten. Die Schwestern warfen ihm ärgerliche Blicke nach, die ihm ein Loch zwischen die Schultern zu brennen schienen.

Ness wollte ihm die Autotür öffnen, doch er kam ihr zuvor. »Geht schon, danke«, murmelte er.

Sie verdrehte die Augen und winkte dann fröhlich jemandem im Krankenhaus zu.

»Oh, du scheinst beliebt zu sein.« Er ließ sich schwer auf den Beifahrersitz sinken.

»Ich glaube, die bedauern mich«, entgegnete sie nüchtern und setzte sich mit einem kleinen Lächeln hinters Steuer.

Zum ersten Mal seit Langem fiel ihm nichts Cleveres ein, was er hätte sagen können.

Ness fuhr wieder aus De Rust heraus. Tom war kein guter Beifahrer, doch er fand, dass Ness gut und zügig fuhr. Sie schaltete richtig und nahm elegant die Kurven, selbst auf den unbefestigten Landstraßen. Nur einmal geriet der Honda ins Rutschen, aber Ness hatte selbst da alles unter Kontrolle, und von da an entspannte sich Tom.

Er brauchte sich auch in anderer Hinsicht keine Gedanken zu machen. Denn Ness hatte neue Pässe organisiert, die sie in Kapstadt abholen konnten. Außerdem hatte sie an neue Kleidung gedacht, die sie in dem einzigen Laden in De Rust besorgt hatte. Tom sah aus wie ein Typ aus der Siebziger-Jahre-Serie *Ein Duke kommt selten allein*. Ness sah wie immer blendend aus, auch wenn sie ein sackartiges Kleid trug, in dem möglicherweise schon einmal Mehl gelagert hatte.

Sie kamen an der Abzweigung vorbei, an der es zur Scheune ging.

»Willst du noch mal zum Flugzeug?«

Er schüttelte den Kopf. Es hatte keinen Sinn. Er fragte sich, ob die Coladosen noch gekühlt wurden, und schmunzelte, als ihm einfiel, dass er die 39-Cent-Fliegenklatsche liegen gelassen hatte. Wäre er allein gewesen, hätte er sie bestimmt geholt, auch wenn er sich eine solche Klatsche überall in Südafrika hätte besorgen können.

Ness schien zu spüren, wo er gerade mit seinen Gedanken war, nahm eine Hand vom Steuer und streichelte Tom über die Wange.

Seine Hände schmerzten immer noch sehr, aber der dicke Verband war dünnen Mullbinden gewichen. Wenn er vorsichtig war, konnte er seine Hände schon wieder ganz gut bewegen.

»Hast du deine Tabletten genommen?«

»Die machen so müde.«

»Also? Schlaf.«

Er schluckte zwei Schmerztabletten herunter, ohne Wasser. Nach einer Viertelstunde schlief er ein.

Nur langsam registrierte Tom, dass der Wagen nicht mehr fuhr. Als Erstes nahm er die Stille wahr, die eintritt, wenn man einen Motor abstellt. Diese Stille war so einnehmend, dass er sofort wieder in den Schlaf glitt.

Wie aus großer Ferne hörte er dann Stimmen und fragte sich, warum Ness so weit von ihm weg war und nicht auf dem Fahrersitz saß.

Dann drängte sich eine weitere Stimme in sein Bewusstsein, hoch, melodiös, lockend.

Diese Stimme veranlasste ihn schließlich, die Augen zu öffnen und sich umzuschauen.

Der Honda parkte am Rand der schier endlosen Landstraße durch die Karoo. Als Tom nach links sah, entdeckte er nichts als Schafe und ein Schillern über dem Wüstenboden. Die Fahrertür auf der rechten Seite stand offen. Sofort fiel sein Blick auf Ness, die keine fünfzig Schritte vom Wagen entfernt stand, eine Hand in die Hüfte gelegt, die andere Hand als Schirm gegen die grelle Sonne über den Augen.

Wieder hob der beruhigende Singsang an, doch diesmal endete er mit einem frustrierten Schrei. Plötzlich kam

Leben in Ness. Ein Straußenvogel donnerte vorbei, keine zehn Schritte von ihr entfernt. Erschrocken richtete Tom sich auf, begriff dann aber, dass Ness dem Tier nicht auswich, sondern es einfangen wollte.

Tom vertrieb die letzten Schleier der benebelnden Schmerztabletten und stemmte sich aus dem Auto. Der Strauß war Ness ausgewichen, stand nun aber nur ein paar Schritte von ihr entfernt. Unruhig schaute er mal in die eine Richtung, mal in die andere, als wäge er seine Optionen ab.

Keine hundert Meter entfernt, links vom Honda, war Harold Robbins, der auf Ness zulief. Tom fiel auf, dass der Junge dieselben Sachen trug wie an dem Tag, als er zur Scheune gekommen war. In einer Hand hielt er einen orangefarbenen Plastikkanister. Während er sich Ness näherte, tauchte er mit der freien Hand in den Kanister und hielt dem Strauß irgendetwas hin. Wieder setzte sein Singsang ein.

»Leeemon! Hiiiiier, Leeeeemon!«

Lemon lief ein paar Schritte weiter, und jetzt konnte Tom sehen, dass der Vogel tatsächlich humpelte. Schlimmer als zuvor. Kein Wunder, dass er die Menschen so nah an sich heranließ.

Harold streckte die Hand aus, aber Lemon ging langsam weiter und blieb immer außer Reichweite. Tom fiel auf, dass der Junge sehr besonnen war und nicht etwa ruckartig nach der Art Leine griff, die dem Tier um den Hals hing. Dadurch hätte er den Vogel nur verscheucht. Stattdessen schlenderte der Junge mit der Geduld eines Heiligen weiter, während sich Ness dem Tier langsam von hinten näherte. Wie ein Hütehund, der den Schafen den Rückweg abschneidet.

Tom wusste nicht, ob er helfen oder das seltsame Spektakel schweigend betrachten sollte, das der dünne Junge und Ness mit dem Vogel veranstalteten. Aber wie fing man einen freilaufenden Strauß in der Wüste ein? Ein wenig orientierungslos tänzelte Lemon seitwärts, und Tom entfernte sich langsam vom Honda. Nach seinem Dafürhalten schien der Vogel des Weglaufens überdrüssig zu sein. Wahrscheinlich protestierte das Tier nur noch, um sich nicht einfach so geschlagen zu geben.

Ness und Harold schauten kurz zu Tom, der inzwischen den dritten Punkt eines Dreiecks um Lemon bildete.

»Hallo, *baas*«, grüßte Harold im Plauderton.

»Hi, Harold.«

»Wir versuchen, Lemon einzufangen«, fügte der Junge hinzu, als müsste er Tom die Situation erklären. Der Vogel schien zu begreifen, dass Ness und Tom sich von hinten näherten, und begann, sich beinahe hilflos im Kreis zu drehen. Tom fragte sich, ob sie jetzt Zeuge würden, wie das Tier den Kopf in den Sand steckte, obwohl er das immer für einen Mythos gehalten hatte. Trotzdem wäre es beeindruckend, es einmal mit eigenen Augen zu sehen.

Natürlich steckte Lemon den Kopf nicht in den Sand. Tom und Ness blieben ruhig stehen. Sie waren nur noch etwa zehn Schritte von Lemons Flanken entfernt. Harold befeuchtete die Lippen und wagte sich näher heran. Lemon hielt inne und ließ den Jungen gewähren, aber im letzten Augenblick wollte er ausbrechen. Doch da hatte Harold die Zügel schon fest in der Hand und hielt dem Strauß schnell den Kanister hin. Noch einmal widersetzte sich das Tier, ehe es den Schnabel in das Futter tauchte.

Ness klatschte begeistert in die Hände, und Harold strahlte über das ganze Gesicht.

Als Ness und Tom sich dem Jungen näherten, hielt

Harold warnend eine Hand hoch. »Vorsicht, er wird Sie treten, Madam!«

Tom war dem Tier inzwischen so nah, dass er das getrocknete Blut am linken Bein des Vogels sehen konnte. Die Verletzung schien weiter oben unter dem Federkleid zu sein, und das Tier schien stark geblutet zu haben.

Harold folgte Toms Blick und zog besorgt die Stirn kraus. »Er ist verletzt, *baas*?«

»Sieht ganz danach aus.«

Der Junge wandte sich an Ness. »Können Sie ihn einmal halten, Madam? Ich sehe mir sein Bein an.«

Vorsichtig übernahm Ness die Leine, woraufhin der Junge ohne Angst unter der Brust des Straußes in die Hocke ging und Lemons linken Fuß mit den respekteinflößenden Krallen anhob. Lemon blieb stocksteif stehen, während Tom all seinen Mut zusammennahm und vorsichtig das schwarze Gefieder des Tiers abtastete.

Tatsächlich, da war die Stelle. Der fast senkrechte Riss war mehr als zehn Zentimeter lang, hatte sich noch nicht geschlossen und eiterte. Unterhalb der Wunde ertastete Tom zwischen den harten Federkielen etwas Hartes unter der Haut.

Lemon hüpfte auf einem Bein seitwärts, während Harold beschwichtigend auf das Tier einredete, als wäre es erst wenige Wochen alt. Tom fand die verletzte Stelle wieder. »Da steckt was unter der Haut«, sagte er ein wenig angeekelt. »Alles ist entzündet.«

»Kannst du es rausziehen?« Ness sah ihn hoffnungsvoll an, und Tom begriff, dass es nun an ihm war, dieses Etwas aus der Wunde zu holen. Ihm sank das Herz. Jetzt musste er auch noch in dieser verdammten Wüste einem Dinosaurier-Vogel Erste Hilfe leisten, und alles nur, weil Ness ihm den besten Blowjob seines Lebens geschenkt hatte. Das hatte er jetzt davon.

Er schüttelte verwundert den Kopf. Manchmal war das Leben so bizarr, dass man besser nicht genauer hinsah, um am Ende nicht den Verstand zu verlieren. »Klar, mach ich«, sagte er und klang viel optimistischer, als er war.

Wie selbstverständlich holte er sein Schweizer Taschenmesser hervor. Er konnte sich nicht daran erinnern, je die Klinge ausgeklappt zu haben, aber der Flaschenöffner war ein Geschenk des Himmels.

Vorsichtig teilte er wieder das Gefieder, leckte sich nervös über die Lippen und überlegte fieberhaft, wie er vorgehen sollte. Es war ihm unangenehm, dass ihm sowohl Ness als auch Harold auf die Finger sahen. Sie schienen beide Vertrauen in ihn zu haben. Und je länger er jetzt zögerte, desto mehr zerrann dieses Vertrauen.

Verdammter Mist auch.

»Festhalten, jetzt!«

Mit einem Gefühl von Übelkeit trieb Tom dem armen Tier die Klinge ins Fleisch und schnitt schnell entlang der Risswunde, bis er auf etwas stieß, das sofort von einem Schwall Blut verdeckt wurde. Doch Tom bekam den Gegenstand zu fassen und riss ihn mit einem Ruck aus dem Körper des Vogels. »Hab es!«

Entgegen aller Logik zuckte Lemon zwar zusammen und schüttelte sich, tauchte den Schnabel aber gleich wieder in den Futterbehälter, den ihm Ness hinhielt.

Harold ließ Lemons Bein wieder los und trat rasch von dem Tier zurück. Tom tat es ihm gleich.

»Was ist das?«, fragte Ness, als sie Harold die Leine in die Hand drückte und auf den blutigen Klumpen in Toms Hand schaute.

Tom drehte das Ding, betrachtete es von verschiedenen Seiten und staunte, als er plötzlich Metall durch das Blut aufblitzen sah.

Auch Ness war überrascht. »Eine Kugel?«

Harold reckte den Hals, um besser sehen zu können.

Tom wischte den Gegenstand an seinem ohnehin blutverschmierten Hemd ab.

Der Anblick verschlug ihm den Atem. Sein geübtes Auge verriet ihm sofort, um was es sich bei diesem Teil handelte, das er aus einem Strauß gezogen hatte: Es war ein Flanschbolzen aus dem CFM56-Triebwerk einer Boeing 737.

Sie verabschiedeten sich von Harold und sahen ihm nach. Überglücklich führte der Junge seinen Vogel an der Leine davon. Er hatte sich überschwänglich bei ihnen bedankt, winkte zum Abschied und schlug eine Richtung ein, die er offenbar für die beste hielt. Tom vermutete, dass Harold sich in der Gegend genau auskannte.

Ness hatte einen Schwall Scotch über die Wunde des Vogels geschüttet. Die Flasche stammte noch aus L. A. und hatte seither im Auto gelegen. Tom und Ness teilten sich den kläglichen Rest. Tom hatte ihr noch sagen wollen, dass es ein Single Malt war, aber für Ness hatte die Wundversorgung Vorrang gehabt.

Tom seufzte. Wie es schien, hatte Ness eine eigenwillige Ader.

Um sich abzulenken, richtete er seine Gedanken wieder auf den Bolzen, den er in der Hosentasche hatte. Mit der Hand strich er über die Umrisse. Er konnte die Finger nicht von dem Teil lassen und musste es immer wieder anfassen. Zum x-ten Mal holte er den Bolzen hervor, betrachtete die drei deutlich sichtbaren Rillen am Schaft und registrierte, wie gekrümmt er war – es gab eine kleine Knickstelle unterhalb des Kopfes. Die Abschürfungen auf den Flanschoberflächen hatten eine eigene Story erzählt. Diese Story hatte man gestohlen. Aber die gleiche Geschichte tauchte an diesem Bolzen auf. Sie berichtete von einer Scheibe, die in Unwucht geriet und an mindestens drei Stellen Einkerbungen am Gewinde des Bolzens hinterlassen hatte.

Tom hätte nicht glücklicher sein können, wenn er einen Diamanten aus Lemon gezogen hätte.

Während der Fahrt nach Kapstadt sprachen sie kaum miteinander. In Toms Kopf arbeitete es, und immer und immer wieder drehte er den Bolzen zwischen den Fingern, als betete er einen Rosenkranz. Ness schien in Gedanken versunken, was Tom ganz recht war.

Es wurde schon dunkel, als sie die Stadt erreichten und ein Hotel ansteuerten. Diesmal verlangte Tom ein Doppelzimmer, und Ness lächelte. Trotz ihres Verhaltens im Krankenhaus konnte er immer noch nicht ganz glauben, dass es wirklich wahr sein sollte. Eine zynische Stimme in seinem Kopf fragte sich, ob Ness ihm nicht lediglich einen Gefallen getan hatte. Im medizinischen Sinne. Als würde er ihr umgekehrt die Einkaufstüten nach Hause tragen, weil sie krank war ...

Aber kurz darauf war ihm klar, wie dumm sich das anhörte. Keine Frau widmete sich in dieser Weise einem Mann, um ihm einen Gefallen unter Freunden zu tun. Es sei denn, Ness wäre eine neue und exotische Art von Frau, die aus einem Fantasylabor stammte, in dem unattraktive Freaks mit Mundgeruch werkelten.

Egal. Er war erleichtert, als er sie lächeln sah.

Ness duschte, und Tom überlegte, ob sie der Typ Frau war, der gern Gesellschaft in der Duschkabine hatte, oder ob sie ihm einen Tritt in den eingeseiften Hintern verpassen würde. Da klingelte sein Telefon. Während er daran dachte, dass es Pete mit einem Jobangebot sein könnte, suchte er fieberhaft nach dem Handy und stieß mit der Hand gegen die Tischkante.

»Mist, verdammter!«

»Tom?«

»Was ist?«, schimpfte er und klemmte sich die schmerzende Hand unter die Armbeuge.

»Halo hier.«

»Was wollen Sie?«

»Äh ... Niño Alvarez wird vermisst.«

»Prima. Ich hoffe, der Bastard ist tot. Er ist mir auf den Daumen getreten.«

Halo schwieg am anderen Ende, da ihn der Gesprächsverlauf offenbar verwirrte. Wenn Tom ehrlich war, fand er sein Verhalten selbst kindisch. Doch er blieb bei seiner schroffen Art. »Sonst noch was?«

»Nein, sonst weiter nichts.«

Diesmal war Halos Schweigen frostig. Tom fiel ein, dass Alvarez ein Freund und Kollege von Halo war. Verflucht. »Wie geht's seiner Frau?« Er hatte ihren Namen vergessen, aber er hoffte, dass er Halo mit dieser Frage ein wenig versöhnen könnte.

»Sylvia«, half ihm Halo auf die Sprünge. Als der Schmerz in Toms Hand abnahm, kamen in ihm wirklich etwas wie Schuldgefühle auf.

»Sie hat die Polizei informiert, aber die kümmert das 'nen Dreck. Ich meine, er ist ein Mann und kein vermisstes

Kind. Wahrscheinlich denken sie, dass er sich irgendwo besäuft oder mit einer Freundin vergnügt.«

»Aber Sie denken das nicht?«

»Ich hätte Sie nicht angerufen, wenn es so wäre. Er ist auch nicht mehr bei der Arbeit erschienen.«

»Okay, aber was könnte ich von hier aus tun?«

»Wieso? Wo sind Sie denn?«

»In Kapstadt.«

Stille am anderen Ende der Leitung. Dann fragte Halo fast erschrocken: »Heißt das, dieser Anruf kostet mich ein Vermögen?«

»Ja.«

»Mist. Ich leg auf.«

»Schicksal, Mann. Ich habe übrigens was rausgekriegt.«

»Etwa über den *Pride of Maine*-Fall?«

»Könnte sein. Die 737 hier ... Es sieht ganz danach aus, als hätte die Fan-Scheibe oder ein Flanschbolzen versagt. Einen der Bolzen habe ich. Könnte uns weiterhelfen.«

»Und was ist mit der Fan-Scheibe?«

»Die wurde gestohlen. Und das Ermittler-Team kam in derselben Nacht bei einem Feuer ums Leben.«

»Ach du Scheiße.«

»Können Sie laut sagen. Ich würde auch nicht mehr leben, wenn ich nicht aus einer Laune heraus nachts zum Wrack gefahren wäre. Auf dem Weg dorthin wurden wir allerdings von der Straße gedrängt.«

»Wir?«

Tom hätte sich ohrfeigen können. Er wollte nicht, dass Halo irgendetwas über sein Privatleben wusste. »Bin mit einer Freundin hier.«

»Also doch im Bett gelandet?«

»Und? Wieso klingen Sie so verwundert?«

»Ich bin nicht verwundert.«

»Hörte sich aber so an.«

»Glückwunsch, Mann«, sagte Halo nach kurzem Zögern. »Wer ist sie?«

»Geht Sie nichts an.«

Tom sah förmlich, wie Halo am anderen Ende der Verbindung grinste. »Ein Kumpel von mir hat Sex, natürlich geht mich das was an.«

»Ich bin nicht Ihr Kumpel, Halo. Sie sind nur irgendein Typ, der mich ständig anruft und zu Sachen drängt, die er mir nie bezahlen wird.«

Wieder dieses verletzte Schweigen am anderen Ende. Was sollte das? Tom war stinksauer. Reagierte denn jeder wie eine beleidigte Ehefrau?

Nur Ness tat das nicht. Bisher war Ness alles sehr cool angegangen, und das mochte er an ihr. Sie hatte gar nicht erst von Beziehung oder Ähnlichem gesprochen, und schließlich waren sie ohnehin noch nicht so weit. Klar, Richard hatte wahrscheinlich auch etwas damit zu tun, aber Tom verdrängte den Gedanken an ihren Freund.

»Wann sind Sie wieder zu Hause?«, wollte Halo wissen.

Tom schnaubte. Das war wieder so eine typische Ehefrauen-Frage.

»In ein paar Tagen.«

»Rufen Sie mich dann an?«

»Ja, okay.«

»Okay, dann.« Halo klang leicht bedrückt. Tom versuchte es zu ignorieren und beendete das Gespräch. Hätte er nach Vee fragen sollen? Jetzt war es sowieso zu spät.

Ness kam aus dem Bad und sah in ihrem Hotelhandtuch besser aus als die meisten Filmstars auf dem roten Teppich. Im selben Moment verblassten alle anderen Gedanken in

Toms Kopf – Halo, Vee, Niño Alvarez –, als hätte es sie nie gegeben. Nur ein Gedanke blieb …

Halo starrte auf das Handy und dachte an Niño Alvarez. Sie waren nicht eng befreundet, aber sie waren Kollegen, und das hatte auch etwas von Freundschaft, oder nicht?

Vor etwa zwei Monaten hatten ein paar der Jungs Halo gefragt, ob er nicht die Mannschaft für ein Softball-Spiel am Freitagabend komplementieren könne. Als Schlagmann versagte Halo dreimal bei Strikes, und es war Niño, der ihn danach aufmunterte. »Keine Sorge, du passt schon zu uns!«, rief er.

Da war er Niño doch was schuldig, oder nicht?

Tom Patrick hingegen war ein kleines Arschloch, und das fand Halo, obwohl er fast allen Leuten etwas abgewinnen konnte. Dieser NTSB-Typ war ein arroganter, taktloser Spinner mit der Sensibilität eines sehr großen Elefanten in einem sehr kleinen Porzellanladen. Doch gleichzeitig fand Halo, dass dieser Mann irgendetwas an sich hatte. Tief unter seiner rauen Schale lag etwas, das Halo für wertvoll hielt. Natürlich war ihm klar, dass dieser Theorie der Beweis fehlte. Denn bislang hatte sich Tom Patrick immer nur schroff, abweisend und herablassend benommen.

Nur einmal nicht, wie Halo sich bewusst machte. Damals, als Tom ihm Nudeln gekocht hatte.

Bei dem Gedanken daran musste er fast lachen. Er war keiner dieser einsamen Loser, die einen Teller Nudeln mit Freundschaft verwechselten. Er hatte Kumpel, Kollegen – verdammt, inzwischen hatte er Vee und Katy, und die beiden wären ihm schon genug.

Aber etwas an dieser schroffen, halb widerwilligen Art,

ihm Essen anzubieten, ließ Halo ahnen, dass mehr in Tom Patrick steckte, als man auf den ersten Blick ahnte. Hinter dem Zynismus und dem rauen Ton verbarg er etwas. Und das verbarg er gut, dachte Halo mit einem Lächeln.

Seufzend fragte er sich, ob er sich überhaupt zwischen zwei Dingen entscheiden musste. Niño zu finden und mit Tom zusammenzuarbeiten waren zwei Optionen, die sich nicht gegenseitig ausschlossen. Tatsächlich hatte das eine mit dem anderen zu tun. In beiden Fällen ging es um diese *Pride of Maine*-Sache.

Halo verspürte ein schlechtes Gewissen, als er sich Toms bittere Worte zur *Pride of Maine* in Erinnerung rief, aber er unterdrückte das Gefühl schnell. Halo hatte mit Chris Stern einen guten Freund verloren. Und es galt immer noch, Chris von allen erhobenen Anschuldigungen reinzuwaschen. Das war Halo ihm schuldig. Und wenn er deswegen einen Mann wie Tom Patrick dazu überreden musste, ihm zu helfen, dann war das eben so.

Tom wachte auf und sah, dass Ness neben dem Bett stand, nackt und den Bolzen in der Hand. Sie zuckte zusammen, als er die Augen öffnete, dann lächelte sie. »Tut mir leid.«

»Schon okay.«

»Ich konnte nicht schlafen und habe nachgedacht. Über das hier.« Sie zuckte mit den Achseln, als sei ihr Interesse an dem Bolzen fehl am Platze. Dann legte sie ihn wieder auf den Tisch.

»Konntest nicht schlafen, was?« Er streckte die Hand nach Ness aus, um sie zu sich zu ziehen. Sein Geruch haftete noch an ihr, als hätte er seinen Besitz markiert, und bei dieser Vorstellung wurde er wieder hart. Ness spürte es und umschloss seinen Schaft mit einer Hand.

»Das wollte ich mir doch nicht entgehen lassen«, raunte er an ihrem Hals.

19. Kapitel

Der Ersatz für Lyle war ein kahlköpfiger Mann, der fast genauso breit wie hoch war, auch wenn man ihn nicht gerade als groß bezeichnen konnte. Er hieß Nicholas H. Nicholas, aber er wollte ihnen nicht verraten, für was das H stand. Eine Weile nervte Jeff ihn deswegen. »Humphrey. Harold. Harmony Hairspray.«

Nicholas sagte nichts und starrte auf die Überwachungsbildschirme.

Jeff wippte auf seinem quietschenden Drehstuhl vor und zurück und spitzte die Lippen. »Dann vielleicht Horatio, Henry, Herbert. Henry, richtig?«

»Wozu ist das hier?«, fragte Nicholas Nicholas, woraufhin Chuck sich vorbeugte.

»Hier kannst du zwischen den Bildschirmen hin- und herschalten, siehst du? Da sind das Fließband, der Besprechungsraum, die Cafeteria, die Fertigungsabteilung ...«

»Hat die Cafeteria noch auf?«

»Sie macht immer schon um sechs zu.«

»Mist, ich habe mir nichts mitgebracht.«

Drückendes Schweigen machte sich breit. Chuck hatte kaltes Schweinefleisch dabei, dazu Teigtaschen mit Erdnüssen. Die Teigtaschen steckten noch in einer verkratzten Plastikdose in seinem Rucksack, halb zerquetscht und unansehnlich. Er wusste, dass Jeff sich meist Sandwiches mitbrachte – mit Corned Beef, ohne Krusten. Noch nie hatten sie das Essen getauscht.

Aber Nicholas schien nicht auf Almosen aus zu sein. Er seufzte nur.

»Oder Hobie? Harlan, Harlan Globetrotter.« Jeff lachte über seinen eigenen Scherz, und zwar auffallend lange, als wartete er darauf, dass jemand mit einfiel.

»Wir haben auch einen Automaten. Ist aber nur Mist drin.«

Nicholas zwinkerte. »Sollen wir dann mal Pause machen?«

»Jeff hat von zwölf bis halb eins. Ich von halb eins bis eins. Dann kommst du von eins bis halb zwei.« Chuck stand auf und griff nach seiner Taschenlampe.

»Wo gehst du hin?«

»Meine Runde drehen.«

»Chuck dreht gern seine Runde, nicht wahr, Chuck?«

Chuck zuckte die Schultern. Jeff nahm seine Taschenlampe. »Ich komme mit. Der Neue nervt nur.«

Chuck war überrascht. Noch nie hatte Jeff ihn begleitet. Und soweit er wusste, hatte Jeff überhaupt noch nie eine Runde auf dem Gelände gedreht.

Er warf einen Blick auf Nicholas, aber der Typ kehrte ihnen den Rücken zu und wechselte zwischen den Bildschirmen hin und her, wie Chuck es ihm gezeigt hatte.

»Ist okay. Mir macht's nichts aus. Hol dir einen Kaffee ... und mach mir einen, wenn ich wieder zurück bin.« Er hoffte, dass er gelassen oder gelangweilt wie immer klang.

Jeff sah ihn so merkwürdig an, und für den Bruchteil einer Sekunde glaubte Chuck, dass Jeff Bescheid wusste. Doch dann reckte sich Jeff, gähnte und schaltete seine Taschenlampe ein. »Gehen wir.«

Chuck hatte ganz feuchte Hände vor Aufregung und

kämpfte gegen eine absurde Panik an. Was soll's?, redete er sich ein. Jeff machte die Runde mit ihm, na und? Er könnte ja immer noch um vier in der Frühe losgehen und tun, was er tun musste. Vollkommen egal. Er musste in Jeffs Beisein jetzt nur gelassen bleiben, dann würde es keine Probleme geben.

Chucks Atem beruhigte sich wieder. Allmählich entspannte er sich.

Jeff trottete neben ihm her, ein wenig vornübergebeugt, als wollte er unbemerkt bleiben. »Hast du die Cowboys gesehen? Schon wieder verloren.«

»Ja, Mist.« Natürlich hatte er das Spiel nicht gesehen, war aber froh zu hören, dass sie verloren hatten. Jeder Hinterwäldler in Texas schien zu jammern, wenn diese Idioten wieder einmal einen auf die Mütze bekommen hatten. Er nahm sich vor, Jeff einfach nach dem Mund zu reden, weil er glaubte, den Typen dann besser ertragen zu können.

»Yeah«, meinte Jeff. »Verdammte Play-offs.«

Was auch immer das heißt, dachte Chuck.

Auf dem Werksgelände war es düster. Die Lichtkegel der Taschenlampen fielen in die Dunkelheit. Chuck hatte sich angewöhnt, die Lampe gar nicht mehr einzuschalten, wenn er allein unterwegs war. Er stellte sich dann vor, er wäre ein Spion ... wie James Bond, der einer Geheimformel auf der Spur ist. Wie ein Agent, der langsam zu Tode gefoltert würde, wenn man ihn entdeckt. Auf diese Weise holte sich Chuck auf seinen Runden den gewissen Kick. Aber in dieser Nacht brauchte er diese Fantasien nicht. Es reichte ihm, Jeff am Hals zu haben.

Jeff schien die Dunkelheit überhaupt nichts auszumachen. Ob er glaubt, dass die Runden immer so langweilig sind?, dachte Chuck. Wahrscheinlich hat der faule

Hund noch nie eine Runde hier auf dem Gelände gedreht. Schweigend schritten sie nebeneinanderher. Wie beiläufig öffnete Chuck die Tür zum Büro der Fertigungsabteilung. Er wusste, dass die Frau nicht da war – es brannte ja kein Licht –, aber trotzdem gab er die Hoffnung nie auf. Allerdings wäre er enttäuscht gewesen, sie hier tatsächlich anzutreffen, da er Jeff im Schlepptau hatte. Er wollte absolut professionell erscheinen.

»Hast du die Kleine schon mal gesehen, die hier arbeitet?« Jeff zeigte auf ihren Schreibtisch.

Chuck nickte kurz und grimmig.

»Verdammt scharfes Luder, oder nicht?«

Chuck horchte auf und blieb an der Tür stehen, während Jeff wie selbstverständlich ins Büro marschierte. »Hast du das hier gesehen?« Jeff zog die Schublade auf und zeigte auf die Tampons. Er grinste Chuck an. »Die kleine Nutte«, sagte er, als wären die Tampons ein Hinweis auf Sexvorlieben.

Dann löste er einen der selbstklebenden Memo-Zettel von einem Block und fing an, die Linse der CCTV-Kamera abzukleben. Chuck verspürte Unbehagen in sich aufsteigen.

»Was drückst du dich da an der Tür rum, Mann? Komm rein. Mach's dir bequem.« Jeff sank auf den Bürostuhl und legte die Füße samt Arbeitsstiefel einfach auf den Schreibtisch. Dann öffnete er eine andere Schublade und kramte einen Block mit autorisierten Fertigungszertifikaten hervor. Auffällig platzierte er den Block auf dem Tisch. Chuck krampfte sich der Magen zusammen, als er sah, wie Jeff ihn mit einem unheilvollen Glitzern angrinste.

»Das wolltest du doch eigentlich holen, oder nicht?« Mit seinen dicken Fingern trommelte er auf den Zertifikaten herum. »Und die wollte auch Lyle immer haben. Vor dir hatten wir noch einen anderen Typen. Steven hieß der. Oder Stevie, keine Ahnung. Der war so wie du, weißt du? Ein verdammter Schleimscheißer. Machte seine Runden wie ein echter Security-Mann. Davor hatten wir Douglas. Ellery J. Douglas. Der Typ hatte den größten Bizeps, den ich je gesehen habe. Und auch der drehte seine Runden. Wie der dürre kleine Farmer vor ihm. Ich und Lyle, wir lachten uns immer kaputt, wenn diese kleinen Arschlöcher seufzend nach ihren Taschenlampen griffen. So wie du.«

Chuck schwieg. In seinem Kopf herrschte Stillstand, bis sich ein Gedanke in den Vordergrund drängte: Jeff wusste Bescheid. Hatte es die ganze Zeit über gewusst.

Ihm wurde übel.

»Egal, eine Nacht, bevor du kamst, springt Lyle plötzlich auf, nimmt seine Taschenlampe und kündigt an, er würde jetzt seine verdammte Runde drehen! Auf einmal! Gott verdammt!« Jeff bleckte die Zähne bei der Erinnerung daran, aber es war nicht mal ein Grinsen, sondern das Imponiergehabe eines Raubtiers.

»Von da an drehte er immer schön seine Runden, und ich nahm ihn deswegen auf den Arm. Doch die ganze Zeit denke ich: Was zum Teufel treibt der Kerl da eigentlich? Verstehst du?«

Chuck blinzelte. Es war mehr ein unwillkürliches Zucken der Augenlider. Jeff wusste Bescheid.

»Dann plötzlich, aus heiterem Himmel, hat er diesen kleinen Suzuki Jeep. Ich meine, dieser Typ hat sich bis dahin Geld bei mir geliehen, wenn er sich eine Pizza bestellen wollte! Der verdammte Schnorrer!« Jeff wirkte in seiner Empörung fast komisch. Er schwieg einen Moment, und seine Kiefergelenke mahlten. Er senkte den Blick und spielte an dem Block mit Memo-Zetteln herum.

»Also bin ich ihm eines Tages gefolgt. Und erwische ihn hier in diesem Büro. Fertigungsabteilung. Und sehe, wie er diese Zertifikate klaut. Immer nur ein paar, damit es nicht auffällt. Ein Zertifikat von diesem Block, ein anderes von einem anderen. Wahrscheinlich sind die alle nummeriert und datentechnisch erfasst, aber, verdammt, die Leute sind so nachlässig. Alle sind viel zu schlampig, oder nicht? Egal, ob sie ganz oben sitzen oder Essen verpacken. Jeder verdammte Scheißkerl ist zu schlampig.«

Chuck nickte. Und auch er war zu schlampig, wie er sich schlagartig bewusst machte.

Jeff stand auf und schien seiner Hasstirade überdrüssig zu sein. »Egal, ich dachte mir, wenn *der* sich hier bereichert, dann will *ich* auch was von dem Kuchen abhaben.« Er suchte Chucks Blick und grinste breit. »Kapierst du?«

Chuck wollte etwas erwidern, aber das Blut rauschte in seinen Ohren, und plötzlich wusste er nicht einmal, ob er überhaupt schon etwas gesagt hatte.

»Als Lyle gehen musste, dachte ich mir schon, dass du in seine Fußstapfen treten würdest. Jung, dumm, gierig.«

Die Worte verletzten Chuck. Er war doch viel besser als Lyle! Besser als sie alle zusammen! Aber jung, dumm und gierig schien ihn im Augenblick trotzdem ganz gut zu charakterisieren.

»Muss ich dich erst noch reinholen, Mann?« Jeff wirkte ein wenig ungehalten und winkte Chuck ungeduldig zu sich.

Chuck begriff, was auf dem Spiel stand. Er spürte, wie ihm das Herz bis zum Hals schlug, und der Puls dröhnte ihm in den Ohren. Der Block mit den Autorisierungszertifikaten lag auf dem Schreibtisch der jungen Frau, zwischen ihm und Jeff. Dieses Luder. Hätte sie ihm nicht den Job weggeschnappt, würde er jetzt nicht hier stehen, in die Ecke gedrängt und bloßgestellt. Alles schien auf einmal gleichzeitig auf ihn einzustürmen: der Job, der Diebstahl, das Lucky Eight, sein Frust und Jeff, der ihn nun mit unverhohlener Gier anstarrte. Chuck konnte vor Anspannung nicht mehr richtig atmen.

Chuck hatte die Texas State als Bester seines Jahrgangs verlassen. Das bedeutete, dass er clever genug war, um zu erkennen, dass es keinen Ausweg mehr für ihn gab. Er konnte nichts gegen Jeff ausrichten, ebenso wenig wie Lyle es hatte tun können. Selbst wenn er von jetzt auf gleich damit aufhören würde, die Zertifikate für den nervösen Typen mit der Kanone in der Hand zu stehlen, könnte Jeff dafür sorgen, dass er, Chuck, gefeuert würde. Und falls man ihn tatsächlich feuerte, würde das Lucky Eight ihn wie Treibsand in die Tiefe ziehen. Nie mehr würde er den Geruch von frittiertem Schweinefleisch aus den Klamotten kriegen und wäre wahrscheinlich dazu verdammt, ein dürres Mädchen zu heiraten, das man ihm im alten Dorf seines Vaters aussuchte – ein Mädchen mit Läusen im Haar und Kackflecken an den Beinen.

Seinen exzellenten Notendurchschnitt im Hinterkopf, kam Chuck schließlich langsam um den Schreibtisch herum auf Jeff zu.

Jeff lächelte und öffnete seinen Gürtel.

Chuck blickte wie gebannt auf den Schreibtisch, wo die Zertifikate und die Packung Tampons ihn zu verhöhnen schienen.

Diese elende Hure. Irgendwann würde sie dafür bezahlen.

20. Kapitel

Kitty schaute wieder auf und lächelte Tom zum wahrscheinlich zwanzigsten Mal an. Allmählich wirkte es gequält.

Diesmal erwiderte Tom das Lächeln nicht, sondern zuckte nur die Schultern. Er wusste, dass Pete ihn absichtlich warten ließ. Und je länger er wartete, desto wahrscheinlicher war es, dass er richtig tief in der Scheiße steckte. Falls es für diese Theorie noch eines Beweises bedurft hätte, brauchte er sich bloß das Lächeln auf Kittys Gesicht wegzudenken und sich ganz auf das Mitleid in ihren Augen zu konzentrieren.

Aber wenn Pete glaubte, er könnte ihn auf diese Weise mürbe machen und kleinkriegen, so hatte er sich getäuscht. Je länger Tom in dem tiefen Kunststoffstuhl saß, desto wütender wurde er. Er spürte, wie die Wut in ihm anschwoll, ohne dass er etwas dagegen machen konnte. Er war sauer auf Pete, weil der ihn seit vierzig Minuten hier schmoren ließ. Nach dem Rückflug von Südafrika hatte Tom sich von Ness in L. A. am Flughafen verabschiedet und war direkt nach D. C. weitergeflogen. Er war stinksauer auf die Typen, die sie von der Straße gedrängt hatten und für den Tod von Pam Mashamaete und ihren Kollegen verantwortlich waren. Er war stinksauer auf jedes Leck in Pipelines und Tankbehältern zwischen D. C. und Anchorage. Er war stinksauer auf Lenny Munro, weil der sich wieder mal wie ein Arschloch benommen hatte. Und natürlich war er auch stinksauer auf sich selbst für all das, was in seinem Leben bislang schiefgelaufen war. In diese Kategorie fiel zum Beispiel, dass er Lucia verletzt hatte. Sie hatte geweint. Und als er sich diesen Moment vergegenwärtigte, machte ihn das so sauer, dass er am liebsten auf jemanden geschossen hätte. Jetzt machte ihm auch noch sein Gewissen das Leben schwer! Lucia war Vergangenheit, und nicht mal eine große Vergangenheit. Sie war eher ein kleiner, scharfkantiger Stein im Schuh seiner Erinnerung, der im Grunde nicht schlimm war, sich aber trotzdem immer wieder bemerkbar machte. Warum sie überhaupt in seinen Gedanken auftauchte, vermochte er auch nicht zu sagen. Er hatte doch wirklich genug um die Ohren! Er wünschte, er wäre ihr nie begegnet, denn dann hätte er keinen weiteren Gedanken an sie zu verschwenden brauchen.

Das Telefon auf Kittys Tisch summte. Sie nahm den Hörer ab und murmelte etwas hinein. Dann sah sie Tom an.

»Sie sind dann so weit.«

Als er an ihrem Platz vorbeiging, hörte er sie sagen: »Cool bleiben, Tom.«

Sie klang sehr ernst, und Tom wusste, dass sie nur sein Bestes wollte, aber in diesem Moment prallten die Worte dennoch an ihm ab. Er zuckte mit den Achseln, dann riss er die Tür auf.

Pete und Lenny Munro saßen beide auf Petes Schreibtischseite, als hätte Munro dort schon immer seinen Platz gehabt.

»Hi, Tom«, meinte Pete. Er klang müde.

Munro sagte gar nichts und starrte Tom stattdessen böse an.

»Hey, Pete. Lenny.«

Munro zuckte sichtlich zusammen, als er hörte, wie

gelassen Tom klang. Im Geiste schrieb sich Tom den ersten Punkt auf seinem Konto gut. Offenbar hatte Munro sich vorgestellt, Tom würde zu Kreuze kriechen und Pete um Verzeihung anflehen. Wieder schoss heiße Wut in Tom hoch. Vielleicht würden sie ihn im Verlauf dieses Gesprächs in die Knie zwingen, aber leicht würde er es ihnen nicht machen. Wahrscheinlich fühlte Munro sich ihm überlegen, weil Tom im Augenblick ohne Job war, aber Tom war davon überzeugt, Munro jederzeit in die Tasche stecken zu können. Lenny hatte eigentlich nicht viel drauf. Daher würde Tom ihm auch keine besondere Beachtung schenken. Für ihn war Lenny ein alter Schleimer, der so tief in Petes Arsch steckte, dass nur noch seine Schuhsohlen herausguckten.

Tom wusste, dass man ihm den Platz auf der anderen Seite von Petes Schreibtisch zugedacht hatte. Stattdessen ging er zu dem Bücherregal an der gegenüberliegenden Wand und lehnte sich dort an.

Pete seufzte. »Tom, du weißt, warum du hier bist.«

»Nein, eigentlich nicht.«

Munro lief vor Zorn rot an. »Jetzt spielen Sie hier nicht den Unschuldigen, Patrick.«

»Danke, Lenny, aber das Gespräch leite ich«, sagte Pete scharf in Munros Richtung. Lenny spitzte die Lippen und schwieg.

»Die *Pride of Maine*.«

Auf einmal fand Tom es seltsam, den Namen des Flugzeugs im Zusammenhang mit einer öffentlichen Ermittlung zu hören. *Pride of Maine* hörte sich plötzlich so altbacken an, als wäre schon Orville Wright mit der Maschine geflogen.

»Was ist damit?«, fragte Tom kurz angebunden.

»Du hast inoffizielle Ermittlungen eingeleitet, ohne jegliche Genehmigung.«

»Und?«, erwiderte Tom nur.

»Dieser Fall wurde bereits abschließend beurteilt, und das weißt du genau.«

»So steht es in den Unterlagen, ja«, sagte er tonlos.

Tom sah, wie Munro die Lehnen seines Stuhls umklammerte. Der Stuhl, auf dem Tom eigentlich hätte Platz nehmen sollen, hatte keine Lehnen: ein weiterer Hinweis auf die Hierarchie in diesem Büro, wie Tom in diesem Moment klar wurde.

Pete seufzte schon wieder. »Tom, was du auch immer persönlich über diesen LAX-Fall denkst, du bist zu weit gegangen. So einfach ist das. Du hast die Ermittlungen eines Kollegen missachtet und seine Kompetenz angezweifelt. Ohne Beweise in der Hand zu haben, hast du Mr Sterns Freunden und dessen Familie Hoffnungen gemacht. Darüber hinaus hast du dich bei den Angestellten von CalSuperior unbeliebt gemacht. Die Firma hat offiziell Beschwerde eingereicht wegen Hausfriedensbruchs, Industriespionage und mutwilliger Zerstörung von Firmeneigentum.«

Aha, der verschüttete Möchtegern-Espresso. Tom hätte fast gelächelt.

»Und all das«, fuhr Pete fort, »obwohl du weißt, dass du auf unbestimmte Zeit vom Dienst freigestellt bist.«

Pete spricht wie aus einem NTSB-Handbuch, dachte Tom und machte sich gleichzeitig bewusst, dass er der Standpauke gar nicht richtig zugehört hatte. Doch er wusste, dass es nicht gut um ihn stand, daran ließ Munros selbstzufriedenes Grinsen keinen Zweifel. Dieser Bastard. Wieder kam Wut in Tom auf.

»Sie sind raus aus der Sache, Patrick«, spie Munro, der seinem Unmut offenbar endlich Luft machen musste.

Pete gebot ihm sofort Einhalt. »Lenny, würdest du bitte einen Moment draußen warten?«

»Was? Wieso?«

»Bitte, Lenny.«

Munro stemmte sich aus dem Stuhl und stürmte empört zur Tür. Tom ignorierte ihn, aber sowie Lenny zur Tür hinaus war, setzte er sich auf den Verhörstuhl. »Dann können wir vielleicht jetzt reden.«

»Tom. Dieser Mist muss aufhören. Deine Karriere ist im Eimer, und Munro ist happy darüber. Ich hätte das Recht, dich aus diesem Büro zu schmeißen, ohne Job, und das weiß er. Das ist genau, was er will.«

»Ist es auch, was *du* willst?«

»Irgendwann kommt der Punkt, an dem es irrelevant ist, was man will. Von diesem Punkt sind wir so weit entfernt.« Pete hielt ihm Daumen und Zeigefinger hin. Von Toms Platz aus sah es aus, als würden sich die Finger bereits berühren.

»Pete ...« Tom lehnte sich zurück und überlegte, wie viel er seinem Boss sagen sollte. Ach, verdammt, dachte er. Er hatte jetzt nichts mehr zu verlieren. »Pete, Munros Bericht ist falsch. Ich will nicht sagen, dass alles darin falsch ist oder dass Munro Schuld hat – auch wenn er ein verdammtes Arschloch ist. Ich denke, der Verdichter der *Pride of Maine* wurde auseinandergerissen, weil etwas an der Fan-Scheibe oder den Flanschbolzen fehlerhaft war.« Er legte den Bolzen auf den Tisch. »Das hier ist ein Flanschbolzen vom Triebwerk einer 737, die in Südafrika abgestürzt ist. Ich weiß, dass Flugzeuge momentan nicht zu meinem Aufgabengebiet gehören, aber ich brauche die technischen Möglichkeiten des NTSB, um zu überprüfen, ob der Bolzen schadhaft ist.«

Pete sagte nichts dazu, sondern starrte nur auf den Bolzen. Tom fuhr sich nervös mit der Zunge über die Lippen und fuhr fort: »Etwas ist in Unwucht geraten. Etwas gab nach, bevor das Triebwerk zerfetzt wurde. Die Scheibe hatte Spiel, Pete.«

Pete sah überrascht auf, ehe sich seine Augen argwöhnisch verengten. »Woher willst du das wissen?«

Tom schloss kurz die Augen. Jetzt kam der schwierige Part. »Die 737 in Südafrika wies Abschürfungen zwischen der Scheibe und den Bolzen der Welle auf. Irgendetwas muss die Scheibe in Unwucht gebracht haben. Ob es nun allein am Bolzen lag oder ob die Scheibe schadhaft war, es reichte offenbar aus, um das ganze Triebwerk zu zerstören.«

»Das denkst *du*.«

Tom schwieg. Sein Bauchgefühl sagte ihm einfach, dass er recht hatte.

Pete nahm den Bolzen vom Tisch und drehte ihn langsam zwischen den Fingern. Stumm erzählte ihm das Teil eine Geschichte, in der es um Riefen und eine Unwucht ging und der er sich nicht verschließen konnte.

»Wurde die Fan-Scheibe getestet?«

»Sie wurde gestohlen.«

»Gestohlen?« Pete sah verblüfft aus.

»Ja, gestohlen. Ich wurde mit dem Wagen von der Straße gedrängt, als ich mir die Scheibe noch einmal ansehen wollte, und die Ermittler vor Ort kamen noch in derselben Nacht bei einem Brand ums Leben.«

Pete lehnte sich in seinem Stuhl zurück und hob eine Braue.

Tom breitete die Unterlagen über die Scheibe der *Pride*

of Maine auf dem Tisch aus. »Die Fan-Scheiben beider Jets stammen aus derselben Fertigungsreihe von WAE–501.«

Pete sah Tom durchdringend an. »Kannst du das beweisen?«

»Ich habe die Unterlagen in Südafrika gesehen.«

»Wo sind die Unterlagen jetzt?«

»Auch gestohlen. Von denselben Leuten, die auch die Fan-Scheibe mitgehen ließen und das Feuer legten.«

»Und das sagt wer?«

»*Ich* sage das, Pete! *Ich!* Verdammt!«

Pete seufzte wie ein drittklassiger Bühnenschauspieler. »Herrgott, Tom, du kannst doch dazu gar nichts sagen! Du hast keine Unterlagen, du hast keine Zeugen, du hast keine offiziellen Ermittlungsaussagen. Alles, was du hast, ist ein jämmerlicher Flanschbolzen von insgesamt zwanzig. Wie soll ich dir bei dieser dürftigen Beweislage Rückendeckung geben? Wie soll ich das anstellen, ohne mich lächerlich zu machen? Lenny Munros Bericht hat Hand und Fuß, Tom.«

»Dann tut es mir leid, dass ein verdammter Massenmörder mir einen Strich durch die Rechnung gemacht hat und mich daran hindert, Unterlagen vorlegen zu können!«

»Tom, hör zu, diese Pipeline-Jobs sind nicht für ewig. Halte dich ein bisschen zurück und verärgere mir die Leute nicht, und dann sorge ich dafür, dass du wieder eingesetzt wirst. Wir brauchen dich, und das weiß auch der Vorstand. Aber diese chaotische *Pride of Maine*-Sache …«

»Pete. Ich weiß, dass es chaotisch ist. Aber nur weil es chaotisch ist, heißt es doch nicht, dass es nicht stimmt! Ich meine, vielleicht ist es chaotisch, weil es wahr ist. Vielleicht ist es so chaotisch, weil jemand versucht, die Sache zu vertuschen.« Er merkte, dass er zu betteln begann, aber es war ihm egal. »Pete, bitte. Wann habe ich dich je hängen lassen?«

»Eigentlich die ganze Zeit über!«

»Du meinst in persönlichen Dingen. Meine große Klappe. Doch wann habe ich dich je bei der Beweisaufnahme enttäuscht?«

Als Pete schwieg, wusste Tom, dass er recht hatte. Er hatte Pete noch nie enttäuscht, wenn es um Fakten und Beweise ging.

»Ich mache das in meiner Freizeit, Pete. Zwischen den Pipeline-Jobs. Ich muss mich nur darauf verlassen können, dass du mich machen lässt. Und ich brauche Zugriff auf ein paar Testverfahren. Und halt mir Lenny vom Leib.«

Pete LaBello wünschte zum x-ten Mal, er wäre längst im Ruhestand, aber er wusste, dass ihn diese verdammte Sache mit Tom Patrick eines Tages einholen würde. Er hatte Lenny Munro so gut wie versprochen, Tom an diesem Tag zu feuern. Und als er es in Munros Gegenwart gesagt hatte, hatte er es auch so gemeint. Er sah keine Möglichkeit mehr für Tom zurückzukommen.

»Es kann keine offizielle Untersuchung sein. Munro würde mir den Kopf abreißen.«

»Verstehe.«

»Er hasst dich wie Hämorrhoiden.«

»Schon kapiert.«

»Du müsstest heimlich vorgehen. Und zwar sehr viel heimlicher als bislang.«

»In Ordnung.«

»Und du müsstest dich bei Munro entschuldigen.«

Tom verzog das Gesicht. Pete kam ihm zuvor und sagte: »Jetzt. Vor Zeugen. Es ist die einzige Möglichkeit, um ihn zu besänftigen. Das bist du ihm schuldig.«

»Mist.« Tom blickte auf seine Schuhe und fuhr sich mit der flachen Hand über den Nacken. »Okay, ja, verdammt, okay.« Er stand auf. »Solange du weißt, dass ich es nicht so meine.«

Pete musste grinsen.

»Was wird aus der Klage von CalSuperior?«

Pete dachte nach. »Ich glaube, das kann ich abwehren. Die sind in ihrem Stolz verletzt, das ist alles. Der Typ, der mich anrief, klang, als würde er jeden Moment in Tränen ausbrechen.«

»Hieß er Lowell Dexter?« Tom grinste.

»Genau.«

»Ein Vollidiot.«

»Genau.«

Tom nickte und schaute sich im Büro um. Seine linke Hand ruhte locker auf dem Schreibtisch. Schließlich wanderte sein Blick zurück zu Pete. Er holte hörbar Luft und setzte alles auf eine Karte. »Was ist mit dem Bolzen? Wenn ich eine Wirbelstromprüfung beantrage, steigt Munro mir aufs Dach.«

Pete sah ihn einen Moment lang erstaunt an, dann schüttelte er den Kopf. »Unglaublich.« Er seufzte zum letzten Mal an diesem Tag. »Ich kümmere mich darum.« Er steckte den Bolzen in einen durchsichtigen, wiederverschließbaren Plastikbeutel und merkte, dass Tom noch etwas auf dem Herzen hatte. Doch offenbar hatte Tom Probleme, mit der Sprache herauszurücken. Seine ganze innere Zerrissenheit schien sich in diesem Augenblick auf seinem Gesicht abzuzeichnen. Er schwitzte ja sogar!

Pete hoffte inständig, dass Tom Patrick so viel Verstand besaß, sich mit dem zufriedenzugeben, was er hatte. Pete konnte ihm nicht mehr anbieten, und er war verdammt noch mal auch nicht in der Stimmung, diesem Mann noch einen weiteren Gefallen zu tun.

Aber er hielt erschrocken den Atem an, als Tom den Mund aufmachte und dann fragte:

»Wie geht es eigentlich Ann?«

Tom kam aus Petes Büro und sah sich sofort Munros feindseligen Blicken ausgesetzt. Der Mann sah aus wie ein in die Enge getriebener Eber.

Tom grinste Kitty an und war erleichtert, als er sah, wie ihre Miene sich aufhellte. Sie schien sich für ihn zu freuen, dass er den Job behalten hatte.

»Scheiße!« Munro hatte das Grinsen ebenfalls richtig gedeutet. »Pete! Was soll das heißen, verdammt?«

Pete stand im Durchgang zum Büro und schien sich für das zu wappnen, was vor ihm lag. »Komm wieder rein, Lenny, dann reden wir weiter.«

»Du nimmst mich auf den Arm, nicht wahr? Du hast diesen Mistkerl nicht gefeuert?«

Tom räusperte sich und kämpfte innerlich dagegen an, Munro den kleinen Triumph unter die Nase zu reiben. Er merkte, dass die meisten Mitarbeiter im offenen Büro zu ihnen herüberschauten, als Munro die Stimme erhob.

»Lenny, bitte. Wir besprechen das gleich in Ruhe.«

»Ach, fick dich, Pete! Und fick dich, Patrick!« Munro schäumte vor Wut. Tom sah, dass Munro die Zornesröte bis weit in den Haaransatz stieg.

»Munro!«

Erst da wurde sich Munro bewusst, dass er zu weit gegangen war. Unter Aufbietung größter Selbstbeherrschung straffte Lenny die Schultern und ging auf Petes Büro zu. Doch seine Augen funkelten, und seine Kiefer mahlten kraftvoll.

Als Lenny an Tom vorbeiging, legte Tom ihm kurz eine Hand auf den Arm und setzte sofort zu der versprochenen Entschuldigung an, da er befürchtete, es sich sonst doch noch anders zu überlegen. »Hey, Lenny, tut mir leid, dass ich mich in Ihre Ermittlungen gemischt habe«, sagte er laut genug, damit es alle hören konnten. Er sah, dass Munro überrascht war. Doch Munro war trotzdem noch sauer und wollte das letzte Wort haben. In einer untypischen Anwandlung von Großzügigkeit beschloss Tom deshalb, es ihm zu überlassen. Er blieb ruhig stehen, hob erwartungsvoll die Brauen und harrte der Dinge, die da kommen mochten.

Munro starrte ihn finster an und hatte die Hände an der Seite zu Fäusten geballt. Schließlich spie er: »In dem Wort Team gibt es eben kein I wie in *Ich*, du Arschloch!«

Das war also sein bester Spruch? Tom gab ein Schnauben von sich, ehe er selbst ausholte: »Stimmt, aber dafür steckt ein DU drin wie in *Du Schwanzlutscher.*«

Kitty quiekte, und Munro holte zum Schlag aus, aber Tom duckte sich rechtzeitig und fragte sich im selben Moment, wie er so schnell auf diesen Spruch gekommen war. Pete und zwei andere Männer mussten Lenny Munro festhalten und ins Büro zerren, damit er nicht losstürmte und Tom Patrick vor aller Augen ermordete.

21. Kapitel

Candice Holmes hatte keinen Platz mehr neben ihrem Freund bekommen, daher drehte sie sich auf ihrem Sitz herum, um Carlo anschauen zu können. Er lächelte verträumt, da er eine Valiumtablette genommen hatte, damit er den Flug von Savannah nach L. A. gar nicht erst mitbekam. Das Medikament wirkte bereits.

»Schon müde?«

»Hmm, schön schläfrig.«

Sie streckte die Hand nach ihm aus, und er bemühte sich, sie zu ergreifen und auf seinen Oberschenkel zu ziehen.

»Hast du an das Geburtstagsgeschenk gedacht?«

Er nickte, doch die Augen fielen ihm zu.

»Hast du deinen Dad gefragt wegen der Sache mit dem Kran?«

»Bulldozer.«

»Wie?«

»Bulldozer«, sagte er langsam. »Keine Kräne.«

»Großes gelbes Ungetüm mit Rädern?«

Carlo grinste und nickte wieder, allerdings nur noch andeutungsweise. Er konnte die Lider schon nicht mehr öffnen. Wieder machte Candice sich bewusst, wie gut er aussah. Seit drei Jahren waren sie zusammen, und wenn sie ihn nach dieser langen Zeit noch attraktiv fand, würde sie es vermutlich für immer tun, wie sie glaubte. Wann immer viele Menschen um sie herum waren, schaute sie sich um und betrachtete die anderen Männer. Und immer kam sie zu dem Schluss, dass Carlo am besten von allen aussah. *Ihr* Carlo.

Sie spürte, dass seine Hand schlaffer wurde. Sein Atem ging gleichmäßig, während die Triebwerke des Flugzeugs auf Hochtouren liefen.

Sie zog ihre Hand zurück und seufzte. Sechs Stunden allein, sechs Stunden von Carlo getrennt, wenn auch nur einen Sitzplatz entfernt. Sie hatte nichts dagegen, dass er sein Valium nahm: Er hatte eben Flugangst und zog es vor, das ganze Geschehen einfach auszublenden. Sie wusste es zu schätzen, dass er sie wegen einer Familienangelegenheit nach L. A. begleitete. Da gestand sie es ihm gern zu, dass er für die Dauer des Fluges mithilfe von Tabletten schlief.

Als der Schub sie in ihren Sitz presste, lächelte Candice. Sie liebte dieses Gefühl von ungebändigter Kraft, auch wenn Carlo es hasste. Aus der Tasche des Vordersitzes zog sie ein Buch. Eigentlich hätte sie ein geologisches Fachbuch lesen müssen, aber sie hatte den Roman *Betty und ihre Schwestern* in einem Anfall von weiblichem Nostalgiegefühl an Bord geschmuggelt. Jetzt schlug sie das Buch an der Stelle auf, an der das Lesezeichen steckte. Candice hasste es, einen Knick als Lesezeichen in eine Seite zu machen, wie man es ihr beigebracht hatte. Hatte sie mal kein Lesezeichen zur Hand, benutzte sie einen Faden oder ein Papierschnipsel. Als sie Carlo kennenlernte, glaubte sie, sie würden nicht zusammenpassen, weil er ein altes Kaugummi als Lesezeichen benutzte. Sie hatte sogar mit ihrer Mutter darüber gesprochen, die nur seufzte und meinte, niemand sei perfekt. »Sei doch froh, dass Carlo überhaupt liest, Candice. Viele Männer denken gar nicht daran!« Candice lächelte, als sie sich an dieses Gespräch erinnerte. Carlo benutzte immer noch Kaugummis in seinen Büchern, aber nie in ihren. Und das genügte ihr.

Dann konzentrierte sie sich ganz auf die vier Schwestern in dem Buch, deren Leben eigentlich so gar nichts mit ihrer Welt zu tun hatte.

Sie waren hoch oben über Oklahoma, als Candices Welt sich von jetzt auf gleich und für immer verabschiedete.

Sie hörte ein Geräusch, das sich anhörte, als würde eine Lok die Wände eines Tunnels streifen. *Betty und ihre Schwestern* wurde ihr aus den Händen gerissen, und im selben Moment konnte sie nicht mehr atmen: Für den Bruchteil einer Sekunde schaute sie nicht mehr auf die Köpfe der Passagiere vor ihr, sondern auf die Erde, die sich sanft im Licht der frühen Dämmerung präsentierte – die gute alte Erde breitete sich vor ihren Blicken aus, als wäre Candice eine Astronautin beim Wiedereintritt in die Erdatmosphäre.

Sie nahm noch wahr, dass sie den Anblick faszinierend fand ... aber auch unendlich erschreckend.

Ihr letzter Gedanke war, dass Carlo angeschnallt war und von all dem nichts mitbekam. Danach stürzten sie und siebenundsiebzig weitere Menschen aus gut achttausend Metern Höhe als Feuerball zur Erde ...

22. Kapitel

Tom rief Halo gleich an, als er aus D. C. zurück war und sich noch am Flughafen befand. Halo nahm sich eine Pause und kam aus Hangar 4 herüber.

Sie trafen sich in einer Cafeteria des Flughafengebäudes. Tom hatte sich einen Espresso bestellt und trank im Stillen auf Lowell Dexter. Halo überraschte ihn, als er sich etwas bestellte, das mit einer Menge Sahneschaum zubereitet wurde. Nach dem ersten Schluck hatte Halo einen Milchbart auf der Oberlippe.

Tom erzählte ihm kurz und knapp, was sich in Südafrika ereignet hatte.

Halos Augen weiteten sich, was Tom gut verstehen konnte. Denn in der Karoo war einige unglaubliche Dinge passiert. Tom machte sich bewusst, dass seine Handverletzung ihn zwischendurch mächtig abgelenkt hatte … ebenso wie seine Fantasien in Gegenwart von Ness. Zum ersten Mal erzählte er einem Unbeteiligten der Reihe nach, was geschehen war.

»Wie kann es sein, dass niemand den Brand untersucht hat?« Halo war genauso empört, wie Tom es gewesen war. Doch inzwischen war Toms Wut verraucht und herber Resignation gewichen. Müde fuhr er sich mit der Hand übers Gesicht.

»Nichts zu machen. Ich rege mich nicht mehr auf. Die Vorstellung von forensischer Arbeit beschränkt sich dort offenbar auf Besen und Kehrblech. *CSI fucking Timbuktu*.«

Halo wirkte sehr ernst. »Sie sollten eine Kerze für die Leute anzünden. Etwas in der Art.«

Tom schaute von seinem Espresso auf. »Was?«

»Na, für Pam und die anderen. Zum Gedenken.«

»Ich soll ausgerechnet eine Kerze anzünden für sechs Leute, die bei einem Brand umkamen?« Tom schnaubte. »Und ich dachte, *ich* wäre verrückt.«

Daran hatte Halo nicht gedacht und kam sich plötzlich blöd vor. »Sie wissen, was ich meine.«

»Nein, eigentlich nicht.«

Halo hörte an Toms Tonfall, dass dieser nichts als Verachtung für Kerzen und Ähnliches übrig hatte, und beließ es dabei. »Okay, was machen wir jetzt?«

»Sie kommen doch günstig an Flugtickets, oder?«

»Ja, das stimmt.«

»Können Sie mir eins nach Texas besorgen?«

»Wer oder was ist in Texas?«, hakte Halo argwöhnisch nach.

»Öl. Rindfleisch. Und WAE.«

»Die Triebwerkhersteller?«

»Ich wollte mich da mal umsehen wegen der Fertigungsnummer. Und einen Blick auf deren Zertifizierungssystem werfen.«

Halo nickte und schlürfte seinen Cappuccino oder was auch immer es war. Tom grinste, als er sah, dass Halo einen richtigen Sahne-Milch-Schnauzbart hatte, ohne es zu merken.

»Okay«, meinte Halo. »Sagen Sie mir Bescheid, wann Sie das Ticket brauchen. Könnte sein, dass es dann sehr schnell geht. Bleiben Sie also in der Nähe.«

Tom zuckte mit den Schultern. Südafrika hatte ihn in mehr als nur einer Hinsicht geschafft. Da machte es ihm nichts aus, für eine Weile auf Stand-by zu sein, solange der Ticketpreis stimmte.

»Sie wollen sich die Unterlagen zu der Fan-Scheibe ansehen?«

»Was immer die mich machen lassen. Auf die *Pride of Maine* darf ich mich nicht berufen. Denn sonst erfährt mein Kollege Munro davon, und dann kann ich in Zukunft Burger braten.«

»Aha, Sie müssen also diskret vorgehen?«

Tom legte den Kopf leicht schief, und Halo grinste.

»Ich wette, diskret sind Sie bisher noch nie vorgegangen, oder?«

»Da liegen Sie richtig.« Tom gähnte. »Irgendwas Neues von Ihrem Freund?«

»Niño?« Halo schüttelte den Kopf. »Sylvia dreht schon durch deswegen.«

Tom konnte kein Mitgefühl für Sylvia aufbringen. Sein Daumennagel war immer noch schwarz.

»Die Bullen kümmern sich nicht darum. Ich dachte, die Gewerkschaft hier könnte helfen, aber das sind auch nur Arschlöcher. Verdammt.«

Das Schweigen zog sich in die Länge.

»Und?«, tastete Tom sich vor. »Sind Sie okay?«

Halo sah ihn überrascht an.

»Yeah. Mir geht's gut, denke ich. Vee und Katy tun mir gut.«

Tom wusste nicht, was er darauf sagen sollte. Eigentlich fragte er nie, wie es anderen ging. Das fiel ihm ja schon bei Pete schwer. Allein mit der Frage hatte er sein Repertoire an Mitgefühl ausgeschöpft.

»Wie läuft's denn bei Ihnen so?«

Tom zuckte mit den Achseln.

»Immer noch die Frau am Haken?«, fragte Halo zwinkernd.

Tom zuckte wieder nur mit den Schultern, aber diesmal lächelte er. Halo musste lachen und stand auf.

»Rufen Sie mich an, wenn es nach Texas gehen soll. Oder wenn ich in der Zwischenzeit was für Sie tun kann.«

Sie verabschiedeten sich.

»Hey …« Tom tippte sich demonstrativ an die Oberlippe.

Halo fasste sich an den Mund und fühlte den Milchbart. Er wischte die Milch mit dem Ärmel fort und grinste, ehe er die Cafeteria verließ.

Ness wartete auf Tom, als er nach Hause kam. Sie schlief in ihrem kleinen Lotus, trotz der Enge. Er hatte zwar gehofft, sie anzutreffen, aber nicht wirklich mit ihr gerechnet. Während oder nach dem unglaublich guten Sex in Kapstadt hatte es keine Liebesschwüre oder etwas in der Art gegeben. Keine lächerlichen Kosenamen seinerseits und kein sehnsüchtiges Getue ihrerseits. Tags zuvor hatten sie sich mit einem heißen Kuss am LAX verabschiedet. Danach hatte er auf den erstbesten Flug nach D. C. gewartet. Gewöhnlich war die Wahrscheinlichkeit bei einem Abschiedskuss ziemlich hoch, dass es der letzte Kuss war.

Aber die Tatsache, dass Ness jetzt auf ihn wartete, bedeutete offensichtlich, dass sie sich noch eine Weile auf ihn einlassen wollte, auch wenn es kein Liebesgeflüster im klassischen Sinne und keine Versprechungen gab.

Ja, er mochte sie von Tag zu Tag mehr.

Trotz der leichten Sorgenfalten auf ihrer Stirn sah sie unglaublich jung aus.

Er klopfte an die Scheibe, und Ness öffnete die Augen. Sie schien sich erst orientieren zu müssen und lächelte schließlich, als sie ihn sah. Dann öffnete sie die Tür.

»Schlecht geträumt?«

»Wie?«

»Du sahst gerade ein wenig besorgt aus.«

»Ach ja? Ist alles bestens.«

»Willst du auf einen Kaffee mit reinkommen?«

»Eigentlich wollte ich dich fragen, ob du Zeit für ein Spiel hast.«

»Dafür hättest du mich auch anrufen können.«

Sie antwortete nicht darauf.

»Also, kommst du nun mit rein?«

Sie sah ihn herausfordernd an und reckte ihr Kinn empor. »Wirst du spielen?«

»Nur wenn du mit reinkommst.«

Sie zögerte. »Das sollte ich besser nicht tun.«

»Ich weiß.«

Sie musterten einander und wussten beide, was unausgesprochen in der Luft lag.

»Du müsstest schnell machen«, sagte sie.

»*Du* müsstest schnell machen. Ich könnte gleich hier auf dem Gehweg kommen.«

»Machst du dich bei deinem Boss mit diesem Mundwerk beliebt?«

Er lächelte seufzend. »Und wie.«

Sie stieg aus und schloss den Wagen ab.

Tom brachte Ness erst gar nicht bis ins Schlafzimmer. Außerdem hatte er den Verdacht, dass er vor seiner Reise nach Südafrika das Bett nicht gemacht hatte. Als ihm obendrein einfiel, dass er sicher auch die Küche unordentlich zurückgelassen hatte, schnitt er Ness den Weg ab, als sie gerade den Flur betreten hatten. Ohne ein Wort drückte er sie mit dem Rücken an die Tür und eroberte ihren Mund mit wilden Küssen.

Sein Handy klingelte. »Mist.«

Sie sahen einander in die Augen. Dann schaute Ness zur Seite und schien es ihm überlassen zu wollen, wie er reagierte. Der Anruf kam aus L. A., aber die Nummer kannte er nicht. Die Hüften noch gegen Ness' Becken gedrückt, nahm er das Gespräch an.

»Tom?«

Eine Frau war am Apparat, und ihre Stimme klang ängstlich – ganz so, als würde sie jeden Augenblick anfangen zu weinen. Tom konnte die Stimme keinem Gesicht zuordnen, bekam aber ein ungutes Gefühl. Er trat einen Schritt zurück. »Ja?«, fragte er vorsichtig.

»Hier ist Lucia.«

Tom blieb die Luft weg. Sekundenlang stand er stocksteif da, während in seinem Kopf ein Feuerwerk stattzufinden schien. Woher hatte sie seine Nummer? Dann fiel ihm ein, dass er dem schleimigen Clubmanager die Nummer gegeben hatte. Nie hätte er daran gedacht, dass der Typ sie tatsächlich weiterreichen würde. Und dann meldeten sich die Leute bei einem, wenn man eigentlich gerade gar nichts von ihnen hören wollte.

»Tom?«

Er atmete aus. Er mied Ness' Blick, spürte aber, dass sie ihn anstarrte, während er ihr vollends den Rücken zukehrte.

»Ja, was gibt's?« Er wusste, dass er viel zu schroff sprach. Aber warum zum Teufel musste sie ihn ausgerechnet jetzt anrufen?

»Ich glaube, meine Schwester ist gerade bei einem Flugzeugabsturz ums Leben gekommen.«

»Was?«

Er merkte, dass sie versuchte, nicht in Tränen auszubrechen. Während sie um Fassung rang, meldete sich in ihm der ewige Zweifler zu Wort. Von einem Flugzeugabsturz hatte er nichts gehört! Hatte sie überhaupt eine Schwester? Erwähnt hatte sie jedenfalls keine. Andererseits, Familie und Freunde standen nicht gerade im Mittelpunkt der Gespräche, wenn man in einem Motel 6 für Sex bezahlte.

Ein Geräusch am anderen Ende der Leitung riss Tom aus seinen Gedanken. Lucia hatte sich geräuspert und versuchte, wieder normal zu sprechen.

»Warte mal.«

Er ging zum Fernseher im Wohnzimmer und zappte sich so lange durch die Kanäle, bis er Aufnahmen eines noch qualmenden Flugzeugwracks sah.

Die Eilmeldung am unteren Bildschirmrand besagte, dass eine 737-Maschine der American Airlines in der Nähe von Tulsa abgestürzt war. Alle 78 Menschen an Bord galten als tot, Passagiere wie Crewmitglieder.

Tom suchte Ness' Blick. Ungläubig schaute sie zwischen ihm und dem Fernseher hin und her.

»Tom? Tut mir leid, wenn ich störe, aber ... kannst du für mich nachfragen, ob es Überlebende gibt? American Airlines gibt keine Informationen raus, und meine Mutter ...«

Ihre Stimme verlor sich, und Tom lauschte in die angespannte Stille hinein.

»Wie heißt deine Schwester?«

»Candice Holmes. Sie ist zusammen mit ihrem Freund geflogen. Sein Name ist Carlo Alienti.«

Er warf einen Blick auf sein Display. »Bist du unter dieser Nummer zu erreichen?«

»Ja.«

»Ich sehe, was sich machen lässt.«

»Danke.«

Tom beendete das Gespräch und sah wieder auf den Fernseher, während er überlegte, was er Ness sagen sollte.

»Wieder eine 737?« Sie deutete auf den Bildschirm, und er begriff, dass sie offenbar glaubte, der Anruf sei rein beruflich gewesen. Erleichterung durchströmte ihn.

»Yeah.«

Sie sahen nur die Bilder. Der Ton war abgestellt, und die Aufnahmen von dem Wrack wurden unterbrochen von Augenzeugenberichten. Die Leute zeigten zum Himmel hinauf, und auf einem Amateurvideo war zu sehen, wie zwei undefinierbare Flecken in der Luft hinter einer Scheune und einem Windrad verschwanden. Dann folgten wieder die aktuellen Bilder von der Unglücksstelle.

»Die brauchen mich auf der Arbeit«, log er.

Sie schwieg eine Weile. So lange, dass Tom sich ihr zuwandte. Sie schaute weiterhin auf den Bildschirm, aber Tom sah, dass sie sich den Kopf zerbrach. »Und was ist mit dem Spiel?«, fragte sie.

Er hob hilflos die Hände. »Tut mir leid.«

Dann lächelte sie ihn sexy an, stellte sich hinter ihn und schlang ihm die goldgebräunten Arme um die Taille. Tom spürte ihren Atem an seinem Hals. »Ich muss mich bei der Airline melden. Gibt 'ne Menge zu tun.«

Das sollte ihr die Lust nehmen, aber Ness war offenbar aus härterem Holz geschnitzt. Sanft strich sie ihm über den Hosenbund. »Zuerst noch ein kleines Spielchen?« Sie ließ die Hand auf seiner Hose und fuhr ihm mit der anderen Hand unter sein Hemd. Langsam strich sie ihm über die Rippen und spielte so lange mit dem Fingernagel an seiner

Brustwarze, bis Tom ein Stöhnen entfuhr. Lucia und ihre tote Schwester verschwanden aus seinen Gedanken, und das Blut rauschte ihm in den Ohren.

Er wollte sich zu Ness umdrehen und sie küssen, sie berühren. Doch sie entzog sich ihm und hob ihre Handtasche auf, die sie fallen gelassen hatte.

»Komm schon, Tom. Ein Spiel. Dann können wir hierher zurückfahren, damit ich mich um dich kümmern kann.« Ihr Blick fiel auf seine Hose. Als sie ihm wieder in die Augen sah, entdeckte er ein spielerisches Leuchten in ihrem Blick.

Wie aus dem Nichts tauchte wieder diese Wut in ihm auf. Er war wütend auf sie, weil sie ein Spiel mit ihm trieb, und natürlich auf sich, weil er sich darauf eingelassen hatte.

Und bei Tom besiegte die Wut immer den Sex, ausnahmslos.

»Tut mir leid.«

Wie schon einmal in der Karoo, so glaubte er auch jetzt, etwas wie Zorn in ihren Augen aufblitzen zu sehen. Vielleicht hatte sie Lucias zarte Stimme am Telefon gehört und ahnte, dass er log. Aber daran konnte er jetzt auch nichts ändern. Falls sie Lucia gehört hatte, hatte sie sie eben gehört. Und wenn sie ihn für einen Lügner hielt, konnte er das nicht ändern. Er hatte keine Lust, zurückzurudern und alles wieder ins Lot zu bringen.

Plötzlich sah Ness einfach nur enttäuscht aus, sodass Tom schon glaubte, er habe sich geirrt und sie sei gar nicht sauer auf ihn. In Sachen Gefühl war er kein Experte, schon gar nicht, wenn es um Frauen ging.

»Ja, tut mir auch leid.«

»Wieso?«

»Ich hätte dich nicht drängen sollen. Ich weiß, wie viel

dir dein Job bedeutet.« Sie öffnete die Tür, und er folgte ihr. Dann legte er ihr eine Hand auf die Rundung ihrer Hüfte.

»Du bist mir wichtig, Ness.«

Sie mied seinen Blick, schaute kurz zu Boden. »Wirklich?«

Tom wusste, dass er nicht zu viel sagen sollte. Er wollte keine Versprechungen machen. Keine falschen Hoffnungen wecken. Er hatte die Erfahrung gemacht, dass die Dinge, die er sagte, wenn er einen Steifen hatte, irgendwann auf ihn zurückfielen.

Stattdessen beugte er sich zu ihr hinab und gab ihr einen Kuss auf die Schulter. Ihre Haut war makellos und weich, und für einen Moment spürte er, wie er wieder schwach wurde. Doch dann beendete er den Kuss und ließ Ness frei.

Sie ging jedoch nicht sofort, was er als gutes Zeichen deutete. Schließlich schenkte sie ihm ein kleines, verletztes Lächeln über die Schulter hinweg und lief zu ihrem Lotus. Er drückte die Tür zu, ehe Ness losfuhr, weil er ihr nicht wie ein treuer Ehemann nachwinken wollte.

Durch die Nummer auf seinem NTSB-Abzeichen konnte Tom sofort Kontakt mit dem psychologischen Dienst der American Airlines aufnehmen. »Ich muss zwei Namen überprüfen, vertraulich«, erklärte er der verdutzten Frau, die sich ihm als Sandy Albright vorgestellt hatte. »Und zwar Candice Holmes und Carlo Alienti.«

»Warten Sie bitte«, sagte Sandy, aber sie schickte ihn nicht in die übliche Musik-Warteschleife. Tom hörte deutlich, wie die Frau Papiere durchging, ehe sie sich wegen der Sitzverteilung an Kollegen wandte.

»Ich … äh … sehe hier im Augenblick … diese Namen nicht, Sir.«

»Sind Sie sicher?«

»Hm …« Offenbar war Sandy sich nicht so sicher.

»Wie schreibt sich Candy?«

»Nicht Candy. Candice – C-A-N-D-I-C-E Holmes. H-O-L-M-E-S.«

Ihm wurde bewusst, dass er jetzt Lucias Nachnamen kannte. Holmes. Es sei denn, sie stammte aus verworrenen Familienverhältnissen, wo alle Kinder andere Väter hatten und die Mutter selbst nicht mehr durchzublicken schien, wer von wem war. Aber ein Gefühl sagte ihm, dass das bei Lucia nicht der Fall war.

»Ach so, Holmes!«, rief Sandy und betonte das L, als hätte Tom es wie ein Trottel beim Buchstabieren vergessen. Er verbiss sich einen Kommentar, wusste er doch, wie so etwas lief. Manchmal musste man nett zu dummen Leuten sein, auch wenn ihm das schwerfiel. Aber weil er Lucia helfen wollte, hielt er sich zurück und warf Sandy nicht an den Kopf, sie solle ihrem Boss ruhig weiter zwischen zwei Gängen zum Kaffeeautomaten einen blasen. Stattdessen sagte er nur: »Ja, Holmes.«

Wieder Rascheln. Geflüster. Wäre Tom ein zu Tode erschrockener Angehöriger eines Passagiers gewesen, wäre er zur Dienstbehörde der American Airlines gefahren und hätte dieser dämlichen Sandy ordentlich in den Hintern getreten.

»Äh, ja, hier steht eine Candice Holmes auf der Liste. Flug Savannah nach L. A.«

Eben nicht L. A., dachte Tom. Eher ein Flug von Savannah nach Nirgendwo in Oklahoma.

Aber auch als er sich nach dem Freund des Opfers

erkundigte, ließ er sich nichts anmerken. Sandy, die bereits bei dem Namen Holmes Schwierigkeiten gehabt hatte, war mit Alienti vollkommen überfordert. Zumal Tom nicht hundertprozentig sicher war, wie sich Alienti schrieb.

»Wir haben eine Allen. Eine Marjorie Allen aus Pittsburgh.«

Tom kniff die Lippen zusammen, als Sandy die Passagierliste durchging, als würde sie in einem Modekatalog blättern.

»Oh, und eine Jennifer-Jo Bonetti. Das ist doch Italienisch. Könnte sie das nicht sein?«

»Alienti. Carlo Alienti. Ein Mann.«

»Ein Mann«, sinnierte Sandy, und Tom hätte schreien können, als er sich klarmachte, dass Sandy jetzt wahrscheinlich jeden Männernamen einzeln durchging.

»Saß er auf Platz 22C?«

»Woher soll ich das wissen, verdammt?«

Sandy wurde von jetzt auf gleich frostig. »Es besteht kein Grund, unfreundlich zu werden, Sir. Ich tue hier nur meinen Job.«

»Dann strengen Sie sich an.«

Erschrockenes Keuchen am anderen Ende. Tom hörte, dass Sandy sich an einen Kollegen wandte, um sich zu beschweren. Wieder gedämpfte Stimmen. Es folgte ein Klacken: Sandy hatte aufgelegt.

»Scheiße!«

Tom warf sein Handy gegen die Wand, und wünschte im selben Moment, er hätte es nicht getan. Er hörte ein knackendes Geräusch, als das Gerät von der Wand abprallte und am Boden in zwei Teile fiel.

»Scheiße. Verdammter Mist!«

Als sein Nachbar erbost gegen die Wand klopfte, schrie Tom: »Und Sie können mich auch mal, Shaeffer!«

Er sah das Handy an.

Es war hinüber.

Tom nahm die SIM-Karte aus dem Mobilgerät heraus und steckte sie in seine Tasche. Vom Festnetz aus rief er das Sawmill in Santa Ana an, rechnete jedoch nicht damit, dass ihm dort jemand Lucias Nummer geben würde. Er erzählte, dass es sich um eine NTSB-Angelegenheit handele, aber die Frau am anderen Ende klang nur gelangweilt, als sie von Lucias angeblich toter Schwester hörte. Tom blitzte komplett bei ihr ab, da die Frau sich partout keine Telefonnummern der Tänzerinnen entlocken ließ. Tom konnte das sogar irgendwie nachvollziehen, war aber dennoch stinksauer und fluchte in den Hörer, ehe er auflegte und seine Autoschlüssel nahm.

An der Tür hielt er inne und ging noch einmal zurück, um die NTSB-Jacke anzuziehen, seine Mütze aufzusetzen und das Abzeichen mitzunehmen. So ausgestattet hatte er das Recht, Informationen von international verzweigten Institutionen und Regierungsbehörden einzufordern. Er wäre schön dumm, wenn er einen elenden Schuppen in Santa Ana so einfach vom Haken lassen würde.

Tom verließ den Garden Grove Freeway auf der Höhe von Euclid und fuhr in Richtung Süden. Er bog links auf die Straße mit den Malls, die zunehmend auf den Massengeschmack abzielten. Das Ralph's war legendär, was Unternehmenserfolg anbelangte. Zahllose Thai-Buden reihten sich an Copyshops und Pfandleihhäuser. Er kam am Motel 6 vorbei, das bei Tageslicht noch erbärmlicher aussah als nachts, und fuhr kurz darauf auf den Parkplatz beim Sawmill. Man parkte hinter dem Etablissement, was eine clevere Lösung für all die männlichen Besucher war, die beim Aussteigen nicht von der Straße aus gesehen werden wollten.

Tom sah, dass ein dunkelblauer 67er Thunderbird hinter ihm auf den Parkplatz fuhr. Dann setzte er sich die Mütze auf, überprüfte noch einmal das Abzeichen und stieg aus dem Buick.

Im selben Moment wurde er grob von hinten an den Armen gepackt und vorwärtsgestoßen. Er stolperte, fiel jedoch nicht, da er von starken Händen gehalten wurde.

»Hey!« Mit aller Macht versuchte er, sich zu wehren, aber die beiden Männer waren zu kräftig und professionell.

Trotz der Umstände kam Tom überhaupt nicht auf den Gedanken, um Hilfe zu rufen. Stattdessen schrie er »Scheiße!«, während er mit aller Macht versuchte, die beiden Typen abzuschütteln. Seine rechte Gesichtshälfte schien in Flammen zu stehen, als er dort hart getroffen wurde. Er verlor zwar nicht das Bewusstsein, konnte sich aber nicht weiter wehren. Die Männer drehten ihm die Arme auf den Rücken, schoben Tom vor sich her und drückten ihn dann in den Kofferraum des Thunderbird. Dunkelheit umfing Tom, als die Klappe zugeschlagen wurde.

23. Kapitel

Im Kofferraum eines fahrenden Autos zu liegen, war gleich in mehrfacher Hinsicht eine üble Sache. Erstens stank es nach Benzin, auch wenn das ein Geruch war, den Tom eigentlich mochte. Da er dem Benzingestank aber jetzt nicht entgehen konnte, wurde ihm schlecht und schwindelig davon.

Obwohl er an den Händen gefesselt war, tastete er in der Dunkelheit herum und stieß gegen einen Benzinkanister. Na großartig! Es gelang ihm, den Kanister zu seinen Füßen zu schieben, aber der Geruch blieb fast genauso penetrant.

Zweitens die unbequeme Position. Kaum jemand war sich bewusst, wie unangenehm eine Autofahrt ohne Polsterung sein konnte. Es sei denn, man machte sich die Mühe, die Rückbank auszubauen und quasi direkt auf dem Bodenblech zu liegen. Im Kofferraum war es Tom unmöglich, eine annähernd bequeme Position zu finden. Ausgerechnet in der Mitte störte ihn ein Hubbel, wahrscheinlich die Ausbuchtung für das Ersatzrad. Dieser Erhöhung, die sich in seine Hüfte bohrte, konnte er nicht ausweichen, da der Kofferraum dafür nicht groß genug war.

Und da er im Dunkeln nichts sehen konnte, war er auf Kurven und Bremsmanöver nicht vorbereitet, sodass er wie ein Kieselstein in einer Dose hin und her kullerte. Bei Linkskurven wurde sein Kopf gegen die Seite des Kofferraums gedrückt. Und wann immer der Fahrer bremste, prallte Tom mehr oder weniger heftig gegen die Rückwand der Rückbank und anschließend auf der anderen Seite gegen das Schloss und die Scheinwerferanlage.

Um sich abzulenken, versuchte sich Tom auf die Frage zu konzentrieren, wohin die Reise gehen mochte. So wie man es oft in Kinofilmen sah. Aber schon bald gab er auf. Was brachte es ihm auch? Er würde ohnehin früh genug wissen, welches Ziel die Kerle ins Auge gefasst hatten.

Da sie ihm die Hände auf dem Rücken zusammengebunden hatten, fingerte Tom zwischendurch umständlich am Schloss der Heckklappe herum, die sich aber von innen nicht öffnen ließ. Es gelang ihm zwar, die Filzverkleidung anzuheben, aber er konnte nur die Ausbuchtungen ertasten, in denen sonst vermutlich ein Warndreieck, ein Wagenheber oder ein Verbandskasten lagen. Die Typen hatten diese Sachen wahrscheinlich längst verloren. Wie auch immer, es lief schlecht für Tom.

Aber die Rücklichter … In modernen Autos bestanden die Gehäuse aus einem Stück, doch in älteren Modellen sah das anders aus. Vielleicht ließe sich damit etwas machen.

In kompletter Dunkelheit und durchgeschüttelt von den Fahrmanövern ertastete Tom die Klemme, die die Innenverkleidung des linken Rücklichts hielt. Er drehte sie ab und sah einen Lichtschimmer, wo das Tageslicht durch das getönte Plastik der Bremsleuchte und des Blinkers sickerte.

Allmählich erkannte er seine unmittelbare Umgebung schemenhaft und bemerkte, dass der Thunderbird schon bessere Tage gesehen hatte: Das Blech war an vielen Stellen verbeult, Kabelgewirr hing lose im Kofferraum herum. Da sah selbst das Heck seines verdammten Buicks noch besser aus. Gott sei Dank gab es noch Autos, die nicht voller Technik steckten.

Tom positionierte sich so, dass seine Füße gegen das Gehäuse der Bremsleuchten drückten und die Schultern Halt an der Rückbank fanden. Zum ersten Mal in seinem Leben wünschte er sich, nicht ein Meter fünfundachtzig groß zu sein.

Energisch trat er gegen die Bremsleuchte und zerstörte die Verbindungskabel und die Birnen. Im selben Augenblick wurde er hart gegen die Rückbank gedrückt, als der Fahrer in die Eisen stieg. Tom hoffte, dass sie ihr Ziel noch nicht erreicht hatten, denn er wollte noch einmal gegen die Rücklichter treten. Auf die Schnelle ging er einen Pakt mit einem Gott ein, an den er nicht glaubte … Er hörte gedämpfte Stimmen aus dem Innern des Autos, konnte jedoch nichts verstehen.

Der Wagen fuhr wieder an. Wahrscheinlich war eine Ampel umgesprungen. Tom zog die Knie an und rollte erneut gegen die Außenseite des Kofferraums.

Sofort machte er sich an die Arbeit, indem er zunächst auf Abstand zu den Leuchten ging und dann abermals zutrat. Diesmal zersplitterte der gesamte Rückscheinwerfer. In der Enge des Kofferraums hörte sich das furchtbar laut an, und Tom hielt den Atem an. Aber das Auto wurde nicht langsamer: Offenbar hatten die Leute vorn nichts gehört.

Wieder trat er zu und schrie dann vor Schmerz auf. Sein Tritt war so fest gewesen, dass der ganze Scheinwerfer herausflog, doch das dünne Blech verletzte ihn am Knöchel und am Schienbein, als wäre er in eine Bärenfalle getreten. Als er versuchte, den Fuß zurückzuziehen, schnitt das scharfkantige Blech ihm nur noch stärker ins Fleisch.

Eine neue Welle der Übelkeit erfasste ihn, und er musste

hart schlucken. Das Letzte, was er jetzt gebrauchen konnte, war eine Lache seines Erbrochenen.

Tom atmete tief ein und aus. Er brauchte den Kopf nur ein bisschen zu drehen und sah, dass sein Schuh nun genau an der Stelle aus dem Heck des Wagens ragte, an der zuvor der Rückscheinwerfer gesessen hatte. Wenn der Thunderbird im normalen Straßenverkehr fuhr, würde der Schuh bestimmt jemandem auffallen. Aber ob dann dieser Jemand die richtigen Schlüsse daraus ziehen und die Polizei rufen würde, blieb fraglich. Trotzdem klammerte Tom sich an diese Hoffnung und versuchte unter Schmerzen, den Fuß zu bewegen, um weiter auf sich aufmerksam zu machen. Sollte es ihm gelingen, den Fuß und den Unterschenkel noch ein Stück weiter hinauszuschieben, stiegen seine Chancen, entdeckt zu werden …

Tom biss die Zähne zusammen, als der Schmerz zu pulsieren begann, und drückte das Bein weiter nach draußen. Das gezackte Blech hinterließ eine Risswunde bis hinauf zum Knie, während ihm das zerplatzte Plastik der Bremsleuchte in die Wade stach. Tom wurde schwindlig. Der Schmerz pochte ihm bis in den Kopf, und er spürte, dass ihm der kalte Schweiß ausbrach.

Reglos lag er im Dunkeln, das eine Bein halb angewinkelt, während das andere blutend aus der Öffnung des Rückscheinwerfers hing. Toms Atem beschleunigte sich, sein Blutdruck stieg, und seine Kiefergelenke taten ihm weh, weil er die Zähne so fest zusammenbiss. Mit einem Mal kam er sich jämmerlich klein und schwach vor und wünschte, jemand würde all dies einfach abstellen wie ein schlechtes Fernsehprogramm.

Er unternahm einen armseligen und äußerst schmerzhaften Versuch, mit seinem verletzten Bein zu winken.

Niemand sah ihn.
Niemand griff zum Telefon.
Niemand kam ihm zu Hilfe.

»Was ist denn das für eine Scheiße?« Der Mann klang zunächst nur verdutzt, ehe er wütend wurde. Tom hatte das Gefühl, die Stimme zu kennen. Er blinzelte in das helle Sonnenlicht, als die Klappe des Kofferraums aufschwang. Zunächst nahm er die Männer nur als Silhouetten wahr, weil das Licht in seinen Augen stach.

Der größere der beiden Männer beugte sich vor, um nachzusehen, wie Tom es geschafft hatte, durch den Rückscheinwerfer zu treten. Und als er sich mit dem Oberkörper vor die Sonne schob, konnte Tom ihn erkennen.

Es war Mr Stanley. Der nervöse Beinzucker aus dem Honolulu.

Angst schnürte Tom regelrecht die Kehle zu. Er hatte das Gefühl, eine eiserne Faust würde ihm auf die Brust drücken.

»Verdammte Scheiße! Jetzt sieh dir an, was er mit meinem Auto gemacht hat!«

Stanley schlug nach Tom, der das Unheil kommen sah und noch den Kopf zur Seite drehte. Trotzdem traf ihn die Faust am Ohr, sodass Tom glaubte, das schrille Klingeln eines Feueralarms zu hören. Dann begann Stanley, ihn aus dem Kofferraum zu zerren, ohne Rücksicht auf sein Bein zu nehmen.

Tom schrie, als ihm der Schmerz durch den Körper schoss. In seiner Panik befürchtete er, Stanley würde so lange an ihm ziehen und zerren, bis ihm das Fleisch von den Knochen hing.

»Warte mal.« Es war der andere Mann. Gott sei gedankt, dachte Tom. Wer auch immer dieser Kerl sein mochte.

Stanley ließ Tom los und trat vom Wagen zurück. Währenddessen beugte sich der andere Typ über den Kofferraum. Er sah älter aus als der Beinzucker und hatte breitere Schultern. Sein kahler Kopf glänzte in der Sonne, und er trug einen dunkelblauen Anzug und eine hellblaue Krawatte. Der Mann betrachtete Toms Bein und sah dann Tom an. »Was für ein jämmerlicher Anblick«, sagte er und grinste. Tom sah, dass der Typ kleine scharfe, gelb verfärbte Zähne hatte, die ihn wie ein Wiesel aussehen ließen.

Als der Typ einen halben Schritt zurücktrat, fürchtete Tom bereits, dass jetzt wieder Stanley übernehmen würde. Doch der Beinzucker stand einfach nur da und funkelte Tom böse an, während eine Autotür aufgemacht wurde und wieder zufiel. Das Wiesel erschien erneut in Toms Blickfeld und hatte jetzt einen Wagenheber in der Hand. Die Männer hatten also doch Werkzeug dabei.

Das Wiesel setzte den Wagenheber an der Öffnung an und bog mit ihm die Kanten, die in Toms Bein schnitten, nach außen. Tom biss sich auf die Lippen und stöhnte, aber er blieb still liegen, während sein Bein von dem scharfen Metall befreit wurde.

»Los, jetzt den Fuß rausziehen!«

Tom nickte eilig. Dann zog er langsam das lädierte Bein zurück in den Kofferraum und versuchte gar nicht erst darüber nachzudenken, wie viel Blut inzwischen über seine Jeans gelaufen sein mochte. Zischend sog er die Luft ein, als er sich durch eine unbedachte Bewegung wieder in den Unterschenkel schnitt, aber dann war sein Bein endlich frei. Tom keuchte erleichtert.

Sofort packte das Wiesel ihn am Arm und zerrte ihn

zusammen mit Stanley über die Kante des Kofferraums. Rippen, Hüftknochen und Knie schürften über das Blech. Als Tom in hellen, sandigen Boden sackte, war er in Gedanken gleich wieder in der Karoo. Und diese Gedanken waren nur einen Synapsensprung von Pam und den anderen aus dem Team entfernt, deren Schreie er in dem Feuer zu hören glaubte, das »eines Tages hatte ausbrechen müssen«.

Aber dass es ausgerechnet an *jenem* Tag ausgebrochen war ...

Und jetzt passierte das hier mit ihm.

An Zufälle dieser Art hatte er noch nie geglaubt.

Die Männer warteten offenbar darauf, dass er aufstand, und so versuchte er es. Krampfhaft suchte er Halt am Heck des Buicks und lehnte dann schwer atmend am Auto. Das verletzte Bein hielt er möglichst gestreckt, der Kopf sackte ihm auf die Brust.

»Was wollen Sie von mir?«, keuchte er.

Das Lächeln des Wiesels wirkte bösartig. »Das werden Sie schon sehen.«

Tom wünschte, er hätte nicht gefragt. Er wünschte, er hätte sich seine Würde bewahrt und seine Kräfte geschont ... zumindest das, was von beidem noch übrig geblieben war.

Stanley packte Tom beim Kragen und verdrehte ihm das T-Shirt so sehr, dass Tom ihm in die Augen sehen musste. Stanleys Blick ließ keinen Zweifel daran, dass der Kerl den Wunsch hatte, ihm gewaltig wehzutun. Und da Tom die Hände auf dem Rücken gebunden waren, war er ihm schutzlos ausgeliefert. Trotzdem hob er das verletzte Bein in einem hilflosen Versuch, sich zu wehren. Stanley lachte nur und stieß ihn vor sich her.

Sie gingen auf eine Scheune zu. Toms Aufregung nahm zu, während er seinem Schicksal entgegenhinkte. Das war also der Ort, an dem sich was auch immer ereignen würde.

Er schaute sich um. Dürre Bäume reckten ihre Kronen über den First der Scheune, und gelbes Gras wuchs rund um das Gebäude. Eine Gegend wie geschaffen für Klapperschlangen und anderes giftiges Getier in halbhohem Gestrüpp. Er befand sich irgendwo zwischen Santa Ana und Mexiko. Wenn er jetzt losrannte, hätten die beiden ihn nach zehn Schritten eingeholt.

Kaum hatte er sich einigermaßen an das grelle Tageslicht gewöhnt, da umfing ihn auch schon das Zwielicht in der Scheune. Ehe sich seine Augen auf die neuen Lichtverhältnisse eingestellt hatten, stieß Stanley ihn tiefer in die Scheune. Tom geriet ins Taumeln und ging auf die Knie.

»Setzen Sie sich, Mr Patrick.« Das Wiesel schien alles unter Kontrolle zu haben.

Toms Blick fiel auf einen wackligen Holzstuhl, auf dem er mühsam Platz nahm. Wie ein Profi band ihm das Wiesel Klebeband um die Handgelenke und befestigte es an einer der Streben der Rückenlehne.

In den düsteren Tiefen der Scheune glaubte Tom Umrisse von landwirtschaftlichem Gerät zu erkennen. Vermutlich handelte es sich um einen Traktor und mehrere undefinierbare Pflugkonstruktionen, die stumpf und abgenutzt wirkten. Von irgendwo wehte der Duft von Heu herüber. Wieso er ausgerechnet auf Heu tippte, konnte Tom sich nicht erklären. Eigentlich hatte er in seinem ganzen Leben noch keinen Heuballen aus der Nähe gesehen, aber trotzdem schien dieser spezielle Geruch in seinem Unterbewusstsein abgespeichert zu sein.

Der Boden unter seinen Füßen war nichts weiter als gerodete, festgestampfte Erde.

Tom war die Klischeehaftigkeit seiner Situation fast peinlich. Man hatte ihn gekidnappt und würde ihn jetzt in einer Scheune verhören und vielleicht sogar töten. Das war billigstes Hollywood-Niveau. Okay, ein Lagerschuppen wäre noch schlimmer gewesen, aber schließlich war eine Scheune auch nur eine Art Lagerhaus.

»Mr Patrick«, begann das Wiesel.

Für einen kurzen Augenblick überlegte Tom, ob es ihm etwas bringen würde, einfach zu leugnen, Mr Patrick zu sein. Aber nach einem Blick auf Stanley besann er sich eines Besseren: Dieser Kerl wartete doch nur auf die Gelegenheit, ihn wieder mit Schlägen zu traktieren.

»Mr Patrick?«, setzte das Wiesel wieder an, diesmal ein wenig ungeduldiger.

»Ja, was denn?« Auch Tom klang ungeduldig. Er wollte endlich wissen, was diese Typen von ihm wollten, damit er sich Gedanken über seine Zukunft machen konnte ... falls es noch eine Zukunft gab.

Das Wiesel blinzelte überrascht und warf Stanley einen vielsagenden Blick zu. »Ganz schön resolut, was?«

Stanley verzog keine Miene.

»Ich bezweifle, dass der überhaupt weiß, was resolut bedeutet«, sagte Tom und verfluchte sich im selben Moment für seine große Klappe. Jetzt war wirklich nicht der Augenblick für irgendwelche Sprüche.

Stanley grummelte etwas und blickte noch finsterer drein als zuvor, aber das Wiesel zuckte nur die Schultern.

»Mr Patrick, wir sind hier, um Ihnen etwas klarzumachen.«

Tom nickte. Er war ganz Ohr.

»Wenn man Sie bittet, Karten zu spielen, dann spielen Sie Karten, verstanden?«

Tom schaute vollkommen verdutzt zu ihm auf. »Es geht ums Kartenspielen?«

»Natürlich.« Das Wiesel wirkte nun ebenfalls verwundert. »Gibt es Ihrer Meinung nach noch andere Gründe, warum man Sie in den Kofferraum eines Autos stecken und an einen Stuhl fesseln könnte?«

»Nein ... eigentlich nicht.«

»Dann sind wir uns also einig? Wenn Sie hören, dass Sie spielen sollen, dann spielen Sie.«

Toms erste Eingebung war, sofort Ja zu sagen. Aber irgendetwas versiegelte seine Lippen, obwohl doch gerade sein Mundwerk sonst immer so verlässlich und destruktiv arbeitete. Die ganze Zeit über hatte er geglaubt, es gehe um die *Pride of Maine*. Aber wenn es nur ums Pokern ging, was würde ihn dann noch in anderer Hinsicht erwarten?

»Haben Sie mich verstanden?« Das Wiesel hatte einen scharfen Ton angeschlagen, und Stanleys dunkle Augen durchbohrten Tom förmlich.

Trotzdem verweigerte seine Stimme ihm den Dienst, während sein Gehirn versuchte, eine Ordnung in die Angelegenheit zu bringen. Was zum Teufel bildeten diese Typen sich eigentlich ein? Glaubten sie, sie könnten ihm einfach so Vorschriften machen? Okay, grundsätzlich hatte er zugestimmt, gelegentlich für sie zu pokern. Aber jetzt hatte er keine Lust mehr. Sollten sie sich doch einen anderen Dummen für ihre Geldwäsche suchen.

Zur Hölle mit ihnen!

»Nein.«

Stanley brach unerwartet in schallendes Lachen aus und sah das Wiesel erstaunt an. Das Wiesel jedoch lachte nicht, sondern neigte nur den Kopf leicht, um anzudeuten, dass er sich wohl verhört hatte. »Nein? Haben Sie eben Nein gesagt?«

»Ja.«

»Jetzt also ja? Oder: Ja, Sie haben Nein gesagt?«

»Ja, ich bleibe bei meinem Nein.« Tom wollte mit den Schultern zucken, was sich als schwierig erwies, da die Klebebänder so stramm saßen. »Ich habe momentan viel um die Ohren. Da kann ich nicht einfach meine Arbeit unterbrechen, um Karten zu spielen, wenn es Ihnen gerade in den Kram passt. Suchen Sie sich einen anderen.«

Das Wiesel trat einen Schritt zurück und staunte. Dann tauschten er und Stanley Blicke.

»Aha, er hat momentan viel um die Ohren!« Das Wiesel war wirklich überrascht.

»Wissen Sie nicht, mit wem Sie's zu tun haben?« Stanley hatte sich seit der Kofferraumaktion nicht mehr zu Wort gemeldet, und Tom entging der warnende Blick des Wiesels nicht.

»Nein, und ich will es auch gar nicht wissen.«

Stanley holte zum Schlag aus, aber da packte das Wiesel ihn schon am Arm und hielt ihn zurück.

»Wir wissen, wie Ihre *Arbeit* aussieht, Mr Patrick«, sagte das Wiesel, und Tom hatte den Eindruck, dass der Mann seine Worte mit Bedacht wählte. »Wir wissen, dass Sie Ihren Job machen müssen.«

Tom nickte. Na dann …

»Wir wissen aber auch, dass Sie … inoffiziell an etwas arbeiten. Und das ist etwas, was mit Ihrer Karriere nichts zu tun hat. Es handelt sich vielmehr um einen persönlichen Kreuzzug, mit dem Sie Ihrer Karriere nur schaden.«

Woher wussten die Männer das? Konnte das diesen

Typen nicht egal sein? Tom erwiderte nichts, sondern starrte das Wiesel einfach nur wütend an. Zu seinem Erstaunen lächelte der Typ.

»Es wäre, glaube ich, in unser aller Interesse, wenn Sie die Finger von dieser Sache ließen. Denn dann könnten Sie Karten spielen *und* Ihren Job machen ...«

Zorn wallte in Tom hoch. Das Wiesel betonte das Wort Job so seltsam, als würde es in Anführungszeichen stehen. Als wäre Toms Job vollkommen bedeutungslos und nicht mehr als ein Witz, über den sie alle herzlich lachten.

»Ach, fickt euch doch ins Knie!«

Das war weder clever noch lustig von Tom, doch seine Wut ließ ihn fluchen, ohne dass er es verhindern konnte.

Das Wiesel seufzte und schaute schnell zu Stanley, der hinter Toms Rücken in den Schatten verschwand.

Tom brach endgültig der Schweiß aus. Es verunsicherte ihn, dass Stanley hinter ihm war. Verdammt, er bekam eine Höllenangst! Wahrscheinlich würde er nie zugeben zu brauchen, wie viel Angst er in diesem Moment hatte, aber es reichte ihm, es sich selbst einzugestehen.

Tom hörte ein Rascheln und Schritte, bis Stanley wieder in seinem Blickfeld erschien.

Tom verschlug es vor Schreck den Atem. »Ness!«

Man hatte auch sie gefesselt, aber ihr zusätzlich den Mund mit Klebeband zugeklebt. Mit weit aufgerissenen Augen stand sie nun vor Tom.

»Ness?« Diesmal war ihr Name mehr eine Frage und eine Entschuldigung auf seinen Lippen. Aber ihre Augen blickten stumpf, und das Herz schlug ihm bis zum Hals. Bis eben war es nur um *ihn* gegangen. Er hatte nicht mal im Traum daran gedacht, dass Ness Probleme bekäme, wenn er sich weigerte, am Pokertisch zu erscheinen. Kein Wunder, dass sie ihn so hartnäckig gebeten hatte zu spielen. Er schluckte, als er sich an ihre Hände auf seinem Körper erinnerte, und schämte sich dafür, ihre Zärtlichkeiten falsch gedeutet zu haben. Offensichtlich war es mehr für sie gewesen als nur ein Spiel.

Stanley stieß Ness weiter in Toms Richtung und funkelte Tom böse an.

»Tun Sie ihr nicht weh.« Es sollte wie eine Drohung in einem Film klingen, aber in Wirklichkeit hatte seine Stimme einen flehenden Klang angenommen. Was sollte er bloß machen, wenn diese Schweine ihr Schmerzen zufügten? Wie bedrohlich wirkte er schon, gefesselt und blutend in einer Scheune mitten im Nirgendwo. Hier draußen würde niemand seine Schreie hören … oder ihre. Schwindel erfasste ihn, als er sich bewusst machte, dass sein Leben nicht viel mehr als eine Möchtegernexistenz mit Job und Sex und Essen und Menschen war. Doch jetzt reckte die Realität ihr hässliches Haupt empor. Tom konzentrierte sich ganz auf den Augenblick, denn alles andere schien in der Ferne zu verblassen.

»Oh, Sie mögen sie, wie?«, knurrte Stanley, und ein gefährliches Glimmen lag in seinem Blick.

Tom schwieg. Er wollte Stanley nicht noch mehr Angriffsfläche bieten.

»Gefällt Ihnen das?« Grob quetschte Stanley Ness' rechte Brust, worauf Ness zusammenzuckte.

»Oder das hier?« Aufreizend fuhr er ihr mit einer Hand zwischen die Beine. Sie fluchte etwas Unverständliches und versuchte, sich wegzudrehen. Doch Stanley kannte keine Gnade und schlug ihr mit dem Handrücken ins Gesicht, sodass Ness zu Boden stürzte. Tom wollte mitsamt dem Stuhl aufspringen, aber das Wiesel hielt ihn unsanft zurück.

Stanley stand vornübergebeugt vor Ness und schnaufte heftig. Er schien Tom ausgeblendet zu haben. Schwer atmend schaute sie zu ihm auf, als könne sie nicht glauben, was ihr soeben widerfahren war. Tom versuchte verzweifelt, Ness' Blick einzufangen, aber sie sah unverwandt Stanley an. Erstaunen und Furcht wechselten sich auf ihrem Gesicht ab. Tom sah die gerötete Stelle unter ihrem rechten Auge und fühlte sich ganz krank dabei.

Nein, er liebte sie nicht. Zumindest glaubte er nicht, dass er sie liebte. Aber er konnte nicht einfach dasitzen und zusehen, was diese Scheißkerle ihr antaten. Zumal es offenbar in seiner Macht lag, diesem Irrsinn ein Ende zu bereiten.

»Okay, ich werde spielen.«

»Wie war das?«, fragte das Wiesel.

»Ich sagte, ich spiele. Wann immer Sie wollen.«

»Aha, geht doch. Sehen Sie, wie einfach das ist? Schade, dass Sie nicht früher zu dieser Entscheidung gefunden haben …« Er deutete vage in Ness' Richtung.

Unterdessen zog Stanley Ness wieder vom Boden hoch. Das Klebeband hatte sich gelöst und hing ihr nur noch am Mundwinkel. Tom sah, dass Ness an ihrer Unterlippe nagte, weil sie nicht weinen wollte. Aber es gelang ihr nicht, die Tränen zurückzuhalten, und schon liefen sie ihr über die Wangen. »Oh, habe ich dir wehgetan?«, fragte Stanley mit einem Grinsen. Ehe sie etwas erwidern konnte, schlug er ihr ins Gesicht. Ihre Lippe blutete, und weitere Tränen quollen ihr aus den Augen.

»Hey! Sie haben, was Sie wollten, Mann. Lassen Sie sie in Ruhe!« Tom war außer sich vor Wut. Diese Wut brannte wie Feuer in seinem Bauch, aber er wusste, dass er nichts gegen Stanley ausrichten konnte. Ihm blieb nichts als seine große Klappe.

Stanley ignorierte den Einwand und packte Ness so fest am Arm, dass Tom selbst im Zwielicht der Scheune sehen konnte, dass ihre gebräunte Haut weiße Druckstellen bekam. Dann zog Stanley sie dicht an sich und zischte an ihrem Mund: »Vergiss das nicht.«

Endlich ließ er sie los.

Ness taumelte leicht zurück, ohne das Gleichgewicht zu verlieren. Ihre Frisur hatte sich gelöst, und einzelne Strähnen fielen ihr in die Stirn. Ihre Schultern hoben und senkten sich, und sie schluchzte, während ihr Tränen, vermischt mit Blut, übers Gesicht liefen.

Mit einem Grinsen wandte Stanley sich wieder Tom zu. »Und ich möchte, dass Sie sich an noch etwas erinnern«, sagte er. Er sah zum Wiesel hin. »Stell ihn aufrecht hin.«

Tom wünschte, er hätte nicht gewusst, was ihn jetzt erwartete.

24. Kapitel

Die Schlampe hieß Annette Lim. Sie war fünfundzwanzig, hübsch, klug, hatte Humor und wäre – in einem anderen Leben – vielleicht das perfekte Mädchen für Chuck Zhong gewesen, das er seinen Eltern hätte vorstellen können. Aber Annette hatte bereits die Eltern von Scott Redman kennengelernt, und die wiederum hatten sie für höchst zufriedenstellend befunden. Scotts Vater hatte sogar einmal hinter Scotts Rücken verlauten lassen, das Mädchen wäre doch eigentlich viel zu gut für seinen Sohn.

Scott war kein Vietnamese, aber Annettes Eltern verlangten keinen Asiaten als Schwiegersohn. Sie lebten lange genug in den Vereinigten Staaten, um zu wissen, dass Liebe in der Lage war, Ländergrenzen verschwinden zu lassen und rassistisches Denken abzubauen.

Scott war ein prima Typ. Und ein großer dazu. Annette gefiel es auf den ersten Blick, dass er über ein Meter neunzig groß war, hundertdreißig Kilo wog und so kräftig war, dass er sie sich mit Leichtigkeit wie ein Höhlenmensch über die Schulter legen konnte – was er manchmal auch tat. Für eine junge, liberale Frau, die ihren Abschluss am MIT, dem Massachusetts Institute of Technology, gemacht hatte und mit Männern im Ingenieurberuf konkurrieren wollte, war das Höhlenfrau-unterwirft-sich-Spielchen ein lustiger Zeitvertreib. Daher spielten sie dieses Spiel oft.

Doch im Augenblick sahen Annette und Scott sich *Pulp Fiction* im Art House Theatre in der Nähe von Lee Park an.

Scott stand auf Samuel L. Jackson, und Annette schwärmte seltsamerweise für Christopher Walken. Nur Scott wusste von dieser Vorliebe und durfte Annette deswegen auf den Arm nehmen. Trotz der Gewaltszenen war *Pulp Fiction* der perfekte Film für ein Kino-Date. Natürlich kannten sie den Streifen längst und konnten während der Szenen mit Harvey Keitel knutschen, ohne den Faden zu verlieren.

Nach dem Kino hatte Annette Lust zu tanzen, daher gingen sie ins Sugar Sugar, ein Restaurant mit Tanzbühne auf dem Kennedy Strip. Scott war wie ein riesiger Tanzbär, konnte sich aber durchaus zur Musik bewegen, sodass die beiden sich gut auf dem Parkett machten, egal ob Twist oder Swing angesagt war. Die Vorspeisen lockten sie schließlich von der Tanzfläche. Scott hatte Steak Tartar bestellt und sie eine leckere Muschelsuppe, auch wenn die Venusmuscheln sicher aufgetaut waren. Im Gegensatz zu ihren Eltern und Großeltern war Annette Lim nie zum Fischen herausgefahren, und deshalb wusste sie auch nicht, was sie bislang verpasst hatte.

Was manchmal gar nicht so schlecht sein mochte.

Als sie ins Auto stiegen, fragte Scott sie, ob sie noch mit zu ihm kommen wolle.

»Kann ich nicht. Ich muss gleich morgen früh einen Bericht zu Ende schreiben.«

»Was für einen Bericht?«

»Einen technischen Bericht.« Sie lächelte.

»Oh, mach mir die Technikerin, Baby.«

Annette kicherte. Scott war Garten- und Landschaftsgärtner: Von Flugzeugtechnik verstand er so viel, dass Annette es auf ein Reiskorn hätte ritzen können. »Großer Stahlvogel an Himmel hat schöne glänzende Perlen in Bauch, die futsch gehen, wenn ich nicht früh auf Arbeit bin«, intonierte sie mit albernem Tonfall und sah ihn dabei mit großen Augen an.

Scott hielt an einer roten Ampel und zog Annette an seine Schulter. Er vergrub seine Nase in ihrem Haar, das nach Vanille duftete. »Oder noch spät heute Abend?«, schlug er vor.

Nicholas Nicholas hielt ein dickes Sandwich hoch. »Erdnussbutter und Marmelade?«

Sie hatten angefangen, ihr Essen zu tauschen. Nicholas hatte eine Schwäche für Zhongs chinesische Klöße, und in seiner Brotdose, die eher zu einem Kind gepasst hätte, hatte er immer Essen dabei, das patriotische Gefühle weckte. Selbst bei einem Schlitzauge der ersten Generation wie mir, das in Amerika einiges einstecken musste, dachte Zhong. Er schüttelte den Kopf und schob seine Brötchen mit Lotussamenkernen über den Tisch zu Nicholas. »Nimm ruhig. Ich hab keinen Hunger.«

Das war nicht gelogen. Seitdem Jeff angefangen hatte, ihn … sexuell auszubeuten? Zu missbrauchen? Oral zu vergewaltigen? Er fand keinen passenden Ausdruck für diese Qualen. Unruhig rutschte Chuck auf seinem Platz hin und her und verdrängte die ekligen Wörter aus seinem Kopf. Er wollte nicht, dass sie sich in ihm festsetzten, keimten und womöglich ihre Blüten trieben, sodass er sie nie wieder aus dem Kopf bekam.

Seitdem Jeff also angefangen hatte, mit ihm … *herumzumachen*, hatte Chuck keinen rechten Appetit mehr. Er hatte sogar an Gewicht verloren. Bislang hatte er sich für den ersten Zhong gehalten, der richtig gut genährt aussah. Doch inzwischen fürchtete Chuck, dass er langsam seinen stinkenden chinesischen Cousins ähnelte. Wo war der chinesischstämmige Amerikaner geblieben, der einen Top-Abschluss als Ingenieur in der Tasche hatte?

Chuck hatte sich an diesem Abend schon mehrfach den Mund ausgespült und die Zähne geputzt. In seiner Uniform hatte er immer Zahnpasta und eine Zahnbürste griffbereit. Aber den Geschmack wurde er doch nie richtig los. Er wusste, dass das psychosomatisch bedingt war; er wusste, dass es nach einem langen Wochenende ohne Jeff unmöglich war, plötzlich dessen Geschmack im Mund zu haben. Aber genauso war es. Chuck aß Chili-Hotdogs in der Mall oder stopfte sonntags Schweinefleisch und gebratenen Reis vom Büfett des Lucky Eight in sich hinein (8,99 Dollar »All You Can Eat«), und trotzdem hatte er diesen salzigen, leicht bitteren Geschmack im Mund. Dann musste er immer heftig schlucken und redete sich ein, er habe nur sauer aufgestoßen.

Nicholas Nicholas grinste ihn über das Brötchen hinweg an. »Hast du Aids, Mann? Siehst so dünn aus.«

»Ach, halt's Maul.«

Nicholas erstarb das Grinsen auf den Lippen. Missmutig wandte er sich wieder den Überwachungsbildschirmen zu und ließ das Brötchen auf den Tisch fallen, als wolle er es nie wieder anfassen. Chuck fühlte sich schlagartig unwohl. Er wusste, dass Nicholas es nicht böse meinte, aber dieses Aids-Gerede hatte ihm gerade noch gefehlt. Er bekam es nicht mehr aus dem Kopf. Was, wenn er sich bei Jeff angesteckt hatte? Was, wenn der Gewichtsverlust daher rührte und gar nichts mit seiner vorübergehenden Appetitlosigkeit zu tun hatte?

Mist.

Er wollte sich abreagieren, am liebsten irgendwo gegenschlagen … oder jemandem eine reinhauen. Er wünschte, er könnte Jeff eine reinschlagen, aber der war nicht da, und daher befürchtete er, er würde Nicholas H. Nicholas gleich eine verpassen, falls er noch länger mit ihm in einem Raum war.

Daher nahm er seine Taschenlampe.

»Wieder auf Streife?«

»Was geht's dich an.«

»War ja nur 'ne Frage, Mann«, ging Nicholas in die Defensive.

»Ich weiß. Weiß ich doch, verdammt. Ich bin im Moment nur nicht so gut drauf, hab die Schnauze voll.« Mehr brachte er als Entschuldigung einfach nicht zustande, schließlich war das alles nicht seine Schuld.

Wütend stieß er die Tür vom Security-Büro auf und ging den Korridor hinunter. Er hatte nicht mal die Lampe eingeschaltet und verließ sich darauf, sich auch im Dunkeln zurechtzufinden.

Er wollte nur noch aussteigen.

Einmal hatte er es schon versucht.

Nach dem zweiten Deal hatte Chuck so lange gewartet, bis der Mann mit der Kanone ihm das Geld gegeben hatte, und dann gesagt: »Ich kann das nicht mehr.«

»Sicher können Sie das.«

»Nein. Die Sicherheitsmaßnahmen wurden verschärft.«

»Sie sind die verdammte Security, Mann!«

Der Mann hatte böse aufgelacht, wobei er das Gesicht höhnisch verzog. Fast hätte Chuck klein beigegeben, doch dann gab er sich einen Ruck. Weil er Jeff im Nacken hatte, straffte er die Schultern und redete ruhig weiter.

»Ich mach das nicht mehr. Wir haben hier einen Neuen. Nicholas. Er fährt einen 99er Civic. Der wird das machen.«

Der Mann packte ihn so schnell am Kragen, dass Chuck die Hand gar nicht kommen sah. Er verlor das Gleichgewicht und stolperte. Schließlich berührte er nur noch mit den Fußspitzen den Boden, als der Mann ihn mit aller Kraft zu sich hochzog.

»*Du* machst das«, sagte der Mann betont ruhig. »Du machst das, oder du kannst zusehen, wie deine Mutter schreit, wenn wir sie in heißem Fett wenden ... in dem elenden Drecksloch, das deine Eltern Restaurant nennen. Ich drücke deine Mutter mit dem Kopf zuerst in die Fritteuse, und wenn wir mit ihr fertig sind, wird sie wie diese beschissenen Wan Tans aussehen, du schleimiges kleines Schlitzauge. Hast du mich verstanden?«

Chuck hatte verstanden.

Selbst jetzt dröhnte die Stimme des Mannes noch in seinem Kopf, laut und deutlich. Die Worte pochten wie Kopfschmerz und ließen ihn schwindeln.

Er kam am Produktionsbereich vorbei, ohne auch nur einen Blick auf die halb fertigen Triebwerke zu werfen, die er so gerne konstruiert hätte. Ja, bestimmt hätte er die Modellreihe verbessern und mit seinen genialen Einfällen perfektionieren können.

Die Kantine lag im Düstern. Die Warenautomaten brummten und boten ihre erbärmlichen Sandwiches und vertrocknetes Obst in einem trüben Licht an.

Lange Gänge führten tiefer in die Anlage und verloren sich wie Tunnel in der Dunkelheit. Wäre es um das Leben eines anderen gegangen, hätte Chuck bei der Metapher »kein Licht am Ende des Tunnels« lauthals gelacht. Aber da es sich um sein eigenes Leben handelte, brachte er nicht einmal ein müdes Lächeln zustande.

Im Trakt der Ingenieure brannte noch Licht.

Ob Nicholas dort irgendetwas zu suchen hatte? Wenn ja, so musste er vorn über die Haupttreppe gekommen sein. Chuck würde Nicholas ordentlich zusammenscheißen, weil er die Überwachungsbildschirme verlassen hatte. »Überwachungsbildschirme heißen nicht ohne Grund so«, hatte Lyle ihn einmal arrogant angeblafft, als Chuck gerade neu im Job gewesen war. Das war gefühlte Jahrmillionen her.

Chuck seufzte. Jetzt tat es ihm fast schon leid, dass er Nicholas vorhin beleidigt hatte. Nein, er würde wohl doch nichts sagen wegen der Bildschirme ...

Aber es war gar nicht Nicholas dort bei den Ingenieurbüros.

Chucks Blick fiel auf Annette Lim.

Annette hatte alles für den Abschlussbericht zusammengesucht. Scott wartete draußen auf dem Parkplatz im Auto, bei laufendem Motor ... einen Steifen in der Hose. Sie lächelte bei dem Gedanken. Bis zu ihrem dreiundzwanzigsten Lebensjahr war sie Jungfrau gewesen. Scott war ihr erster Liebhaber, und wenn es weiter so gut lief, würde sie sich auch nach keinem anderen mehr umschauen. Die Aussicht gefiel Annette. Sie war froh, dass sie sich nicht gleich dem Erstbesten an den Hals geworfen hatte, der es am Ende nicht wert gewesen wäre. Bislang hatten Annette und Scott sich um das Thema Heirat herumgedrückt, hatten nur ganz allgemein in diese Richtung gedacht oder die Beziehungen von Freunden, Verwandten oder Prominenten kommentiert. Sie wussten beide, dass sie gleich tickten, und daher ahnte Annette, dass es nur eine Frage der Zeit sein würde, bis Scott ihr einen Antrag machte. Wann immer er ihre Hand drückte oder still und nachdenklich wurde, beschleunigte sich ihr Herzschlag. Und auch wenn er sie noch nicht gefragt hatte, so wusste sie doch, dass der Tag kommen würde. Wenn er also wieder einmal nicht den Mut aufzubringen schien, steigerte das nur ihre Vorfreude, und ihr stilles Glück wuchs.

Klar, sie verdiente mehr als er, aber das störte weder Scott noch sie. Sie hatte hart für diesen Job gearbeitet, hatte auf vieles verzichtet und wie eine Irre gebüffelt, um einen hervorragenden Abschluss hinzulegen. Schon ihre Mutter hatte sich viel im Leben versagt, und diese Einstellung – diese Selbstkasteiung – hatte auf ihr einziges Kind abgefärbt. Annette war das Vorzeigemädchen, das auf so viel Vergnügen verzichtet hatte. Als sie dann den Job bei WAE bekam und kurz darauf Scott kennenlernte, zog sie nach Texas. Sie hatte das Gefühl, dass sich all die Mühen nun endlich auszahlten ...

Wann immer sie das Büro betrat, lief ihr ein kleiner Schauer über den Rücken, wusste sie doch, dass sie noch einen langen Weg vor sich hatte, ehe sie richtig gut in ihrem Job sein würde. Am MIT war sie es gewohnt gewesen, für ihre Leistungen bewundert zu werden, und sie wusste, dass sie es auch hier mit ihrem hartnäckigen Fleiß und ihrem Talent bis ganz nach oben schaffen könnte.

In Gegenwart anderer stellte Annette ihr Licht schon mal unter den Scheffel, aber sich selbst gegenüber war sie durchaus ehrlich. Obgleich sie bei Komplimenten reflexartig abwiegelte, bewahrte sie doch jedes Kompliment sorgsam in ihrem Gedächtnis auf, damit sie es immer wieder wie einen kostbaren Edelstein hervorholen konnte, um sich daran zu erfreuen. Und sie besaß bereits eine ansehnliche Sammlung dieser Edelsteine.

Hätte ihr allerdings jemand eine Waffe an den Kopf gehalten, hätte Annette zugeben müssen, dass nicht alles in ihrem Leben perfekt war. Die Makel fielen zwar gering aus und waren vermutlich bedeutungslos, störten sie aber enorm.

Irgendjemand wühlte nämlich in ihren Bürounterlagen herum.

Wenige Tage nach ihrem Einstand hatte ihr jemand die Tampons weggenommen.

Als Annette in die einzige Damentoilette gegangen war, weil sie einen Tampon aus dem Spender dort ziehen wollte, hatte der Toilettenraum komplett unter Wasser gestanden. In der Kloschüssel schwammen aufgeblähte weiße Baumwollbällchen an blauen Fäden. Geschlagene zwanzig Minuten hatte sie gebraucht, um die vollgesogenen Tampons einzusammeln, immer in Angst, jeden Augenblick könnten die Reinigungskräfte hereinkommen und ihr Vorwürfe machen.

Die einzigen anderen weiblichen Mitarbeiter bei WAE waren Cindy und Jennifer an der Rezeption, aber sie benutzten die Toilette in der Nähe des Eingangs.

Seither waren immer wieder merkwürdige Dinge passiert. Einmal fand sie eine Postkarte, die Scott ihr aus Las Vegas geschickt hatte, zerknittert im Papierkorb. Ein andermal entdeckte sie auf einem Dokument, das sie in die Ablage gelegt hatte, den Abdruck einer Kaffeetasse. Vor wenigen Tagen hatte sich jemand einen üblen Scherz erlaubt und die Schrauben an ihrem Schreibtischstuhl gelockert, sodass sie beinahe mit dem ganzen Stuhl umgefallen wäre.

Die Ingenieure schienen sie zu mögen. Auch Jennifer und Cindy mochten sie. Die anderen Neulinge, Neil Abbotsham und Jerry Gobereski, waren ihr gegenüber auch immer freundlich. Aber irgendjemand hatte etwas gegen sie, so viel stand fest. Und das nagte an Annettes Seelenfrieden. Bislang hatte sie sich niemandem anvertraut. Weder der Personalabteilung noch ihrem Freund Scott. Scott war ein netter, friedliebender Mensch, aber Annette ahnte, dass er sie drängen würde, in die Offensive zu gehen. Doch genau das wollte sie nicht. So war sie einfach nicht gestrickt. Dass Männer neidisch auf sie waren, hatte sie immer wieder erlebt, erst in den Physikkursen an der Highschool, später am MIT. Sie hatte sich angewöhnt, einfach alles an sich abprallen zu lassen, denn die meisten Dinge erledigten sich irgendwann von selbst. Mit dieser Strategie war sie bislang gut gefahren.

Annette schaute auf, als jemand die Tür zu ihrem Büro öffnete. »Oh«, meinte sie. »Hi.«

Bei diesem Typen bekam sie immer eine Gänsehaut, aber sie wollte sich ihr Unbehagen nicht anmerken lassen. Denn schließlich fiel ihr kein Grund ein, warum ihr ausgerechnet der Security-Mann der Firma schaden wollen sollte. Auf seinem Namensschildchen stand der ziemlich »unchinesische« Name Chuck. Insgesamt hatte sie jedoch wenig Vertrauen ins Sicherheitspersonal, genau wie andere Menschen ein komisches Gefühl bei Zirkusclowns bekamen. Und speziell dieser Security-Mann hatte etwas an sich, was Annette argwöhnisch machte.

Chuck sagte kein Wort und blinzelte nur merkwürdig. Dann öffnete er die Tür noch etwas weiter und schaute sich im Büro um, als suche er nach einem Eindringling.

Annette stand auf. Sie wollte das Büro möglichst schnell verlassen und war mit den Gedanken schon bei Scott, der unten im Wagen wartete. Sie ging in Richtung Tür.

Chucks Blick fiel auf die Unterlagen, die sich Annette

unter den Arm geklemmt hatte. »Sie nehmen sich Arbeit mit nach Hause?«

Annette war erleichtert, eine normale Frage aus dem Mund dieses merkwürdigen Mannes zu hören. Sie lächelte mit einem Achselzucken. »Sie wissen ja, wie das ist.«

»Nein, weiß ich nicht.«

Sie war überrascht, wie scharf sein Ton plötzlich war – fast feindselig –, obwohl sie nichts weiter von sich gegeben hatte als eine typische Small-Talk-Floskel. Ach, verzieh dich, dachte sie und spürte, dass sich Wut in ihr regte. Der Typ hatte als Security-Mann die Aufgabe, ihr ein Gefühl von Sicherheit zu geben, aber was tat er? Er löste Unbehagen in ihr aus.

»Also dann«, meinte sie. »Gute Nacht.«

Doch Chuck schob sich zwischen Annette und die Tür. Annette durchzuckte es heiß. Unruhe erfasste sie, und sie hörte ein Rauschen in den Ohren. Verblüfft sah sie Chuck in die Augen, ehe sie fast unterwürfig den Kopf senkte. In einer von Männern bestimmten Welt hatte sie es bis hierher geschafft, weil sie gelernt hatte, im richtigen Moment Zugeständnisse zu machen. Gleichzeitig überschlugen sich ihre Gedanken.

Was wollte dieser Typ von ihr? Warum hielt er sie auf? War *er* derjenige, der sie nicht ausstehen konnte? Die Antwort schien auf der Hand zu liegen. Aber wieso benahm er sich so seltsam? Der erste Panikschub ebbte ab, und Annette versuchte, ihre Gedanken zu ordnen: Scott wartete im Auto. Sie war nicht allein. Chuck würde es nicht wagen, sie auch nur anzurühren. Sie würde sich beschweren, falls er ihr zu nahe kam. Gleich morgen früh würde sie sich über ihn beschweren. Sie würden ihn feuern. Es würde ihr nicht leichtfallen, aber sie würde dafür sorgen, dass man ihn feuerte. Sein Benehmen war einfach zu dreist …

Die aufwallende Wut verlieh Annette neue Kraft.

»Entschuldigen Sie mich«, sagte sie und war selbst überrascht, wie fest ihre Stimme klang.

Chuck schwieg. Er sah, dass es in ihrem Bericht um Servos der Ruder ging. Seine Abschlussarbeit hatte er über Ruder-Servos geschrieben: *Seitenruder – Fehler, Schwachstellen und Feinabstimmungen.* Dr D'Agostino hatte ihm die Bestnote gegeben.

»Seitenruder-Fertigung«, sagte er leise.

Annette atmete erleichtert auf. Er wollte ihr gar nicht drohen: Er wollte mit ihr fachsimpeln. Der Typ konnte sich nur nicht benehmen, das war alles. Doch damit würde sie schon fertig. Seit dem Highschool-Abschluss war sie von Wissenschaftsfreaks umgeben gewesen, die alle keine Manieren kannten. Die Erleichterung war wie eine warme Welle, die durch ihren Körper schwappte.

»Ja.« Lächelnd schaute sie zu ihm auf.

Im selben Moment schlug Chuck ihr mit Neil Abbotshams Trophäe für den 1. Platz im Rückenschwimmen ins Gesicht.

25. Kapitel

An diesem Tag hatten sie gleich mehrfach befürchtet, im nächsten Moment tot zu sein. Als der Spuk dann vorbei war, strömten Ness die Tränen nur so über die Wangen. Tom hingegen verspürte kalte Wut. Und diese Wut richtete sich größtenteils gegen sich selbst. Es frustrierte ihn, dass er nicht in der Lage gewesen war, Ness zu schützen. In seiner Wut steigerte er sich in Gewaltfantasien hinein und wünschte, er hätte eine Schnellfeuerwaffe und die Gelegenheit, sich noch einmal zu beweisen.

Er hatte Ness sein ungemachtes Bett angeboten und saß auf der Bettkante, während sie schluchzte. Sie zuckte zusammen, als er sie an der Schulter berührte, und er konnte es ihr nicht verübeln. Er war erleichtert, als sie endlich einschlief, denn nun brauchte er nicht mehr so zu tun, als wäre er der Unerschrockene, der alles im Griff hatte.

Was für ein verdammter Irrsinn!

Dabei war Ness diejenige, die Stärke bewiesen hatte. Er hatte sich schwer auf sie stützen müssen, als er die Scheune humpelnd verließ, und seine Eier rebellierten bei jedem Schritt. Ness hatte ihm gesagt, er solle sich am Straßenrand ausruhen, und versuchte sich als Anhalterin. Einem verdutzten Trucker tischte sie ein Story von dreisten Autodieben auf, denen sie mit knapper Not entkommen seien, damit er ihnen ihre Verletzungen abkaufte.

Toms Beitrag beschränkte sich auf eine schmerzverzerrte Miene und ein mühsam hervorgestoßenes »Danke«, als der Trucker sie schließlich an einer Tankstelle am 710 Freeway absetzte. Erstaunlicherweise hatte der Typ keine Fragen gestellt. Tom dankte es ihm im Stillen. Mit einem Vierteldollar, den er noch in der Tasche hatte, riefen sie ein Taxi.

Im Krankenhaus musste er lange in der Notaufnahme warten, obwohl das Blut aus der Beinverletzung auf den Boden tropfte. Irgendwann kam eine junge Ärztin, die die Wunden nähen sollte.

Dr Joi war jung und hübsch, aber ihr Name täuschte. Sie versorgte seine Wunden mit dem Einfühlungsvermögen eines Feldarztes aus dem Bürgerkrieg. Wäre Ness nicht bei ihm gewesen, hätte Tom nach den ersten zehn von insgesamt achtundzwanzig umständlichen Stichen laut schreiend das Krankenhaus verlassen.

Jetzt streckte er sich im Wohnzimmer vorsichtig auf der Couch aus und versuchte auszublenden, dass sein Leben einem Scherbenhaufen glich. Er tastete nach der Fernbedienung unter seinem Hintern und schaltete den Fernseher ein. Das Flugzeugwrack in Oklahoma, das auch bei Anbruch der Dunkelheit noch qualmte, rief ihm in Erinnerung, dass er an diesem Tag mehr als eine Frau im Stich gelassen hatte.

Und was ist mit Chris Sterns Witwe?, fragte ihn eine kleine gemeine Stimme in seinem Hinterkopf. Tom ärgerte sich über diese unerwünschte Wortmeldung. Er hatte Vee an diesem Tag nicht enttäuscht, verdammt noch mal! Doch er würde sie vermutlich immer wieder enttäuschen und wusste nicht, wie er das ändern sollte.

Als dieselbe gemeine Stimme den Namen Sylvia Alvarez ins Spiel brachte, stöhnte Tom auf und rollte sich unter Schmerzen von der Couch.

Es war drei Uhr morgens, also sechs Uhr früh in D. C. Er griff nach dem Hörer und blätterte in einem kaum benutzten Adressbuch. Manchmal war die alte Technik einfach die beste.

Endlich fand er die Nummer, die er brauchte. Offenbar hatte er sie irgendwann einmal mit Bleistift an den Rand gekritzelt. Er hatte die Nummer lange nicht mehr gewählt und tippte die Ziffern jetzt, ehe er zu lange darüber nachdenken konnte.

Er war heilfroh, dass Kitty schon wach war. Von ihr erfuhr er, dass Lenny Munro das Einsatzteam in Oklahoma leitete.

»Klasse, so hab ich's mir gewünscht«, meinte er trocken.

»Tut mir leid, Tom.«

»Ach, schon egal.«

»Bist du okay? Bei dir müsste es doch jetzt, warte mal, gegen drei Uhr nachts sein, oder?«

»Mir geht's gut. Kann nur nicht schlafen.«

»Du solltest eine Schlaftablette nehmen.«

»Hat der Trottel schon erste Ergebnisse vorzuweisen? Steht die Unglücksursache schon fest?«

»Tom, das Ganze ist doch gerade mal sechzehn Stunden her!«

War das Flugzeug wirklich erst vor sechzehn Stunden abgestürzt? Es kam ihm so vor, als hätte Lucia ihn vor einer halben Ewigkeit angerufen.

»Komm, Kitty, inoffiziell, unter uns.«

»Da gibt es noch nichts, Tom.« Sie senkte die Stimme. »Du weißt doch, dass ich's dir verraten würde.«

»Danke.« Er seufzte. »Stehen irgendwelche Jobs für mich an? Hat Petes Auto vielleicht ein Leck am Motorblock? Brennt irgendwo eine Fritteuse bei McDonald's?«

»Tom ...«

»Ist schon in Ordnung.«

»Tom, geht es dir wirklich gut?«

Er hasste diesen besorgten Unterton. »Ja, verdammt gut sogar. Ging mir nie besser.«

Wieder herrschte Schweigen.

»Danke, Kitty.«

»Mach's gut, Tom.«

Tom legte auf und fühlte sich schlechter als vor dem Anruf. Er fragte sich, wie lange Lucia auf seinen Rückruf gewartet haben mochte. Sie hatte ihm vertraut. Inzwischen hatte sie vermutlich selbst bei der Hotline angerufen und sich mit Sandy ausgetauscht. Na dann, viel Vergnügen.

Falls Lucia schon Bescheid wusste, hoffte er, dass es ihr gut ging – und befürchtete doch das Schlimmste.

Er zappte sich weiter durch das Fernsehprogramm, bis er eine Dokumentation über Wale fand. Also sah er sich an, wie Buckelwale durch die Weltmeere zogen, und hoffte, endlich die Ablenkung gefunden zu haben, die er jetzt brauchte. Dennoch kehrten seine Gedanken immer wieder zu den Ereignissen des vergangenen Tages zurück.

Ness hatte ihn schwach und am Boden gesehen. Er hatte weder sich selbst noch ihr helfen können. Nichts als leere Drohungen hatte er ausgestoßen. Noch immer durchfuhr es ihn heiß, als er sich vor Augen führte, wie sehr er diesen Mistkerlen ausgeliefert und wie verzweifelt er gewesen war. Alles in ihm hatte nach Rache geschrien, aber was blieb, war das frustrierende Gefühl der Hilflosigkeit.

Die Wale im Fernsehen waren die ganze Strecke vom Südpazifik bis nach Nordkalifornien geschwommen, als Tom wieder aus seinem Selbstmitleid auftauchte und sich in Erinnerung rief, dass er vielleicht doch nicht so toll beim Pokern war.

Aber wenn er nicht das Poker-Ass war, für das er sich immer gehalten hatte, warum lag diesen Typen dann so viel daran, dass er für sie spielte?

Hatten die nicht ein Dutzend andere Spieler seines Kalibers an der Hand, die begeistert wären, Geld mit ihrem lasterhaften Hobby zu verdienen?

Wieso ausgerechnet er? Warum drohte man *ihm*? Was sprang für diese Leute dabei heraus? Warum machten sie sich die Mühe, einen Bundesbeamten zu kidnappen und einzuschüchtern?

Dann der Absturz in Oklahoma. Wieder eine 737. Lag es wieder an der Fan-Scheibe? Solange Lenny Munro die Untersuchung leitete, hatte Tom kaum eine Chance, an Informationen zu kommen. Ob Pete ihm Details verraten würde? Oder vielleicht Kitty? Er erinnerte sich, wie sie ihm ihre Zunge in den Mund geschoben hatte, und fragte sich, wie viel Einfluss er deshalb noch auf sie hatte. Wenn überhaupt. Sex war eine unsichere Währung.

Apropos Sex. Seine Gedanken kehrten zu Ness zurück. Sie kannte diesen Stanley – das hatte sie ihm erzählt, als ihr während des Essens die flüssige Butter übers Kinn gelaufen war. Sie kannte Stanley, aber wieso hatte er sie dann geschlagen. *Wieso, verdammt?*

Fragen über Fragen überschlugen sich in seinem müden Kopf, während die Buckelwale weiterzogen, um schließlich wieder nach Süden zu schwimmen – als wüsste auch nur einer von ihnen, was sie da eigentlich genau machten, zum Teufel!

Tom hatte noch keine zwanzig Minuten unruhig auf der Couch geschlafen, als er wieder aufwachte, weil sein Bein zu pochen anfing. Merkwürdigerweise galt sein erster Gedanke Lucia. Er fragte sich, ob sie inzwischen in Oklahoma war, ob ihre Familie sie begleitete, ob man Candice und Carlo hatte identifizieren können … Vielleicht gab es die beiden nur noch in kleinen Stücken. An vielen Absturzstellen hatte man die Opfer nur noch anhand von DNA-Proben identifizieren können. Ob Lucia sich gerade Blut abnehmen ließ, um herauszufinden, welche Überreste ihrer Schwester zugeordnet werden konnten? Aber vielleicht trug Candice ja eine unverwechselbare Uhr, die sie zum Geburtstag bekommen hatte? Oder eine Kette mit individueller Gravur? Vielleicht gab eine Zahnbrücke Aufschluss darüber, wer wer war … Wahrscheinlich quälte sich genau in diesem Moment ein Zahnarzt in Savannah aus dem Bett, um in den Praxisunterlagen Candice Holmes' Röntgenbild zu suchen.

Nicht zum ersten Mal überlegte Tom, woran man ihn identifizieren könnte, falls ein plötzlicher Tod Hackfleisch aus ihm machen sollte. Solange man noch seine Kreditkarte mit ihm in Verbindung bringen könnte, war die Sache nicht schwer, aber er fand es immer wieder deprimierend, dass es sonst wahrscheinlich keine Besonderheiten gab, anhand derer man ihn hätte identifizieren können. Er trug billige Uhren, keinen Ehering, hatte intakte Zähne. Okay, neben dem linken Auge hatte er eine kleine Narbe, seit er ausgerechnet während der Fahrprüfung einen Unfall gebaut hatte. Am College hatte er sich beim Basketball das Bein gleich zweifach gebrochen. Demnach existierten wahrscheinlich noch irgendwo Röntgenaufnahmen von dem Bein. Zumindest hoffte er das. Denn seine Blinddarmnarbe eignete sich wohl kaum als eindeutiges Erkennungsmerkmal.

Tom wünschte wirklich, er könnte etwas für Lucia und ihre Familie tun. Kurz spielte er mit der Idee, Pete zu bitten, er möge ihn nach Tulsa schicken, damit er bei der Untersuchung helfen könnte. Aber er wusste, dass er in Lennys Team so willkommen war wie ein Stiefkind mit feuerrotem Haarschopf.

Aus Oklahoma gab es inzwischen neue Bilder vom Unglücksort. Tom setzte sich aufrecht vor den Bildschirm, weil er alles genau sehen wollte.

Die Maschine hatte einen Krater in einem Maisfeld hinterlassen. Das, was vom Rumpf übrig geblieben und weder pulverisiert noch fortgeschleudert worden war, qualmte noch immer.

Das hohe Maisfeld im Umkreis der Maschine versperrte die Sicht auf den Boden. Tom verspürte fast so etwas wie Mitleid mit Lenny Munro. Die Absturzstelle war ein Albtraum für Ermittler, da man im Feld keine zehn Schritte weit sehen konnte. Die Mitarbeiter mussten entlang der Maisreihen nach Wrackteilen suchen und ihre Fähnchen neben menschlichen Überresten aufstellen. Wahrscheinlich konnte man sich nur aus der Luft, am besten mit einem Hubschrauber, einen echten Überblick verschaffen. Es würde Tage dauern, alle Besonderheiten an der Absturzstelle zu erfassen.

Dennoch lief Tom ein Prickeln über den Nacken. Bei dieser Kameraeinstellung brauchte er keine Unterlagen oder Nahaufnahmen, um zu erkennen, dass das Flugzeug mindestens eine gravierende Bruchstelle aufwies, und das am Übergang vom Rumpf zur rechten Tragfläche.

Hastig stand er auf, zuckte dabei unter Schmerzen zusammen und humpelte zu seinem Schreibtisch, wo er den Rechner hochfuhr.

Er verdrängte die früheren Bilder des Tages – Ness weinend und gefesselt am Boden, die rote Stelle unter ihrem Auge – und ging seine Favoritenliste durch. Es war ein Mix aus Job und Freizeit mit Seiten wie NTSB.gov, PokerStars.com oder Slutz.net.

Auf der Homepage des NTSB erfuhr er lediglich, dass der Absturz von Flug 823 bereits untersucht wurde. Ein Standardtext.

Slutz.net informierte ihn, dass Suzy mit den Maßen 36DD ihm einen blasen wollte. Ebenfalls ein Standardtext.

Auf der Boeing-Homepage wusste man angeblich nichts von dem Absturz. Auch das war nichts Neues.

Es war reine Gewohnheit, dass er auch den nächsten Favoriten anklickte.

Die Homepage von WAE bot wieder nur Langeweile – bis Toms Blick auf einen schwarz umrandeten Kasten fiel, der eine aktuelle Kurznachricht enthielt.

Tief betroffen gibt die WAE-Familie den Tod einer Ingenieurin bekannt. Annette Lim, 25 Jahre, war erst vor Kurzem ins Team gekommen und ein großer Gewinn für das Unternehmen. Miss Lim hatte eine vielversprechende Karriere vor sich. Ihre Freunde und Kollegen am Standort Irving, Texas, vermissen sie.

Tom googelte Annette Lim und blickte gespannt auf die Zeilen auf dem Bildschirm. Als er sein Gewicht verlagerte, zuckte er zusammen, da ihm die Eier immer noch wehtaten, aber plötzlich vergaß er sein Selbstmitleid. Bei *Irving Online* war er auf eine Agenturmeldung gestoßen.

AP – Am Freitag wurde auf dem WAE-Firmengelände in Irving, Texas, eine 25-jährige Frau tot aufgefunden.

Police Detective Ronaldo Suarez erklärte, die Ingenieurin Annette Lim habe starke Verletzungen am Kopf und sei bereits tot gewesen, als die Rettungssanitäter eintrafen. WAE ist der führende Hersteller von Flugzeugteilen und spezialisiert auf Triebwerke der Boeing-737-Reihe.

Detective Suarez: »Wir haben die Tatwaffe und einen Verdächtigen. Es handelt sich um einen chinesischstämmigen Amerikaner, der als Security-Mann auf dem Gelände von WAE arbeitet. Er wurde noch am Tatort festgenommen und befindet sich derzeit unter Polizeigewahrsam in einem Krankenhaus.

Tom betrachtete das Foto von Annette Lim. Kein Wunder, dass die Firma sie eingestellt hatte. Sie sah wirklich süß aus. *War* süß. Ach, zum Henker. Für Tom würde sie von jetzt an immer die Süße von WAE sein. Außerdem hatte er immer schon eine Schwäche für gut aussehende Leichen gehabt.

Er trommelte mit den Fingern auf der Schreibtischplatte und starrte Annette Lim an.

WAE. Sein Bauchgefühl verriet Tom, dass es da eine Verbindung zu seinem Fall gab, ohne dass er sie bereits erkennen konnte.

Kurz darauf stand er auf und humpelte zum Schlafzimmer. An der Tür lauschte er auf Ness' ruhigen Atem.

Er sah die Leuchtziffern seines Weckers: 4:27.

Um 4:35 saß Tom in einem Taxi und ließ sich zum LAX fahren.

Im Gegensatz zu Tom Patrick hatte Halo Jackson ein paar Freunde. Als sein Handy um halb sechs morgens klingelte und Vee weckte, obwohl Halo das Gespräch sofort angenommen hatte, dachte Halo ernsthaft darüber nach, den Anrufer umzubringen – es sei denn, ein Freund steckte in der Klemme.

Irgendwie überraschte es ihn nicht, Tom Patricks Stimme zu hören.

»Halo?«

»Ja! Was gibt's?«, murmelte Halo wütend und gleichzeitig möglichst leise.

»Können Sie mir ein günstiges Ticket nach Irving, Texas, besorgen?«

»Hey, es ist halb sechs morgens!«

»Ja, sorry.« Doch es schien Tom überhaupt nicht leidzutun. »Also, können Sie mir das Ticket besorgen, oder nicht?«

»Jetzt?«

»Ja.«

»Nein!«

Halo hätte gern ein altmodisches Telefon gehabt, denn dann hätte er den Hörer aufknallen können, anstatt das Gespräch mit einem Tastendruck zu beenden.

»Wer war das?« Vee rollte zu ihm.

»Tom Patrick.«

Da Vee schwieg, erinnerte er sich, woher sie Tom Patrick kannten – und das rief ihm in Erinnerung, dass er mit der Witwe seines besten Freundes im Bett lag.

»Geht's um Chris?« Auch Vee hatte die Begegnung nicht vergessen.

Halo war im Begriff zu verneinen, als der Groschen fiel. Tom hatte ihn eiskalt erwischt. Halo war noch so verschlafen gewesen, dass er kaum seinen eigenen Namen wusste und nur Vees warmen Körper neben sich wahrgenommen hatte. Aber jetzt rief er sich den Absturz der 737 am Vortag ins Gedächtnis. Und die Triebwerke der 737 wurden von WAE hergestellt. In Irving, Texas.

»Mist!«, rief er und tastete im Dunkeln nach seinem Handy.

26. Kapitel

Chuck Zhongs Eltern kamen ihn jeden Tag besuchen, obwohl es ihm lieber gewesen wäre, sie hätten sich nicht blicken lassen. Es strengte ihn zu sehr an, sich in ihrer Muttersprache mit ihnen zu unterhalten. Seine Eltern waren vollkommen durcheinander und hatten entsetzt zugehört, was man ihrem Sohn vorwarf. Mehr denn je empfand Chuck seine Eltern als Belastung und wollte sich nicht auf sie einlassen.

Als man ihnen erklärte, wie die Anklage lautete, hockten sein Vater und seine Mutter wie kleine verschreckte Kinder nebeneinander, hielten sich an den Händen und schauten fassungslos zu den Beamten auf – als hätte jemand im Lucky Eight ein Gericht jenseits der magischen Zahl 125 bestellt.

Chuck wusste, dass seine Eltern von ihm erwarteten, dass er ihnen alles erklärte. Aber das konnte er nicht. Er konnte ihnen nicht in die Augen sehen, wusste nicht, was er ihnen sagen sollte. Er vermochte selbst nicht nachzuvollziehen, wie er Annette Lim töten konnte. Das Ganze erschien ihm geradezu absurd. So etwas würde er nie tun – *könnte* es gar nicht.

Wann immer er sich den Ablauf der Ereignisse in Erinnerung rief, kam er nur bis zu dem Moment, als er die Trophäe packte, der jungen Frau damit ins Gesicht schlug und lachte. Ja, er hatte gelacht. Das war doch irreal, oder nicht? Es hieß, er habe mehrfach auf sie eingeschlagen und ihr den

Schädel regelrecht zertrümmert. Danach soll er sich den Gürtel um den Hals gelegt und versucht haben, sich am Türknauf zu erhängen.

Das war doch lächerlich. Absurd.

Irgendjemand hatte ihm erzählt, Nicholas Nicholas habe ihn reanimiert. Das erklärte vermutlich, warum Chuck den schwachen Geschmack von Lotussamenkernen auf den Lippen hatte, als er in der Notaufnahme wieder zu Bewusstsein gekommen war.

All diese Eindrücke verstärkten ihn noch in seinem Gefühl, nichts als surreale Bilder im Kopf zu haben.

Doch als die Tage verstrichen und die Albträume am jeweiligen Morgen nicht abebben wollten, wurde Chuck allmählich klar, dass sein Leben so gut wie vorbei war. Und das vermutlich im wahrsten Sinne des Wortes, wenn er daran dachte, wie schnell in Texas die Todesspritze zum Einsatz kam. Eine furchtbare dunkle Schwere senkte sich auf ihn und ließ ihn schweißnass, frierend und in panischer Angst zurück. Verzweifelt versuchte er, der Panik Herr zu werden, aber sie ließ sich nicht vertreiben und war ständig präsent.

Im Krankenhaus wurde Chuck von einem übergewichtigen Detective Suarez verhört, der clever wirkte und seinen Spaß daran zu haben schien, ihn zu verunsichern. Chuck flüchtete sich in eine posttraumatische Belastungsstörung und – als letztes Mittel – in den Schlaf.

»Sind Sie noch Jungfrau?«, bellte Suarez ihn an.

»Nein!« Das war die erste Frage, die Chuck wahrheitsgemäß beantwortete. Verfluchter Kerl!

»Und das könnte jemand bestätigen?«

Chuck wurde rot und nannte ihm Veritys Namen. Suarez sah ihn an und schien sich zu amüsieren, dass jemand wie Chuck mit einer Frau namens Verity gevögelt haben sollte. Chuck spürte Wut in sich aufsteigen. Er wollte diesem Suarez sagen, wann und wie er Sex mit Verity Stringer gehabt hatte. Dass Verity den ersten Schritt gemacht hatte und dass sie es einmal im Unterstand beim Baseball getrieben hatten, dass *er* aber dann die Beziehung beendet hatte.

Dieser fette Mexikaner sollte sich zur Hölle scheren.

»Aber Sie waren richtig scharf auf diese Annette, was?«

»Nein. Ich brauche einen Arzt. Können Sie keinen Arzt holen? Ich fühle mich nicht gut.«

Suarez hörte darüber hinweg. »Verschonen Sie mich mit Ihrem Gejammer. Ich habe mir die Fotos angesehen. Mann, die Kleine war noch scharf, als sie schon tot war. Sie waren heiß auf sie, aber sie hat Sie abgewiesen.«

»Nein!«

»Was soll daran so schlimm sein? Sind Sie schwul, oder was?«, schrie Suarez ihn an.

Chuck zuckte zusammen und lief rot an. »Nein!« Unruhig rutschte er auf seinem Platz hin und her und wünschte, Suarez würde endlich die Klappe halten.

»Warum haben Sie ihr dann den Schädel zertrümmert?«

Chuck biss sich auf die Unterlippe. Er wusste, warum er Annette Lims Schädel zu Brei geschlagen hatte. In seinem Kopf konnte er ein logisches, schlüssiges Bild von der Sache zeichnen. Für ihn war klar, dass er in die Ecke gedrängt worden war und einfach keinen Ausweg mehr gesehen hatte: erst der demütigende Job im Lucky Eight, dann die Enttäuschung, mit seiner Bewerbung bei WAE nicht punkten zu können, dann die Bedrohung durch den Mann mit der Pistole und zuletzt ... die schlimmste aller Demütigungen, Jeff. Man hatte ihn so sehr in die Ecke gedrängt, dass er schlichtweg ausgerastet war.

Bei dem Gedanken, wie schnell ihm sein Leben aus den Händen geglitten war, wurde Chuck schwindelig. Er spürte Übelkeit aufsteigen. Viel zu spät erkannte er, dass er genau die Person vernichtet hatte, die seinen Zorn am allerwenigsten verdient hatte. Hätte er Jeff umgebracht oder den Mann mit der unreinen Haut, bei dem er sich in Todesangst die Hosen vollgepisst hatte, hätte er darüber sprechen können und wäre womöglich auf Verständnis gestoßen. Aber den Mord an Annette Lim konnte Chuck nicht rechtfertigen, nicht einmal vor sich selbst.

Das war der Moment, als er in Tränen ausbrach.

Detective Ronaldo Suarez lächelte. Diesen Part mochte er besonders gern. Den Moment, wenn sie einknickten und endlich ein Geständnis ablegten. In solchen Augenblicken ähnelte sein Job entfernt der TV-Serie *New York Cops – NYPD Blue*. Wahrscheinlich würde er nie einen Verdächtigen auf spektakuläre Weise verfolgen, doch es genügte ihm, wenn der Verdächtige beim Verhör einknickte und losheulte. Dann war Suarez zufrieden, denn er war sich genau bewusst, was er konnte und was nicht.

Aber auch Chuck Zhong kannte seine Grenzen. Er wusste, dass Suarez am Ende aus ihm herausquetschen würde, was er hören wollte. Doch Chuck war nicht dumm. Noch war er nicht so stark in seinem Albtraum gefangen, dass er nicht mehr wusste, wie viel Handlungsfreiheit ihm noch blieb. Es stimmte, dass er Annette Lim umgebracht hatte. Davon konnte er sich nicht freisprechen. Aber der Grund, warum er letzten Endes durchgedreht war, war sehr viel interessanter als die alte Geschichte vom hübschen Mädchen, das den trotteligen Jungen abweist.

Chucks Gedanken waren ein wenig ungeordnet, dennoch ließ seine Vorstellungskraft verlockende Bilder in ihm aufsteigen, die ihm Genugtuung verschafften: Jeff, der in der Knastdusche vergewaltigt wurde, während er auf den Prozess wegen sexueller Nötigung wartete. Dann pisste sich der Mann mit der Pistole die eigenen Hosen voll, während Cops ihn übel traktierten.

In seiner momentanen Situation, die ihn frösteln ließ, wärmten Chuck diese Bilder ein wenig. Mehr noch: Da er sein Leben verwirkt und jegliche Selbstachtung verloren hatte, waren diese Fantasien das Einzige, was ihm noch blieb.

Daher antwortete er auch nicht mehr auf Suarez' laute Fragen und betätigte die Klingel, bis eine Schwester kam und den fetten Detective aus dem Zimmer scheuchte – wie eine Biene, die einen dicken Bären vom Honig vertrieb.

Danach bat Chuck um ein Gespräch mit seinem vom Gericht bestellten Pflichtverteidiger, einem engelhaft lächelnden Mann um die sechzig, und schlug ihm einen Deal vor.

27. Kapitel

Sengende Hitze lag über Texas. Tom hatte geglaubt, die Karoo sei heiß, aber da hatte er sich wohl getäuscht. Texas war wie ein Grillrost, von dem heiße, flirrende Luft aufstieg. Tom hatte das Gefühl, dass seine Sohlen auf dem Gehweg klebten. Jedenfalls kam ihm dieser Gedanke, weil seine Schuhe bei jedem Schritt ein schmatzendes Geräusch machten. Er näherte sich den Glastüren der Polizeiwache von Irving.

Im Inneren traf ihn die klimatisierte Luft wie ein Schwall eiskaltes Wasser.

»Kann ich Detective Suarez sprechen?«

Der Sergeant am Schreibpult hob eine Augenbraue, schaute aber nicht von seinen Unterlagen auf. »Der hat zu tun.«

»Ja, weiß ich. Ich hätte da vielleicht ein paar Informationen für seinen aktuellen Fall.«

Erst jetzt musterte der Sergeant ihn gründlich von Kopf bis Fuß, angefangen bei den verschwitzten Haaren bis hinunter zu den alten, halb geschmolzenen Schuhen. Schließlich blieb der Blick des Sergeants auf dem NTSB-Abzeichen haften, das Tom ihm hinhielt. »Haben Sie das gestohlen?«

Tom war zu erschöpft für eine passende Retourkutsche. »Nein.«

Der Sergeant seufzte und deutete mit einer Kopfbewegung auf eine Reihe Plastikstühle. »Warten Sie dort.«

Mit keinem Wort hatte der Sergeant Tom auf Ronaldo Suarez vorbereitet. Tom hätte es zu schätzen gewusst.

Suarez wog über hundertfünfzig Kilo. Er war eher klein, nicht besonders kräftig und einfach nur unglaublich fett. Er hatte ein teigiges Mondgesicht und trug die dunklen Haare kurz wie bei der Army. Mit seinen zu Schlitzen verengten Augen, die dunkel unter buschigen Brauen hervorblickten, hätte man ihn sowohl für einen Chinesen als auch für einen Latino halten können. Nase und Mund lugten zwischen dicken Hängebacken hervor, das Kinn wabbelte auf dem blauen Hemd, das sich über Suarez' Leib spannte wie der Himmel über Texas.

Trotz der Körperfülle fegte Suarez durch die Schwingtüren, ließ sich kurz von seinem Sergeant informieren und streckte Tom dann eine riesige Hand entgegen, in der dessen eigene verschwand. »Ich bin Detective Suarez«, begrüßte er Tom und sah ihm direkt in die Augen. Tom hatte schlagartig vergessen, was er auf den ersten Blick über diesen Dicken gedacht hatte, so beeindruckt war er von seinen wachen, intelligenten Augen. »Was kann ich für Sie tun, Mr Patrick?«

»Ich kann Ihnen vielleicht helfen.«

»Das wäre ja mal eine Abwechslung.« Suarez grinste und entblößte kleine Zähne, die im Verhältnis zu seinem großen Kopf wie Milchzähne wirkten. »Kommen Sie mit.«

Tom folgte ihm durch die Schwingtür und versuchte, Schritt zu halten, während der Detective an den Arbeitsnischen der Mitarbeiter vorbeieilte, die nur mit milchigen Plastikwänden voneinander getrennt waren.

Suarez' Nische nahm keine Rücksicht auf den Leibesumfang des Detective. Sie war genauso groß wie die Arbeitsplätze der anderen Polizisten und mit dem gleichen

Stuhl ausgestattet, auf den Suarez sich nun niederließ. Tom hörte, wie die Hydraulik unter dem Gewicht ächzte. »Holen Sie sich auch einen Stuhl.« Suarez deutete auf eine verwaiste Nische, aus der Tom sich einen Drehstuhl holte und an den Schreibtisch rollte. Als er Platz nahm, stieß er beinahe mit seinen Knien an die des Detective.

»Also, was können Sie mir erzählen, Mr Patrick?«

»Es geht um Annette Lim. Wer ist der Mann, der in Untersuchungshaft sitzt?«

»Ein junger Mann namens Chuck Zhong. Sicherheitsmann bei WAE.«

»Und wissen Sie schon, warum er die Ingenieurin getötet hat?«

»Nein, noch nicht.«

»Was hat er denn bisher gesagt?«

»Nicht viel. Er ist gerade erst aus dem Krankenhaus entlassen worden und sitzt jetzt in Hutchins, Dallas, ein. Er stand bislang unter Beobachtung wegen Selbstmordgefahr. Er hat versucht sich zu erhängen, nachdem er die Tat begangen hatte. Ein anderer Wachmann fand ihn und reanimierte ihn wieder. Nur deswegen liegt er jetzt nicht in der Gerichtsmedizin. Ich durfte ihn bislang nur kurz sprechen, und er redet auch nicht viel. Ich will später noch mal zu ihm, um einen weiteren Versuch zu starten. Also, Mr Patrick, ich habe noch nicht ganz verstanden, wo Sie jetzt ins Spiel kommen.«

Tom grinste. Er mochte die direkte Art und hatte das Gefühl, einem Bullen wie Suarez vertrauen zu können. Er stand auf und rollte den Drehstuhl wieder in die gegenüberliegende Nische. »Wollen Sie einen Happen essen?«

»Wenn Sie zahlen?«

»Wenn ich muss.«

Für einen dicken Menschen aß Suarez verhältnismäßig wenig. Tom verschlang eine extragroße Pizza, während der Detective in einem Hühnchensalat herumstocherte.

»Diät«, erklärte er. Darauf wäre Tom nie gekommen.

»Die bringen doch alle nichts, diese Diäten«, meinte Tom. »Sobald Sie anfangen, dem Körper Nahrung vorzuenthalten, geht er in eine Art Wartestellung. Der Stoffwechsel verlangsamt sich, damit jede einzelne Kalorie verwertet werden kann.«

Suarez beäugte ihn kritisch. »Wollen Sie mich verscheißern?«

»Habe ich im Fernsehen gesehen.«

»Dann weg mit dem Mist hier«, fluchte Suarez und winkte dem Kellner. »Bringen Sie mir ein richtiges Chili. Und dazu Pommes.«

Während des Essens erzählte Tom ihm von der *Pride of Maine*, von seinem Trip nach Südafrika, von der Fan-Scheibe und dem Flanschbolzen sowie von den Unterlagen, die zu WAE führten. »Und jetzt diese Geschichte«, schloss er und rührte sich Zucker in den schwarzen Kaffee.

»Und Sie wollen da einen Zusammenhang sehen?«

Tom zuckte mit den Schultern.

»Kommt mir ziemlich weit hergeholt vor«, sagte Suarez. »Sie war ein hübsches Ding. Es könnte genauso gut eine Sex-Sache sein.«

»Das wissen wir wohl erst, wenn Ihr Verdächtiger bereit ist auszusagen.«

Suarez nippte an seinem Kaffee und stellte die Tasse mit einer fast grazilen Bewegung ab. »Und was dann?«

»Wenn es da einen Zusammenhang gibt, haben Sie Ihr Motiv, und wir halten uns gegenseitig auf dem Laufenden.

Falls ich mich irre, haben Sie wenigstens eine seltene Erfahrung gemacht.«

»Ach, ja?«, meinte Suarez. »Und die wäre?«

»Eine Einladung zum Mittagessen.«

»Mein Mandant möchte Ihnen einen Deal vorschlagen.«

Sie waren eben erst zur Polizeiwache zurückgekehrt.

Suarez sah überrascht aus und warf einen Blick zu Tom, der den Anwalt erwartungsvoll ansah.

Der alte Verteidiger mit den weichen Gesichtszügen, Charles Lumsden – niemals Charlie! –, war schon so lange im Geschäft, dass er alle Kniffe kannte. Wenn Chuck Zhong einen Deal vorschlug, wusste Suarez deshalb, dass auch ein Deal dabei herausspringen musste. Der Detective führte Tom und den Anwalt in ein Verhörzimmer, in dem sich Abfall von McDonald's angesammelt hatte. Es roch nach alten Pommes frites.

Lumsden stellte seine abgegriffene Tasche auf den Tisch, aber niemand nahm Platz. »Er wird zugeben, das Mädchen getötet zu haben, plädiert aber auf vorübergehende Unzurechnungsfähigkeit.«

Suarez gab ein Schnauben von sich. »Klar, diese Art von Unzurechnungsfähigkeit kenne ich. Ist in dem Moment vorüber, in der der Täter die Hose wieder zumacht.«

Lumsden ließ sich auf keine Diskussion ein. »Mein Mandant sagt, er sei von einem Kollegen erpresst worden.«

»Und weswegen?«

»Er hat die Firma bestohlen.«

»Was hat er gestohlen?«, meldete sich Tom zu Wort, auch wenn Suarez hier der Platzhirsch war und Tom das spüren ließ.

»Nicht viel«, fuhr Lumsden fort. »Nichts Wertvolles, wenn Sie das meinen.«

»Was soll denn dann der große Deal sein? Die Sache mit der Erpressung wird ihn nicht in den Wahnsinn getrieben haben«, sagte Suarez.

»Wie es aussieht, hat dieser Kollege meinen Klienten ... sexuell genötigt. Hätte mein Klient sich geweigert, hätte der Kollege ausgepackt.«

»Sexuell genötigt?« Suarez klang zweifelnd.

»Er wurde gezwungen, den Kollegen ... oral zu befriedigen«, erklärte Lumsden nüchtern.

Einen Moment lang herrschte Schweigen, da alle mit den ungebetenen Bildern beschäftigt waren, die bei diesen Worten in ihren Köpfen aufstiegen.

Tom fand als Erster die Sprache wieder. »Weil er angeblich nichts Wertvolles geklaut haben soll? Blödsinn!«

»Mein Mandant hat ein Diplom in Luftfahrttechnik. Wie es scheint, hat er fest damit gerechnet, eine Anstellung bei WAE zu bekommen, und zwar in der Triebwerksfertigung und nicht bei der Security. Jede Behauptung, er habe etwas entwendet – und sei es auch noch so unbedeutend –, hätte das Ende seiner Karrierewünsche bedeutet.«

Tom verzog das Gesicht. »Und Sie meinen, er hätte den Job bekommen, wenn herausgekommen wäre, dass er dem Typen einen bläst? Also das übersteigt meine Vorstellungskraft!«

»Egal«, meinte Suarez. »Wie kommt es aber dann, dass er sich das Mädchen vorknöpft? Wie passt sie ins Bild?«

Lumsden stieß einen Seufzer aus. »Offenbar glaubte er, dass sie ihm den Job weggenommen hat.«

»Das wäre doch mal ein Motiv!« Suarez wirkte äußerst

zufrieden. »Wen interessiert's, wer wem einen bläst oder warum? Mir genügt es, ihn darauf festzunageln.«

»Das ist wahr«, sagte Lumsden. »Aber jetzt kommt der Deal ins Spiel. Als Gegenleistung für die Aussage … Mr Zhong glaubt, dass er imstande ist, ein größeres Bild zu entwerfen.«

»Von was?«

»Wie es aussieht, waren es gezielte Diebstähle, und sie erstreckten sich bereits über einen längeren Zeitraum hinweg. Über Jahre sogar.«

»Was wurde denn nun gestohlen?«, warf Tom ungeduldig ein.

Lumsden wirkte verunsichert, als befürchtete er plötzlich, die Karten, die er in der Hand hielt, würden ihm doch nicht den ersehnten Pot einbringen. Er räusperte sich. »Unterlagen.«

Suarez machte eine abfällige Geste und lachte einmal trocken auf. »Wollen Sie mich auf den Arm nehmen? Es geht um kaltblütigen Mord, und er will einen Deal und hat als Gegenleistung nichts Besseres als verfluchten *Papierkram* zu bieten?« Er holte hörbar Luft, um erneut anzusetzen, sah dann jedoch zu Tom, dessen Blick mit einem Mal an den einer Wildkatze erinnerte, die ihre Beute erspäht hat.

»Unterlagen«, wiederholte Tom leise.

Während Suarez und Tom dem drei Jahre alten Mazda von Lumsden in Richtung Dallas folgten, wurde Chuck Zhong aus seiner Zelle geholt.

»Zhong. Besuch.« Der Wärter sprach den Namen wie Zong aus. Daran war Chuck gewöhnt. Seufzend erhob er sich und stellte sich gedanklich auf seine Eltern ein.

Aber es waren nicht seine Eltern.

Auf ihn wartete der Mann mit der Pistole und der unreinen Haut. Er saß auf der anderen Seite der Trennwand aus Polycarbonat auf einem der hässlichen Plastikstühle, ganz so als müssten im Knast auch die Besucher bestraft werden.

Natürlich hatte der Mann jetzt keine Waffe bei sich, aber Zhong blieb trotzdem für einen Moment wie angewurzelt stehen, als er die bekannte Visage sah. Der Wärter gab ihm einen Schubs, damit Chuck weiterging.

Chuck bekam eine Gänsehaut, als er auf seinen Platz sank. Er brauchte eine Weile, bis er sich überhaupt traute, dem Besucher in die Augen zu sehen und zum Hörer zu greifen.

Der Mann nahm den Hörer auf seiner Seite langsam ab und schwieg zunächst.

»Hi«, grüßte Chuck unsicher, als wären sie alte Kumpel.

Die Augen des Mannes waren dunkel und kalt.

»Ich wollte dir einen alten Freund zeigen«, sagte er.

»Klar.« Chuck war nervös.

Ohne den Blick von Chuck zu wenden, griff der Mann in seine Innentasche und holte ein Foto hervor. Mit seiner großen Hand drückte er das Bild gegen die Scheibe, sodass Chuck sich nur noch leicht vorzubeugen brauchte.

Einen Moment lang konnte Chuck gar nichts auf dem Bild erkennen.

Als sich die Farben und Formen dann doch plötzlich in seinem Kopf zusammensetzten, spürte Chuck, wie sich seine Blase zusammenkrampfte. Mühsam presste er die Beine zusammen, um zu verhindern, dass er sich wieder vollpinkelte.

Auf dem Foto war Lyle zu sehen. Lyle, dem der Suzuki gehörte. Lyle, der Jeff Bukelo gefällig gewesen war, bevor er es sein musste. Lyle, der fast geweint hätte, als er seinen Job verlor.

Ganz zu schweigen von seinem Leben.

Lyle war auf dem Foto nackt zu sehen. Fassungslos starrte Chuck auf den von Stacheldraht geschundenen Leib: Überall dort, wo man Lyle gefesselt hatte – an den Handgelenken, an den vor der Brust gekreuzten Armen und an den Knien und Fußknöcheln –, fraßen sich die Stachel in das Fleisch.

An der Stelle, an der einmal sein Geschlechtsteil gewesen war, klaffte eine blutige Wunde. Chuck verspürte den krankhaften Drang, genauer hinzuschauen, wo der Penis geblieben war …

»Er hatte einen großen Mund«, sagte der Mann, und damit waren alle Fragen, die im Raum standen, beantwortet.

Und so kam es, dass der Deal längst geplatzt war, als Tom Patrick, Charles Lumsden und Detective Ronaldo Suarez das Gebäude des Texas Department of Criminal Justice, kurz TDCJ genannt, in Hutchins, Dallas, erreichten.

28. Kapitel

Jeff Bukelo betrachtete Ronaldo Suarez abschätzig und fühlte sich dem Mann sofort überlegen. Er war dieses Gefühl gewohnt. Er fühlte sich fast immer überlegen, was daran lag, dass er Macht ausübte. Zu Hause über seine duckmäuserische Frau und die beiden verschüchterten Kinder, auf der Arbeit über seine Kollegen von der Security. Aber Jeff fühlte sich dem Detective vor allem deshalb überlegen, weil der Mexikaner noch sehr viel fetter war als er.

Jeff brachte selbst Einiges auf die Waage. Sein Bierbauch quoll über den Bund der Diensthose, aber er beruhigte sich immer mit dem Gedanken, dass sein Gewicht ihm dabei half, andere einzuschüchtern. Und im Grunde hatte er mit dieser Einschätzung recht. Aber dieser Bulle war ein verdammtes Wabbelfass, und im Gegensatz dazu fand Jeff sich fast schon schlank.

Natürlich hätte Jeff sich noch besser gefühlt, wenn der Bulle ohne einen Kumpel gekommen wäre, der verdammt schlank aussah, aber man konnte eben nicht alles im Leben haben – so schön es auch gewesen wäre.

Jeff taxierte Suarez und den anderen Kerl, dessen Name ihm schon wieder entfallen war. Jeffs Schweinsäuglein leuchteten verschlagen. Er war davon überzeugt, diese beiden Besucher mühelos in die Tasche stecken zu können.

Ungerührt drückte Suarez die Playtaste eines alten DVD-Rekorders der Polizei, und Jeff sah, wie sich Lyles Kopf über seinem Schoß vor- und zurückbewegte.

»Erkennen Sie das hier?«, bellte der Detective.

Jeff entging nicht, dass der dünne Mann zu blinzeln begann. Wie es schien, bestand Suarez' Verhörtechnik darin, die Verdächtigen mit schierer Lautstärke zum Geständnis zu schreien.

Jeff hatte dafür nur ein Achselzucken übrig. »Eifersüchtig?«

»Ja, irgendwie schon«, erwiderte der fette Mann überraschenderweise. »Ich wünschte, meine Frau wäre so gut.«

»Lassen Sie sich doch scheiden.«

»Sagen wir, wir sehen über den Vorwurf der sexuellen Nötigung hinweg, und Sie erzählen uns, *was* gestohlen wurde und *wer* dahintersteckt!«

Jeff fuchtelte mit dem Zeigefinger vor dem Bildschirm herum. »Ich habe deswegen schon Lohnabzug gekriegt!«

»Verdammte Scheiße, Mann!«, schrie Suarez. »Ich stecke Sie in einen Käfig voller Perverser! Und dann können Sie bald nicht mehr auseinanderhalten, ob man Ihnen den Lohn kürzt oder den verdammten Schwanz!«

Jeff schaute kurz zu dem schlanken Mann, der ihn gleichmütig aus grünen Augen betrachtete. Es begann Jeff zu nerven, dass dieser Typ den Mund nicht aufmachte. Was sollte dieser Mist? Böser Bulle und Ich-bin- vielleicht-der-noch-bösere-Bulle? Zur Hölle mit den beiden!

»Ist mir scheißegal.« Er zeigte wieder auf den Bildschirm. »Das da ist einvernehmlicher Sex zwischen Erwachsenen. Sollte Lyle was anderes erzählt haben, ist er eine alte Lügenschwuchtel.«

»Und wie steht's mit Chuck Zhong? Ist der auch eine alte Lügenschwuchtel? Ja?«

»Den habe ich nie angefasst.«

»Da erzählt er uns aber was anderes.«

»Dann ist eben auch er eine Lügenschwuchtel. Haben Sie irgendwelche Beweise? Oder ein anderes Video? Ansonsten verpissen Sie sich, alle beide.«

Der schlanke Mann stand langsam auf, und Jeff sah ihn an. »Okay, was soll das jetzt wieder?«, schimpfte Jeff vor sich hin. »Schreiender Bulle, stummer Bulle, oder was?«

Der schlanke Mann würdigte ihn keines Blickes. Stattdessen zog er einen Post-it-Block aus der Tasche und nahm sich einen Zettel. Jeffs Blick fiel auf die Überwachungskamera in der Ecke, ehe sich der Mann auf die Zehenspitzen stellte und die Linse zuklebte.

Jeff schluckte schwer und war sich plötzlich nicht mehr so sicher, ob er dieses Spiel noch im Griff hatte.

Dann kam der Mann auf ihn zu, scheinbar unbeteiligt, und schlug ihm plötzlich so hart ins Gesicht, dass Jeff mitsamt dem Stuhl hintenüberfiel.

Da Jeff ein so großer Mann war, war er bisher noch nie geschlagen worden. Er konnte sich jedenfalls nicht daran erinnern. Und nun war er froh darüber. Denn es tat höllisch weh.

Ehe Jeff sich jedoch richtig auf den Schmerz konzentrieren konnte, packte der schlanke Mann ihn bei den Koteletten und riss seinen Kopf herum, sodass er auf den Bildschirm schauen musste. Jeff schrie auf und sah aus den Augenwinkeln, dass Detective Suarez keine Anstalten machte, ihm zu Hilfe zu kommen. Der Bulle würde nicht dazwischengehen! Also käme er nicht für die Rolle des guten Bullen infrage.

»Glauben Sie, Ihre Frau würde sich gern mal das Video ansehen, Jeff? Oder Ihre Kinder? Die kleine Marlee und Jeff Junior? Glauben Sie, die Kleinen kommen klar mit der

Umschreibung ›einvernehmlicher Sex zwischen Erwachsenen‹? Ja, glauben Sie das?« Der Mann riss ihm wieder den Kopf herum, sodass Jeff erneut aufschrie.

»Ich verklag dich, du Bullenschwein! Ich sorge dafür, dass sie dich rausschmeißen!«

Der schlanke Mann begann zu lachen, und Suarez fiel in das Lachen mit ein.

»Ach ja?«, sagte der Mann und umschloss Bukelos Gesicht mit beiden Händen. »Haben Sie denn einen Beweis? Vielleicht ein Video?«

29. Kapitel

Nicholas Nicholas zeigte Suarez und Tom den Ingenieurbereich und das Büro, in dem Annette Lim ermordet worden war.

»Sollten Sie nicht längst zu Hause sein?«, fragte der Detective, diesmal in ruhigem Ton.

Nicholas zuckte die Achseln. »Ich hatte ein paar Tage frei. Aber ich glaube, es ist besser, sich mit Arbeit abzulenken.« Von der Türschwelle aus schaute er ins Büro und zog die Stirn in Falten.

Tom ergriff das Wort, ohne Nicholas anzusehen. »Wie lautet Ihr Mittelname?«

»Hudson.«

Tom tauchte unter dem Sperrband hindurch, das den Zutritt zum Büro versperrte. »Aha, aber ich glaube, zwei von drei Namen reichen mir.«

Nicholas Nicholas lächelte.

Suarez versuchte, ebenfalls unter dem Band hindurchzuschlüpfen, schaffte es aber nicht. »Mist.«

»Soll ich das Band für Sie durchschneiden, Detective?«, fragte Nicholas.

»Nein. Ich habe mich schon umgeschaut, bevor es gespannt wurde. Jetzt lasse ich dem verdammten Limbotänzer da den Vortritt.«

Tausende Kilometer entfernt war Tom schon einmal um das Objekt seiner Begierde herumgeschlichen – um die Fan-Scheibe in der behelfsmäßigen Scheune in Südafrika.

Auch hier, im Büro, ging er nicht direkt auf das zu, was ihn interessierte. Fast so als befürchtete er, es zu verschrecken. Tom war der Block mit Zertifikaten auf dem Schreibtisch sofort aufgefallen, kaum dass Nicholas die Tür geöffnet hatte. Sein Herzschlag beschleunigte sich.

»So haben Sie das Büro also vorgefunden?«, wandte er sich noch einmal an Nicholas Nicholas.

»Ja, so ziemlich. Nur dass da noch die Leiche lag.«

Tom und Suarez nickten. Das war bestimmt kein schöner Anblick gewesen.

Endlich trat Tom zu dem Block mit den Autorisierungszertifikaten.

»Hatten Sie die gesucht?«, fragte Suarez, und Tom gab so etwas wie ein zustimmendes Grummeln von sich.

Er beugte sich über den Block, als rechnete er mit weiteren Hinweisen. Auf jedem Zertifikat war rechts oben in der Ecke Platz für eine Seriennummer. Hatte ein Bauteil bei WAE die Qualitätskontrolle bestanden, erhielt es die entsprechende Fertigungsnummer, die auch in dem Zertifikat auftauchte.

Das war das offizielle Prozedere.

Es gab aber auch noch eine inoffizielle Variante: Die Sache sah nämlich sofort anders aus, wenn das Zertifikat gestohlen war. Dann konnte man im Nachhinein alles Mögliche in ein solches Zertifikat schreiben. Und das ursprüngliche Bauteil konnte durch ein billiges Imitat ersetzt werden.

Tom stand vor einem Stapel Papier, der über alles oder nichts entschied: Die Einträge in den Autorisierungszertifikaten machten aus einem minderwertigen Imitat ein Bauteil, das richtig viel Geld kostete. Denn sobald die Bauteile über die entsprechenden Papiere verfügten, vertrauten die Fluggesellschaften darauf, dass ihre Herstellung den höchsten Sicherheitsstandards entsprach. Wurde also eine Fan-Scheibe für lächerliche hundertfünfzig Dollar in irgendeinem Ausbeutungsbetrieb in Shanghai oder in einem Slum in Rio nachgebaut und als Original verkauft, blätterten Boeing oder Airbus dafür bis zu dreitausendfünfhundert Dollar auf den Tisch. Alle Beteiligten verließen sich darauf, dass die Sicherheitsstandards in der Branche eingehalten wurden und die Bauteile bei allen Kontrollen ordnungsgemäß zertifiziert worden waren.

Auf den ersten Blick würde ein Imitat nicht auffallen. Es fühlte sich genauso an wie das Original. Selbst ein erfahrener Ingenieur würde nicht stutzen, wenn er das Bauteil aus verlässlicher Quelle erhielt und zusätzlich die Unterlagen prüfen konnte. Danach baute er das Teil in ein Triebwerk ein und notierte im System, dass dieses Teil nach 1000 Starts und Landungen überprüft und nach 20 000 Einsätzen ausgetauscht werden musste.

Aber es würde bereits nach 12 000 Starts den Geist aufgeben.

»Sind Sie okay?«

Tom schaute auf und sah, dass Suarez ihn kritisch musterte. Erst da fiel ihm auf, dass er leicht zitterte. Er sank auf Annette Lims Stuhl. »Ja, verdammt.«

Unter den Seriennummern auf Annette Lims Block fand sich keine 501. Aber die Zertifikate, um die es Tom ging, hatte man bestimmt schon vor einiger Zeit von einem anderen Block entwendet, vielleicht zwei, drei oder sogar vier Jahre zuvor. Für Tom bestand inzwischen kein Zweifel mehr, dass die Unterlagen für die fehlerhaften Fan-Scheiben ursprünglich von WAE stammten. Und er bezweifelte nicht, dass Bauteile gestohlen worden waren.

»Haben Sie gefunden, wonach Sie suchen?«

Tom nickte und schwieg. Er traute den Bildern nicht, die vor seinem geistigen Auge auftauchten.

Er sah Ruder-Servos, die plötzlich klemmten, Relais, die nicht mehr richtig funktionierten, Luftbremsen, die sich zerlegten.

In seinem Kopf überschlugen sich Bilder von Flugzeugen, die in der Luft aufrissen, sodass Flugzeugteile und Passagiere vom Himmel regneten wie blutiges Konfetti.

»Hey, Mann, sind Sie okay?«, wiederholte Suarez.

»Warten Sie, ich hole Ihnen ein Glas Wasser«, bot Nicholas Nicholas an und schien aufrichtig besorgt.

»Ja«, sagte Tom schleppend. »Ein Drink wäre jetzt nicht schlecht.«

Tom trank, um sich zu betrinken. Suarez hörte zu, während Tom ihm von seinen Befürchtungen erzählte, und gab auf ihn acht wie eine Henne auf ihr Küken. Später brachte der Detective ihn zu einem Motel in Flughafennähe.

Suarez bestand darauf, ihn bis zum Zimmer zu begleiten, und kümmerte sich auch danach fast rührend um ihn. Er brachte ihm ein Glas Wasser nach dem anderen, bevor er ihm ins Bett half.

Als Tom gegen vier in der Früh aufwachte, weil seine Blase zu platzen drohte, erschrak er für einen Moment, da jemand im abgedunkelten Zimmer schnarchte: Suarez hatte sich in den einzigen Sessel gezwängt und war dort eingeschlafen.

Jetzt benimmt sich der Detective schon wie eine verdammte Ehefrau, dachte Tom. Aber manchmal war etwas Fürsorge gar nicht so schlecht.

Er schüttelte den dicken Mann wach. »Hey, Suarez. Ich bin in Ordnung. Ich ersticke schon nicht an meiner eigenen Kotze. Fahren Sie nach Hause, Mann.«

Müde quälte sich Suarez aus dem Sessel und taumelte verschlafen zur Tür.

»Vergessen Sie nicht, die Zertifizierungsunterlagen auf Fingerabdrücke zu untersuchen«, erinnerte ihn Tom.

»Ich ruf Sie an«, murmelte Suarez. »Wir kriegen das hin.«

»Yeah«, meinte Tom. »Das tun wir.«

Tom war immer noch ein bisschen betrunken, aber er war doch wieder so klar im Kopf, dass er sich ernsthaft die Frage stellte, wie dieser alberne Halo Jackson und der dicke Detective dieses ganze verdammte Durcheinander in den Griff kriegen wollten.

Tom fand nicht mehr in den Schlaf. Da er in einem Motel 6 war, dachte er unwillkürlich an Lucia, und das weckte wieder Schuldgefühle in ihm.

Ach, die kann mich mal, dachte er.

Dann fiel ihm wieder ein, dass ihre Schwester nicht mehr lebte, und er fühlte sich noch schlechter.

Seufzend schaute er auf die Uhr.

4:22.

Er sollte Ness anrufen und ihr sagen, wo er steckte. Der nächste Flieger, den er nehmen konnte, ging erst am folgenden Tag. Außerdem wollte Tom wissen, wie es ihr ging.

Aber er rief sie nicht an.

Wieder fiel sein Blick auf die Uhr.

4:29. Das war doch sinnlos.

Er stand auf, ging zu Fuß zum Flughafen und bezahlte

einen Strafzettel, weil er den Leihwagen im Halteverbot vor der Polizeiwache stehen gelassen hatte. Da er sich furchtbar fühlte, kaufte er gleich fünf Donuts, um seinen Alkoholpegel weiter zu senken, und setzte sich schließlich in einen der orangefarbenen Plastikstühle, in denen kein Mensch einschlafen konnte. Hatte man diese Mistteile extra so gebaut?

Trotzdem döste er irgendwann ein und riss die Augen erst wieder auf, als sein Handy klingelte. Pete LaBello hatte einen neuen Auftrag in Oklahoma für ihn: Ein Leck in einer Pipeline hatte ein paar Kühe getötet.

Tom konnte sich kaum konzentrieren, während er sich Notizen machte. Kurz darauf stand er auf und tauschte mit leicht zittrigen Händen das Flugticket nach L. A. gegen eins nach Tulsa.

Während er darauf wartete, dass Frau Oberschlau am Schalter die Flüge umbuchte, wurde Tom bewusst, wie er roch. Er seufzte. Jetzt musste er auf direktem Weg zum nächsten Einsatz und konnte nicht einmal mehr zu Hause vorbeischauen. Damit hatte er keine Chance auf frische Unterwäsche.

Was für ein Scheißleben.

30. Kapitel

Tote Kühe hörten sich am Telefon zunächst nicht sonderlich spektakulär an. Aber als Tom das Chaos mit eigenen Augen sah, verschlug es ihm den Atem. Es war aber ohnehin kaum möglich, normal zu atmen. Tom hielt sich die Nase zu und beäugte Everard Goby, Farmer und Viehbesitzer.

Der Mann nickte traurig. »Hab mich schon daran gewöhnt«, sagte er leise.

Tom schätzte die Zahl der toten Rinder auf fünfhundert.

»625«, sagte Goby mit Grabesstimme, als hätte er Toms Gedanken gelesen.

Die Sonne Oklahomas hatte ihr Übriges getan. Die Kadaver waren so aufgedunsen, dass jede Kuh wie ein mit Helium gefüllter Jahrmarktsballon aussah. Die Bäuche hatten groteske Proportionen angenommen, während die Beine schräg und steif vom Körper abstanden.

Tom erinnerte sich an Fotos vom Massensuizid in Jonestown, Guayana Ende der Siebziger. Die Leichen der Sektenmitglieder lagen neben- und übereinander und bedeckten den Urwaldboden. Auch dort waren die Leichen in der Hitze extrem aufgedunsen, sodass man die einzelnen Sektenmitglieder für Sumoringer hätte halten können, deren Kleidung an den Nähten geplatzt war. Tom fragte sich, ob es auch in der Siedlung von Jonestown so gestunken hatte. Sein Magen krampfte sich zusammen.

Um sich abzulenken, ging er neben der ersten Kuh in die

Hocke und betrachtete das arme Tier. Es war groß, hatte lange rötliche Wimpern und ein schön geflecktes Fell, das man sich sehr gut an der Wand eines Ranchhauses vorstellen konnte. Die riesige, bläuliche Zunge hing dem Tier aus dem Maul; ein grotesker Anblick. Tom musste unwillkürlich an Cartoons denken, in denen jemand eine Bratpfanne auf den Kopf bekam und Sterne sah.

Die Kühe taten Tom leid, aber im selben Moment kam er sich deswegen albern vor.

»Waren alle am Brunnen«, sagte Goby traurig. »Einen Tag ist alles bestens, am nächsten Tag sind alle tot.«

Tom spähte zusammen mit dem Farmer in den Brunnen, ehe er sich auf das kleine Trail Bike schwang, das Goby ihm zur Verfügung stellte und auf dem er ihm etwa anderthalb Kilometer durch die staubige Einöde folgte. Schließlich gelangten sie an die Stelle, wo die oberirdisch verlaufende Pipeline gebrochen war und das Öl in die sorgfältig gewarteten Wasserkanäle sickerte.

Fassungslos schüttelte Tom den Kopf, und ihm wurde bewusst, wie viel Pech man manchmal im Leben haben konnte. Wäre die Pipeline einen halben Meter weiter rechts oder links defekt gewesen, wäre das Öl im sandigen Boden versickert, statt in Gobys Kanalsystem zu fließen.

Er seufzte und sah, dass Goby nickte. Der Farmer schien das unausgesprochene Mitgefühl zu spüren.

Die ganze Angelegenheit war wirklich ein herber Schlag für Goby, aber Tom wünschte sich, dass alles, mit dem er es zu tun hatte, so simpel wäre. Öl im Wasser. Öl läuft aus der Pipeline. Die Pipeline führt geradewegs zum Schuldigen. Falls Farmer Goby nicht selbst zur Axt gegriffen hatte, um die Pipeline mutwillig zu zerstören und Versicherungsgelder zu kassieren, gab es hier keine Geheimnisse zu lüften.

Ehe sie über die staubige Ebene gefahren waren, hatte Tom die Fotos im Farmhaus gesehen. Stolze Aufnahmen von wohlgenährten Bullen, denen eine blaue Schleife um den Hals hing wie bei der Wahl zu Miss Oklahoma. Daneben standen prämierte Kälber und junge Kühe, und auf allen Fotos war Everard Goby zu sehen, fröhlich lächelnd und auf bescheidene Weise siegessicher. Kein Vergleich zu dem Mann, der jetzt neben Tom stand: Der Farmer wirkte um Jahre gealtert und unendlich niedergeschlagen. Eine derart sorgenvolle Miene sah man sonst nur auf Fotos von Farmern aus dem Mittleren Westen oder entwurzelten amerikanischen Ureinwohnern.

Sollte Goby vorsätzlich gehandelt haben, um an sein Versicherungsgeld zu kommen, würde Tom seine NTSB-Kappe fressen.

Kurz darauf rief er im Büro an und gab durch, dass die Pumpstation das Öl stoppen solle. Goby sagte er, er werde am nächsten Tag mit Arbeitsstiefeln und Overall wiederkommen und sich den Riss genauer ansehen. Mochte Tom auch oft ungewöhnliche Theorien aufstellen, voreilige Schlüsse hatte er im Dienst noch nie gezogen.

Gobys Frau bestand darauf, ihm noch etwas zu essen zu machen, ehe er ins Motel zurückfuhr. Die Steaks waren dick, der Krautsalat hausgemacht, und die beiden Söhne der Familie konnten sich benehmen. Doch Tom hatte immer noch keine Theorie für die Ursache des Lecks. Alles war denkbar. Einmal hatte er den Absturz eines Kleinflugzeugs untersucht, und wie sich am Ende herausstellte, hatte der Pilot vor dem Flug selbst einen Schraubendreher in den Tank gerammt. Seine Frau und seine Kinder waren an Bord, als er auf den Pazifik hinausflog. Wie es schien, hatte der Mann sich bei seiner Freundin mit HIV angesteckt und beschlossen, sich und seiner Familie die Schmach und das Elend zu ersparen. Was für ein egozentrisches Arschloch!

Irgendwann während des Essens erwähnte Gobys ältester Sohn – ein schlaksiger Junge von zwölf Jahren –, dass die 737 auf dem Feld eines Schulfreundes abgestürzt sei. Tom horchte auf und machte sich bewusst, dass er nicht nur vierzig Kilometer von Tulsa entfernt war, sondern dass es keine fünfzig Kilometer bis zu jenem Ort waren, den er einmal Nirgendwo in Oklahoma genannt hatte.

Nirgendwo, Oklahoma, wurde seinem Namen gerecht. Die einzigen Menschen in der Nähe der Absturzstelle wohnten in einem Ort namens Crossways, aber Ort war eigentlich schon übertrieben: Crossways bestand aus einer Ansammlung von etwa zehn heruntergekommenen Farmen, die man nur anhand der vor sich hinrostenden landwirtschaftlichen Geräte voneinander unterscheiden konnte. Tom sah abgemeldete Autos ohne Reifen, aufgebockt auf Ziegelsteinen, halb verfallene Hühnerställe und dürre, laut kläffende Hunde an erschreckend aufgefaserten Stricken.

Ein paar hundert Meter westlich der »Siedlung« entdeckte er die ersten Ausläufer des blau-weiß gemusterten Absperrbands, das im leichten Wind flatterte.

Das Flugzeugwrack war bereits von Weitem zu sehen. Die Maschine war in einem reifen Maisfeld aufgeschlagen, und rund um die Unglücksstelle sah es aus, als hätte man alte Asche vom letzten Grillfest verstreut. Hier und da ein Hubbel, ansonsten gab es nichts als verbrannte Erde und schwarze oder angesengte Maispflanzen.

Am Feldrand parkten jede Menge Autos. Polizeiwagen – aus Oklahoma, aus dem Distrikt und von der Highway

Patrol –, TV-Übertragungswagen, glänzende Mietautos, schmutzige Rostlauben, Pick-ups und andere Geländewagen.

Die Insassen der Fahrzeuge hatten sich überall verteilt. Tom wusste aus Erfahrung, dass es nur drei Arten von Leuten in der Nähe einer Absturzstelle gab: die Ermittler mit allen Helfern, die Hinterbliebenen und die »Leichenfledderer«, also die Schaulustigen, die es bei jedem Unfall gab. Man konnte diese Gruppen gut voneinander unterscheiden. Die Profis bewegten sich zielsicher in Richtung Absturzstelle, dann wieder von ihr weg, und hielten Arbeitsutensilien in der Hand. Gelegentlich steckten sie die Köpfe zusammen und diskutierten fachmännisch. Die Hinterbliebenen dagegen standen in kleineren Gruppen mit gesenkten Köpfen zusammen und bewegten sich kaum. Manchmal umarmten sie einander. Ansonsten starrten sie reglos auf die qualmenden Wrackteile, in der irrationalen Hoffnung, sie könnten die harte Realität ungeschehen machen und das Schicksal doch noch herumreißen, wenn sie die Unglücksstelle nur lange genug mit ihren Blicken fixierten. Die Leichenfledderer reckten die Hälse, drängelten sich vor und sprachen laut durcheinander, denn einer wollte im letzten Fernsehbericht mehr erfahren haben als der andere. Nicht selten picknickten die Schaulustigen oder setzten sich Kleinkinder auf die Schultern, damit auch der Nachwuchs besser sehen konnte. Ja, sie wollten Blut sehen. Die Leute waren immer erst dann zufrieden, wenn sie Blut sahen. Doch wenn sie ihre Neugier befriedigt hatten, reichte ihnen das meistens immer noch nicht. Irgendwann verschwanden sie dann, blässlich und in schlechter Stimmung. Bisweilen gaben Schaulustige sich selbstgerecht und schimpften, man habe sie nicht vor dem hässlichen Anblick gewarnt, für den sie extra angereist waren ... Es liefen doch schließlich Kinder hier herum!

Tom fuhr langsam an der schier endlosen Schlange von geparkten Autos vorbei und entdeckte kurz darauf Lenny Munro inmitten einer Schar ernst dreinblickender Männer. Munro hatte einen Sonnenbrand und wirkte müde und erschöpft.

Tom fuhr weiter, bis er eine freie Stelle am Feldrand fand. Vom Auto aus beobachtete er das Geschehen eine Weile lang wie in Trance, ehe er zum Handy griff und Pete anrief.

»Pete?«

»Tom.«

»Hast du schon Ergebnisse wegen des Bolzens?«

»Hast du deinen Job gemacht?«

»Bin gerade vor Ort.«

»Und wie kommt es dann, dass mich Munro eben angerufen hat und mir erzählt, er habe dich bei der Absturzstelle gesehen?«

Verdammt.

»Hatten wir nicht vereinbart, diskret vorzugehen, Tom?«

»Ach, scheiß drauf, du hast doch gewusst, dass ich hier vorbeischauen würde, sonst hättest du mich überhaupt nicht zu diesem Goby geschickt. Ein Fünfjähriger hätte die toten Kühe begutachten können!«

Er wartete darauf, dass Pete es abstreiten würde, aber nichts dergleichen geschah. Dann atmete Tom durch und sagte beschwichtigend: »Schau, ich bin nur kurz vorbeigefahren. Auf der Farm hätte ich heute sowieso nichts mehr machen können. Ich habe Sunoco schon gesagt, dass sie die Pumpen abstellen sollen, und morgen sehe ich mir die Bruchstelle genauer an.«

Er hörte, dass Pete etwas vor sich hingrummelte, was halb abweisend, halb verständnisvoll klang, und daher legte er nach. »Was ist nun mit dem Bolzen, Pete?«

Pete klang angespannt. »Das Labor fand Spuren, die darauf hindeuten, dass es bei der Rotation zur Unwucht gekommen ist ...«

»Ich wusste es!« Das bedeutete, dass der Bolzen bei den gegenläufigen Bewegungen der Flansche verbogen worden war. Wäre die Unwucht plötzlich aufgetreten, hätte es den Bolzen zerrissen. Doch die latente Unwucht während der Rotationsbewegung bewies, dass der Bolzen über einen längeren Zeitraum hinweg ständigem Druck ausgesetzt gewesen war.

»Sieht ganz danach aus, als hätte die Scheibe unter Spannung gestanden«, erklärte Pete weiter.

»So sehr, dass sie Spiel hatte?« Tom verspürte ein Engegefühl in der Brust.

Pete zögerte nur kurz. »Yeah, sie wird Spiel gehabt haben. Mehr als nur ein bisschen.«

Tom sah durch die staubige Windschutzscheibe des geliehenen Toyota und verspürte nicht Befriedigung, sondern Wut.

Die Fan-Scheibe ist fehlerhaft gewesen. Wenn er diese Annahme mit den gestohlenen Autorisierungszertifikaten in Verbindung brachte, musste er eigentlich nur noch zwei und zwei zusammenzählen. Ohne Zweifel handelte es sich um Imitate, also um gefälschte Bauteile.

Tom hatte keine Kinder. Aber wenn er eines Tages Kinder haben sollte und wenn eins davon vor einer vollgeschissenen Toilette liegen sollte, verreckt an einer Überdosis Heroin, dann würde er wahrscheinlich eine vergleichbare Wut spüren wie jetzt, und zwar auf den Scheißdealer, der seinem

Kind die tödliche Dosis verkauft hatte. Ein pochender Zorn stieg in ihm auf, der etwas von der Hitze und dem Licht Oklahomas zu verschlucken schien.

Er warf einen Blick in den Rückspiegel und sah Lenny Munro, der die Hände in die Seiten gestemmt hatte und sich Leuten stellte, die Antworten von ihm wollten. Der Mann war so von seiner Arbeit vereinnahmt, dass er nicht einmal Zeit gehabt hatte, sich Sonnencreme auf die Nase zu schmieren, die sich bereits pellte.

Die Absturzstelle war schwierig. Hinweise ließen sich nur schwer finden. An brauchbare Ergebnisse war noch schwerer heranzukommen ... »Gib ihn Munro«, sagte Tom leise.

Am anderen Ende der Leitung herrschte ungläubiges Schweigen. »Bist du sicher?«

Tom wusste, was alles in der Frage mitschwang. Der Bolzen war *sein* Fundstück und gehörte ihm allein. Er war sein Glückstreffer, seine materialisierte Vorahnung ... vielleicht sogar sein Ticket zurück in den Job. Das wussten sie beide.

»Yeah, ich bin mir sicher«, sagte er und unterbrach die Verbindung, ehe er es sich noch einmal anders überlegen konnte.

Er hasste Lenny Munro. Aber im Augenblick brauchten Munro und Lucia diesen Bolzen nötiger als er.

Ness rief ihn am nächsten Morgen an, als er gerade rittlings auf der Sunoco-Pipeline saß und das Leck begutachtete. »Hi«, meinte sie. »Wo steckst du?«

»Hi, Ness. Bist du okay?«, wich er ihrer Frage aus.

»Mir geht's gut. Wo bist du?«

Sie ließ ihn nicht vom Haken.

»Muss arbeiten.«

»Wo denn?«

Mist. Sie war wirklich hartnäckig.

»Ist das nicht egal?«

Das folgende Schweigen ließ ihn vermuten, dass Ness überlegte, ob sie das Gespräch einfach beenden sollte.

Sie tat es jedoch nicht, und fast war er enttäuscht darüber.

»Die wollen, dass du spielst«, sagte sie mit angespannter Stimme. »Kannst du bis heute Abend zurück sein?«

Tom ließ den Blick über die Rinderkadaver schweifen. Keine zweihundert Meter entfernt schleifte Goby einen seiner ehemaligen Zuchtbullen mit dem Traktor fort.

Er überlegte kurz und kam zu dem Schluss, dass er es schaffen könnte. Doch er war schon jetzt so kaputt, dass er die Frage nachschob: »Muss ich wirklich?«

Ihr frostiges Schweigen sagte mehr als tausend Worte.

Tom wartete am Terminal auf seinen Flug, als er Lucia sah. Sie ging an ihm vorbei, in Begleitung einer älteren Frau und eines jungen Mannes. Ihre Blicke trafen sich. Doch sie schaute schnell weg, offenbar in der Hoffnung, er habe sie überhaupt nicht erkannt.

Unter anderen Umständen hätte es ihm nichts ausgemacht, so zu tun, als hätte er sie nicht gesehen. Aber leider hatte er es nicht fertiggebracht, ihr zu helfen, und jetzt war er ihr eigentlich eine Erklärung schuldig. Obwohl er sich keine Worte zurechtgelegt hatte, setzte er sich in Bewegung und folgte Lucia.

Er sah, dass die drei auf den Flug nach Savannah warteten. Zwanzig Schritte vom Gate entfernt blieb er stehen und dachte nach. Wenn er Lucia jetzt erklärte, was ihn wirklich davon abgehalten hatte, ihr weiterzuhelfen, würde sich das wie die klassische Ausrede anhören: »Mein Hund hat die Hausaufgaben aufgefressen.« In Lucias Augen wäre er dann nicht nur unzuverlässig, sondern auch ein fantasierender Spinner.

Während er noch überlegte, wie er sich verhalten sollte, sah Lucia wieder zu ihm herüber und schaute diesmal nicht sofort weg. Aber ihre Miene war abweisend, fast feindselig. Dieser Gesichtsausdruck war nicht schwer zu interpretieren: Verpiss dich!

Einfach wegzulaufen würde bedeuten, seine Niederlage einzugestehen. Also ging er direkt auf sie zu und begrüßte sie. »Hi.«

Die ältere Dame, die er für Lucias Mutter hielt, schaute langsam und mit stark geröteten Augen zu ihm auf. Ihre Miene war so ausdruckslos, dass Tom vermutete, dass die Frau unter Beruhigungsmitteln stand. Sie trug weiße Sommerhandschuhe wie Damen in alten Filmen. Der junge Mann, der zwischen den beiden Frauen saß, sah müde aus, wirkte aber zugleich misstrauisch.

»Hallo.« Lucia blieb distanziert und höflich, aber Tom merkte ihr an, wie unruhig sie war.

Tom nickte ihrer Mutter höflich zu und auch dem Bruder. War der Typ überhaupt ihr Bruder? Vielleicht war er ihr Liebhaber? Er wusste, dass er ihr jetzt sein Beileid hätte aussprechen müssen. Aber diese Floskeln hatten sich für ihn noch nie richtig angehört, und er glaubte, dass auch Hinterbliebene gern darauf verzichteten. Daher hielt er sich mit Beileidsbekundungen zurück.

»Hat man ihre Leichen identifiziert?«

Als die drei ihn fassungslos ansahen, erkannte Tom, dass seine Worte nicht gerade eine mitfühlende Alternative waren.

»Man hat überhaupt nichts gefunden. Noch nicht. Man hat uns gesagt, wir sollen nach Hause fahren und abwarten. Daher …« Lucia funkelte ihn böse an, als wäre alles seine Schuld. Alles an ihrer Körpersprache sagte ihm, dass er sich zum Teufel scheren sollte, aber aus einem unerfindlichen Grund blieb er.

»Es tut mir leid«, sagte er schließlich. Das klang angemessen, und er hoffte, Lucia würde es gleichermaßen auf ihr letztes Telefongespräch und auf den Tod ihrer Schwester beziehen.

»Wir haben uns noch gar nicht vorgestellt.« Auch dem jungen Mann war Lucias frostiger Tonfall nicht entgangen. Er selbst sprach mit unterdrücktem Zorn, als er aufstand.

»Ist schon okay, Louis«, sagte Lucia, aber Louis sah immer noch wütend aus. Daher streckte Tom ihm die Hand entgegen.

»Ich bin Tom Patrick. Ich bin ein Freund von Lucia aus L. A.«

»Ein Freund vom College?«

»Yeah, genau«, log er. Immer schön den Ball flach halten. »Mein Beileid.« Die Worte waren ihm einfach so über die Lippen gekommen und klangen in seinen Ohren so unaufrichtig wie immer. Aber aus irgendeinem Grund wirkten sie beschwichtigend auf Louis, der den Blick senkte.

»Yeah, danke, Mann.« Er setzte sich wieder. Niemand sagte etwas, und Tom räusperte sich.

»Das sind meine Mutter und mein Bruder«, stellte Lucia ihm die beiden eher widerwillig vor. Tom kannte dieses Verhalten. Die Wohlerzogenen hielten sich an die gesellschaftlichen Spielregeln. Einmal hatte ihm ein trauernder Ehemann ein blaues Auge geschlagen, wobei er den Schlag mit den Worten eingeleitet hatte: »Mr Patrick? Tut mir leid, Sie behelligen zu müssen ...«

Lucias Mutter nickte ihm zu. »Schön, Sie kennenzulernen.« Dabei war es ihr bestimmt völlig egal, wer er war. Louis hockte mit hängenden Schultern auf dem Stuhl und stierte auf seine Hände.

Tom sah Lucia an. »Kann ich dich auf einen Drink einladen?«

Als sich ihre Augen weiteten, erinnerte er sich, dass er sie im Club schon einmal auf einen Drink eingeladen hatte. Noch vor dem Motel 6. Bevor er ihren weichen Körper neben sich gespürt hatte. Bevor sie ...

Offenbar war ihm anzumerken, wie ungeschickt er seine Frage inzwischen fand, denn sie sagte nur: »Klar.«

Sie gingen zu einem Café in der Nähe des Gates. Lucia sah inzwischen nicht mehr wütend aus, dafür aber hundemüde und sehr jung.

»Ich konnte dich nicht zurückrufen.«

Ihre Antwort war ein Achselzucken, als hätte sie sowieso nicht damit gerechnet. Und das ärgerte ihn. Also erzählte er ihr die Wahrheit. Oder zumindest den Teil der Wahrheit, in dem Ness nicht vorkam. Warum er Lucia nicht von dieser Beziehung erzählte, wusste er selbst nicht so genau – dabei müsste es einer Hure doch egal sein, wen ihre Kunden mit nach Hause nahmen.

Sie wendete den Blick von ihm ab, als er ihr erzählte, wie man ihn auf dem Parkplatz des Sawmill in den Kofferraum eines Thunderbird gezerrt hatte. Spätestens da ahnte er, dass sie auf Durchzug geschaltet hatte. Im Nachhinein kam ihm die Story selbst unwirklich vor.

»Denkst du, ich lüg dir was vor?«, fragte er schließlich.

Sie rührte in dem Milchschaum ihres Cappuccino herum.

»Schau dir das an«, sagte er, als ihm sein lädiertes Bein einfiel und er die Hose hochkrempelte, um Lucia die frische Naht zu zeigen. »Und mein Auto steht immer noch auf dem Parkplatz hinter dem Sawmill. Glaube ich zumindest. Mein schwarzer Buick, weißt du noch?«

Sie brachte ein schiefes Lächeln zustande. »Die alte Karre, ja?«

»Glaubst du mir jetzt?«

»Weißt du was? Es interessiert mich nicht die Bohne.«

Natürlich nicht. Ihre Schwester war tot. Warum sollte es sie da kümmern, ob er sie nun angerufen hatte oder nicht. Oder ob er ihr jetzt die Wahrheit erzählte. Ob er überhaupt noch lebte...

»Kannst du mir noch mal deine Nummer geben?« Er kramte einen Stift und eine Fünf-Dollar-Note aus seiner Hosentasche.

Lucia beäugte ihn kritisch.

»Falls ich euch doch noch helfen kann.«

Er wusste, dass es wieder einer dieser Sprüche war, die einem sowieso keiner abnahm. Mit müder Stimme nannte Lucia ihm die Nummer, die er sorgfältig notierte.

Es war vollkommen unangebracht, aber Tom ertappte sich dabei, wie er kurz auf Lucias Ausschnitt starrte und auf den Ansatz ihrer kleinen, festen Brüste. Doch dann zwang er sich, vernünftig zu sein. Einer trauernden Frau auf die Brüste zu starren wäre wirklich ein neuer Tiefpunkt in seinem Leben. Zumal er mit Lucia gerade noch einmal die Kurve gekriegt hatte.

»Hör zu«, begann er. »Wegen deiner Schwester ...«

»Lass uns über was anderes reden, okay?«, unterbrach sie ihn schnell.

»Klar.« Allerdings fragte er sich, worüber sie sich unterhalten sollten. Übers College? Über ihre Aussichten, beim Profi-Billard Karriere zu machen? Über Bücher, die man zuletzt gelesen hatte? Über Typen, die sie zuletzt gevögelt hatte?

»Ich muss los«, sagte sie. »Der Flieger meiner Mutter startet gleich.«

»Ach, du fliegst gar nicht mit?«

»Nein, Louis begleitet sie. Ich fliege zurück nach L. A. Muss heute Abend noch arbeiten.«

Er deutete unauffällig in Richtung ihrer Familie. »Wissen die beiden, wo du arbeitest?«

»Was glaubst du denn?« Er hörte keine Wut in ihrer Stimme, höchstens Geringschätzung.

Er zuckte entschuldigend mit den Schultern.

»Na dann«, sagte sie müde und stand auf.

»Ich fliege auch nach Hause zurück. Sollen wir gucken, ob wir Plätze nebeneinander bekommen?«

»Ich möchte lieber allein sein. Danke für den Cappuccino.« Mit diesen Worten ließ sie ihn sitzen. Immer höflich, dachte er, selbst wenn ich mich danebenbenehme.

Kurz darauf sah er sie wieder, als sie durch die Abfertigung gingen. Doch Lucia schaute starr geradeaus und ignorierte ihn einfach.

Er traf Ness auf dem Parkplatz des Bicycle Clubs. Ihre Wange war gerötet, ihr linkes Auge halb zugeschwollen. »Starr mich nicht so an«, sagte sie.

»Okay«, erwiderte er, wusste aber nicht, wo er sonst hinschauen sollte.

»Ich komme nicht mit rein.«

»Okay, verstehe.«

Sie reichte ihm drei Bündel Geldscheine. Er wusste inzwischen, dass er damit 30 000 Dollar in den Händen hielt. »Nach und nach eintauschen. Wenn du 20 000 eingesetzt hast, tauschst du zuerst nur 5000. Die Reserve nimmst du nur dann, wenn sich das Blatt wendet.«

»Okay.«

Er kam sich komisch vor. Er wollte beruhigend auf sie einreden, aber es hätte alles nichts gebracht. Er brauchte sie nur anzusehen, um sich schwach und nutzlos zu fühlen, und der Umstand, dass sie beharrlich seinen Blick mied, steigerte sein Selbstvertrauen nicht gerade.

»Riskier nicht gleich zu viel, wenn du ein Paar hast.«

Er nickte, öffnete die Beifahrertür und stieg etwas umständlich aus dem Lotus.

»Und Klappe halten, verstanden?«

Er hörte über die Bemerkung hinweg, denn das konnte er ihr nicht versprechen. »Wo treffen wir uns nachher?«

»Wieder hier.«

Tom hoffte insgeheim, er würde so hoch verlieren, dass die Hintermänner ihn nicht mehr haben wollten.

Während der ersten Stunde spielte er waghalsig, aber das Glück war ihm hold, sodass er aus den ersten 10 000 Dollar 16 000 machte. Irgendwann im Verlauf der zweiten Stunde fiel ihm ein, dass die Miete fällig war, er aber noch kein Gehalt bekommen hatte. Für den Flug nach Oklahoma hatte er seine Kreditkarte ausgereizt, mit der Reisekostenerstattung konnte er aber wie immer erst in einigen Wochen rechnen.

Seine Einstellung zum Spiel änderte sich, und seine Glückssträhne hielt an. Fünf Stunden später klopfte Tom an die Scheibe der Beifahrertür und weckte Ness. Dann setzte er sich zu ihr ins Auto und übergab ihr insgesamt 89 000 Dollar. Das zweite Bündel Scheine hatte er nicht mal angerührt.

Sie schenkte ihm ein schiefes Lächeln, und er hatte das Gefühl, dass die Anspannung der letzten Tage ein wenig von ihm abfiel. »59 000 Dollar Gewinn, Tom.« Sie bedachte ihn mit einem gespielt enttäuschten Blick. »Hättest du die 60 000 nicht rundmachen können?«

Er hob hilflos die Hände. »Das Blatt wendete sich allmählich. Ich musste meine Haut retten.«

Sie reichte ihm die vereinbarten zehn Prozent Gewinnbeteiligung.

»Kann ich dir einen Donut spendieren?«

Zu seiner Überraschung willigte sie ein.

Sie aß zwei glasierte Donuts und ging später mit zu Toms Wohnung. Er bezog das Bett frisch und liebte sie dann zärtlich und vorsichtig wegen ihrer Prellungen im Gesicht und am Arm.

Es war lange her, dass sich Tom im Bett so viel Zeit für Zärtlichkeiten genommen hatte. Schon lange bevor Ella ihn verlassen hatte, war ihr Liebesspiel fast mechanisch und fade geworden. Aber Ness kam ihm so verletzlich vor, dass er nun besonders achtgab. Er hatte beinahe vergessen, wie gut es sich anfühlte, fürsorglich und umsichtig zu sein. Ness weinte, als sie kam, was ihn verunsicherte, aber dann zog sie ihn zu sich, sodass er in sie gleiten konnte. Und so vermutete er, dass es nicht so schlimm sein könne, und kostete den eigenen Höhepunkt aus.

Trotzdem wusste er, dass er versagt hatte, auch wenn er hoffte, wenigstens für ein bisschen Wiedergutmachung gesorgt zu haben.

Verdammt, sollte er sich denn wirklich an einem einzigen Tag bei gleich zwei Leuten entschuldigen müssen?

31. Kapitel

Ness verließ die Wohnung, während er noch schlief. Als er es merkte, fühlte er sich einerseits wie ein Callboy, andererseits erleichtert. Small Talk während des Frühstücks war nicht seine Stärke.

Eine Weile lag er im Bett und sann darüber nach, wie es sich anfühlte, in Ness zu sein, bis ihm die 5900 Dollar einfielen, die er die Nacht zuvor verdient hatte. Er kramte in seinem Gedächtnis, weil er sich fragte, wann er sich zuletzt so gut gefühlt hatte.

Nachdem er geduscht hatte, rief er Halo an und bat ihn, ihn nach Santa Ana zu fahren, weil er sein Auto abholen wollte.

»Heute ist mein freier Tag«, klagte Halo.

»Was für ein Glück ich doch habe«, erwiderte Tom fröhlich.

Halo jammerte ihm noch ein bisschen die Ohren voll, aber schließlich erklärte er sich doch bereit, Tom abzuholen. Sowie er zugestimmt hatte, ließ Tom ihn wissen, dass es Fortschritte bei den Ermittlungen gab.

»Was?« Halo war ganz Ohr.

»Bis in einer halben Stunde.« Tom legte auf.

Halo ließ sich zehn Minuten mehr Zeit, nur um Tom zu zeigen, dass er nicht sofort sprang, nur weil dieser rief. Tom musste an der Straße warten, aber das war ihm egal.

»Oh, Sie haben den Spiegel reparieren lassen«, war alles, was Tom als Begrüßung zustande brachte.

»Ja, seien auch Sie gegrüßt«, konterte Halo und fädelte sich in den Straßenverkehr.

»Wir könnten unterwegs was frühstücken, wenn Sie möchten. Ich lade Sie ein.«

Halo fuhr an drei Schnellrestaurants vorbei, ehe er auf dem Bellflower bei Rosie's anhielt.

»Was passt Ihnen nicht an den anderen Restaurants?«, wollte Tom wissen.

»Die sind mir zu billig.«

»Sie können verdammt kleinlich sein«, sagte Tom mit einem Lächeln und stieg aus.

»Wieso humpeln Sie jetzt auch noch?«

Tom wartete, bis sie bedient wurden, ehe er Halo von dem Thunderbird, der Scheune und den Trips nach Texas und Oklahoma erzählte.

Als er fertig war, lehnte Halo sich auf seinem Stuhl zurück und sah Tom aus argwöhnisch verengten Augen an. »Mann, ich weiß nicht. Entweder ist es Ihnen wie dem Typen in *Die drei Tage des Condor* ergangen, oder Sie haben sich in Tijuana volllaufen lassen.«

Tom nahm die Rechnung entgegen. »Apropos Tijuana. Ist Ihr Kumpel wieder aufgetaucht?«

»Niño? Nein. Sylvia dreht noch durch.« Halo spielte mit seinem Kaffeelöffel. »Sie gibt übrigens Ihnen die Schuld, wissen Sie das?«

»Ach, ist das so«, meinte Tom. Genauso gut könnte Sylvia Alvarez ihn für die globale Erwärmung verantwortlich machen. Ihm war es egal. Als er die Rechnung überflog, runzelte er die Stirn. »Hatten Sie einen Obstsalat?«

»Zum Mitnehmen.«

»Gott! Soll ich Ihnen auch noch Ihre Einkäufe bezahlen, nur weil ich gerade mein Portemonnaie in der Hand habe? Wie wär's mit Mittagessen und 'nem verdammten Kinoabend?«

Halo ließ den Sarkasmus an sich abprallen. »Ich meine, sie ist gerade dabei, die Wohnung zu renovieren und so weiter. Und Niño springt auf und ist auf und davon. Nur weil wir vorbeigekommen sind ...«

Tom hielt inne, als er überlegte, wie viel Trinkgeld er geben sollte. Plötzlich grinste er Halo an.

»Wie gut können Sie tapezieren?«

»Hey, hören Sie!«, protestierte Halo. Als Tom noch immer grinste, gab Halo schließlich nach und meinte: »Aber nur das Wohnzimmer, okay?«

Tom tippte mit dem Fuß auf den Boden.

»Okay, und die Küche.«

Das Sawmill hatte noch geschlossen. Der Buick war das einzige Auto auf dem Parkplatz. Tom hoffte, dass Lucia den Wagen am Abend zuvor gesehen hatte und ihm glaubte, dass er kein Lügner war. Zumindest was das betraf.

»Also, was machen wir jetzt?«, fragte Halo, als er neben Toms Auto hielt.

»Sie meinen, was *ich* jetzt mache, oder? Denn soweit ich das beurteilen kann, hängen Sie nur rum und vögeln die Frau Ihres toten Kumpels, während man mir Feuer unterm Arsch macht.«

Halo schüttelte den Kopf und fluchte leise, als Tom ausstieg. »Ich warte besser noch, falls er nicht anspringt.«

»Klugscheißer.«

»Ich hab Ihnen schon mal gesagt, dass Sie besser auf Ihr Auto aufpassen sollten.«

»Es bringt mich von A nach B.«

»Falls es nicht gerade in C verreckt ist«, bemerkte Halo, doch der Buick keuchte nur kurz und sprang dann an. Tom zeigte Halo den ausgestreckten Mittelfinger als Dankeschön und auf Wiedersehen in einem.

Tom überlegte, ob er die Zeit in Santa Ana totschlagen sollte, bis das Sawmill um sieben Uhr abends aufmachte, aber er wusste nicht, was genau er bis dahin dort machen sollte. Langsam fuhr er den Weg zurück nach Long Beach und zuckte jedes Mal zusammen, wenn sein Bein zu pochen begann, nur weil er das Gaspedal ein klein wenig herunterdrückte.

Es brachte ihn fast um den Verstand, so langsam fahren zu müssen. Um sich abzulenken, rief er während der Fahrt Ronaldo Suarez an.

»Hey, Tom, ich wollte mich auch gerade bei Ihnen melden«, sagte Suarez.

»Ach ja? Ich musste gerade an Nicholas Nicholas denken.«

»Sieh mal einer an, ich auch.«

»Da Chuck nicht mehr da ist …«

»Könnten die Hintermänner ihn kontaktieren und drängen, weitere Zertifikate zu stehlen.«

»Genau.«

»Was sind wir doch schlau!«, rief Suarez.

»Und manchmal auch dumm. Gab es Fingerabdrücke auf dem Block?«

»Auf allen drei Blöcken in dem Büro sind Chuck Zhongs Abdrücke, aber auf keinem der Blöcke im Bereich der leitenden Ingenieure.«

»Vielleicht fürchtete man, die Neuen würden den Kopf hinhalten müssen, wenn auffällt, dass wichtige Unterlagen fehlen.«

»Könnte sein.«

»Sonst noch Fingerabdrücke?«, wollte Tom wissen.

»Yeah, Lyle Parkers sind auf zwei Blöcken. Dann noch die von einem früheren Wachmann, einem gewissen Steven Jones.«

»Also ging es all diesen Leuten um die Unterlagen.«

»Soweit wir das beurteilen können, ja.«

»Was sagt eigentlich das Management von WAE dazu?«

»Ich habe veranlasst, dass sie in ihren Datenbanken nach fehlenden Seriennummern suchen. Die sind stinksauer wegen der Vorwürfe. Ich weiß nicht, ob sie es mir sagen würden, wenn sie etwas fänden.«

»Warum laden Sie die Leute nicht vor?«

»Kann ich nicht. Jedenfalls nicht beim gegenwärtigen Stand der Ermittlungen. Ich habe eine Leiche und ein Geständnis. Mein Boss wäre so weit zufrieden. Alles andere bleibt vorerst Spekulation. Und das ist mehr was für Sie, verstehen Sie?«

»Also gut, Futter für mich«, meinte Tom. »Da wir gerade davon sprechen. Wie läuft die Diät?«

»Oh, viel besser, seitdem ich wieder richtig reinhaue.«

Sie lachten beide. Doch Tom kam gleich wieder zur Sache. »Gibt es irgendwelche Hinweise, wer die Käufer waren?«

»Nichts.«

»Und Zhong sagt immer noch nichts?«

»Kommt nicht mal mehr aus der Zelle, wenn ich mich anmelde.«

Tom dachte nach. »Haben Sie es noch mal mit diesem Einvernehmlicher-Sex-unter-Erwachsenen-Typ versucht?«

»Ja. Er sagt, er weiß nichts und will auch gar nichts wissen.«

»Kann ich ihm nicht verdenken. Diese Hintermänner werden Angst und Schrecken verbreitet haben, damit Zhong bei der Stange bleibt, auch nachdem dieser Hinterwäldler anfing, Zhong ... na, Sie wissen schon.« Tom nagte an seiner Unterlippe. »Hey, hat man Zhongs Stelle eigentlich schon neu besetzt?«

»Keine Ahnung. Wieso?«

»Wir sollten den Neuen überwachen, für alle Fälle.«

»Haben wir dafür Leute? Möchte sich das NTSB welche ausleihen?«

Tom wusste, dass Suarez nur halbherzig scherzte. Überwachung kostete Geld. Aber Tom war eins klar: Dies wäre die beste Chance, die Fährte wieder aufzunehmen, nachdem der angebliche Deal mit Chuck Zhong geplatzt war. Bei dem Gedanken, wieder nach Texas fliegen zu müssen, musste er unwillkürlich seufzen, aber er sagte Suarez, dass er kommen und persönlich aushelfen würde.

»Nur Sie?«, fragte der Detective.

»Wir wollen den Bogen ja nicht überspannen.« Tom beendete das Gespräch und rief dann Pete LaBello an.

»Was gibt's?«, fragte Pete vorsichtig abwartend.

»Ich habe die Möglichkeit herauszufinden, woher diese Imitate stammen.«

»Tom, alle paar Monate findet der Zoll in irgendwelchen Containern in irgendeinem Hafen nachgemachte Bauteile.«

»Ja, schon, doch die, um die es uns geht, kommen offenbar durch. Aber um die Teile selbst geht es mir im Moment auch gar nicht. Es sind die entsprechenden Unterlagen, die ihnen Tür und Tor öffnen, denn erst aufgrund der Zertifizierungen gelangen die Bauteile in die Flugzeuge. Und ich bin jetzt hinter diesen Unterlagen her. Aber ich schaffe das nicht mehr aus eigener Kraft. Über Monate habe ich alles aus eigener Tasche bezahlt und bin jetzt so gut wie blank.«

Das war kaum gelogen. Er musste Mietrückstand und Kreditkartenabrechnungen begleichen, und das, was von seinem Gewinn dann noch übrig blieb, würde nicht lange reichen.

In D. C. herrschte Schweigen. Je länger es dauerte, desto mehr Hoffnungen machte sich Tom.

»Bedaure, Tom. Das kann ich nicht tun. Nicht, wenn Munros Bericht über die *Pride of Maine* längst abgeschlossen und angenommen ist. Wie soll ich Ausgaben rechtfertigen, die einen beendeten Fall betreffen?«

Es schien ihm wirklich leidzutun, aber Tom platzte der Kragen. »Pete, verdammte Scheiße, hör mir doch auf mit dem Mist!«

»Tom …«

»Pete, bei CalSuperior wurde ich wie ein randalierender Trinker rausgeschmissen. Ich bin Tausende Kilometer nach Südafrika geflogen und wäre um ein Haar gestorben, als ich ein Beweisstück fand, das ich jetzt quasi als Geschenk verpackt dem verdammten Lenny Munro überlassen habe! Ausgerechnet diesem Arschloch! Aus einer bloßen Ahnung heraus und auf meine Kosten bin ich nach Texas geflogen, und jetzt sieht es danach aus, als hätte ich mit meiner Vermutung richtig gelegen. Und vielleicht können wir schon bald das Leben von Tausenden von Passagieren retten, die mit einer 737 abheben. Aber du willst keine Mittel lockermachen, weil es da Bürovorschriften gibt?« Tom hätte fast gelacht, so lächerlich kam ihm das auf einmal alles vor. »Ich mag dich, Pete. Aber du bist ein Riesenarschloch!«

Pete LaBello war ein geduldiger Mensch. Und ein freundlicher. Immer bescheiden. Aber auch er war nur ein Mensch und kein Heiliger.

»Weißt du eigentlich, wie kurz du davor bist, gefeuert zu werden, Patrick!«, schrie er über den Kontinent hinweg. »So verdammt kurz davor!«

»Ach, scheiß drauf!«, schrie Tom. »Ich kündige!«

»Gut so!«, gab Pete zurück, ein wenig unsicherer als zuvor.

Tausende Kilometer entfernt runzelte Pete LaBello die Stirn, als er am anderen Ende der Verbindung plötzlich nur noch Windgeräusche, Hupen und schließlich ein Knirschen hörte, das nichts Gutes verhieß. Die Vermutung lag nahe, dass Tom Patrick sein Handy während der Fahrt aus dem Autofenster auf den Freeway geworfen hatte.

Als Tom später in seine Straße einbog, war sein Adrenalinspiegel leicht gesunken. Übrig blieben ein leichtes Unbehagen und ein Gefühl des Bedauerns. Doch das schüttelte Tom schnell ab und fand zu seiner alten Selbstgerechtigkeit zurück, und von dort begab er sich auf den vertrauten Pfad der Verbitterung.

Er konnte es nicht fassen, dass er sozusagen gezwungen worden war, zu kündigen. Jetzt hatte er die einzige Sache hingeschmissen, die er liebte! Das Einzige, was er wirklich gut konnte. Ganz zu schweigen von der einzigen ehrbaren Tätigkeit, für die er bezahlt wurde – wenn auch im Moment mehr schlecht als recht.

Sein Handy hatte er teils aus Frust aus dem Fenster geschmissen, teils aber auch aus der Gewissheit heraus, dass er Pete im nächsten Atemzug zurückgerufen hätte, um alles zurückzunehmen. Im Lauf der letzten anderthalb Jahre hatte Toms Stolz gelitten, und das bisschen, was davon übrig geblieben war, hatte ihn dazu getrieben, den Job hinzuschmeißen. Was wäre die Alternative gewesen? Man hätte ihn weiter an den Rand gedrängt und dann wahrscheinlich ohnehin bald gefeuert.

Den Absprung gewagt zu haben, bevor man ihm zuvorkommen konnte, war ihm ein kleiner, bitterer Sieg. Ein scharfkantiger Diamant in seinem Schuh.

Tom schob die Hüfte vor, um in der Tasche seiner Jeans zu kramen. Zum Vorschein kamen verknitterte Geldscheine, Münzen und Flusen, darunter auch der Fünfer, auf den er Lucias Nummer gekritzelt hatte. Jetzt brauche ich nur noch ein Handy, dachte er frustriert und fühlte schon wieder die anschwellende Wut.

Vor seiner Wohnung hielt er mit quietschenden Reifen, zog die Handbremse an und bemerkte, dass der schwarze Lotus auf der gegenüberliegenden Straßenseite parkte. Tom stieg aus, knallte die Autotür zu und ignorierte Ness' Wagen, aber sie holte ihn ein, als er vor der Wohnungstür stand. »Hi«, sagte sie und musterte ihn. »Was ist?«

»Ich habe gekündigt.« Er riss die Tür auf und ging hinein, wobei er es Ness überließ, ob sie ihm folgen wollte oder nicht.

Sie trat ein. »Aber wieso?« Sie hatte die Stirn in Falten gelegt.

Er zögerte. Mit einem Mal hörten sich alle Erklärungen, warum er seine Karriere hingeschmissen hatte, dünn an.

Bürokratie.

Verletzter Stolz.

Trotz.

Der Zorn war verraucht. Was blieb, war eine quälende Leere. Müde sank er auf die Couch. »Weil ich ein Arschloch bin.«

Sie sah ihn mit hochgezogenen Brauen an und lächelte. Tom hatte sich seit Langem nicht mehr bewusst gemacht, wie verdammt hübsch sie war.

»Danke, dass du gar nicht erst den Versuch machst, mir zu widersprechen«, sagte er trocken.

Ihr Lächeln wurde breiter, als sie sich neben ihn setzte und seinen Blick suchte. Eine Hand legte sie ihm um die Schulter, mit der anderen strich sie ihm zart über die Brust. Tom spürte, wie er sich beruhigte und neue Kraft schöpfte.

»Geht es wieder um die *Pride of Maine*?«

»Unter anderem, ja.«

Sie nickte verständnisvoll. »Was ist aus Lemons Bolzen geworden?«

Schon in Afrika hatten sie aus Spaß immer nur von »Lemons Bolzen« gesprochen. Nichts weiter als ein Scherz, der nun in Toms Ohren wie Salz in einer kleinen Schnittwunde brannte.

»Ich habe meinen Boss gebeten, das Ding untersuchen zu lassen. Der Bolzen wurde beschädigt, ehe das Triebwerk den Geist aufgab. Wie es scheint, gab es Spiel bei der Fan-Scheibe. Vielleicht war die Legierung fehlerhaft, sodass es an den Bolzen zu einer Unwucht kam. Ich weiß es nicht.«

»Und deshalb haben die Unbekannten in der Nacht, als das Gasthaus abbrannte, die Unterlagen aus Pams Handschuhfach gestohlen?«

»Ganz bestimmt.«

»Wo ist denn der Bolzen jetzt?«

Tom zögerte wieder. Es kam ihm jetzt wie der größte Fehler seines Lebens vor, dass er den letzten Trumpf, den er in der Hand gehalten hatte, ausgerechnet seinem Erzrivalen überlassen hatte. »Ich hab ihn Lenny Munro gegeben.«

»Das ist der andere Ermittler, nicht?« Ness war überrascht. »Ist das nicht der Typ, der unbedingt wollte, dass du gefeuert wirst?«

»Yeah«, nuschelte Tom und sah sie zerknirscht an. »Bitte sag jetzt nicht, dass du mit mir geschlafen hast, weil du mich für so genial und klug hältst.«

Sie lachte und gab ihm einen Kuss auf den Mundwinkel. »Nein«, erwiderte sie verführerisch, »nicht, weil du Köpfchen hast.«

Ihre Hand wanderte über seinen Bauch in seine Jeans. Tom drehte sich zu ihr und küsste sie, schob ihr beide Hände unter das T-Shirt und fand ihre Nippel. Er spürte, wie sie an seinem Mund schneller atmete. Fast hätte er etwas über ihre Beziehung mit Richard gesagt, aber er hielt sich zurück. Er drückte sie auf die Ledercouch, drängte sein Knie zwischen ihre Schenkel und sah zu, wie sie ihren Rock nach oben schob.

»Warum?«

»Wie?«

Sie entzog sich seinen Küssen. »Warum hast du ihn ihm gegeben?«

Tom brauchte einen Augenblick, um sich zu konzentrieren. »Was?«

»Warum hast du Munro den Bolzen gegeben?«

»Weil ich dämlich bin.« Er wollte abtauchen, um ihre Brustknospe mit dem Mund zu umschließen, aber Ness hielt ihn zurück.

»Nein, jetzt mal im Ernst.«

Er wusste, dass sie nicht aufhören würde, ihn zu löchern. »Weil er den Absturz in Oklahoma untersucht. Die Absturzstelle ist eine Katastrophe, und da dachte ich, er könnte etwas Hilfe brauchen. Ich hatte noch nichts mit dem Bolzen gemacht und gehofft, mir damit den Wiedereinstieg zu ermöglichen. Ich hatte gehofft, Munro würde anhand des Bolzens eine mögliche Ursache für das Unglück finden.«

Sie schaute zu ihm auf und schien die Informationen zu verarbeiten.

»Könnte ich jetzt vielleicht ein bisschen mit deinen Nippeln spielen?«

Sie lächelte, aber er sah, dass sie mit ihren Gedanken immer noch woanders war. Ach, verdammt. Er beschloss, die Initiative zu ergreifen; irgendwann würde Ness schon mitmachen. Er widmete sich ihren Brüsten und wurde sich noch einmal bewusst, wie unwirklich es ihm immer wieder vorkam, dass ihn ausgerechnet diese wunderschöne und perfekte Frau an sich ranließ. Bei diesem Gedanken entfuhr ihm ein Stöhnen, und er schmiegte sich enger an ihren Körper. Er spürte Hitze in sich aufsteigen und wollte sie nackt sehen – möglichst schnell. Schon zog er ihr den Slip herunter.

»Tom.«

Gottverdammt! Hielt sie denn nie den Mund?

»Was?«, fragte er atemlos.

»Bitte ihn, mit deinem Boss zu reden.«

»Wie bitte?« Er verstand nicht, wovon sie eigentlich sprach. Wen sollte er um was bitten? Welchen Boss ...?

»Lenny Munro. Ihm hast du den Bolzen gegeben. Du hast ihm geholfen. Und jetzt hilft er dir vielleicht dabei, deinen Job wiederzukriegen.«

Tom konnte nicht anders, als laut zu lachen.

Dann stand er auf, ging seufzend ins Bad und knallte die Tür hinter sich zu.

Der Flug zurück nach Irving hatte mit Turbulenzen zu kämpfen. Bei der Landung widerstand Tom dem Verlangen, sich in die Armlehnen zu krallen. Als die Maschine rumpelnd aufsetzte, war ihm schlecht. Der zweite Flug nach Texas innerhalb einer Woche hatte ihn ausgelaugt.

32. Kapitel

Nicholas Nicholas war ein Held, aber er fühlte sich nicht als solcher. Denn in seiner Erinnerung sah er immer diese junge Frau am Boden liegen, und die hässlichen Bilder vergällten ihm die Freude darüber, dass man zu Hause und bei der Arbeit plötzlich große Stücke auf ihn hielt.

Die Firmenleitung hatte ihm angeboten, ihm einen Monat freizugeben, damit er psychologische Hilfe in Anspruch nehmen könnte. Doch er hatte abgelehnt. Wenn seine Mutter je herausfände, dass er zum Seelenklempner ging, würde sie womöglich ihre ganze Erziehung infrage stellen: Immerhin hatte diese taffe Frau sechs Kinder allein großgezogen, auf den rechten Weg gebracht und dafür gesorgt, dass alle einer geregelten Arbeit nachgingen. Später hatte sie geholfen, elf Enkel großzuziehen. Und eines ihrer Kinder sollte nun verrückt geworden sein? Großer Gott, sie hatte auch keiner gefragt, wie sie sich in all den Jahren gefühlt hatte …

Nicholas musste bei diesem Gedanken grinsen. Die Kollegen kannten ihn inzwischen. Er war nicht mehr länger eine seelenlose Uniform in einem Raum, an dem man einfach grußlos vorbeiging. Nein, die Leute grüßten ihn jetzt, lächelten, winkten ihm manchmal fröhlich zu. Einerseits war das gut, aber andererseits rief ihm jede freundliche Geste in Erinnerung, warum er jetzt plötzlich etwas darstellte. Und eigentlich wollte er sich an den Vorfall nicht mehr erinnern. Er wollte nur seinen Job machen und Annette Lims zertrümmertes Gesicht endlich vergessen …

ihr Gesicht, das eingedrückt war wie eine leere Gummimaske. Dann waren da noch Chuck Zhongs von Kotze verschmierte Lippen an seinem Mund gewesen und der Freund der Toten, der unten auf dem Parkplatz wie ein Riesenbaby geheult hatte.

Nicholas schüttelte die quälenden Erinnerungen an jene Nacht ab und kehrte ins Hier und Jetzt zurück.

Der Neue schien okay zu sein: Raoul Estanza, »aber du kannst Rollo zu mir sagen«. Nicholas wusste nicht recht, ob Estanza auf den Spitznamen Rollo stand oder ob er, Nicholas, den Namen Raoul so schlecht aussprach, dass der Mann schließlich bereit war, auf einen Teil seiner Identität zu verzichten.

Nicholas mochte seinen eigenen Namen. Er hatte was. Ein kahlköpfiger Mann mit einer Fliege hatte einmal zu ihm gesagt, es wäre ein »Sklavenname«, aber Nicholas hatte kaum hingehört. Er malte sich aus, wie der kleine empathische Mann diese Theorie seiner Mutter erzählte – dann würde er ja sehen, wie weit er damit käme.

Jeff kam von der Toilette zurück und wischte sich die Hände an der Hose ab.

Nicholas mochte Jeff nicht. Er wusste nicht, warum, aber der Kerl machte ihn misstrauisch. Gelegentlich hatte er auf den Monitoren gesehen, wie Chuck seine Runden drehte, doch aufgefallen war ihm nichts dabei. Nur einmal hatte er mitbekommen, dass Chuck etwas von einem der Schreibtische im Bürotrakt der Ingenieure genommen und in den Mülleimer geworfen hatte.

Dann, eine Woche nach Nicholas' Dienstantritt, begann auch Jeff eines Abends, Runden zu drehen. Nicholas vermochte nicht einzuschätzen, ob das in Ordnung war, da er noch nicht lange genug bei WAE arbeitete. Eine Sache wusste er jedoch mit Sicherheit: Da stimmte etwas nicht. Denn eines Abends, als Chuck und Jeff ihre Runden drehten – obwohl sie getrennt voneinander losgegangen waren –, schaltete Nicholas zufällig auf die Kamera im Ingenieurbüro und stellte fest, dass kein normales Bild übertragen wurde. Die Kamera war jedoch nicht kaputt, da mattes Licht zu sehen war, als habe jemand etwas vor die Linse geklebt. Nicholas glaubte sogar, Schemen erkennen zu können. Mehrmals überprüfte er den Monitor und schaltete auf andere Räume um, aber die Anlage funktionierte einwandfrei. Es lag nicht an der Übertragung. Als er kurz darauf wieder auf jenes Büro umschaltete, schien alles wie immer zu sein: Da war nur ein abgedunkelter, leerer Raum, der wie alle anderen auch aussah.

Also musste jemand in diesem Büro gewesen sein und die Kamera kurzzeitig außer Gefecht gesetzt haben.

Aber aus welchem Grund, das wusste Nicholas nicht. Allerdings fiel ihm auf, dass Jeff anschließend genauso selbstherrlich wie immer auftrat, während Chuck Zhong – dessen Teigtäschchen einfach genial schmeckten – von diesem Zeitpunkt an ängstlich und verschüchtert wirkte und wenig später auch an Gewicht verlor.

Nicholas kannte beide Kollegen kaum, und als er einmal eine unangemessene Bemerkung über Aids machte, reagierte Chuck ziemlich sauer darauf. Erst da kam es Nicholas in den Sinn, dass Chuck und Jeff ... wie beschrieb man es am besten ... Lover waren? Das hörte sich so normal an, aber ein anderer Begriff fiel ihm zunächst nicht ein.

Noch im selben Moment schreckte er vor der Vorstellung zurück und hätte am liebsten nicht mehr darüber nachgedacht.

Wann immer er danach allein vor den Monitoren gesessen hatte, hatte er die Kamera im Ingenieurbüro vorsichtshalber abgeschaltet. Falls sich dort das abspielte, was er vermutete, dann wollte er nichts damit zu tun haben.

Folglich existierte auch keine Videoaufnahme von Annette Lims Ermordung, und dafür war Nicholas dankbar. Auch wenn die Bullen vor Zorn gebebt hatten.

Zum x-ten Mal seit jener Mordnacht dachte Nicholas über die Flüchtigkeit der menschlichen Existenz nach. Dann stellte er fest, dass er den Donut noch gar nicht angerührt hatte, den er sich extra zur Aufmunterung mitgebracht hatte. Während er ihn sich in den Mund schob, überlegte er, wie es sein konnte, dass etwas, das so simpel war wie ein Donut, einem so viel Vergnügen bereiten konnte.

Etwa eine Dreiviertelstunde nach Sonnenaufgang herrschte in Texas das perfekte Klima, es war noch nicht zu heiß und nicht mehr zu kühl. In dieser angenehmen Morgensonne verabschiedete sich Nicholas Nicholas von Rollo und den Jungs von der anderen Schicht, Vern und David, und marschierte über den Parkplatz.

Zwei Männer beobachteten ihn aus einem unauffälligen Mietwagen, der im Schatten einer langen Reihe von Koniferen stand.

Nicholas schloss die rostige Tür seines Civic auf.

Genau in dem Moment hörte er Schritte auf dem Asphalt hinter sich und spürte, wie sich seine Nackenhaare sträubten.

Mit klopfendem Herzen drehte er sich um.

Aber die Sonne stand noch so tief, dass sie Nicholas blendete und er die Gesichter der Männer nicht sehen konnte.

Ronaldo Suarez schaute zu, als Tom Patrick kaum verdautes Essen aus dem Flugzeug auf dem Parkplatz vor dem Terminal erbrach. Im selben Moment bekam der Detective einen Anruf von Toby Uncle, dem jüngsten, günstigsten und, wie sich herausstellen sollte, dämlichsten Bullen, den er für die Überwachung hatte auftreiben können.

»Aha«, sagte Suarez nur.

Währenddessen richtete sich Tom wieder auf und stützte sich am Kotflügel von Suarez' Chevrolet ab. Er musste erst einmal durchatmen und zuckte zusammen, als der Detective ihn leicht anstieß. Suarez reichte ihm ein Handtuch, das ausgefranst und alt aussah und obendrein nach Hund roch. Mehrmals spie Tom noch auf den Boden, ehe er sich den Mund abwischte. Dass Suarez währenddessen telefonierte, nahm er nur mit halbem Ohr wahr. Dennoch schnappte er Gesprächsfetzen auf.

»Wie lange ist das her? … Okay … Wo sind Sie jetzt?… Wieso haben Sie sie aus den Augen verloren, verdammt? … Okay, ja, okay … Fahren Sie zurück. Bin in 'ner Viertelstunde bei Ihnen.«

»Wir müssen los«, sagte Suarez schließlich und quetschte sich hinter das Lenkrad.

»Wohin damit?«, fragte Tom und hielt das Hundehandtuch hoch, während er sich auf den Beifahrersitz sinken ließ.

»Das behalten Sie.«

Tom warf es aus dem Fenster, als sie losfuhren. »Diese verfluchten Flugzeuge.«

Die Männer, die Nicholas Nicholas auf dem Parkplatz gekidnappt hatten, drangsalierten ihn etwa zehn Minuten lang, in denen er Todesängste ausstand. Dann brachten sie ihn zurück zu seinem Auto und verschwanden. Aber während Nicholas schwer atmend neben seinem beigefarbenen Wagen hockte, machte er sich bewusst, dass er sich von nun an nie mehr richtig sicher fühlen würde. Selbst Annette Lims Tod hatte ihn nicht so erschüttert wie das hier. Niemand hätte erwartet, dass die kleine Asiatin in der Lage gewesen wäre, sich zu wehren. Sie war ja kein Mann. Sie war kein Security-Mann wie *er*. Doch im Verlauf der letzten Viertelstunde hatte sich Nicholas' Auffassung von persönlicher Sicherheit auf den Kopf gestellt.

Mühsam versuchte er aufzustehen und merkte, dass seine Beine zitterten. Daher zog er sich an der Tür des Civic hoch und lehnte dann eine Weile an seinem Auto, das ihm in diesem Moment Halt und ein Gefühl von Geborgenheit gab.

Als er wieder ein Motorengeräusch hörte, schaute er sich mit halb geschlossenen Augen um. Da sich sein Weltbild verändert hatte und er fortan immer mit allem rechnete, erstaunte es ihn nicht, den Chevrolet von Detective Suarez zu sehen. Der dicke Bulle und sein schlanker Kollege stiegen aus und kamen über den Parkplatz auf Nicholas zu.

»Also«, meinte Suarez und wirkte dabei ein wenig wie Detective Columbo, »die Männer entführten Sie, drückten Ihnen den Lauf einer Pistole in den Mund und drohten Ihnen damit, Sie zu erschießen, wenn Sie nicht entsprechende Firmenunterlagen stehlen, wofür sie außerdem eine Menge Kohle erhalten würden.«

»Ja«, sagte Nicholas Nicholas und zitterte noch immer.

»Und, wie haben Sie sich entschieden?«, kam es von dem einfachen Streifenpolizisten.

Suarez, Tom und Nicholas wandten sich langsam zu Toby Uncle um, der bis zum Haaransatz rot anlief. »Tut mir leid«, murmelte er vor sich hin.

»Danach haben die Sie wieder hier abgesetzt.«

»Ja, kurz bevor Sie kamen, Detective.«

»Verdammter Flieger«, schimpfte Tom leise. Hätte er sich nicht vor dem Terminal übergeben müssen, wären sie rechtzeitig gekommen und hätten gesehen, wer die Männer waren, die Nicholas Nicholas abgesetzt hatten. Wahrscheinlich hätten sie die Kerle sogar schnappen können. Tom wusste es, und er ahnte, dass Suarez es genauso sah, obwohl der Mexikaner höflich genug war, es Tom nicht unter die Nase zu reiben.

Nicholas fasste sich an die Beule auf seiner Stirn. Es blutete nicht, dennoch schaute er immer wieder auf seine Finger, wenn er die Stelle berührte.

»Haben Sie eine Ahnung, wohin man Sie gebracht haben könnte?«

»Ich lag die ganze Zeit mit dem Gesicht nach unten auf der Rückbank. Und einer der Typen saß auf meinen Beinen.«

»Der Kerl, der Ihnen die Pistole in den Mund geschoben hat?«

»Genau.«

»Sprachen die Männer wie die Leute hier aus der Gegend?«, forschte Suarez weiter nach.

»Jedenfalls waren es Amerikaner.«

»Können Sie die Männer beschreiben?«

»Den Fahrer habe ich so gut wie gar nicht sehen können. Zu ihm fällt mir gar nichts ein.« Nicholas dachte angestrengt nach. »Der andere Kerl. Ist ein Weißer. Schwarze Haare, denke ich. Größer als ich. Kräftig. Sein Gesicht habe ich kaum sehen können.«

»Auch nicht, als er Sie mit der Pistole bedrohte?«

»Da hab ich die Augen zugekniffen«, sagte Nicholas, als wäre das selbstverständlich.

Tom hatte man zwar noch nie den Lauf einer Pistole in den Mund gedrückt, aber er vermutete, dass Nicholas' Reaktion nachvollziehbar war.

Als Suarez seufzte, überkam Nicholas das Gefühl, nicht sonderlich hilfreich zu sein.

»Mir ist bloß aufgefallen, dass der Mann ziemlich nervös war.«

»Nervös, sagen Sie?«

»Yeah.«

»Na, großartig.« Suarez gab ein Schnauben von sich. »Uncle, geben Sie eine Fahndung raus. Wir suchen einen nervösen Weißen.«

»Ja, Sir«, antwortete Uncle und freute sich, endlich Gelegenheit zu haben, seine dumme Bemerkung wieder auszubügeln. Er war schon auf dem Weg zum Dienstwagen, als ihm klar wurde, dass der Detective nur einen Scherz gemacht hatte. »Ach, verdammter Mist«, schalt er sich selbst und blieb zerknirscht stehen.

Plötzlich hellte sich Nicholas' Miene auf. »Da war noch was. Der Kerl trug rote Stiefel.«

Tom hatte das Gefühl, von einer Klippe gestoßen zu werden. Einen Moment lang wähnte er sich in freiem Fall und gab dabei offenbar ein so merkwürdiges Geräusch von sich, dass die anderen ihn verdutzt ansahen. Als er endlich die Sprache wiedergefunden hatte, klang seine Stimme heiser. »Etwa dämliche rote *Cowboystiefel*?«

»Yeah«, meinte Nicholas Nicholas verblüfft. »Dämliche rote Cowboystiefel.«

Immer wieder versuchte Tom, seine beiden Welten miteinander in Verbindung zu bringen: die Welt der Karten und die Welt der Arbeit. Bislang hatte er immer geglaubt, das eine habe nichts mit dem anderen zu tun, aber inzwischen dämmerte es ihm, dass sich diese beiden Welten umeinander drehten wie Doppelsterne um ein gemeinsames Zentrum, das Mr Stanley war, der nervöse Beinzucker mit den roten Stiefeln!

Mr Stanley, der ihn nach dem Pokerspiel verprügelt hatte.

Mr Stanley, der ihn in den Kofferraum des Thunderbird gezerrt hatte.

Mr Stanley, der Ness so hart ins Gesicht geschlagen hatte, dass sich das Klebeband an ihrem Mund löste.

All diese Dinge gehörten zur Welt der Karten.

Aber was zum Teufel hatte Mr Stanley hier in Toms Arbeitswelt zu suchen? Hatte er in irgendeiner Weise mit den Unterlagen zu tun, die letzten Endes zur *Pride of Maine* führten? Und wohin wies diese Spur noch? Und zu wem?

Sollte dieser Stanley in die Sache rund um die *Pride of Maine* verwickelt sein, wo hörte diese Verstrickung dann auf? Was war mit Halo Jackson? Mit Pam Mashamaete? Mit Nirgendwo, Oklahoma? In Toms Kopf begann sich alles zu drehen.

Und was hatte Ness mit alldem zu tun?

Ich kenne diesen Typen. Der ist ein Arschloch …

Ness kannte Stanley, denn sie arbeiteten für dieselben Hintermänner. Wenn Stanley nicht nur in die Pokerspiele verwickelt war, bedeutete das dann, dass auch Ness tiefer in der Sache drinsteckte? Tom wurde schwindelig bei dem Gedanken. Er versuchte, mental einen Schritt zurückzutreten, um einen Blick auf das große Ganze zu erhaschen, aber er konnte nichts erkennen außer einzelne Elemente, die nicht wirklich zusammenzupassen schienen. Sosehr er sich auch anstrengte, er brachte das alles nicht unter einen Hut.

Vor seinem geistigen Auge sah er Ness, wie sie unter ihm auf der Motorhaube des Honda lag, bis die Scheinwerfer sie erfassten und sie davonging.

Ness mit dem Handy im Hotelzimmer, als hätte sie auf die Schnelle noch jemanden aus dem Hotel in De Rust angerufen.

Ness im Hotel in Kapstadt, den Bolzen in der Hand.

Aber es gab auch die Ness, die mutig nach Lemons Zügeln griff, als der große Vogel an ihnen vorbeilief.

Ness' warmer Mund auf seinem Körper, als er mit verbrannten, pochenden Händen im Krankhaus lag.

Ness mit tränenüberströmten Wangen und der Prellung im Gesicht, das Klebeband schief am Mund.

Es war alles zu viel auf einmal. Jedes Mal, wenn Tom meinte, den größeren Zusammenhang zu erfassen, zerliefen die einzelnen Bilder wieder vor seinen Augen.

Wie benommen stand er da und bekam nur am Rande mit, dass Toby Uncle mit Nicholas Nicholas zur Wache fuhr, um ihm dort Fahndungsfotos aus der Verbrecherkartei zu zeigen. Tom hatte ihnen Stanleys Namen genannt und ihnen das Wiesel beschrieben, für den Fall, dass die beiden immer noch zusammen agierten. Aber mehr hatte er nicht gesagt.

Nun, während die Sonne ihnen allmählich in den Augen wehtat, wandte Suarez sich noch einmal an Tom. »Also, wollen Sie mir erzählen, was Sie über diesen Kerl wissen?«

Diese Frage war Tom auch schon durch den Kopf gegangen, zusammen mit all den anderen schrägen und verrückten Gedanken. Wie sollte er Suarez die ganze Wahrheit erzählen? Denn immerhin waren die Pokerabende auf Bestellung illegal.

»Ich habe einmal mit ihm Karten gespielt. In L. A. Doch Stanley erwies sich als schlechter Verlierer.«

Suarez wartete offenbar auf weitere Ausführungen, aber Tom beließ es dabei und schob ein Achselzucken nach.

»Ein Zufall also«, sagte der Detective.

»Ja«, pflichtete Tom ihm bei. »Und was für ein Zufall.«

»Für mich vielleicht. Aber für Sie? Da bin ich mir nicht so sicher.«

Suarez quetschte sich wieder hinters Lenkrad und wartete darauf, dass Tom einstieg.

Tom rief Ness vom Flughafen an. »Hi.«

»Hi, Tom. Wo steckst du? Dein Handy ist nicht an.«

»Ja, ist kaputt.«

»Schon wieder.«

»Ja.«

»Wo bist du jetzt?«

»In Texas.«

Sie schwieg für einen Moment.

»Und wann kommst du zurück?«

»Jetzt.«

»Dann kannst du heute Abend spielen?«

»Klar.«

»Gut«, meinte sie erleichtert. »Ich erwarte dich gegen neun am Honolulu.«

»Okay. Hey, Ness?«

»Was ist?«

Tom lag die Frage auf der Zunge, ob sie ein doppeltes Spiel spielte. Ob sie und Stanley beide in diese Sache verwickelt waren. Und falls ja, dann hätte er gern gewusst, um was es dabei genau ging. Aber im selben Moment wusste er, dass er Ness bei dieser heiklen Frage in die Augen schauen musste.

»Ich freu mich schon darauf«, sagte er schließlich.

»Ich mich auch«, erwiderte sie, und Tom stellte sich vor, dass ihr bei diesen Worten wieder ihr kleines sexy Lächeln um die Lippen spielte.

Könnte sein, dass sie gelogen hatte.

Aber solange die Aussicht bestand, dass Ness mit ihm vögelte, war Tom nicht bereit, voreilige Schlüsse zu ziehen.

33. Kapitel

Tom tat schon der Kopf vom Grübeln weh, und deshalb nahm er zwei Valium und schlief, bis eine Flugbegleiterin ihn im fast leeren Flieger nach Los Angeles weckte. Müde stolperte er durch den Ankunftsbereich, nahm ein Taxi nach Hause, was ihn 55 Dollar kostete, warf sich dort sofort aufs Bett und schlief weiter.

Das Telefon hörte er nicht, aber als er später aufwachte, blinkte der Anrufbeantworter: zwei neue Nachrichten. Bei der ersten Nachricht herrschte zunächst Stille, bis eine schroffe, irgendwie bekannt klingende Stimme fragte: »Sind Sie da, Patrick?« Dann legte der Sprecher auf.

Die andere Nachricht stammte von Kitty. Sie teilte ihm mit, dass sie ihm die Formulare schicken würde, die er brauchte, um offiziell beim NTSB zu kündigen. Nach einer kurzen Pause fügte sie hinzu: »Es tut mir so leid, Tom.«

Als das Telefon klingelte, nahm Tom den Hörer ab.

»Patrick?« Es war die Stimme des ersten Anrufers.

»Ja?«

»Ich bin's, Lenny Munro.«

Tom schwieg. Er hatte Munro nichts zu sagen und würde abwarten, was der Typ von ihm wollte. Vielleicht würde Tom auch dann nichts sagen.

Das Schweigen zog sich in die Länge.

»Dieser Bolzen«, fing Munro an. »Der war mir 'ne große Hilfe.«

Tom war wirklich verblüfft, dass Munro tatsächlich

anrief, um sich bei ihm zu bedanken. Er wusste nicht, ob er sich selbst dazu hätte überwinden können. »Gern geschehen«, sagte er aufrichtig. »Deuten Ihre Ermittlungen vor Ort in die gleiche Richtung?«

Munros Antwort war ein Schnauben. »Hier sieht's aus wie in einem Albtraum.«

»Ist mir aufgefallen.«

»Noch kann ich es nicht mit Sicherheit sagen, aber wie es scheint, hat es das zweite Triebwerk zerfetzt, völlig unvermutet und vor dem Aufprall. Die Fan-Scheibe haben wir noch nicht finden können, aber sobald wir sie haben, werden wie sie genau unter die Lupe nehmen.«

»Ich hoffe, das bringt Sie weiter.«

»Yeah, hoffe ich auch. Verdammt.«

Auf beiden Seiten herrschte Schweigen. Tom fühlte sich leer. Er hatte den Job aufgegeben, den er selbst dann noch liebte, wenn er sich mit dem Mann unterhalten musste, den er auf den Tod nicht ausstehen konnte.

Schließlich fragte Munro zögerlich: »Haben Sie gerade zu tun?«

»Ich habe gekündigt«, antwortete Tom trocken. Das sagte alles.

»Aha«, meinte Munro, schien sich darüber aber nicht so zu freuen, wie Tom es erwartet hatte. Dann seufzte Munro. »Trotzdem. Ich könnte Ihre Hilfe bei dieser Sache brauchen. Auch wenn's inoffiziell ist.«

Tom packte nicht einmal seine Tasche neu und stopfte sich 2300 Dollar in Hundertern in die Jeans. Das war alles, was ihm von seinem Gewinn übrig geblieben war, und gleichzeitig der Rest seiner Ersparnisse. Kurze Zeit später war er wieder am LAX, keine zwölf Stunden nachdem er den Flughafen verlassen hatte.

Er kaufte ein Ticket nach Tulsa und ein Prepaidhandy. Dann kümmerte er sich darum, dass alle Anrufe, die er erhielt, auf die neue Nummer umgeleitet wurden. Zuletzt speicherte er Ness' Nummer unter Kontakte.

Er hätte sie anrufen und ihr sagen müssen, dass er an diesem Abend nicht spielen konnte.

Aber er tat es nicht.

34. Kapitel

In Oklahoma hatte es geregnet. Die meisten Einwohner atmeten auf und freuten sich über die kostenlose Bewässerung, doch gleichzeitig verwandelte der Regen die Absturzstelle des Fluges 823 in ein gewaltiges Matschfeld. Die Asche hatte sich in eine dunkle Brühe verwandelt, und glänzende Pfützen waren entweder knöcheltief oder ähnelten Schützengräben, sodass manch ein Mitarbeiter fluchend bis zur Hüfte im dreckigen Wasser versank.

Diesmal stellte Tom den Wagen nahe am Unglücksort ab. Die Schaulustigen hatten ihre Picknickdecken eingepackt und waren nach Hause gefahren. Allerdings waren immer noch zahlreiche Hinterbliebene vor Ort und hielten eine Art Totenwache am Maisfeld. Die meisten blieben in ihren Autos sitzen und überließen es den Ermittlern, dem Wetter mit Regenjacken, tropfnassen Kappen und glänzenden Gummistiefeln zu trotzen.

Tom hatte natürlich nicht an Regenkleidung gedacht, und so zog er den Reißverschluss seiner Jacke bis zum Kinn hoch und stapfte mit hochgezogenen Schultern durch den Matsch hinüber zu Munro.

Sein ehemaliger Kollege schaute zu ihm auf, müde und erschöpft. Ihre letzte Begegnung in Pete LaBellos Büro lag schon einige Zeit zurück. Beide zögerten, als sie einander sahen, und Tom merkte, dass auch Munro das Wiedersehen unangenehm war. Doch dann streckte er Tom die Hand entgegen. »Schön, dass Sie kommen konnten, Tom.«

Das Eis war gebrochen. Weiterer Worte bedurfte es nicht.

Munro führte ihn zu dem im Schlamm steckenden Caravan, wo sich das Team immer wieder sammelte. »Verfluchte Gegend«, sagte er. »Erst eine Woche Gluthitze im Schatten, dann das hier.«

Es hätte auch 40 Tage und 40 Nächte regnen können, Tom war dennoch glücklich.

Munro schloss im Gehen zu ihm auf. »Die Kommandozentrale ist im Holiday Inn in Glenpool. Wenn Kitty ihren Job gemacht hat, ist dort ein Zimmer für Sie reserviert. Einsatzbesprechung ist jeden Abend um sechs, und um sieben folgt ein Pressetermin. Da müssen Sie nicht unbedingt dabei sein, wenn Sie nicht wollen.«

Er sah Tom nicht an und sein Tonfall klang beiläufig, aber Tom hatte verstanden. Er war willkommen, um gemeinsam mit dem Einsatzteam die Ergebnisse zu besprechen. Allerdings sollte er sich beim allabendlichen Rendezvous mit der Presse möglichst zurückhalten. Diese Einschränkung konnte er Munro wirklich nicht vorwerfen. »Klar«, antwortete er leichthin.

Er wusste nun, dass ein Zimmer für ihn reserviert worden war. Das wiederum bedeutete, dass er auf Kosten des Unternehmens logierte. Offenbar hatte Pete sein Okay gegeben, als Munro ihn darum gebeten hatte. Er überlegte, ob er sich dafür bedanken sollte, aber Munro war bereits weitergegangen.

»Boeing lässt sich nicht in die Karten schauen, aber ich glaube nicht, dass sie etwas verheimlichen. Und ALPA nervt wieder mal. Denen habe ich erst gar nichts von dem Bolzen erzählt.«

Tom musste grinsen. Hersteller und die Fluggesellschaft

hofften immer, dass es letzten Endes auf einen Pilotenfehler hinauslief, wohingegen die Pilotengewerkschaft stets alles versuchte, um ihre Mitglieder von jeglicher Schuld reinzuwaschen – ob sie tot waren oder überlebt hatten. Die Air Line Pilots Association International, kurz ALPA, entsandte Beobachter zu jeder Unglücksstelle, damit diese auf ein technisches Versagen oder einen Systemfehler hinweisen konnten. Insofern fungierten die Ermittler des NTSB oft eher wie Schiedsrichter in einem Boxkampf und versuchten, die gegnerischen Parteien voneinander zu trennen. Allerdings musste das NTSB neben der Vermittlerrolle obendrein mit der Presse und den Hinterbliebenen reden und sämtliche lokalen Angelegenheiten regeln, die sich durch den Absturz ergaben. Nicht zu vergessen, dass die Ermittler des NTSB herausfinden sollten, warum der Flieger überhaupt vom Himmel gefallen war.

Den Vertretern der ALPA die Existenz des Bolzens vorzuenthalten, war nachvollziehbar, solange er noch nicht abschließend untersucht worden war. Natürlich fiel auch dies in die Kategorie »Kompetenzgerangel«, aber Tom hatte Verständnis für Munros Verhalten.

Die Männer stiegen über die beiden Metallstufen in den Caravan und sahen zu, wie ihnen das Regenwasser von der Kleidung lief und auf den Linoleumboden tropfte.

»Dies sind Mike Carling und Bryce Potts aus Arlington. Jan kennen Sie ja schon. Leute, das ist Tom Patrick.«

Der überraschten und ein wenig förmlichen Begrüßung entnahm Tom, dass die Mitarbeiter längst wussten, dass er offiziell nicht mehr zum Team gehörte. Doch selbst diese Reaktion änderte nichts an Toms guter Laune. Er hätte sich keinen Ort auf der Welt vorstellen können, an dem er in diesem Augenblick lieber gewesen wäre.

Er schlenderte hinter Munro in die behelfsmäßige Einsatzzentrale und nahm auf dem Stuhl Platz, dem man ihm zuwies. Während er näher an den Resopaltisch heranrückte, fuhr Munro den Laptop hoch.

Auf dem Bildschirm erschien ein Gitternetz: Die Absturzstelle war in grün nummerierte Kästchen eingeteilt worden, da die Wrackteile fächerartig in einem Gebiet von zehn Quadratkilometern verteilt waren. Es war der Blick auf einen Arbeitseinsatz, der sich schon jetzt auf Tausende Stunden belief, unter erschwerten Bedingungen in Dreck und Matsch.

Munro beugte sich zu Tom herüber und schaltete auch den Laptop an, vor dem Tom saß. Wieder erschien ein Gitternetz, diesmal mit roten Dreiecken darauf, die sich über ein ähnlich großes Gebiet erstreckten.

Sie markierten die Leichenfunde sowie Fundorte von Leichenteilen.

»Wie viele sind es bisher?« Tom nickte in Richtung der Dreiecke.

»An Bord waren 78 Menschen. Bisher haben wir 220 Fundstellen. 34 Leichen sind vollständig oder so gut wie vollständig, darüber hinaus gibt es Köpfe, Gliedmaßen und Sonstiges ... nicht mehr als Hundefutter, wenn Sie mich fragen.«

Tom dachte an Lucia und Louis und deren Mutter mit den eleganten weißen Handschuhe. Sie alle warteten auf Neuigkeiten, die Candice und Carlo betrafen.

Hundefutter.

»Hier drüben gibt es einen Streifen mit Bäumen, der sich über eine Länge von anderthalb Kilometern erstreckt und etwa vierhundert Meter breit ist.« Munro tippte auf den Bildschirm. »Der Hubschrauber kann da nicht viel sehen.

Bestimmt finden wir dort weitere Wrackteile, aber bisher hatten wir dafür noch keine Zeit. Zu wenig Leute. Ich habe mich schon an die Polizei gewandt und um Hilfe gebeten, aber die lassen sich ganz schön Zeit, bis die hier auftauchen.«

Tom nickte. Es war nicht einfach, Männer und Material bis in diese Einöde zu schaffen. »Und wie sieht's aus mit dem Stimmenrekorder?«

»Er gibt uns keine Aufschlüsse. Die Piloten wussten bis zuletzt nicht, was die Maschine getroffen haben könnte.« Er drückte eine Taste, und Tom lauschte der Stimme eines inzwischen toten Mannes.

»... Jean. Also frage ich mich, was es überhaupt bringen soll dahin zu gehen.«

»Ja, hast recht«, kam es vom Copiloten.

»Sollen wir hier ein wenig ausgleichen?«

Tom hörte leise Hintergrundgeräusche, die darauf hindeuteten, dass der Copilot kleine Änderungen vornahm. Die Blackbox hielt jede technische Veränderung präzise fest und würde ihnen Aufschluss darüber geben, was der Pilot in jenem Moment genau gemacht hatte.

»Also sind wir gar nicht erst los.«

»Du hast auch nicht viel verpa...«

Die Stimmen gingen in einem anschwellenden Lärm unter. Ein mechanisches Röhren – eine Kakofonie, die zu laut und zu gewaltig war, als dass man sie ohne technische Auswertung hätte bewerten können. Schließlich die panischen letzten Worte der Piloten, leise und überlagert von dem Getöse.

»Oh, Mann, scheiße ...«

»Gott! Ich ...«

Dann war nichts mehr zu hören.

Schon oft hatte sich Tom Aufzeichnungen dieser Art angehört, aber sie berührten ihn immer wieder aufs Neue. Das Ergreifende an diesen Aufnahmen war ihre Banalität: Die Piloten plauderten über irgendetwas Alltägliches, ohne zu ahnen, was auf sie zukommen würde. Bis kurz vor dem Ende herrschte im Cockpit eine ganz normale, entspannte Stimmung. Hunderte Male hatte Tom sich schon Stimmenrekorder angehört, und nicht einmal hatte ein Crewmitglied gesagt: »Ich habe so ein komisches Gefühl bei der Sache!«, oder »Gleich sind wir alle tot.« Und selbst wenn die Piloten dann ahnten, was ihnen bevorstand, versuchten sie noch alles Menschenmögliche, kämpften und gaben die Hoffnung nicht auf. Nie hatte Tom einen Piloten während des Absturzes sagen hören: »Sagt Ruby, dass ich sie liebe!«, oder »Der Schlüssel vom Schließfach ist in der Sockenschublade!«

Tom verstand das. Der Mensch klammerte sich bis zuletzt an die Hoffnung. Selbst dann, wenn er mit achthundert Kilometern pro Stunde in Richtung Erde sauste.

Er wünschte sich, nur einmal etwas wirklich Verblüffendes bei diesen gottverdammten Aufzeichnungen zu hören. Vielleicht etwas von wahrer Bedeutung ... dass sich zum Beispiel zwischen Leben und Tod eine Pforte öffnete, die die eine Realität von der anderen trennte.

»My God – it's full of stars!« Der Satz aus dem Film *2001: Odyssee im Weltraum* war sein Lieblingsspruch aus dem Cockpit. Aber die Realität sah anders aus, denn die letzten Worte waren fast immer: »Scheiße, Mann!«, »Mist, verdammter!« und das immer wiederkehrende »Hochziehen, zieh sie hoch!«

Es war eine unwürdige Art zu sterben. Verwirrung, Schrecken, Todesangst und nutzlose letzte Worte, die trotzdem für die Nachwelt festgehalten wurden.

Tom war in Gedanken versunken und merkte erst mit Verzögerung, dass Munro ihn ansah. Offenbar hatte er sogar eine Frage überhört. »Also, was wollen Sie tun, Tom?«, wiederholte Munro.

Ließ Munro ihm tatsächlich die Wahl?

Tom spürte die Blicke der drei anderen Ermittler, die offenbar genauso erstaunt waren. Etwas wie Dankbarkeit regte sich in ihm, als hätte man ein altes Samenkorn ins Wasser geworfen, das nun aufging. »Was Sie wollen. Sie brauchen mir nur zu sagen, welche Hilfe Sie benötigen.« Er staunte über sich selbst, und er meinte es wirklich so, wie er es sagte. Das war er Munro schuldig. Tom wusste, dass er es nie wiedergutmachen konnte, was Munro ihm hier und jetzt ermöglichte. Auch wenn er Munro den Bolzen überlassen hatte.

Munro nickte nachdenklich und drehte sich leicht mit seinem Stuhl. Dann öffnete er eine Schublade und holte ein pralles Portemonnaie hervor. Er zählte 200 Dollar ab und reichte sie Tom. »Für den Anfang. In Glenpool können Sie sich Regenkleidung kaufen. Dann kommen Sie morgen früh wieder und fangen frisch und ausgeschlafen an.«

Schweigend nahm Tom das Geld entgegen, und ihm kamen fast die Tränen dabei. Daher stellte er sich lieber vor, wie Lenny Munro ihm bei nächster Gelegenheit eine reinhauen würde.

»Sobald wir die Fan-Scheibe haben, informieren wir Sie natürlich. Bis dahin tun Sie einfach das, was Sie in dieser Situation für das Beste halten. Aber lassen Sie mich kurz wissen, was Sie vorhaben, damit ich weiß, wo Sie sind. Falls ich Ihre Hilfe brauche.«

Tom nickte wieder nur, weil er seiner Stimme nicht recht traute. Er mied Munros Blick und konzentrierte sich stattdessen auf die kleinen roten Dreiecke. Irgendein Pechvogel stakste jetzt dort draußen durch das Maisfeld und leistete seinen Beitrag zur Vervollständigung des Gitternetzes. Körperteile suchen zu müssen, war die schlimmste Aufgabe nach einem Absturz. Man stieß auf abgetrennte Gliedmaßen, schälte Kopfhaut vom Asphalt, sah in Schuhe hinein für den Fall, dass noch ein Fuß in ihnen steckte.

Einmal, in Milwaukee, hatte Tom einen Augapfel gefunden.

Die Ermittler verteilten ihre Fähnchen und sammelten menschliche Überreste ein, die in Tüten kamen: Es war der Versuch, Überreste zu identifizieren, die einmal zu einem lebendigen Menschen gehört hatten. Eine harte Arbeit, die einen auslaugte und innerlich zerfraß. Und all dies tat man in dem Bewusstsein, dass eines Tages womöglich irgendjemand irgendwo dasselbe für einen selbst tun würde.

Tom suchte Lenny Munros Blick. Er wollte sich dafür entschuldigen, ihn Schwanzlutscher genannt zu haben. Doch stattdessen sagte er: »Ich schaue mich mal nach Körperteilen um.«

Das Holiday Inn hatte einen Wäscheservice. Tom entledigte sich seiner gesamten Kleidung, stopfte alles zusammen in einen Beutel und ließ die Wäsche abholen. Als die Hotelangestellte daraufhin an seine Tür klopfte, bezahlte er den Express-Service inklusive Bügeln, auch wenn es sich nur um Jeans und T-Shirts handelte. Er fragte die junge Frau, was er mit seinen Schuhen machen sollte, die vollkommen verdreckt waren. Dann gab er sie ihr auch mit. Wenn jetzt ein Feuer ausbricht, dachte er noch, muss ich in Gummistiefeln fliehen.

Er duschte ausgiebig, warf sich danach aufs Bett und schlief fast sofort ein.

Später erwachte er aus einem Albtraum und schnellte mit einem Schrei auf den Lippen hoch. Verschwitzt und immer noch nackt saß er in der Stille des Zimmers auf der Matratze und war so desorientiert, dass er glaubte, Ronaldo Suarez säße in einem der Sessel. Kurz darauf erinnerte er sich, dass es schon einige Zeit her war, dass der übergewichtige Detective über ihn gewacht hatte – in einem Motelzimmer, mehr als tausend Kilometer entfernt.

Tom sank wieder auf sein Kissen und schaute blinzelnd auf die Leuchtziffern seiner Uhr. In L. A. war es jetzt neun Uhr abends. Er war noch immer nackt und erinnerte sich an das Gefühl, wie verwundbar und ausgeliefert er sich in jener Scheune gefühlt hatte.

Als es leise an der Tür klopfte, zuckte er zusammen und sprang fast aus dem Bett. Vorsichtig spähte er durch den Türspion und sah das Mädchen vom Zimmerservice. Er hatte die Tür schon geöffnet, als er sich bewusst machte, dass er immer noch nichts anhatte. Daher griff er schnell nach den Gummistiefeln und bedeckte seine Blöße. Das Zimmermädchen errötete, und Tom fasste sich reflexartig an den Hintern, genau an die Stelle, an der sonst sein Portemonnaie in der Tasche steckte. Umständlich entfernte er sich von der Tür, um ein Trinkgeld aus dem Zimmer zu holen, obwohl das Mädchen leicht stotternd meinte, das sei doch nicht nötig. Es sei ja ihre Schuld, dass sie so spät noch geklopft habe.

Schließlich gelang es Tom, ihr ein Trinkgeld zu geben, ohne die junge Frau zu kompromittieren oder den Tatbestand des öffentlichen Ärgernisses zu erfüllen.

Als das Zimmermädchen ging, drückte Tom seine Nase

in die saubere Wäsche und fragte sich, wann er diesen Geruch zuletzt mit so viel Genuss wahrgenommen hatte. Unwillkürlich dachte er an einen Neuanfang, und augenblicklich sank seine Stimmung.

Er wollte ja keinen Neuanfang im eigentlichen Sinne: Er wünschte nur, er hätte besser hinbekommen, was er »die Kurve kriegen« nannte.

Der Regen war noch schlimmer geworden, und Tom war froh, bei der Regenkleidung nicht gespart zu haben. Stunden zuvor hatte er noch geglaubt, die steifen wasserundurchlässigen Sachen würden ihn nur bei der Arbeit behindern, aber jetzt hatte er das Gefühl, den besten Griff seit Jahren getan zu haben.

Obwohl die Baumkronen ihm ein wenig Schutz boten, tropfte der Regen unaufhörlich auf seine atmungsaktive Goretex-Kapuze und lief über den Schirm seiner Kappe. Der mit Bäumen bestandene Streifen zwischen den Feldern war nicht bewirtschaftet und daher zugewachsen. Tom fragte sich, was diese Bäume inmitten all der Maisfelder überhaupt zu suchen hatten. Mit einem leichten Metallstab stocherte er in den wippenden Zweigen der jungen Haselnusssträucher herum und drückte Brombeerranken zur Seite, zwischen denen gelbliches Gras hervorlugte. Bei jedem Schritt versank er in dem aufgeweichten, rutschigen Untergrund.

In seiner Tasche, die er über der Schulter trug, hatte er Klarsichtbeutel, Aufkleber und Fähnchen dabei, aber bisher hatte er lediglich eine Taschenbuchausgabe des Romans *Sakrileg* gefunden, die aufgeschlagen im Matsch lag. Er markierte das zerfledderte Buch für den Fall, dass Fingerabdrücke auf einen Passagier hindeuteten, und stapfte weiter durch das Gelände. Mit geübtem Blick nahm er die unmittelbare Umgebung in sich auf und merkte, dass seine Augen sich inzwischen an das Halbdunkel unter dem Blätterdach gewöhnt hatten. Bald hatte er das Ende des Streifens erreicht, machte kehrt und durchkämmte die gleiche Strecke noch einmal geduldig im Zickzackkurs, obwohl er bei diesem Wetter längst keine Lust mehr hatte und am liebsten alles hingeschmissen hätte.

Im Verlauf der nächsten Stunde fand er zwei Kissen, ein verbogenes Metallstück und einen Gummistreifen, den er einer Fensterdichtung zuordnete. Kurz darauf fiel sein Blick auf einen alten Baumstumpf, auf dem – wie eine Opfergabe – ein Plastikbeutel mit Utensilien für das Essen im Flieger lag: Plastikbesteck, Salz, Pfeffer und Zucker in Tütchen, eine Papierserviette und Zahnstocher. Tom hatte die Zeit aus den Augen verloren, aber er interpretierte den Fund als ein Zeichen, endlich Mittag zu machen. Nachdem er es sich auf einem umgestürzten Baum halbwegs bequem gemacht hatte, riss er ein Beutelchen mit den Zähnen auf und streute etwas von dem Salz auf das fade Sandwich, das er auf die Schnelle an einer Tankstelle gekauft hatte. Inzwischen prasselte der Regen auch durch die Bäume so stark auf den Boden, dass Toms Sandwich nass wurde, ehe er es verspeist hatte.

Der Nachmittag verging auf dieselbe quälend langsame Weise wie der Vormittag. Auf seiner Fundliste konnte Tom einen schicken Lederkoffer eintragen, in dem sich ein feiner Geschäftsanzug, Rasierzeug und sorgsam sortierte Unterlagen befanden. Später stieß er auf ein Kinder-T-Shirt, auf dem *Prinzessin* in glitzernden Buchstaben stand. Kaum hatte er sieben kleine Dosen Cola notiert, als er beinahe über eine Hand und ein Stück Unterarm stolperte. Der Unterarm wies Sommersprossen und helle Haare auf, und am Handgelenk saß eine Swatch, die noch funktionierte. Tom registrierte, dass es fast fünf Uhr nachmittags war. Bald würde das Tageslicht abnehmen. Er müsste am nächsten Tag wiederkommen. Den Unterarm fotografierte er so, dass die Armbanduhr gut zu identifizieren war, ehe er das Fundstück sorgfältig in einem der Beutel konservierte. In den Boden steckte er ein Fähnchen und notierte die GPS-Koordinaten der Fundstelle.

Als er sich aufrichtete, nahm er aus dem Augenwinkel etwas Rotes wahr, das zwischen den Bäumen aufblitzte.

Erfüllt von einer Vorahnung, ging Tom in die Richtung, geriet jedoch in eine Pfütze, die tiefer war, als er vermutet hatte, verlor das Gleichgewicht, fiel der Länge nach hin und rutschte ein Stück weit auf dem glitschigen Untergrund. Unsanft prallte er mit dem lädierten Bein gegen eine Wurzel. »Scheiße!« Der Schmerz fuhr ihm bis in die Zehen. Frustriert griff er nach einem Ast, zog sich daran hoch und balancierte zunächst auf einem Bein, bis er in die Knie ging und schwer atmend zwischen Buschwerk und Bäumen hocken blieb.

Langsam kam er wieder auf die Beine und hielt im nächsten Moment erschrocken inne.

Auf einer kleinen Lichtung erblickte er vier Menschen, die noch immer in ihren Flugsitzen saßen.

Wie in einem Traum gefangen, bewegte Tom sich auf die Leute zu und hörte, wie ihm das Blut in den Ohren rauschte.

Sie sahen so lebendig aus.

Das war unmöglich. Oder etwa doch nicht? Sie konnten nur tot sein. Und trotzdem saßen sie aufrecht auf ihren

Plätzen. Die Person, die ihm am nächsten war, trug ein leuchtend rotes Sweatshirt. Genau dieser Farbtupfer hatte Toms Aufmerksamkeit erregt. Aus seinem Blickwinkel machten diese Leute den Eindruck, als warteten sie gespannt auf den Beginn des Bordkinos.

Endlich erreichte Tom die Sitzreihe, wobei ihm das Herz bis zum Hals schlug. Einen Moment lang bildete er sich ein, in einem Dschungel umherzustreifen, in dem ihn jederzeit Eingeborene angreifen könnten.

Schließlich holte er tief Luft und atmete langsam aus, um sich zu beruhigen – wie vor dem Sprung in einen Pool. Erst dann traute er sich, die Personen genauer zu betrachten.

Natürlich waren sie alle tot.

Der junge, dunkelhaarige Mann, der am nächsten zu ihm saß und das rote Sweatshirt trug, hatte den Kopf verdreht. Sein Mund war leicht geöffnet, als schlafe er und schnarche dabei. Um seinen Mund und die Nase waren Blutspuren zu sehen, da seine Lungen bei dem plötzlichen Druckabfall geplatzt waren.

Dem älteren Mann daneben fehlte der Arm unterhalb der Schulter, doch sein Gesichtsausdruck wirkte erstaunlich gelassen.

Tom trat noch näher an diese unheimliche, erstarrte Gruppe und sah einen dicken Mann, dessen Kopf so weit nach vorn hing, als betrachtete er seine Beine, von denen nur noch zwei Stümpfe übrig geblieben waren. Unterhalb der Kniescheiben waren die Knochen zu sehen, halb verklebt mit Blut und dem Stoff seiner beigefarbenen Hose.

Die junge Frau einen Sitz weiter war Lucias Schwester.

Tom wusste es in dem Moment, als sein Blick auf ihre Gestalt fiel, und die Erkenntnis traf ihn wie ein Schlag.

Candice Holmes war eine hübsche Frau gewesen, auf eine stille, unaufdringliche Art – genau wie ihre noch lebende Schwester. Das Haar hatte sie sich zurückgebunden, und die Zweige und Blätter, die sich nun um ihr Haupt rankten, schien sie sich als Haarschmuck ausgesucht zu haben. Ihr Kopf lehnte immer noch am Sitz, ihre goldbraunen Augen waren geöffnet und erfüllt von Regen, der ihr wie Tränen über die Wangen rann. Ein Blutfleck am Mundwinkel war fast vollständig vom Regen weggewaschen worden.

Tom sank schwer neben Candice auf den Boden und spürte die kalte, feuchte Erde unter sich. Erst jetzt wurde ihm richtig bewusst, wie laut der Regen überall auf die Blätter prasselte. Der Arm der jungen Frau hing schlaff über der Lehne, ein silberner Armreif mit einem Anhänger fiel ihr über den Handrücken. Der Anhänger hatte die Form eines Pinguins. Vorsichtig streckte Tom die Hand nach dem Schmuckstück aus und berührte das kühle Metall; mit den Fingerspitzen streifte er die Haut der Toten. Ihre Hand fühlte sich kalt an, aber Toms Hand war in diesem elenden Regen nicht viel wärmer.

Tom ließ den Pinguin los, blieb aber noch eine Weile sitzen und hielt die Hand der toten Frau, während der Regen vom Schirm seiner Mütze zu Boden tropfte und Candice wie Tränen aus den starren Augen lief.

Nachdem ihr internes Meeting stattgefunden hatte und Munro und Ryland vor die Presse und die Angehörigen getreten waren, kehrte Tom auf sein Zimmer zurück und rief Lucia mit dem Handy an, das er sich am Flughafen gekauft hatte. Er brauchte drei Anläufe und legte zweimal auf, ehe er den Mut fand, das Telefon in L. A. tatsächlich klingeln zu lassen.

»Lucia?«

»Ja?«

»Ich bin's, Tom Patrick.«

Sie schwieg für einen Moment, ehe sie kühl, aber höflich mit ihm sprach. »Oh, ja, hallo.«

»Ich bin in Oklahoma.«

Sofort wich die Kälte aus ihrer Stimme, ebenso jegliche Kraft, und als sie wieder etwas sagte, klang sie wie ein verängstigtes Kind, das den Tränen nahe war. »Ja?«

Tom war elend zumute. Lucia hatte offenbar gedacht, er würde aus selbstsüchtigen Motiven anrufen, selbst um diese Uhrzeit. Offensichtlich hielt sie ihn für ein Arschloch, das dazu in der Lage wäre.

»Hatte Candice ein silbernes Armband, Lucia?«

»Sie hatte einen Armreif ... mit einem Pinguin daran.«

Er wusste, dass der folgende Satz nicht einfach zu verdauen sein würde, aber er hatte keine Wahl. »Dann haben wir ihre Leiche gefunden. Es tut mir leid.«

Er hörte, dass Lucia weinte. Diese Augenblicke hasste er. Er merkte, wie sie versuchte, gegen die Tränen anzukämpfen, und wollte ihr sagen, dass sie sich Zeit lassen solle. Doch sie wollte unbedingt mehr erfahren und zwang sich zu weiteren Fragen.

»Hatte sie ... ich meine, wie sieht ...«

»Sie ist so gut wie unversehrt.«

»Lüg mich nicht an!« Ihr aufwallender Zorn verblüffte ihn.

»Lucia, wirklich. Sie saß immer noch angeschnallt in ihrem Sitz. Sie sah aus, als würde sie schlafen – ich konnte es selbst kaum glauben. Sie sah so lebendig aus. Ich saß neben ihr und habe ihre Hand gehalten. Und da fiel mir der Pinguin auf.«

Lucia schluchzte, und plötzlich wünschte Tom, er wäre nach L. A. geflogen, um es ihr persönlich zu sagen.

»Bist du allein?«

»... Sawmill«, war alles, was er verstand.

»Ist jemand in der Nähe, der jetzt bei dir bleiben kann?«

»Ich werde es meiner Mum sagen.« Leiser fügte sie hinzu: »Wie soll ich ihr das nur beibringen?«

»Soll ich sie anrufen?«

»Nein, ich muss es ihr sagen.« Sie weinte nun lauter, und Tom spürte, wie sich ihm angesichts dieses Kummers die Kehle zuschnürte.

»Sprich erst mit Louis. Er soll es eurer Mutter sagen. Er ist doch bestimmt bei ihr, oder?«

Sie gab Geräusche von sich, die darauf schließen ließen, dass er mit seiner Vermutung richtig lag.

»Fahr nach Hause, Lucia. Ruf Louis an, und dann leg dich hin, okay?«

»Okay«, brachte sie zwischen zwei Schluchzern hervor.

»Betrink dich. Was auch immer. Ich melde mich wieder bei dir.«

»Okay.« Sie beendete das Gespräch unter neuen Tränen.

Tom starrte auf das Handy und fragte sich, was ihn geritten hatte, ihr zu sagen, er würde sich wieder melden. Und er fragte sich gleichzeitig, warum er diesen Satz nicht bereute.

Als er das Zimmer verließ, um sich etwas zu essen zu holen, traf er Munro, Carling, Potts und Jan Ryland in der Lobby. Der Regen hatte aufgehört, daher gingen sie in ein Steakhaus um die Ecke, wo Tom Welsfilet wählte – das einzige Gericht auf der Karte, das nicht aus rotem Fleisch bestand.

Munro bestellte für alle Bier, wogegen niemand protestierte. Auch nicht, als Tom kurz darauf die nächste Runde schmiss.

Sie alle hatten Leichen oder Leichenteile gefunden und wussten, wie sich das anfühlte.

Carling, Potts und Ryland amüsierten sich zwischendurch immer wieder über irgendeinen anderen Fall in einer anderen Stadt. Manchmal ließ auch Munro eine Bemerkung fallen, lächelte in sich hinein und nickte, während er aß und sich vergewisserte, dass alle gut versorgt waren.

Tom aß langsam und in sich gekehrt, aber er war trotzdem froh, in Gesellschaft von Kollegen zu sein, die versuchten, zur Normalität zurückzufinden, und wenn auch nur für ein paar Stunden vor dem Zubettgehen. Die Atmosphäre übertrug sich auf ihn: Die Geräusche in dem Lokal beruhigten ihn. Das Klirren von Glas, das Lachen an den anderen Tischen, das sanfte Gedudel der alten Hits von Simon & Garfunkel, über das sich Tom woanders bestimmt aufgeregt und dann mit dem Kellner angelegt hätte ... aber nicht hier und an diesem Abend. Spürte er doch, wie sich im Nichts von Oklahoma eine schläfrige Entspannung in ihm breitmachte. Er war in einem Bundesstaat, an dem der Gourmetgeschmack vorbeigezogen war, aber es war ein warmer, gemütlicher Staat, weit entfernt von vollgekotzten Teppichen unter Kartentischen und von Pistolenläufen in Mündern.

Er spürte sogar so etwas wie aufkeimendes Wohlwollen gegenüber Lenny Munro. Denn der Kerl war letzten Endes doch kein ausgemachtes Arschloch.

Irgendwann fing Tom an, Lenny von der Verbindung zu Avia Freight zu erzählen, und meinte, er werde die Fertigungsnummer überprüfen, sobald die Fan-Scheibe auftauchte. Aber Munro winkte ab. »Morgen, Tom. Wir reden später darüber. Trinken Sie lieber noch einen mit uns.«

Tom aß den Fisch zur Hälfte auf, leerte aber seine Biergläser und stützte sich später auf Jan Rylands Schulter, als sie zurück zum Holiday Inn gingen. Der Regen hatte endlich aufgehört, und die Nässe verdampfte bereits auf dem Asphalt. Die Luftfeuchtigkeit und das Bier wärmten Tom und machten ihn leicht schwindelig.

Draußen blieben sie kurz im Lichtkegel der Lobby stehen, damit Mike Carling noch seine Zigarre zu Ende rauchen konnte.

»Hoffen wir, dass der Regen endgültig aufgehört hat«, meinte Munro.

»Na, das lass aber nicht die Farmer hier hören, Lenny«, sagte Potts. »In dieser Gegend kommen solche Worte Blasphemie gleich.«

Carling zog an seiner Zigarre, und Tom sah, wie das Ende orange aufleuchtete wie ein Miniaturplanet mit starker Vulkanaktivität. Er fühlte sich gut und ausgeglichen und wusste, dass er in seiner frisch gewaschenen Shorts und in dem sauberen Hotelbett bestens schlafen würde. Aber zuerst wollte er Lucia noch einmal anrufen. Immerhin hatte er sein Versprechen gehalten, und er hatte ihre Schwester gefunden. Wenn auch erst nach einer Woche. Das war doch etwas, oder etwa nicht? Für ihn schon, und deshalb fühlte er sich gut.

»Ich hau mich hin«, sagte Jan.

Munro gab einen Laut von sich, der sich wie ein zustimmendes Grummeln anhörte, schwankte dann plötzlich und geriet ins Stolpern. Tom streckte automatisch den Arm nach Munro aus, um ihn festzuhalten, aber da fiel der Mann bereits zu Boden und riss Tom mit sich. Es sah fast so aus, als stürzten sie Arm in Arm auf den Gehweg wie zwei alte Freunde, die sich ordentlich betrunken hatten.

»Hey, Lenny, du verträgst wohl gar nichts!«, scherzte Potts.

Carling lachte und bückte sich, um den beiden auf die Beine zu helfen.

Tom sah Munro an und wunderte sich im selben Moment über das Blut auf dem blauen Hemd des Kollegen. Noch verwirrender fand er es, als dem Mann der Kopf schlaff nach vorn sackte.

Als Tom das Auto hörte, das mit quietschenden Reifen auf dem Hotelparkplatz anfuhr, ahnte er, dass man auf Lenny Munro geschossen hatte.

Tom rannte los, ohne sich auch nur daran zu erinnern, wieder auf die Beine gekommen zu sein.

Es war bereits dunkel, und Tom sah noch, dass der Jeep groß und schwarz war. Das Hotellicht spiegelte sich in den abgedunkelten Scheiben. Tom sprintete über den Parkplatz in der Hoffnung, den Wagen an der Ampel einzuholen. Tatsächlich glaubte er einige Sekunden lang, sich ihm zu nähern, aber dann fuhr das Auto weiter.

Tom dachte nicht darüber nach, was er eigentlich tat, sondern sprang über eine niedrige Mauer und rannte um eine Häuserecke. Sirenen heulten irgendwo hinter ihm, während er auf der Straße hinter dem Jeep herrannte, immer dem weißen Mittelstreifen folgend. Er lag vielleicht fünfzig Meter zurück, dann vierzig.

Jetzt waren es nur noch dreißig Meter.

Seine Schritte hallten ihm in den Ohren, und das Atmen

brannte in seinen Lungen, sodass er kurz daran denken musste, mal wieder ins Fitnessstudio zu gehen. Der Jeep wurde langsamer. Für den Bruchteil einer Sekunde glaubte Tom, das Auto würde an der roten Ampel anhalten. Schon überlegte er, was er machen würde, wenn er den Wagen endgültig einholte.

Als er schließlich so dicht hinter dem Auto war, dass er den dunklen Lack fast mit den Händen berühren konnte, sah er, wie die Scheibe des Beifahrerfensters ein Stück weit herunterging. In dem dunklen Spalt zwischen reflektierender Scheibe und Türrahmen wurde der Lauf einer Pistole sichtbar, der auf ihn gerichtet war.

Im letzten Moment tauchte Tom zur Linken ab und spürte, dass ihm etwas ins Gesicht schlug, als er auf die Straße fiel. Geistesgegenwärtig rollte er sich hinter den Jeep, raus aus der Schusslinie, und blieb keuchend am Boden liegen, die Nase in den Asphalt gedrückt. Für einen Moment verlor Tom jegliches Zeitgefühl und verharrte reglos, bis ihn das grelle Licht der Rückfahrscheinwerfer erfasste.

Fast hätte der Fahrer Tom überrollt, als wäre er nichts weiter als ein Eichhörnchen. Doch nach dem Bremsmanöver von zuvor drehten die Reifen einen Moment lang durch und quietschten, sodass Tom erkannte, was ihm blühte. In letzter Sekunde rollte er sich in Richtung Bordsteinkante. Im nächsten Augenblick war er schon wieder auf den Beinen und rannte los, diesmal fort von dem Jeep. Er stürmte über eine grasbewachsene Böschung, über den Platz eines McDonald's Drive-In, sprang über einen Maschendrahtzaun, wobei er sich die Schulter zerrte, und stieß gegen Mülltonnen, die polternd umfielen. Er hörte zwar keine direkten Verfolger, aber er wollte es nicht darauf ankommen lassen. Völlig außer Atem rannte er durch eine Seitengasse und erreichte eine gut beleuchtete Straße mit Restaurants. Sein Blick fiel auf jenes Steakhaus, in dem er mit den Kollegen gesessen hatte … es schien eine halbe Ewigkeit her zu sein. Tom ging inzwischen langsamer, um nicht aufzufallen. Er hätte ohnehin nicht mehr lange so weiterrennen können. Dutzende Leute strömten aus den Bars und Restaurants, Autos fuhren vorbei.

Er trug ein dunkles Sweatshirt mit Kapuze, das er sich rasch auszog, und hatte nun nur noch ein T-Shirt an. Er traute sich nicht, einen Blick auf die vorbeifahrenden Autos zu werfen. Jeden Augenblick rechnete er mit einem Kugelhagel. Sein Bein tat wieder fürchterlich weh, aber er versuchte, möglichst nicht zu humpeln. Schließlich straffte er die Schultern und kehrte zur Hauptstraße zurück.

Er erreichte sie einen halben Block vom Holiday Inn entfernt und sah, wie die rot-blauen Lichter der Einsatzfahrzeuge über den reglosen Körper von Lenny Munro hinwegzuckten.

35. Kapitel

Eine Krankenschwester zog Asphaltsplitter aus Toms Wange und Stirn. Er zuckte zusammen, doch der Arzt lächelte nur. »Sie können von Glück sagen, dass sie Ihnen nicht eine Kugel aus der Augenhöhle pulen muss.«

Tom biss die Zähne zusammen und schwieg. Es gab nicht viel, das er mehr hasste als gut aufgelegte Ärzte. Diesem Mann im weißen Kittel wollte er jedenfalls keinen weiteren Grund zur Freude geben.

»Was Ihr Bein betrifft …«

Die Nähte an der Wade waren aufgegangen. Neben der Tür lagen seine ehemals frisch gewaschene Jeans zusammen mit seinen Socken und Schuhen in einem blutgetränkten Haufen.

Der Arzt desinfizierte die aufgeplatzte Risswunde, summte eine Melodie vor sich hin und schob sich die Brille ein Stück weit von der Nase, um über den Rand hinweg den Faden durch die Nadel zu ziehen.

»Ich muss mal telefonieren.«

»Das können Sie, wenn ich hier fertig bin.«

»Wie lange dauert das?«

»Nicht lange.«

»Wie lange ist nicht lange?«

»Gleich«, sagte der Arzt und stach Tom die Nadel durch die Haut.

»Scheiße!«

Der Arzt grinste. »Das tut richtig weh, nicht wahr?«

Tom verließ das Krankenhaus in einer geborgten Hose. Offenbar war der Vorbesitzer sehr viel kleiner und dicker gewesen, und Tom vermutete, dass der Typ wahrscheinlich längst tot war.

Jan Ryland hatte die ganze Zeit über auf ihn gewartet, und so konnte er Lucia immer noch nicht anrufen. Schweigend fuhren sie zum Hotel zurück.

Vor Jans Zimmertür verabschiedeten sie sich. Jan umarmte ihn kurz. »Ich begreife das einfach nicht«, sagte sie leise. »Wieso Lenny?«

Er schüttelte den Kopf, ohne etwas zu sagen.

Vielleicht war Lenny Munro nur ein zufälliges Opfer gewesen. Oder man hatte es bereits auf ihn abgesehen, noch bevor Pete ihm den Bolzen überlassen hatte. Beides war denkbar. Doch Tom glaubte weder an die eine noch an die andere Theorie. Wenn man jedoch wegen des Bolzens auf Munro geschossen hatte, dann musste Tom sich diejenigen Leute vorknöpfen, die überhaupt von dem Bolzen wussten.

Infrage kamen Pete LaBello. Ryland. Carling. Potts.

Und Ness Franklin.

Er ließ Rylands Hand los und trat einen Schritt zurück. »Wer hat jetzt den Bolzen, Jan? Den von dem Jet aus Südafrika, meine ich.«

Sie überlegte angestrengt. »Keine Ahnung.«

»Wo hat Lenny ihn aufbewahrt?«

Die Falten auf ihrer Stirn wurden tiefer. »Im Caravan, vermute ich. Oder in seinem Zimmer. Er wird darauf geachtet haben, dass der Bolzen nicht zu den Fundstücken des Flugs 823 kam.«

»Welches Zimmer hatte er?«

»219.«

Im oberen Stockwerk standen noch einige Polizeibeamte vor Munros Zimmer. Tom zeigte seinen Ausweis vor und erklärte kurz, wonach er suchte und warum. Er hatte keine Zeit, ausführlich auszuholen.

Ein junger Beamter, der Anzug und Krawatte trug, stellte sich ihm als Sean Hapgood vor. »Irgendjemand hat hier auch schon etwas gesucht«, sagte er und öffnete die Tür zu Zimmer 219.

Der Raum war verwüstet. Alle Schubladen standen offen, jede Schranktür war aufgerissen. Die wenigen Kleidungsstücke, die Lenny Munro bei sich gehabt hatte, lagen verstreut auf dem Boden, halb bedeckt von Akten und anderen Aufzeichnungen. Im Zimmer sah es aus, als wäre ein Wirbelsturm hindurchgezogen.

»Scheiße.« Tom schüttelte den Kopf. Sollte der Bolzen im Zimmer gewesen sein, so hatte man ihn längst gefunden. »Dann müssen wir uns wohl im Caravan an der Absturzstelle umschauen.«

Hapgood stimmte bereitwillig zu, was Tom mit Erleichterung aufnahm. Tom stand noch so stark unter Schmerzmitteln, dass er es sich nicht zutraute, Auto zu fahren. Er holte sich den Schlüssel vom Caravan bei Jan Ryland ab und ließ sich kurz darauf von Hapgood in die Einöde rund um Crossways chauffieren.

Gemeinsam stapften sie durch den Matsch zum Caravan, wobei Tom seinen Hosenbund festhalten musste, damit ihm die Hose nicht nach unten rutschte. Um den Schlüssel hätte er sich keine Gedanken zu machen brauchen. Man konnte schon auf zwanzig Schritt Entfernung sehen, dass die Tür vom Caravan weit offen stand.

»So eine Scheiße«, fluchte Tom.

Im Innern des Caravans war alles durchwühlt und umgestoßen worden. Computerausdrucke und handschriftliche Unterlagen lagen verstreut am Boden und waren verschmiert von schmutzigen Schuhabdrücken. Dort, wo zuvor die Laptops gestanden hatten, baumelten nur noch Kabel.

Hapgood hielt ein Kabel hoch. »Rechner?«

Tom dachte an die ganze Arbeit, die jetzt mühsam wiederholt werden musste, und nickte nur stumm.

Wahllos trat er gegen ein paar Schubladen am Boden, wusste aber, dass es keinen Zweck hatte, nach dem Bolzen zu suchen. Die Leute hatten ganze Arbeit geleistet und das Beweisstück mit Sicherheit längst gefunden.

Gegen alle Vernunft flackerte Hoffnung in Tom auf. Vielleicht war der Bolzen doch noch irgendwo versteckt, obwohl er selbst nicht wusste, wo er suchen sollte.

Die Schmerzmittel, die der gut aufgelegte Arzt ihm mitgegeben hatte, ließen allmählich nach: Sein Bein tat wieder weh, sein Gesicht brannte.

Unter Schmerzen schleppte er sich zurück zu Hapgoods Auto und schaute sich später erschrocken und verlegen um, als der Polizist ihn vor dem Holiday Inn wachrütteln musste.

Als Tom kurz darauf in das frisch gemachte Hotelbett kroch, konnte er sich längst nicht mehr über Dinge wie duftende Wäsche freuen.

Gegen acht Uhr am nächsten Morgen wurde er vom Klopfen an der Tür geweckt. Er fühlte sich wie ein Hundertjähriger, als er sich aus dem Bett quälte und mit steifem Bein zur Tür humpelte. Er hatte Kopfschmerzen und meinte, das Pochen in seinem Gesicht sei noch schlimmer geworden.

Vor dem Zimmer wartete Pete LaBello. »Du siehst schlimm aus, Tom.«

Tom ahnte, dass es die Wahrheit war, da er seinen Chef selten so erschrocken gesehen hatte. Langsam trat er einen Schritt zurück, um LaBello hereinzulassen, und sank dann auf die Bettkante.

Pete machte es sich in einem Sessel bequem. »Jan hat mich angerufen.«

»Yeah.«

»Ich kann es noch gar nicht glauben. Lenny Munro.«

»Yeah.«

»Alles ist hin, die ganze Arbeit umsonst.«

Da hatte er recht. »Möchtest du einen Kaffee oder sonst etwas?«, bot Tom müde an.

»Nein, danke.«

Während des nachfolgenden Schweigens zupfte Pete an der Armlehne des Sessels herum und mied Toms Blick. Schließlich fand er die Sprache wieder und fragte leise: »Und du denkst, es ging um den Bolzen?«

Tom nickte – und merkte zunächst gar nicht, dass er plötzlich weinte wie ein Kind, das sich im Supermarkt verlaufen hat. Die Tränen liefen ihm über die Wangen und tropften von seinem Kinn, und der aufgestaute Frust von Wochen und Monaten brach sich Bahn in heftigen Schluchzern. Verzweiflung und Schuldgefühle verstärkten sich gegenseitig. Er hatte Munro einen Gefallen tun wollen: Der Bolzen hatte eine Geste der Wiedergutmachung sein sollen, ein Friedensangebot, doch ohne es zu wollen, hatte er damit das Todesurteil seines Kollegen unterschrieben.

Er presste sich eine Hand gegen den Bauch, als könnte er so den Tränen und dem Schluchzen Einhalt gebieten, aber es nutzte nichts. Natürlich war es ihm peinlich, in Gegenwart seines Chefs zu heulen, doch er konnte es nicht ändern. Tom blieb nichts anderes übrig, als abzuwarten, dass der Heulkrampf aufhörte.

Als er sich schließlich wieder etwas beruhigt hatte, schnäuzte er sich in sein altes T-Shirt und murmelte: »Scheiße.«

Pete stand auf, schniefte und räusperte sich. Er klang ein wenig heiser, als er sagte: »Ich bringe Lennys Frau in die Leichenhalle, wegen der Identifizierung. Wir sehen uns nachher.« Kurz legte er Tom eine Hand auf die bloße Schulter und verließ das Zimmer.

Erst nachdem Pete gegangen war, kam Tom der Gedanke, dass die Kugel genauso gut ihm selbst hätte gelten können.

Denn immerhin war *er* es ja, der die Sache mit der *Pride of Maine* nicht auf sich beruhen ließ. Selbst als Stanley und das Wiesel ihm deutlich gemacht hatten, er solle die Finger von der Sache lassen, hatte eine innere Stimme ihn dazu getrieben, hartnäckig dranzubleiben. Vielleicht lag er nur deshalb nicht tot irgendwo aufgebahrt, weil die Unbekannten gar nicht hatten wissen können, dass er hier in Oklahoma sein würde. Lenny hatte ihn angerufen, und als er sich auf den Weg gemacht hatte, hatte er niemandem davon erzählt. Nicht einmal Ness.

Tom hatte Schwierigkeiten, den Überblick zu behalten, und kehrte mit seinen Gedanken zu Stanley und dem Wiesel zurück.

Vorsichtig stieg er in seine zweite Jeans und rief dann Halo Jackson an, der verwirrt oder betrunken klang, oder beides zugleich. »Yeah? Wer da?«

»Halo, ich bin's, Tom.«

In L. A., wo es gerade erst zu dämmern begann, beugte Halo sich vor, um den Wecker besser sehen zu können.

»Ist erst sechs, ich weiß. Tut mir leid«, meinte Tom.

Etwas in Tom Patricks Stimme ließ Halo stutzen, sodass er sich eine Bemerkung über die frühe Störung verkniff. »Schon okay. Was gibt's?«

»Der Typ, der Sie draußen vor Vees Haus drangsaliert hat.«

Halo runzelte die Stirn und versuchte, sich zu erinnern. »Ja?«

»Wie sah der aus?«

»War ein Weißer. Kräftig. Groß.«

»Jetzt schwafeln Sie nicht herum, Halo. Es ist mir egal, ob Sie von einer verdammten Pfadfinderin geschlagen wurden. Wie der Typ aussah, will ich wissen.«

Halo kratzte sich am Kopf. »Er war stark«, insistierte er. »Aber vielleicht nicht besonders groß. Eher so groß wie ich.«

»Oder ein bisschen kleiner?«

»Kann sein.«

»Und vielleicht etwas älter als Sie?«

»Ja«, räumte Halo eher widerwillig ein. »Möglich.«

»Trug er einen Anzug?«

»Ja!«, rief Halo und war überrascht, als die Erinnerung zurückkehrte. »Yeah, einen Anzug. Mit Krawatte. Aber wieso fragen Sie?«

Kurze Gesprächspause.

»Tom?«, fragte Halo lauter. »Denken Sie, es ging um die *Pride of Maine*?« Gespannt hielt er den Atem an und merkte, dass Vee inzwischen wach geworden war und ihn beobachtete.

»Geht es das nicht die ganze Zeit über?«

Tom spürte ein Brennen im Magen. Das mochte am Schock des vergangenen Abends liegen sowie an der Aufregung. Teile des Puzzles lösten sich langsam aus einem diffusen Hintergrund und fügten sich zusammen. Schließlich hatte er das Gefühl, genügend Teile des Puzzles vorliegen zu haben, obwohl er noch nicht imstande war, das Gesamtbild zu erkennen. Immerhin wusste er jetzt, dass so ziemlich alle Teile zu ein und demselben Puzzle gehörten.

Er klopfte an Jan Rylands Tür. Munros Kollegin öffnete ihm mit zerwühltem Haar und in einem pinkfarbenen Pyjama.

»Müssen wir heute arbeiten?«, fragte er ohne weitere Erklärungen.

Sie schüttelte den Kopf. »Warum? Müssen Sie irgendwohin?«

»Nach L. A. Aber nur kurz.«

»Ist okay.«

»Haben die Polizisten Ihnen schon von dem Caravan erzählt?«

Sie seufzte. »Ja. Wir müssen also wieder ganz von vorn anfangen.«

Er gab ihr den Schlüssel zurück und wandte sich zum Gehen.

»Tom?«

Er drehte sich um.

»Gestern Abend. Danke, dass Sie den Kerlen gefolgt sind.«

Er zuckte nur mit den Achseln. Dann ging er. Er wollte sich nicht damit brüsten, wie ein Held hinter Munros Mördern hergelaufen zu sein. Warum auch? Als er seinem ehemaligen Kollegen den Bolzen zukommen ließ, hätte er ihm genauso gut eine Zielscheibe auf die Brust malen können.

In seinem Zimmer packte er seine Sachen zusammen.

Als Tom gerade seinen kleinen Koffer im Mietwagen verstaute, hielt Pete auf dem Hotelparkplatz und half dann einer Frau beim Aussteigen, bei der es sich eigentlich nur um Lenny Munros Witwe handeln konnte. Tom schaute sich schon nach einer Möglichkeit um, sich kurz irgendwo zu verstecken, aber leider sah Pete ihn in diesem Moment und hob die Hand zum Gruß. Die Geste hieß aber gleichzeitig so viel wie: »Warte einen Augenblick!«

Tom schloss die Kofferraumklappe und ging quer über den Parkplatz. Ihm fiel auf, dass die Stelle, an der am Abend zuvor der Jeep gestanden hatte, mit Sperrband abgetrennt war. Ein gelangweilt wirkender Polizist sorgte dafür, dass nur die Spurensicherung Zutritt hatte.

»Tom, darf ich dir Gloria Munro vorstellen. Gloria, das ist Tom Patrick.«

Lenny Munros Witwe war eine kleine, schlicht gekleidete Frau mit vielen Lachfältchen. Selbst jetzt lächelte sie Tom warmherzig an und reichte ihm die Hand. Die Worte »Mein Beileid« blieben ihm wieder mal im Hals stecken, und er konnte ihr kaum in die Augen sehen, als er ein »Hallo« murmelte. Er fragte sich, wie oft Lenny Munro seiner Frau erzählt haben mochte, was für ein Arschloch Tom Patrick war.

»Mr Patrick, Pete hat mir erzählt, dass Sie den Männern noch gefolgt sind. Dafür danke ich Ihnen.«

Er nickte betreten, und Mrs Munro drückte ihm die Hand, als hätte er den Lebenspartner verloren und nicht sie.

Tom sah, dass sie einen Klarsichtbeutel in der anderen Hand hielt. In ihm befanden sich Lenny Munros persönliche Dinge, die er offenbar zum Zeitpunkt seines Todes in den Hosentaschen gehabt hatte. Toms Blick fiel auf Munros Portemonnaie aus Lederimitat, auf die Armbanduhr, auf eine Hand voll Zettel …

Und auf Lemons Bolzen.

Dort lag er. In dem Beutel.

Munro hatte ihn also die ganze Zeit bei sich getragen. Hatte ihn wie beiläufig in seine Tasche gesteckt, nicht ahnend, dass die Unbekannten genau hinter diesem Teil her waren. Wegen dieses Bolzens hatte er sterben müssen.

Tom hätte am liebsten gejubelt und musste an sich halten, um nicht unverschämt nach dem Beutel zu greifen. Am liebsten hätte er ihn der Witwe aus der Hand gerissen und gleich hier auf dem Parkplatz geöffnet. Doch er konnte sich gerade noch beherrschen.

»Möchten Sie noch etwas mit uns trinken, Tom?« Trotz des Kummers leuchteten ihre Augen vor Dankbarkeit, und Tom ging unwillkürlich durch den Kopf, dass er einen Mann wie Lenny Munro womöglich mehr gemocht hätte, wenn er Gloria Munro früher gekannt hätte.

»Ich muss leider los«, sagte er.

»Es hat mich sehr gefreut, Sie kennenzulernen.«

»Mein Beileid, Mrs Munro«, brachte er schließlich fast krächzend heraus und spürte mehr denn je, wie leer und abgedroschen diese Förmlichkeit klingen konnte.

Dann kehrte er zu seinem Auto zurück, stieg ein und fuhr los, noch ehe Pete und die Witwe den Hoteleingang erreichten, wo Lenny Munro gestorben war.

Er wollte unbedingt, dass die beiden sahen, wie er abfuhr.

Pete LaBellos Pensionierung schien in weite Ferne gerückt zu sein. Obwohl der Tag X auf dem Kalender vermerkt war, hatte Pete das Gefühl, dass sich ihm jener Tag immer wieder wie durch Zauberei entzog, wie in einer Filmszene von Hitchcock. An Tagen wie diesen glaubte er, das Ende seiner Dienstzeit nie zu erleben. In seiner persönlichen Vorhölle stand er ständig kurz vor der Pensionierung, während die Aufgaben um ihn herum immer komplexer wurden und er in Arbeit versank. Je länger er sich in diese Bilder vertiefte, desto surrealer erschien ihm alles.

Die Geschichte mit Tom Patrick war bereits schlimm genug und hatte ihn einige Nerven gekostet. Und jetzt saß er hier mit den Mitgliedern des alten Einsatzteams und Lenny Munros Witwe beim Mittagessen und nippte an seinem Rotweinglas. Noch bizarrer wurde die Situation durch den Umstand, dass ausgerechnet Gloria Munro die Runde aufzumuntern versuchte. Gewiss würde die Realität sie später irgendwann einholen. In einer Woche, vielleicht auch erst in einem Monat oder einem Jahr, würde sie in irgendeinem Lebensmittelladen stehen, und ihr würde bewusst werden, dass ihr Mann Lenny von Unbekannten in einem schwarzen Jeep niedergeschossen worden war – der alte zugeknöpfte und pingelige Langweiler Lenny, der immer Kugelschreiber in seiner Hemdtasche herumtrug. Aber im Augenblick benahm Gloria Munro sich wie die Mutter der Kompanie, tröstete die immer noch halb unter Schock stehende Jan Ryland, den wortkargen Mike Carling und Bryce Potts. Besonders die Herren am Tisch hielten sich auffallend lange mit ihren Salaten auf und kauten langsam auf dem Grünzeug herum, um ja nichts sagen zu müssen.

Pete stieß einen Seufzer aus und nahm noch einen

Schluck Wein. Dabei mochte er Rotwein eigentlich gar nicht und bekam Kopfschmerzen davon, aber er wollte auch nicht ewig auf das Tischtuch starren. Unterdessen versuchte Gloria, eine halbwegs normale Unterhaltung während des Essens in Gang zu bringen. Nur so ließ sich erklären, warum sie ausgerechnet jetzt die kleine Anekdote zum Besten gab, wie ihr Lenny vor vielen Jahren gleich den ersten Fall verbockt und sofort am nächsten Tag seine Kündigung in die Post geworfen hatte. Gloria war damals auf dem Fahrrad ihrer sechsjährigen Tochter hinter dem Mann hergefahren, der die Postkästen leerte, und hatte um den Brief gebeten.

Sie lächelten alle bei dieser Geschichte, auch wenn Jans Kinn zitterte.

Pete wusste, dass Aufmunterungen dieser Art eigentlich seine Aufgabe waren. Als Chef hatte er mit Fingerspitzengefühl dafür zu sorgen, dass das Team wieder behutsam in den Arbeitsalltag zurückfand. Er war es, der allen in Erinnerung rufen musste, dass es noch viel zu tun gab. Doch das war nicht leicht. Jan, Mike und Bryce hatten aus nächster Nähe erlebt, wie ihr Kollege vor ihren Augen gestorben war. Mike und Bryce waren nicht so tollkühn wie Tom Patrick gewesen, der den Mördern mutig nachgelaufen war und sich für diese – zugegebenermaßen dumme – Einlage eine Hand voll Asphaltstückchen durch Querschläger eingefangen hatte.

Im Laufe des letzten Jahres war Pete das Herz immer schwerer geworden. Daher war das Gefühl nicht neu für ihn, traurige Ernüchterung zu verspüren. Ihm war längst klar, dass sein Team nicht mehr für diese Ermittlung taugte. Er würde Jan mit zurück nach D. C. nehmen und Mike und Bryce nach Texas zu ihren Familien schicken.

Sie mussten andere Ermittler rekrutieren. Von vorn anfangen. Gleich am nächsten Morgen würde er die erforderlichen Schritte einleiten. Die Presse und die Familien konnten eine kurze Unterbrechung der Untersuchungen verkraften, aber auch nicht mehr als das. Pete wünschte, er könnte alles in Tom Patricks Hände legen, aber dieser brillante Mistkerl hatte zu viel verbockt und dann Hals über Kopf gekündigt, ehe Pete überhaupt ernsthaft an einen Rausschmiss gedacht hatte.

Am liebsten hätte Pete die Serviette auf den Tisch geworfen, den Stuhl zurückgestoßen und das Lokal verlassen. Aber Gloria bemühte sich immer noch rührend, alle am Tisch bei Laune zu halten, und wenn die Witwe das in ihrer Trauer schaffte, dann gab es für ihn keine Ausrede, jetzt schon zu gehen.

Schließlich war das Essen vorüber. Alle täuschten vor, satt zu sein, damit niemand auf die Idee kam, noch ein Dessert zu bestellen. Gloria nahm alle nacheinander in den Arm und drückte sie an ihre Brust, als wollte sie die Teamkollegen ihres Mannes von der Sünde freisprechen, noch am Leben zu sein.

Pete brachte sie bis zu dem Zimmer im ersten Stock, das Kitty für sie reserviert hatte. »Schaffen Sie das?«, fragte er an der Tür.

»Ich denke, ja. Sie sind alle sehr freundlich zu mir.«

»Wir mochten Lenny alle sehr und haben ihn immer geschätzt.« Das stimmte zwar nicht ganz, aber in einem Augenblick wie diesem redete selbst Pete sich die Vergangenheit schön. Er berührte Gloria am Arm, als sie die Tür öffnete.

Im nächsten Moment entfuhr ihr ein Schrei.

Eine Gestalt huschte durch das dunkle Zimmer.

Pete drängte sich an Gloria vorbei. Er rief: »Holen Sie Hilfe!« Dann eilte er der Person hinterher. Mit dem Knie stieß er unglücklich gegen das Bett, humpelte weiter, musste dann aber doch wegen des glühenden Schmerzes einen Moment lang stehen bleiben.

Der Unbekannte war inzwischen hinter den Vorhängen und schon halb zum Fenster hinaus. Pete wollte den Mann packen, der nicht mehr als ein Schatten zu sein schien, verfehlte ihn aber und verlor ihn schließlich aus den Augen.

Wäre das irgendein Zimmer gewesen und nicht Gloria Munros, hätte Pete von dem Unbekannten abgelassen. Aber er war Lenny Munros Witwe etwas schuldig. Daher kletterte er auf das Fensterbrett, blieb aber mit dem Hosenbein hängen und fiel unkontrolliert nach unten – auf jemanden, der dort bereits lag und dem er die Luft aus den Lungen presste.

»Scheiße!«

Der Mann stieß Pete von sich, stöhnte unter Schmerzen und kam nur mühsam auf die Knie. »Du hättest mich fast getötet!«

Pete lag schwer atmend auf dem Rücken und starrte Tom Patrick an.

Tom verzog das Gesicht und hielt sich die Rippen, wo Pete ihn mit dem Ellenbogen erwischt hatte. Langsam kam er wieder auf die Beine. »Gott! Solltest du nicht längst im Ruhestand sein?« Er sog zischend die Luft ein und sank in die Hocke, die Hände auf den Knien.

»Was machst du hier, zum Teufel?«, fuhr Pete ihn an.

Tom war immer noch außer Atem und hielt ihm den Bolzen hin. »Weiß nicht«, brachte er hervor, ehe er mit dem Daumen zu dem Fenster zeigte, aus dem sie beide eben gesprungen waren. »Denke, ich rette ihr Leben.«

Die beiden Männer musterten einander im Halbdunkel. Dann ging das Licht in Gloria Munros Zimmer an.

Tom rappelte sich hoch und rannte davon.

36. Kapitel

Jetzt wusste nur Pete LaBello, dass er Lemons Bolzen hatte. Das war auch gut so: Je weniger davon wussten, desto weniger Leute schwebten in Lebensgefahr. Daher hatte Tom fast ein schlechtes Gewissen, als er Halo gleich nach seiner Ankunft in L. A. anrief und sich mit ihm in dem gleichen Café verabredete, in dem sie schon einmal gesessen hatten. Dort erzählte er ihm, dass jemand versucht hatte, den Bolzen zu stehlen. Somit war auch Halo Jackson eingeweiht.

Halo hörte erst geduldig zu und schaute sich dann, ganz Flugzeugtechniker, die Einzelteile an, die sie hatten.

»Die Fan-Scheibe der *Pride of Maine* ist futsch. Die Scheibe aus Südafrika wurde geklaut. Dann der Absturz in Oklahoma ... Wie hängt das alles zusammen?«

»Kann man noch nicht sagen. Aber hätten die den Bolzen gekriegt, hätten wir den Absturz von Oklahoma nie mit den beiden anderen Fällen in Verbindung bringen können. Ohne die Papiere oder handfeste Beweise wie den Bolzen gibt es auch kein erkennbares Muster.«

»Könnte es sein, dass der Bolzen der Schwachpunkt ist? Dass er ein Imitat ist?«

»Das macht keinen Sinn«, sinnierte Tom. »Warum so viel aufs Spiel setzen, wenn es nur um den Nachbau eines Bolzens geht, der sechs Dollar kostet? Warum nicht gleich ein Bauteil in der Größenordnung einer 3000-Dollar-Scheibe nachbauen lassen? Für mich ist die Sache klar, seit die Papiere des südafrikanischen Jets verschwunden sind.«

Halo nickte langsam.

Dann sprach Tom mit gedämpfter Stimme weiter. »Halo, was ich Ihnen jetzt sage, habe ich nie gesagt, kapiert?«

Halo machte große Augen und nickte wieder.

»Sie sind doch handwerklich geschickt«, fuhr Tom in verschwörerischem Ton fort. »Machen Sie hiervon ein Duplikat, für den Fall der Fälle.«

Mit diesen Worten schob er ihm den Bolzen über den Tisch.

Halo schwieg und ließ das Beweisstück dann unauffällig in seiner Tasche verschwinden. »Übrigens hätte ich da noch eine Idee«, deutete er an. »Lassen Sie sich überraschen.«

»Okay, aber erzählen Sie bloß keinem von dem Bolzen, klar?«, warnte ihn Tom.

»Wieso eigentlich nicht?«, fragte Halo. »Das ist doch ein Beweisstück. Ist gut für uns, oder nicht?«

Tom konnte nicht anders, als Halo von Lenny Munro zu erzählen, woraufhin Halo verstummte und eine Weile auf den Schaum des Cappuccinos starrte, den Tom ihm spendiert hatte.

»Okay, ich sag's niemandem«, gelobte Halo.

»Nicht mal Vee.«

»Wollen Sie mich verscheißern? Natürlich auch nicht Vee.«

»Von heute an sollten wir uns nur im äußersten Notfall sehen«, sagte Tom und hätte sich unter anderen Umständen kaputtgelacht bei diesem melodramatischen Satz.

Auch Halo war nicht zum Lachen zumute, daher nickte er nur kurz.

Schweigend tranken sie ihren Kaffee. Halo hatte wieder etwas Milchschaum an der Oberlippe, aber diesmal fand Tom es nicht einmal annähernd komisch. Stattdessen tippte er sich nur an die eigene Oberlippe, und Halo wischte sich den Mund am Ärmel ab.

»Also«, meinte Halo dann, »schätze, es geht doch in die Richtung von *Die drei Tage des Condor.*«

»Kann man wohl sagen.«

»Und wir wissen immer noch nicht, was mit Niño passiert ist.«

»Yeah«, meinte Tom. Im selben Moment fragte er sich außerdem, was mit einigen anderen Leuten geschehen war.

»Wo bist du denn gewesen?« Ness klang halb verärgert, halb erleichtert.

Tom musste daran denken, wie er einmal als Achtjähriger den Schulbus verpasst hatte. Daraufhin hatte er trotzig beschlossen, die acht Kilometer nach Hause zu Fuß zu gehen. Als er zu Hause ankam – es war bereits dunkel –, hatte seine Mutter ihm im gleichen Tonfall genau diese Frage gestellt. Erst gab sie ihm eine Ohrfeige, doch dann zog sie ihn in ihre Arme und drückte ihn so fest an sich, dass er glaubte, nie mehr atmen zu können. Damals hatte er nicht gewusst, wovor er mehr Angst haben sollte: vor ihrem Zorn oder ihrer Liebe.

»Weg.« Mehr sagte er nicht.

Sie zögerte, doch sie bohrte nicht weiter nach. »Kannst du wieder spielen?«

»Bin gerade erst zurück.«

Das war nicht gelogen. Er hatte zum klingelnden Telefon gegriffen, noch bevor er seinen Koffer abgestellt hatte. Aber Ness ließ ihm wohl keine andere Wahl.

»Wann?«

»In drei Stunden. Im Honolulu.«

Er seufzte. »Wir sehen uns auf dem Parkplatz.«

»Okay.« Sie legte auf.

Tom atmete lange aus. Ness hatte sich für ihn in Treibsand verwandelt. Er wusste nicht, wie tief dieser Sand war und ob es irgendetwas gab, an dem er sich hätte festhalten können, um nicht in ihn hineingezogen zu werden. Er wusste ja nicht einmal, ob es gut oder schlecht war, sich weiter auf Ness einzulassen. Er musste an den Tag denken, an dem sie sich zuletzt gesehen hatten. Sie hatten miteinander geschlafen, und Ness hatte geweint. Er versuchte, sich in die zärtlichen Gefühle hineinzuversetzen, die er an jenem Tag für sie gehegt hatte. Aber diese Gefühle wollten sich nicht mehr einstellen. Im Augenblick spürte er nur eine unbehagliche Wachsamkeit, die sich von Ness auf ihn übertrug.

Er hatte sie nicht gefragt, was passiert war, nachdem er beim letzten Mal nicht hatte spielen können. Er hatte sie nicht mal angerufen, um ihr sein Wegbleiben zu erklären. Trotzdem ging es ihr gut, und sie arbeitete offenbar immer noch für das »Konsortium«, daher konnten die Folgen seines Fortbleibens nicht allzu schlimm gewesen sein.

Aber er wollte Ness wiedersehen.

Denn er wollte ihr in die Augen sehen, wenn er ihr von Lenny Munros Schicksal erzählte.

Er hatte versäumt, Lucia von Oklahoma aus anzurufen. Es war nicht seine Schuld gewesen. Zu viele Dinge waren dazwischengekommen.

Dafür rief er sie jetzt an.

»Lucia? Tom hier.« Er hörte sie atmen.

Dann legte sie auf, ohne etwas zu sagen.

37. Kapitel

Er fuhr auf den Parkplatz des Honolulu, steuerte die hintere Ecke an und hielt direkt neben Ness' Lotus. Als er ausstieg, fing Ness seinen Blick ein und schenkte ihm ein unverbindliches Lächeln. Tom verspürte ein leichtes Krampfen in der Magengegend. Dann zwängte er sich zu ihr in den kleinen Wagen. »Hi. Wie geht's?«

Sie nickte und reichte ihm zwei Bündel mit Hundertern.

»Kommst du mit rein?« Er sah sie an und stellte fest, dass ihr Gesicht keine neuen Schrammen aufwies. Die alte Prellung war verheilt.

»Ja.«

»Prima.«

»Warum bist du letztes Mal nicht gekommen? Du hattest doch zugesagt.«

»Ich musste arbeiten. Ist es trotzdem gut gelaufen für dich?«

Auf die Frage ging sie nicht ein. »Du warst einfach verschwunden.«

»Ich bekam einen Anruf von Lenny Munro. Er brauchte meine Hilfe.«

Kleine Falten zeigten sich auf ihrer Stirn. »Ist das nicht der Mann, dem du Lemons Bolzen gegeben hast?«

»Genau der.«

Sie nickte und schien sich zu erinnern, doch ihre Miene blieb undurchdringlich. »Hast du ihn wegen deines Jobs gefragt?«

»Dazu kam ich leider nicht mehr«, erklärte er. »Jemand hat ihn umgebracht.«

Sie starrte ihn an, suchte in seinem Blick nach Anzeichen, dass er ihr etwas vorspielte – genau wie er es bei ihr tat. »Wieso sollte ihn jemand umbringen?«

Nein, sie sah nicht wie eine Lügnerin aus. Sie wirkte tatsächlich überrascht.

Er sah ihr unverwandt in die Augen. Dann zuckte er die Schultern.

Sie nagte an ihrer Unterlippe und zog die Stirn weiter kraus. Schließlich wendete sie sich von ihm ab und schien sich auf etwas zu konzentrieren, das in weiter Ferne lag. Wie schön sie wieder aussieht, dachte er. Es war für ihn kaum vorstellbar, dass jemand, der so schön war, womöglich in hässliche Sachen verstrickt war. Er wollte einfach nicht glauben, dass sie ein doppeltes Spiel spielte.

»Wo ist der Bolzen jetzt?«

Ihre Worte trafen ihn und schnitten ihm ins Herz wie ein Messer. Die Hoffnung, an die er sich geklammert hatte, verflüchtigte sich, und er trieb hilflos auf einer See wütender Traurigkeit. Er hatte vorgehabt, Ness auf Stanley anzusprechen. Auf Stanley und das Wiesel. Er wollte wissen, wie viel sie über diese beiden Männer wusste, welche Verbindungen es zwischen ihnen und der *Pride of Maine* gab und inwiefern sie selbst mit der ganzen Sache zu tun hatte ...

Aber danach brauchte er sie nun nicht mehr zu fragen.

Er hatte ihr gerade erzählt, dass Lenny Munro ermordet worden war.

Doch sie hatte bloß wissen wollen, wo sich der Bolzen jetzt befand.

»Keine Ahnung«, log er.

Tom war immer noch wie vor den Kopf geschlagen, als er sich mit 20 000 Dollar von Ness an den No-Limits-Tisch setzte. Er nahm die anderen Spieler kaum wahr. Doch Ness hatte sie bereits gemustert, als sie sich für diesen Tisch entschieden hatte. Sie hatte Tom noch zugeraunt, er solle sich vor einer dünnen Japanerin in Acht nehmen, die ein Minni-Maus-Tattoo am Handgelenk trug. Die junge Frau war offenbar neu in der Szene.

Im Geiste ging Tom Optionen und Möglichkeiten durch, aber alles blieb unstrukturiert und undurchsichtig. Er drehte sich im Kreis, kam nicht von der Stelle und befürchtete, sich in seinen Gedankenspielen zu verheddern.

Ness hatte ihn hintergangen. Er hatte ihr vertraut, doch sie hatte sein Vertrauen missbraucht. Sie hatten sich geliebt, bis sie weinte, und trotzdem trieb sie ihr falsches Spiel mit ihm. Er hatte keine Ahnung, wie weit ihr Verrat reichte, aber die Kugel in Lenny Munros Brust sprach Bände.

Wieder musste er an Südafrika denken. Er dachte daran, auf welche Weise sie versucht hatte, ihn abzulenken – verdammt, es war ihr wirklich gelungen, und zwar mit Sex. Ihre Hand auf seinem Rücken in Lettie Marais' großem, altem Bett. In der Hitze jener Nacht in der Karoo hatte sie ihn mit den Schenkeln an ihren Schoß gepresst, während er damit beschäftigt war, seine verdammte Hose aufzukriegen. Nachdem sie es zum ersten Mal miteinander getrieben hatten, im Table Bay Hotel, war er aufgewacht und hatte gesehen, wie Ness den Bolzen in der Hand hielt.

Inzwischen wusste er, was das bedeutete.

Das Handy in ihrer Hand in De Rust. Sie hatte nicht Richard anrufen wollen, sondern jemand anders, um ihm zu erzählen, wie wichtig die Fan-Scheibe für die Ermittlungen war.

Dann das Auto, das wie aus dem Nichts in der Karoo auftauchte und einfach weiterfuhr. Wäre er diesen Bastarden gefolgt, anstatt zu versuchen, Sex mit Ness auf der Motorhaube zu haben, hätte er vielleicht verhindern können, dass die Unbekannten die Fan-Scheibe klauten. Aber Ness hatte ihn daran gehindert, mit der Aussicht auf Sex ... bis sie das Scheinwerferlicht des nächsten Autos zum Anlass genommen hatte, wieder in den Honda zu steigen.

Wäre er nicht aufgewacht, damals in Kapstadt, wäre sie dann einfach mit dem Bolzen gegangen und hätte ihn in seinem postkoitalen Schlummer zurückgelassen? Wäre sie allein nach Hause geflogen? Oder hätte sie den Bolzen im Hafen verschwinden lassen und wäre dann zu ihm ins warme Bett zurückgekrochen, um ihn noch einmal zu verwöhnen?

Wieder hatte er die Bilder aus Südafrika deutlich vor Augen.

Tom bekam seine Karten, nahm sein Blatt aber kaum wahr.

Die einzige Sache, die er nicht ganz verstand, war der Vorfall im Krankenhaus. Er konnte sich nicht erklären, inwiefern ihr ihr Verhalten an seinem Krankenbett zum Vorteil gereicht hatte. Die Fan-Scheibe war längst fort, und den Bolzen hatten sie zu diesem Zeitpunkt noch gar nicht entdeckt. Pams Unterlagen fehlten. Alle Ermittler waren tot. Und er, Tom, stellte keine Bedrohung mehr da. Aus Ness' Sicht hätte das Fazit eigentlich lauten müssen: Auftrag erfolgreich ausgeführt.

Warum saß sie dann noch an seinem Bett und las ihm vor? Warum besänftigte sie die Ärzte und das Pflegepersonal, denen er unfreundlich begegnet war? Warum hatte sie ihn in den Mund genommen? Dieses selbstlose Verhalten passte nicht in das Bild, das er inzwischen von ihr hatte: Sie war für ihn wie eine Schmetterlingspuppe gewesen, die keinen Schmetterling hervorgebracht hatte, sondern eine emotionslose Betrügerin.

Tom saß noch nicht einmal eine Stunde am Tisch, da waren die ersten 10 000 verspielt. Die meisten seiner Chips türmten sich nun vor Minni Maus. Hinter den Stapeln wirkte die zierliche junge Frau noch kleiner. Während Tom mit einem Gefühl grimmiger Genugtuung das zweite Bündel Dollarscheine eintauschte, beugte Ness sich zu ihm herunter und raunte an seinem Ohr: »Du bist mit den Gedanken nicht beim Spiel.« Sie klang angespannt.

Ach, verpiss dich, dachte er und ging mutig mit, obwohl er nur zwei Vieren hatte und bei den ersten Community Cards rein rechnerisch ein Straight Flush möglich war – das sahen offenbar auch die anderen Spieler so, von denen einige setzten. Der Pot schwoll an.

Im River war ebenfalls eine Vier, und Tom schob 3500 Dollar in den Pot.

Das Glück war fortan auf seiner Seite. Obwohl er waghalsig, ja fast fahrlässig spielte, riss seine Glückssträhne nicht ab. Er passte nie, ganz gleich, ob die Karten gut oder mies waren, und zwei Stunden später hatte er 33 000 Dollar mehr als zu Beginn der Partie. Er nahm wieder zwei Karten auf – eine Zwei und eine Sieben von einer anderen Farbe – und bluffte, was das Zeug hielt. Ness legte ihm zunächst nur die Hand auf den Nacken. Dann bohrte sie ihm ihre Fingernägel in die Haut, um ihm zu zeigen, dass er endlich aufhören sollte. Er zuckte zusammen, passte jedoch nicht. Von Hassgefühlen erfüllt, erhöhte er weiter und weiter, bis selbst Minni Maus ausstieg – Tom schob Chips im Wert von 15 000 Dollar zu sich.

Ness packte ihn am Nacken, als wäre er ein Welpe, und zischte ihm wütend zu: »Wir sehen uns im Auto.«

Er schaute ihr nicht einmal nach, sondern grinste in sich hinein, als er einen Buben und eine Sechs aufnahm – wiederum andere Farben – und erneut bluffte.

Einige Spieler verließen den Tisch, als sie sahen, wie unglaublich sich Toms Glückssträhne entwickelte. Doch Minni Maus und ein junger Typ mit einer Raiders-Kappe blieben sitzen. Beide waren gute Spieler. Sie gingen mit und hätten bestimmt den Pot gewinnen können, wenn sie ein bisschen vernünftiger gespielt hätten.

Aber Tom spielte alles andere als vernünftig.

Er gewann wieder einen großen Pot, weil er verrückterweise auf einen Flush gehofft hatte, der aber nicht kam. Der Raiders-Fan war bald blank, und Ton gewann 6500 Dollar.

Inzwischen war er nicht mehr er selbst. Denn sonst hätte er niemals seine Karten umgedreht, um allen zu zeigen, dass er sie mit nur einem Zwilling aus Dreien geschlagen hatte.

»Betrüger!«, stieß Minni Maus wütend hervor. Unruhe erfasste die am Tisch verbliebenen Spieler. Es stand außer Frage, dass Tom betrogen hatte, aber ein solcher Vorwurf wurde an keinem Pokertisch der Welt auf die leichte Schulter genommen.

Alle schauten nervös zu Tom hinüber, der sauer erwiderte: »Loser!«

»Fick dich, du Betrüger!«

Der Dealer, eine hübsche junge Vietnamesin mit rundlichem Gesicht, gab einem Mann ein Zeichen, worauf zwei Sicherheitsleute an den Tisch herantraten.

Daraufhin schob der Dealer die Karten in den Schlitten,

mischte und teilte rasch neu aus. Doch Minni Maus wollte die Sache nicht auf sich beruhen lassen und beleidigte Tom weiter auf Japanisch. Aufgebracht nahm sie ihre Karten auf und schimpfte vor sich hin.

Tom hatte währenddessen 4000 Dollar in den Pot geschoben. Die anderen Spieler stiegen nach und nach aus, aber die Japanerin ging mit und warf ihre Chips mit sichtlicher Wut auf den Tisch. Unter weiteren Flüchen ging sie am Ende All In. Sie zeigte ihre beiden Buben, die zu dem dritten Buben in den Community Cards passten.

Aber Tom hatte zwei Damen und eine dritte im River. Grinsend stand er auf, sah die Japanerin, die leichenblass geworden war, herausfordernd an und ging zur Kasse. Die ganze Zeit über wähnte er sich in einem unangenehmen, lauten Traum.

Wie von Ferne bekam er mit, dass die Sicherheitsleute die hysterische Japanerin vor die Tür setzten. Ohne sich umzuschauen, hörte er, wie ihr Zetern und ihre Verwünschungen allmählich leiser wurden. Währenddessen zahlte ihm die Dame an der Kasse 112 000 Dollar aus.

Er lehnte das Angebot ab, einen Scheck entgegenzunehmen.

Und er lehnte es ab, bis zum Auto begleitet zu werden.

Stattdessen ging er an den Plastikpalmen vorbei in die schwüle Nachtluft Kaliforniens und blickte nach links über den Parkplatz in die Ecke, in der er das niedrige Dach des Lotus und das höhere Dach seines Buicks ausmachen konnte. Doch er wandte sich ab und rief ein Taxi.

»Wohin soll's gehen?«, fragte der Fahrer.

»Nach Santa Ana.«

38. Kapitel

Im Sawmill war es voll. Da Tom keinen Platz mehr in Bühnennähe bekam, blieb er an der Bar und beobachtete die Tänzerinnen über die Köpfe der anderen Gäste hinweg, während er zwei Jack Daniel's hintereinander trank. Beim dritten ließ er sich mehr Zeit.

Obwohl ihm der Whiskey durch die Adern rann, fühlte er sich ein wenig zittrig nach dem gewagten Pokerabend. Im Taxi hatte er die Geldscheine sortiert und sie in etwa gleich große Bündel gepackt, aber 112 000 Dollar waren immer noch eine Menge Kohle, die man sich nicht einfach so in die Jeanstaschen oder die Lederjacke stopfen konnte. Er spürte, wie die Geldbündel an den Innenseiten seiner Oberschenkel kratzten und über seine Rippen rieben, wann immer er sich bewegte.

Als das Hochgefühl abebbte, blieb nur bitterer Zorn zurück ... wie der Geschmack von Galle. Und in den Zorn mischte sich zunehmend Angst. Beim Verlassen des Honolulu hatte er noch nicht gewusst, was er machen sollte, bis er einer Eingebung folgte und nicht zu Ness' Lotus ging. Alles, was er im Verlauf der letzten anderthalb Jahre erlebt hatte, hatte ihn schlussendlich an diesen Punkt gebracht: zu einem roten Stück Teppich auf Asphalt zwischen zwei Plastikpalmen. Er hatte aus dem Bauch heraus gehandelt und eine Entscheidung getroffen, mit der er würde leben müssen.

Es gab kein Zurück mehr.

Wahrscheinlich waren sie schon in seiner Wohnung, durchwühlten alles, suchten nach dem Bolzen, nach dem Geld und nach ihm. Es war ihm egal. Seine Wohnung bedeutete ihm nichts. Dort hatte es sowieso immer schon ausgesehen wie nach einer Durchsuchung.

Jetzt zu Halo zu fahren, war allerdings auch keine gute Idee. Tom musste auf Abstand bleiben. Zur Polizei konnte er ebenso wenig. Das Geld, das seine Taschen ausbeulte, belastete ihn wie ein Geständnis. Ein Dutzend Leute im Honolulu konnte bestätigen, dass er sich mit 20 000 Dollar an den Tisch gesetzt und eine Begleiterin hinter ihm gestanden hatte, die für kriminelle Hintermänner arbeitete. Das Geld eröffnete Möglichkeiten, aber es machte ihn auch zu einer Zielscheibe.

Zu einer noch größeren Zielscheibe, als er es ohnehin schon war.

Alle Wege waren ihm nun versperrt, nur dieser eine nicht. Tom versuchte herauszufinden, warum er bei seiner Flucht ausgerechnet in einem Stripclub in Santa Ana gelandet war, anstatt nach Omaha oder Oregon zu fliegen. Hätte er dort nicht ein zurückgezogenes Leben führen können, in irgendeiner Hütte, mit einer kleinen Schweinezucht?

Lucia.

Er redete sich ein, dass er nur schauen wollte, wie es ihr nach dem Tod ihrer Schwester ging, aber die Wahrheit war, dass er sie sehen wollte. Unbedingt. Noch an diesem Abend. Den Grund wusste er selbst nicht.

Was für einer hätte das auch sein können?

Als hätte Lucia seine Gedanken gelesen, kam sie zusammen mit einer anderen Schwarzen auf die Bühne. Sein Herzschlag beschleunigte sich so sehr wie seit Langem nicht mehr: So schnell schlug es nicht mal, wenn er bluffte. Und auch nicht in Gegenwart von Ness.

Lucia sah schlanker aus. Sehr viel schlanker sogar. So geht es ihr also, dachte Tom traurig. Das Unglück war knapp eine Woche her, und Lucia hatte vor Trauer stark abgenommen.

Sie fing an zu tanzen, hatte die Augen geschlossen, um ihre Gedanken für sich zu behalten, während sie ihren Körper öffentlich zur Schau stellte.

Die andere Frau war offensiver, hatte einen knackigen Hintern und harte Silikonbrüste, aber die Kunden schienen sich mehr für Lucia zu begeistern, war sie doch mit ihren geschmeidigen Bewegungen der Inbegriff sinnlicher Schönheit.

Als die Musik endete, steckten ihr viele Hände Dollarscheine in den G-String. Tom sah, dass ein Typ mittleren Alters ihr fest in den Oberschenkel kniff, als Lucia vor ihm kniete. Sie zuckte zusammen, ehe sie ausdruckslos über den Kopf des Mannes hinweg lächelte und schweigend sein Geld entgegennahm.

Tom konnte nicht sagen, wie er so schnell zur Bühne gekommen war. Er zerrte den Mann an der Schulter zurück und schob sich zwischen Lucia und ihn.

»Was soll das, verdammter Mist?«, schimpfte der Mann, wich dann aber zurück, als er Toms Blick sah.

»Lucia.«

Zuerst sah sie überrascht aus, dann nur noch wütend. Schließlich war ihre Miene vollkommen ausdruckslos. Langsam erhob sie sich, kehrte Tom den Rücken zu und nahm Geldscheine von anderen Männern entgegen.

»Ich muss mit dir reden.«

Als die Musik wieder einsetzte, kamen zwei andere

Mädchen auf die Bühne, die Hüften vorgereckt, die Schultern nach hinten gezogen, die Lippen leicht geöffnet. Lucia ignorierte ihn und ging hinter die Bühne.

Ohne groß nachzudenken, sprang Tom auf die Bühne und folgte ihr, begleitet von den wütenden Rufen der anderen Gäste.

Er packte sie beim Arm. »Lucia …«

Im nächsten Moment wurde er von kräftigen Händen hart nach hinten gerissen. Unsicherheit spiegelte sich auf Lucias Gesicht, bevor sie aus Toms Blickfeld verschwand, als zwei Männer ihn unsanft durch einen abgedunkelten, verwinkelten Korridor schleiften. Kurz darauf spürte Tom die Nachtluft auf seinem Gesicht. Die beiden Männer ließen ihn einfach fallen, sodass er der Länge nach auf den Parkplatz schlug.

Doch damit war es noch nicht zu Ende, denn einer der Rausschmeißer, der ihn an eine abgespeckte Version von Ronaldo Suarez erinnerte, packte ihn beim Kragen, zog Tom zu sich hoch und hielt sein rundes Gesicht ganz dicht vor dessen Nase. »Fass … die … verdammten … Girls … nicht … an!« Dann stieß er Tom von sich. Tom stürzte wieder zu Boden und schlug mit dem Hinterkopf auf dem Asphalt auf. Die Rausschmeißer verschwanden. Undeutlich hörte Tom, wie sich die Hintertür öffnete und wieder schloss.

Eine Weile lag er auf dem Parkplatz und wartete darauf, wieder zu Atem zu kommen.

Der Rausschmiss hätte auch übler ausgehen können. Aber die Geldpacken waren ein weiches Polster.

Er musste lachen. Zwar tat ihm der Kopf weh, aber sonst war er bis auf einen geprellten Hüftknochen unversehrt. Die Dollarbündel hatten dafür gesorgt, dass der Sturz kaum Blessuren hinterließ. Bei dem Gedanken daran verfiel Tom in ein glucksendes Lachen, und so lag er am Boden und lachte den Mond an, bis er ganz außer Atem war und sich langsam aufrappelte. Mit den Fingern tastete er seinen Hinterkopf ab und spürte Blut. Aber es war nicht viel.

Er hatte keine Ahnung, was er jetzt tun sollte. Wohin sollte er gehen? Sein Auto stand noch am Honolulu. In seine Wohnung konnte er nicht mehr.

Daher schlenderte er die Straße hinunter und brach die 112 000 Dollar an, als er sich ein Menü mit Cola bei Kentucky Fried Chicken gönnte. Dabei musste er schon wieder lachen, weil ihm der Preis für das Essen im Vergleich zu der Riesensumme absurd vorkam. Das Personal im KFC und einige Gäste beäugten ihn misstrauisch, während er das Menü prustend verdrückte.

Danach ging er zu Fuß zurück zum Sawmill, drehte eine Mülltonne um, setzte sich darauf und wartete zwei Stunden lang, bis Lucia endlich aus dem Hintereingang kam.

»Lucia. Ich muss mit dir reden.« Er sprang von der Tonne.

»Ich hab zu tun.«

Sie ließ ihn einfach stehen und hielt auf einen verbeulten Mitsubishi Colt zu.

»Geht's dir gut?«

Sie ignorierte ihn eisern und begann, die Fahrertür aufzuschließen.

»Ich weiß, dass ich gesagt habe, ich würde dich anrufen.«

»Das tut nichts zur Sache.«

»Doch. Ich wollte dich ja auch anrufen. Aber dann ist jemand ums Leben gekommen. Er wurde erschossen.«

Sie sah ihn an, und in ihrem Blick lag Verachtung.

»Wirklich, ich schwör's«, bekräftigte er, kam sich dabei jedoch wie ein Fünftklässler vor.

Warum passierte es ihm immer wieder in Lucias Gegenwart, dass er sich ihrer nicht würdig fühlte? Sie war nichts als eine Stripteasetänzerin, die sich in einem Nachtclub an einer Stange räkelte. Eine Hure war sie, verflucht noch mal, und nicht Mutter Teresa!

Die Antworten stellten sich mit Verzögerung ein: Weil sie das Geld auf dem Kopfkissen im Motel 6 liegen gelassen hatte. Weil sie ihn beim Billard geschlagen hatte und er sich darüber amüsieren konnte. Weil ihr beim Tanzen keiner so genau zusah wie er. Weil ihre Mutter weiße Handschuhe trug, und weil er im Regen die Hand ihrer toten Schwester gehalten hatte. All diese Dinge und noch mehr wirbelten ihm durch den Kopf, während sie damit beschäftigt war, die Autotür aufzuschließen.

»Lucia«, beschwor er sie wieder und war bereit, sie von der unglaublichen Wahrheit zu überzeugen. Sie war halb im Auto und sah ihn an, ungeduldig, verärgert, verletzt. Er änderte seine Taktik. »Ich brauche deine Hilfe«, sagte er.

Auch das stimmte, aber er hatte es vor allem gesagt, da er wusste, dass sie ihm ihre Hilfe nicht abschlagen würde. Er schämte sich, wieder einmal auf die guten Manieren dieser außergewöhnlichen Frau zu setzen.

Sie fuhr am Motel 6 vorbei, ohne einen Blick darauf zu werfen. Tom wusste es, da er sie beobachtete.

Sie würde keine Nachsicht mit ihm haben.

»Alles, was ich dir erzähle, ist wahr«, nahm er den Faden wieder auf. Diesmal sah sie ihn kurz an, ehe sie sich wieder auf die Straße konzentrierte.

»Okay«, meinte sie. »Dann werde ich dir alles glauben.«

Diesmal ließ er nichts aus. Fast nichts.

Sie bog vom Harbor Boulevard in den Warner, fuhr einmal links, dann sofort wieder rechts und hielt vor einem niedrigen Apartmentblock. Sie blieben im Auto sitzen, und er erzählte ihr, wie er der trauernden Witwe das Beweisstück gestohlen hatte. Zuletzt kam er auf die 112 000 Dollar zu sprechen, die er nun vermutlich der Mafia schuldete, der russischen oder der irischen. Jedenfalls irgendeiner kriminellen Vereinigung ausländischer Herkunft.

»Nur eine Sache habe ich ausgelassen, weil ich jemanden schützen muss«, schloss er.

Sie nickte langsam. »Warum erzählst du mir das alles?«

»Habe ich dir doch schon gesagt. Weil ich deine Hilfe brauche.«

»Wieso sollte ich dir helfen können?«

»Ich ...« Er unterbrach sich. »Weil ich ...« Er wusste nicht, was er ihr sagen sollte.

Sie nickte wieder. »Gehen wir rein.«

Ihre Wohnung war klein, aber geschmackvoll eingerichtet. Sie warf ihre Handtasche auf die Couch und verschwand in der Küche. »Kaffee?«

»Ja, gern.« Er blieb im Durchgang zwischen Wohnraum und Küche stehen und beobachtete Lucia. »Wie geht's deiner Mutter?«

Lucia benutzte einen geschnitzten Holzlöffel, um Kaffeepulver in die Espressomaschine aus Chrom zu füllen. »Wenn es dir nichts ausmacht«, sagte sie leise, »möchte ich mit dir lieber nicht über meine Familie reden.«

Er fühlte sich geohrfeigt. Hart. Es war wie eine neue Lektion in Sachen Demutstraining.

»Was hast du mit deinem Gesicht gemacht?«, fragte sie unvermittelt, als sie sich ihm wieder zuwandte.

»Als ich den Männern folgte, die Munro erschossen haben, bin ich hingefallen.« All das kam ihm jetzt so albern und unwichtig vor.

»Möchtest du Milch und Zucker?«

»Nur Zucker, danke.«

Sie setzten sich, sie auf die Couch und er in den kleinen Ledersessel.

»Ich weiß nicht, wie ich dir helfen soll, Tom.«

»Ich weiß es auch noch nicht.«

»Aber du musst dir doch irgendwas dabei gedacht haben, als du ins Sawmill gekommen bist.«

Er schaute sich in der Wohnung um, die kaum groß genug für eine Person war.

»Brauchst du eine Unterkunft?«

Er hatte ein Nein auf der Zunge, sagte dann aber Ja.

»Okay«, meinte sie. »Für eine Nacht.«

»Ich bezahl dir das auch.«

»Ich will nichts von dem Geld.«

Das war ihm peinlich. »Es ist alles, was ich habe.«

Sie blickte zur Wand. »Du kannst einfach so bleiben.« Sie trank den Kaffee aus und stand auf.

»Hast du eine Decke? Für die Couch, meine ich.«

»Du kannst bei mir schlafen. Nur *schlafen*, hörst du?«

»Klar«, sagte er. »Nur schlafen.«

Mann, die Sache mit der Demut würde ihn in dieser Nacht ganz schön auf die Probe stellen!

Gegen vier in der Frühe war er so weit, in einem Motel einzuchecken. Es war ihm unerträglich, neben Lucia zu schlafen. Er hätte nie gedacht, dass man so einen Dauerständer haben könnte und das so unangenehm sein würde.

Dabei verhieß Lucia in ihrem weißen Slip und dem kleinen Top, das sie als Pyjama bezeichnete, köstliche Freuden. Allerdings war sie offenbar so beeindruckt von seiner sexy Ausstrahlung, dass sie schon eingeschlafen war, bevor er überhaupt aus dem Bad kam. Vorsichtig schlüpfte er neben ihr unter die Decke, drehte sich auf den Rücken und beobachtete die nächsten zwei Stunden den Ventilator an der Zimmerdecke, während seine Lendengegend schmerzte. Un-*fucking*-erträglich.

Nur der Umstand, dass ihre Schwester gestorben war, hinderte Tom daran, eine Hand auf ihre Brust zu legen, um zu schauen, wie die Dinge sich dann entwickeln würden. Um halb fünf räumte er seine Niederlage ein und schloss sich im Bad ein. Er kam so leise wie ein Gefängnisinsasse und schlich wieder ins Bett.

»Alles okay?«, murmelte sie im Schlaf, und er erschrak.

»Yeah«, flüsterte er.

Verschlafen drehte sie sich zu ihm um und murmelte: »Du bist ein Arschloch, weißt du das?«

»Yeah«, sagte er nur. Er wusste nicht, ob sie das gesagt hatte, weil er die halbe Nacht mit einem Steifen neben ihr gelegen oder weil er im Bad masturbiert hatte. Oder weil sie ihn ganz allgemein für ein Arschloch hielt. Doch im Augenblick glaubte er, dass sie in jedem Fall recht hatte.

Lucia schlief wieder ein, mit dem Kopf auf seiner Brust, ihre rechte Hand schlaff auf seiner Hüfte.

Tom seufzte und ahnte, dass das mit dem Schlafen nichts mehr werden würde.

Doch wenn er nicht wachgelegen hätte, wäre ihm das Geräusch an der Haustür entgangen.

Während draußen am Himmel die Schattierungen von Dunkelblau in ein Kobaltblau übergingen, hielt Tom bei dem leisen metallischen Klicken vor Schreck den Atem an. Angespannt lauschte er. Das kaum wahrnehmbare Quietschen der Angeln hätte vermutlich jeder andere überhört, aber Tom war bereits wach und hatte die Ohren gespitzt.

In seiner Aufregung hielt er Lucia den Mund zu und raunte dann an ihrem Ohr: »Lucia, wach auf.«

Sie verspannte sich unter ihm, riss die Augen auf.

»Da ist einer. Gibt es hier noch eine Tür?«

Sie schüttelte den Kopf.

»Du bleibst hier. Und nicht bewegen.«

Sie nickte. Er nahm die Hand von ihrem Mund, glitt leise aus dem Bett und stellte sich hinter die Schlafzimmertür. In seiner kurzen Hose fühlte er sich nackt und verwundbar. Seine Augen huschten von einer Seite zur anderen auf der Suche nach einer Waffe, aber er konnte nichts Brauchbares entdecken.

Das leise Ächzen des Fußbodens verriet ihm, dass jemand durch den Wohnraum schlich. Als er durch den Türspalt spähte, konnte er eine schemenhafte Gestalt ausmachen, die soeben um die Couch herumging. Offenbar handelte es sich um einen gewöhnlichen Einbrecher.

Toms Blick wanderte zurück zu Lucia. Sie lag noch so da, wie er sie zurückgelassen hatte, aber er sah, wie das Licht der Dämmerung in ihren Augen glänzte, als sie seinen Blick suchte und schließlich ängstlich zur Tür schaute.

Langsam drehte Tom sich zur Wand und nahm das große Bild vom Haken. Im Dämmerlicht ahnte er, dass es sich um einen psychedelischen Druck von John Lennon handelte, auf dem der Ex-Beatle mit seinen runden Brillengläsern und einem T-Shirt mit der Aufschrift *Give Peace a Chance* zu sehen war.

Als der Eindringling das Schlafzimmer betrat, stellte Tom sich so hin, dass er einen festen Stand hatte. Dann schlug er dem Unbekannten das Bild mit der Glasfront zuerst ins Gesicht.

Das Glas zersplitterte, und der Mann sank mit einem Schrei – halb vor Schmerz, halb vor Erstaunen – zu Boden, stützte sich aber noch auf einem Knie ab. Tom wollte das Bild erneut anheben und wieder zuschlagen, doch da hatte der Mann schon den Rahmen zu fassen bekommen und zerrte daran. Tom konnte nicht mehr richtig zuschlagen, trotzdem holte er aus, sah John Lennons halb zerknittertes Gesicht und spürte, wie der Einbrecher sich zur Wehr setzte und seine Knie umklammerte. Im nächsten Moment fiel Tom rücklings zu Boden, und Schmerz schoss durch sein lädiertes Bein.

Läuft nicht gerade gut, dachte er frustriert.

Obendrein trat Lucia ihm auf den Arm, als sie aus dem Bett sprang und versuchte, den Mann von hinten am Hals zu packen. »Aus meiner Wohnung!«

Der Einbrecher schlug blindlings nach ihr, sodass Lucia zurücktaumelte und gegen etwas prallte. Sie schrie auf. Inzwischen drückte der Mann mit seinem Knie auf Toms Magen. Dadurch hatte er weiterhin die Hände frei und konnte Lucia weiter abwehren. Diesmal drehte er ihr den Arm um, bis sie schrie. Tom nutzte die Gelegenheit und schüttelte den Mann ab.

Sie rangen auf dem Fußboden, inmitten der kleinen Glassplitter, und jeder versuchte, den anderen nach unten zu drücken. Sie rissen einander an den Haaren und Ohren.

Tom bekam die Kleidung des Mannes zu fassen und fluchte, als sein Gegner ihm mit den Fingernägeln durchs Gesicht fuhr. Schließlich lag der Fremde auf ihm. Tom spürte die kratzige Wange des Mannes an seinem Mund, überlegte nicht lange und biss fest zu. Er schmeckte Blut und fühlte im nächsten Moment Übelkeit in sich aufsteigen, weil er wie ein wildes Tier um sich gebissen hatte. Auch der Schmerzensschrei, der aus der Kehle seines Widersachers drang, klang animalisch.

Plötzlich spürte Tom den Lauf einer Pistole im Gesicht, kalt und hart. Er ließ sofort von dem Mann ab und sah erst jetzt, dass es Mr Stanley war.

Natürlich. Wer hätte es sonst sein sollen?

Und die Pistole drückte ihm niemand anders ins Gesicht als das Wiesel, das unbemerkt in die Wohnung gekommen sein musste. Es bedachte Tom mit einem bösen Lächeln. »Mr Patrick, wie geht's denn so?«

Tom spie Stanleys Blut aus. »Nicht so toll«, keuchte er.

Das Lächeln des Wiesels wurde breiter.

»Der Bastard hat mich gebissen!«, fluchte Stanley und hielt sich die Wange. Schon holte er zum Schlag aus, aber das Wiesel hielt ihn zurück.

»Nicht jetzt«, sagte es.

Tom drehte den Kopf, weil er wissen wollte, wo Lucia war. »Wo ist sie?«

Stanley ging in die Hocke, sodass Tom Lucia sehen konnte, die offensichtlich bewusstlos neben der Frisierkommode lag.

»Ist sie okay?«

»Sie sollten sich lieber fragen, wie es *Ihnen* bald gehen wird«, sagte Stanley, als er aufstand.

»Woher wussten Sie, wo ich bin?«

Stanley grinste. »Es ist immer leicht, einem Mann zu folgen, der auf seinen Schwanz hört.«

Tom schwieg.

»Also, wo ist das Geld?«, fragte das Wiesel.

Beharrliches Schweigen.

Diesmal drückte das Wiesel Toms Kopf mit dem Fuß zur Seite, sodass Tom sich kaum noch bewegen konnte und nur noch Lucias bloße Zehen sah. Dann hielt er Tom den Lauf der Pistole ans Ohr. Tom zuckte zusammen, mehr aus Angst als vor Schmerz.

»Wo ist das Geld?« Der Mann sprach immer noch ruhig.

»Und der Bolzen«, rief Stanley ihm in Erinnerung.

»Yeah. Das Geld *und* der Bolzen.«

Tom fühlte sich hilflos und dumm. Er konnte nicht mehr lügen, auch wenn er es gern getan hätte. Wenn er aber jetzt erzählte, jemand anders habe den Bolzen, dann brachte er auch diese Person in Lebensgefahr.

»Ich hab das Geld. Den Bolzen aber nicht.«

»Bullshit.« Das Wiesel schien sich zu amüsieren. »Wir haben das Hotel beobachtet. Und gesehen, wie Sie aus Mrs Munros Fenster geplumpst sind. Gute Technik übrigens.«

Also waren die beiden ohne jeden Zweifel die Männer, die Lenny Munro auf dem Gewissen hatten.

Stanley trat ihm in die Rippen, weil er die Geduld verlor. Als der heiß glühende Schmerz abebbte und Tom wieder zu Atem kam, stammelte er: »In meiner Jeans.«

Stanley schnaubte verächtlich und hob die Hose auf. Das Wiesel nahm die Pistole von Toms Ohr, hielt aber den Druck auf Toms Kopf aufrecht. Tom sah zu, wie Stanley in die Taschen griff und die dicken Geldbündel herausholte. Dann untersuchte er die Lederjacke. »Ist alles hier drin?«

Tom beschloss, den Einkauf bei KFC unter den Tisch fallen zu lassen, und nickte unter Schmerzen, da der Schuhabsatz des Wiesels immer noch in sein Gesicht drückte.

Als Stanley erneut in die Tasche der Jeans fasste, fand er den Bolzen. Dann ging er vor Tom in die Hocke und wedelte ihm damit vor der Nase herum. »Nicht mal Verstand genug, das Teil richtig zu verstecken.« Er schüttelte den Kopf. »Was sind Sie doch für ein Arschloch.«

»Das sagen viele.«

Stanley ließ den Bolzen in der eigenen Hosentasche verschwinden.

Währenddessen drehte das Wiesel Tom auf die Seite, schlang einen Kabelbinder aus Plastik um seine Handgelenke und zog ihn stramm. »So«, meinte der Mann. »Und jetzt aufstehen.«

Tom kam nur mühsam auf die Beine. Er hatte das Gefühl, in letzter Zeit andauernd Schmerzen zu haben. Ständig musste er sich irgendwo aus dem Dreck hochrappeln. Er sehnte sich nach der Zeit zurück, als er nichts weiter als seinen Job verlor, eine Pechsträhne beim Pokern hatte und seine Freundin ihm gerade den Laufpass gegeben hatte. All das kam ihm jetzt wie die gute alte Zeit vor. Wie lange mochte das alles her sein?

Das Wiesel umklammerte Toms Oberarm. »Los jetzt.«

»Kann ich mich nicht wenigstens anziehen?«

»Nein.«

Stanley stopfte sich Jeans und Jacke wie ein Bündel unter den Arm – zusammen mit all dem Geld. »Da, wo Sie jetzt hingehen, brauchen Sie keine Klamotten.«

»Ach, gehen wir schwimmen?«, fragte Tom, aber der Witz klang selbst in seinen Ohren fade.

Er warf einen letzten Blick auf Lucia, ehe er grob aus der Wohnung gezerrt wurde und sich in der kalten Dämmerung wiederfand.

Stanleys Thunderbird parkte ganz in der Nähe. Der Autoschlüssel klirrte schon in der Hand des Mannes, als sie zum Wagen gingen.

Das Wiesel drückte Tom mit der Brust gegen die Beifahrertür, sodass er an dem kalten Metall zu zittern begann. Er wagte nicht, sich zu rühren, da er den Lauf der Pistole im Nacken spürte.

Stanley öffnete die hintere Seitentür. »Er soll hier rein.«

»Steck ihn in den Kofferraum«, sagte das Wiesel.

»Hey, er hat mir schon beim letzten Mal den Wagen demoliert. Hat mich sechshundert in der Werkstatt gekostet, und es ist immer noch Blut an der Innenverkleidung.«

»Gottverdammt, du steckst ihn jetzt gefälligst in den Kofferraum!«, zischte das Wiesel und schaute misstrauisch zu den Fenstern der angrenzenden Häuserblocks hinauf.

»Vergiss es. Er kann genauso gut hier sitzen. Er ist schließlich gefesselt.«

Das Wiesel seufzte. »Und wenn uns jetzt ein Bulle anhält und den halbnackten Typen im Auto sieht? Er soll in den Kofferraum, und zwar jetzt. Wir müssen hier weg!«

»Es ist ja auch nicht dein Auto.«

»Verflucht noch mal!«

»Lassen Sie mich kurz meine Sachen anziehen. Dann bin ich nicht mehr halbnackt«, schlug Tom vor.

»Halt's Maul.« Das Wiesel schlug ihm den Pistolenlauf so hart gegen den Hinterkopf, dass Tom mit der Nase gegen das Dach des Thunderbird stieß.

Aus Richtung Sonnenaufgang kamen langsam zwei Fahrzeuge näher. Jedenfalls schienen es zwei Autos zu sein, denn es waren vier Scheinwerfer zu erkennen.

»Ins verdammte Auto mit ihm, bevor uns einer sieht!«, rief Stanley und vergaß dabei, leise zu sprechen.

Das Wiesel blickte zu den Scheinwerfern.

»Mist!«, fluchte er. Dann riss er Tom zurück und warf ihn mit dem Gesicht nach unten auf die Rückbank. »Jetzt zufrieden?«

Stanley schwieg und stieg ins Auto. Das Wiesel schwang sich auf den Beifahrersitz.

Die Sitze waren aus weichem Leder, und Tom beschloss, auf jeden Fall noch auf die Rückbank zu pinkeln, ehe die Fahrt vorüber war.

Er hoffte nur, dass Lucia nicht seinetwegen sterben musste. Allein bei dem Gedanken daran, dass er sie unnötig in Gefahr gebracht hatte, fühlte er Selbstverachtung und Zorn in sich aufsteigen. Er hätte klüger sein müssen. Und wenn es ihm nur um ein Bett für die Nacht gegangen war? Mann, er hatte 112 000 gestohlene Dollar bei sich gehabt: Er hätte in irgendeinem Luxushotel schlafen können. Dann wäre Lucia nicht in die Sache hineingezogen worden.

Aber er hatte sie sehen wollen. Unbedingt.

Aus selbstsüchtigen Motiven.

»Hey, was haben diese Mistkerle vor?«

Tom hörte die Worte des Wiesels wie von Ferne, ehe um ihn herum die Hölle losbrach.

Der Thunderbird erzitterte, als die Türen aufgerissen wurden. Jemand packte Tom bei den Haaren und zerrte ihn auf den Asphalt. Tom schrie auf. Aus den Augenwinkeln sah er, dass Stanley neben ihm aufschlug: Jemand hielt ihm eine Kanone vor die Nase. Gott sei Dank, die Bullen, dachte Tom, doch dann wurde er auf den Rücken gedreht und sah, dass die Angreifer Japaner waren.

Ein junger Mann, der trotz der frühen Stunde eine Sonnenbrille trug, deutete mit einer Waffe auf ihn und sagte: »Ist das der Mann?«

»Ja!«

Es war Minni Maus, die ihm antwortete.

»Das ist er. Der Betrüger!«

»Hey, ich bin kein …« Er biss sich auf die Zunge, als er sah, dass die Sonnenbrille den Hahn spannte.

»Wo ist unser Geld?«

»Das ist nicht euer Geld. Ich habe es gewonnen.«

»Er betrügt!«, rief das Mädchen.

»Ach, fick dich«, schimpfte Tom. »Sie haben verloren. Sie haben wie ein betrunkener Teenager gespielt!«

Das Mädchen bohrte ihm den scharfen Absatz ihrer High Heels in die Schulter. »Sie haben mir mein Geld gestohlen!«

»Also, wo ist unser Geld?« Die Sonnenbrille blieb hartnäckig.

»Das ist nicht sein Geld!«, hörte er das Wiesel rufen. »Er hat es *uns* geklaut! Wenn Sie es nehmen, legen Sie sich mit den falschen Leuten an, Freundchen!«

Jemand anders, der neben dem Auto stand, sagte: »Wir sind nicht deine Freunde, und es ist uns scheißegal, mit wem wir uns anlegen, also halt dein Maul!«

Tom seufzte im Stillen. Diese Typen, die wahrscheinlich der Yakuza angehörten, wollten bloß das Geld. Wenn er es ihnen aushändigte, würden sie vermutlich sofort wieder verschwinden. Bei Stanley und dem Wiesel, die weitaus mehr von ihm wollten als nur Geld, sah das anders aus.

»Wenn Sie mich gehen lassen, sage ich es Ihnen.«

Der Typ mit der Sonnenbrille starrte ihn böse an, zumindest glaubte Tom das. Genau erkennen konnte er es nicht, da die lächerlichen Gläser verspiegelt waren. Wie der Kerl überhaupt etwas dadurch sehen konnte, war ihm ein Rätsel. Dann legte er den Lauf der Pistole an seine Wange wie ein Westernheld und trat einen Schritt zurück.

Jemand drehte Tom auf den Bauch und durchtrennte den Kabelbinder an seinen Handgelenken. Toms Hände und Arme waren leicht taub, sodass er sich kaum vom Asphalt hochdrücken konnte. Jemand anders stützte ihn am Ellenbogen und half ihm beim Aufstehen.

Tom stieg über Stanley hinweg, der wütend zu ihm aufschaute, und holte seine Kleidung aus dem Fußraum des Beifahrersitzes.

Er holte ein Bündel Dollarscheine nach dem anderen aus den unterschiedlichsten Taschen und legte das gesamte Geld auf das Dach des Thunderbird. »Das wär's«, sagte er.

Die Sonnenbrille gab ein Zeichen, worauf einer der Japaner vortrat und noch einmal Hose und Jacke durchsuchte für den Fall, dass Tom etwas von dem Geld zurückbehalten hatte.

»Das ist alles?« Der junge Mann konnte nicht glauben, das Geld tatsächlich in den Händen zu halten. Offenbar hatte er mit weitaus mehr Schwierigkeiten gerechnet.

»Ich hab ein bisschen was ausgegeben«, gab Tom zu.

»Ach, ja? Und wofür?«

»Für dieses Auto hier.«

»Du Hurensohn!« Stanley trat nach ihm, bekam aber gleich einen Schlag über den Kopf. Er verlor zwar nicht das Bewusstsein, hielt jedoch fürs Erste den Mund.

Der junge Anführer nickte langsam. »Okay«, meinte er. »Nehmt die Waffen und das Auto mit.«

Da die Männer einen neuen Auftrag hatten, gingen sie schnell und effizient vor. Sie filzten Stanley und das Wiesel, nahmen den beiden je eine Handfeuerwaffe und Stanley ein Jagdmesser ab, ehe sie ihnen die Hände auf den Rücken banden. Zuletzt brachten sie das Geld zu ihren Autos. Minni Maus beobachtete die ganze Aktion schmollend und mit vor der flachen Brust verschränkten Armen, bis der Anführer sich hinter das Lenkrad des Thunderbird setzte und die junge Frau wie einen Hund zu sich pfiff.

Doch zuvor baute sie sich noch vor Tom auf und fixierte ihn mit wütendem Blick. »Falschspieler!«, spie sie ihm entgegen. Tom sah, dass sie all ihren Mut zusammennahm, um nicht als schlechte Spielerin dazustehen. Nur deshalb beharrte sie darauf, ihn als Betrüger hinzustellen. Aber Tom nahm es gelassen: Er war der Yakuza sogar dankbar, dass sie eingegriffen hatte, und daher ärgerten ihn die Anschuldigungen kaum. »Suchen Sie sich einen neuen Job«, sagte er möglichst gelassen zu Minni Maus.

»Fick dich«, entgegnete sie, aber ohne ihm dabei in die Augen zu sehen. Stattdessen rief sie ihm die Beleidigung über die Schulter zu, während sie in den Thunderbird stieg.

Als die Wagen losfuhren, stand Tom zitternd auf der Straße und schlang sich die Arme um den bloßen Oberkörper, während die Sonne den Smog über der Stadt in ein schmutziges Orange tauchte.

Langsam ging er zurück in Richtung Apartmentblock und warf einen Blick auf Stanley und das Wiesel, die beide hilflos in der Mitte der Straße hockten, gefesselt an Händen und Füßen. Schnell zerrte er das stille Wiesel auf den Gehweg und wollte sich dann Stanley vornehmen, der vor Wut schäumte und mit verzerrtem Gesicht an seinen Fesseln riss. Tom hatte leichte Bedenken, sich ihm zu nähern, obwohl der Kerl gefesselt war. Der Typ war ein Psychopath.

»Ich leg dich um, Patrick. Ich schwör's dir, ich leg dich um!«

»Okay«, sagte Tom. »Dann lasse ich Sie eben hier mitten auf der Straße hocken.«

Er wandte sich ab, hob seine Kleidung auf und rannte zurück zu Lucias Apartment. Die Flüche, mit denen Stanley ihn belegte, blendete er aus, aber er hoffte, dass möglichst viele Anwohner von dem Lärm aufwachten. Einer von ihnen würde sich vermutlich ein Herz fassen und Stanley von der Straße zerren, damit er nicht von einem Truck überrollt wurde.

Und falls nicht, war es Tom auch egal.

Er stürmte durch die Wohnungstür in Lucias Apartment und konnte sich gerade noch ducken, denn um ein Haar hätte er ein Billardqueue auf den Schädel bekommen. Doch er hatte so viel Schwung, dass er trotzdem auf den Hintern fiel und sich unwillkürlich schützend die Hände über den Kopf hielt.

»Lucia! Ich bin's!«

Sie kam hinter der Tür hervor, immer noch in ihrem winzigen Pyjama, und sah ihn mit tränenüberströmtem Gesicht an. Sie zitterte vor Angst.

Tom kam auf die Beine. »Bist du okay?«

Sie nickte langsam und ließ das Queue locker neben ihrem Oberschenkel hängen. Sacht nahm Tom ihr den Billardstock ab und legte ihr den Arm um die bebenden

Schultern. »Du hast dein eigenes Queue? Wusste ich's doch, dass du ein ausgebuffter Profi bist.«

Sie lachte einmal kurz auf, doch dann schluchzte sie und weinte schließlich an seiner bloßen Brust. »Ich dachte, die bringen dich um.«

»Ja, dachte ich auch«, sagte er und erschauderte bei dem Gedanken daran, dass Stanley und das Wiesel kurzen Prozess mit ihm gemacht hätten. Er hielt Lucia fest, bis ihr Schluchzen allmählich nachließ.

Als kurz darauf Polizeisirenen in der Dämmerung zu hören waren, sagte er: »Wir müssen weg von hier.«

39. Kapitel

Plötzlich um 112 000 Dollar ärmer, ging Tom seine Fluchtoptionen durch, während er und Lucia in einem Schnellrestaurant ganz in der Nähe von Lucias Wohnung saßen. Offensichtlich war Lucia hier gern gesehen. Der übergewichtige Inhaber lächelte breit und servierte ihr kleine Extras mit der Bemerkung: »Damit du wieder was auf die Rippen kriegst.« Lucia senkte scheu den Blick, und für einen kurzen Moment flog ein Lächeln über ihre kummervolle Miene. Tom fragte sich, wie er je daran zweifeln konnte, dass sie wunderschön war.

Seine Vermieterin, Mrs Roseman, kicherte belustigt, als er sie darum bat, ihm die Kaution von 1000 Dollar auszuzahlen. »Haben Sie schon einen Blick in Ihr Apartment geworfen?« Sie verschluckte sich fast. »Es wird allein 1000 Dollar kosten, die zertrümmerten Möbel zu ersetzen!«

»Aber das habe ich doch nicht gemacht!«

»Ach so? *Ich* jedenfalls auch nicht!«

Halo hatte ebenfalls kein Bargeld flüssig. Er und Vee ließen die Wohnung renovieren und hatten den Handwerker im Voraus bezahlt.

»Im Voraus?«, rief Tom aus. »Der wird euch ganz schön ausnehmen.«

»Scheint aber ein netter Kerl zu sein.«

»Auf die Tour zockt er seine Kunden ab.«

Halo klang verletzt. »Er streicht zumindest die Wände neu und bettelt nicht herum!«

»Ja, okay …« Tom war zu müde, um zu streiten.

»Sind Sie okay?« Halo klang jetzt besorgt statt gereizt.

»Was glauben Sie, warum ich Sie anrufe?«

Beide Männer schwiegen.

»Kann ich sonst noch was für Sie tun?«, fragte Halo in entschuldigendem Ton.

»Nein. Sie haben schon mehr als genug getan. Tut mir leid, dass ich Sie da mit hineingezogen habe.«

»Ich hab mich ja drauf eingelassen.«

»Ja, mag sein«, sagte Tom. »Und wenn ich es mir recht überlege, dann haben Sie mich erst in die Sache verwickelt.« Es lag kein Zorn in seinen Worten, nur Erschöpfung. »Sie stecken schon viel zu tief drin, also bleiben Sie einfach, wo Sie sind.«

»Wo sind Sie denn jetzt?«

»Mal hier, mal dort. Besser, Sie wissen es nicht.«

»Aha, verstehe«, meinte Halo. »Passen Sie auf sich auf.«

»Mach ich.«

»Hey, Tom, was ist aus dem Mädchen geworden, mit dem Sie in Südafrika waren? Läuft alles gut mit ihr?«

Tom lachte trocken auf. »Nicht so, wie ich es gehofft hatte.«

»Oh, tut mir leid.«

»Yeah.« Tom seufzte. »Hören Sie, Halo, seien Sie vorsichtig, okay?«

»Wie meinen Sie das?«

»Noch haben die keinen Grund, hinter Ihnen her zu

sein, aber das könnte sich jeden Moment ändern. Und diese Typen fackeln nicht lange.«

Halo schwieg eine Weile, ehe er sagte: »Sie glauben, die würden Vee etwas antun, Tom? Oder der kleinen Katy?« Ein scharfer Unterton schlich sich in seine Stimme.

»Ich glaube, die würden jedem was antun.«

Kitty verhaspelte sich in Ausflüchten, bis Tom ihr auf den Kopf zusagte, sie solle endlich aufhören, ihn anzulügen. Erst dann gestand sie seufzend, Pete LaBello habe ihr befohlen, ihn nicht durchzustellen.

»Kitty, das ist ein Notfall. Es geht um Leben und Tod.«

Sie hielt inne. Dann sagte sie: »Tom, er ist so sauer auf dich, dass er meinte, ich solle dich selbst dann nicht durchstellen.«

»Aber ich mache hier doch keine Witze, Kitty! Es ist wirklich ernst! Es geht um *mein* Leben!«

»Es ... tut mir echt leid, Tom.«

»Ach, verdammter Mist!« Sekunden später rang er sich zu einer Frage durch. »Kannst du mir 1000 Dollar leihen?«

Ein peinliches Schweigen hing im Raum. Oder zumindest hätte es ihm peinlich sein können, aber Tom war inzwischen alles egal. Er war abgebrannt und wäre nackt über den 405 Freeway gelaufen, wenn ihm jemand 100 Dollar dafür geboten hätte.

»Tom, das kann ich wirklich nicht. Meine Schwester ...«

»Ist schon okay. Vergiss es. Sorry, dass ich gefragt habe.« Es tat ihm wirklich leid.

»In Ordnung, Tom. Pass auf dich auf.«

»Mach ich.«

Er beendete das Gespräch und schlürfte seinen Kaffee. Lucia berührte ihn leicht an der Hand. »Ich habe 7000 Dollar«, sagte sie leise.

Er war verblüfft. Er konnte ihr Geld unmöglich annehmen, aber, verdammt, es tat gut zu hören, dass sie es für ihn hergegeben hätte – dass also doch noch jemand an ihn glaubte. Für einen Augenblick war ihm der Hals wie zugeschnürt, sodass er nur Lucias Hand drücken und den Kopf schütteln konnte.

Tief in seinem Innern hatte er es immer gewusst: Eines Tages würde er wieder an den Pokertisch zurückkehren. Doch gleichzeitig hatte er Angst, die einschlägigen Clubs zu betreten. Wusste er doch, dass die Ereignisse in Lucias Apartment Stanleys Leute nicht davon abhalten würden, ihn weiter erbarmungslos zu verfolgen. Wer auch immer die Hintermänner waren: Niemand würde einfach so 112 000 Dollar in den Wind schreiben, auch wenn das Einschreiten der Yakuza die Geldwäsche harmlos aussehen ließ. Tom war außerdem klar, dass er sich strafbar gemacht hatte. Stanley würde ihn nicht vom Haken lassen, denn Tom hatte Geld geklaut, das er jetzt nicht mehr bei sich hatte.

Das Rubstick lag zu nah bei Lucias Wohnung; dort würden sie bestimmt Ausschau nach ihm halten. Blieb nur zu hoffen, dass er seinen Verfolgern in den Clubs von L. A. aus dem Weg gehen könnte. Lucia hatte noch einmal in ihre Wohnung zurückkehren wollen, weil sie ein paar Sachen brauchte. Sie hatte zwar begriffen, wie wichtig es war unterzutauchen, aber er hatte nicht verstanden, warum sie nicht einfach ihre 7000 Dollar genommen hatte und nach Savannah geflogen war. Da gab es schließlich auch Unis, und auch Stripclubs. Dort wäre sie in Sicherheit gewesen.

Stattdessen benahm sie sich so, als steckten sie von nun an *beide* in der Klemme. Nur weil er sie selbstsüchtig um Hilfe gebeten hatte? Das war doch Wahnsinn! Gleichzeitig erfüllte ihn dieses Wissen mit einem Gefühl von Demut …

Vorsichtshalber waren sie mehrmals um den Wohnblock gefahren und hatten die ganze Zeit nach Personen Ausschau gehalten, die ihnen eventuell auflauern könnten. Schließlich war Tom als Erster in die Wohnung geschlichen, wobei er sich wünschte, eine Waffe bei sich zu haben. Eine Waffe und den Ausweis eines Fitnessclubs, denn wahrscheinlich hätte er die Strapazen der zurückliegenden Monate dann besser bewältigt.

Die Tür zu ihrer Wohnung war aufgebrochen. Holzsplitter am Türrahmen bewiesen, dass die Einbrecher beim zweiten Mal rücksichtsloser vorgegangen waren.

Als Tom eintrat und die Verwüstung sah, schoss Zorn in ihm hoch. Die Typen hatten nicht einmal nach etwas Bestimmtem gesucht. Sie hatten den Bolzen bereits. Oder zumindest glaubten sie das …

Traurig und mit zusammengepressten Lippen ging Lucia an ihm vorbei und registrierte stumm, dass die kleine Wohnung, die sie sich mit so viel Mühe eingerichtet hatte, einem Schlachtfeld glich. Eigentlich wollte Tom ihr raten, sich abzusetzen, solange sie es noch konnte, aber gleichzeitig spürte er, dass er nicht bereit war, jemanden gehen zu lassen, der ihm so viel bedeutete. Sie hatte auf die Schnelle das Nötigste gepackt und in einen Kleidersack gestopft, aber sie hatte es nicht mal zugelassen, dass er ihr die Tasche zum Auto trug.

Tom kam sich wie ein schlechter Schauspieler vor, als er das Normandie mit falschem Schnurrbart und dunkler Sonnenbrille betrat. Er ließ sich 20 Minuten Zeit, schlenderte durch das Casino und hielt Ausschau nach bekannten Gesichtern, ehe er 100 Dollar eintauschte und sich an einen Spieltisch setzte. Das war ein Zehntel des Bargelds, das er noch besaß. Jetzt wünschte er, er hätte seine Miete nicht bezahlt, als er beim letzten Mal für Ness gewonnen hatte.

Er hätte nicht einmal mehr so viel übrig gehabt, wenn Lucia nicht das Hotelzimmer bezahlt hätte. Sie hatte mit ihrer Kreditkarte bezahlt und ihn mit einem finsteren Blick angesehen, der ihn schweigen ließ. Da er es gewohnt war, mit einem sehr viel höheren Startgeld einzusteigen – das noch dazu nicht ihm gehörte –, erhöhte Tom zu schnell, sodass die 100 Dollar gerade mal eine halbe Stunde reichten.

Er tauschte weitere 100 Dollar ein und spielte konservativer. Drei Stunden später hatte er 650 Dollar Gewinn gemacht.

Als kurz darauf auf dem Parkplatz sein Handy klingelte, sah er Ness' Namen im Display. Er starrte auf die Buchstaben, bis sie auflegte, und zuckte zusammen, als er sah, dass sie ihm auf die Mailbox gesprochen hatte.

»Tom? Ness hier. Bitte ruf mich an. Wir müssen reden.« Sie klang zögerlich und auch ein wenig ängstlich. Fast hätte sie es geschafft. Tom war besorgt, aber er rief sie nicht zurück.

Zu Fuß machte er sich auf den Weg zum Best Western, wo Lucia sich offenbar schon auf ihn freute. Denn als er klopfte und sie ihm öffnete, küsste sie ihn noch auf der Türschwelle, riss ihm den falschen Bart ab und küsste ihn dann wieder.

»Wow«, nuschelte er an ihrem Mund, grinste und schloss die Tür hinter sich.

»Du hast gewonnen?«

»Klar.«

»Wie viel?«

»650 Dollar.«

»Juhu! Ich habe auch was verdient!« Sie ging zum Nachttischchen, nahm einige Zehn-Dollar-Noten und wedelte ihm damit zu. »80 Dollar!«

Er wollte lächeln, spürte aber, dass seine Miene regelrecht erstarrte. Er war verletzt. »Gut«, war alles, was er über die Lippen brachte.

Als sie begriff, was ihm durch den Kopf ging, holte sie wütend aus und gab ihm eine Ohrfeige.

»Ach, du elender Bastard!«, rief sie und traktierte ihn mit weiteren Schlägen gegen die Brust, sodass die Dollarscheine durch die Luft flogen. Als er ihre Handgelenke zu fassen bekam, drückte er Lucia gegen die Badezimmertür. Wild setzte sie sich zur Wehr und versuchte, ihm das Knie zwischen die Beine zu rammen. Aber er schützte sich rechtzeitig gegen die Attacke, indem er sich leicht abwandte. Ihr Knie traf ihn trotzdem am Bein. Wütend presste er seinen Körper gegen Lucia, um zu verhindern, dass sie ihn weiter attackierte.

Er spürte ihre Brüste an seinen Rippen und ihren heißen Atem an seinem Hals, als sie wütend zischte: »Das hab ich beim Billard gewonnen!«

Tom war es egal. Er war plötzlich so erregt, dass er kaum atmen konnte, und da Lucia weiterhin gegen ihn aufbegehrte, entfuhr ihm ein Stöhnen. Er zog sie noch fester an sich und beugte sich zu ihr herab, um sie zu küssen. Doch sie wich seinem Mund aus und drehte den Kopf zur Seite.

»Nicht ... bitte«, flüsterte sie. Er löste sich von ihr und sah Tränen in ihren Augen.

Er ließ sie sofort los. Sie drehte sich von ihm weg und verschwand im Bad.

»Lucia?« Er hörte, wie sie den Schlüssel umdrehte.

Sie kam nicht wieder heraus, auch dann nicht, als er ihr sagte, dass es ihm leidtäte. Und auch nicht, als er sagte, er müsse mal zur Toilette.

Letzten Endes war er gezwungen, aus dem Fenster zu pinkeln. Danach verkroch er sich im Bett.

Um fünf Uhr morgens wachte er auf, sprang aus dem Bett und hastete zum Bad. Die Tür war nicht mehr abgeschlossen, und Lucia lag schlafend in der Wanne. Irgendwann in der Nacht hatte sie sich die Bettdecke und ein Kissen aus dem Bett stibitzt. Er kniete neben der Wanne und strich ihr über das Haar, bis sie vorsichtig die Augen öffnete.

»Du erkältest dich noch.« Seine Stimme klang sanft.

Sie antwortete nicht, ließ sich aber von ihm aus der Wanne helfen und ins Bett bringen, wo sie augenblicklich wieder einschlief. Er wollte sie im Arm halten, ganz ohne Hintergedanken. Doch irgendwie war es ihm unangenehm, sich zu ihr ins Bett zu legen. Außerdem traute er sich selbst nicht.

Stattdessen duschte er, zog sich an, klebte sich den Schnurrbart wieder an und fuhr in Lucias kleinem Wagen ins Normandie. Er tauschte 100 Dollar ein und hatte noch vor dem Frühstück 475 Dollar gewonnen.

Mit frischen Bagels und Kaffee kehrte er ins Hotelzimmer zurück. Lucia war inzwischen wach und hatte sich Sorgen gemacht, weil er weg gewesen war. Schweigend frühstückten sie.

Danach wusste er nicht, was er sagen sollte. Also starrte er abwechselnd auf die Wand und seine Füße.

»Ich möchte, dass du etwas weißt«, brach sie schließlich das Schweigen.

Er sah sie erwartungsvoll an. Sie nagte an der Unterlippe und brauchte einen Moment, um die richtigen Worte zu finden.

»Was ich gemacht habe. Weißt du noch, beim ersten Mal? Das war das erste Mal, dass ich so etwas gemacht habe.«

»Warum hast du es dann überhaupt gemacht?«

»Ich weiß es nicht.«

»Lucia … gestern Abend, als ich … weißt du … ich wollte dir nichts unterstellen.«

Sie schien nicht genau zu verstehen, was er meinte.

»Ich wollte nur … ich wollte dir nicht das Gefühl geben, eine Hure zu sein. Es tut mir wirklich leid, wenn ich es getan habe.«

Schweigend starrten sie beide an die Wand. Dann griff er zögerlich nach ihrer Hand und war froh, als sie sie ihm nicht entzog.

Im Bicycle Club hatte Tom Glück, dass er das Wiesel sah, bevor es ihn sah. Der Typ kam gerade von der Toilette und richtete seine Krawatte. Dabei blieb er kurz stehen und schaute zu Boden, um nicht in das chinesische Essen zu treten, das eine Kellnerin Augenblicke zuvor hatte fallen lassen.

Danach blickte er sich im Casino um, aber da hatte Tom sich bereits hinter einem Pfeiler versteckt. Ein Glück, dass er sich in einem soliden Haus aus Stein befand und nicht in einem dünnwandigen Club wie dem Honolulu.

Seine Gedanken überschlugen sich. Offenbar hatte irgendein Nachbar von Lucia das Wiesel befreit, ohne sich zu fragen, was ein Mann im Anzug zu dieser frühen Stunde gefesselt auf dem Gehweg zu suchen hatte. Und wahrscheinlich war auch Stanley wieder auf freiem Fuß. Mist, verdammter.

Vorsichtig schlich Tom weiter, blieb dabei immer auf Abstand zum Wiesel, stahl sich aus dem Casino und lief zum Auto. Mit einem Mal kamen ihm die Clubs von L. A. wie Riesensuchscheinwerfer vor, die den Himmel abtasteten. Tom wusste, dass er irgendwann in einer dieser Spielhöllen seinen Verfolgern in die Arme laufen würde.

Er war schon auf dem Hotelparkplatz, als er beschloss, kehrtzumachen und ins 888 zu fahren. Das Wiesel war definitiv im Bicycle. Den Typen war er also los. Mit Sicherheit konnten seine Verfolger nicht jeden Club in der Stadt überwachen. Das 888 lag im Norden. Mit Ness war er noch nie dort gewesen, und er selbst hatte den Schuppen zuletzt vor etwa fünf Jahren betreten. Vermutlich war das 888 noch sicheres Terrain.

Tom wusste zwar, dass diese Logik ihre Tücken hatte, aber ihm war auch klar, dass er nicht ewig ein paar 100 Dollar hier und ein paar 100 Dollar dort abgreifen konnte. Auch wenn es bislang nicht schlecht gelaufen war, setzte er zu wenig ein, um Summen zu gewinnen, die ihm alle Möglichkeiten offenhielten. Er musste auf Risiko gehen.

Und an diesem Abend war er definitiv in der Laune, Risiken einzugehen.

Das 888 war viel kleiner, als er es in Erinnerung hatte. Ein niedriges, hässliches Gebäude, das eher wie eine Gewerbehalle aussah. Gleich über dem Eingang prangte das vielleicht größte Neonschild, das Tom bislang über Clubs dieser Art gesehen hatte: drei leuchtende Achten und zwei flackernde, altersschwache Asse. Achten und Asse, beim Pokern war das eine Dead Man's Hand.

Zunächst war er nervös. Der Club war ihm nicht vertraut, und das behagte ihm nicht. Aber hier war er in Sicherheit und würde nicht ins offene Messer rennen. Daher ließ er sich Zeit, lungerte an der Bar herum und beobachtete den Club durch die Gläser seiner Sonnenbrille.

Zwanzig Minuten später hatte sich sein Atem beruhigt. Tom nahm an einem kleineren Tisch Platz, weil er ihn für genau den richtigen Ort hielt, um niedrig einzusteigen, aber groß abzusahnen.

Die Leute im 888 hätten genauso gut im Normandie oder im Honolulu sitzen können. Tom schaute sich um und sah das gewohnte Bild: übergewichtige Typen, College-Jungs, chinesische Geschäftsleute und hier und da eine Frau – diesmal war es eine freundlich lächelnde, grauhaarige Dame, die womöglich eben erst von einer kirchlichen Wohltätigkeitsveranstaltung gekommen war.

Tom war es egal. Die Frau hätte auch aus dem Paradies kommen können. Er musterte sie genauso kritisch wie alle anderen Spieler auch. *Ich werde dich an die Wand spielen.*

Nach diesem Motto spielte er. Mit einem kalten Zorn und der Gewissheit, dass dies alles war, was er zu bieten hatte. Alles, was er nicht eigenhändig verspielt hatte, hatte man ihm weggenommen. Geblieben waren ein paar 100 Dollar, seine Zähigkeit und der fleckige grüne Filz, auf dem er sich ein neues Leben aufbauen wollte.

Er verlor eine Runde nach der anderen, tauschte aber immer wieder tapfer Teile seiner Reserve ein. Ihm war, als würde er mit seinem Leben All In gehen, ganz so, als setzte er sein Herz und seine Seele und überließ sich ganz seinem Schicksal.

Als er nur noch 175 Dollar hatte, die ihn von einem Dasein als Penner in Downtown trennten, begann seine Glückssträhne.

Endlich sahnte er ab.

Er gewann mit derselben Nüchternheit, mit der er zuvor Verluste gemacht hatte. Er ging mit, bluffte, schüchterte die anderen ein. Und die ganze Zeit über sagte er kein Wort, nicht einmal, als die Kirchendame sagte: »Gut gemacht«, als er einen Pot mit 480 Dollar einstrich.

Als er die 2000-Dollar-Marke überschritten hatte, stand er auf und ging hinüber zu einem größeren Tisch, wo er weiter gewann, als hätte er nie etwas anderes in seinem Leben gemacht.

Gegen drei Uhr am Morgen verlor er drei Runden nacheinander, obwohl er gute Karten hatte, und beschloss, dass die Zeit um war. Er hatte genug Geld gewonnen, um L. A. verlassen zu können. Genug, um endlich wieder befreit durchatmen zu können.

Er brauchte zwei Stunden, bis er wieder am Best Western war. Die Dämmerung brach an, als er auf den Parkplatz fuhr.

Offenbar war Lucia schon wach, denn noch bevor er zweimal klopfen konnte, wurde die Tür geöffnet.

Von Ness, die ihm eine Pistole vors Gesicht hielt.

40. Kapitel

Tom krampfte sich der Magen zusammen. Sie sahen einander in die Augen. Tom spürte, wie ihm das Herz buchstäblich bis zum Hals schlug. Die Mündung des Pistolenlaufs beherrschte sein Blickfeld und schien ihn zu verschlucken. Er fragte sich, wie es sein mochte, eine Kugel ins Gesicht zu bekommen. Wäre man dann sofort tot, ohne irgendetwas zu spüren? Oder nahm man noch wahr, wie sich das Geschoss durchs Auge ins Hirn bohrte wie ein siedend heißer Keil?

Schließlich atmete er durch und suchte entschlossen Ness' Blick. »Wo ist Lucia?«

Etwas veränderte sich in Ness' Mienenspiel. War da verletzter Stolz zu erkennen? Er vermochte es nicht zu beurteilen. »Sie ist hier«, antwortete sie knapp. »Es geht ihr gut.« Dann trat sie einen Schritt zurück und ließ die Waffe sinken.

Tom zwängte sich an ihr vorbei ins Zimmer und sah, dass Lucia auf dem Bett saß, immer noch im Pyjama, aber gefesselt an Händen und Füßen. »Bist du okay, Lucie?«, fragte er.

»Wer ist sie?«, wollte Lucia wissen. Das konnte nur eine Frau fragen.

»Das ist Ness«, erklärte er knapp. Es war nicht die Zeit für Eifersuchtsszenen. »Kann ich sie losbinden?«

»Nein«, sagte Ness. »Noch nicht.«

»Was soll die Pistole?«

»Sie ist zu meinem eigenen Schutz.« Als er nicht darauf einging, kam sie wütend auf ihn zu. »Die sind jetzt nämlich auch hinter *mir* her, verstehst du? Schönen Dank dafür!«

»Wieso hinter dir?«

Sie lachte sarkastisch auf. »Keine Ahnung. Könnte es vielleicht etwas mit den 120 000 Dollar zu tun haben, die du ihnen gestohlen hast?«

»Es waren nur 112 000. Und sie haben mir das Geld wieder abgeknöpft. Was kann ich dafür, wenn sie es sich von anderen wegschnappen lassen.«

»Seltsam, die sehen das nämlich ganz anders«, erwiderte Ness knapp. Doch dann wich jegliche Schärfe aus ihrer Stimme. »Ach, ist jetzt sowieso alles egal.« Sie stand mit hängenden Schultern da und schaute aufs Bett. Jetzt sah Tom wieder die Frau vor sich, die er begehrt hatte.

Tom spürte, dass sein Zorn nachließ, dennoch hakte er ziemlich schroff nach. »Es ist *egal*? Du hast mich hintergangen.«

Sie schüttelte traurig den Kopf. »Mein Job war es, die Kartenspiele zu organisieren, Tom. Ich schwöre, dass es wirklich um nichts anderes ging, als ich dich traf.«

»Ach, und deshalb bist du auch mitgekommen nach Südafrika? Um mir beim Kartenspielen zuzusehen?«

»Die wussten, dass du auf der richtigen Spur warst. Ich sollte verhindern, dass du der Wahrheit zu nahe kommst. Deshalb sollte ich bei dir bleiben. Ich war eben die passende Besetzung.«

»Du wusstest also, dass sie die Fan-Scheibe klauen würden?«

Ihr Schweigen war ihm Antwort genug.

»Und diese kleine Scharade draußen in der Wüste ...«

Sie unterbrach den Blickkontakt, und eine flüchtige Röte stieg ihr in die Wangen.

Er kam sich wie der größte Idiot aller Zeiten vor. »Hab ich's mir doch gedacht ...« Zum x-ten Mal blitzten die Erinnerungen an diese Nacht vor seinem inneren Auge auf – er, der tölpelhafte Schuljunge, der die Hose nicht aufkriegt, und sie, die kühle Schöne, die sich unvermittelt abwendet. Sein Ego war nachhaltig verletzt. Er versuchte, die Bilder loszuwerden, und spürte, wie sich stattdessen Bitterkeit, Wut und eine namenlose Verzweiflung in ihm breitmachten.

»Und was war mit dem Feuer?«

»Davon wusste ich nichts, Tom. Ehrlich, ich schwör's! Dafür kann ich nichts!« Ihre Lippen zitterten. »Ich weiß nicht, ob du oder ich dort sterben sollten! Ich stand vollkommen unter Schock und wusste nicht, was ich machen sollte. Dann habe ich einfach nur auf das reagiert, was passierte.«

»Und hast denen fleißig alle Informationen zugespielt.«

»Das musste ich tun! Ich steckte schon zu tief in den Kartenspielen mit drin, da konnte ich nicht einfach zu den Bullen gehen! Du verstehst das nicht, Tom. Das sind keine kleinen Gauner. Das sind echte Killer!«

»Das sind sie zweifellos«, entgegnete er. »Du hast ihnen erzählt, dass Lenny Munro den Bolzen hat, und daraufhin haben sie ihn umgelegt.«

»Ich konnte doch nicht wissen, dass sie ihn umbringen würden. Das wusste ich *wirklich* nicht! Die wollten den Bolzen haben.«

»Und jetzt haben sie ihn ja auch«, stieß er wütend hervor. »Meine Wohnung haben sie verwüstet ebenso wie Lucias, und sie hätten mich auch umgebracht, darauf kannst du Gift nehmen!«

»Ich weiß«, flüsterte sie. »Ich hatte gehofft, sie würden das Teil in Oklahoma finden. Dann wärst du in Sicherheit gewesen. Aber sie wussten, dass du es an dich genommen hattest.«

»Woher?«

»Weiß ich nicht. Ich habe es ihnen jedenfalls nicht auf die Nase gebunden. Ich wusste ja nichts davon!« Tränen schillerten in ihren Augen. »Ich wollte dich nur schützen, Tom. Ich sagte ihnen, dass Munro den Bolzen hat, damit sie ihn suchten und nicht dich.«

»Wieso wolltest du mich schützen? Was soll so verdammt besonders an mir sein, Ness?«

Ness' Stimme klang heiser, als sie sagte: »Als du noch deinen Job hattest, warst du von echtem Nutzen.«

Tom wurde schlecht. Es ging also um den Job, den er Pete LaBello quasi vor die Füße geworfen hatte. Dabei war es diese Arbeit gewesen, die ihn am Leben gehalten hatte. Ohne es zu merken, hatte er an jenem Tag, als er das Handy auf den Santa Ana Freeway schleuderte, viel mehr aus der Hand gegeben als nur den Job. Als ihm das jetzt wieder bewusst wurde, fühlte er sich regelrecht zerstört und nahm nur noch vage wahr, dass Ness weiterredete.

»Es war nützlich für sie zu wissen, was innerhalb des NTSB geschah und wie weit du mit deinen Recherchen warst. Sie wollten wissen, ob irgendwer deine Bedenken ernst nahm. Sie wollten wissen, wie weit du gehen würdest, um die Bauteile und die Unterlagen ausfindig zu machen. Als sie wussten, was du vorhattest, hatten sie dich längst unter Kontrolle und konnten dir gleichzeitig aus dem Weg gehen. Aber dann bist du der Wahrheit zu nahegekommen, schätze ich …«

»Bin ich immer noch von Nutzen, Ness?«, fragte er emotionslos.

Sie seufzte, als wäre sie unendlich erschöpft.

Er verstand und nickte.

Sie öffnete die Tasche, die sie sich über die Schulter gehängt hatte, griff hinein und holte ein Flugticket heraus. »Nach D. C. Morgen. Unter deinem Sitz findest du eine Akte mit allen Beweisen, die du brauchst.«

Er sah Lucia an. »Nur *ein* Ticket?« Mit dieser Frage wollte er Ness verletzen, und als er ihren Gesichtsausdruck sah, wusste er, dass es ihm gelungen war. »Warum sollte ich dir glauben?«

Sie zuckte die Schultern. »Weil es die Wahrheit ist.«

Er schob das Ticket in seine Hosentasche.

»Ich muss los.« Ness steckte die Waffe in ihre Tasche. Er begleitete sie noch bis zur Tür. Als Lucia sie nicht mehr sehen konnte, wandte Ness sich ihm noch einmal zu und sprach so leise, dass er ihre Worte kaum verstehen konnte. »Sei vorsichtig, Tom.«

»Was kümmert es dich?«

Sie biss sich auf die Unterlippe und wandte sich zum Gehen. Doch Tom packte sie am Arm und drehte sie zu sich, sodass sie ihm in die Augen sehen musste. Er sah, dass er ihr wehtat, und das erfüllte ihn mit einer grimmigen Freude.

»Ness.« Auch er hatte die Stimme gesenkt. »Ich kann alles nachvollziehen. Alles. Aber nicht das, was im Krankenhaus passiert ist. Die Scheibe war weg. Den Bolzen hatten wir da noch nicht. Was zum Teufel sollte die Geschichte im Krankenhaus?«

Sie legte ihm eine Hand auf die Brust, und seine Haut kribbelte unter ihren schlanken, warmen Fingern. Dann entzog sie ihm den Arm und schlüpfte zur Tür hinaus, die sie leise hinter sich schloss.

Tom starrte auf die Maserung des Holzimitats, ehe er zurück ins Zimmer ging und Lucia befreite. Schweigend zog er sich aus und legte sich neben sie ins Bett.

Sie hätten wegfahren sollen. Wenn Ness ihn aufgespürt hatte, würden das die anderen Verfolger auch schaffen. Das war Tom klar, doch gleichzeitig war er körperlich am Ende. Ness' Erklärungen warfen viele Fragen auf, und seine Gedanken drehten sich im Kreis, sodass er zu keinem echten Ergebnis fand. Er wusste nicht mehr, wem er noch trauen durfte, wohin er gehen sollte oder wie all das hier ausgehen würde. Und diese Ungewissheit löste mal Angst in ihm aus, dann wieder Wut … bis schließlich nichts anderes übrig blieb als ein Gefühl der Taubheit.

»Bist du sauer auf mich?«, fragte Lucia leise.

»Weswegen?«

»Allgemein.«

»Nein«, sagte er. »Dich trifft keine Schuld.«

Am Morgen zogen sie sich schweigend an. Dann fragte er sie, ob sie mit ihm nach D. C. fliegen wolle.

»Ja«, sagte sie und sah ihn herausfordernd an, als hätte sie mit Protest gerechnet.

»Und wieso?«

Sie schaute zur Seite und dachte nach. Schließlich zuckte sie die Schultern. »Keine Ahnung.«

Sie gingen am Honolulu vorbei, und Tom holte endlich seinen Buick ab, der kaum Luft in den Reifen hatte und erst nach einer halben Ewigkeit ansprang. Danach fuhr er hinter Lucia her zu ihrer Wohnung. Dort ließen sie ihren Colt stehen.

Am LAX kaufte er Lucia ein Ticket. Sie saß auf der anderen Seite des Gangs, aber auf gleicher Höhe wie er. Sie waren drei Stunden zu früh und hatten nichts zu tun. Also saßen sie in der Flughafenhalle schweigend nebeneinander, während um sie herum Menschen umhereilten.

Sein Handy klingelte.

»Tom?« Es war Halos Stimme.

Tom war plötzlich hellwach. »Hey, wo stecken Sie?«

»Im Hangar 3.«

»Was gibt's?«

Schweigen am anderen Ende. Tom hörte im Hintergrund eine gedämpfte Stimme. Als Halo dann wieder sprach, klang er sehr angespannt. »Hier ist gerade so ein Typ hereinspaziert und hat gesagt, ich soll Sie anrufen. Meint, er wäre ein Freund von Ihnen.«

»Ich hab keine Freunde.«

»Genau das habe ich mir schon gedacht.«

»Wie sieht der Typ aus?«

Halo senkte die Stimme. »Dunkle Haare. Schlechte Haut. Cowboystiefel.«

Tom rannte los.

Der Innendekorateur haute sie übers Ohr. Halo wusste es, und Vee wusste es. Halo hatte sogar den leisen Verdacht, dass selbst die kleine Katy es ahnte. Verdammter Mist, Tom Patrick hatte ihm vorhergesagt, was passieren würde.

Halo seufzte und kam sich dämlich vor, was nicht oft geschah. Eigentlich hielt er sich für ziemlich clever. Nein, er wusste, dass er clever war. Das war ihm schon seit der Junior High klar gewesen. Aber er war eben in Redondo

Beach aufgewachsen, nicht in Sozialsiedlungen wie Watts oder gefährlichen Vierteln wie South Central. Das wiederum bedeutete, dass er nicht mit der Muttermilch jene Gerissenheit aufgesogen hatte, die viele Leute bei Schwarzen vermuten, die in L. A. oder in New York leben.

Halos Eltern hatten sich nicht scheiden lassen. Er und seine Brüder Chas und Victor hatten keiner Gang angehört und waren nicht im Kugelhagel rivalisierender Gruppen umgekommen. Seine Schwester Maddie war nicht viel zu früh geschwängert worden, hatte keine Drogen genommen und war auch nicht an einen Zuhälter geraten. Er und all seine Geschwister hatten einen Highschool- und einen Collegeabschluss. Chas war Grundstücksmakler in Torrence, Victor Webdesigner, und Maddie arrangierte Hochzeiten in englischen Landhäusern. Inzwischen sprach sie sogar mit britischem Akzent, um noch authentischer zu wirken. Halo war für all das dankbar, aber es machte ihn zum perfekten Opfer für Typen, die gerissen und skrupellos genug waren, um ihn nach Strich und Faden zu bescheißen.

Und deshalb war er – trotz eines IQ von 125 – von einem Mann über den Tisch gezogen worden, der ein Tattoo mit der Aufschrift *Whose the Daddy?* hatte.

Halo seufzte und umfasste den Griff seines Werkzeugkastens. Werkzeug*schrank* wäre die bessere Beschreibung gewesen. Das Ding war ein Meter siebzig hoch, stand auf Rädern und war aus galvanisiertem Stahl. Auf der Seite war sein Name eingraviert: Halo Jackson. Das hatte Chris für ihn gemacht, wie er sich jeden Tag aufs Neue frustriert bewusst machte.

Die Crew hatte sich bereits die 747 nebenan im Hangar 2 vorgenommen, aber Halo war aufgehalten worden, weil er sich am Telefon mit dem Innendekorateur herumärgern musste. Und deshalb war er erst jetzt dazu gekommen, sein Werkzeug zu holen.

Gerade schob er den Werkzeugschrank über den Zementboden, als ihm ein Mann auffiel, der auf ihn zukam. Der Typ hatte kein Namensschild, trug weder eine Sicherheitsweste der Fluglotsen noch irgendeine Uniform oder einen Overall und hätte sich deshalb gar nicht bei den Hangars aufhalten dürfen. Aber Halo sah das nicht so eng und vermutete, dass der Typ sich einfach nur verlaufen hatte.

»Hi«, grüßte der Mann. »Sind Sie Halo Jackson?«

»Ja. Hi.«

Der Mann streckte ihm die Hand entgegen, und Halo ließ den Griff des Werkzeugschranks los, um dem Fremden höflich die Hand zu schütteln. Ihm fiel auf, dass der Typ eine schlecht verheilende Verletzung an der Wange hatte. Die Stelle sah wie eine Art Bisswunde aus.

»Ich bin ein Freund von Tom Patrick.«

»Ach ja?« Ein Prickeln lief über Halos Unterarme. Denn er war sich absolut sicher, dass sich niemand auf der Welt auf diese Weise vorstellen würde und es wirklich ernst meinte.

Tom rannte wie ein Irrer. Adrenalin pumpte durch seinen Körper. Er hörte nicht einmal, dass Lucia seinen Namen rief, nahm kaum die Gesichter der anderen Fluggäste wahr, an denen er vorbeistürmte. Nicht einmal den Schmerz in seinem lädierten Bein spürte er.

Die Rolltreppe war voller Leute und Gepäck. Grob zwängte Tom sich an den Frauen und Männern vorbei, stieg über Koffer und Taschen hinweg, rutschte am Ende der Rolltreppe fast aus und raste dann weiter. Sicherheitsbeamte setzten sich in Bewegung, aber er machte keine Anstalten, ihnen seinen Ausweis zu zeigen, sondern lief unbeirrt weiter. Ihm blieb einfach keine Zeit für Erklärungen. Stattdessen hielt er auf den nächsten Check-in-Schalter zu. American Airlines. Erste Klasse. Keine Schlange.

Geschickt schlüpfte er unter den Absperrbändern der Fluggesellschaft hindurch, ehe er auf eines der Gepäckförderbänder sprang, unmittelbar vor den Augen einer Mitarbeiterin am Schalter. Die Frau bekam ihn gerade noch am Ärmel zu fassen und packte für eine Frau mit manikürten Fingernägeln erstaunlich fest zu, aber Tom riss sich los. Er hörte, wie sie ihm »Mistkerl!« nachrief. Im nächsten Augenblick duckte er sich bei der Klappe, an der die Koffer aus dem Blickfeld der Fluggäste verschwanden. Tom hockte hinter einem Louis-Vuitton-Koffer und musste sofort wieder an Ness denken.

Der Alarm ging an, und er hörte laute Stimmen hinter sich. In der hinteren Gepäckabfertigungshalle sprang er vom Förderband, orientierte sich kurz – helle Umrisse an einer Wand deuteten auf eine Tür hin – und lief unter dem Förderband weiter, das wie eine Achterbahn aussah. Einzelne Wagen fingen die Gepäckstücke auf, die von nun an ihre Reise in die große, weite Welt antreten würden.

Von rechts kamen inzwischen drei Männer vom Sicherheitsdienst auf ihn zu und wollten ihm den Weg zu jener Tür abschneiden. Tom versuchte abzuschätzen, wer als Erster das Ziel erreichen würde …

Mist. Das schaffte er nicht mehr.

Die Männer waren nur noch wenige Schritte hinter ihm,

als Tom erneut die Richtung änderte und wieder auf eins der Förderbänder hechtete. Mit den Fingern verfing er sich für einen Moment in den Ketten, bekam die Hand aber gerade noch rechtzeitig frei. Er lief wie auf einem Laufband im Fitnessstudio und suchte Halt an den Stangen über sich, als das Förderband höherstieg. Einer der Männer packte ihn am Fuß, doch Tom wehrte ihn mit einem Tritt ab. Dann war er zu hoch über den Wachleuten und hing mit blutenden Fingern an der Stange. Allmählich drohte er abzurutschen.

Er schaute an seinen Achselhöhlen vorbei auf die Männer unter ihm, die mit dem Förderband Schritt hielten und ihn keinen Moment aus den Augen ließen. Dann konnte er loslassen und sprang von einem Gepäckwagen zum anderen. Einige waren noch leer, andere schon mit Taschen gefüllt, die ihn ein wenig behinderten. Er hüpfte von Gepäckstück zu Gepäckstück, als wäre er auf einem Trampolin, hörte, wie Gegenstände in Reisetaschen unter seinem Gewicht zerbrachen, und stieß kleinere Hindernisse mit den Füßen aus dem Weg. Die Gepäckstücke purzelten vom Band und schlugen auf dem Betonboden wie Streubomben auf.

In einer Höhe von gut einem Meter kreuzte sein Band ein anderes, auf das Tom nun mit einem Satz sprang. Beinahe verlor er das Gleichgewicht und wäre in die Tiefe gestürzt. Das neue Förderband führte in einem rechten Winkel vom ersten weg, genau in Richtung Tür, und transportierte nur wenige Gepäckbehälter. Tom lief einfach weiter und war inzwischen schneller als seine Verfolger unter ihm, da das Band sich zügig vorwärtsbewegte. Er sprang über die einzelnen Wagen hinweg und musste bei der Landung auf dem Gummilaufband aufpassen, nicht auszurutschen. Aber er schaffte es. Etwa dreißig Meter vom Ausgang entfernt tauchten große Gepäckstücke auf, die sich dort stauten, und da wusste er, dass seine Fahrt vorüber war. Ohne nachzudenken, sprang er auf ein Band, das etwas tiefer als das erste verlief, aber zum Glück parallel dazu. Nach weiteren waghalsigen Sprüngen von Band zu Band landete er schließlich wieder auf dem Boden.

Die Zahl seiner Verfolger war inzwischen auf sieben angewachsen. Sein schnellster Widersacher mochte knapp fünfzig Meter hinter ihm sein, holte aber auf. Tom rappelte sich hoch und rannte weiter.

Am Gepäckausgang standen zwei Männer in Warnwesten und warfen Taschen auf die Ladeflächen der Gepäckwagen, die zu den Maschinen fuhren. Einer der Arbeiter sah Tom und stellte sich ihm in den Weg. Geistesgegenwärtig tastete Tom nach seinem Ausweis und rief: »NTSB!« Doch er war nicht überrascht, als der Mann keine Anstalten machte, sich seiner Autorität zu beugen. Im Gegenteil baute sich der Typ herausfordernd vor dem Ausgang auf, sodass Tom keine andere Möglichkeit mehr sah, als zum Schlag auszuholen. Da er das Abzeichen des NTSB dabei immer noch in der Hand hielt, verletzte er den Arbeiter an der Wange.

»Scheiße, Mann!« Der Mann hielt sich eine Hand an die blutende Wange und packte Tom mit der freien Hand. Tom riss sich los, indem er seine Lederjacke abschüttelte, und stürmte ins Freie.

Hangar 1, Hangar 2 … In der Ferne heulten die Sirenen der Flughafenpolizei auf. Er rannte in Hangar 2, lief unter der Tragfläche einer 747 hindurch, vorbei an Technikern, die sich ihm verblüfft und zum Teil verärgert zuwandten. Dann hielt er nach links auf eine Seitentür zu, kam wieder ins Freie, lief über die asphaltierte Fläche und nahm eine Seitentür zu Hangar 3.

In diesem Hangar war es sehr viel dunkler als in Hangar 2, wo die Techniker im grellen Neonlicht arbeiteten. Tom versuchte, sich möglichst schnell auf die neuen Lichtverhältnisse einzustellen. Er konnte kaum noch etwas hören. Das Blut rauschte in seinen Ohren, und das Herz dröhnte dumpf in seiner Brust.

In Hangar 3 arbeitete niemand, da dort keine Maschine zur Wartung stand. Das einzige Licht drang von außen durch ein schmales Fenster oberhalb der Tür, durch die er soeben gekommen war.

»Tom!«

Die Stimme klang verängstigt. Als Tom sich umdrehte, entdeckte er Halo: Stanley stand hinter ihm und hatte ihm einen Arm um den Hals gelegt. In der anderen Hand hielt er eine Pistole, die er Halo an den Kopf drückte. Halo hatte sich offenbar zur Wehr gesetzt. Zumindest deutete das Blut an seinem Mund auf einen Kampf hin. Auch jetzt noch begehrte er gegen seinen Widersacher auf und verzog vor Schmerzen das Gesicht, als Stanley den Druck seines schraubstockartigen Griffs erhöhte.

Stanleys Zähne stachen weiß hervor, als er lächelte. »Hallo, Arschloch.«

»Hi«, keuchte Tom. Er wollte seinen Atem nicht verschwenden, wusste er doch, dass er sich die Luft einteilen musste. Vornübergebeugt, die Hände auf die Oberschenkel gestützt, stand er da und sog gierig die Luft ein. Dennoch ließ er Halo und Stanley nicht aus den Augen. Er ahnte, wie spät es bereits war. Er musste diesen Flieger nach D. C. kriegen. Er war so weit gekommen, und nun blieb ihm nur die Hoffnung, dass Ness ihn nicht angelogen hatte und dass er tatsächlich die alles entscheidende Akte unter Sitz 15C finden würde. Es wäre fatal, wenn er jetzt den Flug verpasste und irgendein übereifriger Putzteufel am Flughafen in D. C. die Unterlagen entdecken und einfach nichtsahnend wegwerfen würde.

Er hatte keine Zeit zu verlieren. »Was wollen Sie?«, stieß er ungeduldig hervor.

Stanley grinste wieder. Er drückte Halo die Gurgel zu, um zu zeigen, wer hier das Sagen hatte, ließ die Hand mit der Waffe kurz sinken und hielt dann den Bolzen hoch. »Was soll das sein, verdammte Scheiße?«

»Das ist … ein Bolzen.«

»Es ist aber der *falsche* Scheißbolzen.«

»Ein Bolzen ist ein Bolzen. So einfach ist das.«

Stanley bohrte Halo den Lauf der Pistole in die Schläfe. Tom zuckte zusammen.

»Finden Sie das lustig?«, rief Stanley.

»Nein.«

»Sie tauschen einfach den Bolzen aus und glauben, wir würden das nicht merken, wie? Sie dachten tatsächlich, wir würden nicht zurückkommen und Sie fertigmachen?«

Tom antwortete darauf nicht. Er hatte gehofft, dass die List nicht auffallen würde.

Aber er hatte sich geirrt. Leider.

Als er Halo Lemons Bolzen zugespielt hatte, hatte er sich für clever gehalten. Stanley und das Wiesel sollten den falschen, leicht bearbeiteten Bolzen, den sie in seiner Hosentasche fanden, für das echte Beweisstück halten. Aber jetzt stellte sich heraus, dass die Idee doch nicht so clever gewesen war. Mit diesem vermeintlich geschickten Schachzug hatte er Halo nur unnötig in Gefahr gebracht. Tom war klar, dass er dieser Sache ein Ende bereiten musste, und zwar schnell, bevor Stanley noch die Nerven verlor.

»Wo ist das Ding, Halo?«

Halo keuchte, als Stanley ihn erneut würgte. Dann lachte Stanley auf. »Sie meinen, dieser Scheißkerl hier hat den Bolzen? Mann! Hätte ich das gewusst.«

Tom ignorierte Stanley und sah Halo in die Augen. »Kommen Sie, Halo«, beschwor er ihn. »Sie haben Ihren Teil getan.«

»Yeah, Halo.« Stanley grinste. »Lassen Sie nicht zu, dass ich Ihnen in den Kopf schießen muss. Das ist ein neues Hemd.«

Halo gab ein gurgelndes Geräusch von sich, ehe er hervorbrachte: »Ich scheiß auf Sie und Ihr neues Hemd. Den Bolzen kriegen Sie nicht.«

Toms Welt geriet ins Wanken. Er wollte Halo irgendwie wissen lassen, dass sie den Bolzen – falls Ness die Wahrheit gesagt hatte – vielleicht gar nicht mehr als Beweis brauchten. Dass sie jetzt andere Unterlagen hatten und es andere Optionen gab. Sie brauchten sich nicht mehr an ein dummes kleines Metallstück zu klammern. Tom war bereit, das Risiko einzugehen und auf die Akte zu setzen, wenn er Halo damit das Leben retten konnte. Es war schlimm genug, dass Lenny Munro erschossen worden war. Inzwischen musste Tom sich eingestehen, dass er Halo Jackson mochte. Bei dem Gedanken, zusehen zu müssen, wie Stanley ihn erschoss, wurde ihm schlecht. Dagegen verblasste die ganze Sache mit der *Pride of Maine*. Aber da er wusste, dass Ness wahrscheinlich ihr Leben riskiert hatte, um ihm die Unterlagen zuzuspielen, behielt er sein Wissen zunächst für sich.

»Chris hätte nicht gewollt, dass Sie deswegen sterben, Halo. Auch Vee nicht. Oder Katy.«

Tränen liefen Halo über die Wangen.

»Heulen Sie jetzt etwa, verdammte Scheiße?« Stanley schien sich zu amüsieren, und allein dafür hätte Tom ihm am liebsten den Schädel eingeschlagen.

Tom war inzwischen so sauer auf Stanley, dass Ungeduld in seinen nächsten Worten mitschwang. »Scheiß auf den Bolzen, Halo! Wo ist das Ding?«

Halo schüttelte störrisch den Kopf, worauf Stanley ihm die Pistole in die Nieren rammte. Halo schrie auf und wurde auf die Knie gezwungen. Stanley stand immer noch hinter ihm, hielt ihn am Kragen des Overalls fest und drückte ihm den Pistolenlauf erneut gegen den Kopf.

»Wenn Sie ihn jetzt erschießen, werden Sie nie erfahren, wo der Bolzen ist!«, rief Tom.

»Und wenn ich euch beide erschieße? Dann wäre die Sache aus der Welt, oder nicht?« Stanley grinste. Tom erstarrte. Mit einem Mal wurde ihm klar, dass sie beide so gut wie tot waren. Stanley konnte es egal sein, wo der Bolzen war, sofern alle Mitwisser tot waren.

Er ahnte aber auch, dass die Suche nach dem Bolzen ihnen noch ein wenig mehr Zeit verschaffen würde.

Und Zeit hörte sich gut an, wenn es darum ging, zu überleben.

»Halo, bitte«, insistierte er. »Sagen Sie ihm endlich, wo der Bolzen ist.«

In der nachfolgenden Stille hörte Tom die Polizeisirenen, die nicht mehr weit vom Hangar entfernt heulten. Doch die Polizei würde es nicht mehr rechtzeitig schaffen. Sie würden zuerst in Hangar 1 und 2 nach ihm suchen, denn dort hatte man ihn hineinlaufen sehen.

Halo hob matt eine Hand.

Stanley schüttelte ihn grob. »Was soll das bedeuten, Mann?«

»Er ist in meinem Werkzeugschrank.«

Stanleys Blick fiel auf den Schrank. Dann gab er Tom unmissverständlich zu verstehen, dass er danach suchen solle.

»Wo genau?«

Halo gab auf und ließ den Kopf hängen. Seine Stimme klang schwach. »Untere Schublade. Unter dem Schaumstoff.«

Tom machte die Schublade auf. Die Werkzeugknarren lagen alle ordentlich sortiert in den vorgefertigten Aussparungen aus Schaumstoff. Tom tastete in der niedrigen Schublade herum und spürte, dass sich unter dem Schaumstoff in der hinteren rechten Ecke etwas verbarg. Als er die Schaumstoffunterlage zur Seite schob, schlossen sich seine Finger um das Metall, das er dem Strauß aus der Flanke operiert hatte.

Langsam holte er den Bolzen hervor.

»Her damit!«

Tom kam der Aufforderung nach und überlegte fieberhaft, wie er sich jetzt noch retten könnte. Stanley ließ Halo einfach los und nahm Tom den Bolzen aus der Hand. Im selben Moment richtete er die Waffe auf Toms Brust. Halo hockte währenddessen schwer atmend auf allen vieren am Boden.

Tom schluckte schwer. Der Augenblick, der über Leben und Tod entschied, war gekommen. Sie hatten den Bolzen aus der Hand gegeben. Jetzt gab es keinen echten Beweis mehr, dass etwas nicht stimmte. Tom waren inzwischen die Ideen ausgegangen, denn schließlich war er kein Bruce Willis oder Brad Pitt, die in irgendeinem Action-Thriller immer neue Drehbucheinfälle hatten.

Er sah Stanley direkt in die Augen. »Stanley, ich weiß nicht, wie viele Fan-Scheiben noch zu der Serie 501 gehören, aber Sie sollten sie besser finden.«

»Ich glaube nicht, dass Sie in der Position sind, mir Ratschläge zu geben.«

Tom war um einen neutralen Tonfall bemüht, um den Hass aus seiner Stimme herauszuhalten. »Nein, bin ich auch nicht. Doch für wen auch immer Sie arbeiten, Ihr Boss sollte wissen, dass etwas gründlich schiefgelaufen ist. Menschen sind wegen dieser Fake-Scheiben aus Hongkong gestorben. Und es werden noch viel mehr sterben, wenn Sie die Bauteile nicht aus den anderen Flugzeugen nehmen, die sich womöglich gerade irgendwo in der Luft befinden.«

Stanley grinste höhnisch und richtete die Waffe auf Toms Gesicht. »Ich werd's meinem Beichtvater erzählen.«

Tom seufzte. »Sie Schwein.« Er wünschte, ihm wären bessere letzte Worte eingefallen.

»Hände hoch!«

Stanley wirbelte herum, ging in Deckung und feuerte gleichzeitig blind in die Richtung, aus der die Stimme kam. Die Kugeln prallten an der Metallwand neben der Tür ab, unmittelbar auf Kopfhöhe des Flughafenpolizisten, der wie aus dem Nichts aufgetaucht war. Der Mann wirkte einen Moment lang verdutzt, ehe er das Feuer erwiderte und sich aus der Schusslinie drehte. Währenddessen hatte Tom sich mit einem Hechtsprung in Sicherheit gebracht und konnte es kaum fassen, womöglich noch einmal davongekommen zu sein.

Doch Stanley zögerte keinen Augenblick. Die Waffe wie einen Säbel vorgestreckt, rannte er zur Tür. Als der Polizist sich noch einmal traute, einen Blick in die Halle zu werfen, war Stanley schon bei ihm und schoss ihm im Laufen einfach ins Gesicht.

Einen kurzen Moment herrschte Stille, ehe draußen ein Motor aufheulte und ein Auto mit quietschenden Reifen losfuhr. Tom sah, wie der schwarz-weiß lackierte Polizeiwagen mit Stanley hinterm Steuer an der Tür vorbeiraste.

Er sprang auf und lief ebenfalls zur Seitentür, als hinter ihm jemand rief: »Stehen bleiben und Hände hoch!«

Er riss die Hände hoch, rief über die Schulter: »NTSB!«, und lief einfach weiter, bis er neben dem Flughafenpolizisten auf die Knie sank, dessen Körper noch zuckte. Der Mann hatte alles richtig gemacht. Aber er war offensichtlich nicht erfahren genug gewesen, um sich auszumalen, dass ein Mann so verrückt sein könnte, geradewegs auf seine Dienstwaffe loszustürmen.

Tom hörte aus allen Richtungen laufende Schritte und wollte noch einmal seinen NTSB-Ausweis hochhalten, aber da war der erste Polizist schon bei ihm und hielt ihm seine Waffe vor die Nase. Im selben Moment stürzten sich weitere Beamte wie Footballspieler auf ihn, die ihm den Ball abnehmen wollten.

Tom ächzte unter dem Gewicht der Männer und wurde mit Schlägen traktiert. Trotzdem hatte er das gute Gefühl, von den *richtigen*, den *guten Jungs* gerettet worden zu sein.

Natürlich wollte die Flughafenpolizei ihn nicht einfach so gehen lassen. Ein Beamter war tot, ein Auto gestohlen, ein Techniker hatte Todesangst ausgestanden. Fehlte noch die junge Frau am Schalter, der ein Fingernagel abgebrochen war.

Tom berief sich reflexartig auf seine Rechte und Befugnisse als Beamter des NTSB, leierte herunter, wie der Stand seiner Ermittlungen aussah, kramte zur Sicherheit auch noch seinen Führerschein hervor und schwor letzten Endes beim Leben seiner Mutter, dass er innerhalb von 24 Stunden zurückkommen würde, um sich allen weiteren Fragen zu stellen. Die Männer konnten ja nicht wissen, dass seine Mutter schon lange tot war.

Nachdem Halo Jackson, Lucia und ein am Telefon vollkommen überforderter Pete LaBello die Flughafenpolizei weitestgehend von Toms Unschuld überzeugt hatten, nahmen die Beamten kurz die wichtigsten Aussagen zu Protokoll, kassierten seinen Führerschein ein und ließen Tom dann widerwillig gehen. Ihm blieb gerade noch Zeit, den Flug nach D. C. zu kriegen.

Die Polizisten entschuldigten sich nicht bei ihm für die harte Festnahme, aber einer von ihnen gab ihm die Nummer seines Zahnarztes, der ihm einmal nach einem Einsatz bei einem abgebrochenen Zahn geholfen hatte. Tom fluchte innerlich, weil er in dem Handgemenge den Schuh eines Polizisten ins Gesicht bekommen hatte. Aber er hielt sich mit seiner Kritik zurück.

Leider konnten sie nicht sofort in den Flieger, da das Personal darauf hinwies, ihm tropfe immer noch Blut aus dem Mund auf sein T-Shirt. Tom schluckte mehrmals, um zu beweisen, dass die Blutung zum Stillstand gekommen war, aber es half nichts. Er musste sich erst ein frisches T-Shirt kaufen, auf dem *Only in L. A.* stand, ehe das Personal argwöhnisch beiseitetrat und ihn und Lucia in den Flieger ließ. Tom war nicht überrascht, dass es eine 737 war.

Platz 15C war direkt am Gang. Lucia saß auf der anderen Seite des Gangs auf 15D. Tom registrierte aus reiner Gewohnheit, dass sie fünf Reihen hinter der Tür saßen und über der Tragfläche. Er setzte sich und hoffte, dass unter dem Sitz tatsächlich etwas befestigt war, das ihm Antworten auf all seine Fragen zu den Fan-Scheiben lieferte. Dann schnallte er sich an.

41. Kapitel

Gewissenhaft studierte Tom die Sicherheitshinweise, während die Maschine zur Startbahn rollte. Als er zu Lucia schaute, merkte er, wie angespannt sie war. Er hätte ihr jetzt einen Vortrag halten können, wie gut die Chancen standen, einen Unfall zu überleben, entweder beim Start oder bei der Landung und unter Berücksichtigung von Sitzverteilung, Flugzeugtyp und Zielflughafen, doch stattdessen schwieg er und überprüfte noch einmal seinen Gurt. Dann streckte er die Hand nach Lucia aus und hielt ihre Hand, während sie in die Sitze gedrückt wurden und L. A. hinter sich ließen.

Einen Moment lang musste er daran denken, wie er die Hand ihrer Schwester gehalten hatte, aber Lucias Hand war warm und drückte seine fest.

Sobald die Anschnallzeichen erloschen waren, griff Tom nach unten und zerrte die Schwimmweste unter dem Sitz hervor. Eine Stewardess, die zufällig vorbeikam, erkundigte sich, ob sie ihm behilflich sein könne, aber Tom zeigte ihr seinen NTSB-Ausweis und erzählte ihr etwas von Routineüberprüfungen. Schließlich bestellte er einen Jack Daniel's für sich und eine Cola für Lucia. »Bitte mit etwas Rum«, sagte sie und schenkte ihm ein kleines Lächeln.

»Obwohl Sie im Dienst sind?«, fragte die Stewardess spitz nach.

»Dann erst recht. Einen Doppelten bitte«, schoss Tom zurück, woraufhin die Frau verschwand.

»Warum musst du jeden auf die Palme bringen?«, wollte Lucia wissen.

»Tue ich doch gar nicht. Die bringen mich auf die Palme.«

Die ältere Dame auf Platz 15B gab ein missbilligendes Schnalzen von sich, das Tom jedoch ignorierte.

Die Akte war tatsächlich da. Tom zog sie mit zittrigen Fingern hervor. Er schaute auf und sah, dass Lucia ihm erwartungsvoll zunickte. Er nickte ebenfalls und hoffte, nicht enttäuscht zu werden.

Als er wieder richtig auf seinem Platz saß, starrte er auf die Unterlagen. Eine Aktenmappe aus Manilakarton, altmodisch mit pinkfarbenen Bändern. Nicht so dick, wie er gehofft hatte, aber dennoch verheißungsvoll.

Er schlug die Mappe auf und blätterte durch den Inhalt. Je länger er blätterte, desto mehr nahm der Pessimismus ab, der ihn seit Monaten quälte, und er hörte, wie sein Herz vor Aufregung klopfte.

Man brauchte kein ausgewiesener Fachmann zu sein, um zu wissen, was dort dokumentiert war.

Bei dem ersten Dokument handelte es sich um einen Importbeleg: Ausführlich aufgelistet waren 20 Fan-Scheiben für CFM56-Triebwerke, die vier Jahre zuvor in San Pedro ausgeladen worden waren. Geliefert hatte eine Firma aus So Paolo, Brasilien. Die Fertigungsnummer lautete 501. Tom grinste, als er das sah.

Beim nächsten Dokument handelte es sich um einen Frachtbrief mit allen Angaben zu den Fan-Scheiben. Es war ein Kohledurchschlag. Der Name der Firma, die die Lieferung erhalten und quittiert hatte, tauchte weiter unten gut lesbar auf: Avia Freight. Unterschrieben hatte B. Allway.

Herrgott. Bruce Allway. Der Typ, in dessen Büro es so komisch nach neuem Teppich gerochen hatte. Tom musste an die Rezeptionistin denken, in deren Gegenwart er durch das Pornomagazin geblättert hatte. Tom konnte es kaum fassen, dass Allway in seiner Arroganz selbst unterzeichnet hatte und nicht einmal versucht hatte, sich hinter der Unterschrift eines Strohmannes zu verbergen. Ob Avia Freight nun von der Sache wusste oder nicht, Allway hatte dank seiner Stellung innerhalb des Unternehmens die Möglichkeit, gefälschte Bauteile unbemerkt mit den entsprechenden Dokumenten zu versehen, sodass Fan-Scheiben und Ähnliches das Werk als angebliche Originalteile verließen und überall in den USA in Flugzeuge eingebaut wurden.

Für einen Moment war Tom wütend auf sich selbst. Noch einmal ging er in Gedanken die Begegnung mit Allway durch, doch ihm fiel partout nicht ein, was er übersehen haben könnte. Nichts hatte darauf hingedeutet, dass ein Mann wie Allway in die Sache verwickelt war. Allway war ihm gegenüber aufgeschlossen gewesen, hatte ihm die Unterlagen überlassen, nach denen er gefragt hatte ... und alles mit einem Lächeln und einem festen Händedruck zum Abschied.

Tom schüttelte den Kopf angesichts dieser Kaltblütigkeit und blätterte weiter.

Er stieß auf einen Kaufbeleg über eine einzelne Fan-Scheibe für American Airlines, einige Monate nach dem Import. Angeheftet war die vertraute 8130–3-»Geburtsurkunde«, daneben Aufzeichnungen mit dem Datum des Tages, an dem die Scheibe eingebaut worden war.

Tom war enttäuscht, dass er für den Augenblick nur ein einzelnes Bauteil zurückverfolgen konnte. Er hatte gehofft, Hunderte von Nachweisen zu finden – genügend

Beweise, damit Dutzende von Flugzeugen fortan am Boden bleiben müssten. Doch er ahnte, dass das, was er in Händen hielt, genügte, um einen Mann wie Allway zu überführen. Die Behörden könnten alle Unterlagen beschlagnahmen und die Spur selbst zurückverfolgen. Und wenn man Allway androhte, man werde ihn wegen versuchten Mordes in mehreren Fällen anklagen, würde er vielleicht so schön singen wie Doris Day. Den Ermittlern würden dann noch größere Fische ins Netz gehen.

Ja, es war fortan Sache der Ermittler, sich darum zu kümmern. Und des NTSB. Er war aus dem Spiel.

Tom fühlte sich schon jetzt wie von einer Zentnerlast befreit. Die Zeit der Ungewissheit und Spekulationen war definitiv vorbei, und er merkte, wie aufgeregt er war. Er stellte sich vor, wie er Pete LaBello diese Aktenmappe auf den Schreibtisch legen würde. Pete würde große Augen machen, wenn ihm die Tragweite der Informationen bewusst würde. Und Tom hätte endlich die Gewissheit, in die richtige Richtung ermittelt zu haben. Er war kein Versager. Was blieb, war die bittersüße Gewissheit, dass Lenny Munro, Pam und ihr Team bei dem Versuch gestorben waren, etwas zu beweisen, das nicht aus der Luft gegriffen war: Jetzt, da Tom den Beweis in Händen hielt, wurden die Opfer in ihren so teuer bezahlten Bemühungen bestätigt.

Er schaute auf und merkte, dass Lucia ihn musterte.

»Hier steht alles, was wir brauchen«, sagte er und spürte, dass ihm vor Erleichterung fast ein wenig schwindelig wurde.

Sie lächelte ihm zu und streckte die Hand nach seiner aus. Er umschloss ihre Finger und drückte sie. Mit Lucia hatte er jemanden an seiner Seite, der diesen Augenblick des Triumphs mit ihm teilte. Tom war geradezu trunken vor Glück, das sich ausgerechnet Lucia mit ihm freute, und das nach allem, was sie seinetwegen hatte durchmachen müssen. Er stand auf und kniete im Gang neben ihrem Sitz, wie ein Büßer, der um Vergebung bittet.

»Es tut mir leid«, sagte er und war selbst überrascht, wie leicht ihm diese Worte über die Lippen kamen.

Sie lächelte zögerlich und wirkte überrascht. »Was tut dir leid?«

»Dass ich so ein Idiot war.«

Ihre Stirn glättete sich, und ihr Lächeln wurde breiter. Er hob die Brauen in gespieltem Erstaunen. »Kein Streit?«

»Nein«, antwortete sie. »Diesmal stimmen wir in allen Punkten überein.«

Sie lachten, doch sofort zuckte er zusammen, weil ihm der Mund wehtat. Sie runzelte wieder die Stirn und legte ihm sacht einen Finger an die Lippen. »Lass mich den Schmerz wegküssen«, sagte sie.

Tom ließ sie gewähren und genoss ihren zarten Kuss, bis die Stewardess, die ihn ohnehin nicht leiden zu können schien, mit dem Getränkewagen gegen seine Füße stieß.

Wieder auf seinem Sitz, trank Tom den Whiskey in einem Zug aus und spürte, dass ihn ein angenehmes Gefühl der Entspannung durchströmte wie schon seit Monaten nicht mehr. Unwillkürlich verglich er sich mit einem Blatt, das in einem Sturm krampfhaft am Ast ausgeharrt hatte, nun endlich losließ und die Freiheit genoss, im Wind zu tanzen. Er fragte sich, warum er es über eine so lange Zeit mit der halben Welt aufgenommen hatte. Hätte er all die Widrigkeiten noch einmal vor sich, er hätte nicht mehr die Kraft, es durchzustehen. Er hatte wirklich alles gegeben.

Jetzt war er zutiefst erschöpft, aber es fühlte sich irgendwie gut an.

Er schaute auf die Uhr. Noch zwei Stunden bis zur Landung in D. C. Er verlor sich in Tagträumen, in denen er seinen Job zurückbekam. Er wollte nicht darum betteln. In seinem Kopf hörte er, wie Pete – nein, nicht Pete, denn Pete war im Grunde okay –, wie der ganze verdammte Vorstand ihn auf Knien anflehte, die Kündigung zurückzuziehen. Feierlich gaben sie ihm grünes Licht, wieder bei Abstürzen zu ermitteln. War nicht vielleicht sogar eine Beförderung drin? Nein, eher unwahrscheinlich, selbst in seiner Fantasiewelt. Er wäre schon froh, wieder den alten Job zu haben, den er all die Jahre gemacht hatte. Nur war er früher zu dumm gewesen, die Arbeit entsprechend zu würdigen.

Er überlegte, ob er sich noch einen Drink servieren lassen sollte, fühlte sich aber zu müde. Er schielte zu Lucia hinüber, die schon eingeschlafen war. Langsam spülte die Erschöpfung wie eine warme Welle über ihn hinweg und zog ihn in eine entspannende Tiefe.

Knapp eine halbe Stunde später weckte ihn die Dame auf Platz 15B, weil sie zur Toilette musste. Aber selbst diese Störung vermochte Toms Glücksgefühl nicht zu beeinträchtigen. Bereitwillig machte er der Dame Platz, setzte sich wieder und war zuversichtlich, erneut in einen ruhigen Schlaf zu finden, sobald die Dame zurück war. Doch in der Zwischenzeit schlug er noch einmal die Aktenmappe auf und spürte erneut einen Nervenkitzel angesichts der Beweise.

Wieder ging er die Dokumente durch, bis er zur letzten Seite kam und die Stirn runzelte.

Er hatte etwas übersehen. In einer Klarsichttasche steckte ein Briefumschlag. Er hatte dieselbe Manilafarbe wie die Mappe, und deshalb hatte er ihn wahrscheinlich beim ersten Mal übersehen. Jetzt zog er den Umschlag aus der Tasche und öffnete ihn.

Tom hielt drei Polaroidaufnahmen in der Hand. Er blinzelte, weil er das erste Foto zunächst nicht einordnen konnte. Dann verschlug es ihm den Atem. Auf dem Bild war Niño Alvarez zu erkennen. Jener Alvarez, der – wie Tom inzwischen sicher wusste – die nachgebaute Fan-Scheibe in die *Pride of Maine* eingesetzt hatte. Tom erkannte den Mann an seinen Timberland-Boots, aber leider hätte nicht einmal Niños Mutter ihren Sohn ohne diese Schuhe identifizieren können. Offenbar hatte man ihm in den Hinterkopf geschossen, aber das war nicht so genau zu sagen. Klar war nur, dass der Mann tot war und in irgendeinem Waldstück lag, wie an den Kiefernnadeln am Boden zu erkennen war.

Die zweite Aufnahme zeigte Garvey, das Pinball Kid. Er lag auf dem Bauch, den Kopf seltsam verdreht. Die Arme hatte man ihm mit Stacheldraht auf dem Rücken zusammengebunden. Einzelne Drähte mit Widerhaken hatten ihm zuvor die Kehle zugeschnürt, wie die Wundmale am Hals verrieten. Garveys Augen waren blutunterlaufen, und die Spitze seiner Zunge lugte lilafarben zwischen den Zähnen hervor und berührte den grauen, schmutzigen Fußboden, der auf eine Scheune hindeutete.

Garvey? Ja. Er hatte wohl ausgepackt.

Tom krampfte sich der Magen zusammen, als er sich an Ness' Wortwahl erinnerte: *Ja, er verrät manchmal was.*

Auf dem letzten Foto war Bruce Allway zu sehen. Der Mittelsmann an der entscheidenden Schaltstelle. Jener Verdächtige, von dem Tom in seinem Optimismus geglaubt hatte, er würde bei der Polizei singen wie Doris Day.

Aber das hatten offensichtlich auch schon andere Leute befürchtet.

Allway hatte man an einem Holzbalken aufgeknüpft. Sein Gesicht war blau angelaufen und geschwollen, seine hellbraune Hose vollgepisst. Unter den baumelnden Füßen lag jener Stuhl, auf dem Tom einmal gefesselt worden war.

»Oh, mein Gott, was ist das?!«

Tom klappte sofort die Aktenmappe zu und schaute auf. Seine Sitznachbarin war von der Toilette zurückgekehrt und sah mit einem Mal ganz blass aus.

»Was ist das gewesen?«, rief sie so laut, dass sich schon andere Passagiere nach ihnen umdrehten. Lucia wachte auf.

Tom stand energisch auf. »Ma'am, ich muss mich entschuldigen. Ich bin Bundesbeamter und ermittle in einem Fall.« Er zog den abgegriffenen Ausweis hervor, den sich die Dame nur flüchtig ansah, die immer noch die furchtbaren Fotos vor Augen zu haben schien. »Geht es Ihnen gut? Soll ich Ihnen ein Glas Wasser bringen lassen?«

Sie nickte, und Tom atmete auf, da offenbar keine hysterische Szene zu erwarten war. Die Dame nahm wieder Platz, während Tom die Stewardess rief. Als die Flugbegleiterin erschien, bat die Dame mit Tränen in den Augen um einen doppelten Whiskey. Die Stewardess warf Tom einen strafenden Blick zu, als hätte er einen schädigenden Einfluss auf seine Sitznachbarn. »Möchten Sie sich vielleicht auf einen anderen Platz setzen, Ma'am?«, fragte sie, aber die Dame auf Platz 15 B schüttelte nur den Kopf und sagte, es gehe ihr gut.

Tom bezahlte ihr den Drink, bestellte noch einen Doppelten für sich und eine Rum-Cola für Lucia.

»Alles okay?« Lucia war sichtlich besorgt.

Er nickte angespannt und blickte dann auf die Aktenmappe, die er auf die Schnelle in die Sitztasche vor sich gestopft hatte. Sein Hochgefühl hatte gerade mal eine halbe Stunde angehalten, doch nun war die gute Laune verflogen, weggeblasen wie in einem Wirbelsturm.

Alles in den Dokumenten deutete auf Bruce Allway als Sündenbock hin. Offenbar hatten die Leute, für die Ness arbeitete, den Mann nachhaltig mit diesen Unterlagen belastet. Und danach hatten sie ihren Prügelknaben ermordet.

Das ergab keinen Sinn. Es ergab ebenso wenig Sinn wie der Blowjob im Krankenhaus. Tom war verwirrt. Es war, als hätte Ness ihm eine mögliche Lösung vor die Nase gehalten, um sie ihm im nächsten Moment wie bei einem Schulhofstreich wieder wegzuschnappen. Und falls er mit dieser Vermutung richtig lag, dann war es ein Streich auf seine Kosten.

Aber hatte er nicht immer noch die Unterlagen? Und auch die Polaroidaufnahmen? Das müsste doch reichen, um Pete LaBello und das FBI davon zu überzeugen, eine umfangreiche Untersuchung einzuleiten: Die Spuren führten zu nachgebauten Flugzeugteilen und mindestens drei Morden ... Hinzu kamen Verbindungen zur organisierten Kriminalität.

Warum überließ Ness ihm diese Mappe, wenn sie wusste – wenn *sie wussten* –, dass das profitable Geschäft mit Billigbauteilen vor dem Aus stand, sobald er in D. C. landete?

Die Antwort durchzuckte ihn so heiß, dass ihm der Atem stockte.

Er würde es nie bis zum Hauptquartier des NTSB schaffen. Irgendjemand würde ihn abfangen, vielleicht schon am Taxistand des Flughafens.

Vielleicht schaffte er es nicht mal bis nach Washington.

Tom griff wieder nach der Mappe. Aus den Augenwinkeln sah er, dass seine Nachbarin ihn finster anstierte, aber das kümmerte ihn nicht. Er musste der Sache auf den Grund gehen.

Der Weg des Bauteils. Die Dokumente für den Import. Der Frachtbrief, die Empfangsbestätigung, der Verkaufsbeleg. Das 8130-3-Formular ... Seine Hände zitterten, während er mit dem Finger Zeile für Zeile entlangging, auf der Suche nach etwas, vor dessen Existenz er sich fürchtete.

Hier hielt er Unterlagen in der Hand, die eine nachgebaute Fan-Scheibe dokumentierten, die American Airlines käuflich erworben und vor drei Jahren in die 400er-Serie der 737 eingebaut hatte.

Und in genau so einer Maschine saß er im Augenblick.

In den Dokumenten stand die ID des Flugzeugs, in das die Scheibe eingebaut worden war.

Tom stand so schnell auf, dass er mit dem Kopf gegen die Gepäckaufbewahrung stieß.

»Alles in Ordnung mit dir?«, wollte Lucia wissen und wurde unruhig.

Er versuchte, sich nichts anmerken zu lassen, und brachte ein Lächeln zustande. »Alles bestens«, log er. »Bin gleich zurück.«

Schon war er auf dem Weg zum Cockpit und konnte sich gerade noch zurückhalten loszurennen. Die Stewardess, die ihn nicht mochte, kam aus der Bordküche und stieß mit ihm zusammen. Tom warf einen Blick auf ihr Namensschild: Shirley Vickery.

»Ich muss den Kapitän sprechen, Miss Vickery«, sagte er.

Sofort verengten sich ihre Augen argwöhnisch. »Wo liegt das Problem?«

Tom senkte die Stimme. »Es gibt womöglich ein Sicherheitsproblem mit dieser Maschine.«

»Aha, ein Problem mit der Schwimmweste?«, fragte sie in einem leicht sarkastischen Ton.

»Nein. Ein Wir-werden-alle-sterben-Problem«, schoss er zurück.

»Das ist nicht lustig, Mr ...«

Zum gefühlt tausendsten Mal kramte er seinen Ausweis hervor. »Patrick. NTSB.«

Sie nahm ihm den Ausweis aus der Hand und betrachtete ihn genau, die schönen Lippen geschürzt. Ihr Misstrauen wuchs, als sie ein wenig Blut auf dem Ausweis entdeckte. Der Typ mit dem Gepäck! Tom verfluchte sich im Stillen, dass er den Fleck nicht weggewischt hatte.

»Hören Sie, Miss Vickery«, begann er, »ich habe keine Zeit für so etwas. Ich muss vom Kapitän wissen, was für eine ID diese Maschine hat. Es kann sein, dass alles in Ordnung ist. Aber wenn etwas doch nicht stimmt, wird der Kapitän das wissen wollen.«

Er sah, wie sie an ihm vorbeischaute und die Brauen hochzog, als würde sie jemandem ein Zeichen geben. Als Tom einen Blick über seine Schulter warf, entdeckte er den Chefsteward, der soeben den Gang herunterkam.

In der guten alten Zeit hätte Tom die Stewardess zur Seite schubsen und sich Zugang zum Cockpit verschaffen können. Nach dem 11. September war das keine gute Idee mehr. Falls er es versuchte, würden die Flugbegleiter ihn wahrscheinlich mit einem Taser außer Gefecht setzen.

Also musste er stehen bleiben und warten, seine Wut runterschlucken – und seine Angst in den Griff bekommen.

Als der Chefsteward bei ihnen war, reichte Shirley ihm Toms Ausweis. »Mr Patrick hat sich recht … auffällig benommen, Jim. Und jetzt behauptet er, er müsse dringend den Kapitän sprechen.«

»Wieso das?«, wollte Jim wissen, und Tom hätte fast vor Verzweiflung aufgeschrien.

Er bemühte sich, möglichst ruhig zu bleiben. »Es könnte sein, dass es Probleme mit der Maschine gibt.«

Jim schaute sich um, da er nicht unnötig Aufmerksamkeit auf sich ziehen wollte. Schnell schob er Tom in die Bordküche und sah ihn fragend an, die Stirn in Falten gelegt. Er nimmt mich zumindest ernst, dachte Tom und atmete auf.

»Soll das eine Drohung sein, Mr Patrick?«

Tom schloss die Augen und schwankte. Er hatte die Hände so stark zu Fäusten geballt, dass es schmerzte, und befürchtete, jeden Moment die Selbstbeherrschung zu verlieren.

»Nein, das ist keine Drohung«, sagte Lucia leise.

Tom riss die Augen auf. Lucia stand dicht hinter dem Steward und schaute ihm über die Schulter, ehe sie sich auch in die Bordküche zwängte. Tom spürte, dass Lucia seine verkrampfte Hand nahm.

»Er sagt die Wahrheit. Er ermittelt schon lange in dieser Sache, und wenn er sagt, dass das Flugzeug womöglich in Gefahr ist, dann werden wir alle froh sein, wenn wir schnell wissen, ob die Bedenken berechtigt oder unbegründet sind.«

Wie durch Zauberei war die angespannte Atmosphäre verflogen. Plötzlich waren alle auf derselben Seite.

Jim ergriff als Erster das Wort. »Aber Sie erlauben, dass ich Sie kurz durchsuche, Mr Patrick?«

»Ja, ist okay«, sagte Tom.

Der Mann ging gründlich vor. Er nahm Tom das Handy ab, zog den Schlüssel aus der Hosentasche und reichte beides Lucia. Dann folgten die Kreditkarten. Tom wollte schon protestieren, da er sich mit einem Mal ausmalte, man könne ihn im Ernstfall nicht mehr identifizieren, wenn er die Karten nach einem Absturz nicht bei sich hatte. Doch er hielt sich zurück.

»Folgen Sie mir.«

Tom drückte Lucias Hand und folgte dem Mann in Richtung Cockpit.

Der Steward nahm das Telefon, das neben der Cockpittür hing, wandte sich halb von Tom ab und wechselte ein paar Worte mit den Piloten. Augenblicke später öffnete sich die Tür zum Cockpit.

Tom hatte das Gefühl, eine Ewigkeit zu brauchen, um den Kapitän dazu zu bewegen, die ID des Flugzeugs zu überprüfen: Es war die Nummer, die er befürchtet hatte. Tom bekam weiche Knie und sank auf den Boden des Cockpits, mit dem Rücken zur Tür. Die Piloten und die anderen Flugbegleiter, die bis dahin skeptisch gewesen waren, sahen einander verunsichert an, da Toms Reaktion authentisch wirkte.

»Wir müssen landen«, brachte Tom leise hervor.

Der Pilot sah auf die Uhr. »Wir sind in einer Stunde und fünfundvierzig Minuten in D. C.«

Tom schüttelte den Kopf, um das Schwindelgefühl loszuwerden. Kalter Schweiß stand ihm auf der Stirn, und er fühlte sich so elend, als müsste er sich jeden Moment übergeben. Aber gleichzeitig wusste er, dass ihm nicht schlecht werden würde.

Am liebsten hätte er die Männer in Uniform angeschrien, endlich die verdammte Notlandung einzuleiten, aber dann fiel ihm ein, wie charmant und überzeugend Lucia in der Bordküche die Situation gerettet hatte. Mühsam versuchte er, in Ruhe auszusprechen, was er zu sagen hatte, ohne theatralisch zu werden oder wüste Beleidigungen auszustoßen.

»Die erste nachgebaute Fan-Scheibe zerlegte sich nach 4800 Einsätzen. Drei Männer starben im Hagel der Fan-Blätter. Die zweite Maschine mit demselben Schwachpunkt stürzte nach nur 2600 Starts und Landungen ab. 138 Menschen kamen ums Leben. Sie wissen von dem Absturz in Oklahoma. Wir sind uns sehr sicher, dass es sich um das gleiche Problem gehandelt hat. Dort starben 78 Menschen. Die Scheibe in dieser Maschine ist schon länger im Dienst als alle anderen Nachbauten, und deshalb könnte es die Turbine jeden Augenblick zerfetzen. Es grenzt an ein Wunder, dass noch nichts passiert ist.« Tom rang nach Atem. Es hatte ihn sichtlich angestrengt, den Leuten die Lage kurz und sachlich darzulegen. Ihm schauderte.

Plötzlich waren alle Augen auf den Piloten gerichtet, der unsicher an seiner Unterlippe nagte.

Tom schaute zu dem Mann auf und spürte, wie ihm der Schweiß in den Augen brannte. »Wie viele Menschen sind an Bord?«, wollte er wissen.

»127.«

»Sir«, sagte Tom, obwohl er den Mann viel lieber als Arschloch beschimpft hätte. »Wenn wir auf der Stelle landen, haben wir es schlimmstenfalls mit ein paar schlecht gelaunten Passagieren zu tun. Wenn wir aber nichts unternehmen und die Turbine aussetzt ...« Er lachte einmal trocken auf. Als er immer noch Zweifel im Blick des Piloten entdeckte, fügte er hinzu: »Wenn ich mich irre, übernehme ich die volle Verantwortung. Sie können mir die Schuld geben. Zumal ja alles vom Flugschreiber aufgezeichnet wird, oder etwa nicht?«

Das war korrekt. Alles, was Tom soeben referiert hatte, und alles, was der Pilot in diesem Zusammenhang sagte – oder auch nicht –, war aufgezeichnet worden, ob sie nun leben oder sterben würden.

»Wo sind wir gerade?«, fragte der Pilot den Copiloten, ohne dabei den Blick von Tom zu nehmen.

»Nächste Möglichkeit wäre Blue Grass Airport, Kentucky.« Dem Tonfall des Copiloten war zu entnehmen, dass er für eine kontrollierte Landung war, statt einfach so vom Himmel zu sinken.

Schicksal, ging es Tom durch den Kopf. Vielleicht würde er jetzt Kentucky kennenlernen, vielleicht die Casinos dort aus nächster Nähe sehen ...

Wenn sie es bis nach unten schafften.

Jim reichte Tom die Hand und half ihm beim Aufstehen.

Die Crew bedankte sich nicht bei ihm, aber das nahm er ihr nicht übel. Er war bloß froh, dass das Bordpersonal auf ihn hörte, obwohl vielleicht keiner so recht daran glaubte, dass es ausgerechnet diese Maschine während des Flugs erwischen könnte. Trotzdem, jetzt will jeder seinen Arsch retten, dachte Tom. Keiner wollte hinterher schuld gewesen sein, auch wenn es dann kein »Hinterher« mehr gab.

Der Chefsteward brachte ihn zurück zu seinem Platz, als wollte er sichergehen, dass Tom sich auch wirklich setzte. Jim fragte ihn noch, ob er etwas trinken wolle. Tom hatte Lust auf einen Drink, bestellte dann aber ein Wasser, damit sie ihm kein Alkoholproblem unterstellten.

»Und ich möchte bitte eine Bloody Mary«, sagte die Dame von Platz 15B. »Er bezahlt.«

Als der Steward ging, schaute Tom zu Lucia hinüber. Sie überspielte ihre Angst geschickt, aber Tom merkte ihr trotzdem an, wie unruhig sie war. Schweigend gab sie ihm Handy, Schlüssel und die Kreditkarten zurück.

Währenddessen meldete sich der Kapitän über die Lautsprecheranlage und kündigte mit ruhiger Stimme an, dass unvorhergesehene Umstände eine Zwischenlandung auf dem Blue Grass Airport, Lexington, nötig machten. In das allgemeine Aufseufzen mischten sich einige wütende Rufe, während der Kapitän die Standardsätze abspulte, wie sie in ähnlichen Situationen bemüht wurden. Doch die Passagiere hatten sich bald wieder beruhigt.

Tom warf Lucia einen aufmunternden Blick zu, wusste er doch, dass sie richtig gehandelt hatten.

Es dauerte nur eine Viertelstunde, bis sie in den Landeanflug übergingen. Der Druck auf den Ohren war zwischenzeitlich unerträglich geworden, als die Maschine immer weiter an Höhe verlor.

Lucia verspannte sich wieder. Auf keinen Fall wollte Tom ihre Angst schüren, aber schließlich beugte er sich doch zu ihr hinüber und flüsterte ihr zu: »Wir sind fünf Reihen vom Notausstieg entfernt.«

Sie nickte und schien auf weitere Erklärungen zu warten.

Er war um einen beruhigenden Ton bemüht. »Der Pilot wird uns auffordern, die Sicherheitsposition einzunehmen, als stünde ein Crash bevor, aber das ist sehr unwahrscheinlich, okay?«

Ihre bernsteinfarbenen Augen flackerten.

»Sollten alle Lichter ausgehen, bleib ruhig. Denk daran, dass der Verschluss deines Gurts in der Mitte ist, klar? Nicht seitlich wie im Auto.«

Sie wirkte sehr ernst, aber gefasst.

»Wenn wir wirklich zum Notausgang müssen, dann erinnere dich, dass es fünf Reihen sind. Du brauchst nur die vier Sitzreihen vor uns abzuzählen, dann geht's rechts ab zum Ausgang.«

»Was ist mit dir?«, fragte sie mit zittriger Stimme.

»Ich werde auch versuchen, nach draußen zu kommen. Aber du konzentrierst dich nur auf dich. Raus aus der Maschine, so schnell es geht. Versprich es mir, Lucia.«

»Versprochen.« Als er sah, dass sie ihre Tränen zurückhalten musste, drückte er aufmunternd ihre Hand.

Tatsächlich forderte der Pilot sie kurz darauf auf, die *crash position* einzunehmen, wobei er rasch hinzufügte, es handele sich um eine Routinevorsichtsmaßnahme. Tom ließ Lucias Hand los und spürte einen Kloß im Hals.

Die Aktenmappe stopfte er sich im Rücken in die Jeans und zog sein T-Shirt darüber. Noch nie hatte er in einem Flieger die *Sicherheitsposition* einnehmen müssen, und jetzt, da der Augenblick der Wahrheit gekommen war, kam es ihm auf bizarre Weise überflüssig vor. Aber er befolgte die Anweisung trotzdem. Er spürte, dass die Dame neben ihm vor Angst zitterte.

»Notlandungen kann man überleben«, murmelte er ihr zu. »Immer dran denken: Wir sind fünf Reihen hinter dem Notausgang rechts. Nehmen Sie jetzt Ihre Position ein. Stellen Sie sich vor Ihrem inneren Auge vor, wie Sie hinausfinden. Dann wird alles gut.«

Sie nickte vehement, beugte sich vor und steckte den

Kopf schützend zwischen die Arme. Tom hörte, wie ihre Zähne klapperten.

Sie setzten hart auf der Landebahn auf und hoben wieder ab. Die Passagiere schrien vor Angst. Erneut setzten sie auf, die Reifen kreischten. Die Lichter gingen aus, und beim Bremsen wurde Toms Kopf in den Vordersitz gedrückt, trotz der Arme, die er schützend vor sich hielt.

Es war ihm egal. Sie waren unten. Er kam sich ein bisschen dämlich vor, aber auch das war ihm egal. Sie lebten, und nur das zählte. Er würde sich einen Mietwagen für die Strecke nach D. C. besorgen und die ganze Nacht durchfahren, falls nötig. Nicht mal auf sein Gepäck würde er warten. Er hatte die Aktenmappe dabei, mehr brauchte er nicht. Die Akte und Lucia.

Der Pilot hatte jetzt alles unter Kontrolle, das spürte Tom. Alle Geräusche waren wie erwartet, und Tom entspannte sich …

Dann setzte urplötzlich ein Höllenlärm ein, als stünde das Flugzeug unter Granatenbeschuss. Auf Höhe der Tragflächen riss die 737 wie eine Blechbüchse auf: Der hintere Teil der Maschine drückte gegen den Bug und das Cockpit, ehe er leicht kippte und in eine Drehbewegung geriet. Mit einem Mal fegte der Kentucky-Wind durch die Kabine.

Einige Passagiere schrien, doch die meisten klammerten sich nur an den jeweiligen Vordersitz. Tom wurde von der Fliehkraft gegen die Dame gedrückt, die mit so hoher Stimme schrie, dass Tom die Worte kaum verstand. »Bitte Herr Jesus, bitte Herr Jesus bitte Herr Jesus bitte Herr Jesus …«

In Gedanken erwiderte Tom: »Allesokayallesokayallesokay …«

Die Drehbewegung würde der Maschine die Geschwindigkeit nehmen. Langsam war gut. Vielleicht schafften sie es ...

Dann war ein mahlendes Geräusch zu hören, gefolgt von einem Kreischen und einem Ruck, und plötzlich schien die ganze Welt kopfzustehen.

42. Kapitel

Im Tower von Lexington beobachtete Dylan Tether, wie die 737 an Höhe verlor, hart aufsetzte und wieder abhob.

Dann setzten die Räder erneut auf, hart aber gleichmäßig, und der Pilot leitete den Bremsvorgang ein. Dylan atmete erleichtert auf. Die 737 würde nicht verunglücken. Nicht während seiner Schicht.

Er war zu 99 Prozent erleichtert.

Und nur zu einem Prozent enttäuscht.

Stille Enttäuschung, natürlich. Er war für die Koordinierung im Luftraum zuständig, und er würde den Teufel tun, in Gegenwart anderer auch nur anzudeuten, wie gerne er – wenigstens *einmal* – mit ansehen würde, wie eins dieser Babys am Boden aufschlug und in Flammen aufging. Klar, die Menschen hätten kein Vertrauen mehr zu einem solchen Towerlotsen, aber, Mensch, wäre das nicht mal ein Ding? Nicht, dass er wollte, dass Leute starben. Himmel, nein! In seiner heimlichen Fantasie brillierte Dylan Tether als tollkühner Retter in der Not. »Trotz aller Widrigkeiten« – er stellte sich vor, wie der Reporter vor Ort in die Kamera sprach – »gelang es Dylan, nicht nur die Crew, sondern sämtliche Passagiere vor dem Feuertod zu retten.« Und er selbst trug nur kleinere Blessuren und eine Narbe im Gesicht davon, weil er sich bis zur zertrümmerten Windschutzscheibe vorkämpfte und die Crew herauszog, ehe das ganze Cockpit in Flammen aufging. Natürlich würde die Narbe ihn nicht entstellen, sondern wäre nur klein und vorzugsweise auf der Wange.

Dylan Tether wurde aus seinen Tagträumen gerissen, als Jackie McKenzie neben ihm murmelte: »So ist's richtig, so ist's richtig«, während dem Jet der Übergang aus der Luft auf den Boden gelang.

Vorsichtshalber rasten vier Löschzüge und drei Krankenwagen über die Asphaltfläche hinter dem Flugzeug her wie hungrige Welpen hinter dem Muttertier. Die Sirenen heulten und jaulten.

»Scheiße!!«

Dylan blieb fast das Herz stehen, als es das Steuerbord-Triebwerk zerfetzte und der vordere Teil der Kabine aufriss, sodass der Bug wie bei einem Klappmesser wegknickte. Der hintere Teil des Rumpfs geriet in Schieflage und begann sich wie ein Kreisel zu drehen.

Gott im Himmel!

Zumindest würde die Drehbewegung die Maschine verlangsamen und …

Doch bevor Dylan den Gedanken zu Ende führen konnte, kippte das Flugzeug, das immer noch zu schnell war, auf die Seite und überschlug sich auf der Blue Grass Landebahn.

Schlagartig wurde Dylan Tether bewusst, dass er in Zukunft für die 99 Prozent Erleichterung war, und wünschte, er hätte sich nicht mal für den Bruchteil einer Sekunde ausgemalt, wie es wohl sein mochte, wenn ein Flugzeug verunglückte und in Flammen aufging. Denn die Realität war nichts als furchtbar.

Immer wieder war Tom in Gedanken die Optionen durchgegangen, die sich einem bei einer Notlandung boten. Doch das waren nicht mehr als Trockenübungen gewesen. Jetzt riss er die Augen auf und öffnete gleichzeitig seinen Gurt. Er verlor den Halt und schlug hart auf. Unter Schmerzen hustete er, rang nach Luft und musste wieder husten. Schon waren alle Fluchtstrategien bedeutungslos, weil nichts mehr so war, wie es hätte sein sollen. Die Kabine war voller Qualm.

Als er weiches Plastik unter den Fingern spürte, dämmerte ihm, dass er auf der Kabinendecke gelandet war. Was nur bedeuten konnte, dass die Maschine auf dem Kopf lag. Er rappelte sich hoch, kam auf die Knie und tastete wie wild um sich. Endlich fühlte er eine Kopfstütze.

Seine Augen tränten und brannten. Dennoch versuchte er, in all der qualmenden Düsternis irgendetwas zu erkennen. Um ihn herum war es still, als wäre er die einzig handelnde Figur in diesem Albtraum. Er kämpfte gegen die Panik an, die ihn erfasste, streckte die Arme aus und umklammerte die Kopfstütze – den einzigen Orientierungspunkt, den er hatte. Währenddessen versuchte er, sich mental auf seine neue, völlig unerwartete Umgebung einzustellen. Wieso hatte er nie eine Situation wie diese im Geiste durchgespielt? Er hasste sich dafür.

Er war fünf Reihen hinter dem Notausgang.

Aber in welche Richtung schaute er jetzt? Mit der Hand strich er über die Kopfstütze, um sich anhand der Polsterung zu orientieren. Die leichte Wölbung zeigte nach vorn. Dort lag die Rettung. Er riskierte es, den Sitz loszulassen und sich zu bücken, um mit der Nase die Decke zu berühren, die jetzt der Fußboden war. Die Luft, die dort in seine Lungen strömte, löste wieder einen Hustenreiz aus. Im nächsten Moment kam er auf die Knie und tastete im Dunkel nach weiteren Orientierungspunkten. Das Brennen in den Augen wurde schlimmer.

Seine Kopfstütze.

Denk dran: Der Weg in Sicherheit, ins Freie liegt in dieser Richtung.

Er tastete sich seitwärts weiter und ertastete einen mit Stoff bedeckten Arm, der schlaff herabhing. Falsche Seite. Lucia trug ein blaues T-Shirt mit kurzen Ärmeln. Das konnte nur die ältere Dame auf Platz 15B sein. Tweedstoff. Er tastete weiter herum, spürte den Schoß der Frau und öffnete den Gurt. Die Frau regte sich träge in seinen Armen, als er sie auf die Kabinendecke zu seinen Füßen legte. Mit einem Schubs drückte er sie in die Richtung, in der er den Ausgang vermutete, und überließ sie ihrem Schicksal.

Jetzt tastete er auf der anderen Seite herum, fuhr mit der Hand durch die Luft. Nichts. Noch einmal. Nichts.

Wieder ging er auf die Knie und atmete mehr von der rauchgeschwängerten Luft ein. Diesmal brannte der Qualm in seinen Lungen wie beim ersten harten Zug an einer Zigarette. Er hustete, spuckte aus und keuchte, ehe er wieder Rauch einatmete und erneut nach Luft rang.

Die Zeit lief ihm davon. Vielleicht war Lucia längst nicht mehr an ihrem Platz. Womöglich hatte sie es ins Freie geschafft. Sie hatte ihm versprechen müssen, es zu versuchen.

Auch er wäre gut beraten, endlich das Weite zu suchen.

Diesmal traute er sich, sich ein wenig weiter aufzurichten, um seinen Radius zu erweitern. Mit dem Kopf stieß er an den Kopf eines anderen Passagiers, der von oben herabhing. Er ertastete zwei Arme – an einem fühlte er eine Herrenarmbanduhr, am anderen Wollstoff.

Eine Hand griff nach seinem Haar. Sofort tastete Tom danach. Es war die Hand eines Mannes. Er verzog das Gesicht, als er sich ins eigene Haar fasste, um loszukommen. Blind stolperte er weiter. Seine Brust brannte.

Dann ein bloßer Arm, die kleine Hand einer Frau.

Tom tastete weiter am Arm entlang, bis er ein Gesicht berührte. Ein Stück weiter fühlte er unter dem Baumwollstoff eine weibliche Brust, die genau in seine Hand passte.

»Lucia!«

Er hätte nicht sprechen sollen. Er bekam keine Luft mehr, und sein Kopf drohte zu platzen.

Verzweifelt fummelte er an ihrem Gurt herum. Endlich ging der Verschluss auf, sodass Lucia ihm entgegenfiel. Als er unter ihrem Gewicht zu Boden ging, versuchte Tom, die Orientierung zu behalten. Er war sich sicher, die Richtung ins Freie zu kennen.

Draußen waren Sirenen zu hören, aber im Flugzeugrumpf herrschte eine unheimliche Stille.

Noch auf den Knien, legte er sich Lucias Arm um die Schulter und begann, sie mit sich zu schleifen.

Ein röchelnder Laut drang an sein Ohr, wie von einem Zombi im Nebel, bis eine dunkle Gestalt wie aus dem Nichts von oben herabfiel und auf Tom landete.

»Scheiße!«

Der Mann blieb einen Moment reglos liegen, doch dann rappelte er sich auf, schluchzte und trat in seiner Panik nach Tom, weil er wieder auf die Beine kommen wollte. Tom spürte einen stechenden Schmerz am Rippenbogen, biss die Zähne zusammen und stieß den Mann von sich, in Richtung Notausgang.

»Weiter!«, krächzte er, und der Mann war verschwunden.

Tom hoffte immer noch, dichter am Fußboden besser atmen zu können, aber der Qualm schien zugenommen zu haben. Seine Lungen brannten fürchterlich. Es half auch nichts, als er sich den Mund zuhielt. Er hatte das Gefühl, schon seit Stunden diese verräucherte Luft einzuatmen.

Und Lucia war offenbar bewusstlos und drohte zu ersticken.

Mit Schmerzen in der Brust und tränenden Augen kam Tom auf die Beine, umschloss Lucias Handgelenk und zerrte sie blindlings mit sich. Er überlegte längst nicht mehr, wo er jetzt rechts oder links zum Ausgang abbiegen müsste, sondern taumelte einfach weiter. Seine Lungenflügel krampften, sein Bewusstsein schwand. Das Letzte, was er registrierte, war, dass er weder Fußboden noch Decke spürte – nur einen Luftzug und gähnende Leere. Noch einmal bohrte er seine Fingernägel in Lucias Handgelenk, weil er sie nicht verlieren wollte, und glaubte dann, auf eine Couch zu plumpsen – wie zu Hause in einem anderen Leben. Dann wurde ihm schwarz vor Augen.

Die Einsatzkräfte vom Katastrophenschutz, die vom Wrack zum Medical Center der University of Kentucky gefahren waren, hatten mit bis zu 127 Passagieren gerechnet. Doch sie zählten bislang nur 52, von denen einige verletzt und vollkommen verstört auf der Landebahn herumgeisterten, während für andere jede Hilfe zu spät kam.

Aber 52 Menschen waren mehr, als man je gefunden hätte, wenn das Steuerbord-Triebwerk in einer Flughöhe von 9000 Metern zerfetzt worden wäre.

Lucia gehörte zu der Gruppe von dreizehn Passagieren, die bei ihrer Ankunft in der Klinik nicht mehr atmeten.

Sanitäter taten ihr Möglichstes, um auch diese Menschen zu retten, doch viel Hoffnung hatten sie nicht.

Die Rettungskräfte, die Tom Patrick auf die Rolltrage hievten, waren indes zuversichtlich, dass er es schaffen würde. Trotz der Rauchvergiftung und der Gehirnerschütterung atmete Tom während der Fahrt vom Blue Grass Airport zur Klinik unter der Maske. Ansonsten konnten sie bei ihm keine weiteren Verletzungen entdecken. Tom war aus dem aufgerissenen Rumpf gesprungen und auf einem Passagier gelandet, der offensichtlich Sekunden zuvor ebenfalls ins Freie gefallen war. Jener Passagier – der anhand des Führerscheins als Lamarr Sweeter aus Falls Church, Virginia, identifiziert wurde – war entweder schon tot gewesen oder durch das Gewicht von Tom Patrick gestorben. Ein Gerichtsmediziner würde das abschließend zu klären haben, aber bis dahin wollten die Rettungssanitäter sich an die zweite Version der Geschichte halten, die man viel besser an der Bar zum Besten geben konnte.

43. Kapitel

Als Tom aufwachte, glaubte er, Halluzinationen zu haben, denn er meinte, Lucias Mutter neben dem Bett sitzen zu sehen. Die Frau beugte sich über eine alte, gebundene Ausgabe von *Betty und ihre Schwestern*, und Tom sah weiße Handschuhe. Er schloss die Augen wieder, schluckte und riss sie dann erneut auf: Die Gestalt war immer noch da. Er wollte etwas wie »Hallo« sagen, aber sein Hals brannte wie Feuer und spielte nicht mit, und so brachte er nur ein Röcheln zustande. Die Frau schaute von dem Buch auf, das in ihrem Schoß lag, erhob sich und trat zu Tom ans Bett.

Er versuchte zu fragen: »Wo ist Lucia?«, aber die Worte hörten sich selbst in seinem Kopf unverständlich an. Dennoch, Lucias Mutter schien ihn verstanden zu haben, denn sie schlug ihm so hart ins Gesicht, dass Tom glaubte, sein Kiefer wäre gebrochen. »Mr Patrick«, sagte sie höflich, »sollten Sie meiner Tochter je wieder zu nahe kommen, bringe ich Sie um!«

Dann nahm sie ihr Buch und verließ das Zimmer.

Tom blinzelte, sah verschwommen die feuerresistenten Kacheln an der Zimmerdecke und spürte ein Brennen in den Augen, das von Tränen der Erleichterung herrührte.

Wenn Mrs Holmes nicht wollte, dass er je wieder mit ihrer Tochter sprach, dann konnte das nur bedeuten, dass Lucia lebte. Ihre Mutter hatte ihm seine Frage zwar mit einer hammerharten Rechten beantwortet, aber Tom war es egal, auf welche Weise er die gute Nachricht erfuhr.

Stunden später wachte er auf und hatte ein willkommeneres Bild vor Augen, obwohl er nicht minder überrascht war, wen er da vor sich sah. In seinem Zimmer saßen Halo Jackson und Pete LaBello und spielten Schere, Stein, Papier.

»Hi«, krächzte Tom nun schon sehr viel deutlicher.

Pete hob die Hand und machte ein Peace-Zeichen, das aber vermutlich Schere bedeuten sollte.

»Wie geht es dir, Tom?«, fragte er und trat an das Bett.

»Ganz okay.«

»Möchtest du einen Schluck trinken?«

Tom nickte. Er versuchte zu trinken, doch das Meiste lief ihm am Mund entlang und über den Hals. Sein Blick wanderte zu Halo. »Was machen Sie hier?«

»Freut mich auch, Sie zu sehen«, meinte Halo lakonisch.

»Wie lange habe ich geschlafen?«

»Nun, fast einmal rund um die Uhr«, sagte Pete nach einem Blick auf die Uhr.

Tom richtete sich auf und fing an zu husten.

»Langsam, langsam, Kumpel«, sagte Halo.

Aber Tom hörte nicht auf ihn und sah sich gehetzt um. »Die Akte«, stieß er hustend hervor.

»Die habe ich«, sagte Pete und hielt eine Aktentasche hoch. »Entspann dich.«

Aber das gelang Tom nicht. Er hatte das Gefühl, sich die Lunge aus dem Hals zu husten. Halo kam ans Bett und schlug ihm fester auf den Rücken, als es aus Toms Sicht nötig gewesen wäre, doch es half: Tom hustete ein schleimiges kleines Stück Metalliclack aus und hielt es in der Hand. »Scheiße«, keuchte er angewidert.

»Nett«, meinte Halo trocken.

Tom sank zurück ins Bett, sog die Luft ein und spürte,

wie die Panik ihn allmählich verließ. Pete nahm die Aktenmappe aus seiner Tasche, die er ans Fußende des Betts gelegt hatte. Sie bestand nur noch aus Fetzen.

»Was ist damit passiert?«, brachte Tom erschrocken hervor.

Pete lächelte dünn. »Keine schlechte Idee, dir die Mappe hinten in die Hose zu stecken. Aber dann musste eine Krankenschwester dir das Zeug quasi vom Rücken schneiden.«

Tom deutete matt auf die Überreste der Mappe. »Reichen die Beweise?«

»Natürlich. Und die Ermittlungen werden weitere Kreise ziehen.« Er legte die Mappe auf Toms Bein und zeigte auf Allways Unterschrift. »Dieser Allway ist der Schlüssel.«

Tom griff nach der Mappe, fand den Umschlag und schüttelte die Polaroidaufnahmen auf die Bettdecke. »*Das* ist Bruce Allway«, sagte er und hielt Pete eines der Fotos vor die Nase.

»Scheiße«, entfuhr es Pete. »Dann müssen wir unsere Anstrengungen wohl verdoppeln.«

Tom dachte sofort an Ness, schwieg aber. Sollte es eine Möglichkeit geben, sich aus der Affäre zu ziehen, ohne auf seine Poker-Aktivitäten zu sprechen zu kommen, würde er diese Möglichkeit nutzen.

»Trotzdem ... das ist ein Anfang. Das sind stichhaltige Beweise.«

»*Ich* bin der stichhaltige Beweis! Diese kranken Schweinehunde haben mir unter die Nase gehalten, wonach ich gesucht habe, um mich dann aus dem Weg zu schaffen!« Er unterbrach sich und wurde nachdenklich. »Wie viele Tote hat es gegeben?«

»70, bis jetzt«, antwortete Pete grimmig.

»Und das sind nur die Toten im Jet«, sagte Halo. Tom sah ihn an, aber Halos Blick galt den Fotos.

»Tut mir leid wegen Niño, Mann«, sagte Tom.

Halo nickte und machte ein Was-soll-man-machen?-Gesicht. »Yeah«, meinte er. »Nun …«

Vorsichtig nahm Tom die Fotos und schob sie wieder in den Manilaumschlag, den er in die Hülle steckte. Dann reichte er Pete die ramponierte Mappe.

»Also dann«, meinte Pete. »Jan Ryland ist schon auf dem Weg zu Avia Freight mit einer Vorladung. Sobald wir die komplette Liste der Kunden haben, die Fan-Scheiben aus der Baureihe 501 erworben haben, können wir damit anfangen, gezielt Flugzeuge am Boden zu halten oder zur Landung aufzufordern.«

»Wieso nicht jetzt gleich?« Tom war aufgeregt. »Da draußen sind mindestens sechzehn weitere Maschinen, die versagen – siebzehn, wenn es bei Oklahoma doch eine andere Absturzursache gab.«

»Tom, dann müssten wir jede 737 im amerikanischen Luftraum zur Landung auffordern. Dafür bräuchten wir grünes Licht vom Kongress.«

»Ja, versteh schon, bloß keine Leben retten, nur weil wir es könnten. Herrgott noch mal, Pete!«

»Wo ist der Bolzen?«, fragte Pete.

Tom seufzte. »Den haben die jetzt.«

»Schon wieder?«

»Aber wir könnten doch auch ohne den Bolzen argumentieren, oder nicht? Ich meine, *du* könntest das doch jetzt in die Hand nehmen.«

Pete dachte nach. »Vielleicht. Channings vom FBI scheint auch dieser Meinung zu sein. Aber ich habe das Gefühl, dass wir zu wenig Beweise in der Hand haben.«

Halo stand auf und zauberte wie ein Bühnenmagier Lemons Bolzen auf das Bett. Einen Moment lang starrten sie alle auf das Stück Metall, als würde es sich jeden Augenblick in einen Blumenstrauß verwandeln.

»Wo haben Sie den jetzt plötzlich her, verdammt?«, entfuhr es Tom.

Halo grinste. »Er lag die ganze Zeit unter dem Fahrersitz meines Autos.«

»Und was haben Sie dann bitte schön diesem Typen im Hangar gegeben?«

»Meinen Ersatzbolzen. Einen Köder. Ich dachte mir, wenn Sie einen haben, dann kann ich mir auch gleich noch einen machen. Aber meiner sah viel authentischer aus als Ihrer. Auf den Job verstehe ich mich.«

Tom war außer sich vor Wut. »Sie verrückter Spinner! Sie lassen zu, dass dieser Bastard uns beide mit dem Tod droht wegen eines nutzlosen Stücks Metall?«

»Dieser Bolzen ist der Beweis, der Chris von allen Vorwürfen freisprechen kann. Vee und Katy hoffen, dass er eines Tages rehabilitiert wird. Für den Fall der Fälle habe ich Vee aufgeschrieben, wo der echte Bolzen gelegen hat und wem sie das Teil übergeben soll.«

»Also mir?«

»Verdammt, nein! Ich musste ja davon ausgehen, dass Sie lange vor mir tot sein würden. Ich schrieb Vee, dass sie sich an den NTSB in D. C. wenden soll.«

Tom fing Pete LaBellos erstaunten Blick ein und schüttelte den Kopf. »Mist, Halo.« Er bemühte sich um einen ruhigen Tonfall. »Loyalität bis ins Grab …«

»Yeah«, kam es von Halo.

Pete nahm den Bolzen und warf einen fragenden Blick zu Halo, der zustimmend nickte.

»Sei vorsichtig, Pete«, sagte Tom.

»Auf jeden Fall.« Pete nahm die Aktenmappe und ging auf die Tür zu. »Ich muss meinen Flieger kriegen. Ich rufe dich von L. A. aus an, Tom. Dann kannst du mir noch all die Dinge erzählen, die ich vielleicht wissen sollte.« Er sah Tom noch einmal vielsagend an, ehe er Halo zum Abschied die Hand schüttelte. »Nett, Sie kennengelernt zu haben, Mr Jackson.«

»Hat mich auch gefreut«, erwiderte Halo. »Ich wünsche Ihnen und Ann einen schönen Ruhestand. Denke, das haben Sie sich verdient.«

»Ich glaub's nicht!«, rief Tom gereizt. »Wie lange kennt ihr zwei euch denn schon?«

»Das nennt man Konversation, Tom«, erklärte Pete ruhig. »Normale Leute unterhalten sich eben.«

Tom hatte es die Sprache verschlagen, ehe er eine wegwerfende Handbewegung machte. »Ach, bleib mir weg mit normalen Leuten.«

Pete rang verzweifelt die Hände. Es war hoffnungslos.

An der Tür drehte er sich noch einmal um. »Ach, noch etwas. Kitty meinte, deine Kündigung sei in der Post verloren gegangen. Für sie wäre es sehr viel einfacher, wenn du es dir noch einmal überlegen würdest.«

Toms arg strapaziertes Herz pochte so laut, dass er meinte, Pete müsste das Klopfen bis zur Tür hören. »Im Ernst?«

»Klar.«

Tom tat der Hals weh beim Schlucken. »Danke, Pete.«

Als die Krankenschwester kam, um Toms Blutdruck zu messen und seine Lungen abzuhorchen, drängte Tom Halo dazu, für ihn herauszufinden, wo Lucia lag. Kurz darauf kam Halo mit der ernüchternden Nachricht zurück, Lucia liege in einer Überdruckkammer im ersten Stock.

Tom wartete, bis die Schwester mit allem fertig war und den Raum verlassen hatte. »Geht es ihr gut?«

»Das weiß ich nicht. Ich konnte niemanden fragen.«

»War ihre Mutter bei ihr?«

»Ich habe nur durch die Glastür geschaut. Im Raum saßen eine Krankenschwester und eine ältere Dame mit weißen Handschuhen.«

»Das ist sie. Sie war hier, als ich heute Morgen aufgewacht bin. Hat mir sofort eine verpasst.«

»Nicht schlecht.« Dann sah Halo Tom ernst an. »Das war doch wohl ein Scherz, oder?«

»Nein. Sie meinte, wenn ich ihrer Tochter noch einmal zu nahe käme, würde sie mich umbringen.«

Es war Tom anzumerken, dass er von Halo hören wollte, wie unfair es war, einen wehrlosen Mann im Krankenbett anzugreifen. Aber Halo konnte es der Dame im Grunde nicht verübeln. Wenn er eine Tochter hätte, an der Tom Patrick interessiert wäre, hätte er wahrscheinlich genauso gehandelt. Aber er drückte sich vor der Wahrheit und begab sich auf sicheres Terrain. »Haben Sie Lucia in Südafrika kennengelernt?«

»Das war eine andere.«

»Hey, Sie haben gleich zwei Frauen an der Hand, die mit Ihnen ins Bett gehen?«

»Ach, halten Sie doch den Mund.«

Halo grinste. »Was ist aus der anderen geworden?«

»Sie hat mir die Akte überlassen. Und mir das Ticket für den Flug organisiert.«

»Mann, Sie müssen wirklich eine Niete im Bett sein.«

Tom tat die Bemerkung mit einem Achselzucken ab. »Vielleicht war ihr nicht bewusst, in welchem Flugzeug ich da saß.«

»Vielleicht«, meinte Halo freundlich, obwohl er seine Zweifel hatte.

Tom schwang die Beine über die Bettkante und zog sich das Krankenhaushemd aus.

»Wo wollen Sie hin?«

»Lucia einen Besuch abstatten.«

»Und was ist mit Mrs Muhammad Ali?«

»Sie kommen mit. Wenn sie sieht, dass ich einen schwarzen Freund mitbringe, wird sie mich vielleicht mögen.«

»Ich bin nicht Ihr Freund. Ich bin nur irgendein Typ, der Sie dauernd anruft und Sie zu Sachen drängt, die er Ihnen nie bezahlen kann, schon vergessen?«

»Nun, das braucht sie ja nicht zu wissen, oder?« Tom griff nach seinem Ausweis und merkte plötzlich, dass ihm schwindelig wurde. Mit einer Hand suchte er Halt am Bett. Seine Beine wollten ihm nicht gehorchen und schienen aus Gummi zu sein.

»Mist, Mann. Sie gehören ins Bett. Los, unter die Decke mit Ihnen.«

»Wollen Sie jetzt meine Mutter spielen? Geben Sie mir die Hose, verdammt!«

Die Glastür, durch die Halo zuvor gespäht hatte, war nun verhängt – wahrscheinlich mit einer Jacke. Toller Platz für einen Garderobenhaken, wunderte sich Halo verärgert. Er warf einen Blick den Korridor hinunter und sah, wie sich Tom im Wartebereich hinter einem Handarbeitsmagazin versteckte. Halo zuckte hilflos die Schultern, worauf Tom in seine Richtung humpelte. Er trug immer noch das verräucherte, leicht angesengte *Only in L. A.*-T-Shirt und eine grüne OP-Hose, die Halo für ihn aus einem Schrank im Flur hatte klauen müssen, weil Toms Jeans nicht aufzufinden war.

»Was ist denn?«

»Da hängt was von innen an der Tür«, erklärte Halo. Schon rechnete er damit, dass Tom ihn jetzt auffordern würde, Lucias Mutter unter irgendeinem Vorwand aus dem Dekompressionsraum zu locken und ihr eine Story aufzutischen, die sie ihm nur deshalb glaubte, weil er ein Schwarzer war. Nein, da würde Halo nicht mitspielen. Er wappnete sich bereits, hatte ein »Nein« auf der Zunge und ein *»Fuck you«*, falls Tom ihn dennoch drängen würde.

Um jeglichem Konflikt aus dem Weg zu gehen, sagte er zu Tom: »Ich komme nicht mit rein. Sie sind jetzt auf sich allein gestellt.«

Zu seiner Überraschung hatte Tom keine Einwände. Stattdessen blieb er zunächst stehen und schaute den Korridor hinunter, als würde er seine Chancen abwägen.

Schließlich seufzte er und drückte die Tür auf.

Halo wünschte Tom mit zwei Daumen nach oben viel Glück.

Danach setzte er sich auf einen Stuhl vor der Überdruckkammer und wartete. Blieb zu hoffen, dass er nicht doch noch hinein musste, um einen Streit zwischen Tom und einer aufgebrachten Mutter zu schlichten. Ja, so würde es wahrscheinlich laufen: Ein fluchender Weißer legte sich mit einer älteren, dunkelhäutigen Dame an, und er, Halo, mittendrin. Sie würden noch alle in einer Zelle in Lexington enden!

Und bei allem, was er bisher über diese resolute Dame

gehört hatte, hatte er nicht die Absicht, mit ihr in einem Raum festzusitzen.

Tom schlüpfte leise in den Raum und war auf das Schlimmste gefasst. Doch das, was er sah, war tausendmal schrecklicher als die Aussicht, mit einer älteren Dame aneinanderzugeraten.

Hinter der langen weißen Dekompressionskammer stand niemand anders als Stanley: Mit einer Pistole bedrohte er eine Krankenschwester und Lucias Mutter, die auf der anderen Seite der torpedoartigen Kammer standen. Mit der freien Hand zündete Stanley sich eine Zigarette an, die zwischen seinen Lippen hing.

Als die Tür mit einem Klacken ins Schloss fiel, schauten alle drei auf Tom. Reflexartig richtete Stanley die Waffe zur Tür.

Tom entging nicht, dass Lucias Mutter ihn noch feindseliger fixierte, als sie es mit Stanley tat, obwohl der sie mit einer Waffe bedrohte. »Ich vermute, das ist alles Ihre Schuld!«, sagte sie in scharfem Ton.

Stanley lachte auf und blies kleine Rauchkringel in die Luft. »Darauf können Sie wetten«, sagte er und bedachte Tom mit einem Kopfschütteln. »Sie wissen wohl nie, wann Sie besser die Finger von einer Sache lassen sollten, was, Patrick?«

»Sir.« Die Krankenschwester klang angespannt. »Sie müssen die Zigarette ausmachen, und zwar *jetzt*! Die Kammer ist mit Sauerstoff gefüllt.«

»Ja, weiß ich«, erwiderte Stanley, ohne den Blick von Tom zu wenden. »Sie hätten sich den Weg hierher sparen können. Ich wollte sowieso zu Ihnen, sobald ich hier fertig bin.«

Tom schlug das Herz bis zum Hals, aber er musste die Frage stellen. »Was meinen Sie mit ›wenn Sie hier fertig sind‹?«

»Oh, ganz einfach«, sagte Stanley und nickte in Richtung Dekompressionskammer. Während er Tom mit der Waffe in Schach hielt, begann er, mit der linken Hand die breite Öffnung abzuschrauben, durch die man dem Patienten Medikamente oder Wasser verabreichen konnte.

»Sir!«, meldete sich wieder die Schwester zu Wort. Panik schwang in ihrer Stimme. »Sir, das dürfen Sie nicht!«

»Schauen Sie ruhig zu«, sagte Stanley und suchte den Blick von Lucias Mutter. »Ist sie Raucherin?«

»Keines meiner Kinder raucht«, erwiderte Mrs Holmes knapp.

Stanley lachte wieder dreckig. »Nun, dann wird die Kleine hier die Erste sein.«

Tom bewegte sich einen halben Schritt vorwärts.

»Bleiben Sie, wo Sie sind, Arschloch!«

Tom blieb stehen. Er konnte nun Lucias Gesicht durch die kleine Luke an der Seite sehen. Sie lag auf dem Rücken und beobachtete Stanley durch die obere Öffnung mit weit aufgerissenen Augen, in denen sich Todesangst spiegelte. Neben Lucias Kopf klebte ein Block mit Post-Its, die sie offenbar benutzte, um mit dem Personal zu kommunizieren. Tom kniff die Augen zusammen und las das Wort auf dem obersten Zettel.

HILFE.

»Hören Sie zu, Mister!«, schaltete sich die Schwester energisch ein. »Wenn Sie die Klappe oben öffnen und die Zigarette zu nah an die Öffnung halten, wird die Kammer wie eine Bombe hochgehen.«

Stanley würdigte die Schwester keines Blickes, sondern

sah Tom mit hochgezogenen Brauen an. »Ganz schön *resolut*, nicht wahr?«

Tom ging nicht darauf ein. Stattdessen hoffte er, in Stanleys Augen Anzeichen dafür zu entdecken, dass der Mann bluffte. Aber mit einem Gefühl der Hilflosigkeit musste er sich bewusst machen, dass Stanley es ernst meinte. Er würde es tun. Er würde die Klappe öffnen und die Zigarette in die mit Sauerstoff gefüllte Kammer werfen: Lucia würde vor ihren Augen in Flammen aufgehen. Wenn nicht das ganze Zimmer in die Luft fliegen würde. Aber die Überdruckkammer bestand aus Stahl, was Stanley mit einberechnet zu haben schien. Das Schwein war offensichtlich davon überzeugt, dass die Flammen auf die Kammer beschränkt bleiben würden und er noch Zeit zur Flucht hätte. Sonst wäre er dieses Risiko nie eingegangen.

Tom beobachtete, wie Stanley langsam die Metallkappe abschraubte. Er hatte es fast geschafft. Tom ging die einzelnen Schritte im Geiste durch: Wenn Stanley die Zigarette aus dem Mund nehmen wollte, müsste er zunächst die Kappe weglegen. Das war Toms Chance – die einzige, die er hatte.

Tom malte sich die Details aus. Er würde links antäuschen, dann jedoch rechts an der Kammer vorbeilaufen und den Kopf einziehen, sodass Stanley sich halb über die Kammer beugen müsste, um ihn zu treffen. Währenddessen würde Tom den metallenen Besucherstuhl hochreißen, der direkt neben der Kammer stand, sich damit schützen und schließlich auf Stanley einschlagen.

So müsste es gelingen.

Die Kappe war so gut wie abgeschraubt. Tom verspannte sich.

Da stieß Lucias Mutter einen Schrei aus und schleuderte Stanley das gebundene Buch an den Kopf.

Damit hatte sie alle überrascht. Stanley hatte mit Toms Gegenwehr gerechnet, nicht mit der Reaktion einer sechzigjährigen Dame, die weiße Handschuhe trug und ihren Roman als Waffe einsetzte. Stanley duckte sich hinter der Kammer und schnellte sofort wieder in die Höhe, um die Waffe auf die einzig echte Gefahr zu richten – auf Tom.

Doch bevor Stanley über den Deckel der Kammer schauen oder gar den Abzug betätigen konnte, warf Tom sich auf ihn.

Denn sowie Tom aus dem Augenwinkel gesehen hatte, dass Mrs Holmes den Arm hochriss und zum Wurf ausholte, hatte er seinen Plan geändert und ohne zu zögern gehandelt. Er nahm den kürzesten Weg zu Stanley. Und das bedeutete, dass er über die sargähnliche Dekompressionskammer hechtete.

Leider reichte die Kammer ihm bis zur Brust, und da Tom kaum Anlauf nehmen konnte und wegen der Rauchvergiftung extrem kurzatmig war, von seinem lädierten Bein ganz zu schweigen, war das Unterfangen mehr als riskant. Dennoch, Tom sprang, rutschte dann bäuchlings über den abgerundeten Deckel der Kammer über Schrauben und Kanten, bis sich seine Hände um Stanleys Hals legen konnten.

Zusammen stürzten sie zu Boden, Tom zuoberst. Stanley knallte mit dem Hinterkopf auf dem Fußboden auf. Tom sah, dass der Mann die Augen verdrehte und den Griff der Waffe losließ. Sofort hatte Tom die Pistole mit dem Fuß weggestoßen.

Als er merkte, dass Stanley sich wieder fing, griff er sich Mrs Holmes Lektüre. Das Buch lag wie ein Backstein in seiner Hand, und er freute sich fast, Stanley damit ins Gesicht zu schlagen. Tatsächlich fühlte es sich so gut an zu sehen, wie Stanleys Nase brach und Blut spritzte, dass Tom nicht nur einmal zuschlug. Er malte sich aus, wie es wohl wäre, diesem Schwein ein paar Zähne auszuschlagen, und zielte wieder …

Seine Hand war bereits auf halbem Weg zu Stanleys schmerzverzerrtem Mund, als Tom merkte, dass er das Buch gar nicht mehr in der Hand hatte. Doch das störte ihn nicht weiter, denn er ballte die Hand zur Faust und bearbeitete seinen Widersacher mit weiteren Schlägen. Allerdings bekam er dabei die Zähne des Mannes an den Knöcheln zu spüren.

Als er kurz aufschaute, sah er, dass Mrs Holmes das Buch wieder an sich genommen hatte und ihn mit Blicken bedachte, in denen Empörung und Abscheu lagen.

Sie war schon wieder sauer auf ihn, Herrgott!

Inzwischen hatte die Krankenschwester eingegriffen und richtete die Pistole sowohl auf Stanley als auch auf Tom, und es sah verdammt professionell aus, was sie da machte. Tom sah, wie sie fachmännisch die Waffe entsicherte und sich wie eine Polizistin hinstellte.

Ja, so war das eben hier in Kentucky.

Tom wagte einen Blick über die Schulter, da Stanley ohnehin nur noch keuchte und stöhnte, und sah in Lucias Gesicht. Sie schluchzte und starrte ihn durch das Fenster an der Seite an, wie ein zu Tode erschrockener Alien in einem vorbeigleitenden Raumschiff.

»Hey, hatte ich mich doch nicht verhört!«

Alle blickten zur Tür. Halo war ins Zimmer geplatzt und schaute verblüfft von einem zum anderen.

»Helfen Sie mir hier mal?«, sagte Tom, worauf sich Halo zwischen Mrs Holmes und dem Fußende der Kammer hindurchzwängte und gleichzeitig die Krankenschwester mit der Pistole im Auge behielt. »Treten Sie bitte die Zigarette da aus«, fügte Tom hinzu.

Halo kam der Aufforderung nach.

»Und jetzt müssen wir diesen Bastard irgendwie fesseln.«

Halo zog ein paar Schubladen auf und entdeckte einen Druckverband. Gemeinsam banden Tom und Halo dem kaum noch ansprechbaren Stanley die Hände zusammen. Dann fesselten sie ihn an eine Metallstrebe unter der Dekompressionskammer.

Tom ließ sich schwer auf Stanleys Bauch sinken und ignorierte das Stöhnen des Mannes. Zur Krankenschwester gewandt sagte er: »Können Sie die Polizei rufen?«

Die Frau verengte argwöhnisch die Augen, und Tom seufzte. Er kramte seinen Ausweis hervor.

»NT–«, fing er an und konnte plötzlich nicht mehr weitersprechen. Er war plötzlich so glücklich, diese dämliche Abkürzung sagen zu können und zu wissen, dass er sich wieder rechtmäßig ausweisen durfte.

»SB«, vervollständigte Halo den Satz für ihn. »Er ist Bundesbeamter. Sie müssen die Polizei rufen.«

Die Krankenschwester, die nach Toms Dafürhalten eine Karriere bei den Marines hätte machen können, ließ die Waffe immer noch nicht sinken. »Die hier nehme ich mit«, zischte sie. »Also, keine Spielchen!« Sie wich zurück zur Tür und nahm den Telefonhörer von dem Apparat an der Wand.

Tom sah Mrs Holmes in die Augen. »Lucia braucht einen Arzt.«

Die ältere Dame schien aus einer Art Trance zu erwachen, schüttelte den Kopf und eilte aus dem Zimmer.

Tom hockte immer noch auf Stanley, als er sich vorbeugte und den Mann durchsuchte. Er fand das Portemonnaie, setzte sich wieder auf Stanley, sodass dieser laut keuchte.

»Ich bring dich um, du Arschloch«, stieß Stanley zwischen zusammengebissenen Zähnen hervor.

»Schon wieder?«, lautete Toms Antwort. »Darin sind Sie aber nicht besonders gut.« Er zog einen Führerschein aus dem Portemonnaie hervor, der in Kalifornien ausgestellt war. »Rickard Westacott Stanley. Der Dritte.« Er schaute auf zu Halo, und sie mussten beide lachen.

Tom grinste den finster dreinblickenden Killer an. »Wo haben Sie denn gelernt, Flughafenpolizisten ins Gesicht zu schießen, *Rickard*? In Princeton?«

»Ach, hauen Sie ab.«

»Wie auch immer.«

Tom durchsuchte das Portemonnaie weiter. Er fand Bargeld, eine Kreditkarte auf den Namen John Ronson, Quittungen ... »Sind das Belege für Ihre Auslagen als Mörder, die Sie bei der Steuer geltend machen wollen?« Tom warf die Quittungen weg und wartete die Antwort gar nicht erst ab.

Stanley schwieg und beobachtete Tom. Tom hatte zwar die Oberhand behalten, fühlte sich aber trotzdem nicht ganz wohl dabei. Denn Stanley sah ihn mit einem eigenartigen Blick an, der verhieß, dass Tom noch nicht die ganze Wahrheit kannte. Der Mann besaß selbst jetzt noch die Dreistigkeit, den blutigen Mund zu einem höhnischen Grinsen zu verziehen. Über irgendetwas schien er sich zu amüsieren.

Tom suchte und fand es.

Ein Foto von Stanley und Ness.

Sie in seinen Armen. In glücklicheren Zeiten.

Als Tom auf das Foto starrte, fing Stanley an zu lachen. Obwohl er übel zugerichtet war und nicht viel Luft zum Atmen hatte, lachte er in einem fort. Währenddessen starrte Tom weiter auf das Bild und kehrte in Gedanken in die Vergangenheit zurück, suchte nach Hinweisen und schluckte, als ihn die Erkenntnis traf.

Ich kenne diesen Typen. Der ist ein Arschloch …

Wie heißt Ihr Freund eigentlich?

Richard …

Die Panik und die Verblüffung in ihren Augen, als Stanley sie in der Scheune schlug. Stanleys Wut, während er ihr mit den Händen grob über die Brüste strich und ihr zwischen die Beine griff, da er vermutete, dass Tom mit ihr gevögelt hatte. Stanley war eifersüchtig gewesen und hatte Ness spüren lassen, dass sie immer noch ihm gehörte, ganz gleich, wie ihre Befehle lauteten.

»Sie waren nur ein Job für sie, Patrick.« Er deutete mit dem Kinn in Lucias Richtung. »Nicht anders als bei dieser Nutte da.«

An das, was dann passierte, würde sich Tom später nur unvollständig erinnern können. Als er wieder klarer denken konnte, merkte er, dass Halo und zwei Security-Männer versuchten, ihn von Stanley wegzuzerren, während Lucias Mutter ihm immer wieder mit der Ausgabe von *Betty und ihre Schwestern* auf den Rücken schlug.

44. Kapitel

Die beiden Polizisten grinsten fröhlich und zeigten mit den Daumen nach oben, als Tom mit seinem Handy ein Foto von ihnen schoss, den gefesselten Stanley zwischen ihnen. Danach setzte Tom sich auf eine kleine Mauer und sah zu, wie die Polizisten Stanley ziemlich grob auf die Rückbank des Polizeiwagens des Lexington Police Departments stießen.

Stanley sah nicht gut aus. Ein Arzt hatte ihn nur notdürftig versorgt. Tom reimte sich zusammen, dass die Krankenschwester dem Arzt erzählt hatte, dass Stanley damit gedroht habe, die Dekompressionskammer mit einer Zigarette in die Luft zu jagen. Schnell war diagnostiziert, dass Stanley eine gebrochene Nase hatte, die anderen Verletzungen und Prellungen jedoch nicht weiter schlimm waren; daher könne er ohne Weiteres in Polizeigewahrsam genommen werden. Letzten Endes fühlte sich der Arzt dann wohl doch dem hippokratischen Eid verpflichtet und gab den Polizisten eine Flasche Kodein mit auf den Weg, mit dem Hinweis, wie viele Tabletten Stanley in den nächsten Stunden nehmen dürfe.

Als der Polizeiwagen losfuhr, hatte Tom die Gewissheit, dass die Beamten Luke Channings, den stellvertretenden Direktor beim FBI, informieren würden. Müde klappte er sein Handy auf und rief Ronaldo Suarez an.

»Hey, Tom Patrick hier.«

»Hey, wie steht's?«

»Ich schicke Ihnen gleich ein Foto. Zeigen Sie das Chuck Zhong. Ich wette, er wird sich sicherer fühlen und endlich eine Aussage machen, wenn er sieht, dass dieser Scheißkerl hinter Gittern ist.«

Suarez pfiff leise durch die Zähne. »Gute Arbeit, Patrick.«

»Und sagen Sie ihm, dass wir auch diesen Kerl im Anzug haben.«

»Netter Versuch.«

»Ja, okay, ist gelogen, aber es wird helfen. Und sagen Sie ihm, dass er Schutz bekommt.«

»Braucht er welchen?«

Tom seufzte. »Ich staune, dass er überhaupt noch lebt. Fast alle anderen sind bereits tot.«

»Sie hören sich so an, als hätten Sie tatsächlich den Überblick, Patrick.«

Er nahm den fragenden Unterton in der Stimme des Detective wahr, war aber zu müde, um ihm jetzt alles zu erklären.

»Ich wünschte, es wäre anders.«

»Danke, Mann. Wenn Sie mal wieder in Irving sind, geht das Essen auf meine Rechnung.«

»Aber dann nicht wieder in so ein Billiglokal wie das, in dem wir zuletzt waren.«

Suarez lachte und legte auf.

Tom reckte sein Gesicht der Sonne entgegen und fühlte sich wie ein Bär, der aus langem Winterschlaf erwacht.

Er spürte, dass sich jemand neben ihn setzte. Als er die Augen öffnete, sah er Halo. »Was hat sie gesagt?«, wollte Tom wissen.

»Wenn Sie Lucia zu nahe kommen, bringt sie Sie um.«

»Mist! Haben Sie ihr auch gesagt, dass ich es war, der

ihre Tochter aus dem gottverdammten Wrack gezogen hat?«

»Klar. Sie hat mir aber nicht geglaubt. Dann meinte sie, es wäre ihr egal, denn schließlich wäre Lucia ja gar nicht in dem Flieger gewesen, wenn Sie nicht gewesen wären.«

»Haben Sie ihr denn wenigstens gesagt … ach, ist auch egal. Scheiße.« Tom schwieg, da ihm klar wurde, dass Mrs Holmes immer die Trümpfe in der Hand halten würde: Zweifellos ginge es Lucia tatsächlich besser, wenn sie ihn überhaupt nicht kennengelernt hätte. Das war der Royal Flush einer fürsorglichen Mutter.

»Und Sie haben auch die Ich-bin-Schwarzer-Nummer abgezogen und alles?«

»Nein, ich habe nicht die Ich-bin-Schwarzer-Nummer abgezogen, verdammt!«

»Aha, und so was nennt sich dann Freund?«

»Ja.« Halo zuckte die Schultern. »Genau.«

45. Kapitel

Tom brauchte drei Tage, um Lucias Apartment aufzuräumen und zu putzen. Nach und nach ersetzte er alles, was zu Bruch gegangen war. Immer wieder musste er bei der Arbeit innehalten und hustete sich die Lunge aus dem Leib; der schleimige Auswurf widerte ihn an, und das Atmen fiel ihm schwer.

Er hatte sie im Krankenhaus zurücklassen müssen. Ein paar Tage war er noch durch Lexington gestreift, hatte vor Lucias Zimmer gesessen und wie ein Detektiv in einem alten Film hinter Zeitschriften versteckt beobachtet, wie Lucia aus der Dekompressionskammer in eine andere Station verlegt wurde. Und die ganze Zeit über wich ihre Mutter nicht von ihrer Seite.

Schließlich war Tom so frustriert, dass er ein Taxi zum Flughafen nahm, wo immer noch eine Landebahn abgesperrt war. Er traf Mike Carling, der den Absturz untersuchte und sich tatsächlich zu freuen schien, ihn zu sehen. Sie schüttelten einander die Hand, dann umarmte Carling ihn sogar, und Tom war das nicht einmal unangenehm. Zuletzt hatten sie sich gesehen, als Lenny Munro tot auf der Straße gelegen hatte. Carling schien froh zu sein, dass Tom den Absturz überlebt hatte.

Inzwischen war Carling über die Details informiert worden, die Pete LaBello wusste, aber dennoch bohrte er bei Tom nach, während dieser auf seinen Flug wartete. Carling machte sich auf die Schnelle ein paar Notizen, sodass

Tom voller Wehmut an Sergeant Konrad und somit auch an Lemon und Harold Robbins denken musste.

Tom bekam einen Sitz zehn Reihen hinter dem Notausgang über den Tragflächen. Zum ersten Mal war ihm das vollkommen egal. Sollte das Flugzeug abstürzen, dann wüsste er, dass Gott nicht nur existierte, sondern ihm obendrein wirklich den Tod wünschte.

Er verließ Kentucky und hatte nicht ein einziges Pferd zu Gesicht bekommen.

Am LAX musste er 175 Dollar Strafe fürs Falschparken bezahlen und stellte dann fest, dass der Buick nicht ansprang. Also rief er Halo an. Kurz darauf kam Halo aus Hangar 5 herüber. Sie tranken noch schnell einen Kaffee, ehe sie sich das Auto ansahen.

Als Halo endlich zugab, dass der Innendekorateur ihn übers Ohr gehauen hatte und er jetzt alles allein machen musste, meinte Tom nur: »Hab ich's Ihnen nicht gesagt?«

Danach war Tom direkt nach Santa Ana gefahren und bei Lucias Vermieterin zu Kreuze gekrochen. Die Dame war zunächst argwöhnisch und abweisend gewesen, bis Tom die nächste Monatsmiete in bar auf den Tisch blätterte. Allmählich schwanden seine 11 000 Dollar Gewinn. Aber es war ihm egal. Denn vom nächsten Monat an hätte er wieder seinen alten Job, bei vollem Gehalt.

Jeden Tag arbeitete er daran, das Apartment auf Vordermann zu bringen. Nachts machte er es sich in Lucias Bett bequem und dachte an sie.

Zweimal rief er in der Klinik an und bekam tatsächlich Informationen über Lucias Gesundheitszustand. Es ging ihr allmählich besser. Mehr konnten sie ihm nicht sagen.

Als er das dritte Mal anrief, teilte ihm eine Schwester mit, Informationen über die Patientin würden nicht mehr herausgegeben; das habe die Familie so beschlossen. Tom schwankte zwischen Wut und ehrlicher Bewunderung gegenüber Mrs Holmes, die offenbar nichts unversucht ließ, um ihn daran zu hindern, einen Stich zu machen.

Er ahnte, dass Mrs Holmes ihre Tochter zunächst mit nach Savannah nehmen würde. Wahrscheinlich würde sie sogar alles daransetzen, dass Lucia für immer dort bliebe.

Doch andererseits wusste Tom, dass Lucia eines Tages in ihrer alten Wohnung vorbeischauen würde, und sei es nur, um ein paar Sachen abzuholen. Immerhin hatte sie noch persönliche Dinge hier: Fotos, Kleidung, Erinnerungsstücke. Ein Jahrbuch ihrer alten Schule.

Pete hatte ihm gesagt, er solle sich noch eine Auszeit von einem Monat nehmen, ehe er sich wieder mit Flugzeugabstürzen beschäftigte. Am liebsten hätte Tom gleich nach seiner Entlassung aus dem Krankenhaus wieder mit der Arbeit angefangen. Er hatte sich nur deshalb auf Petes Vorschlag eingelassen, weil ihm so Zeit blieb, Lucias Wohnung in Ordnung zu bringen.

Tom war stets auf dem neuesten Stand, was die Ermittlungen betraf. Avia Freight hatte bereits sechs Fan-Scheiben beschlagnahmt, die aus der Fertigungsreihe 501 stammten. Inzwischen wurden Himmel und Hölle in Bewegung gesetzt, um Jan Ryland bei ihren Recherchen zu helfen, sodass kurz darauf zehn weitere 737 rechtzeitig am Boden gehalten wurden. Tatsächlich zeigte der Bericht, dass Flug 823 aus Savannah, der in Nirgendwo, Oklahoma, geendet hatte, ebenfalls eine Fan-Scheibe aus besagter Fertigungsreihe gehabt hatte. Daher konnte Lenny Munros alte Akte geschlossen werden.

An dieser Stelle endete die Zuständigkeit des NTSB.

Von da an kümmerten sich die Bundesbehörden um den Fall.

Zehn Tage nach Toms Abreise aus Kentucky klopften zwei FBI-Agenten an Lucias Tür. Stumm hielten sie Tom ihre Ausweise vor die Nase und forschten dann ziemlich hartnäckig nach, welche Rolle er in dem ganzen Fall spielte.

Tom blieb gelassen und erzählte den beiden alles, was er über die nachgebauten Teile, Rickard Stanley, das Wiesel und die *Pride of Maine* wusste. Doch über seine zweite Karriere als Pokerspieler verlor er kein Wort. Da die Bundesbeamten Ness' Namen nicht erwähnten, war Tom der Meinung, dass er die Ermittlungen nicht ernsthaft behinderte, wenn er in diesem Punkt einfach schwieg. Dennoch war ihm klar, dass er sich durch sein Schweigen strafbar machte, aber das blendete er einfach aus.

Er fragte sich, was das FBI aus Stanley herauskriegen würde. Die Bundesbeamten verrieten ihm in diesem Zusammenhang nichts, was Tom nicht in Ordnung fand. Denn immerhin hätten sie ohne ihn ja gar keinen Fall. *Er* war es, der den Stein erst ins Rollen gebracht hatte.

Schließlich ließen sie ihn wissen, das Wiesel sei festgenommen worden. Der Typ hatte natürlich auch einen richtigen Namen: Robert Best. Tom reimte sich zusammen, dass Stanley offenbar ausgepackt hatte und es somit für weitere Hintermänner mit mehr Macht ganz schön eng wurde. Er malte sich aus, wie die großen Fische allmählich nervös wurden, jetzt, da Stanley zum Verräter geworden war und sie selbst in der Schusslinie standen.

Trotzdem ärgerte es Tom, dass die Bundesbeamten ihm nicht alles sagten, was sie in diesem Fall wussten. Während die beiden ihm einen Vortrag über Diskretion bei laufenden Ermittlungen hielten, schaltete Tom einfach auf Durchzug und schaute sich stattdessen in Lucias Zimmer um. Alles, was er hier sah, hatte sie ausgesucht: Alles in der kleinen, bescheidenden Wohnung zeugte von ihrem Geschmack. Angefangen bei dem neu gerahmten John-Lennon-Poster über die Sammlung kleiner Glaspferde bis hin zu dem Sekretär im Art-déco-Stil. Einige der gläsernen Pferdchen waren im Zuge der Verwüstungen zerbrochen, aber Tom hatte sie geklebt, sodass die Sammlung wieder vollständig war. Während er vornübergebeugt an den kleinen Glasteilen gearbeitet hatte, hatte er grinsen müssen, weil er sich so viel Mühe bei etwas gab, was er im Grunde vollkommen lächerlich fand. Aber er widmete sich den Pferdchen, weil sie jemandem gehörten, den er gern hatte.

Irgendwann merkte er, dass die Bundesbeamten mit ihrem Vortrag fertig waren und offenbar auf eine Antwort warteten. Er selbst war aus dem Schneider, denn auf ihn fiel kein Verdacht, so viel war klar. Aber Tom merkte, dass es ihn allmählich gar nicht mehr interessierte, wie die Ermittlungen weitergingen und welche Köpfe noch rollen würden. Die FBI-Agenten würden irgendwelche Leute festnehmen und sich gegenseitig auf die Schulter klopfen.

Und in einem Jahr würden irgendwelche neuen Hintermänner dafür sorgen, dass bestimmte Bauteile entwendet und kopiert würden. Es würde eine *andere* Fertigungsreihe in einem *anderen* Betrieb treffen, und ein nichtsahnender Techniker würde Bauteile einsetzen, die sich letzten Endes als tickende Zeitbomben erwiesen …

Anstatt auf die Fragen zu antworten, zuckte Tom nur die Schultern.

Hatte er also doch einmal den Augenblick abgepasst, in dem es geschickter war, den Mund zu halten.

Wenn Tom nicht unterwegs war, um einzukaufen, reparierte er irgendetwas. Ansonsten blieb er die ganze Zeit über in der Wohnung.

Aber Lucia schaute nicht vorbei.

Als es ihm nach drei Wochen zu eintönig wurde, stattete er dem Rubstick einen Besuch ab. Er verlor ein bisschen, gewann aber mehr und ahnte, dass er inzwischen ein viel besserer Spieler geworden war.

Eines Abends lief ihm Corey Clump über den Weg. Sie tranken ein Bier zusammen, und Corey erzählte ihm, das Kid mit der Sonnenbrille und dem iPod sei ermordet worden. Im Club erzählte man sich, es sei um irgendein Mädchen gegangen, so berichtete Corey weiter. Tom hörte schweigend zu und nickte hin und wieder. Ein Gefühl von Wehmut überkam ihn, da er sich an eine Zeit erinnerte, als das Kartenspielen für ihn einfach nur ein Spaß und Zeitvertreib gewesen war. Eine Zeit vor dem »Konsortium«, eine Zeit, als es beim Pokern noch nicht um Leben und Tod gegangen war …

»Yeah, Frauen!«, rief Corey in wehklagendem Ton, obwohl Tom ihn noch nie mit einer Frau zusammen gesehen hatte. »Man kann nicht mit ihnen, aber auch nicht ohne sie.«

Tom zwang sich zu einem Lächeln, stieß mit Corey an und fragte sich, ob Ness Franklin nicht auch schon tot war.

Drei Abende später bekam er die Antwort auf seine Frage. Er hatte gerade seine Karten aufgenommen, als er eine weiche Hand auf der Schulter und dann im Nacken spürte.

Sein Herz drohte einen Schlag auszusetzen, und er

drehte sich zu ihr um. Schon rechnete er damit, in den Lauf einer Pistole zu starren.

Selbst jetzt fand er, dass sie gut aussah.

Allerdings wirkte ihr Lächeln ein wenig traurig. »Tom.«

Er brachte kein Wort heraus.

»Glückssträhne oder Pechsträhne?« Sie deutete auf seine Chips.

»Bin auf dem Weg zur Kasse«, nuschelte er und stand auf.

Er spürte, dass sie ihm folgte, als er zum Kassenbereich ging. Würde man ihm jetzt auf dem Parkplatz auflauern oder ihn bis zur Wohnung verfolgen? Er hatte noch nicht so viel gewonnen, dass man ihm Begleitschutz zum Wagen anbieten würde. Vielleicht wäre es das Beste, einen Security-Mann um Hilfe zu bitten ...

Sie schaute zu, wie er sich ein Bündel Geldscheine in die Hose stopfte, und lächelte. »Wie in den alten Zeiten.«

»Was willst du, Ness?«

Sie zögerte, und Tom entdeckte Zweifel in ihren Augen.

»Spendierst du mir einen Drink?«

Fast hätte er abgelehnt. Fast hätte er sie einfach stehen lassen. Er wusste, dass er es später vielleicht bereuen würde, dass er es nicht tat.

Er blieb.

An der Bar bestellte er Ness einen Whiskey und eine Cola für sich. Sollte am Abend doch noch etwas Unvorhergesehenes passieren, war er auf seine Reflexe und einen klaren Kopf angewiesen.

Sie hatten beide einen Schluck genommen, ehe sie sprach. »Wie geht es dir?«

Er musste lachen und merkte, dass die Frage ihn tatsächlich amüsierte. Schließlich fing er sich wieder und antwortete: »Oh, danke der Nachfrage. Mir geht's gut, wenn man bedenkt, dass du versucht hast, mich umzubringen.«

»Habe ich nicht ...«

Sein Tonfall wurde sarkastisch. »Ness, ich weiß, dass du eine kluge Frau bist, also spiel hier nicht die Unschuldige.«

Ihr Blick wanderte über die Bar, fort von ihm. Tom nahm sich vor, Ness eine zu scheuern, wenn sie versuchen sollte, Tränen vorzutäuschen.

Aber sie machte keine Anstalten dazu. Als sie ihm wieder in die Augen sah, wirkte sie cool und gefasst. »Alle versuchen, ihre Haut zu retten. Stanley redet. Dein Security-Mann unten in Texas macht auch endlich den Mund auf. Die ganze Operation geht den Bach runter.«

»Schön. Und wo bleibst du bei der ganzen Geschichte?«

»Nirgendwo.« Sie nippte an ihrem Glas. »Das ist der Vorteil, wenn man zu den kleinen Fischen in einem großen Becken gehört. So kann man sich besser verstecken.« Dann reckte sie trotzig das Kinn empor. »Es sei denn, du erzählst dem FBI von mir.« Sie sprach mit Nachdruck, aber Tom sah den fragenden, zweifelnden Ausdruck in ihren Augen.

»Ich habe denen nichts gesagt. Noch nicht.«

»Das wirst du auch nicht.« Sie lächelte. »Wenn du nicht in den Knast wandern möchtest.«

Er hasste diesen überheblichen Blick an ihr. Er wollte ihr die stille Freude austreiben, indem er ihr verriet, dass er über sie und Stanley Bescheid wisse. Aber er hatte sich im Griff. Man durfte sich nie in die Karten schauen lassen. Auch nicht, wenn man schon gewonnen hatte.

Sie legte ihm eine Hand auf den Unterarm und strich mit dem Daumen über die dunklen Haare. Trotz allem, was passiert war – trotz des Verrats, trotz aller Sexspielchen und trotz des verfluchten Tickets nach D. C. –, spürte Tom, wie verdammt attraktiv Ness Franklin war.

Sie schenkte ihm ein sexy Lächeln, wusste sie doch um ihre Reize. »Möchtest du, dass ich mit dir nach Hause komme, Tom?«

»Nein, danke.«

Er zuckte zusammen, als sie mit den Fingernägeln eine leichte Spur auf seinem Schoß hinterließ. »Doch, das möchtest du.«

Er packte sie beim Handgelenk und drückte ihre Hand entschieden fort.

»Wie geht's denn Richard so?«

Ihr Lächeln verschwand. Falten zeichneten sich auf ihrer Stirn ab. Tom spürte, dass sie verletzt war, dann wütend.

Er stand auf und ließ sie einfach an der Bar sitzen.

»Den Orgasmus habe ich vorgetäuscht!«, rief sie hinter ihm her. »Immer.«

Die Männer an der Bar drehten sich um und sahen Tom überrascht und zugleich amüsiert an. Doch Tom ging weiter und schaute nicht zurück.

»Ich auch!«, rief er über die Schulter und verließ das Casino.

Auf dem Nachhauseweg kaufte er einen Strauß Blumen und eine Flasche Jack Daniel's. Den Strauß für den Fall, dass Lucia in ihre Wohnung käme, den Whiskey für den Fall, dass sie es nicht tat.

46. Kapitel

Als er die Tür zur Wohnung aufschloss und ins Zimmer trat, saß Lucia auf der Couch. Er drückte die Tür mit dem Rücken zu und lehnte sich gegen sie. »Hi«, sagte er nur.

»Hi.«

Sie hatte erneut an Gewicht verloren, und ihre Augen wirkten viel zu groß in ihrem Gesicht. Groß und irgendwie traurig.

Obwohl sie nun endlich da war, brachte Tom keinen richtigen Satz zustande und kam sich dämlich vor.

Sie nickte in Richtung der Blumen. »Sind die für mich?«

»Ja.« Aber er kam nicht von der Tür los.

»Woher wusstest du, dass ich kommen würde?«

»Das wusste ich nicht. Ich habe nur immer mal wieder welche gekauft. In der Hoffnung, dass du eines Tages vorbeischauen würdest.« Das stimmte sogar, auch wenn er sich jetzt anhörte wie irgendein Typ aus einer romantischen Filmkomödie. Tatsächlich standen die Blumen von letzter Woche noch in der Vase am Fenster und welkten vor sich hin.

Ihm fiel auf, dass Lucia ihm noch kein Lächeln geschenkt hatte. Hätte sie ihn nicht längst mit einem belohnen müssen? Tom stellte die Whiskeyflasche auf den Sekretär neben die Glaspferdchen und trat mit dem Blumenstrauß zu Lucia. »Wie geht es dir?«

»Gut.«

Sie streckte die Hand nicht nach den Blumen aus. Daher legte er sie auf den Tisch. Er spürte, dass sich tief in seinem Bauch Unbehagen ausbreitete, und strich sich unschlüssig mit der Hand über den Nacken.

»Ich bin wieder in meinem alten Job«, sagte er und kam sich wie ein Schuljunge vor, der seiner Mutter von einem Lob der Lehrerin erzählte.

Sie nickte, ehe sie sagte: »Ich werde nicht bleiben.«

»Was?«

»Ich bleibe nicht in L. A. Ich gehe zurück nach Savannah.«

Tom hatte das Gefühl, einen Schlag in die Magengrube bekommen zu haben. »Wieso?«, war alles, was er sagen konnte.

»Meine Mutter möchte, dass ich zurückkomme.«

»Aber ich möchte, dass du hierbleibst!«

Sie zuckte mit den Achseln, als wären seine Wünsche nicht von Belang. Und mit einem Anflug von Übelkeit machte er sich bewusst, dass es keinen Grund für sie gab, bei ihm zu bleiben. Er hatte sie für eine Hure gehalten und Sex mit ihr gehabt, er hatte sie enttäuscht, hatte sie um einen Gefallen gebeten und sie fast in den Tod gerissen, mehr als einmal.

Nein, dreimal schon hätte sie tot sein können.

Gott, kein Wunder, dass sie möglichst weit von ihm weg sein wollte. Er hatte kein Recht, sie zu bitten, bei ihm zu bleiben; kein Recht, sie mit seinen Gefühlen zu belasten.

»Ich liebe dich«, sagte er dennoch und hasste sich für seine selbstsüchtigen Gedanken.

Sie wendete den Blick von ihm, und Tom dachte, dass es in einem Moment wie diesem nichts Schlimmeres geben konnte als Schweigen.

»Meine Mutter hasst dich, Tom.«

»Das tun Mütter eben manchmal. Das hat doch nichts zu bedeuten und kann sich ändern.«

»Und ich kenne dich kaum.«

»Ach, Quatsch! Natürlich kennst du mich!«

Sie seufzte, und Tränen quollen aus ihren Augen. »Ja, aber ich weiß auch, dass du immer einen Weg findest, um alles kaputt zu machen. Immer wieder schaffst du es, mich zu enttäuschen und zu verletzen, selbst wenn es gar nicht deine Absicht ist.«

Er wollte vehement dagegenhalten, dass das nicht stimme, dass sie falsch liege, dass es nie mehr so sein würde. Aber er musste sich eingestehen, dass er in Lucias Augen tatsächlich auf ganzer Linie versagt hatte. Und in Liebesangelegenheiten waren Taten nun einmal wichtiger als Worte, wie er langsam begriff.

Er wünschte, er hätte sein Liebesgeständnis nicht so vorschnell gemacht. Ohne die entsprechenden Taten folgen zu lassen, war ein »Ich liebe dich« zu wenig. Daran änderte auch ein 20-Dollar-Blumenstrauß nichts. Er wusste zwar, dass Lucia mit ihrer Einschätzung falschlag, aber er wusste auch, dass sie ihre Entscheidung getroffen hatte. Und dabei hatte sie sich auf das gestützt, was sie bislang von ihm gesehen hatte. Insgeheim gratulierte er ihr zu diesem Entschluss, wenn es nicht bedeutet hätte, dass er sie verlieren würde.

Im Flüsterton brachte er hervor, was der Wahrheit am nächsten kam: »Dann solltest du mich besser kennenlernen.«

Sie nickte langsam.

Er wusste, dass sie ihn verstanden hatte.

Ihm war jedoch auch klar, dass das allein nicht reichte.

Er half ihr beim Packen. Sie suchte die Dinge zusammen, von denen er vermutet hatte, dass sie sie mitnehmen würde – die Fotos, die Kleidungsstücke, das Jahrbuch, die Glaspferdchen. Sie war mit dem Zug gekommen. Nun mieteten sie einen Kleintransporter, um all ihre Sachen transportieren zu können. Es war ihr egal, wie lange die Fahrt dauern würde. Solange sie nicht zu fliegen brauchte.

Tom dachte daran, ihr anzubieten, sie nach Georgia zu fahren. Sie wären tagelang unterwegs, und in dieser Zeit könnte er sie womöglich überreden, es sich doch noch einmal anders zu überlegen.

Aber dann sagte er sich, dass er ihr die Zeit lassen wollte, selbst zu einem Entschluss zu finden.

Er hoffte, dass sie es sich während des Packens noch einmal anders überlegte.

Dann keimte noch einmal neue Hoffnung in ihm auf, als er in der Nacht vor ihrer Abreise mit ihr schlief. Lucia lag noch eine Stunde danach schluchzend in seinen Armen, und er hoffte und hoffte, sie würde sich zu ihm umdrehen, sein Gesicht mit beiden Händen umschließen und ihm sagen, dass sie bei ihm blieb.

Doch dann schlief sie in seinen Armen ein, ohne noch etwas gesagt zu haben.

Er gab die Hoffnung selbst dann noch nicht auf, als der beladene Kleintransporter schließlich um die Ecke bog und aus seinem Blickfeld verschwand. Eine Viertelstunde blieb Tom unten an der Straße stehen und rechnete insgeheim damit, dass Lucia kehrtmachen würde.

Aber sie kam nicht zurück.

Einen halben Tag lang hockte Tom auf Lucias Sofa und stierte auf den Fernseher, der gar nicht lief. Dann fuhr er in Richtung Bellflower und bog bei den Häusern mit den niedrigen Maschendrahtzäunen vor den Vorgärten ab.

Als er sein Ziel erreichte, sah er, dass der Rasen gemäht worden war.

Halos Mustang stand in der Auffahrt und tropfte frisch gewaschen.

Tom blieb unschlüssig im Buick sitzen und brauchte noch eine halbe Ewigkeit, bis er sich endlich dazu durchrang, die Veranda zu betreten. Doch er traute sich nicht zu klopfen. Schließlich kam Vee vom Garten zu ihm hoch und erschreckte ihn.

»Tom!« Sie schlang die Arme um ihn und gab ihm einen Kuss auf die Wange, der ihn einen halben Schritt zurücktaumeln ließ.

»Hi«, sagte er nur.

»Halo!«, rief sie ins Haus und zog einen Brief aus der Hosentasche. Sie faltete das Schreiben auseinander. »Ist heute Morgen gekommen.«

Es war ein Brief von Air Maintenance Inc., der besagte, dass Chris Stern in Bezug auf die *Pride of Maine* von jeglicher Schuld freigesprochen worden war. Seinen Angehörigen standen seine Pension und das Geld aus der Sterbeversicherung nunmehr in vollem Umfang zu.

Obwohl Tom nicht gerade zum Feiern zumute war, brachte er ein Lächeln zustande.

»Danke, Tom.«

Nie hatte er so viel Gefühl in nur zwei Worten mitschwingen hören. Er zuckte die Achseln. »Sie sollten sich bei Halo bedanken. Er hat mich so lange bedrängt, bis ich einfach etwas unternehmen musste.«

Halo spähte durch die Fliegengittertür. Ein gelber Farbklecks zierte seine Nase. »Hey«, grüßte er ein wenig zurückhaltend. »Was gibt's?«

Tom holte Luft. »Brauchen Sie noch Hilfe beim Renovieren?«

Ob Halo überrascht war, vermochte Tom nicht einzuschätzen. Jedenfalls ließ er sich nichts anmerken.

»Aber immer«, sagte er und öffnete Tom die Tür.

Danksagung

Mein Dank gebührt dem Prüfingenieur für Luftfahrzeuge Ross Fraser für seine umfangreichen Fachkenntnisse und seinen Enthusiasmus. Sämtliche Fehler oder Ungenauigkeiten habe allein ich zu verantworten.

Mein Dank gilt außerdem Bill Scott-Kerr und den übrigen Mitarbeitern des Kreativ-Teams bei Transworld, mit denen ich immer gern zusammengearbeitet habe.

Auf ewig dankbar bin ich James Renn, meinem »Komplizen« in den Pokerclubs von L. A., und natürlich meiner Mutter, die ständig etwas an mir auszusetzen hat.